신곡

신곡

지옥·연옥·천국

DANTE ALICHIERI

단테 알리기에리 장편서사시
귀스타브 도레 그림
김운찬 옮김

LA DIVINA COMMEDIA
by DANTE ALIGHIERI (1321)

Illustrations by GUSTAVE DORÉ (1868)

일러두기

1. 각 곡 앞의 짤막한 해설은 독자의 이해를 돕기 위해 옮긴이가 붙인 것이다.

2. 『신곡』은 「지옥」, 「연옥」, 「천국」의 세 부분으로 이루어진 노래로, 각 노래는 세 개 행이 한 단락을 이루는 〈3행 연구(聯句)〉로 구성되었다. 열린책들의 『신곡』에는 3행마다 행수를 번호로 표기했다.

3. 인명과 지명 등 고유명사는 해당하는 나라 언어의 발음을 따르는 것을 원칙으로 하되, 이탈리아와 밀접하게 관련된 경우에는 이탈리아 발음을 따르고 각주로 풀이했다.

4. 고전 신화의 고유명사는 라틴어 이름을 기준으로 하였지만, 발음의 차이가 거의 없거나 군소 인물의 경우 그리스어 이름을 따랐다.

5. 『성경』에 나오는 고유명사 표기나 번역은 〈한국 천주교 주교 회의〉의 새 번역 『성경』(2005)을 기준으로 하였으며, 교황이나 성인의 이름은 학계의 라틴어 표기 방식을 따르되 일부는 관용을 따랐다.

6. 귀스타브 도레는 『신곡』의 삽화로 총 135점의 판화(「지옥」 75점, 「연옥」 42점, 「천국」 18점)를 그렸으며, 이는 이후 여러 판본에 수록되었다. 이 책은 이 삽화들을 전부 수록한 것으로, 도레가 그린 단테의 초상화 1점까지 총 136점을 수록했다.

이 책은 실로 꿰매어 제본하는 정통적인 사철 방식으로 만들어졌습니다.
사철 방식으로 제본된 책은 오랫동안 보관해도 손상되지 않습니다.

표지의 제호는 〈문화체육관광부 제목 바탕체〉를 사용하였습니다.

개역판에 부쳐

2007년 이 『신곡』 번역본이 나온 지 어느새 10년이 넘는 세월이 흘렀다. 당시 서둘러서 출판하는 바람에 여기저기 부족한 부분들이 있었고, 나중에 수정하고 보완하려고 생각했는데, 지금까지 제대로 하지 못했다. 그동안 눈에 띄는 대로 일부 제한적이고 부분적인 보완을 했지만, 전반적인 개역 작업은 차일피일 미루고 있었다.

그러다가 2019년 봄 〈플라톤 아카데미〉 주관으로 일부 대학 학생들과 몇 차례에 걸쳐 『신곡』 읽기와 세미나를 진행하면서 전반적인 개역 작업을 시작하게 되었다. 상당한 시간이 흐른 뒤에 『신곡』을 새롭게 읽어 본다는 생각으로 이전에 번역한 것을 다시 검토해 보았고, 부족한 부분들을 수정하고 보완하였다. 다시 한 번 더 단테의 원전을 확인하고 학자들의 견해와 해석을 점검하고 대조해 보려고 노력했다. 특히 곳곳에 흩어져 있는 역주들을 전반적으로 재정비했다. 역주는 작품 이해에 도움을 줄 수 있지만, 자칫하면 사족이 되거나 읽기의 흐름을 방해할 수도 있기 때문에, 그 범위와 대상을 정확하게 설정하기 어려웠다. 그냥 어림잡아 보통 수준의 교양을 갖춘 독자에게 필요한 정보를 제공하려고 했다.

반면 본문 번역에 대해서는 비교적 신중하게 접근했다. 이전의 문체와 어조를 가능하면 그대로 유지하고 싶었기 때문이다. 처음 번역을 시작할 때 지향했던 것은 형식보다 내용에 충실하려는 것이었다. 단테의 원전 텍스트가 말하는 것을 가능한 한 그대로 우리말로 다시 말하는 것, 그것이 첫 번째 목표였다. 그래서 선택한 문체를 완전히 바꾸기는 싫었다. 문체를 바꾸면 새로운 느낌과 분위기를 줄 수 있겠지만, 개역판에서 그런 시도를 할 필요는 없다고 생각했기 때문이다. 단지 모호하게 보이거나 혼란의 여지가 있는 구절에서 표현이나 용어를 바꾸었고, 때로는 통사 구조를 조정하기도 하였다. 하지만 전체적인 틀은 많이 바꾸지 않았고, 따라서 일종의 연속성을 유지하도록 하였다.

작년 2021년은 단테 서거 7백 주기가 되는 해였다. 그러니까 『신곡』이 최종적인 모습으로 완성된 지 7백 년이 되는 해이기도 했다. 그런 의미 깊은 해를 맞이하여 새로운 개역판을 출간했는데, 한정본이라 지금은 시중에서 구할 수 없게 되었다. 그래서 독자분들의 애정 어린 호응에 힘입어 다시 이 책을 선보이게 되었다. 특히 이번에는 『신곡』의 삽화 중에서 가장 널리 알려진 귀스타브 도레Gustave Doré(1832~1883)의 아름다운 그림들을 함께 실었다. 읽는 도중에 단테의 텍스트와 도레의 시각적 상상력을 대비해 보는 것도 읽기의 즐거움을 더해 줄 것으로 생각한다.

그동안 이 부족한 번역본에 대해 많은 독자 여러분이 애정 어린 관심과 함께 날카로운 지적을 해주시기도 하였다. 이번 기회에 감사의 마음을 전하고 싶다. 이 개역판이 조금이라도 더 나은 모습을 보이게 된다면, 그것은 모두 독자 여러분의 도움 덕택이다. 특히 여러 판본을 비교하면서 소중한 조언을 주신 강대진 선생님, 가톨릭 교리와 스콜라 철학에 대한 해박한 지식으로 역주들을 꼼꼼히 검토해 주신 최원오 교수님께 감사의 말씀을 드린다. 그리고 개역판 출판을 도와준 열린책들 가족에게도 감사를 드린다.

2022년 봄
하양 금락골에서
김운찬

차례

지옥
INFERNO

1: 4~6
아, 얼마나 거칠고 황량하고 험한 숲이었는지 말하기 힘든 일이니,
생각만 해도 두려움이 되살아난다!

제1곡

1300년 봄 서른다섯 살의 단테는 어두운 숲속에서 길을 잃고 헤매다가 햇살이 비치는 언덕으로 올라가려 하는데, 표범, 사자, 암늑대가 길을 가로막는다. 그때 베르길리우스가 나타나 언덕 위로 올라가기 위해서는 다른 길, 즉 저승 세계를 거쳐 가야 한다고 말한다. 그리하여 단테는 베르길리우스의 안내를 받아 저승 여행길을 떠난다.

우리 인생길의 한중간에서[1]
나는 어두운 숲속에 있었으니
올바른 길을 잃어버렸기 때문이다.   3

아, 얼마나 거칠고 황량하고 험한
숲이었는지 말하기 힘든 일이니,
생각만 해도 두려움이 되살아난다!   6

죽음 못지않게 쓰라린 일이지만,
거기에서 찾은 선을 이야기하기 위해
내가 거기서 본 다른 것들을 말하련다.   9

올바른 길을 잃어버렸을 때 나는
무척이나 잠에 취해 있어서, 어떻게
거기 들어갔는지 자세히 말할 수 없다.   12

1 단테는 인생을 70세로 보았다는 것이 일반적인 해석이다. 그렇다면 단테는 1265년에 태어났으므로 인생의 한중간인 서른다섯 살이 되던 해는 1300년인데, 그해는 교황 보니파키우스 Bonifacius 8세(재위 1294~1303)가 처음으로 제정한 최초의 희년(禧年)이기도 하다.

하지만 떨리는 내 가슴을 두렵게
만들었던 그 계곡[2]이 끝나는 곳,
언덕 발치에 이르렀을 때, 나는   15

위를 바라보았고, 사람들을 각자의
올바른 길로 인도하는 행성[3]의 빛살에
둘러싸인 언덕의 등성이가 보였다.[4]   18

그러자 그 무척이나 고통스럽던 밤
내 가슴의 호수에 지속되고 있던
두려움이 약간은 가라앉았다.   21

마치 바다에 빠질 뻔하였다가 간신히
숨을 헐떡이며 해변에 도달한 사람이
위험한 바닷물을 뚫어지게 뒤돌아보듯,   24

아직도 달아나고 있던 내 영혼은
살아 나간 사람이 아무도 없는
그 길을 뒤돌아서서 바라보았다.   27

잠시 지친 몸을 쉰 다음 나는
황량한 언덕 기슭을 다시 걸었으니
언제나 아래의 다리에 힘이 들었다.[5]   30

2 어두운 숲.
3 태양을 가리킨다. 당시에는 태양도 행성들 중 하나로 간주되었다.
4 어두운 숲은 인간의 죄악과 타락을 상징하고, 햇살이 비치는 언덕은 하느님의 구원과 은총
을 상징하는 것으로 해석된다.

그런데 가파른 길이 시작될 무렵

매우 가볍고 날쌘 표범[6] 한 마리가

얼룩 가죽으로 뒤덮인 채 나타나   33

내 앞에서 떠나지 않았고 오히려

내 길을 완전히 가로막았으니, 나는

몇 차례나 되돌아가려고 돌아섰다.   36

때는 마침 아침이 시작될 무렵이었고,

성스러운 사랑이 아름다운 별들을

맨 처음 움직였을 때,[7] 함께 있었던   39

별들[8]과 함께 태양이 솟아오르고 있었다.

그래서 달콤한 계절[9]과 시간[10]에 힘입어

나는 저 날렵한 가죽의 맹수에게서   42

벗어날 희망을 갖기도 하였다. 그런데

---

5   논란의 여지가 있는 구절로 원문에는 *sì che 'l piè fermo sempre era 'l più basso*로 되어 있다. 오르막길을 올라가는 사람의 경우 상대적으로 〈아래에 있는 *'l più basso*〉 다리가 〈확고한 *fermo*〉 버팀대 역할을 하기 때문에 이렇게 표현한 것으로 해석된다.

6   원문에는 *lonza*로 되어 있고 아마 〈스라소니〉를 가리키는 것으로 해석되지만 얼룩 가죽을 강조하기 위해 〈표범〉으로 옮겼다. 여기에서는 〈음란함〉을 상징하며, 뒤이어 나오는 사자는 〈오만함〉, 암늑대는 〈탐욕〉을 상징하는 것으로 해석된다. 이 세 마리 짐승은 사람들을 죄의 길로 유혹하는 세 가지 주요 원인이다.

7   하느님에 의한 천지창조가 이루어진 것은 3월 25일, 즉 춘분 무렵이라고 믿었다.

8   양자리의 별들을 가리킨다. 천지창조가 춘분 무렵에 이루어졌다면, 태양은 최초로 회전할 때 양자리와 함께 떠올랐다고 한다.

9   봄을 가리킨다. 단테의 저승 여행은 1300년 부활절 직전의 성 금요일(4월 8일)에 시작되고 (하지만 〈어두운 숲속〉에서 헤매던 밤, 즉 성 목요일까지 계산하면 4월 7일부터 시작된다), 부활절 다음 목요일까지 일주일 동안 이루어진다.

10   해가 떠오를 무렵으로 대략 오전 6시 정도이다.

1 : 32~33
매우 가볍고 날쌘 표범 한 마리가 얼룩 가죽으로 뒤덮인 채 나타나

내 앞에 사자 한 마리가 나타나는 것을
보고 나의 두려움은 사라지지 않았다.   45

사자는 무척 굶주린 듯이 머리를
쳐들고 나를 향하여 다가왔으니,
마치 대기가 떨리는 듯하였다.   48

그리고 암늑대 한 마리, 수많은
사람을 고통 속에 몰아넣은 암늑대가
엄청난 탐욕으로 비쩍 마른 몰골로   51

내 앞에 나타나는 모습을 보고, 나는
얼마나 두려움에 사로잡혔는지
언덕 꼭대기를 향한 희망을 잃었다.   54

마치 탐욕스럽게 재물을 모으던 자들이
그것을 잃어버릴 때가 다가오자
온통 그 생각에 울고 슬퍼하듯이,   57

그 짐승도 안절부절 나에게 그러하였다.
나를 향해 마주 오면서 조금씩 나를
태양이 침묵하는 곳으로[11] 밀어냈다.   60

내가 낮은 곳으로 곤두박질하는 동안,
내 눈앞에 한 사람[12]이 나타났는데

11 어두운 숲의 계곡 쪽으로.

1: 46~47
사자는 무척 굶주린 듯이 머리를 쳐들고 나를 향하여 다가왔으니

오랜 침묵으로 인해13 희미해 보였다.   63

무척이나 황량한 곳에서 그를 본 나는
외쳤다. 「그대 그림자14이든, 진짜
사람이든, 여하간 나를 좀 도와주시오!」   66

그는 대답했다. 「전에는 사람이었으나,
지금은 아니다. 내 부모는 롬바르디아
사람들로 모두 만토바15가 고향이었다.   69

나는 말년의 율리우스16 치하에서 태어나
그릇되고 거짓된 신들의 시대에 훌륭한
아우구스투스17 치하의 로마에서 살았다.   72

나는 시인이었고, 오만스러운 일리온18이
불탄 뒤 트로이아에서 돌아온 안키세스19의

---

12 뒤에서 밝혀지듯이 로마 시대의 위대한 시인 베르길리우스Publius Vergilius Maro(B.C. 70~B.C. 19)의 영혼으로, 그는 단테를 죽은 자들의 세계로 안내하게 된다. 로마의 건국 신화가 담긴 위대한 서사시 『아이네이스Aeneis』를 남긴 그를 단테는 정신적 스승으로 섬겼다.

13 오래전에 죽었기 때문이다. 베르길리우스가 사망한 지 거의 1천3백 년이 지났다.

14 죽은 영혼이라는 뜻이다.

15 Mantova. 이탈리아 북부 롬바르디아 지방의 도시로 베르길리우스의 고향이다. 「지옥」 20곡 52~99행에서 베르길리우스는 자기 고향 만토바의 연원에 대한 전설을 들려준다.

16 공화정 말기 로마의 탁월한 장군이자 정치가로 로마 제국의 기틀을 세운 율리우스 카이사르Gaius Julius Caesar(B.C. 102~B.C. 44)를 가리킨다.

17 Augustus. 〈존엄한 사람〉이라는 뜻으로, 카이사르가 암살된 뒤 로마 최초의 황제가 된 옥타비아누스Gaius Octavianus(B.C. 63~A.D. 14)에게 부여된 칭호이다.

18 트로이아의 다른 이름으로 트로이아의 왕이었던 일로스의 이름에서 유래하였다. 트로이아의 파멸은 종종 오만함에 대한 형벌의 예로 제시되었다.

19 트로이아를 세운 다르다노스의 후손으로 베누스(그리스 신화의 아프로디테)의 사랑을 받았고 그 결과 베누스가 아이네아스Aeneas(그리스어 이름은 아이네이아스)를 낳았다. 아이네아스

그 정의로운 아들을 노래하였노라.   75

그런데 너는 왜 수많은 고통으로 돌아가는가?
무엇 때문에 모든 기쁨의 원천이요
시작인 저 환희의 산에 오르지 않는가?」   78

「그러면 당신은 베르길리우스, 그 넓은
언어의 강물을 흘려보낸 샘물이십니까?」
나는 겸손한 얼굴로 대답하였다.   81

「오, 다른 시인들의 영광이자 등불이시여,
높은 학식과 커다란 사랑은 유익했으니
나는 당신의 책을 열심히 읽었지요.   84

당신은 나의 스승이요 나의 저자[20]이시니,
나에게 영광을 안겨 준 아름다운 문체[21]는
오로지 당신에게서 따온 것입니다.   87

나를 돌이키게 한 저 맹수를 보십시오,
이름 높은 현인이시여, 내 혈관과 맥박을
떨리게 하는 저놈에게서 나를 구해 주십시오.」   90

내 눈물을 보고 그분이 대답하셨다.

는 『아이네이스』의 주인공으로 로마 건국의 시조로 간주된다.
  20   나에게는 가장 권위 있는 탁월한 저자라는 뜻이다.
  21   소위 〈달콤한 새로운 문체 *dolce stil novo*〉(「연옥」24곡 56행 참조)를 가리킨다. 〈청신체(清新體)〉로 번역되기도 하는 〈달콤한 새로운 문체〉는 13세기 토스카나 지방 시인들이 즐겨 사용하였으며, 단테 역시 그 대표적 시인이었다.

「이 어두운 곳에서 살아남고 싶다면,
너는 다른 길로 가야 할 것이다.²²   93

네가 보고 비명을 지르는 이 짐승은
누구도 자기 길로 살려 보내지 않고
오히려 가로막으며 죽이기도 한다.   96

그놈은 천성이 사악하고 음험해서
탐욕스러운 욕심은 끝이 없고,
먹은 후에도 더욱더 배고픔을 느낀다.   99

많은 동물들이 그놈과 짝을 지었고,²³
사냥개²⁴가 와서 그놈을 고통스럽게
죽일 때까지 더 많은 동물이 그러리라.   102

이 사냥개는 흙이나 쇠²⁵를 먹지 않고,
지혜와 사랑과 덕성을 먹고 살 것이며,
그의 고향은 비천한 곳²⁶이 되리라.   105

또 처녀 카밀라, 투르누스, 에우리알루스,

22   말하자면 저승을 거쳐 가야 한다는 것이다.
23   수많은 사람들이 탐욕에 눈이 멀어 죄를 지었다는 뜻이다.
24   세상의 악을 없애고 인류를 구원해 줄 이 사냥개가 구체적으로 무엇을 가리키는지 정확히
알 수는 없다.
25   영토와 부(富)를 상징한다.
26   학자들 사이에 논란이 많은 부분으로 원문에는 *tra feltro e feltro*로 되어 있다. 이 *feltro*에
대한 해석에 따라 일부 학자는 〈하늘과 하늘 사이〉로 보기도 하고, 또 일부는 베네토 지방의 펠트레
Feltre와 로마냐 지방의 몬테펠트로Montefeltro 사이로 보기도 한다. 하지만 보카치오를 비롯한 여
러 학자들은 아주 값싼 천으로 해석한다. 따라서 상징적인 의미에서 〈비천한 곳〉으로 옮겼다.

1 : 92~93
이 어두운 곳에서 살아남고 싶다면,
너는 다른 길로 가야 할 것이다.

상처 입은 니수스[27]의 희생으로 세워진
저 불쌍한 이탈리아의 구원이 되리라.   108

이 사냥개는 사방에서 암늑대를 사냥하여,
질투가 맨 처음 그놈을 내보냈던
지옥으로 다시 몰아넣을 것이다.   111

그래서 내가 너를 위해 생각하고 판단하니,
나를 따르도록 하라. 내가 안내자가 되어
너를 이곳에서 영원한 곳으로 안내하겠다.   114

그곳에서 너는 절망적인 절규를
들을 것이며, 두 번째 죽음을 애원하는
고통스러운 옛 영혼들[28]을 볼 것이다.   117

그리고 축복받은 사람들[29]에게
갈 때를 희망하기에 불 속에서도
행복해하는 사람들[30]을 볼 것이다.   120

27 이들은 모두 『아이네이스』에 나오는 인물들로, 아이네아스가 이탈리아반도에 도착하여 벌인 전쟁에서 희생당함으로써 장차 세워질 로마의 밑거름이 되었다. 카밀라Camilla는 이탈리아 볼스키족 왕의 딸이자 뛰어난 여전사였고, 투르누스Turnus는 루툴리족의 왕이었는데 둘 다 아이네아스 휘하의 트로이아인들과 싸우다가 전사하였다. 에우리알루스Euryalus와 니수스Nisus는 절친한 친구 사이로 트로이아가 함락된 뒤 아이네아스와 함께 이탈리아에 도착하였으나 전투 중에 함께 죽었다.
28 지옥에서 형벌을 받는 영혼들이다. 그들의 형벌은 영원히 지속되기 때문에 차라리 영혼마저 소멸하는 〈두 번째 죽음〉을 원한다.
29 천국의 영혼들.
30 연옥의 영혼들. 그들은 죄의 대가로 일정한 기간 동안 형벌을 받은 다음에는 깨끗해진 영혼으로 천국에 오를 수 있다

네가 그 축복받은 사람들에게 오르고
싶다면, 나보다 가치 있는 영혼[31]에게
너를 맡기고, 나는 떠날 것이다.   123

그곳을 다스리는 황제[32]께서는 내가
당신의 법률을 어겼기에, 그 도시에
들어가는 것을 원하시지 않기 때문이다.   126

모든 곳을 지배하고 다스리는 곳[33]에
그분의 도시와 높은 왕좌가 있으니,
오, 그곳에 선택된 자들은 행복하도다!」   129

나는 말했다. 「시인이여, 당신이 몰랐던
하느님의 이름으로 간청하오니,
나를 이 사악한 곳에서 구해 주시고,   132

방금 말하신 곳으로 안내하시어
성 베드로의 문[34]과 당신이 말한
그 슬픈 자들을 보게 해주십시오.」   135

그분은 움직였고 나는 뒤를 따랐다.

31 베아트리체. 그녀는 연옥의 산꼭대기에 있는 지상 천국에서 단테를 맞이하여 천국으로 안
내한다. 베르길리우스는 지옥의 림보(「지옥」 4곡 참조)에 있기 때문에 천국에 들어갈 수 없다.
32 하느님.
33 천국.
34 대부분 연옥의 문, 말하자면 〈베드로의 대리자〉(「연옥」 9곡 127행 및 21곡 54행)인 천사가
지키고 있는 연옥의 문으로 이해한다. 하지만 여기에서 단테는 천국의 문을 암시한다.

1: 136

그분은 움직였고 나는 뒤를 따랐다.

제2곡

단테는 자신이 살아 있는 몸으로 저승을 여행할 자격이 있는지 의혹에 빠져 망설인다. 그러자 베르길리우스는 단테를 도와주기 위해 자신이 림보에서 오게 된 이유를 자세히 설명한다. 단테는 천국에서 베아트리체가 자신을 보살피고 있다는 것을 깨닫고 스승을 따라 저승 여행을 시작한다.

날은 저물어 가고, 희미한 대기 속에
지상의 생명체들은 하루의 노고를
벗어던지고 있는데, 나는 혼자서   3

그 힘겹고 고통스러운 전쟁을
치르기 위해[1] 준비하고 있었으니,
실수 없는 기억력이 기록하리라.   6

오, 무사 여신들[2]이여, 지고의 지성이여,
나를 도와주오. 내가 본 것을 기록한 기억이여,
여기에 그대의 고귀함을 보이소서.   9

나는 말했다. 「저를 인도하는 시인이시여,
그 고귀한 여행을 저에게 맡기기 전에
저의 덕성이 충분한지 살펴보십시오.   12

---

1 힘겨운 저승 여행길을 가기 위해.
2 유피테르(그리스 신화에서는 제우스)와 기억의 여신 므네모시네 사이에서 탄생한 아홉 자매로, 서사시를 비롯하여 다양한 예술과 역사, 천문학 등의 학문을 수호하는 여신들이다. 단테는 고전 서사시의 전통에 따라 첫머리에서 무사 여신에게 자신의 시를 보살펴 달라고 기원한다.

2: 10~12

저를 인도하는 시인이시여,
그 고귀한 여행을 저에게 맡기기 전에 저의 덕성이 충분한지 살펴보십시오.

당신은 말하셨지요, 실비우스의 아버지[3]는
살아 있는 몸으로 불멸의 왕국에 갔으며
생생한 육신으로 그렇게 했다고 말입니다.   15

그러나 모든 악의 반대자[4]께서
그에게 친절을 베푸신 것은, 그에게서
높은 뜻이 나오리라 생각하셨기 때문이니,   18

지성 있는 사람에게는 정당해 보입니다.
그는 엠피레오[5] 하늘에서 위대한 로마와
그 제국의 아버지로 선택되었으니까요.   21

사실대로 말하자면, 로마와 제국은
위대한 베드로의 후계자[6]가 앉아 있는
그 성스러운 곳에 세워졌습니다.   24

당신이 찬양했던 곳으로 가는 동안
그는 자신의 승리와 교황의 복장이
무엇을 가져올 것인가 깨달았습니다.[7]   27

3   아이네아스(1곡 73~75행 참조)를 가리킨다. 이탈리아에 도착한 아이네아스는 라티누스 왕
의 딸 라비니아와 결혼하였고, 둘 사이 태어난 아들이 실비우스Silvius이다. 아이네아스는 이탈리
아반도로 가던 도중 살아 있는 몸으로 저승 세계를 여행하였다.(『아이네이스』 6권 참조)
4   하느님.
5   엠피레오Empireo는 당시의 우주관에 의하면 아홉 개의 하늘 너머에 있는 열 번째 하늘이자
하느님이 있는 최고의 하늘이다. 라틴어 엠피리우스empyrius에서 나온 말로 〈불의 하늘〉, 즉 불처
럼 눈부시고 순수하며 가장 높은 하늘을 가리킨다.
6   베드로는 로마의 초대 교황이었고, 따라서 그의 후계자는 교황을 가리킨다.
7   아이네아스는 저승에서 아버지 안키세스의 영혼을 만나 자신의 미래에 대한 이야기를 듣고
그에 따라 로마 건국의 기틀을 세웠으며, 그곳은 나중에 교황청이 자리 잡는 곳이 되었다.

그리고 선택받은 그릇[8]이 그곳에
간 것은, 구원의 길을 열어 주는
믿음에 확신을 얻기 위해서였지요.   30

하지만 저는 왜 갑니까? 누가 허락합니까?
저는 아이네아스도, 바오로도 아니고,
그럴 만한 가치가 없다고 생각합니다.   33

그러니 비록 그곳에 간다고 하더라도
잘못된 여행이 아닌지 두렵습니다.
현인이시여, 저보다 잘 이해하소서.」   36

그러고는 마치 원하던 것을 원치 않고,
새로운 생각에 뜻을 바꾸어
처음과는 완전히 달라지는 사람처럼,   39

그 어두운 숲에서 내가 그랬으니,
곰곰이 생각하며, 처음에는 그토록
서두르던 일을 망설이고 있었다.   42

「내가 너의 말을 잘 알아들었다면,」
마음씨 너그러운 그림자가 대답하셨다.
「네 영혼은 소심함에 사로잡혀 있구나.   45

---

8 뒤이어 언급되는 사도 바오로. 그도 살아 있는 몸으로 저승을 다녀온 것으로 믿었다. 「코린토
신자들에게 보내는 둘째 서간」 12장 2절에서 바오로는 〈셋째 하늘까지 들어 올려진 일〉에 대해 증
언하고 있으며, 오래된 전설에 의하면 지옥에까지 내려갔다고 한다.

그 소심함은 종종 인간들을 가로막으니
짐승들이 헛그림자를 보고 그러듯이
명예로운 일을 돌이키기도 한단다.   48

그러한 두려움에서 네가 빠져나오도록,
내가 왜 왔는지, 너의 불쌍한 처지를 듣고
처음에 느꼈던 바를 너에게 말해 주겠노라.   51

나는 허공에 매달린 사람들 사이9에
있었는데, 아름답고 축복받은 여인10이
나를 불렀고 나는 그분의 명령을 기다렸지.   54

그녀의 눈은 별보다 아름답게 빛났고,
천사와 같은 목소리로 부드럽고
잔잔하게 나에게 이렇게 말했다.   57

〈오, 친절한 만토바의 영혼이여,
그대의 명성은 아직도 세상에 남아
세상이 지속될 때까지 이어질 것입니다.   60

행운이 따르지 않는 내 친구11가
거친 산기슭에서 길이 가로막혀
두려워서 되돌아가려 하고 있습니다.   63

---

9 지옥의 가장자리에 있는 림보(「지옥」 4곡 45행 참조)의 영혼들이다.
10 베아트리체.
11 단테.

내가 하늘에서 들은 바에 의하면,
그는 이미 완전히 길을 잃어버려서
내 도움이 너무 늦지 않았을까 두렵군요.   66

이제 그대는 움직이시어, 그대의
훌륭한 말과 구원에 필요한 수단으로
그를 도와주어 나에게 위안을 주십시오.   69

그대를 보내는 나는 베아트리체,
다시 돌아가고 싶은 곳12에서 왔으니,
사랑이 나를 움직여 이렇게 말합니다.   72

내가 나의 주님 앞에 가게 될 때,
그대에 대한 칭찬을 자주 하리다.〉
그러고는 침묵했고, 내가 말했지.   75

〈오, 덕성의 여인이여, 그대를 통해서만
인류는 가장 작은 하늘13 아래의
모든 것을 초월할 수 있습니다.   78

그대의 명령은 저를 기쁘게 하니
이미 복종했어도 늦은 것 같습니다.
그대 마음을 더 열어 보일 필요 없습니다.   81

---

12 하늘 또는 천국을 가리킨다. 고대부터 영혼의 원래 고향은 하늘이라고 믿었다.
13 달의 하늘이다. 당시 가톨릭교회의 우주관에 의하면 지구를 아홉 개의 하늘이 겹겹이 둘러
싸고 서로 다른 속도로 돌고 있는데, 그중에서 가장 작고 지구에 가장 가까운 첫째 하늘이 달의 하
늘이다.

2: 70~72
그대를 보내는 나는 베아트리체, 다시 돌아가고 싶은 곳에서 왔으니,
사랑이 나를 움직여 이렇게 말합니다.

하지만 그대가 돌아가고자 열망하는
그 넓은 곳에서 왜 이곳 중심부로
내려왔는지 이유를 말씀해 주십시오.〉   84

여인은 대답했다. 〈그대가 그토록 깊이
알고 싶다면, 이곳에 들어오는 것을 내가
왜 두려워하지 않았는지 간단히 말하리다.   87

두려움이란 단지 남에게 나쁜 일을
할 수 있는 것들에서 나오는 것이며,
그렇지 않은 것들은 두렵지 않아요.   90

나는 하느님의 자비로 태어났으니,
그대들의 불행은 나를 건드리지 못하고
이 불타는 불꽃도 나를 휩싸지 못합니다.   93

저 위 하늘의 친절하신 여인14께서는
그대가 넘어야 할 장애물15에 대해
동정하여 엄격한 율법을 깨뜨리셨답니다.   96

그분은 루치아16를 불러 말하셨지요.

---

14 대개 동정녀 마리아를 가리키는 것으로 이해되지만, 때로는 비유적으로 그녀에게서 나오는
은총으로 해석되기도 한다. 함께 등장하는 루치아, 베아트리체에 대해서도 마찬가지로 비유적 해석
이 가능하다.
15 단테를 가로막고 있는 악의 세력들을 암시한다.
16 국립국어원의 외래어 표기법에 따르자면 〈루차〉로 표기해야 하지만, 오래된 관용에 따라
〈루치아〉로 표기한다. 성녀 루치아Lucia는 238년 시칠리아섬의 시라쿠사에서 태어났으며, 디오클
레티아누스 황제의 박해 때 젊은 나이로 순교하였다.

《지금 그대를 따르는 자가 그대를
필요로 하니, 그대에게 그를 맡기노라.》   99

모든 잔인함의 반대자인 루치아는
곧바로 움직여, 내가 옛날의 라헬[17]과
함께 있던 장소로 찾아와 말했지요.   102

《진정한 하느님의 칭찬인 베아트리체,
그대가 그토록 사랑하는 사람을 왜
천박한 무리에서 벗어나게 돕지 않는가?   105

그의 고통스러운 울음소리가 들리지 않는가?
바다보다 넓은 강물 속에서 그에게
닥쳐오는 죽음이 보이지 않는가?》   108

세상에서 이익을 챙기거나 위험을
피하는 데 아무리 재빠른 사람도,
그 말을 듣고 내가 복된 자리에서   111

여기 오는 것보다 빠르지 않았으리니,
그대와 그대 말을 들은 자들을 명예롭게
해주는 그대의 진실한 말을 믿었기 때문이오.》   114

나에게 이렇게 말한 다음 그녀는
눈물에 젖어 반짝이는 눈을 돌렸으니,

17 「창세기」에 나오는 야곱의 아내로, 중세에 그녀는 정숙하고 명상적인 삶의 전형적 상징이
었다.

그 때문에 나는 최대한 빨리 떠나   117

그녀가 원하는 대로 너에게 왔고,
아름다운 언덕으로 가는 지름길을
빼앗은 맹수에게서 너를 구했노라.   120

그런데 왜? 무엇 때문에 멈추는가?
왜 가슴속에 그런 두려움을 갖는가?
왜 용기와 솔직함을 갖지 못하는가?   123

그렇게 축복받은 세 여인이
하늘의 궁전에서 너를 보살피고,
내 말이 너에게 약속하지 않았느냐?」   126

꽃들이 밤의 추위에 고개를 숙이고
움츠렸다가 태양이 환하게 비치자
모두 줄기에서 활짝 피어 일어서듯이,   129

그렇게 나는 지친 힘을 되살렸고,
내 가슴속에는 멋진 용기가 흘러
마치 해방된 사람처럼 말하였다.   132

「오, 자비로운 그녀가 나를 도왔군요!
그리고 당신은 친절하게도 그녀의
진정한 말을 곧바로 따르셨군요!   135

당신은 당신 말씀으로 가고 싶은

열망을 제 가슴에 심어 주셨으니
저는 처음의 뜻으로 돌아갔습니다.   138

이제 갑니다, 두 사람의 뜻은 하나이니,
당신은 지도자, 주인, 스승입니다.」
이렇게 말하자, 그분은 움직였고,   141

나는 험난하고 힘겨운 길로 들어섰다.

제3곡

단테는 지옥의 문 위에 적혀 있는 무서운 글귀를 본 다음 입구 지옥으로 들어간다. 입구 지옥에는 선이나 악에도 무관심하고 오직 자신만을 위해 살았던 나태한 자들이 왕벌과 파리, 벌레 들에게 고통을 당하고 있다. 그리고 아케론강 가에는 뱃사공 카론이 죄지은 영혼들을 지옥으로 실어 나르는데, 무서운 지진과 번개에 단테는 정신을 잃는다.

〈나를 거쳐 고통의 도시로 들어가고,
나를 거쳐 영원한 고통으로 들어가고,
나를 거쳐 길 잃은 무리 속에 들어가노라.   3

정의는 높으신 내 창조주를 움직였으니,
성스러운 힘과 최고의 지혜,
최초의 사랑이 나를 만드셨노라.   6

내 앞에 창조된 것은 영원한 것들뿐,
나는 영원히 지속되니, 여기 들어오는
너희들은 모든 희망을 버릴지어다.〉   9

어느 문의 꼭대기에 검은 빛깔로
이런 말이 쓰인 것을 보고 내가 말했다.
「스승님, 저 말뜻이 저에게는 무섭군요.」   12

그러자 그분은 눈치를 채고 말하셨다.
「여기서는 모든 의혹을 버려야 하고,
모든 소심함을 버려야 마땅하리라.   15

3: 7~9

내 앞에 창조된 것은 영원한 것들뿐, 나는 영원히 지속되니,
여기 들어오는 너희들은 모든 희망을 버릴지어다.

우리는 내가 말했던 곳으로 왔으니,
너는 지성의 진리를 상실한
고통스러운 사람들을 보게 되리라.」   18

그리고 그분은 평온한 표정으로
내 손을 잡으셨고, 위안을 얻은
나는 그 미지의 세계로 들어갔다.   21

그곳에선 탄식과 울음과 고통의 비명이
별빛 없는 대기 속으로 울려 퍼졌고,
그래서 처음에 나는 눈물을 흘렸다.   24

수많은 언어들과 무서운 말소리들,
고통의 소리들, 분노의 억양들, 크고
작은 목소리들, 손바닥 치는 소리들이   27

함께 어우러져 아수라장을 이루었고,
마치 회오리바람에 모래가 일듯이
영원히 검은 대기 속에 울려 퍼졌다.   30

나는 무서워서 머리를 움켜쥐고 말했다.
「스승님, 저 들려오는 소리는 무엇입니까?
고통에 사로잡힌 저 사람들은 누구입니까?」   33

스승님은 말하셨다.「치욕도 없고 명예도 없이
살아온 사람들[1]의 괴로운 영혼들이
저렇게 처참한 상태에 있노라.   36

저기에는 하느님께 거역하지도 않고
충실하지도 않고, 자신만을 위해 살았던
그 사악한 천사들[2]의 무리도 섞여 있노라.   39

하늘은 아름다움을 지키려고 그들을 내쫓았고,
깊은 지옥도 그들을 받아들이지 않는데,
그들에게는 사악함의 명예도 없기 때문이다.」   42

그래서 나는 말했다. 「스승이시여, 얼마나 심한
고통이기에 이토록 크게 울부짖는가요?」
그분이 대답하셨다. 「간단히 말해 주겠다.   45

저들에게는 죽음의 희망도 없고,
그들의 눈먼 삶은 지극히 낮아서
모든 다른 운명을 부러워한단다.   48

세상은 그들의 명성을 허용하지 않고,
자비와 정의는 그들을 경멸하니, 그들에
대해 생각하지 말고 그냥 보고 지나가자.」   51

주변을 둘러본 나는 깃발[3] 하나를
보았는데, 아주 빨리 돌며 지나가서

---

1 태만한 자들, 즉 죄를 짓지는 않았지만 게으름이나 비열함 때문에 선을 행하지도 못한 영혼들이다.
2 지옥의 마왕 루키페르Lucifer(「지옥」 31곡 142행 참조)가 하느님에게 반역할 때 중립적 입장을 취했던 천사들이다.
3 본문에서 명확히 설명되지 않은 이 구절에 대한 해석은 다양하다. 아마 뚜렷한 의식도 없이 깃발처럼 이리저리 흔들리는 자들을 상징하는 것으로 짐작된다.

아무리 보아도 알아볼 수 없었다.   54

그 뒤에는 사람들의 기다란 행렬이
뒤따라왔는데, 죽음이 그토록 많이
쓰러뜨렸는지 나는 믿을 수 없었다.   57

나는 그중에서 몇몇을 알아보았는데,
비열함 때문에 커다란 거부를 했던
사람[4]의 그림자를 보았고 알아보았다.   60

나는 곧바로 분명히 깨달았다, 그들은
하느님도 싫어하시고 하느님의 적들도
싫어하는 사악한 자들의 무리라는 것을.   63

제대로 살아 본 적이 없는 그 비열한
자들은 벌거벗은 채, 거기 있는 말벌과
왕파리들에게 무척이나 찔리고 있었다.   66

그것들에 찔린 얼굴에는 눈물과 피가
뒤섞여 흘러내렸고, 다리에서는 역겨운
벌레들이 그것을 빨아 먹고 있었다.   69

---

4 구체적으로 그가 누구인가에 대한 해석은 다양하다. 일반적인 견해에 의하면 1294년 교황
카일레스티누스Caelestinus 5세로 선출되었으나 교황의 직위를 포기했던 피에르 다 모로네Pier da
Morrone(1210?~1296)를 가리키는 것으로 해석된다. 그가 교황의 직위에서 물러나도록 주도한 인
물이 카에타니 추기경이었는데, 그가 뒤이어 교황 보니파키우스 8세로 선출되었다. 다른 한편으로
예수를 사면하지도 못하고 처벌하지도 못한 빌라도, 또는 죽 한 그릇을 먹기 위하여 쌍둥이 동생 야
곱에게 장자 상속권을 포기한 에사우(「창세기」 25장 29~34절 참조)를 가리키는 것으로 해석되기
도 한다.

그 너머를 바라본 나는 거대한
강가[5]에 몰려든 사람들을 보고
물었다. 「스승님, 가르쳐 주십시오.   72

희미한 불빛을 통해 보이는 저들은
누구이며, 또한 저토록 서둘러서
건너려는 저들의 본능이 무엇인가요?」   75

그분이 말하셨다. 「아케론의 고통스러운
강가에 우리의 발걸음이 멈출 때
너는 분명히 알게 될 것이다.」   78

내 말이 그분에게 거슬릴까 두려워
나는 부끄러운 눈길을 아래로 깔았고
강가에 이를 때까지 입을 다물었다.   81

그때 머리카락이 새하얀 노인[6]이
우리를 향해 배를 타고 오며 소리쳤다.
「사악한 영혼들이여, 고통받을지어다!   84

하늘을 보리라고 기대하지 마라. 나는
너희를 맞은편 강가, 영원한 어둠 속으로,

---

5 뒤에서 이름이 나오는 아케론강이다. 〈고통의 강〉이라는 뜻으로 그리스 신화에서 저승 세계
의 입구에 있다고 믿었다. 그리스 신화에서는 아케론 이외에도 저승의 강으로 스틱스(〈증오의 강〉),
플레게톤(〈불타는 강〉), 코키토스(〈통곡의 강〉)가 있는데, 단테는 이 강들을 자의적으로 바꾸어 지
옥의 여러 곳에 배치하고 있다.(「지옥」 14곡 참조)
6 카론. 그리스 신화에서 그는 암흑의 신 에레보스와 밤의 여신 닉스 사이에서 태어난 아들이
며, 죽은 자들을 저승 세계로 건네주는 아케론강의 뱃사공이다.

3: 85~87
나는 너희를 맞은편 강가, 영원한 어둠 속으로,
불과 얼음 속으로 끌고 가려고 왔노라.

불과 얼음7 속으로 끌고 가려고 왔노라.   87

그런데 거기 너, 살아 있는 영혼아,8
너는 죽은 자들에게서 떠나라.」
하지만 내가 떠나지 않는 것을 보고   90

말했다. 「너는 다른 길, 다른 항구를 통해
해변9에 가야 하니, 이곳을 지나지 마라.
좀 더 가벼운 배10가 너를 데려갈 것이다.」   93

그러자 안내자가 말하셨다. 「카론이여, 화내지 마라.
원하는 대로 할 수 있는 높은 곳11에서
이렇게 원하셨으니, 더 이상 묻지 마라.」   96

그러자 눈 가장자리에 불 테두리를
두른, 그 검은 늪의 뱃사공의
털북숭이 얼굴이 잠잠해졌다.   99

그러나 지치고 벌거벗은 영혼들은
그의 무서운 말을 듣자마자
얼굴빛이 변하고 이를 덜덜 떨며   102

하느님을 저주하였고, 자신의 부모와

---

7   지옥의 다양한 형벌들을 가리킨다.
8   살아 있는 몸으로 들어오는 단테를 가리킨다.
9   바다 한가운데에 솟아 있는 연옥의 해변이다.(「연옥」 2곡 50행 참조)
10 연옥으로 가는 영혼들을 실어 나르는 천사의 배이다.(「연옥」 2곡 41~42행 참조)
11 천국.

인류 전체와, 자신이 태어난 시간과
장소, 조상의 씨앗, 후손들을 저주하였다.   105

그러고는 모두 눈물을 쏟으며 한데 모여,
하느님을 두려워하지 않는 자들을
기다리는 그 사악한 강가로 모여들었다.   108

악마 카론은 이글거리는 눈빛으로
그들을 가리키며 모두 한데 모아 놓고
머뭇거리는 놈들을 노로 후려쳤다.   111

마치 가을에 나뭇잎들이 하나하나
모두 떨어져, 마침내 나뭇가지가
땅 위에 떨어진 잎들을 바라보듯이,   114

그렇게 아담의 사악한 씨앗들은,
손짓으로 부름받은 새들처럼
하나하나 그 강가에서 뛰어들었다.   117

그리고 검은 파도 위로 지나갔는데,
그들이 건너편에 내리기도 전에
이편에는 새로운 무리가 모여들었다.   120

「내 아들아.」 스승님이 친절하게 말하셨다.
「하느님의 분노 속에서 죽는 자들은
온 세상에서 모두 이곳으로 모여들어   123

3: 122~124
하느님의 분노 속에서 죽는 자들은 온 세상에서 모두 이곳으로 모여들어
저 강을 서둘러 건너려고 준비하는데

저 강을 서둘러 건너려고 준비하는데,
성스러운 정의가 그들을 몰아세워서
두려움이 갈망으로 바뀌었기 때문이다.   126

착한 영혼은 절대 이곳을 지나지 않으니,
그러니 카론이 네게 불평하더라도 너는
그의 말이 무슨 뜻인지 잘 알 것이다.」   129

그 말이 끝나자 어두운 들녘이
강하게 떨렸고, 나는 얼마나 놀랐는지
아직도 내 가슴은 땀에 젖는다.   132

눈물 젖은 땅은 바람을 일으켰고,
불그스레한 한 줄기 빛이 번득이며
나의 온갖 감각을 억눌러 버렸기에,   135

나는 잠에 취한 사람처럼 쓰러졌다.

제4곡

단테가 정신을 차리고 보니 지옥의 첫째 원 림보에 와 있다. 이곳에 있는 자들은 죄를 짓지 않았고 덕성 있는 삶을 살았지만, 그리스도를 믿지 않았거나 세례를 받지 못하고 죽은 영혼들이다. 그들은 육체적 형벌을 받고 있지 않지만 천국으로 올라갈 수 없기에 괴로워한다. 여기에서 단테는 위대한 옛 시인들과 철학자들을 본다.

커다란 천둥소리가 내 머릿속의 깊은
잠을 깨웠고, 억지로 잠에서 깨어난
사람처럼 나는 깜짝 놀라 정신이 들었다.   3

벌떡 일어선 나는 눈을 들어 사방을
둘러보며, 내가 있는 곳이 어디인지
알아보려고 주의 깊게 바라보았다.   6

사실 나는 끝없는 고통의 아우성이
가득한 고통스러운 심연의 골짜기,
그 기슭 위에 서 있음을 깨달았다.   9

그곳은 깊고 어두웠으며, 안개가 얼마나
자욱한지 아무리 바닥을 보려고 해도
나는 아무것도 알아볼 수 없었다.   12

「이제 눈먼 세상으로 내려가 보자.」
창백한 표정으로1 시인은 말을 꺼내셨다.
「내가 앞장을 설 테니 너는 뒤따르라.」   15

나는 그분의 안색을 깨닫고 말했다.
「내가 의심할 때 용기를 주시던 스승님이
놀라는데, 제가 어떻게 가겠습니까?」   18

그분은 말하셨다. 「저 아래 있는 자들의 고통을
보고 내 얼굴이 연민으로 물들었는데,
네가 그것을 보고 걱정하는구나.   21

머나먼 길이 재촉하니 어서 가자.」
그리고 몸을 움직여 심연을 둘러싼
첫째 원² 안으로 나를 들어서게 하셨다.   24

그곳에서 들려오는 것은 울음소리가
아니라 탄식의 소리들³이었고,
그것이 영원한 대기를 뒤흔들었다.   27

그것은 어린아이, 여자, 남자 들의
수많은 무리들이 겪는 신체적인
고통이 아닌 괴로움의 소리였다.   30

훌륭한 스승님은 말하셨다. 「네가 지금 보는
영혼들이 누구인지 묻지 않느냐?

1 베르길리우스 자신의 영혼 역시 이곳 림보에 있기 때문이다.
2 단테가 묘사하는 지옥은 지구의 땅속에 깔때기 형상으로 되어 있고, 그 꼭짓점은 지구의 중
심에 맞닿아 있다. 크게 보아 아홉 개로 구별되는 각 구역을 단테는 〈원(圓)cerchio〉이라 부른다. 그
원들은 아래로 내려갈수록 좁아지며 형벌은 더욱 고통스러워지는데, 림보는 첫째 원이다.
3 림보에 있는 영혼들은 신체적 고통의 형벌을 받는 것이 아니라, 단지 천국에 오를 희망이 없
는 것 때문에 괴로워한다.

더 나아가기 전에 네가 알았으면 한다.   33

그들은 죄를 짓지 않았고 비록 업적이
있더라도, 네가 믿는 신앙의 본질인
세례를 받지 않았으므로 충분하지 않다.   36

그들은 그리스도 이전에 살았으니
하느님을 제대로 공경하지 않았고,
나 자신도 그들과 마찬가지이다.   39

다른 죄가 아니라 그런 결함 때문에
우리는 길을 잃었고, 단지 그 때문에
희망 없는 열망 속에서 살고 있단다.」   42

그 말에 커다란 고통이 내 가슴을
짓눌렀지만, 아주 가치 있는 사람들이
그 림보[4]에 있다는 것을 나는 알았다.   45

「나의 스승, 주인이시여, 말해 주십시오.」
모든 오류를 이기는 그 믿음을
확신하고 싶어서 나는 말을 꺼냈다.   48

「자기 공덕이나 타인의 공덕으로 이곳을
벗어나 축복받은 자[5]가 있습니까?」

---

4 림보*limbo*는 〈가장자리〉를 의미하는 라틴어 림부스*limbus*에서 나온 말로 원래 예수의 부
활 이전에 죽은 훌륭한 영혼들이 그리스도의 구원을 기다리는 장소인데, 단테는 지옥의 가장자리에
배치하고 있다.

4: 44~45
아주 가치 있는 사람들이 그 림보에 있다는 것을 나는 알았다.

내 말을 알아차린 그분이 대답하셨다.   51

「내가 여기 온 지 얼마 안 되었을 때,[6]
승리의 왕관을 쓴 권능 있는 분[7]이
이곳에 오시는 것을 보았단다.   54

그분은 최초의 아버지 아담의 영혼,
그의 아들 아벨, 그리고 노아의 영혼,
율법학자이며 순종하던 모세의 영혼,   57

족장 아브라함과 다윗 왕, 야곱과
그의 아버지 이삭, 그의 자손들,
또한 그가 무척 정성을 쏟은 라헬,[8]   60

또 다른 많은 영혼들을 축복해 주셨지.
그들 이전에 구원받은 영혼은 아무도
없다는 것을 네가 알았으면 한다.」   63

스승님이 말한 대로 우리는 걸음을
멈추지 않고 어떤 숲을, 말하자면
영혼들의 빽빽한 숲을 지나갔다.   66

5   림보에서 구원을 받아 천국에 오른 영혼들을 가리킨다.
6   베르길리우스는 기원전 19년에 사망하였고, 예수는 34년에 죽임을 당하였다. 예수 그리스도
는 죽은 뒤 지옥으로 내려가 림보의 영혼들 중에서 덕성 있는 자들을 구원하여 천국으로 데리고 올
라갔다고 한다. 그 일에 대해서는 나중에 여덟째 원의 다섯째 구렁에 있는 악마들도 이야기한다.
(「지옥」21곡 112행 이하 참조)
7   예수 그리스도.
8   야곱은 라헬(「지옥」2곡 101행 참조)을 아내로 얻기 위하여 그녀의 아버지 라반에게 무려
14년 동안이나 일을 해주었다.(「창세기」29장 15~30절 참조)

꼭대기⁹에서 아직 멀지 않은 곳을
가고 있을 때, 나는 어두운 반구(半球)를
밝혀 주는 불빛 하나를 보았다.   69

아직은 약간 멀리 떨어진 곳이었으나,
그 장소에 어떤 명예로운 사람들이
있는지 구별하지 못할 정도는 아니었다.   72

「오, 이론과 기법의 명예를 높이신
분이시여, 다른 사람들과 구별되는
저런 명예를 가진 자들은 누구입니까?」   75

그분은 말하셨다. 「네가 사는 저 위 세상¹⁰에서
들리는 그들의 명예로운 이름 덕택에
하늘의 은총으로 저렇게 구별되고 있지.」   78

그렇게 가는 동안 어떤 목소리¹¹가
들려왔다. 「고귀한 시인을 찬양하라.
떠났던 그의 영혼이 돌아오고 있노라.」   81

그 목소리가 멎고 잠잠해진 다음, 나는
커다란 네 그림자가 다가오는 것을 보았는데
즐겁지도 않고 슬프지도 않은 표정이었다.   84

---

9 림보의 가장자리를 가리키는 것으로 해석된다.
10 산 자들의 세상을 가리킨다.
11 누구의 목소리인지 구체적으로 언급되지는 않지만, 아마 시인들의 무리를 이끌고 베르길리우스를 만나러 오는 호메로스의 목소리로 짐작된다.

훌륭한 스승님은 말하기 시작하셨다.
「저기 세 사람 앞에서 마치 주인처럼
손에 칼을 들고 오는 분을 보아라.   87

그는 최고의 시인 호메로스이다.
다음에 오는 이는 풍자 시인 호라티우스,[12]
셋째는 오비디우스,[13] 마지막이 루카누스[14]다.   90

조금 전 한 목소리가 부른 시인의 칭호를
나와 함께 모두가 갖고 있기 때문에
나를 찬양하는데, 그것은 잘하는 일이다.」   93

다른 사람들 위를 나는 독수리처럼
가장 고귀한 노래의 주인[15] 주위에
아름다운 무리가 모이는 것이 보였다.   96

그들은 잠시 함께 이야기한 다음
나를 향해 인사하듯 손짓을 하였고,
거기에 나의 스승님은 미소까지 지으며   99

나에게 더 큰 영광을 베풀어 주셨으니,

12 Quintus Horatius Flaccus(B.C. 65~B.C. 8). 로마 시대의 시인으로 아우구스투스 황제의
후원을 받았다.
13 Publius Ovidius Naso(B.C. 43~A.D. 18). 로마 시대의 시인으로 단테는 그의 대표작 『변
신 이야기 *Metamorphosis*』을 즐겨 읽었다.
14 Marcus Annaeus Lucanus(39~65). 로마 시대의 시인이며, 대표작으로 미완성의 역사적
서사시 『파르살리아 *Pharsalia*』를 남겼다.
15 호메로스.

4: 97~98
그들은 잠시 함께 이야기한 다음 나를 향해 인사하듯 손짓을 하였고

나를 자신들의 무리에 포함시켜 주어
나는 현인들 무리의 여섯째가 되었다.   102

그렇게 우리는 불[16]이 있는 곳까지 가면서
거기서는 말하는 것이 좋았던 만큼, 여기서는
침묵하는 것이 좋을 것들에 대해 이야기했다.   105

우리는 고귀한 성(城) 아래에 이르렀는데,
그곳은 일곱 겹의 높은 성벽[17]에 둘러싸여 있었고
아름다운 냇물이 주위를 휘감고 있었다.   108

그 냇물을 단단한 땅처럼 밟고 지나가 나는
성현들과 함께 일곱 성문 안으로 들어갔고
신선하게 푸른 초원에 도착하였다.   111

거기에는 신중하고 위엄에 찬 눈빛과
권위 있는 모습의 사람들이 있었는데,
그들은 가끔 부드러운 목소리로 말했다.   114

그들 모두를 바라볼 수 있도록
우리는 한쪽으로 물러났으며,
높고 탁 트여 밝은 곳으로 갔다.   117

16 69행에서 말한 불빛이다.
17 고귀한 성을 둘러싸고 있는 일곱 성벽은 고대 그리스 시대부터 시작된 중세의 일곱 가지
〈자유 학문artes liberales〉, 즉 3학(문법, 논리학, 수사학)과 4학(수학, 기하학, 천문학, 음악)을 상
징하는 것으로 해석된다.

거기에서는 똑바로 푸른 초원 위로

위대한 영혼들을 볼 수 있었으니

보기만 해도 내 마음은 고양되었다.   120

엘렉트라[18]가 여러 동료들과 있었는데,

그들 중에서 헥토르[19]와 아이네아스,

독수리 눈매의 카이사르를 알아보았다.   123

또 카밀라[20]와 펜테실레이아[21]를 보았고,

다른 한쪽에 딸 라비니아와 함께

앉아 있는 라티누스왕[22]을 보았다.   126

타르퀴니우스를 쫓아낸 브루투스,[23] 루크레티아,[24]

율리아,[25] 마르티아,[26] 코르넬리아,[27]

---

18   고전 신화에서 아틀라스의 딸로 유피테르와 정을 통해 트로이아를 세운 다르다노스를 낳
았다.

19   트로이아의 왕 프리아모스의 아들로 전쟁에서 용감히 싸우다가 아킬레스에 의해 죽고 결국
트로이아는 함락되었다.

20   「지옥」 1곡 107행 참조.

21   고전 신화에서 여성 무사들로 이루어진 전설적인 종족 아마존들의 여왕이다.

22   『아이네이스』에 나오는 라티움의 왕으로 그의 딸 라비니아는 그곳에 도착한 아이네아스와
결혼하였다.

23   로마의 정치가 루키우스 유니우스 브루투스Lucius Junius Brutus(B.C. 545~B.C. 509). 그
는 기원전 509년 〈오만한 왕〉 타르퀴니우스Tarquinius Superbus를 몰아내고, 최초의 집정관으로
선출되면서 공화정을 확립하였다.

24   Lucretia(B.C. ?~B.C. 509). 왕정 시대 로마의 여인으로, 타르퀴니우스왕의 아들에게 겁탈
당하자 그 사실을 알리고 자결하였는데, 그것은 타르퀴니우스를 몰아내고 공화정을 수립하는 계기
가 되었다.

25   Julia(B.C. 76~B.C. 54). 카이사르의 딸이자 폼페이우스의 아내였다.

26   Martia. 연옥의 문지기 소(小)카토(「연옥」 1곡 참조)의 아내. 카토는 이 여인을 아내로 맞아
세 아들을 낳은 다음, 친구 호르텐시우스의 아내로 주었다가 그가 죽은 후 다시 자기 아내로 받아들
였다.

또 한쪽에 홀로 있는 살라딘²⁸을 보았다. 129

그리고 약간 위쪽을 바라본 나는
철학자의 가족에 들어갈 수 있는
사람들의 스승²⁹을 알아보았다. 132

모두 그를 우러러보고 영광을 돌렸는데,
그들 중에서 누구보다 가까이 있는
소크라테스와 플라톤을 나는 보았다. 135

세상을 우연의 산물로 본 데모크리토스,
디오게네스, 아낙사고라스, 탈레스,
엠페도클레스, 헤라클레이토스, 제논,³⁰ 138

그리고 위대한 약초 수집가였던
디오스코리데스,³¹ 또한 오르페우스,³²
키케로,³³ 리노스,³⁴ 도덕가 세네카,³⁵ 141

27   Cornelia(B.C. 189?~B.C. 110?). 스키피오(「지옥」31곡 115~117행 참조)의 딸이자 그라쿠스 형제의 어머니로 고대 로마 시민들에게 현모양처의 모범이었다.

28   Saladin(1137~1193). 1174년부터 이집트와 시리아를 지배하던 술탄으로 십자군 원정으로 세워진 예루살렘 왕국을 1187년에 정복하였다. 단테 시대에 그는 훌륭하고 너그러운 군주로 널리 인용되었다.

29   모든 철학자들의 스승 아리스토텔레스.

30   모두 그리스의 위대한 철학자들이었다.

31   Pedanius Dioscorides(40~90). 기원후 1세기에 활동한 그리스 약학자로 약초들의 성격과 효능에 대한 『약물지』를 저술하였다.

32   그리스 신화에 나오는 신비적인 시인이자 음악가.

33   Marcus Tullius Cicero(B.C. 106~B.C. 43). 로마 시대의 정치가이며 탁월한 웅변가, 철학자.

34   그리스 신화에 나오는 음악가이자 가수로 오르페우스에게 음악을 가르쳤다고 한다.

35   Lucius Annaeus Seneca(B.C. 4~A.D. 65). 로마의 위대한 철학자이자 시인이었으며, 네로

기하학자 에우클리데스, 프톨레마이오스,[36]
히포크라테스, 아비켄나,[37] 갈레노스,[38]
위대한 주석가 아베로에스[39]를 보았다.　　　　　　　　　144

그들 모두를 충분하게 묘사할 수 없는데,
기나긴 주제가 나를 뒤쫓고, 또한 때로는
이야기가 사실에 미치지 못하기 때문이다.[40]　　　　147

여섯 시인의 무리는 두 명으로 줄었고,
현명한 안내자는 다른 길을 통하여 나를
평온한 곳에서 떨리는 대기 속으로 안내했으니　　　150

나는 빛 한 점 없는 곳으로 갔다.

황제의 스승이기도 했다.
　36　Claudius Ptolemaeos(100~170). 기원후 2세기에 알렉산드리아에서 활동한 천문학자이며 수학자로 『신곡』에서 묘사되는 우주의 형상은 그의 견해를 토대로 한다.
　37　Avicenna(980~1039). 페르시아 출신의 의사이자 철학자로 본명은 이븐 시나Ibn Sina.
　38　Cladius Galenos(129~200). 기원후 2세기에 활동한 그리스의 철학자이며 의사.
　39　Averroes(1126~1198). 스페인 출신의 이슬람 철학자이며 과학자. 본명은 이븐 루시드Ibn Rushd이나 중세 유럽에는 아베로에스라는 라틴어 이름으로 널리 알려져 있다. 그는 특히 아리스토텔레스의 작품에 대한 탁월한 주석가로 중세 유럽에 지대한 영향을 끼쳤다.
　40　이야기나 말이 실제의 사실을 충분하게 전달하지 못한다는 뜻이다.

제5곡

단테는 둘째 원으로 내려가 지옥의 재판관 미노스를 본다. 둘째 원은 음란함과 애욕의 죄인들이 벌받고 있는데, 그들은 칠흑 같은 어둠 속에서 무섭게 휘몰아치는 바람에 휩쓸려 다니는 벌을 받는다. 그들 중에서 프란체스카와 파올로의 영혼이 단테에게 자신들의 슬픈 사랑 이야기를 한다.

그렇게 첫째 원에서 둘째 원으로 내려갔는데,
그곳은 더 좁은 지역을 감싸고 있었지만
더욱 커다란 고통에 사로잡혀 있었다.   3

거기엔 미노스[1]가 무섭게 으르렁거리며
입구에서 죄들을 조사하고 판단하여
자신의 꼬리가 감는 숫자에 따라 보냈다.   6

말하자면 사악하게 태어난 영혼이
자기 앞에 와서 모든 것을 고백하면,
그의 죄를 심판하는 자는 그에게   9

지옥의 어느 곳이 적합한지 보고
아래로 떨어뜨리고 싶은 곳의
숫자만큼 자신의 꼬리를 휘감았다.   12

1   유피테르와 에우로파(그리스 신화에서는 에우로페) 사이의 아들로 두 형제들과 싸워 이긴 후 크레테(라틴어 이름은 크레타)의 왕이 되었다. 아버지 유피테르의 가르침으로 공정한 통치자였던 그는 죽은 뒤에 형제 라다만티스, 사르페돈과 함께 저승의 심판관이 되었다고 한다. 베르길리우스도 그를 저승의 심판관으로 묘사하였다.(『아이네이스』 6권 432~433행 참조) 여기에서 단테는 기다란 꼬리를 가진 형상으로 묘사한다.

5: 4~5
거기엔 미노스가 무섭게 으르렁거리며
입구에서 죄인들을 조사하고 판단하여

그 앞에는 언제나 수많은 영혼들이
순서대로 각자의 심판을 받으면서
말하고 들은 다음[2] 아래로 떨어졌다.   15

「오, 이 고통의 장소로 오는 그대여.」
나를 보더니 미노스는 하고 있던
자신의 임무를 내던지고 말했다.   18

「누구를 믿고 어떻게 들어오는가.
입구가 넓다고 속지 마라!」
안내자가 말하셨다. 「왜 소리치는가?   21

숙명적인[3] 그의 길을 방해하지 마라.
원하는 대로 모두 할 수 있는 곳에서
그렇게 하길 원하셨으니, 더 이상 묻지 마라.」   24

이제 고통의 소리들이 나의 귀에
들려오기 시작했으니, 나는 수많은
통곡이 뒤흔드는 곳에 이르러 있었다.   27

나는 모든 빛이 침묵하고 있으며,
마치 폭풍우 치는 바다가 맞바람과
싸우듯이 울부짖는 곳에 와 있었다.   30

잠시도 쉬지 않는 지옥의 태풍은

2 자신의 죄를 고백하고 또 그에 따른 판결을 들은 다음.
3 하느님의 섭리에 의해 마련된 여행이라는 뜻이다.

난폭하게 영혼들을 몰아붙이며
뒤집고 흔들면서 괴롭히고 있었다.   33

영혼들은 폐허[4] 앞에 도달하자
비명과 탄식과 한숨을 토해 내면서
거기서 하느님의 덕성을 저주하였다.   36

나는 깨달았다, 욕정에 사로잡혀
이성을 잃었던 육체의 죄인들이
그런 고통을 받고 있다는 것을.   39

추운 계절에 수많은 찌르레기들이
크고 빽빽한 무리를 지어 날아가듯이,
그렇게 그 바람은 사악한 영혼들을   42

이리저리, 위로 아래로 휘몰았으니,
휴식은 말할 것도 없고, 고통이
줄어들 어떤 희망의 위안도 없었다.   45

마치 두루미들이 구슬피 노래하며
길게 늘어서서 허공을 날아가듯이,
태풍에 휩쓸린 그림자들이 울부짖으며   48

고통스럽게 끌려다니는 것이 보였다.

4 구체적으로 무엇을 가리키는지 분명하지 않으나, 아마 예수가 사망 직후 지옥에서 덕성 있는
영혼들을 구하러 왔을 때 일어난 지진(「지옥」 12곡 37~45행, 21곡 112~115행 참조)으로 무너진
폐허라고 해석된다.

5: 31~33
잠시도 쉬지 않는 지옥의 태풍은 난폭하게 영혼들을 몰아붙이며
뒤집고 흔들면서 괴롭히고 있었다.

나는 물었다. 「스승님, 검은 바람이 저렇게
벌을 주고 있는 자들은 누구인가요?」 51

그분은 대답하셨다. 「네가 이야기를
듣고자 하는 자들 중 첫 번째 여자5는
수많은 백성들6의 황후였단다. 54

애욕의 죄 때문에 저렇게 망가졌고
자기 행위에 대한 비난을 없애려고
법률로써 음탕함을 정당화시켰지. 57

책에 나오는 그녀는 세미라미스,
니노스의 아내였고 그의 뒤를 이어
지금 술탄이 다스리는 땅을 차지했지. 60

다른 여자7는 사랑에 빠져 자결했는데
시카이오스의 유골을 배신하였단다.
그 뒤에 음란한 클레오파트라8가 있다. 63

5 뒤에 이름이 나오는 세미라미스Semiramis(B.C. 1356~B.C. 1314). 그녀는 아시리아의 니노스 황제의 부인이었고, 니노스가 죽자 정권을 장악하여 페르시아와 아프리카를 지배하였다. 온갖 음란함을 일삼았으며 심지어 자기 아들과 근친상간의 죄를 저질렀고, 그로 인해 비난을 받자 욕구에 따라 행동하는 것은 정당하다고 법률로 합법화하기도 했다고 한다.
6 원문에는 〈수많은 언어들〉로 되어 있는데, 그 언어들을 말하는 여러 민족을 의미한다.
7 85행에서 이름이 나오는 디도Dido. 그녀는 포이니키아 지방 티로스의 왕 무토의 딸로 숙부 시카이오스와 결혼했는데, 그녀의 오빠 피그말리온이 재산을 빼앗으려고 남편을 죽였다. 디도는 시카이오스의 재물을 몰래 배에 싣고 아프리카 북부에 도착하여 카르타고를 세우고 통치하던 중 때마침 그곳에 표류해 온 아이네아스를 사랑하였으나, 그가 떠나자 실망하여 자결하였다.
8 이집트 프롤레마이오스 왕조의 마지막 여왕 클레오파트라Cleopatra 7세(B.C. 69~B.C. 30)로 카이사르, 안토니우스를 차례로 사랑하였다.

보아라, 헬레네[9]를. 그녀 때문에
지겹던 시절이 지났다. 보아라, 끝에는
사랑 때문에 싸웠던 위대한 아킬레스[10]를.   66

보아라, 파리스, 트리스탄[11]을.」스승님은
사랑 때문에 삶을 마친 많은 영혼들을
손가락으로 가리키면서 이름을 댔다.   69

옛날 여인들과 기사들의 이름을
스승에게서 듣고 나자 측은한 마음에
나는 거의 정신을 잃을 지경이었다.   72

나는 말을 꺼냈다. 「시인이시여, 저기
바람결에 가볍게 걸어가듯 함께 가는
두 영혼[12]과 이야기하고 싶습니다.」   75

그분은 말하셨다. 「우리 가까이 오면 보리라.

---

9   유피테르와 레다의 딸로 원래 스파르테(라틴어 이름은 스파르타)의 왕 메넬라오스의 아내
였으나, 트로이아 왕 프리아모스의 아들 파리스(67행)의 아내가 되었다. 그녀 때문에 기나긴 트로
이아 전쟁이 시작되었다.

10   그리스어 이름은 아킬레우스로 『일리아스』의 주요 영웅이다. 그는 프리아모스의 딸 폴릭세
네(「지옥」 30곡 17행)를 연모하였고 그로 인해 계략에 걸려서 죽임을 당했다.

11   아서왕의 기사 이야기들에 나오는 인물로 숙모 이졸데를 사랑하였고 그로 인해 숙부 마크
에게 죽임을 당했다.

12   프란체스카Francesca와 파올로Paolo. 이 두 연인의 사랑 이야기는 『신곡』에서 가장 많이
인용되는 일화 중 하나이다. 프란체스카는 라벤나의 귀족 귀도 다 폴렌타의 딸로 1275년 리미니의
귀족 잔초토 말라테스타Gianciotto Malatesta와 결혼하게 되었다. 그런데 잔초토는 불구의 몸이어
서 결혼식장에 동생 파올로를 대신 내보냈는데, 신부 프란체스카는 나중에야 이 사실을 알게 되었
다. 프란체스카는 결국 파올로를 사랑하게 되었고, 형 잔초토에게 발각되어 두 사람은 죽임을 당했
다. 단테는 이 두 사람 중 한 명을 만났을 것으로 추정된다.

5: 73~75
저기 바람결에 가볍게 걸어가듯 함께 가는 두 영혼과 이야기하고 싶습니다.

그들을 이끄는 사랑의 이름으로
부탁하면 그들은 이리로 올 것이다.」   78

바람이 그들을 우리 쪽으로 밀었을 때
나는 말했다. 「오, 괴로운 영혼들이여,
하느님께서 허락하신다면 와서 말하시오!」   81

마치 욕망에 이끌린 비둘기들이
활짝 편 날개로 허공을 맴돌다가
아늑한 보금자리로 날아오듯이,   84

그들은 디도가 있는 무리에서 벗어나
사악한 대기를 가로질러 우리에게 왔으니
애정 어린 외침이 그렇게 강렬하였다.   87

「오, 자비롭고 너그러운 산 사람이여,
이 어두운 대기 속을 지나가면서
세상을 피로 물들였던 우리를 찾는군요.   90

우주의 왕[13]께서 우리의 친구라면,
우리의 불행을 불쌍하게 여기는
그대의 평화를 위하여 기도하리다.   93

그대가 말하고 또 듣고 싶은 것을,
지금처럼 바람이 잔잔한 동안에

13   하느님.

우리는 듣고 또 그대에게 말하리다. 96

내가 태어난 땅은, 포강이 자신의
지류들과 함께 흘러 내려와 평화를
얻는 바닷가[14]에 자리하고 있지요. 99

상냥한 마음에 재빨리 불붙는 사랑[15]은
빼앗긴 내 아름다운 육체로 이 사람[16]을
사로잡았으니, 아직도 나는 괴롭답니다. 102

헛된 사랑을 용납하지 않는 사랑은
이 사람의 즐거움으로 나를 사로잡았고
그대가 보듯, 아직 나를 사로잡고 있다오. 105

사랑은 우리를 하나의 죽음으로 이끌었고,
우리를 죽인 자[17]를 카이나[18]가 기다린다오.」
그들에게서 이런 말이 우리에게 들려왔다. 108

나는 그 괴로운 영혼들의 말을 듣고
고개를 숙이고 한참 동안 있었으니,

14   라벤나를 가리킨다. 포Po강은 이탈리아 북부를 가로지르면서 널따란 평원을 펼치는 커다란 강인데, 아드리아 해로 흘러드는 어귀에 라벤나가 자리하고 있다.
15   이어지는 세 연(聯)은 모두 아모르Amor, 즉 〈사랑〉으로 시작된다. 따라서 로마 신화에서 의인화된 사랑의 신 〈아모르〉(그리스 신화의 에로스)로 옮길 수도 있다.
16   곁에 있는 파올로를 가리킨다.
17   파올로의 형 잔초토.
18   Caina. 지옥의 마지막 아홉째 원의 첫째 구역을 가리킨다. 아담의 아들이며 동생 아벨을 죽인 카인의 이름을 따서 단테가 지어낸 이름이다. 이곳에서는 가족이나 친척을 죽인 배신자들이 형벌을 받는다.(「지옥」32곡 58행 참조)

5: 106
사랑은 우리를 하나의 죽음으로 이끌었고

시인이 말하셨다. 「무슨 생각을 하느냐?」   111

나는 대답하여 말했다. 「오, 세상에,
얼마나 달콤한 생각, 얼마나 큰 욕망이
그들을 이런 고통으로 이끌었습니까!」   114

그리고 나는 그들을 향해 말했다.
「프란체스카여, 그대의 괴로움은 나에게
슬픔과 연민의 눈물을 흘리게 하는구려.   117

하지만 말해 주오, 달콤한 한숨의 순간에
어떤 상황에서 어떻게 사랑이 허용하여
그대들은 의심스러운 열망을 알게 되었소?」   120

그녀는 말했다. 「비참할 때 행복했던 시절을
회상하는 것보다 더 큰 고통은 없으니,
그것은 당신의 스승도 잘 알지요.[19]   123

그렇지만 우리 사랑의 최초 뿌리를
당신이 그토록 알고 싶다면
이 사람처럼 울면서 말해 주리다.   126

어느 날 우리는 재미 삼아 란칠로토가
사랑에 빠진 이야기[20]를 읽고 있었는데,

19   림보에 있는 베르길리우스의 심정을 암시하는 것으로 해석된다.
20   아서왕의 전설에서 원탁의 기사 란칠로토Lancillotto(프랑스어와 영어 이름은 Lancelot)는
아서왕의 아내 지네브라Ginevra(영어 이름은 Guinevere)를 사랑하였고, 그로 인하여 슬픈 최후를

5: 134~136
내게서 절대로 떨어질 수 없는 이 사람은 온통 떨면서 나에게 입을 맞추었지요.

우리 둘뿐이었고 아무 의혹도 없었답니다.   129

그 책은 자주 우리 눈길을 마주치게
이끌었고 얼굴을 창백하게 만들었는데,
오직 한 대목이 우리를 사로잡았소.   132

그 연인이 열망하던 입술에다
입 맞추는 장면을 읽었을 때, 내게서
절대로 떨어질 수 없는 이 사람은   135

온통 떨면서 나에게 입을 맞추었지요.
그 책을 쓴 사람은 갈레오토[21]였고,
우리는 그날 더 이상 읽지 못했지요.」   138

그렇게 한 영혼이 말하는 동안
다른 영혼은 울고 있었으며, 연민에
이끌린 나는 죽어 가듯 정신을 잃었고   141

죽은 시체가 넘어지듯이 쓰러졌다.

맞이하였다.
21 갈레오토Galeotto(프랑스어와 영어 이름은 Galehaut, Galahaut, Galhault 등)는 아서왕의
전설에 나오는 대표적인 기사로, 란칠로토와 지네브라 왕비의 사랑에서 중재자 역할을 하였다. 여
기에서는 그 이야기를 기록한 책을 가리킨다.

5: 139~141

그렇게 한 영혼이 말하는 동안 다른 영혼은 울고 있었으며,
연민에 이끌린 나는 죽어 가듯 정신을 잃었고

제6곡

정신을 차린 단테는 셋째 원에 이르러 있는데, 이곳에서는 탐식의 죄를 지은 영혼들
이 벌받고 있다. 단테는 피렌체 출신의 영혼 차코와 이야기를 나누고, 그에게서 피렌
체의 미래에 대한 예언을 듣는다. 그리고 최후의 심판 뒤 저주받은 영혼들의 상황에
대해 베르길리우스와 이야기를 나눈다.

그들 두 사람의 고통을 보고
슬픔으로 완전히 혼란해져서
닫혔던 제정신이 돌아온 나는,   3

몸을 움직여 사방을 둘러보면서
자세히 살펴보았는데, 주위에는 온통
새로운 고통과 고통받는 자들뿐이었다.   6

나는 셋째 원에 있었고, 차갑고 무거우며
영원하고 저주받은 비가 내렸는데,
그 성질이나 법칙은 변함이 없었다.   9

커다란 우박, 더러운 비와 눈이
어두운 대기 속으로 쏟아져 내렸고
그것이 떨어진 땅은 악취를 풍겼다.   12

그곳에 잠겨 있는 영혼들 위에서는
잔인하고 괴상한 괴물 케르베로스[1]가
세 개의 목구멍으로 개처럼 울부짖었다.   15

충혈된 눈에 시커멓고 더러운 수염,
거대한 배, 날카로운 발톱으로 그놈은
영혼들을 할퀴고 찢고 갈기갈기 뜯는다.   18

비 때문에 개처럼 울부짖으면서
그 비참한 죄인들은 자주 몸을 돌리며
자신의 옆구리로 서로를 막아 준다.   21

거대한 벌레 케르베로스는 우리를 보자
입들을 벌리고 송곳니를 드러내며
안절부절못하고 사지를 발버둥쳤다.   24

그러자 나의 스승님은 손바닥을 펴서
손아귀에 가득히 흙을 집어 들더니
탐욕스러운 목구멍들 속으로 던졌다.   27

마치 울부짖으며 버둥거리던 개가
먹이를 물면, 단지 그것을 집어삼킬
생각에 몰두하여 잠시 잠잠해지듯이,   30

영혼들이 차라리 귀머거리가 되기를
바랄 정도로 시끄럽게 울부짖던 악마
케르베로스의 더러운 얼굴들도 그랬다.   33

무거운 비에 짓눌리는 영혼들 위로

1 그리스 신화에 등장하는 세 개의 머리와 뱀의 꼬리와 갈기를 가진 괴물로 지옥을 지키는 개로 묘사된다.

6: 25~27
그러자 나의 스승님은 손바닥을 펴서 손아귀에 가득히 흙을 집어 들더니
탐욕스러운 목구멍들 속으로 던졌다.

우리는 지나갔는데, 사람처럼 보이는
그림자들 위로 발바닥을 내딛었다.   36

그들은 모두 땅바닥에 누워 있었는데,
우리가 앞으로 지나가는 것을 보고
그중 하나가 벌떡 일어나 앉았다.   39

그는 말했다. 「이 지옥으로 안내된 그대여,
혹시 나를 알아보겠는지 보시오.
그대는 내가 죽기 전에 태어났으니까.」   42

나는 말했다. 「당신이 받는 고통 때문에
아마 내 기억에서 사라져 버린 듯
당신을 본 적이 없는 것 같군요.   45

그러나 말해 주오, 그대는 누구이며,
왜 이 고통의 장소에 떨어져 무엇보다
크고 괴로운 이런 벌을 받고 있는지.」   48

그러자 그가 말했다. 「이미 자루가 넘칠 만큼
질투에 가득 찬 그대의 도시²에서
나는 아주 평온한 삶을 살았다오.   51

그대들은 나를 차코³라 불렀는데,

---

2 피렌체.
3 Ciacco. 구체적으로 누구를 가리키는지 알 수 없다. 또한 차코가 이름인지 아니면 별명인지
도 알 수 없으나, 대부분 경멸적인 의미의 별명으로, 특히 〈돼지〉라는 뜻으로 해석된다.

6: 40~41

이 지옥으로 안내된 그대여, 혹시 나를 알아보겠는지 보시오.

그대가 보듯이 이렇게 비에 젖도록
해로운 목구멍의 죄 때문이었지요.   54

그런 비참한 영혼은 나 혼자가 아니오.
이들 모두 비슷한 죄로 비슷한 고통을
받고 있소.」 그러고는 더 말이 없었다.   57

나는 말했다. 「차코여, 그대의 고통은
눈물이 날 정도로 나를 짓누르는군요.
그렇지만 혹시 알고 있다면 말해 주오,   60

분열된 도시의 시민들은 어떻게 될지,
혹시 정의로운 자가 있는지, 무엇 때문에
그리 많은 불화에 시달리고 있는지?」4   63

그러자 그는 말했다. 「오랜 싸움 끝에 그들은
피를 볼 것이며, 시골뜨기 무리가
모욕과 함께 상대편을 몰아낼 것이오.5   66

그리고 3년 이내에 이쪽 편이 무너지고

---

4 그 당시 피렌체는 궬피Guelfi, 즉 〈교황파〉와 기벨리니Ghibellini, 즉 〈황제파〉로 분열되어
정쟁에 시달리고 있었다. 단테가 정치 활동을 시작한 1290년대 중반에는 궬피파가 정권을 잡았으
나, 다시 그 내부에서 〈백당Bianchi〉과 〈흑당Neri〉으로 분열되어 싸웠고, 단테는 〈백당〉에 속했다.
5 1300년 5월 1일 체르키Cerchi(「천국」 16곡 65행 참조)가 이끄는 〈백당〉과 코르소 도나티
Corso Donati(「연옥」 24곡 83~84행 참조)가 이끄는 〈흑당〉의 젊은이들 사이에 유혈 충돌이 발생
했다. 그러자 피렌체 당국의 최고 위원들은 두 무리의 대표자들을 추방했고, 이듬해 1301년에는
〈흑당〉의 음모를 막기 위해 그 주요 인물들도 추방했다. 체르키는 시골에서 피렌체로 이주해 왔기
때문에 〈시골뜨기 무리〉라 불렀다.

지금 눈치 보고 있는 자[6]의 도움으로
다른 편이 일어서게 될 것이오.   69

그들은 오랫동안 머리를 쳐들고
아무리 불평하거나 경멸하더라도
상대방을 무겁게 짓밟을 것이오.   72

정의로운 자가 두 사람[7]이지만
이해받지 못하고, 오만과 질투와 탐욕이
세 개의 불꽃처럼 마음을 태울 것이오.」   75

여기에서 그는 눈물겨운 말을 끝냈고
내가 말했다. 「바라건대 나에게 조금 더
가르쳐 주고, 조금 더 말해 주십시오.   78

한때 인정받던 파리나타와 테기아이오,
야코포 루스티쿠치,[8] 아리고,[9] 모스카,[10]
또 훌륭한 재능을 자랑하던 다른 사람들은   81

6   교황 보니파키우스 8세, 또는 발루아 사람 샤를(1270~1325)을 가리키는 것으로 해석된다.
교황은 1301년 가을 샤를을 중재자 명목으로 피렌체에 파견하지만 실제로는 〈흑당〉을 지원하기 위
해서였다. 그리하여 〈흑당〉이 정권을 장악하였고, 그 결과 단테는 망명을 떠나게 되었다.
7   그들이 누구인지는 분명하지 않다. 정의로운 자들의 숫자가 극히 적다는 의미로 해석되기도
한다.
8   모두 아래에서 벌받고 있는 자들로 파리나타Farinata는 「지옥」 10곡 32행 이하, 테기아이오
Tegghiaio는 「지옥」 16곡 40행 이하, 야코포 루스티쿠치Iacopo Rusticucci는 「지옥」 16곡 43행 이
하에서 다시 등장한다.
9   Arrigo. 부온델몬테(「지옥」 28곡 106행 역주 참조)의 살해 사건에 가담하였던 피판티 가문
(「천국」 16곡 104행 참조) 출신으로 짐작되는데, 그는 이후 언급되지 않는다.
10   람베르티 가문의 모스카Mosca는 「지옥」 28곡 103행 이하에서 다시 등장한다.

지금 어디 있는지 내가 알아보게 해주오.
천국에서 위로를 받는지, 지옥에서 고통을
받는지, 알고 싶은 욕망이 무척 큽니다.」   84

그가 말했다. 「그들은 여러 죄로 저 아래 깊이
떨어져, 더욱 어두운 영혼들과 함께
있으니, 더 내려가면 볼 수 있으리다.   87

하지만 달콤한 세상[11]으로 돌아가거든
사람들의 기억에서 나를 일깨워 주오.
이제 더 말하지도 않고 대답도 않겠소.」   90

그러더니 똑바른 시선을 비스듬히 돌려
잠시 나를 바라보더니 고개를 숙였고,
다른 눈먼 이들과 같은 모양으로 쓰러졌다.   93

그러자 스승님이 말하셨다. 「저자는 여기서 더 이상
일어나지 못하리라, 천사의 나팔 소리에
적들의 심판관이 올 때까지.[12] 그때는   96

각자 자신의 슬픈 무덤을 다시 보고
자신의 육체와 형상을 다시 갖추고
영원히 울리는 소리[13]를 들으리라.」   99

11 산 자들의 세상.
12 하느님에 의한 최후의 심판이 이루어질 때까지.
13 영혼들의 운명을 영원히 확정할 최후 심판의 판결을 가리킨다.

그렇게 우리는 비와 그림자들이 뒤섞인
더러운 곳을 느린 걸음으로 지나가면서,
잠시 미래의 삶에 대하여 이야기하였다.   102

내가 말했다. 「스승님, 위대한 심판 뒤에는
이러한 고통이 더욱 커질까요, 아니면
줄어들까요, 아니면 그대로일까요?」   105

그분은 말하셨다. 「네 이론14으로 돌아가라.
거기에 의하면 어떤 것이 완벽할수록
더욱 선을 느끼고, 고통도 마찬가지이다.   108

이 저주받은 무리는 절대로 진정한
완벽함에는 이르지 못할 것이지만
지금보다 그때는 더 그러리라 기대된다.」   111

지금 말하는 것보다 많이 이야기하면서
우리는 그 둥그스름한 길을 돌았고
내리막길에 이르렀는데, 거기서   114

거대한 원수 플루토15를 발견했다.

14   단테가 자기 것으로 삼고 따르는 스콜라 철학의 이론을 가리키는데, 어떤 것이 완벽한 만큼
더 선을 느끼고, 악도 마찬가지라는 것이다. 그렇다면 최후의 심판 뒤에 저주받은 영혼들의 고통은
더욱 심해지고, 반면 축복받은 영혼들의 행복은 더욱 커질 것이다.(「천국」14곡 43~51행 참조)
15   그리스 신화에서 부와 재물을 관장하는 플루토스(로마 신화에서는 플루투스)를 가리키는
지, 아니면 하계의 신인 플루톤 또는 하데스(로마 신화에서는 디스 파테르Dis Pater)를 가리키는지
정확히 알 수 없다. 이탈리아어 이름 플루토Pluto는 둘 다 가리킨다. 그러나 디스 파테르는 나중에
루키페르와 동일시되고(「지옥」8곡 69행 참조), 여기에서는 재물과 관련된 악마로 배치된 것으로
보아 플루토스를 가리키는 것으로 보인다.

제7곡

넷째 원에서 단테는 재물의 악마 플루토를 본다. 이곳에서는 재물의 죄인들, 말하자면 낭비 또는 반대로 인색함의 죄를 지은 영혼들이 맞부딪치며 서로를 모욕한다. 베르길리우스는 재물을 다스리는 행운의 여신 포르투나에 대해 설명하면서 다섯째 원으로 간다. 그곳에는 분노의 죄인들이 스틱스 늪에서 흙탕물 속에 잠겨 벌받고 있다.

「파페 사탄, 파페 사탄 알레페!」[1]
거친 목소리로 플루토가 소리쳤다.
그러자 모든 것을 아시는 친절한 스승님은   3

나를 안심시키셨다. 「두려움에 몸을 해치지
마라. 저놈이 아무리 강해도 바위 길을
내려가는 우리를 방해하지 못할 것이다.」   6

그리고 분노에 찬 그놈 얼굴을 향해
말하셨다. 「닥쳐라, 저주받은 늑대야.
네 분노로 너의 몸이나 불태워라.   9

이유 없이 이 어두운 곳으로 가는 것이
아니라, 미카엘이 오만한 폭력을
처벌했던 높은 곳[2]에서 원하시는 것이다.」   12

그러자 마치 돛대가 부러지면서 바람에

---

1 *Papé Satàn, Papé Satàn aleppe!* 플루토가 외치는 말로 무슨 뜻인지 정확히 알 수 없다.
2 대천사 미카엘이 반역한 천사들의 오만함을 처벌했던 곳, 즉 천국을 가리킨다.

7: 8~9

닥쳐라, 저주받은 늑대야.
네 분노로 너의 몸이나 불태워라.

부풀었던 돛들이 휘감겨 떨어지듯이,
그 잔인한 맹수는 땅바닥에 쓰러졌다.   15

그렇게 우리는 넷째 원으로 내려가
우주의 모든 죄악을 담고 있는
고통스러운 기슭으로 더 내려갔다.   18

오, 하느님의 정의여! 내가 본 수많은
고통과 형벌은 누가 쌓았습니까?
왜 우리의 죄는 우리를 파멸시킵니까?   21

마치 카리브디스3 바다에서 파도가
마주치는 파도와 함께 부서지듯, 이곳의
영혼들은 맴돌며 서로 부딪치고 있었다.   24

나는 다른 곳보다 많은 사람들을 보았는데,
그들은 이쪽과 저쪽에서 크게 울부짖으며
가슴으로 무거운 짐을 굴리고 있었다.4   27

그들은 서로 맞부딪치면 그 자리에서
각자 몸을 돌려 뒤돌아보며 소리쳤다.
「왜 갖고 있어?」 또 「왜 낭비해?」5   30

---

3 이탈리아어 이름은 카리디Cariddi. 고전 신화에서 유피테르의 벌을 받아 바다 괴물이 된 여인으로, 하루에 세 번 엄청난 바닷물을 들이마시면서 주변의 배들까지 집어삼켰다고 한다. 여기에서는 이탈리아와 시칠리아 사이에 세찬 파도와 소용돌이가 자주 일어나는 메시나 해협을 가리킨다.
4 무거운 짐은 재물에 얽매인 인간의 굴레를 상징한다. 그리스 신화의 시시포스가 가슴으로 무거운 바윗돌을 굴리는 형벌을 염두에 둔 것으로 짐작된다.
5 재물과 관련하여 정반대의 죄를 지은 두 무리가 서로를 모욕하는 말이다.

그렇게 더러운 가락을 소리치면서
그들은 한쪽 편에서 맞은편 쪽으로
어두운 원을 그리며 맴돌고 있었으며,   33

그러다 자기 반원의 중간에 이르면
각자 몸을 돌려 맞은편을 향하였다.
나는 찢어지는 듯한 가슴으로 말했다.   36

「스승님, 이들이 누구인지 말해 주십시오.
그리고 우리 왼쪽에 있는 삭발한 자들은
모두 예전에 성직자들이었는지요?」   39

그분은 말하셨다. 「이자들은 모두
첫 번째 삶[6]에서 정신의 눈이 멀어
절도 있는 소비를 하지 못하였단다.   42

정반대의 죄[7]로 서로 나뉜
원의 두 지점에 이르면, 저들은
분명한 목소리로 저렇게 짖어 댄다.   45

이쪽의 머리에 털이 없는[8] 자들은
성직자들로 교황과 추기경이었는데
지나칠 정도로 탐욕을 부렸지.」   48

6 지상에서의 삶.
7 낭비의 죄와 인색함의 죄.
8 삭발한 머리를 가리킨다. 당시의 수도자나 성직자는 속세를 떠난다는 표시로 머리 일부를 동
그랗게 삭발하였다.

나는 말했다. 「스승이시여, 이자들 중에서
그런 죄로 더럽혀진 몇몇 영혼을
제가 분명 알아볼 수 있겠군요.」   51

그분은 말하셨다. 「헛된 생각을 하는구나.
저들은 무분별한 생활로 더러워져
전혀 알아볼 수 없게 되었단다.   54

그들은 영원히 서로 충돌할 것이며,
무덤에서 이들9은 움켜쥔 손으로,
저들10은 잘린 머리칼로 일어나리라.11   57

잘못 소비하고 잘못 간직함으로 인해
아름다운 세상을 잃고 저렇게 싸우니,
그것이 무엇인지 꾸밈없이 말해 주마.   60

아들아, 포르투나12에게 맡겨진 재화는
사람들이 서로 싸우도록 만드는데,
그 짧은 속임수를 볼 수 있을 것이다.   63

달의 하늘 아래 있고 또 전에도 있었던
모든 황금은, 이 피곤한 영혼들 중에서
누구도 편히 쉬게 하지 못할 테니까.」   66

9   인색한 자들로, 움켜쥔 손은 지나친 인색함을 상징한다.
10   낭비한 자들로, 잘린 머리칼은 방탕의 무절제함을 상징한다.
11   최후의 심판으로 받으러 가기 위해 무덤에서 다시 일어나는 것을 의미한다.
12   Fortuna. 로마 신화에서 재물을 다스리는 〈행운〉의 여신으로 그리스 신화의 티케에 해당한
다. 맥락에 따라 〈운명〉으로 옮길 수도 있다.

7: 64~66
달의 하늘 아래 있고 또 전에도 있었던 모든 황금은,
이 피곤한 영혼들 중에서 누구도 편히 쉬게 하지 못할 테니까.

내가 말했다. 「스승님, 더 말해 주십시오.
말하시는 그 포르투나는 무엇이기에
세상의 재화를 그렇게 손에 갖고 있나요?」   69

스승님은 말하셨다. 「오, 어리석은 인간들이여,
무지가 너희들을 얼마나 해치는지!
이제 내 말을 명심하도록 하여라.   72

모든 것을 초월하는 지혜를 가진 분은
하늘들을 만드시고 인도하는 자를
배치하시어 세상 온 사방이 빛나도록   75

빛을 동일하게 나눠 주게 하셨는데,[13]
마찬가지로 세상의 영광들에 대해서도
다스리고 인도하는 자[14]를 배치하셨고,   78

그녀는 헛된 재화를 때때로 이 민족에서
저 민족으로, 이 핏줄에서 저 핏줄로 옮겨
인간의 지혜가 막을 수 없도록 했단다.   81

그래서 풀숲 사이에 뱀처럼 숨겨진
그녀의 판단에 따라 한 민족이
지배하면 다른 민족은 시들게 되지.   84

13 하느님은 아홉 개의 하늘을 창조하고 각 하늘을 관장하는 아홉 품계의 천사들을 배치하여
온 세상에 빛이 골고루 비치도록 했다는 것이다.(「천국」 28곡 참조)
14 포르투나.

너희 지식은 그녀에게 맞설 수 없으니,
그녀는 미리 예견하고 판단하며
다른 신들처럼 자신의 임무를 수행하지.   87

그녀가 옮기는 작업은 쉴 틈이 없고
필요에 따라 신속하게 움직이며,
따라서 종종 운명이 바뀌는 자가 있지.   90

그런데 그녀를 찬양해야 할 자들이
오히려 부당하게 욕하고 비난하며
그녀에게 심한 저주를 퍼붓기도 한다.   93

하지만 그녀는 행복하게도 그런 말을
듣지 않고, 다른 최초 창조물들과 함께
즐겁게 자신의 임무를 수행하며 즐긴단다.   96

이제 더 큰 고통으로 내려가 보자.
내가 출발했을 때 떠오른 별들이 이미
스러졌으니[15] 오래 머무를 수가 없구나.」   99

우리는 원을 가로질러 맞은편 기슭의
어느 샘물로 갔는데, 부글부글 끓고
넘치면서 웅덩이를 이루고 있었다.   102

물은 칠흑처럼 아주 검은 색깔이었고,

15 성 금요일 자정이 지난 무렵이다.

우리는 시커먼 물결을 바라보면서
험준한 길을 통해 아래로 내려갔다.   105

그 음산한 개울은 거무스레하고
사악한 기슭 아래로 내려가서
스틱스[16]라는 이름의 늪으로 들어갔다.   108

그것을 바라보던 나는 늪 속에서
고통스러운 표정으로 벌거벗은 채
온통 진흙을 뒤집어쓴 사람들을 보았다.   111

그들은 손뿐만 아니라 머리와
가슴과 발로 서로를 때리고, 이빨로
물어뜯으며 갈기갈기 찢고 있었다.   114

훌륭한 스승님이 말하셨다. 「아들아,
보아라, 분노에 사로잡힌 영혼들을.
또한 네가 분명히 알아야 하는데,   117

어디를 바라보아도 네 눈이 말해 주듯
물 밑에는 한숨짓는 사람들이 있어서
수면에 부글부글 거품이 일고 있단다.   120

진흙 속에서 저들은 말한단다. 〈햇살
아래 달콤한 대기 속에서는 마음속에

16 그리스 신화에서 저승 세계에 있다고 믿었던 강으로, 여기에서 단테는 하부 지옥의 성벽을
둘러싼 늪으로 묘사하고 있다.

7: 116

보아라, 분노에 사로잡힌 영혼들을.

게으른 연기[17]를 가졌기에 슬펐는데,   123

이제는 검은 진흙 속에서 슬프구나.〉
분명한 말로 말할 수 없으니, 그런
탄식은 목구멍에서 꾸르륵거린단다.」[18]   126

그렇게 진흙 속에 잠긴 자들을 보며
우리는 마른 절벽과 늪 사이를 따라
더러운 늪의 주위를 빙 돌았으며   129

마침내 어느 탑의 발치에 이르렀다.

---

17 마음속에 간직하고 있는 느린 분노나 원한을 상징하는 것으로 해석된다.
18 흙탕물이 목구멍 안으로 들어가기 때문에 제대로 말을 할 수 없다.

제8곡

단테는 〈디스의 도시〉, 즉 하부 지옥을 둘러싸고 있는 스틱스 늪에 이르러 플레기아스의 배에 올라탄다. 스틱스 늪 속에서는 분노의 죄인들이 벌받고 있는데, 그들 중에서 단테는 필리포 아르젠티를 만난다. 두 시인은 늪을 건넜지만, 하부 지옥을 지키는 악마들이 안으로 들어가는 것을 가로막는다.

계속 이어서 말하건대,[1] 높다란 탑의
발치에 이르기 훨씬 이전에 우리의
눈은 탑의 꼭대기를 향하고 있었는데,   3

거기에 있는 두 불꽃 때문이었으며,
또 다른 불꽃이 신호에 응답하였기에,
거기에서 눈을 떼기가 어려웠다.   6

나는 모든 지성의 바다이신 스승님께
말했다. 「저건 무엇입니까? 저 다른 불은
무엇에 응답하고, 또 누가 저렇게 합니까?」   9

그분은 말하셨다. 「늪의 안개가 가리지
않는다면, 그들이 기다리는 것을
저 더러운 물결 위에서 볼 수 있으리라.」   12

1　계속해서 이야기한다는 뜻이지만, 실제로는 앞의 7곡 후반부에 서술된 내용(〈어느 탑의 발치에 이르렀다〉)보다 〈훨씬 이전에〉 있었던 사건으로 되돌아가 이야기한다. 이에 대해 여러 학자들은 단테가 『신곡』의 집필을 중단하였다가 나중에 다시 이어 썼다는 증거로 보기도 한다. 예를 들어 보카치오는 7곡까지의 초반부는 단테의 망명 이전에 쓰였다고 주장하기도 하였다. 어쨌든 8곡 이후부터 사건의 전개 속도나 문체, 리듬 등에서 뚜렷한 변화가 드러난다.

시위를 떠난 화살이 아무리 빠르게
허공을 달린다 해도 내가 거기서 본
작은 배처럼 빠르지는 못할 것이다.   15

그 배는 물 위로 우리를 향해 다가왔는데
사공 혼자 이끌고 있었으며, 그는
외쳤다. 「이제 왔구나, 사악한 영혼아!」   18

「플레기아스,2 쓸데없이 소리 지르는구나.」
내 주인께서 말하셨다. 「이번에 네가 할 일은
우리가 저 늪을 건너게 해주는 것뿐이다.」   21

마치 자신에게 가해진 큰 속임수를
듣고, 그에 대해 후회하는 사람처럼
플레기아스는 분노에 사로잡혀 있었다.   24

나의 스승께서는 배 안으로 내려가
나를 자기 곁으로 들어오게 하셨다.
내가 탔을 때에야 배는 무거워 보였다.3   27

스승님과 내가 배에 올라타자, 낡은
뱃머리는 다른 영혼을 실었을 때보다
더욱 깊이 물살을 가르며 나아갔다.   30

2 전쟁의 신 마르스와 크리세이스 사이의 아들로, 태양의 신 아폴로(그리스 신화에서는 아폴
론)가 자신의 딸 코로니스를 유혹하자 아폴로에게 바쳐진 델포이 신전을 불태웠다. 따라서 분노의
화신으로 간주된다.
3 영혼들은 무게가 없으나 살아 있는 단테는 육신을 갖고 있기 때문이다.

8: 28~30
낡은 뱃머리는 다른 영혼을 실었을 때보다
더욱 깊이 물살을 가르며 나아갔다.

우리가 죽은[4] 늪을 달리는 동안 진흙을
뒤집어쓴 한 영혼[5]이 앞에 나타나
말했다. 「때 이르게[6] 오는 그대는 누군가?」   33

나는 말했다. 「오더라도 머물지는 않소. 그런데
그대는 누구이며, 왜 그리 더러운가?」
그가 말했다. 「보다시피 나는 울고 있는 자[7]요.」   36

나는 그에게 말했다. 「저주받은 영혼이여,
눈물과 고통 속에 여기 남아 있어라.
아무리 더러워도 나는 너를 알겠구나.」   39

그러자 그는 두 손으로 배를 잡으려 했고,[8]
눈치를 챈 스승께서는 그를 밀치며
말하셨다. 「다른 개들과 함께 꺼져라!」   42

그리고 스승님은 팔로 내 목을 감싸고
얼굴에 입 맞추셨다. 「오, 불의를 경멸하는 자여,
너를 잉태한 여인은 축복받을지어다!   45

저자는 세상에서 오만한 자였는데,

---

4 검은색을 가리킨다.
5 뒤의 61행에서 이름이 밝혀지는 필리포 아르젠티Filippo Argenti. 그가 구체적으로 누구인지 분명하지는 않으나, 피렌체 출신 귀족으로 쉽게 분노하는 전형적 인물로 해석된다. 일부에서는 단테가 반대했던 보수적 정치가로 보기도 한다.
6 죽기 전에.
7 자기 이름을 밝히지 않으려고 단순히 죄의 형벌을 받고 있는 영혼이라고 말한다.
8 배를 뒤집어 단테를 늪에 빠뜨리기 위해서이다.

8: 40~42

그는 두 손으로 배를 잡으려 했고, 눈치를 챈 스승께서는 그를 밀치며 말하셨다.
「다른 개들과 함께 꺼져라!」

그를 기억할 만한 덕성이 없으니 저렇게
그의 그림자는 여기에서 분노한단다.   48

저 위에서는 위대한 사람이라 생각하지만,
여기에서 진흙 속의 돼지처럼 있으면서
커다란 수치를 남길 자가 얼마나 많은지!」   51

나는 말했다. 「스승이시여, 우리가 이 호수를
나가기 전에, 저놈이 이 늪 속에
곤두박질하는 것을 보고 싶습니다.」   54

그분은 말하셨다. 「저 언덕이 보이기 전에
너의 그런 욕망은 충족될 것이니
네가 잠시 즐기는 것도 괜찮으리라.」   57

그리고 곧이어 진흙투성이 무리가
그를 잡아 찢었으니, 그에 대해 나는
지금도 하느님께 감사하고 찬양한다.   60

「필리포 아르젠티에게!」 모두 소리쳤고,
그러자 그 격노한 피렌체 영혼은
이빨로 자신의 몸을 물어뜯었다.   63

거기서 우리는 그를 떠났으니 더 이상
말하지 않겠다. 고통의 소리9가 내 귀를

9 디스의 성벽 안에서 들려오는 고통의 소리이다.

뒤흔들었기에 나는 뚫어지게 앞을 응시했다.   66

착한 스승님은 말하셨다. 「아들아, 이제
고통스러운 영혼들과 악마들의 무리가 사는
디스[10]라는 이름의 도시에 가까이 왔다.」   69

나는 말했다. 「스승이시여, 저 계곡 안에 있는
회교당[11]들이 눈에 분명히 보이는데,
불 속에서 나온 듯이 불그스레하군요.」   72

스승님은 말하셨다. 「네가 보다시피
저 안을 불태우는 영원한 불이 여기
낮은 지옥을 저렇게 붉게 물들인단다.」   75

그 황량한 영토를 둘러싸고 있는
깊은 웅덩이[12]에 우리는 이르렀는데,
성벽은 마치 쇠로 된 것처럼 보였다.   78

우리는 크게 한 바퀴 돈 다음
한 곳에 도착했고, 사공이 크게
외쳤다. 「나가라! 여기는 입구이다!」   81

10 원래의 이름은 디스 파테르Dis Pater, 즉 〈부(富)의 아버지〉이며 로마 신화에서 지하 세계를
관장하는 신으로 그리스 신화의 하데스 또는 플루톤에 해당한다. 「지옥」에서 단테는 반역한 천사들
의 우두머리인 지옥의 마왕 루키페르, 또는 그가 거주하는 하부 지옥을 가리켜 이렇게 부른다.
11 보카치오의 견해에 따르면 〈하느님이 아니라 악마를 섬기기 위한 건축물〉이기 때문에 그렇
게 불렀다고 한다.
12 중세의 성이나 요새를 둘러싼 해자(垓字)처럼 하부 지옥을 둘러싸고 있는 스틱스 늪이다.

성문 위에는 하늘에서 떨어진 자들[13]이
엄청나게 많이 보였는데, 그들은
화를 내면서 소리쳤다. 「죽지도 않고   84

죽은 자들의 왕국으로 가는 자가 누구냐?」
그러자 현명하신 스승께서는 그들에게
은밀하게 말하고 싶다는 신호를 하셨다.   87

그러자 그들은 약간 분노를 거둔 다음
말했다. 「너 혼자서 와라. 겁 없이
이 왕국에 들어온 저자는 떠나라.   90

만약 길을 안다면, 그 무서운 길로
혼자서 돌아가라. 그 어두운 길을
안내한 너는 여기에 머물 테니까.」   93

독자여, 생각해 보시라, 그 저주받은
말에 내가 얼마나 당황했는지. 나는
이곳으로 돌아오지 못하리라 생각했다.   96

「오, 사랑하는 길잡이시여, 당신은
일곱 번도 넘게 나를 안심시키고
제게 닥친 위험에서 구해 주셨으니,   99

이렇게 지친 저를 떠나지 마십시오.

13 반역한 천사들은 천국에서 지옥으로 떨어져 악마들이 되었다.

앞으로 나아가는 길이 거절되었다면
왔던 길로 어서 함께 돌아갑시다.」   102

나를 그곳으로 안내한 주인께서 말하셨다.
「두려워 마라. 우리의 길은 그분[14]께서
주셨으니 아무도 방해하지 못하리라.   105

여기서 나를 기다려라. 지친 영혼은
좋은 희망을 먹고 위안을 삼는 법, 내가
너를 이 낮은 세계에 남겨 두지 않으리라.」   108

그런 다음 상냥한 아버지는 떠나셨고
나는 의혹 속에 혼자 남아 있었으니,
머릿속에서 여러 생각이 싸움질하였다.   111

스승님이 그들에게 하신 말을 들을 수는 없었으나
그들과 함께 오래 머무르지 않으셨고,
그들은 서둘러서 안으로 들어갔다.   114

우리의 적들은 내 스승의 눈앞에서
성문을 닫았고, 밖에 남은 그분은
나를 향하여 느린 걸음을 옮기셨다.   117

눈은 땅바닥을 향하였고, 눈썹에는
당당함이 사라졌고, 한숨을 쉬며 말하셨다.

14 하느님.

8: 115~116

우리의 적들은 내 스승의 눈앞에서 성문을 닫았고

「누가 감히 내게 이 고통의 집을 금지했는가!」   120

그러고는 내게 말하셨다. 「내가 화를 낸다고
당황하지 마라. 안에서 아무리 막아도
나는 이 싸움에서 이길 테니까.   123

저들의 오만함은 새로운 일이 아니니,
전에도 더 밖의 문15에서 그랬는데,
지금 그 문은 아직도 열려 있단다.   126

너는 문 위의 죽은 글씨16를 보았겠지.
지금 거기에서 아무 호위 없이 원들을
거쳐 가파른 길을 내려오는 분이 있으니,   129

그분에 의해 이 도시가 열릴 것이다.」

15　지옥 입구의 문을 가리킨다. 그리스도가 림보의 성현들을 구하러 왔을 때(「지옥」4곡
51~63행 참조) 악마들이 저항하자 무력으로 문을 쳐부수었고 지금도 그대로 열려 있다는 뜻이다.
　16　단테가 지옥의 입구에서 보았던 글귀.(「지옥」3곡 1~9행 참조)

제9곡

아직도 문이 열리지 않는 디스 성벽의 탑 위에 불화와 분노의 화신인 세 푸리아가 나
타나서 단테를 위협한다. 하지만 하늘에서 내려온 사자(使者)의 도움으로 단테와 베
르길리우스는 마침내 안으로 들어간다. 그리고 이단자들이 불타는 관(棺) 속에서 벌
받고 있는 광경을 본다.

스승님이 돌아오시는 것을 보고
두려움으로 내 얼굴이 창백해지자
그분은 분노의 표정을 억누르셨고,   3

귀 기울이는 사람처럼 주의 깊게 계셨는데,
검은 대기와 빽빽한 안개로 인해 눈을
멀리까지 돌릴 수 없었기 때문이었다.   6

그분은 말하셨다. 「어쨌든 싸움은 이겨야 해.
그렇지 않으면…… 아니야, 도움을 약속했어.
아, 오실 분1이 왜 이리 늦으시는 걸까!」   9

나는 그분이 처음 말을 다음의 말로
뒤덮어 버리시는 것을 보았는데,
처음의 말과는 다른 말이었다.   12

어쨌든 그분의 말은 나에게 두려움을

---

1 단테와 베르길리우스를 도와주기 위해 하늘에서 내려온 사자(使者)를 기다리고 있다.

주었는데, 아마 내가 그 잘린 말에서
더 나쁜 의미를 이끌어 냈기 때문이리라.   15

「이 사악한 웅덩이의 깊은 곳까지
헛된 희망의 형벌만 받는 첫째 원[2]의
누군가 내려오는 경우가 있습니까?」   18

내가 질문하자 스승님이 대답하셨다.
「지금 내가 가고 있는 이 길을 이따금
우리 중의 누군가 가는 경우가 있단다.   21

사실 나는 여기 한 번 온 적이 있는데,
영혼들을 그들의 육체에 다시 불러들였던
그 잔인한 에리톤[3]의 마법 때문이었지.   24

내 육신이 없어진 지 얼마 후 그녀는
유다의 원[4]에서 한 영혼을 끌어내려고
나를 저 성벽 안으로 들어가게 했지.   27

그곳은 가장 낮고 어두우며, 모든 것을
움직이는 하늘에서 가장 먼 곳이지만,
나는 길을 잘 알고 있으니 안심하여라.   30

2 첫째 원 림보의 영혼들은 육체적 형벌이 아니라, 천국에 오르고 싶은 희망으로 마음의 형벌
을 받고 있다.
3 루카누스의 『파르살리아』 6권에 나오는 테살리아의 마법사 여인. 폼페이우스의 부탁을 받은
그녀는 파르살로스 전투의 결과를 알기 위해 어느 죽은 병사의 영혼을 저승에서 불러냈다.
4 예수를 팔아먹은 유다의 영혼이 벌받고 있는 아홉째 원의 넷째 구역인 주데카.(「지옥」34곡
117행 참조)

지독한 악취를 내는 이 늪은 고통의
도시를 둘러싸고 있는데, 우리는
분노 없이 들어갈 수 없을 것 같구나.」   33

다른 말도 하셨지만 지금은 기억하지 못하니,
내 눈은 온통 그 높은 탑의 불타는
꼭대기에 이끌려 있었기 때문이다.   36

그곳에는 피로 물든 지옥의 세 푸리아[5]가
한곳에 똑바로 서 있었는데, 그녀들은
여자의 몸체와 몸짓을 하고 있었으며,   39

몸에 짙푸른 물뱀들을 휘감고 있었고,
머리카락은 작은 뱀들과 뿔 난 뱀들로
무시무시한 관자놀이를 휘감고 있었다.   42

영원한 고통의 여왕[6]을 섬기는 그
하녀들을 알고 있던 스승께서 말하셨다.
「저 광포한 에리니스들을 보아라.   45

왼쪽에 있는 것이 메가이라이고,
오른쪽에서 우는 것이 알렉토, 가운데가

5 뒤이어 45행에서 말하듯이 그리스 신화에서는 에리니스(복수형은 에리니에스)라고 부르는 복수의 여신들로, 불화와 고통의 씨를 뿌린다. 이들은 날개가 달려 있고, 머리칼은 뱀들로 되어 있으며, 손에는 횃불이나 채찍을 든 모습으로 묘사된다. 세 여신의 이름은 각각 메가이라(〈질투하는 여자〉), 알렉토(〈쉬지 않는 여자〉), 티시포네(〈살인을 복수하는 여자〉)이다.
6 디스 파테르(그리스 신화에서는 하데스)의 아내 프로세르피나(그리스어 이름은 페르세포네).

9 : 45
저 광포한 에리니스들을 보아라.

티시포네이다.」 그리고 말이 없었다.   48

그녀들은 손톱으로 자기 가슴을 찢고
손바닥으로 두드리며 큰 소리로 외쳤고,
나는 두려워서 시인에게 바짝 다가갔다.   51

「메두사[7]여 오라, 저자를 돌로 만들도록.」
그녀들은 모두 아래를 바라보며 소리쳤다.
「테세우스의 공격에 복수하지 못해 원통하다.」[8]   54

「뒤로 돌아서서 얼굴을 가리도록 해라.
만약 고르곤이 나타나 네가 보게 된다면
다시는 땅 위로 돌아가지 못하리라.」   57

스승님은 그렇게 말하시고 손수 내 몸을
돌리셨고, 내 손을 믿지 않는 듯이
당신의 손으로 내 눈을 가리셨다.   60

오, 건강한 지성을 가진 그대들[9]이여,
이 신비로운 시구들의 베일 아래
감추어져 있는 의미를 생각해 보시오.   63

---

7 그리스 신화에서 흉측한 얼굴의 괴물 고르곤 세 자매 중 하나로 머리칼이 뱀들로 되어 있으며, 그녀를 바라본 사람은 돌로 변하였다.

8 그리스 신화의 영웅 테세우스는 디스 파테르의 아내 프로세르피나를 빼앗아 아내로 삼겠다는 친구 페이리토오스와 함께 저승으로 내려갔다가 망각의 의자에 앉아 있게 되었으나 헤라클레스의 도움으로 풀려났다. 만약 테세우스가 저승에서 살아 돌아가지 못했다면 사람들이 감히 저승으로 들어가려고 하지 않았을 것이라는 뜻이다.

9 독자들에게 하는 말이다.

그런데 벌써 더러운 물결 위로
양쪽 기슭이 떨릴 정도로 무섭고
터질 듯한 굉음이 들려왔는데,   66

마치 뜨거운 열기들에 의해 더욱
격렬해진 바람이 아무 거리낌 없이
숲을 후려치며 가지들을 찢어서   69

부러뜨려 날려 버리고, 오만하게
흙먼지와 함께 나아가며 목동들과
짐승들을 달아나게 만드는 것 같았다.   72

스승님이 내 눈을 풀어 주며 말하셨다.
「저 오래된 거품 너머, 안개 자욱한
곳으로 네 시선을 집중하도록 해라.」   75

마치 개구리들이 원수인 뱀 앞에서
모두들 물속으로 흩어져 달아나
각자 밑바닥에 납작 엎드리듯이,   78

마른 발바닥으로 스틱스 늪을 건너는
그분의 걸음걸이 앞에서 저주받은 수많은
영혼들이 도망치는 것을 나는 보았다.   81

그분은 종종 왼손을 눈앞에서 흔들어
얼굴에서 빽빽한 대기를 헤쳐 냈는데,
단지 그것만이 귀찮은 것처럼 보였다.   84

하늘에서 온 사자[10]라는 것을 깨달은 내가
스승님에게 몸을 돌리자, 스승님은 조용히
그분께 고개를 숙이라는 신호를 나에게 하셨다.   87

아, 얼마나 분노에 가득 차 보였는지!
그분은 성문으로 다가가 회초리 하나로
아무런 제지도 없이 문을 열었다.   90

「오, 하늘에서 쫓겨난 추악한 무리들아.」
그분은 무서운 문 앞에서 말을 꺼냈다.
「너희들은 왜 이런 오만함을 키우는가?   93

틀림없이 목적을 이루는 그 의지에
너희들은 무엇 때문에 거역하는가?
너희들의 고통만 더 키우지 않는가?   96

율법에 거스른다고 무슨 소용이 있는가?
너희가 기억하듯 너희의 케르베로스는
아직도 목덜미와 턱에 털이 없구나.」[11]   99

그리고 더러운 길을 따라 돌아섰는데,
우리에게는 말 한마디 없었고
마치 자기 앞에 있는 다른 일에   102

10   본문에는 그냥 〈사자(使者)messo〉로 되어 있는데, 대부분 천사를 가리킨다고 해석한다.
11   케르베로스(「지옥」 6곡 14행 참조)는 헤라클레스가 저승에 들어가는 것을 막으려다 오히
려 붙잡혀 사슬에 묶인 채 밖으로 끌려 나왔다.

9 : 89~91
그분은 성문으로 다가가 회초리 하나로 아무런 제지도 없이 문을 열었다.
「오, 하늘에서 쫓겨난 추악한 무리들아.」

몰두하고 이끌려 있는 것 같았다.
우리는 그의 성스러운 말에 힘입어
그 땅을 향해 우리의 걸음을 옮겼다.　　　　　　　　　105

우리는 다툼 없이 안으로 들어갔으며,
성벽이 둘러싸고 있는 상황을
보고 싶은 생각에 사로잡힌 나는　　　　　　　　　108

안으로 들어서자 주변을 둘러보았고,
사방의 넓은 들판이 사악한 형벌과
고통으로 가득 차 있음을 보았다.　　　　　　　　　111

마치 론강이 바다로 흐르는 아를,[12]
이탈리아를 가로막고 그 경계선을 적시는
크바르네르 바다 근처의 풀라[13]에서　　　　　　　　114

무덤들이 온통 다양하게 뒤덮고 있듯이,
여기에도 사방이 무덤들로 뒤덮였는데
다만 이곳은 더 고통스러운 모습이었다.　　　　　　117

무덤들 사이에는 불꽃들이 흩어져
온통 불타고 있었기 때문인데, 어떤

　　12　Arles. 프로방스 지방의 지명으로 로마 시대 묘지의 흔적들이 아직도 남아 있다. 이교도와
의 싸움에서 전사한 카롤루스 마그누스의 병사들을 매장하기 위해 하룻밤 사이에 기적처럼 거대한
공동묘지가 만들어졌다는 전설이 있다.
　　13　크바르네르Kvarner(이탈리아어 이름은 콰르나로Quarnaro)만(灣)은 아드리아해 북부의
크로아티아 해안과 이스트라반도 사이에 있는 만이고, 풀라Pula(이탈리아어 이름은 폴라Pola)는
이스트라반도 남쪽의 도시로 고대에 로마인들의 무덤이 있었다고 한다.

기술도 쇠를 그렇게 달구지 못하리라.   120

관의 뚜껑들은 모두 열려 있었으며,
분명 처참하고 고통스러워 보이는
무서운 탄식들이 흘러나오고 있었다.   123

그래서 나는 물었다. 「스승님, 저 사람들은
누구이기에 저렇게 관 속에 묻혀
고통스러운 탄식을 들리게 합니까?」   126

스승님은 말하셨다. 「여기에는 이단의 우두머리들이
모든 종파의 추종자들과 함께 있는데,
네 생각보다 많은 영혼들로 가득하단다.   129

여기에는 비슷한 자들끼리 묻혀 있고
무덤들은 더 뜨겁거나 덜 뜨겁단다.」[14]
그리고 우리는 오른편으로 돌아섰고,[15]   132

무덤들과 높다란 성벽 사이로 지나갔다.

14 죄의 경중에 따라 영혼들이 받는 형벌의 강도가 다르다는 뜻이다.
15 지옥에서 두 시인은 줄곧 왼쪽 방향으로 돌면서 내려가고 있다. 중세의 관념에서 왼쪽은 나
쁜 것을 상징하고 오른쪽은 좋은 것을 상징하기 때문이다. 그런데 이곳과 일곱째 원의 셋째 둘레
(「지옥」 17곡 28~31행 참조)에서만 방향을 바꾸어 오른쪽으로 돌아간다.

9: 127~128

여기에는 이단의 우두머리들이 모든 종파의 추종자들과 함께 있는데

제10곡

여섯째 원에는 영혼의 불멸을 부정한 에피쿠로스와 그의 추종자들이 벌받고 있는데, 단테는 그곳에서 파리나타와 카발칸티의 영혼과 이야기를 나눈다. 파리나타는 의연한 모습으로 단테에게 피렌체의 정치 싸움에 대하여 이야기하고, 또한 단테의 앞날을 예언하는 말을 들려준다.

이제 나의 스승님은 도시의 성벽과
고통 사이로 좁은 오솔길을 따라
가셨고, 나는 그분의 뒤를 따랐다.   3

「오, 사악한 원들로 나를 인도하시는
최고의 덕성이여.」 나는 말을 꺼냈다.
「원하신다면 제 욕망을 채워 주십시오.   6

무덤 속에 누워 있는 자들을
볼 수 있을까요? 모든 뚜껑은 이미
열려 있고, 아무 감시도 없습니다.」   9

그러자 그분은 말하셨다. 「저 위에 남겨 둔
육신을 갖고 여호사팟[1]에서 이곳으로
돌아올 때 모든 뚜껑이 닫힐 것이다.   12

육체와 함께 영혼이 죽는다고 생각했던

---

1   예루살렘 근처에 있다는 상상의 계곡으로 최후의 심판이 내려지는 날, 모든 영혼이 지상에 남겨 둔 육신을 다시 입고 이곳에 모인다고 한다.(「요엘」 4장 2절 참조)

에피쿠로스[2]와 그의 모든 추종자들이
이곳에 자신의 무덤을 갖고 있단다.   15

그러나 네가 나에게 말한 질문이나
아직 나에게 말하지 않은 욕망[3]은
이곳에서 곧바로 채워질 것이다.」   18

나는 말했다. 「훌륭하신 길잡이여, 단지 말을
적게 하려고 제 욕망을 감추었는데,
당신은 언제나 배려해 주시는군요.」   21

「오, 산 채로 불의 도시를 지나가며
그렇게 솔직하게 말하는 토스카나
사람이여, 잠시 이곳에 머물러 주오.   24

그대의 말투는 아마 내게 너무나도
괴로움을 주었던 그 고귀한 고향
출신임을 분명하게 밝혀 주는구려.」   27

갑자기 무덤들 중 하나에서
이런 소리가 들려왔기에, 나는
떨면서 안내자 곁으로 다가섰다.   30

스승님은 말하셨다. 「무엇 하느냐? 보아라!

2   에피쿠로스(B.C. 342~B.C. 270)는 그리스의 철학자로 특히 영혼은 육체의 죽음과 함께 소
멸한다고 주장하였다.
3   단테가 고향 피렌체 사람을 만나고 싶어 하는 욕망이다.

곧게 일어선 파리나타[4]를 보아라,
허리 위로 완전하게 보일 것이다.」   33

내 시선은 이미 그의 얼굴을 응시했는데,
그는 마치 지옥을 무척이나 경멸하듯이
가슴과 얼굴을 똑바로 쳐들고 있었다.   36

믿음직한 안내자의 손은 재빨리 나를
무덤들 사이의 그를 향하여 밀면서
말하셨다. 「네 말을 적절히 가늠하라.」   39

내가 그의 무덤 발치에 이르자, 그는
잠시 나를 바라보더니 경멸하듯이
물었다. 「그대의 선조가 누구요?」   42

나는 순순히 따를 생각이었기에
그에게 숨김없이 모두 털어놓았다.
그러자 그는 눈을 약간 치켜뜨더니[5]   45

잠시 후 말했다. 「그들은 대범하게
나와 내 조상들, 내 당파에 대항했고,
그래서 나는 두 번[6]이나 쫓아 버렸지.」   48

4 Farinata. 본명은 우베르티 가문의 메넨테Menente로 파리나타는 별명이다. 그는 1239년 기
벨리니파의 가장 유명한 지도자가 되었고 1248년 궬피파를 몰아냈다. 그러나 1251년 궬피파가 복
귀하고, 당파 싸움이 다시 불붙으면서 추종자들과 함께 1258년 추방당하였고 1264년에 사망하
였다.
5 단테가 속한 궬피파는 자신의 적이었기 때문이다.
6 1248년과 1260년이다.

10: 40~42
내가 그의 무덤 발치에 이르자, 그는 잠시 나를 바라보더니 경멸하듯이 물었다.
「그대의 선조가 누구요?」

나는 대답했다. 「그들은 쫓겨났어도
사방에서 두 번이나 되돌아왔는데,
당신들은 그 기술을 배우지 못했지요.」[7]   51

그러자 곁의 열린 뚜껑에서 그림자
하나[8]가 파리나타의 턱까지 일어났으니
아마 무릎으로 일어난 모양이었다.   54

혹시 다른 사람이 나와 함께 있는지[9]
보려는 생각에 그는 내 주위를 둘러보았는데,
곧바로 그런 의혹이 사라지자 그는   57

울면서 말했다. 「높은 지성 덕택에
어두운 감옥을 지나고 있다면, 내 아들은
어디에 있는가? 왜 함께 오지 않았는가?」   60

나는 말했다. 「내 능력으로 온 것이 아니라, 저기
기다리는 분[10]이 인도하시는데, 당신 아들
귀도는 아마 그를 경멸한 것 같습니다.」   63

그의 말과 형벌의 양상을 보고
나는 이미 그의 이름을 알았기에

---

7 기벨리니파는 1266년 피렌체에서 쫓겨나 다시 복귀하지 못하였다.
8 이름이 명시적으로 나오지 않는 카발칸테 카발칸티Cavalcante Cavalcanti이다. 그의 아들 귀도Guido(1255?~1300)는 시인으로 단테의 친구였으며 두 사람은 소위 〈달콤한 새로운 문체〉(「연옥」24곡 56행 참조)의 대표자들이었다.
9 카발칸테는 아들 귀도의 생사가 궁금하여 혹시 단테와 함께 왔는지 살펴보고 있다.
10 베르길리우스.

그렇게 분명하게 대답하였다.   66

곧바로 그는 벌떡 일어서더니 외쳤다.
「뭐라고? 어쨌다고? 아직 살아 있지 않다고?
달콤한 햇살이 그의 눈에 안 비친다고?」[11]   69

그는 내가 대답하기에 앞서 약간
머뭇거리는 것을 보더니 털썩 뒤로
쓰러졌고, 더 이상 보이지 않았다.   72

그러나 나를 멈추게 했던 다른
담대한 자[12]는 얼굴도 변하지 않았고,
목을 돌리거나 허리도 굽히지 않았으며,   75

처음의 말을 계속 이어서 말하였다.
「그들이 그 기술을 잘못 터득했더라면,
그것은 이 자리보다 더 나를 괴롭히겠지.   78

그렇지만 이곳을 다스리는 여인[13]의
얼굴이 50번 불타오르기 전에[14] 그대는
그런 기술이 얼마나 힘든지 알게 될 것이다.   81

---

11 뒤의 111행에 나오듯이 그의 아들 귀도는 당시에 살아 있었으나 몇 달 뒤 사망한다.
12 파리나타를 가리킨다.
13 디스 파테르의 아내 프로세르피나(「지옥」 9곡 43행의 역주 참조). 로마 신화에서 그녀는 달의 여신 루나와 동일시되기도 하였다.
14 달이 50번 찼다가 기우는 기간, 즉 50개월이 지나기 전에 단테 역시 추방될 것이며, 고향으로 돌아가기 어려울 것이라는 예언이다.

그대가 달콤한 세상¹⁵으로 돌아간다면
말해 다오. 왜 그 시민들은 모든 법률에서
나의 혈족들에게 그토록 잔인한가?」   84

나는 대답했다. 「아르비아¹⁶ 시냇물을 붉게 물들인
대학살과 잔인함에 대하여 우리의
성전에서 많은 기도를 했기 때문이오.」   87

그는 한숨을 쉬고 고개를 흔들며 말했다.
「거기엔 나 혼자가 아니었고, 이유 없이
다른 사람들과 함께 움직인 것이 아니네.   90

하지만 모두들 피렌체를 파멸하려고
논의하는 곳에서 얼굴을 쳐들고
그곳을 옹호한 사람은 나 혼자였네.」   93

나는 그를 위해 말했다. 「오, 그대의 후손들은
부디 평안하소서. 그러니 여기에서
뒤엉킨 내 의혹의 매듭을 풀어 주시오.   96

내가 잘 알아들었다면, 당신들은 시간이
함께 가져오는 것을 미리 보는 듯한데,
현재에 대해서는 그와 다른 것 같군요.」¹⁷   99

15 산 자들의 세상.
16 Arbia. 토스카나 지방의 작은 강으로 그 주변의 몬타페르티 지역(「지옥」 32곡 80행 참조)은
1260년 기벨리니파가 공격했을 때의 격전지였다.
17 영혼들은 미래의 일을 예언하지만, 현재의 일은 잘 모르는 것 같다는 뜻이다.

「우리는 마치 시력이 나쁜 사람들처럼,
멀리 있는 것을 보지만 그것은 최고
지도자[18]의 빛이 비치는 동안뿐이지.   102

그런데 가까이 다가오면 우리 지성은
쓸모없어서, 다른 사람이 알려 주지
않으면 그대들 인간사를 전혀 모르지.   105

미래의 문이 닫히는 그 순간[19]부터
우리의 지식은 모두 사라진다는 것을
그대는 이해할 수 있을 것이네.」   108

그때 나는 내 실수를 후회하며 말했다.
「지금 쓰러진 저자[20]에게 말해 주시오.
그의 아들은 아직 살아 있으며, 또한   111

내가 대답하기에 앞서 침묵했던 것은,
당신이 방금 해결해 준 문제에 대한
생각에 몰두해 있었기 때문이라고.」   114

스승님은 벌써 나를 부르고 있었고,
그래서 나는 서둘러 그 영혼에게
누가 함께 있는지 말해 달라고 부탁했다.   117

18 하느님.
19 최후의 심판 후에는 더 이상 미래도 없고 모든 것이 영원 속에서 변하지 않는다.
20 카발칸테.

그는 말했다. 「여기 수천 명과 함께 누워 있는데
페데리코 2세[21]와 추기경[22]도 여기 있고,
다른 자들에 대해서는 말하지 않겠네.」   120

그리고 그는 누웠고 나는 옛 시인을 향해
걸음을 옮기면서, 나에게 거스르는 듯한
그 말들[23]에 대하여 돌이켜 생각하였다.   123

스승님은 움직이셨고 그렇게 가면서
나에게 말하셨다. 「왜 그리 당황하느냐?」
그리고 내가 그 질문에 대답하자   126

성현은 말하셨다. 「네게 거스르는 예언으로
들은 것을 마음속에 간직하고, 내 말을
잘 들어라.」 그분은 손가락을 펼치셨다.   129

「아름다운 눈으로 모든 것을 바라보는
그녀[24]의 달콤한 눈빛 앞에 설 때, 너는
그녀에게서 네 삶의 과정을 알게 되리라.」   132

그리고 그분은 왼쪽으로 발걸음을

21 Federico 2세(1194~1250). 게르만 계통의 호엔슈타우펜 왕가 출신으로 독일어 이름으로
는 프리드리히Friedrich 2세. 이탈리아에서 태어난 그는 1198년부터 시칠리아의 왕이 되었고,
1220년 신성 로마 제국의 황제로 등극하였다. 개방적인 성격의 그는 십자군 원정 문제로 교황과 사
이가 나빠져 파문을 당하기도 하였다.
22 1240년에서 1244년까지 볼로냐의 주교였으며 1245년 추기경이 된 오타비아노 델리 우발
디니Ottaviano degli Ubaldini. 그는 이단자들의 주장을 방조하고 조장한 것으로 알려져 있다.
23 자신의 미래에 대한 파리나타의 불길한 예언.
24 베아트리체를 가리킨다.

돌렸고, 우리는 성벽에서 벗어나
골짜기로 접어드는 오솔길로 갔는데,   135

그곳의 악취가 여기까지 올라왔다.

제11곡

지옥의 골짜기에서 심한 악취가 풍겨 온다. 냄새에 익숙해지도록 걸음을 늦추면서 베르길리우스는 지옥의 구조와 그곳에서 벌받고 있는 죄인들의 분류에 대하여 설명한다. 특히 기만이 무절제나 폭력의 죄들보다 더 아래의 지옥에서 더욱 커다란 형벌을 받는 이유를 설명해 준다.

커다랗고 깨진 돌덩이들이 둥글게
에워싼 높다란 절벽의 끄트머리에서
우리는 처참한 무리 위에 도달하였다.   3

그곳에서는 너무나도 역겨운 악취가
깊은 심연에서 풍겨 나오고 있어서
우리는 어느 커다란 무덤의 뚜껑 쪽으로   6

피했는데, 거기에 이런 글귀가 보였다.
〈포테이노스가 올바른 길에서 끌어내린
교황 아나스타시우스¹를 내가 지키노라.〉   9

「먼저 사악한 냄새에 우리의 감각이
약간 익숙해져서 신경 쓰지 않도록
천천히 내려가는 것이 좋을 것 같구나.」   12

---

1   교황 아나스타시우스Anastasius 2세(재위 496~498)는 교회가 동방과 서방으로 분리될 위기에 처해 있을 때, 동방 교회의 주장에 우호적인 입장이었으며 사절로 파견된 테살로니카의 부제(副祭) 포테이노스(라틴어 이름은 포티누스Photinus)를 너그럽게 받아들였다.

11: 4~5
그곳에서는 너무나도 역겨운 악취가 깊은 심연에서 풍겨 나오고 있어서

스승님의 말에 나는 말했다. 「시간을 헛되이
보내지 않도록 어떤 보상책을 찾으소서.」
스승님은 말하셨다. 「나도 그것을 생각 중이다.」   15

그리고 말하셨다. 「내 아들아,
저 돌덩이 안에는 지나온 것들과 같은
세 개의 작은 원²들이 층층이 있단다.   18

모두 저주받은 영혼들로 가득한데,
어떻게 또 왜 그렇게 짓눌려 있는지
너는 보기만 해도 충분히 알 것이다.   21

하늘에서 증오하는 모든 사악함의 목적은
불의이며, 모든 불의의 목적은 폭력이나
기만으로 다른 사람들을 해치는 것이다.   24

기만이란 하느님께서 가장 싫어하시는
인간 고유의 악이며, 따라서 사기꾼들은
더 아래에 있고 더욱 큰 고통을 받는다.   27

그 첫째 원³은 폭력자들로 가득한데,
폭력이란 세 종류 대상에게 가해지므로
세 개의 둘레로 구분되어 만들어졌다.   30

2 그러니까 일곱째 원, 여덟째 원, 아홉째 원을 가리킨다.
3 아래에 있는 세 개의 원들 중에서 첫째 원에 해당하는 일곱째 원을 가리키는데, 이 일곱째 원
은 다시 세 개의 〈둘레girone〉로 나뉘어 있다.

폭력은 이웃 사람, 자기 자신, 하느님에게,
즉 그들과 그들의 사물에게 가해지니,
너는 듣고 분명하게 이해할 것이다.   33

폭력은 이웃에게 고통스러운 상처와
격렬한 죽음을 주고, 그의 재산을
파괴하고 불태우고 강탈하기도 한다.   36

그러므로 살인자들, 상처를 입히는 자,
파괴자, 약탈자들은 모두 첫째 둘레에서
여러 무리로 나뉘어 고통을 받는다.   39

또 인간은 자기 자신과 자기 재산에
폭력을 행사할 수도 있으며, 따라서
둘째 둘레에서 헛되이 뉘우치는 자들은   42

너희 세상에서 자기 목숨을 끊은 자들,
도박으로 자기 재산을 낭비한 자들로
기뻐해야 할 곳에서 우는 자들이다.[4]   45

또한 신에게 폭력을 가할 수도 있으니,
마음으로 신을 부정하고 저주하면서
그 덕성과 본성을 경멸하기도 하고,   48

따라서 가장 작은 둘레는 소돔[5]과 카오르,[6]

4 사람들은 자기 재산이나 생명을 기쁘게 받아들여야 하는데, 오히려 거기에 폭력을 가함으로써 슬퍼진다는 뜻이다.

마음으로 하느님을 경멸하여 말하는 자를
낙인으로 봉인하여 표시하고 있단다.   51

기만은 모든 양심을 해치는 것인데,
사람들은 자신을 믿는 사람이나 믿지
않는 사람에게 기만을 사용할 수 있다.   54

이 후자의 경우는 자연이 만드는
사랑의 매듭까지 죽이는 것 같고,
따라서 둘째 원[7]에 자리 잡은 것은,   57

위선, 아첨, 마법을 부리는 자,
위조하는 자, 도둑, 성직 매매,
매춘, 사기 등과 같은 불결한 것이다.   60

다른 경우[8]에는 자연이 만드는
사랑과 함께 그에 덧붙여 창조되는
특별한 믿음까지 망각하게 만들고,   63

그러므로 제일 작은 원, 디스[9]가
자리한 우주의 중심에서는 모든

5   하느님의 노여움으로 파멸된 도시(「창세기」 19장 참조)로 특히 남색(男色)의 죄가 성행하
였다.
6   Cahors. 프랑스 남부의 도시로 중세에 돈놀이꾼들이 많이 모여들었다고 한다.
7   기만의 죄인들이 벌받고 있는 여덟째 원을 가리키는데, 이곳은 다시 죄의 유형에 따라 10개
의 〈구렁bolgia〉으로 나뉘어 있다.(「지옥」 18곡 참조)
8   즉 전자의 경우로 자신을 믿는 사람에 대한 기만, 말하자면 배신을 가리킨다.
9   디스 파테르(「지옥」 8곡 69행 참조) 또는 지옥의 마왕 루키페르는 아홉째 원, 그러니까 우주
의 한가운데에 해당하는 지구의 중심에 틀어박혀 있다.

배신자들이 영원히 고통받고 있다.」   66

나는 말했다. 「스승님, 당신의 논의는 명백히
전개되고, 이 심연과 그 안에 있는
사람들을 아주 잘 구별해 주는군요.   69

하지만 바람이 휩쓰는 자들,[10] 비에
젖는 자들,[11] 늪이 잡아당기는 자들,[12]
쓰라린 말씨로 서로 싸우는 자들[13]은,   72

하느님께서 그들에게 분노하신다면,
왜 불타는 도시 안에서 벌받지 않는가요?
그렇지 않다면 왜 그런 모습입니까?」   75

그러자 그분은 말하셨다. 「무엇 때문에
네 생각이 평소보다 더 어지러우냐?
네 마음이 다른 곳을 향하고 있느냐?   78

너의 『윤리학』[14]이 널리 설명하는 말,
즉 하늘이 원치 않는 세 가지 성향은
무절제, 미친 야수성(野獸性), 악의라는 것을   81

기억하지 못하느냐? 그리고 무절제는

10 태풍에 휩쓸리는 애욕의 죄인들.(「지옥」5곡 참조)
11 탐식의 죄인들.(「지옥」6곡 참조)
12 분노의 죄인들.(「지옥」7곡 110행 이하 참조)
13 인색함과 낭비의 죄인들.(「지옥」7곡 22행 이하 참조)
14 아리스토텔레스의 『니코마코스 윤리학』을 가리킨다.

비교적 하느님을 덜 배반하고
또한 덜 비난받는다는 것을 모르느냐?   84

네가 만약 그 말을 잘 생각해 보고
이 도시 밖[15]에서 벌받는 자들이
누구인지 주의 깊게 생각해 본다면,   87

왜 그들은 이 무리와 분리되어 있고,
왜 하느님의 복수는 덜 분노하여
그들을 괴롭히는지 잘 알 것이다.」   90

「오, 모든 흐린 시선을 고쳐 주는 태양이여,
당신이 해결해 주시면 저는 만족하니
아는 것 못지않게 의혹도 즐겁습니다.   93

바라건대, 다시 한번 뒤로 돌아가
고리 돈놀이가 하느님의 덕성을
모독하는 부분을 풀어 설명해 주십시오.」   96

그분은 말하셨다. 「철학은 그것을 깨치는
사람에게 한 곳만 가르치지 않으니,
성스러운 지성과 그 기술에 따라   99

자연이 제 진로를 잡아가는 것과 같다.
만약 『자연학』[16]을 잘 관찰해 본다면

15 디스의 성벽 외부에 있는 상부 지옥을 가리킨다. 그곳에서 벌을 받는 죄인들은 모두 욕망을
절제하지 못한 무절제의 죄인들이다.

몇 장 뒤에서 너는 깨달을 것이다,   102

너희의 기술은 제자가 스승을 따르듯
할 수 있는 만큼 자연을 뒤따르니,
마치 하느님의 손녀와 같다는 것[17]을.   105

「창세기」를 처음부터 잘 되새겨 본다면
사람들은 그 두 가지로부터 자신의
삶을 살아가고 발전해야 할 것인데,   108

돈놀이꾼은 다른 길을 가기 때문에,
자연 자체와 그 추종자[18]를 경멸하고
그래서 다른 것에다 희망을 둔다.   111

이제 가야 할 것이니 나를 따르라.
물고기자리[19]가 지평선 위에 반짝이고
큰곰자리가 북서쪽[20]에 누워 있으니,   114

이 낭떠러지 길을 더 내려가야 하느니라.」

---

16 아리스토텔레스의 『자연학』 2권에 의하면 〈기술은 자연을 모방한다〉.
17 하느님은 자연을 창조하였고, 인간의 기술은 그 자연을 모방하기 때문이다.
18 기술.
19 황도 12궁에서 양자리 바로 앞에 있다. 지금 태양은 양자리에 있으며(「지옥」 1곡 40행 참조) 물고기자리보다 약 두 시간 늦게 나타나므로, 대략 해 뜨기 두 시간 전이다.
20 원문에는 〈북서풍〉으로 되어 있는데, 그 바람이 불어오는 방향을 가리킨다. 해가 뜨기 두 시간 전에 큰곰자리, 즉 북두칠성은 북서쪽 하늘에 있다.

제12곡

단테는 일곱째 원의 첫째 둘레에서 미노타우로스를 만난다. 그리고 타인에게 폭력을 행사한 죄인들이 펄펄 끓어오르는 피의 강 플레게톤 속에 잠겨 벌받고 있는 것을 본다. 또한 그들을 감시하는 켄타우로스들을 만나는데, 그중에서 네소스가 두 시인을 다음 둘레로 안내한다.

기슭을 내려가려고 우리가 도달한 장소는
매우 험난했고, 또 거기 있는 것 때문에[1]
누구도 감히 바라보기 어려울 것이다.   3

마치 아디제강이 부딪치고 있는
트렌토[2]의 이쪽 옆구리에서
지진이나 또는 바닥의 붕괴로 인해   6

산꼭대기부터 아래의 바닥으로
울퉁불퉁한 바위가 무너져 내리면
그 위에 있는 자에게 길이 되는 것처럼,   9

그 낭떠러지 내리막길도 그러했으며,
무너진 절벽의 가장자리 위에는
가짜 암소의 배 속에서 잉태되었던   12

---

1 뒤에 나오는 미노타우로스 때문에.
2 Trento. 이탈리아 북부 알프스 산자락의 도시로 가파른 계곡 사이에 자리 잡고 있으며, 바로 곁에 아디제Adige강이 흐르고 있다.

크레테의 치욕[3]이 서 있었는데,
우리를 보자 속으로 분노를 터뜨리는
사람처럼 자기 자신을 물어뜯었다.   15

현명한 스승님이 소리치셨다. 「이자가
저 위 세상에서 너에게 죽음을 안겨 준
아테나이의 공작[4]이라고 믿느냐?   18

꺼져라, 짐승아. 이자는 네 누이의
가르침으로 여기 오는 것이 아니라,
너희들의 고통을 보려고 가는 중이다.」   21

마치 치명적인 타격을 받는 순간
고삐에서 풀려난 황소가 제대로
가지 못하고 이리저리 날뛰듯이   24

미노타우로스가 날뛰는 것을 보았다.
눈치 빠른 그분이 외치셨다. 「통로 쪽으로
뛰어라. 날뛰는 동안 내려가야 할 것이다.」   27

3   미노타우로스는 크레테 왕 미노스의 아내 파시파에가 황소와 관계하여 낳은 아들이다. 포세
이돈이 미노스에게 멋진 황소를 선물했는데, 파시파에는 그 황소를 사랑하였다. 아테나이의 다이달
로스는 그녀에게 나무로 속이 빈 암소를 만들어 주었고, 그녀는 나무 암소 안으로 들어가 황소와 정
을 통했다. 그리하여 몸은 사람이고 머리는 소인 괴물 미노타우로스(〈미노스의 황소〉라는 뜻)를 낳
았다.
4   테세우스. 그는 아테나이 왕 아이게우스의 아들이기 때문에 그렇게 불렀다. 미노스왕은 치
욕스러운 미노타우로스가 태어나자 미궁 안에 가두고 해마다 젊은 남녀 일곱 명을 들여보내 잡아먹
도록 했다. 이에 테세우스는 크레테섬으로 가서 미노스의 딸 아리아드네의 환심을 샀고, 그녀의 도
움으로 미노타우로스를 죽이고 미궁을 빠져나올 수 있었다.

12: 12~13

가짜 암소의 배 속에서 잉태되었던 크레테의 치욕이 서 있었는데

그리하여 우리는 바위 무더기를 따라
내려가기 시작했는데, 바위들은 특이한
무게 때문에5 내 발밑에서 가끔 움직였다.   30

내가 생각에 잠기자 그분이 말하셨다.
「내가 방금 누그러뜨린 저 분노의 짐승이
지키는 이 폐허를 생각하는 모양이구나.   33

지난번에 내가 이 아래 낮은 지옥으로
내려왔을 때는 이 바위가 아직 무너지지
않았다는 사실을 네가 알았으면 한다.   36

내 기억이 맞다면 그분6이 내려와
가장 높은 원7에서 수많은 영혼들을
디스에게서 빼앗아 가시기 직전에,   39

이 깊은 계곡8이 사방에서 무척이나
뒤흔들렸고, 그래서 나는 우주가 사랑을
느꼈다고 생각했는데, 누군가는 세상이   42

혼돈으로 바뀌었다고 믿기도 했단다.
바로 그때 이 오래된 바위들이
이곳과 다른 곳에서 저렇게 무너졌지.   45

5 살아 있는 단테의 몸무게 때문에.
6 예수 그리스도.
7 림보.
8 지옥.

그러면 이제 저 계곡을 바라보아라.
피의 강⁹이 가까워졌는데, 그 안에서
폭력으로 남을 해친 자들이 삶아지고 있다.」   48

오, 눈먼 탐욕이여, 어리석은 분노여,
짧은 삶에서 그토록 우리를 뒤쫓고
영원한 삶에서 저렇게 괴롭히는구나!   51

나는 활처럼 굽은 거대한 웅덩이를
보았는데, 나의 안내자가 말한 대로
전체 원을 뒤덮고 있는 것 같았다.   54

절벽 발치와 강 사이에는 무리를 이룬
켄타우로스¹⁰들이 활로 무장한 채 달려갔는데,
마치 세상에서 사냥을 가는 것 같았다.   57

우리가 오는 것을 보자 모두 멈추었고,
그들 무리 중에서 세 녀석이 활과
잘 고른 화살을 들고 앞으로 나섰다.   60

그중 하나가 멀리서 외쳤다. 「언덕을
내려오는 너희들은 어떤 형벌로 가느냐?
그 자리에서 말해라. 아니면 활을 쏘겠다.」   63

9 부글부글 끓어오르는 핏물의 강 플레게톤을 가리키는데, 그 이름은 14곡 116행에서 언급된
다. 여기에서는 이웃에게 폭력을 가한 자들이 벌받고 있다. 고전 신화에서는 저승 세계에 있는 불의
강으로 묘사된다.(『아이네이스』6권 550행 이하 참조)
10 그리스 신화에 나오는 반인반마(半人半馬)의 괴물로 말의 몸체와 사지, 인간의 상체와 팔을
가진 종족이다.

12: 61~63
언덕을 내려오는 너희들은 어떤 형벌로 가느냐?
그 자리에서 말해라. 아니면 활을 쏘겠다.

나의 스승님이 말하셨다. 「대답은 우리가
케이론[11]에게 가까이 가서 말하겠노라.
네 불행은 언제나 성급한 성격 때문이었지.」   66

그리고 나를 잡아당기며 말하셨다. 「저게
네소스[12]다. 아름다운 데이아네이라 때문에
죽었고, 자신이 스스로의 원수를 갚았지.   69

저기 가운데에 고개를 숙이고 있는 녀석은
아킬레스를 가르친 대단한 케이론이고,
다른 녀석은 분노에 찬 폴로스[13]이다.   72

저들은 수천 명씩 웅덩이 주위를 돌며
운명으로 주어진 형벌보다 핏물 위로
올라오는 영혼들[14]을 화살로 쏜단다.」   75

우리는 그 날쌘 짐승들에게 다가갔는데,
케이론은 화살 하나를 들더니 오늬로
자신의 수염을 주둥이 뒤로 넘겼다.   78

11   켄타우로스족의 하나로 크로노스와 피라의 아들이었다. 그는 총명하고 우아했으며 의술과
모든 예술에 능통하였고, 아킬레스를 비롯한 많은 영웅을 가르치기도 했다.
12   네소스는 헤라클레스의 아내 데이아네이라를 등에 업고 강을 건너던 도중 그녀를 범하려다
가 헤라클레스의 화살에 맞아 죽었다. 숨을 거둘 때 그는 피에 젖은 옷을 데이아네이라에게 건네며
그 옷이 사랑을 되찾게 해준다고 말했다. 몇 년 후 헤라클레스가 이올레를 사랑하자, 데이아네이라
는 그 옷을 남편에게 입혔고, 헤라클레스는 온몸에 네소스의 독이 퍼져 고통스럽게 죽었다고 한
다.(오비디우스, 『변신 이야기』 9권 98행 이하 참조)
13   라피테스의 왕 페이리토오스와 히포다메이아의 결혼식 때 술에 취한 켄타우로스들이 소동
을 벌였는데, 폴로스는 신부와 다른 여자들을 납치하려 했다.(『변신 이야기』 12권 104행 참조)
14   뒤에서 자세히 설명되듯이 이곳의 영혼들은 각자의 죄에 따라 끓는 핏물 속에 잠겨 있는 정
도가 다르다.

12: 73~75
저들은 수천 명씩 웅덩이 주위를 돌며
운명으로 주어진 형벌보다 핏물 위로 올라오는 영혼들을 화살로 쏜단다.

그러고는 커다란 입이 드러나자
동료들에게 말했다. 「너희들 보았는가,
뒤의 놈이 건드리는 것이 움직이는 것을?   81

죽은 녀석들의 발은 저렇지 않아.」
그의 가슴팍, 두 성질이 합쳐지는 곳[15] 앞에
서 있던 나의 스승님이 대답하셨다.   84

「실제로 그는 살아 있고, 혼자인 그에게
나는 이 어두운 계곡을 보여 줘야 하니,
즐거움이 아닌 필연에 의한 인도이노라.   87

알렐루야를 노래하는 곳에서[16] 오신 분이
나에게 이 새 임무를 맡기셨으니 그는
도둑이 아니고, 나도 도둑의 영혼이 아니다.   90

이렇게 거친 길로 내 발걸음을 옮기게
만드시는 덕성의 이름으로 부탁하건대,
너희 무리 중 한 명을 길잡이로 주어,   93

우리가 강을 건널 곳을 보여 주고
우리를 등에 태워 건네주게 해다오.
이자는 허공을 나는 영혼이 아니니까.」   96

케이론은 오른쪽으로 몸을 돌리더니

15 사람 모습의 부분과 말 모습의 부분이 합쳐지는 곳이다.
16 하느님을 찬양하는 천국에서.

네소스에게 말했다. 「가서 저들을 안내하라.
다른 무리와 만나거든 길을 비키라고 해라.」 99

우리는 믿음직한 안내자와 함께
삶아지는 영혼들이 큰 비명을 지르는
붉게 끓어오르는 강기슭을 따라 걸었다. 102

나는 눈썹까지 잠긴 영혼들을 보았는데,
거대한 켄타우로스가 말했다. 「저놈들은
재산을 빼앗고 피를 흘리게 한 폭군들이야. 105

여기서 고통스러운 형벌을 슬퍼하는데,
알렉산드로스[17]와, 시칠리아에 고통의 세월을
안겨 준 잔인한 디오니시오스[18]가 여기 있지. 108

저 검은 머리카락의 이마를 가진 놈은
에첼리노[19]이고, 금발의 저 다른 놈은
데스테 가문의 오피초[20]인데 그는 바로 111

17 마케도니아의 알렉산드로스 대왕 또는 기원전 4세기 테살리아 지방 페레의 폭군 알렉산드로스를 가리키는 것으로 해석된다.
18 시칠리아 동부의 시라쿠사를 40년 동안 통치했던 폭군 디오니시오스(B.C. 432?~B.C. 367)를 가리키는 것으로 짐작된다.
19 에첼리노(또는 에촐리노) 다 로마노Ezzelino da Romano 3세(1194~1259). 그는 1223년부터 이탈리아 북동부 지방 여러 곳의 영주였는데, 잔인한 폭군으로 유명하였으며 기벨리니파의 우두머리였고 결국에는 감옥에서 죽었다.
20 페라라의 영주였던 데스테d'Este 가문의 오피초Opizzo 2세(?~1293). 당시의 소문에 의하면 그의 아들 아초Azzo 8세는 아버지를 죽이고 영주의 자리를 차지하였고, 따라서 〈사생아 아들〉이라고 부른다.

세상에서 사생아 아들에게 죽음을 당했다.」
내가 시인에게 몸을 돌리자 그분이 말하셨다.
「이자가 첫째 길잡이이고, 내가 둘째가 되지.」[21]   114

조금 더 가서 켄타우로스는 한 무리 위에
멈추었는데, 그들은 붉은 핏물 위로
목까지 내밀고 있는 것처럼 보였다.   117

그는 한쪽에 홀로 있는 그림자를 가리켰다.
「템스강 가에서 지금도 존경받는 자의
심장을 하느님의 품 안에서 가른 놈[22]이야.」   120

그런 다음 나는 강물 위로 머리와
가슴까지 드러낸 무리를 보았는데,
그들 중 상당수를 알아볼 수 있었다.   123

그렇게 핏물은 조금씩 낮아져서
마침내 단지 발목만 삶고 있었으며,
그곳이 우리가 강을 건너갈 곳이었다.   126

켄타우로스가 말했다. 「네가 보다시피
이쪽으로는 끓어오르는 피가 점차로
낮아지는 것처럼, 저쪽으로는 강의   129

21   안내자 역할을 네소스에게 맡긴다는 뜻이다.
22   기 드 몽포르Guy de Montfort. 그는 나폴리의 왕 카를로 단조 1세(「지옥」 19곡 98행 참조)
와 함께 토스카나에 머무를 때, 영국의 왕 에드워드에게 죽임을 당한 아버지의 복수를 위해, 에드워
드의 사촌 헨리를 비테르보의 교회((하느님의 품 안))에서 살해하였다.

바닥이 점점 더 아래로 깊어져, 마침내
폭군들이 신음하는 곳에 도달하게
된다는 것을 네가 알았으면 한다.   132

하느님의 정의는 저 위 세상에서
고통이었던 아틸라[23]와 피로스,[24]
섹스투스[25]를 여기서 처벌하고 있으며,   135

길 위에서 수많은 싸움을 벌였던
코르네토의 리니에르,[26] 리니에르 파초[27]를
영원히 삶아 눈물을 짜내게 한다.」   138

그리고 몸을 돌려 낮은 곳을 건너 돌아갔다.

23   5세기에 이탈리아반도를 침략하여 쇠퇴한 로마 제국에 커다란 위협이 되었던 훈족의 악명
높은 우두머리.

24   기원전 3세기 전반에 로마를 공격했던 그리스 북부 에페이로스의 왕이다. 다른 한편으로
피로스는 〈빨간 머리〉라는 뜻으로 아킬레스의 아들 네오프톨레모스의 별명이었기 때문에 그를 가
리키는 것으로 해석되기도 한다.

25   구체적으로 누구인지 분명하지는 않으나 아마 폼페이우스의 아들을 지칭하는 듯하다. 루카
누스는 그를 광포한 해적으로 묘사하였다.

26   Rinier da Corneto. 단테와 거의 동시대 인물로 토스카나의 서부 지역을 공포에 몰아넣었던
유명한 산적이었으며 주로 길거리에서 강탈을 일삼았다.

27   Rinier Pazzo. 13세기 아레초 지역을 강탈하던 강도. 1268년에는 로마로 향하던 실벤세 주
교와 그 수행원들을 살해하여 교황으로부터 파문을 당하기도 했다.

제13곡

일곱째 원의 둘째 둘레에는 자신의 육체와 재산에 폭력을 가한 자들이 벌받고 있다.
자살한 영혼들은 나무가 되어 하르피이아들에게 뜯어 먹히는 고통을 당하고, 자신의
재산을 함부로 다룬 자들은 암캐들에게 물어 뜯긴다. 이곳에서 단테는 피에르 델라
비냐의 영혼과 이야기를 나눈다.

네소스가 아직 저쪽에 도달하기 전에
우리는 어느 숲속에 들어갔는데,
그곳에는 오솔길 하나 없었다.   3

푸른 숲이 아니라 어두운 빛깔이었고,
곧지 않은 가지들은 매듭 많고 뒤틀렸으며,
열매는 없고 유독한 가시들뿐이었으니,   6

경작된 땅이 싫어 체치나와 코르네토
사이¹에 사는 야생 짐승들도 그렇게
거칠고 빽빽한 숲은 보지 못했으리라.   9

여기에 미래의 불행한 재난을 예고하며
스트로파데스에서 트로이아 사람들을 쫓아낸
흉측한 하르피이아² 들이 둥지를 틀고 있었다.   12

그놈들은 사람의 얼굴에다 넓은 두 날개,

1 토스카나 지방의 체치나Cecina 강기슭 마을과 소읍 코르네토Corneto 사이는 척박하고 황량
한 습지이다.

13 : 7~9
체치나와 코르네토 사이에 사는 야생 짐승들도
그렇게 거칠고 빽빽한 숲은 보지 못했으리라.

발톱 달린 발, 털북숭이 배를 가졌으며,
괴상한 나뭇가지 위에서 울부짖고 있었다.   15

훌륭한 스승님이 말하기 시작하셨다.
「더 들어가기 전에 너는 알아야 한다.
무시무시한 모래밭[3]에 가기 전까지   18

너는 여기 둘째 둘레에 있을 테니까
잘 보아라. 그러면 내가 말로 설명해도
믿지 않을 것들을 보게 될 것이다.」   21

사방에서 고통의 비명들이 들렸지만,
비명을 지르는 사람들은 보이지 않아
나는 어리둥절해서 걸음을 멈추었다.   24

스승님은 이렇게 믿는 것 같았다, 내가
우리 때문에 나무들 사이에 숨은 사람들이
그런 소리를 내는 것으로 생각한다고.   27

따라서 스승님은 말하셨다. 「만약 네가
이 나무들 중 하나의 가지를 꺾는다면,
그런 네 생각이 완전히 사라질 것이다.」   30

2   하르피이아(복수는 하르피이아이)는 〈약탈하는 여자〉라는 뜻으로 타우마스와 엘렉트라의
딸들이며, 여자의 얼굴에다 새의 몸체로 날개와 날카로운 발톱이 달린 모습으로 묘사된다. 아이네
아스는 동료들과 함께 스트로파데스섬에 이르렀을 때 하르피이아들이 신성하게 섬기는 황소를 죽
였는데, 그에 대한 복수로 그녀들은 악취를 풍기고 음식물에 배설물을 떨어뜨려 먹지 못하게 방해
하여 그들을 섬에서 쫓아냈다.(『아이네이스』 3권 209행 이하 참조)
3   일곱째 원의 셋째 둘레인 불타는 모래밭.

그래서 나는 손을 약간 앞으로 내밀어
큰 가시나무의 잔가지 하나를 꺾었는데,
나무 몸통이 외쳤다. 「왜 나를 꺾는 거지?」   33

그러고는 갈색 피에 젖으면서 다시
말하기 시작하였다. 「왜 나를 찢지?
그대는 자비로운 마음이 전혀 없는가?   36

우리는 사람이었고, 지금은 나무가 되었지.
우리가 뱀들의 영혼이라 할지라도,
그대 손은 좀 더 자비로워야 할 것이야.」   39

마치 생나무 가지의 한쪽 끝이 불타면
다른 한쪽에서는 진물을 내뿜으면서
스치는 바람결에 피지직 소리를 내듯이,   42

부러진 나뭇가지에서는 말소리와 피가
동시에 솟아 나왔기에, 나는 그 가지를
떨어뜨렸고 두려운 사람처럼 서 있었다.   45

나의 성현께서 대답하셨다. 「상처 입은
영혼이여, 이자가 나의 시구에서
읽은 것을 전부터 믿고 있었다면,⁴   48

---

4 『아이네이스』 3권 19행 이하 참조. 아이네아스는 신들에게 하얀 암소를 제물로 바칠 때 제단
을 가리기 위해 언덕의 나뭇가지들을 꺾었는데, 나무에서 시뻘건 피가 흘러 땅을 적셨다. 이 같은
일을 세 차례 되풀이하자 깊은 땅속에서 〈그대는 왜 나를 찢는가?〉 하는 소리가 들려왔는데, 그는
트로이아가 함락될 때 죽은 프리아모스의 아들 폴리도로스의 영혼이었다고 한다.

13: 32~33
큰 가시나무의 잔가지 하나를 꺾었는데,
나무 몸통이 외쳤다. 「왜 나를 꺾는 거지?」

그대에게 손대지 않았을 것이오. 하지만
믿지 못하기에 그런 일을 저지르게
만들었으니, 나 자신도 괴롭습니다.   51

하지만 그 보상으로 그대가 누구였는지
이자에게 말하면, 그가 돌아갈 저 위의
세상에서 그대 명성이 새로워질 것이오.」   54

그러자 나무는 말했다. 「그렇게 부드러운 말씨로
유혹하니 나는 침묵할 수가 없군요.
약간 장황하게 말하더라도 용서해 주시오.   57

나는 페데리코의 마음의 두 열쇠를 모두
갖고 있던 사람[5]이며, 그것들을 돌려
아주 부드럽게 잠그고 열었으니,[6]   60

거의 모든 사람들로부터 그의 비밀을
지켰답니다. 나는 명예로운 임무에
충실하여 잠도 건강도 잃었을 정도라오.   63

만인의 죽음이며 궁정의 악덕인 질투는
창녀처럼 황제의 궁정에서 음탕한
눈길을 거둔 적이 전혀 없었으니,   66

5   피에르 델라 비냐Pier della Vigna(1190~1249). 이탈리아 남부 카푸아 태생의 법률가이자
시인이었으며, 페데리코 2세(「지옥」10곡 119행 참조)의 궁정에서 수석 서기관으로 총애를 받았으
나, 1249년 반역죄로 몰려 투옥되었고 눈이 먼 채 사망하였다. 단테는 그를 질투에 의한 모함의 회
생자로 보았던 것 같다.
6   위에서 두 열쇠라고 말했듯이 황제의 마음을 열고 잠그는 것이다.

나에 반대하여 모두의 마음을 불태웠고
불붙은 마음들은 황제까지 불태웠기에
그 즐겁던 명예는 슬픈 고통이 되었다오.   69

나의 영혼은 구차함을 경멸하였기에
죽음으로써 경멸을 피하리라 생각하고
정당한 나 자신에게 부당함을 가했소.[7]   72

이 나무의 괴상한 뿌리들을 걸고
맹세하건대, 나는 명예로운 내 주인께
절대로 신의를 저버린 적이 없습니다.   75

그대들 중 누군가 세상에 돌아가거든,
질투가 안겨 준 타격에 쓰러져 아직도
누워 있는 나의 기억을 위로해 주시오.」   78

시인께서는 잠시 기다리다 내게 말하셨다.
「그가 침묵하는 동안 시간을 낭비하지 마라.
더 원한다면 그에게 말을 걸어 물어보아라.」   81

나는 말했다. 「제가 알고 싶은 것을
저 대신 물어보아 주십시오. 저는
너무 마음이 아파 묻지 못하겠습니다.」   84

그분이 다시 말하셨다. 「갇힌 영혼이여,

7 자신의 정당함을 밝히려고 노력하지 않고 자살이라는 부당한 행위를 저질렀다는 뜻이다.

이 사람은 그대가 간청하는 것을
기꺼이 해줄 것이니, 원한다면 조금 더   87

말해 주오, 어떻게 영혼이 이 매듭들 안에
묶여 있는지. 그리고 나뭇가지에서
벗어난 자가 혹시 있는지 말해 주오.」   90

그 말에 나무는 강한 바람을 내뿜었고,
그 바람은 이런 목소리로 바뀌었다.
「간단하게 그대들에게 대답하리다.   93

잔인한 영혼이 자기 육체에서 떠나
완전히 뿌리 뽑히게 되면, 미노스는
그를 일곱 번째 원으로 보낸답니다.   96

그리고 숲으로 떨어지는데, 자기가
선택한 곳이 아니라 운명이 내던진 곳에
떨어져서 잡초의 씨앗처럼 싹이 트고   99

실가지가 뻗어 야생 초목처럼 자라지요.
그러면 하르피이아들이 잎들을 뜯어 먹으며
고통을 주고 또 고통의 틈새[8]를 냅니다.   102

다른 영혼들처럼 우리도 육신을 되찾으러
갈 것이지만 입지는 못하리니, 버린 것을

---

8 고통의 신음과 비명을 낼 수 있는 틈새.

다시 갖는 것은 옳지 않기 때문이지요.⁹   105

우리가 이곳으로 끌고 오는 육신들은
이 고통의 숲에서 각자 괴로운
영혼의 가시나무에 매달릴 것이오.」   108

우리는 다른 말이 있을까 기대하며
여전히 그 나무 곁에 서 있었는데,
갑작스러운 소음에 깜짝 놀랐다.   111

마치 길목을 지키고 있던 사냥꾼이
멧돼지와 뒤쫓는 사냥개가 오는 소리,
스치는 나뭇가지 소리를 듣는 것 같았다.   114

곧이어 왼쪽에서 두 녀석이 벌거벗고
긁힌 채 아주 세차게 달아났기에
가로막는 숲의 가지들이 모두 부러졌다.   117

앞선 녀석이 외쳤다. 「어서 와라, 죽음이여!」¹⁰
그리고 뒤에 처진 듯한 자가 외쳤다.
「라노¹¹야, 토포의 시합에서도   120

---

9 최후의 심판을 받으러 여호사팟에 갈 때 죽은 영혼들은 모두 생전의 육신을 되찾지만, 자살
자들은 자기 육신을 스스로 버렸기 때문에 되찾지 못한다는 뜻이다.

10 두 번째의 죽음, 즉 영혼까지 소멸하는 죽음을 갈구한다.

11 그가 누구인지 분명하지 않으나 아마 시에나 사람 에르콜라노 마코니Ercolano Maconi를
가리키는 듯하다. 그는 피에베 델 토포Pieve del Toppo에서 벌어진 시에나인들과 아레초인들 사이
의 전투에서 사망하였다.

13: 118

어서 와라, 죽음이여!

네 다리는 이렇게 재빠르지 않았어!」
그러고는 숨이 가빴던 모양인지
덤불 속에 뒤엉켜 한 몸이 되었다.   123

그들 뒤의 숲속에는 검은 암캐들이
가득 차 있었는데, 사슬에서 풀려난
사냥개들처럼 맹렬히 쫓아오고 있었다.   126

암캐들은 덤불에 웅크린 녀석을
이빨로 물어뜯어 갈기갈기 찢더니
고통스러운 사지를 물고 가버렸다.   129

그러자 안내자는 내 손을 잡으시고
피 흘리는 상처로 헛되이 울고 있는
나무12로 인도했는데, 나무가 말했다.   132

「오, 산탄드레아 사람 자코모13여, 나를
방패로 삼아 무슨 소용이 있는가? 사악한
네 인생에 내가 무슨 잘못을 했는가?」   135

스승님은 그 나무 곁에 멈추어 말했다.
「그대는 누구였기에, 많은 가지 끝으로
피와 괴로운 이야기를 쏟아 내는가?」   138

12   뒤에 나오듯이 자살한 어느 피렌체 사람의 영혼인데, 구체적으로 누구인지 알 수 없다.
13   Giacomo di Sant'Andrea. 앞에 나온 암캐들에게 물려 찢어진 영혼. 그는 페데리코 2세의
시종이었으며 암살당했다고 한다. 괴팍하고 방탕한 성격으로 뱃놀이를 하면서 무료함을 달래려고
동전을 물속에 던지기도 했고, 멋진 불을 보기 위해 자기 집을 태우기도 했다고 한다.

그는 우리에게 말했다. 「오, 이곳에 이르러

나에게서 이처럼 가지들이 꺾이는

잔인한 고통을 보는 영혼들이여,   141

가지들을 이 불행한 나무 밑에 모아 주오.

나는 처음의 수호신을 세례자로 바꾼

도시14의 사람이었는데, 바로 그 때문에   144

수호신은 자기 기술로15 도시를 사악하게

만들 것이니, 만약 아르노강의 다리 위에

아직도 그의 모습이 남아 있지 않다면,16   147

아틸라17가 남겨 놓은 잿더미 위에다

나중에 다시 도시를 세웠던 시민들은

아마 쓸모없이 헛고생을 했을 것이오.   150

나는 내 집을 교수대로 만들었지요.」18

14 피렌체는 원래 전쟁의 신 마르스(그리스 신화의 아레스)를 수호신으로 섬겼으나 나중에 세
례자 요한을 수호성인으로 바꾸었다.
15 즉 전쟁의 기술로.
16 단테 시대에는 마르스의 부서진 동상 일부가 피렌체를 가로질러 흐르는 아르노Arno강의
베키오 다리에 남아 있었다고 한다.
17 「지옥」 12곡 134행에 나오는 훈족의 우두머리. 하지만 당시의 역사가 빌라니에 의하면 고
트족의 왕 토틸라Totila가 542년에 피렌체를 침략하여 황폐화시켰다고 한다.
18 자기 집에서 목을 매 자살하였다는 뜻이다.

제14곡

일곱째 원의 셋째 둘레에는 신성(神聖)에 폭력을 가한 죄인들이 뜨겁게 불타는 모래
밭에서 불비를 맞으며 벌받고 있다. 그들 중에서 단테는 카파네우스를 보는데, 그는
여전히 오만하게 신성을 모독하는 말을 한다. 베르길리우스는 단테에게 플레게톤을
비롯한 저승 세계의 강들에 대하여 설명해 준다.

나의 고향에 대한 연민의 정이 나를
압도했기에, 나는 흩어진 가지들을 모아
침묵하고 있는 그의 발치에 돌려주었다.   3

거기에서 우리는 둘째 둘레가 끝나고
셋째 둘레가 시작되는 곳에 이르렀는데,
그곳에는 정의의 무서운 재능이 보였다.   6

그 새로운 광경을 자세히 말하자면,
우리는 어느 황무지에 도달했는데
그 바닥에는 풀 한 포기 없었다.   9

고통의 숲[1]이 화환처럼 주위를 둘러
그곳은 마치 사악한 구덩이처럼 보였고,
우리는 그 가장자리에서 걸음을 멈추었다.   12

그곳은 메마르고 빽빽한 모래밭이었는데,

---

1 둘째 둘레를 이루는 자살자들의 숲이다.

예전에 카토²의 발에 짓밟혔던 곳의
형상과 전혀 다를 바가 없었다.   15

오, 하느님의 복수여, 내 눈앞에
나타난 것을 보는 사람이면 누구든지
분명히 당신을 두려워할 것입니다!   18

나는 벌거벗은 영혼들의 커다란 무리를
보았는데, 모두들 처참하게 울고 있었고
각자 서로 다른 자세로 있는 것 같았다.³   21

어떤 무리는 땅바닥에 누워 있었고,
어떤 무리는 웅크리고 앉아 있었고,
또 다른 무리는 계속하여 서성거렸다.   24

주위를 맴도는 무리가 더 많았고,
누워서 고통받는 무리는 더 적었지만
더욱 큰 고통에 혀가 풀려 있었다.   27

모래밭 위로는 온통 커다란 불덩이들이
천천히 쏟아져 내리고 있었는데,

---

2 Marcus Porcius Cato(B.C. 95~B.C. 46)를 가리킨다(이탈리아에서는 감찰관Censor을 역임한 증조할아버지와 구별하기 위해 〈우티카Utica의 카토〉로 부르고, 우리나라에서는 〈대(大)카토〉와 〈소(小)카토〉로 구별한다). 그는 기원전 47년 폼페이우스의 군대를 이끌고 리비아 사막을 가로질러 건넜으나(「파르살리아」 9권 382행 이하 참조), 카이사르에게 패배하여 아프리카 북부 카르타고 근처의 도시 우티카에서 자결하였다. 원래 자살자는 지옥에 있어야 하지만, 단테는 자유의 수호자로 그를 높게 평가하여 연옥의 지킴이로 배치하고 있다.(「연옥」 1곡 31행 이하 참조)
3 뒤에 나오듯이 그들은 각자의 죄에 따라 서로 다른 자세로 벌을 받고 있다.

바람 없는 알프스에 내리는 눈 같았다.   30

마치 알렉산드로스 대왕[4]이 인디아의
뜨거운 지방에서 자신의 군대 위로
불꽃들이 땅에 떨어지는 것을 보고는,   33

불꽃들이 아직 조금 있을 동안에
더 잘 꺼지리라는 생각에 군사들에게
땅바닥을 짓밟도록 명령하였듯이,   36

그렇게 영원한 불비가 내리고 있었고,
따라서 모래밭은 부싯돌의 심지처럼
불이 붙어 고통을 배가시키고 있었다.   39

비참한 손들은 조금도 쉴 새 없이
움직이면서, 몸의 이곳저곳에서
떨어지는 불꽃들을 털어 내고 있었다.   42

나는 말을 꺼냈다. 「스승님, 당신께서는
지옥 입구에서 만난 거센 악마들[5]을
제외하고는 모든 것을 이기셨습니다.   45

---

4 알렉산드로스는 인도 원정에서 겪은 놀라운 사건들을 기록한 편지를 아리스토텔레스에게
보냈다고 한다. 그 편지에 따르면 처음에 엄청난 눈이 내려 병사들에게 밟아 다지도록 했는데, 곧이
어 불비가 내리자 옷으로 가리도록 했다고 한다. 그런데 단테는 알베르투스 마그누스Albertus
Magnus(또는 대(大)알베르투스)의 구절(『유성론(流星論)De meteoris』, 1권 4장 8행)에 의거하였
는지, 불비가 눈처럼 내리자 병사들에게 짓밟게 한 것으로 혼동하고 있다.
5 「지옥」 8곡 82행 이하에 나오는 디스의 성벽을 지키는 악마들.

14: 40~42
비참한 손들은 조금도 쉴 새 없이 움직이면서,
몸의 이곳저곳에서 떨어지는 불꽃들을 털어 내고 있었다.

저기 불을 두려워 않고 경멸하듯이 누워
눈을 흘기는 커다란 녀석[6]은 누구입니까?
불비도 그를 익히지 못하는 모양이군요.」   48

그러자 그 녀석은 내가 안내자에게
자신에 대해 묻는 것을 깨닫고 외쳤다.
「나는 살았을 때처럼 죽어서도 똑같다.   51

유피테르가 자기 대장장이[7]를 독려해
그에게서 날카로운 번개를 얻어 내
내 최후의 날에 나를 쳤을지라도,   54

또는 플레그라이[8]의 전투에서 그랬듯이,
〈착한 불카누스여, 도와 다오!〉 외치며
몬지벨로[9]의 시커먼 대장간에서   57

다른 대장장이들[10]이 차례로 지치도록
온 힘을 다해 나에게 번개를 쏘았을지라도,
유쾌한 복수를 할 수는 없었을 것이다.」   60

6 뒤에 이름이 나오는 카파네우스. 그는 테바이를 공격한 일곱 왕들 중 하나였는데, 테바이를
공격할 때 유피테르를 모독하였고, 그로 인해 유피테르의 번개에 맞아 죽었다.
7 대장장이이며 불의 신인 불카누스(그리스 신화에서는 헤파이스토스). 그는 유피테르에게 번
개를 만들어 주었다고 한다.
8 유피테르를 비롯한 올림포스 신들과 기가스(복수형은 기간테스)들, 즉 거인들 사이에 벌어진
전쟁은 그리스 동북부 팔레네반도(현재의 카산드라반도)의 플레그라이 평원에서 벌어졌다고 한다.
9 Mongibello. 시칠리아에 있는 에트나 화산의 옛 이름으로 불카누스의 대장간은 이곳에 있는
것으로 믿었다.
10 이마에 하나의 눈을 갖고 있는 거인족 키클롭스(복수는 키클로페스)들을 가리킨다. 그들은
대장장이들로 유피테르가 티탄 신족들과 싸울 때 유피테르에게 천둥과 번개와 벼락을 만들어 주
었다.

그러자 나의 길잡이는 내가 들어 보지
못한 아주 강한 목소리로 말하셨다.
「오, 카파네우스여, 너의 오만함이   63

꺼지지 않는 한 더욱 벌을 받을 것이니,
너 자신의 분노 이외에는 어떤 형벌도
네 고집스러운 분노에 어울리지 않으리.」   66

그러고는 평온한 표정으로 나를 향해
말하셨다. 「저자는 테바이를 공격한
일곱 왕들 중 하나로, 예나 지금이나   69

하느님을 존경하지 않고 경멸하지만,
내가 그에게 말했듯이, 그의 경멸은
자기 가슴에나 어울리는 장식물이다.   72

이제 나를 따라와라. 타오르는 모래밭에
발을 들여놓지 않도록 조심하고
숲 가장자리에 발을 놓도록 해라.」   75

우리는 말없이 작은 개울이 숲 밖으로
흘러나오는 곳에 이르렀는데, 그 붉은
빛깔은 지금도 나를 섬뜩하게 만든다.   78

마치 불리카메[11]에서 흘러나온 개울이

---

11 Bulicame. 로마 근교 비테르보에 있는 유황 온천이다.

죄지은 여인들[12] 사이에서 갈라지듯이,
그 개울은 모래밭 사이를 흐르고 있었다.   81

개울의 바닥, 양쪽의 둔덕과 기슭은
모두 돌로 되어 있었고, 따라서 나는
그곳이 지나갈 길이라는 걸 깨달았다.   84

「누구나 마음대로 통과할 수 있는
문[13]을 통해 우리가 들어온 이후로
내가 너에게 보여 준 것들 중에서,   87

자신의 위로 떨어지는 불꽃들을
모두 꺼뜨리는 이 개울처럼
너의 주목을 받을 만한 것은 없었다.」   90

나의 길잡이께서 그런 말을 하셨기에,
나는 그분이 자극한 입맛에 대한
음식을 베풀어 달라고 부탁하였다.   93

그러자 그분은 말하셨다. 「바다[14] 한가운데에
지금은 황폐한 나라 크레테가 있었는데,
예전에 그 왕[15] 아래 세상은 순수했다.   96

---

12 불리카메 온천에서는 매춘부들(《죄지은 여인들》)이 이용하는 구역은 따로 정해져 있었다
고 한다. 일부 판본에는 *pettatrici*로 되어 있는데, 삼베나 아마의 실을 빗질하는 여인들을 의미한다.
13 예수 그리스도에 의해 부서져 아직도 열려 있는 지옥 입구의 문.(「지옥」 8곡 125~26행
참조)
14 고대와 마찬가지로 중세 유럽인들에게 바다는 바로 지중해였다.

거기 이데[16]라는 산이 있어 옛날에는

푸른 숲과 샘물로 아름다웠지만

지금은 금지된 곳처럼 황폐해졌지.   99

레아[17]는 자기 아들의 안전한 요람으로

그곳을 선택하였고, 아기가 울 때에는

잘 감추려고 커다란 소음을 내곤 했지.   102

그 산에 거대한 노인[18]이 우뚝 서 있는데,

다미에타[19]를 향하여 어깨를 돌리고

거울을 바라보듯 로마 쪽을 보고 있지.   105

그의 머리는 순금으로 되어 있고,

팔과 가슴은 순은으로 되어 있고,

허리까지는 놋쇠로 되어 있고,   108

15   로마 신화에서 사투르누스(그리스 신화의 크로노스와 동일시된다)는 유피테르에게 왕위
를 빼앗긴 뒤 이탈리아로 건너갔으며, 그가 통치하는 동안 환상적인 황금시대가 펼쳐졌고 모든 사
람이 순수하고 행복하게 살았다고 한다. 그가 크레테섬의 신화적인 최초 왕이었다는 것이다.

16   크레테섬에 있는 산 이름으로 라틴어 이름은 이다Ida.

17   레아는 우라노스와 가이아 사이의 딸로 크로노스와 남매지간이자 그의 아내였다. 사투르누
스는 자식들 중 하나가 자신을 몰아내고 왕이 될 것이라는 신탁을 듣고, 레아가 아들을 낳을 때마다
집어삼켰다. 그러자 레아는 몰래 유피테르를 낳은 뒤 돌덩이를 강보에 싸서 사투르누스에게 건네고
제우스를 이데 산의 동굴에 숨겼으며, 울음소리를 감추기 위해 큰 소음을 냈다고 한다. 결국 유피테
르는 크로노스를 몰아내고 최고 지배자가 되었다.

18   뒤에 자세하게 묘사되듯이 머리는 금, 가슴과 두 팔은 은, 허리는 놋쇠, 허벅지와 다리는 쇠, 한
쪽 발은 쇠, 다른 한쪽 발은 흙으로 되어 있는 이 환상적인 장엄한 노인의 이미지는 여러 가지로 해석된
다.(『변신 이야기』 1권 89~131행 참조) 예들 들면 최초의 순수한 찬란함에서 몰락한 인류의 역사, 또
는 원죄에 의해 타락한 인간의 본성 등을 상징하는 것으로 해석된다. 이러한 노인의 이미지는 『성경』
에서도 찾아볼 수 있는데, 네부카드네자르왕의 환상에서 나타난다.(『다니엘서』 2장 31절 이하 참조)

19   Damietta(영어식 표현은 Dumyat). 이집트 나일강 하구의 도시 이름. 여기에서 노인의 상은
이집트 쪽을 등지고 로마 쪽을 바라보고 있는 것으로 묘사되는데, 이집트는 과거를 상징하고 로마
는 미래를 상징하는 것으로 해석된다.

그 아래는 모두 쇠로 되어 있는데,
오른쪽 발만은 구운 흙으로 되어 있고
다른 발보다 이 발로 버티고 서 있다.   111

순금 이외의 다른 부분은 모두 부서졌는데,
부서진 틈 사이로 눈물방울이 떨어지고
한데 모인 눈물들이 동굴의 바닥을 뚫는다.   114

물줄기는 바위들을 뚫고 이 계곡까지 내려와
아케론, 스틱스, 플레게톤[20]을 이룬 다음
이 좁은 개울을 타고 아래로 내려가다가,   117

마침내 더 내려갈 수 없는 곳에 이르러서
늪과 같은 코키토스[21]를 이루는데, 그것은
나중에 볼 것이니 여기서 말하지 않겠다.」   120

나는 말했다. 「만약 이 냇물이 그렇게
우리의 세상에서 오는 것이라면,
왜 이 기슭에서만 우리 눈에 보입니까?」   123

그분은 말하셨다. 「네가 알다시피 이곳은 둥글고
너는 계속하여 왼쪽으로 돌면서
바닥을 향해 많이 내려왔을지라도,   126

---

20 두 시인이 이미 거쳐 온 지옥의 강들이다. 아케론은 3곡 78행에 나오고, 스틱스는 7곡
106행, 8곡 10행 이하, 9곡 81행에서 언급되었다. 플레게톤은 그 이름이 언급되지 않았으나 12곡에
서 보았던 끓는 피의 강이다.
21 그리스 신화에 나오는 저승의 강으로 단테는 지옥의 가장 밑바닥에 있는 얼어붙은 연못으
로 묘사한다. (「지옥」 31곡 123행 이하 참조)

아직 원을 한 바퀴 완전히 돌지 못했으니
혹시 새로운 것이 나타난다 하더라도
얼굴에 놀라운 표정을 지을 것 없다.」   129

나는 말했다. 「스승님, 플레게톤과 레테²²는 어디
있습니까? 레테에 대해서는 말이 없고
플레게톤은 이 눈물로 되었다고 하니까요.」   132

「네 모든 질문이 내 마음에 드는구나.
끓어오르는 붉은 핏물은 이미 너의
질문 중 하나에 대답해 주었을 것이다.   135

레테는 나중에 볼 것인데, 이 구덩이
바깥에, 참회한 죄가 사라졌을 때
영혼들이 씻으러 가는 곳²³에 있단다.」   138

그러고는 말하셨다. 「이제 이 숲에서
벗어나야 할 시간이니 나를 따라오너라.
불타지 않는 이 강둑이 길을 이루니,   141

그 위에서는 모든 불꽃이 꺼진다.」

22 그리스 신화에서 지하 세계에 있는 샘인데, 〈망각의 강〉으로 부르기도 한다. 단테는 이 샘을
연옥의 산꼭대기에 있는 지상 천국에 있는 강으로 묘사한다. 참회한 영혼들은 연옥에서 자기 죄에
대한 형벌을 받은 다음 이 강물에서 죄의 기억마저 씻어버리고 깨끗해진 영혼으로 천국에 올라
간다.
23 연옥 산의 꼭대기에 있는 지상 천국.(「연옥」27곡 이하 참조)

제15곡

일곱째 원의 셋째 둘레에는 신성과 동일시되는 자연의 법칙이나 순리에 거슬러 행동한 자들, 즉 남색(男色)의 죄인들이 불비를 맞으면서 달려가는 벌을 받고 있다. 그중에서 단테는 스승 브루네토 라티니를 만나 고향 피렌체와 자신의 미래에 대한 예언을 듣는다.

단단한 강둑 하나가 우리를 인도하고
냇물 위의 안개가 그림자를 드리우니,
냇물과 둑은 불꽃으로부터 안전하였다.   3

위상과 브뤼허[1] 사이 플랑드르 사람들이
자신들에게 큰 밀물이 몰려올까 두려워
바다를 막아 낼 보호 제방을 쌓듯이,   6

또한 브렌타[2]강 가의 파도바 사람들이
키아렌티나[3]가 따뜻해지기 전에
자기 마을과 성들을 방어하듯이,   9

그 강둑들도 그러한 형상이었으니,
그것을 만든 건축가가 누구였든

---

1 프랑스 북부의 위상Wissant과 벨기에 북서부의 브뤼허Brugge는 플랑드르 지방 해안의 남쪽과 북쪽에 있는 항구이다.
2 Brenta. 알프스에서 흘러내려 이탈리아 북부의 파도바Padova 곁으로 흘러가는 강이다.
3 Chiarentina. 아마 오스트리아 남부 알프스에 있는 케른텐Kärnten(이탈리아어로는 카린치아Carinzia) 지방을 가리키는 것으로 짐작된다. 날씨가 따뜻해지면 그곳에 쌓인 눈이 녹아내려 브렌타강이 범람하기도 했다.

그다지 높지도 않고 두텁지도 않았다.   12

우리는 벌써 숲⁴에서 멀리 벗어났으니
내가 아무리 몸을 돌려 바라보아도
숲이 어디 있는지 보이지 않을 무렵   15

우리는 한 무리의 영혼들을 만났는데,
그들은 강둑을 따라 오면서 마치 저녁에
초승달 아래에서 다른 사람을 보듯이   18

우리를 바라보았으며, 우리를 향해
늙은 재봉사가 바늘귀를 꿸 때처럼
눈썹을 뾰족하게 곤두세우고 있었다.   21

그렇게 그들 무리의 시선을 받던 중
누군가 나를 알아보았는데, 그는 나의
옷자락을 잡으며 외쳤다. 「정말 놀랍다!」   24

그가 나를 향하여 팔을 뻗쳤을 때
나는 그의 익은 얼굴을 눈여겨보았다.
비록 얼굴은 불에 그슬려 있었지만   27

내 지성이 그를 몰라보지는 않았으니,
그의 얼굴에 내 얼굴⁵을 가까이 숙이며

---

4 앞의 13곡에 나오는 자살자들의 숲이다.
5 원문에는 *la mia*로 되어 있는데, 일부에서는 이를 *la mia mano*(〈나의 손〉)로 간주하여, 〈그
의 얼굴을 손으로 가리키며〉로 해석하기도 한다.

15: 23~24
그는 나의 옷자락을 잡으며 외쳤다.
「정말 놀랍다!」

말했다. 「브루네토[6] 님, 여기 계십니까?」   30

그러자 그는 말했다. 「오, 나의 아들이여,
브루네토가 잠시 너와 함께 뒤에 처져
무리가 먼저 가도록 해도 괘념치 마라.」   33

나는 말했다. 「가능하다면 저도 그러기 바라고,
함께 가는 저분이 괜찮다면, 당신이
함께 앉기 원하신다면 그렇게 하겠습니다.」   36

그는 말했다. 「아들아, 만약 이 무리 중 누군가가
잠시라도 멈춘다면, 앞으로 백 년 동안
누워서 후려치는 불꽃을 피하지도 못한단다.   39

그러니 앞으로 가라, 네 곁을 따를 테니.
영원한 형벌 때문에 울면서 가는
나의 무리는 내가 나중에 만날 것이다.」   42

나는 그와 나란히 가기 위하여 감히
둑길에서 내려설 수는 없었지만,
존경하는 사람답게 고개를 숙였다.   45

그는 말을 꺼냈다. 「어떤 행운이나 운명이
죽기도 전에 너를 이 아래로 인도하는가?
또 길을 안내하는 자는 누구인가?」   48

---

6 Brunetto Latini(1220?~1294). 단테가 스승으로 섬기던 피렌체 출신의 철학자이며 수사학자, 법률가. 그는 정치에도 가담하여 궬피파에 속했는데 나중에는 추방당하여 프랑스로 갔다.

나는 대답했다. 「저 위의 맑은 삶에서
아직 제 나이가 완전히 차기도 전에[7]
저는 어느 계곡에서 길을 잃었습니다.   51

바로 어제 아침 그곳을 등졌는데,
돌아가려던 저에게 이분이 나타나
이 길을 통해 집으로[8] 인도하십니다.」   54

그러자 그는 말했다. 「아름다운 삶에서 내가 옳게
판단했다면 네 별[9]을 뒤따르는 한 너는
실패 없이 영광의 항구에 닿을 것이다.   57

만약 내가 너무 빨리 죽지 않았다면
너에게 그토록 너그러운 하늘을 보며
너의 일에 위안을 주었을 텐데.   60

그러나 오래전 피에솔레[10]에서 내려와
아직도 바위산처럼 거칠고 야만적인
성격의 그 사악하고 파렴치한 백성은   63

너의 선행에 대하여 원수가 될 것이니,

---

7 죽기 전에.
8 올바른 길로.
9 단테의 운명. 점성술에 의하면 태어날 때의 별자리는 운명에 영향을 준다고 믿었다. 단테의
별자리는 쌍둥이자리이다.(「천국」 22곡 109~120행 참조)
10 Fiesole. 피렌체 근교의 언덕으로 기원전 200년경에 에트루리아 사람들이 처음으로 이곳에
정착하였다. 전설에 따르면 로마인들이 피에솔레를 파괴한 다음 피렌체를 세웠고, 대다수의 피에
솔레 사람들이 내려왔다고 한다.

떫은 열매의 나무들 사이에서 달콤한
무화과가 열릴 수 없듯이 당연한 일이야.   66

세상의 옛 소문은 그들을 눈먼 이라 부르니,
탐욕스럽고 질투 많고 오만한 사람들이라
그들의 풍습에서 너를 깨끗이 하도록 해라.   69

네 행운은 많은 영광을 간직하고 있으니
양쪽 편이 모두 너를 붙잡으려 하겠지만,
염소에게서 풀을 멀리 떼어 놓도록 해라.[11]   72

피에솔레의 짐승들이 자신들을 여물 삼아
잡아먹고, 그 거름에서 어떤 좋은 초목이
싹튼다면 손대지 않도록 해야 한다.   75

그 사악한 악의 둥지가 만들어졌을 때
남아 있던 로마인들의 거룩한 씨앗이
그 거름에서 되살아나게 될 것이다.」[12]   78

나는 그에게 대답했다. 「만약 제 소망이
완전히 이루어졌다면, 당신은 아직
살아 있는 사람들 사이에 있을 것입니다.   81

11 망명 중에 단테는 궬피 백당과도 결별하였다.
12 피렌체가 세워질 당시 로마인들도 참여하였다. 단테는 피렌체의 싸움과 비극이 피에솔레
출신들 때문이라고 생각하였으며, 따라서 로마인들의 후예가 도시를 새로이 소생시키기를 바라고
있다.

아버지처럼 자애롭고 훌륭한 당신 모습은
언제나 제 기억에 남아 있어 괴롭습니다.[13]
세상에 계셨을 때 당신은 언제나 저를   84

영원히 기억될 사람으로 가르치셨지요.
제가 얼마나 감사하는지, 살아 있는 한
제 말을 통해 분명히 드러날 것입니다.   87

제 미래에 대한 당신의 말씀은 다른
말들[14]과 함께 기억 속에 적어 보관해서
그 여인[15]에게 가면 설명해 줄 것입니다.   90

당신께 분명히 밝히고 싶은 것은,
제 양심이 저를 꾸짖지 않는 한 어떤
운명[16]에도 준비되어 있다는 것입니다.   93

그런 예언은 저의 귀에 새롭지 않으니,
운명은 원하는 대로 제 바퀴를 돌리고
농부는 괭이를 휘두르게 놔두라지요.」   96

그러자 스승님이 오른쪽으로 몸을 돌려
뒤에 있는 나를 바라보면서 말하셨다.

13   지옥에서 벌받고 있는 모습을 보니 마음이 괴롭다는 뜻이다.
14   차코에게 들었던 예언(「지옥」 6곡 64행 이하)과 파리나타의 예언(「지옥」 10곡 79행 이하)
을 가리킨다.
15   베아트리체.
16   원문에는 〈포르투나〉(「지옥」 7곡 61행 참조)로 되어 있으며, 따라서 〈행운〉으로 옮길 수도
있다.

「잘 알아듣는 자는 마음에 새기는 법이지.」 99

그렇지만 나는 계속 브루네토 님과 함께
이야기를 나누었고, 그의 동행 중
유명하고 높은 자들은 누구인지 물었다. 102

그는 말했다. 「몇몇에 대해 아는 것은 좋지만,
다른 자들에 대해서는 침묵하는 게 좋으리.
길게 말하기에는 시간이 너무 짧으니까. 105

간단히 말하자면 모두 성직자들이나
위대한 문인들로 큰 명성을 떨쳤지만
세상에서 똑같이 더러운 죄를 지었지. 108

프리스키아누스[17]와 프란체스코 다코르소[18]가
저 더러운 무리와 함께 가고 있으며,
네가 저 추잡한 무리를 알고 싶다면, 111

종들의 종[19]에 의해 아르노강에서
바킬리오네강으로 옮겨 거기에서

---

17 6세기 초의 유명한 라틴 문법학자였던 프리스키아누스Priscianus를 가리킨다. 그러나 그가
남색을 즐겼다는 증거는 없다. 따라서 일부 학자는 단테가 4세기의 이단적인 주교 프리스킬리아누
스Priscillianus와 혼동하였을 것으로 추정하기도 한다.

18 Francesco d'Accorso(1225~1293). 볼로냐 법학파의 거장 중의 하나로, 영국 왕 에드워드
1세의 부름을 받아 옥스퍼드 대학에서 강의하기도 하였다.

19 라틴어로는 servus servorum Dei, 즉 〈하느님의 종들의 종〉이다. 교부 아우구스티누스가
만들어낸 호칭으로 이 호칭을 처음 사용한 교황은 그레고리우스 1세 또는 대(大)그레고리우스(재
위 590~604)였다.

사악한 욕망에 빠진 자[20]도 보았으리.   114

좀 더 말하고 싶지만, 저기 저곳에서
새로운 모래 구름이 일어나는 것을 보니
더 나아가거나 길게 말할 수도 없구나.   117

내가 함께 있을 수 없는 무리가 오고 있다.
내가 아직 그 안에 살아 있는 『테소로』[21]를
너에게 추천할 뿐 다른 부탁은 없다.」   120

그리고 그는 몸을 돌렸는데, 마치
베로나에서 녹색 휘장을 차지하려고
달리는 자들 같았고,[22] 그들 중에서도   123

패배자가 아니라 우승한 자처럼 보였다.

<hr />

20 피렌체 출신의 안드레아 데 모치Andrea de' Mozzi를 가리키는 것으로 추정된다. 그는
1295년까지 피렌체의 주교였다가, 바킬리오네Bacchiglione강 가에 있는 비첸차의 주교로 옮겼으
나 이듬해에 사망하였다.
21 *Tesoro*. 〈보물〉이라는 뜻으로 라티니가 정쟁의 소용돌이에 휘말려 1260년에서 1266년까
지 프랑스로 망명해 있는 동안 프랑스어로 쓴 백과사전적 작품으로 원래 제목은 *Li Libre dou
Trésor*, 즉 『보물의 책』이다. 이 작품은 프랑스어 문체의 표본으로도 유명하다.
22 이탈리아 북부의 도시 베로나Verona에서 열리는 달리기 경주의 선수들처럼 빨리 달려갔다
는 과장적인 표현이다. 그 경기에서 우승한 자에게는 녹색의 휘장을 상으로 주었다.

제16곡

단테는 다른 남색의 죄인들 중에서 세 영혼을 만나는데, 모두 옛날 피렌체에서 이름이 높았던 사람들이다. 그들은 자신을 소개하고, 단테는 그들에게 피렌체의 부패와 타락에 대해 이야기한다. 일곱째 원의 가장자리 근처에서 베르길리우스는 단테가 허리에 감고 있던 밧줄을 낭떠러지 아래로 던지고, 뒤이어 절벽 아래에서 무시무시한 괴물 게리온이 떠오른다.

어느덧 나는 다음 원[1]으로 떨어지는
물의 굉음이 들리는 곳에 이르렀는데,
마치 벌 떼들이 붕붕거리는 것 같았다.   3

그때 쓰라린 고통의 비를 맞으며
지나가고 있던 무리에서 세 명의
그림자가 함께 벗어나 달려왔다.   6

그들은 우리를 향해 오면서 외쳤다.
「멈추시오, 입은 옷으로 보아 그대는
사악한 우리 고향 출신 같구려.」[2]   9

아! 나는 그들의 사지에서 불에 탄
새롭고 오랜 상처들을 얼마나 보았는지!
그것을 생각하면 지금도 마음이 아프다.   12

그들의 외침에 나의 스승님은 관심을

1   그러니까 여덟째 원이다.
2   보카치오에 의하면 당시에는 도시마다 나름대로 독특하게 옷을 입는 방식이 있었다고 한다.

기울였고 나를 향해 얼굴을 돌리셨다.
「기다려라. 그들에게 친절해야 하리라.   15

만약에 이 장소의 성질상 불이
쏟아지지 않는다면, 그들보다 오히려
네가 서두르라고 말하고 싶구나.」   18

우리가 멈추자 그들은 오랜 탄식을
다시 시작했고, 우리에게 도착하자
세 사람 모두 둥글게 원을 이루었다.   21

마치 벌거벗고 기름칠을 한 투사들이
맞부딪쳐 서로 때리고 찌르기 전에
유리하게 붙잡을 기회를 엿보듯이,   24

그들은 빙빙 돌면서 각자의 눈은 똑바로
나를 바라보았고, 따라서 그들의 발은
얼굴과 반대 방향으로 움직이고 있었다.   27

하나가 말했다. 「푹푹 꺼지는 이 장소3의
비참한 상황과, 타고 그을린 모습 때문에
우리와 우리 간청이 초라해 보일지라도,   30

우리의 명성이 그대의 영혼을 움직여,
생생한 발로 안전하게 지옥을 지나가는

3 그곳이 모래밭이기 때문이다.

그대는 누구인지 말해 주기 바라오.   33

보다시피 벌거벗고 껍질이 벗겨진 채
내 앞에서 가고 있는 이자는 그대가
믿지 못할 만큼 지위가 높았던 자요.   36

그는 착한 괄드라다의 손자였고,
이름은 귀도 궤라⁴였으며, 살았을 때
지혜와 칼로 많은 일을 하였답니다.   39

내 곁에서 모래밭을 밟고 있는 다른 자는
테기아이오 알도브란디⁵이며, 그 이름은
저 위 세상에서 분명 좋게 기억될 것이오.   42

그리고 저들과 함께 고통받고 있는 나는
야코포 루스티쿠치⁶인데, 무엇보다도
분명히 까다로운 아내가 나를 망쳤다오.」   45

만약 불로부터 보호될 수 있었더라면,
나는 그들 사이로 뛰어들었을 것이고
또 나의 스승도 그걸 허용했을 것이다.   48

4 Guido Guerra. 피렌체의 유명한 가문 도바돌라 백작의 아들로 피렌체 궬피 계열에 속했다.(「천국」16곡 96~99행 참조) 그의 할머니 괄드라다Gualdrada는 당시의 엄격한 풍습과 가정적인 덕성의 예로 널리 칭찬을 받았다.

5 Tegghiaio Aldobrandi. 궬피파의 아디마리 가문 출신으로 군대의 장군과 아레초의 포데스타podestà를 역임하였다. 포데스타는 중세 이탈리아에서 〈코무네Comune〉, 즉 자치 도시의 의회에서 선출되어 일정 기간 동안 통치하는 직책으로 〈집정관〉 또는 〈최고 행정관〉으로 번역되기도 한다.

6 Iacopo Rusticucci. 단테와 거의 동시대의 부자 귀족이었는데, 성격이 까다로운 아내와 헤어진 후 모든 여자를 혐오하였다고 한다.

하지만 나는 불타 익어 버릴 것이므로,
그들을 껴안고 싶었던 나의 좋은
의지는 두려움에 굴복하고 말았다.   51

나는 말했다. 「그대들의 처지는 내 가슴에
경멸감이 아니라 고통을 심어 주었고,
그것은 완전히 벗어 버리기 어렵군요.   54

이 나의 스승께서 하신 말[7]을 듣고
나는 당신들처럼 중요한 사람들이
우리에게 올 것이라고 생각했습니다.   57

나는 당신들 고향의 사람이며, 언제나
당신들의 업적과 명예로운 이름을
애정 있게 듣고 또 이야기했지요.   60

나는 죄의 쓴맛을 버리고, 진정한 스승께서
약속한 달콤한 열매를 향해 가는 중이지만,
먼저 세상의 중심까지 내려가야 한다오.」   63

그가 다시 대답했다. 「영혼이 그대의
육신을 오랫동안 이끌고,[8] 또한
그대의 명성이 나중에도 빛나기를!   66

말해 주오, 우리의 고향에는 예전처럼

7 친절하게 대하라는 14~18행의 말.
8 오래오래 살기를 기원한다는 뜻이다.

예절과 가치가 아직 남아 있는지,
아니면 완전히 없어져 버렸는지.   69

얼마 전부터 우리와 함께 고통받으며 저기
동료들과 가는 굴리엘모 보르시에레[9]의
말이 우리 가슴을 무척 아프게 하는군요.」   72

「새로운 사람들[10]과 벼락부자들이
오만함과 무절제를 퍼뜨렸으니,
피렌체여, 벌써 그렇게 슬퍼하는구나!」   75

내가 얼굴을 들고 그렇게 한탄하니,
세 사람은 그것을 대답으로 알아듣고
믿을 수 없다는 듯 서로를 바라보았다.   78

모두가 대답했다. 「언제나 그처럼 손쉽게
남들에게 시원히 대답할 수 있다면,
그대는 정말로 행복하겠구려!   81

그러니 그대 이 어두운 장소를 벗어나
아름다운 별들을 다시 보게 된다면,
〈예전에 나는〉 하고 말하게 된다면,   84

사람들에게 우리에 대해 이야기해 주오.」

---

9 Guglielmo Borsiere. 피렌체 출신의 유능한 궁정 사람으로, 보카치오의 『데카메론』 첫째 날
여덟 번째 이야기에서도 그에 대한 언급이 나온다.
10 그 무렵 피렌체로 이주해 온 사람들.

그리고 그들은 원을 풀고 달려갔는데
다리들이 마치 날개처럼 재빨랐다.   87

〈아멘〉하고 말할 사이도 없이 그들은
사라져 버렸으며, 따라서 스승님은
떠나는 것이 좋으리라 생각하셨다.   90

나는 그분을 뒤따랐고, 잠시 후에는
물 떨어지는 소리가 가까워지면서
우리의 말소리를 듣기 어려울 정도였다.   93

마치 아펜니노산맥의 왼쪽 편에서
비시산11으로부터 동쪽을 향하여
자신의 길을 시작하는 그 강줄기,   96

계곡 아래 낮은 평원에 떨어지기 전에
위에서는 아콰퀘타라고 불리지만
포를리에서 그 이름이 없어지는 강이,   99

분명 천 명을 수용할 수 있었을
아펜니노의 베네딕투스 수도원12 위에서
낭떠러지로 떨어져 굉음을 내듯이,   102

---

11   원문은 몬테 비소Monte Viso라고 되어 있는데, 로마냐 지방에 있는 비시 Visi산을 가리킨
다. 이탈리아반도를 종단하는 아펜니노Appennino산맥에 위치해 있으며, 거기서 발원된 아콰퀘타
Acquaqueta강은 다른 두 개의 지류와 합하여, 포를리Forlì 근처에서 몬토네Montone강을 이룬다.
12   포를리 근처 아펜니노산 기슭의 수도원으로 그 옆에서 아콰퀘타강은 폭포를 이룬다. 그곳
에다 어느 귀족 가문이 천 명이 넘는 수도자들을 수용할 만한 대규모 수도원을 만들려고 했다고 한
다. 베네딕투스 성인에 대해서는 「천국」 22곡 28행 이하 참조.

바로 그렇게 험준한 절벽 아래로
핏빛 물이 소리치는 것을 보았으니
순식간에 귀가 먹먹해질 정도였다.   105

나는 허리에 밧줄13을 하나 동여매고
있었는데, 한때는 그것으로 얼룩 가죽의
표범14을 잡아 볼까 생각하기도 했다.   108

나의 안내자께서 명령한 대로 나는
그것을 내 몸에서 완전히 풀었고
둘둘 말아서 그분께 건네주었다.   111

그러자 그분은 오른쪽으로 몸을 돌려
절벽으로부터 상당히 멀리 떨어지게
그것을 깊은 절벽 아래로 던지셨다.   114

나는 혼자 중얼거렸다. 「스승님이 저렇게
주시하는 것을 보니, 저 특이한 신호에
분명 이상한 일이 일어날 것 같구나.」   117

아, 지혜로 단지 행동뿐만 아니라
생각까지 꿰뚫어 보는 자들 곁에 있으면,
사람들은 얼마나 신중해야 하는지!   120

---

13 프란치스코회 수도자들이 허리에 매고 있는 줄, 또는 당시의 여행자들이 걷기 편하도록 옷
자락을 올려 고정하는 허리띠 등으로 생각된다. 은유적으로 볼 때 표범으로 상징되는 육체적 욕망
의 절제를 상징하는 것으로 해석되기도 한다.
14 「지옥」 1곡에 나오는 음란함의 상징인 표범.

그분은 말하셨다. 「네가 기다리고 또한
네 생각이 꿈꾸는 것이 떠올라서
이제 곧 네 눈앞에 나타날 것이다.」   123

거짓말처럼 보이는 진실 앞에서 사람은
가능한 한 언제나 입을 다물어야 하는데,
잘못 없이 망신당할 수 있기 때문이다.   126

하지만 여기서 나는 침묵할 수 없으니, 독자여,
이 희극15의 구절들을 걸고 맹세하건대,
그 구절들이 오래 호감을 얻기 바란다.   129

나는 그 무겁고 어두운 대기 속으로
어떠한 강심장도 놀랄 만한 형체
하나가 헤엄쳐 오는 것을 보았으니,   132

마치 때로는 암초나 다른 것에 얽힌
닻을 풀려고 바다 속에 들어갔다가
물 위로 돌아오는 사람이 상체는 내밀고   135

다리는 웅크리고 있는 것 같았다.

15 comedia(현대 이탈리아어로는 commedia). 단테는 자신의 이 작품을 그렇게 부르는데, 여
기에다 보카치오가 〈거룩하다〉는 뜻의 형용사 divina를 앞에 덧붙였고, 그의 지적에 따라 1555년
베네치아에서 인쇄된 판본에서 La divina commedia라는 제목이 사용된 이후 일반적으로 그렇게
부른다. 따라서 우리말로 그대로 옮기면 〈거룩한 희극〉 정도가 되겠지만, 여기에서는 오랜 관용에
따라 〈신곡〉으로 옮겼다. 이 명칭은 「지옥」 21곡 1행에서도 반복된다.

제17곡

절벽 아래에서 괴물 게리온이 나타나고, 단테는 여덟째 원으로 내려가기 전에 일곱째 원의 셋째 둘레에서 벌받고 있는 돈놀이꾼들을 본다. 그들은 뜨거운 모래밭에서 각자 가문의 문장(紋章)을 상징하는 주머니를 목에 걸고 있다. 단테와 베르길리우스는 게리온의 등을 타고 여덟째 원으로 내려간다.

「보아라, 저 꼬리가 뾰족한 짐승[1]을.
산을 넘고, 성벽과 무기들을 부수며,
온 세상에 악취를 풍기는 놈을 보아라!」   3

나의 스승님은 나에게 그렇게 말하며,
돌로 된 강둑의 끄트머리까지 가까이
다가오도록 그놈에게 손짓을 하셨다.   6

그러자 그 더러운 기만(欺瞞)의 형상은
다가왔고, 머리와 가슴은 둑 위로
올라왔으나 꼬리는 올라오지 않았다.   9

얼굴은 분명한 사람의 얼굴이었고
겉의 피부는 곱고 매끈했으나 나머지
몸통은 모두 뱀으로 되어 있었다.   12

---

1 뒤이어 그 모습이 자세히 묘사되는 게리온(또는 게리오네스)으로 그 이름은 97행에서 언급된다. 그리스 신화에서 세 개의 머리, 여섯 개의 팔, 여섯 개의 다리를 가진 거인으로 묘사되며, 헤라클레스에게 죽임을 당하였다. 그러나 여기에서 단테는 사람의 얼굴, 사자의 다리, 박쥐의 날개, 전갈의 꼬리, 그리고 나머지는 뱀의 형상으로 된 괴물로 묘사하고 있으며, 기만을 상징하는 것으로 본다.

17: 7~8
그러자 그 더러운 기만(欺瞞)의 형상은 다가왔고

두 앞발은 겨드랑이까지 털이 나 있고,
등과 가슴, 양 옆구리에는 매듭과 작은
동그라미들²이 그려져 있었는데,   15

타타르인들이나 터키 사람들의 직물보다
훨씬 다채로운 색깔들로 겹쳐 있어,
아라크네³도 그런 천을 짜지 못했으리.   18

마치 강가에 있는 배들이 일부는
물속에 있고 일부는 뭍에 있듯이,
또 먹성 좋은 게르만 사람들⁴ 사이에서   21

해리(海狸)⁵가 고기잡이를 준비하듯이,
그 사악한 짐승도 모래밭을 둘러싼
바위 둑의 가장자리에 멈춰 있었다.   24

그놈은 전갈의 꼬리 끝처럼 독 있는
갈고리로 무장한 꼬리를 위로 비틀면서
완전히 허공 속에서 휘두르고 있었다.   27

길잡이께서 말하셨다. 「이제 우리 길의
방향을 약간 바꾸어 저 사악한 짐승이
웅크린 곳까지 가는 것이 좋으리라.」   30

2 사기꾼들이 상대방을 현혹하기 위해 사용하는 올가미, 즉 속임수를 상징한다.
3 그리스 신화에 나오는 리디아의 처녀로 뛰어난 길쌈 솜씨를 자랑하였다.
4 여기에서 게르만은 켈트족이나 노르만족 등 북유럽 사람들까지 통칭하며, 그들이 사는 지방을 가리킨다. 게르만 사람들은 잘 먹고 잘 마신다는 당시의 통념에서 이런 표현이 나왔다.
5 비버, 즉 해리는 자기 꼬리를 물속에 담그고 물고기를 유인하여 잡는다고 믿었다.

그래서 우리는 오른쪽으로 내려갔고,[6]
뜨거운 모래와 불꽃을 피하려고
가장자리 위로 몇 걸음 걸었다.   33

우리가 그 괴물에게 이르렀을 때,
조금 너머 모래밭 위로 사람들이
절벽 가까이 앉아 있는 것이 보였다.   36

스승님은 말하셨다. 「네가 이 둘레에 대한
완전한 경험을 가져가고 싶다면,
가서 그들의 처지를 보도록 해라.   39

거기에서 네 이야기는 짧게 하여라.
네가 돌아올 동안 나는 이놈에게 말해
튼튼한 그의 어깨를 빌리도록 하겠다.」   42

그리하여 나는 그 일곱 번째 원의
가장자리 위로 완전히 혼자 걸어갔고,
고통의 무리가 앉아 있는 곳으로 갔다.   45

그들 눈에서는 고통의 눈물이 솟아났고,
이쪽저쪽으로 손을 휘두르면서
뜨거운 모래와 수증기를 피하려고 했다.   48

마치 여름철에 개들이 벼룩이나 파리,

6 「지옥」9곡 132행 참조.

등에들에게 물릴 때 주둥이와 발로
그렇게 하는 것과 다름이 없었다.   51

나는 고통의 불꽃들을 맞고 있는
그들 중 몇몇 얼굴을 살펴보았으나
아무도 알아볼 수 없었다. 하지만 나는   54

각자의 목에 특정한 색깔과 표시가 있는
주머니7가 매달려 있음을 깨달았는데,
그들 눈은 그것에 흡족해하는 듯했다.   57

그들 사이로 둘러보면서 가던 나는
어느 노란색 주머니 위에 푸른 사자의
얼굴과 형상8이 그려진 것을 보았다.   60

그리고 계속 시선을 돌리다가
피처럼 빨간 다른 주머니를 보았는데,
아주 새하얀 거위9가 그려져 있었다.   63

그런데 살찐 푸른색 암퇘지가 그려진
하얀 주머니10를 매단 영혼이 말했다.
「그대는 이 구덩이에서 무엇을 하는가?   66

7 돈놀이꾼들이 갖고 있는 돈주머니로 그 위에 각 가문을 상징하는 문장(紋章)이 그려져 있다.
8 피렌체의 궬피 계열에 속하는 잔필리아치Gianfigliazzi 가문의 문장.
9 기벨리니 계열에 속하는 오브리아키Obriachi 가문의 문장.
10 파도바의 귀족 스크로베니Scrovegni 가문의 문장.

어서 가시오. 그대는 아직 살아 있으니,
내 고향 사람 비탈리아노[11]가 여기에서
내 왼쪽 편에 앉으리라는 것을 아시오.   69

이 피렌체 사람들 중 나 혼자만 파도바
사람인데, 그들은 종종 귀가 먹먹할 정도로
〈세 부리가 새겨진 주머니를 달고 있을   72

위대한 기사[12]여 오라!〉 소리친답니다.」
여기에서 그는 마치 콧구멍을 핥는
황소처럼 입을 비틀면서 혀를 내밀었다.   75

나는 조금만 머무르라고 경고하신
스승님께 근심을 끼칠까 두려워서
지친 영혼들로부터 되돌아왔다.   78

나는 길잡이께서 벌써 그 사나운 짐승의
등에 올라타고 있는 것을 발견했는데,
그분은 말하셨다. 「이제 대담하고 강인해야 한다.   81

이제 이런 방법으로 내려가야 하니,
앞에 타라. 꼬리가 너를 해치지
못하도록 내가 그 중간에 있겠다.」   84

11 파도바 출신의 비탈리아노 델 덴테Vitaliano del Dente로 해석되기도 했으나 실제로 그는
아주 너그러운 사람으로 알려져 있다. 따라서 야코포 비탈리아니Jacopo Vitaliani 가문 출신으로 보
기도 한다.
12 잔니 부이아몬테Gianni Buiamonte를 가리킨다. 그가 속한 베키Becchi 가문은 금색 바탕
에 그려진 세 개의 독수리 부리를 문장으로 한다. 〈위대한 기사〉는 반어적으로 빈정대는 표현이다.

마치 학질의 오한에 걸려 벌써
손톱이 창백해진 사람이 그늘만
보아도 오들오들 떠는 것처럼,   87

그분의 말에 나도 그렇게 되었지만
훌륭한 주인 앞에서 하인이 강해지듯
부끄러움이 나의 두려움을 억눌렀다.   90

나는 그 무서운 어깨 위에 올라탔고,
〈나를 껴안아 주세요〉 말하고 싶었으나
내 생각대로 목소리가 나오지 않았다.   93

하지만 다른 때에도 나를 두려움에서
구해 주신 그분은 내가 올라타자
팔로 나를 감싸안아 지탱해 주시면서   96

말하셨다. 「게리온, 이제 움직여라.
넓게 원을 그리며 천천히 내려가라.
네가 진 특별한 짐13을 생각하라.」   99

마치 배가 정박지에서 나오는 것처럼
게리온은 뒤로 천천히 물러났으며,
이제 완전히 자유롭게 움직이게 되자   102

가슴이 있던 곳으로 꼬리를 향하더니

13   단테는 살아 있는 몸이기 때문이다.

17: 97~98
게리온, 이제 움직여라. 넓게 원을 그리며 천천히 내려가라.

뱀장어처럼 꼬리를 쭉 펼치며 움직였고
앞다리로 대기를 몸 쪽으로 끌어당겼다.[14]   105

지금도 그 흔적이 보이듯, 파에톤[15]이
고삐를 놓쳐 하늘이 불탔을 때에도,
불쌍한 이카로스가[16] 녹은 밀랍 때문에   108

겨드랑이에서 날개가 빠지는 것을 느끼고,
아버지가 〈길을 잘못 들어섰다!〉 외쳤을
때에도 이보다 두렵지는 않았을 것이니,   111

사방을 둘러보아도 허공만 보이고
그 짐승 외에 아무것도 안 보였을 때
내가 느꼈던 두려움은 그런 것이었다.   114

그놈은 천천히 헤엄치고 둥글게 돌면서
내려가고 있었지만, 나는 아래에서
얼굴로 스치는 바람밖에 느낄 수 없었다.   117

벌써 오른쪽에서 우리 아래의 늪으로

14 박쥐 같은 날개로 허공에서 날갯짓하는 모습을 가리킨다.
15 태양신 헬리오스의 아들 파에톤이 아버지의 태양 마차를 몰다가 고삐를 놓치는 바람에 궤
도를 이탈한 마차에 의해 하늘이 길게 타 버렸으며, 그 흔적이 은하수로 남아 있다고 한다. 유피테
르는 온 세상이 불타지 않도록 번개를 쳐서 파에톤을 떨어뜨렸고, 불붙은 그의 시체는 에리다노스
강으로 떨어졌다.
16 아테나이의 명장 다이달로스의 아들. 미노스왕은 테세우스가 미노타우로스를 죽이고 미궁
라비린토스에서 벗어난 책임을 물어 다이달로스를 아들 이카로스와 함께 미궁에 가두었다. 다이달
로스는 밀랍과 깃털로 날개를 만들어 미궁을 탈출하였는데, 흥분한 아들 이카로스는 너무 높이 날
다가 태양에 밀랍이 녹는 바람에 바다에 떨어져 죽었다.

떨어지는 엄청난 물소리가 들렸기에
나는 얼굴을 내밀고 밑을 내려다보았다.   120

그런데 불꽃을 보고 고통 소리를 들은
나는 혹시 떨어질까 더욱 두려워졌고
덜덜 떨면서 완전히 몸을 웅크렸다.   123

그리고 조금 전에는 보이지 않았지만,
사방에서 다가오는 커다란 고통들 위로
돌면서 내려가고 있음을 나는 보았다.   126

마치 새나 횃대도 보지 못한 채
오랫동안 날고 있던 매가, 〈저런,
내리다니!〉 매잡이가 외치게 하면서,   129

날렵하게 백 바퀴도 넘게 돌던 곳에서
지친 몸으로 내려와, 몹시 화가 난
주인에게서 멀리 떨어져 앉듯이,[17]   132

그렇게 게리온은 깎아지른 절벽의
발치 가까이 바닥에 내려앉았고,
우리 몸의 짐을 내려놓자마자   135

시위를 떠난 화살처럼 사라져 버렸다.

17   매사냥에서 매가 사냥감을 찾지 못하고 오래 날다가 주인이 부르지도 않았는데(매를 부를 때에는 매가 앉을 횃대를 쳐들어 보여 준다) 내려와 주인에게서 멀찍이 떨어져 앉는 것처럼.

제18곡

여덟째 원에 들어선 단테는 그곳의 구조에 대하여 설명한다. 그곳은 열 개의 말레볼 제, 즉 〈악의 구렁〉으로 구분되어 있는데, 첫째 구렁에는 뚜쟁이와 유혹자 들이 악마 들에게 채찍으로 맞고 있으며, 둘째 구렁에는 아첨꾼들이 더러운 똥물 속에 잠겨 있다.

그곳은 지옥에서 말레볼제[1]라 부르는
곳이었는데, 그곳을 둘러싼 절벽처럼
온통 무쇠 빛의 바위로 되어 있었다.   3

그 사악한 벌판 한가운데에는 아주
넓고 깊은 웅덩이[2]가 펼쳐져 있었는데,
그 장소의 구조에 대해 말하고자 한다.   6

높다란 바위 절벽과 웅덩이 사이에
둥그렇게 펼쳐진 테두리의 바닥은
열 개의 구렁으로 나뉘어 있었다.   9

마치 성벽을 방어하기 위하여 많은
연못들이 성을 둘러싸고 있듯이,
내가 있던 장소의 형상은 바로   12

---

1 *Malebolge*. 여덟째 원의 구역들에 대해 단테가 만들어낸 용어이다. 〈악〉, 〈사악함〉을 의미하는 말레*male*와 〈자루〉, 〈주머니〉를 의미하는 볼자*bolgia*(복수형은 볼제*bolge*)의 합성어이다(여기서는 편의상 *bolgia*를 〈구렁〉으로 번역하고자 한다). 뒤에 설명하듯이 여덟째 원은 얼어붙은 코키토스 호수, 즉 아홉째 원을 중심으로 겹겹이 둘러싸고 있는 열 개의 구렁으로 나뉘어 있다.
2 아홉째 원을 이루는 얼어붙은 호수 코키토스.

그러한 모습으로 되어 있었으며,
또한 그런 요새의 성문에서 바깥의
기슭까지 작은 다리들이 놓여 있듯이,   15

절벽의 발치에서 뻗어 나간 돌다리가
둔덕들과 구렁들을 가로질러 웅덩이에
이르러 모두 끊기고 한데 모여 있었다.   18

게리온의 등에서 내린 우리는 바로
그런 곳에 있었는데, 시인은 왼쪽으로
가셨고 나는 그분의 뒤를 따랐다.   21

오른쪽으로 나는 새로운 형벌과 고통,
새로운 형벌 집행자들을 보았는데,
첫째 구렁은 그런 자들로 가득하였다.   24

벌거벗은 죄인들이 바닥에 있었는데,
이쪽으로는 우리와 마주 보며 걸어왔고
저쪽에는 같은 방향이지만 걸음이 빨랐다.   27

마치 희년(禧年)³에 수많은 군중 때문에
로마 시민들이 다리⁴ 위로 모여든

---

3 교황 보니파키우스 8세가 최초의 희년으로 제정한 1300년. 희년은 하느님의 사랑과 은총을 기리기 위해 대사면을 내리는 〈거룩한 해〉이다. 희년에 교황청이 있는 로마를 방문하고 참회와 보속(補贖)을 하면 사면을 받을 수 있다고 하였다. 원래 백 년마다 희년을 두었으나, 지금은 25년마다 희년을 지낸다.
4 바티칸의 산피에트로 성당, 즉 베드로 대성당과 로마 시내 사이에는 테베레강이 흐르고 있는데, 당시에 서로 연결해 주는 다리는 유일하게 산탄젤로Sant'Angelo 다리뿐이었다.

많은 사람들이 지나가도록 배려하여,[5]   30

한쪽으로는 모두 성[6] 쪽을 바라보며
성 베드로 성당으로 가고, 다른
한쪽으로는 언덕[7]으로 향하는 것 같았다.   33

이쪽저쪽의 검은 바위 위에서는
뿔 난 악마들이 채찍으로 그들의
등을 잔인하게 후려치고 있었다.   36

아, 첫 매질에 그들이 얼마나 발뒤꿈치를
들어 올렸는지! 두 번째나 세 번째 매를
기다리는 자는 아무도 없었다.   39

걸어가는 동안 내 눈은 어느 한 명과
부딪쳤고, 나는 곧바로 말하였다.
「언젠가 본 적이 있는 것 같구나.」   42

나는 자세히 보려고 걸음을 멈추었고,
친절한 스승님도 함께 멈추어 내가
약간 뒤로 돌아가는 것을 허락하셨다.   45

5 1300년 희년 때 로마에는 수십만, 또는 수백만이 넘는 순례자들이 세계 각지에서 몰려들었다고 한다. 따라서 산피에트로 성당을 방문하려는 수많은 군중의 교통을 통제하기 위하여, 산탄젤로 다리를 통과할 때 한쪽은 산피에트로 성당 방향으로 가고, 한쪽은 로마 시내 방향으로 가도록 했다.
6 테베레강 너머 산피에트로 성당과 같은 방향에 있는 산탄젤로성(城).
7 로마 시내 쪽에 자리한 조르다노 언덕을 가리킨다.

18: 35~36
뿔 난 악마들이 채찍으로 그들의 등을 잔인하게 후려치고 있었다.

그 매 맞은 자는 얼굴을 숙여 자신을
감추려고 했으나 소용없었고, 내가
말했다. 「오, 땅바닥을 바라보는 그대여,   48

그대의 얼굴 모습이 거짓이 아니라면,
그대는 베네디코 카차네미코[8]구나.
무엇이 그대를 괴로운 형벌로 이끄는가?」   51

그는 말했다. 「말하고 싶은 마음은 없지만,
그대의 분명한 말은 나에게 오래 전
세상의 일이 생각나게 만드는구려.   54

이 더러운 이야기가 어떻게 들릴지
모르지만 나는 아름다운 기솔라를 데려가
후작의 욕망을 들어주게 한 사람이오.   57

여기에서 우는 볼로냐 사람은 나 혼자가
아니고, 오히려 이곳은 그들로 가득하여
사베나와 레노[9] 사이에서 〈시파〉를 배우는   60

사람들도 여기보다 더 많지 않으리다.[10]

---

8 Venedico Caccianemico(1228?~1302). 볼로냐의 궬피 가문 출신으로 당쟁에 적극적으로
가담하였다. 이몰라, 밀라노, 피스토이아의 포데스타를 지내기도 했고, 볼로냐에 대한 데스테 가문
의 야망을 부추겼다. 당시 페라라 후작 데스테 가문의 오피초(「지옥」 12곡 111행 참조)의 욕망을 채
워 주기 위해, 돈을 받고 자신의 누이 〈아름다운 기솔라Ghisolabella〉를 주었다고 한다.
9 사베나Savena강과 레노Reno강은 볼로냐의 동쪽과 서쪽에 자리 잡고 있으며 도시의 경계를
나타낸다. 〈시파sipa〉는 볼로냐 지방에서 쓰이는 essere(~이다) 동사의 접속법 3인칭 단수(오늘날
에는 sepa) 형태이며, 따라서 볼로냐 사투리를 가리킨다.

이에 대한 믿음과 증거를 원한다면
우리의 탐욕스러운 마음을 생각해 보오.」   63

그렇게 말하는 동안 악마 하나가 그를
채찍으로 때리면서 말했다. 「꺼져라,
뚜쟁이야! 여기 돈벌이할 여자는 없다.」   66

나는 나의 안내자에게로 돌아갔고,
우리는 몇 걸음 옮긴 후 절벽에서
뻗어 나온 어느 돌다리에 이르렀다.   69

우리는 아주 가볍게 그 위로 올라섰고
오른쪽으로 돌아 다리의 경사면을
따라 그 영원한 둘레에서 멀어졌다.   72

다리가 활꼴을 이루어 채찍 맞는 자들이
그 아래로 지나가는 곳에 이르렀을 때
안내자가 말하셨다. 「잠깐, 이 사악하게   75

태어난 자들의 얼굴을 보도록 해라.
우리와 같은 방향으로 걸었기 때문에
너는 아직 그들의 얼굴을 보지 못했다.」   78

오래된 다리에서 우리는 다른 쪽으로
우리를 향해 오는 행렬을 보았는데

10 현재 볼로냐에 사는 사람들의 숫자보다 지옥에서 벌받고 있는 볼로냐 영혼들이 더 많다는 과장된 표현이다. 볼로냐 사람들은 탐욕스럽고 이재에 밝았다는 당시의 통념을 반영한다.

그들도 똑같이 채찍에 쫓기고 있었다.　　　　　　　　　　81

내가 묻지도 않았는데 어진 스승님은
말하셨다. 「저기 오는 큰 녀석을 보아라.
고통에도 눈물을 흘리지 않는 모양이다.　　　　　　　　84

아직도 왕가의 위엄을 갖고 있다니!
용기와 지혜로 콜키스 사람들에게서
황금 양털을 빼앗은 이아손[11]이란다.　　　　　　　　　　87

그는 렘노스섬을 거쳐서 갔는데,
대담하고 잔인한 여인들이 자기들의
모든 남자들을 죽인 다음이었지.[12]　　　　　　　　　　90

거기에서 거짓 치장된 말과 몸짓으로,
전에는 다른 모든 여자들을 속였던
젊은 여인 힙시필레를 속였으며,　　　　　　　　　　93

임신한 그녀를 홀로 그곳에 내버렸으니,
그 죄로 저렇게 형벌을 받고 있으며

11　그리스 신화의 영웅으로 흑해 동쪽의 콜키스에 있는 황금 양털 가죽을 얻기 위해 아르고호
원정대를 조직하였다. 가는 도중 렘노스섬의 여왕 힙시필레(「연옥」 22곡 112행과 26곡 94~95행
참조)를 유혹하였으며 임신한 그녀를 버리고 떠났다. 그리고 콜키스에서는 아이에테스왕의 딸 메
데아(그리스 신화의 메데이아)를 유혹했는데, 그녀는 마법으로 이아손이 황금 양털을 얻도록 도와
주었으나 나중에 버림을 받았다.
12　베누스는 렘노스섬의 여자들이 자신을 숭배하지 않자 그곳 남자들이 모두 자기 여인을 멀
리하도록 만들었다. 이에 격분한 여인들은 섬의 남자들을 모두 죽였다. 그런데 토아스왕의 딸 힙시
필레는 거짓으로 아버지를 죽인 것처럼 위장하고 실제로는 죽이지 않았다. 그녀는 마침 그곳에 도
착한 이아손을 사랑하였으나 임신한 몸으로 버림을 받았고 나중에 쌍둥이를 낳았다.

메데아의 복수도 함께 받고 있다.   96

그렇게 속이는 자들이 함께 가고 있으니,
이 첫째 구렁에서 벌받고 있는 자들에
대해서는 이 정도로 충분할 것이다.」   99

어느덧 우리는 비좁은 길이 둘째
둔덕과 만나고 또 다른 활꼴 모양의
다리를 떠받치는 지점에 이르러 있었다.   102

거기에서 우리는 다른 구렁[13] 속에서
숨을 헐떡이며 손바닥으로 제 몸을
때리는 무리의 흐느낌 소리를 들었다.   105

양쪽 기슭에는 곰팡이가 들러붙어 있고
아래에서 올라오는 독기들이 뒤섞여
눈과 코가 견딜 수 없을 정도였다.   108

바닥이 얼마나 깊은지, 위에 걸쳐 있는
활꼴 다리 위로 올라가지 않고는
그곳을 충분히 볼 수 없을 정도였다.   111

다리 위에 이른 우리는 아래 구덩이에서
마치 사람들의 변소에서 가져온 듯한
똥물 속에 잠겨 있는 무리를 보았다.   114

13 여덟째 원의 둘째 구렁으로 아첨꾼들이 더러운 똥물 속에 잠겨 있다.

18: 112~114
다리 위에 이른 우리는 아래 구덩이에서
마치 사람들의 변소에서 가져온 듯한 똥물 속에 잠겨 있는 무리를 보았다.

아래를 둘러보던 나는 머리에 더러운
똥을 뒤집어쓴 한 녀석을 보았는데
속인인지 성직자인지 알 수 없었다.   117

그는 나에게 소리쳤다. 「너는 왜 다른
더러운 놈들보다 나를 더 지켜보느냐?」
나는 그에게 말했다. 「내 기억이 옳다면, 전에   120

머리털이 마른 너를 보았기 때문이다.
너는 루카 사람 알레시오 인테르미넬리,[14]
그래서 누구보다 너를 더 주시하고 있다.」   123

그러자 그는 제 머리통을 때리면서 말했다.
「혓바닥이 지칠 줄 모르게 아첨했기
때문에 나는 이 아래에 처박혀 있다.」   126

그 말을 듣고 길잡이가 나에게 말하셨다.
「얼굴을 조금 들고 저 앞을 보아라.
지저분하고 머리카락이 헝클어진 채   129

똥 묻은 손톱으로 몸을 긁적이면서
웅크려 앉았다가 일어섰다가 하는
저 창녀의 얼굴을 눈으로 보아라.   132

그녀는 타이스,[15] 자기 기둥서방이

14 Alessio Interminelli. 루카 출신으로 밝혀진 것 이외에 그에 대한 구체적인 자료는 전혀 없
다. 루카Lucca는 이탈리아 중부 피사 근처의 도시이다.

〈내가 그대 마음에 드는가?〉 말하자,

〈엄청나게 좋아요!〉라고 대답했던 창녀란다.   135

이제 우리의 눈은 이것으로 만족하자.」

15 테렌티우스Publius Terentius Afer(B.C. 190?~B.C. 150?)의 희극「거세된 남자Eunuchus」
에 나오는 등장인물. 3막에서 타이스의 정부가 그녀에게 여자 노예 하나를 선물한 다음 마음에 들
었는가 질문하자 그녀가 엄청나게 좋다고 대답했다는 것이다. 하지만 단테는 키케로의 인용을 통해
이 구절을 알게 되었고, 따라서 대화자들을 혼동하고 있는 것으로 보인다.

18: 133~135
그녀는 타이스, 자기 기둥서방이 〈내가 그대 마음에 드는가?〉 말하자,
〈엄청나게 좋아요!〉라고 대답했던 창녀란다.

제19곡

단테는 셋째 구렁에서 돈을 받고 성직이나 거룩한 물건을 거래한 죄인들을 본다. 그들은 구렁의 바위 바닥에 뚫린 구멍 속에 거꾸로 처박혀 있으면서, 발바닥에 불이 붙어 타는 형벌을 받고 있다. 여기에서 단테는 교황 니콜라우스 3세와 이야기를 나누고 성직자들의 부패와 타락에 대해 한탄한다.

오, 마술사 시몬[1]이여, 비참한 추종자들이여,
너무나도 탐욕스러운 너희들은 선(善)의
신부가 되어야 하는 하느님의 물건들을   3

금과 은 때문에 거래하고 있으니,
너희에게는 나팔이 울려야[2] 마땅하고,
그래서 이 셋째 구렁에 있구나.   6

우리는 벌써 다음 구렁에 이르렀고,
구렁 위에 있는 돌다리의 바로
한가운데 지점 위에 올라와 있었다.   9

오, 최고의 지혜여, 하늘과 땅과 악의
세계[3]에 얼마나 당신의 기술을 드러내고,

---

1 「사도행전」 8장 9~24절에 나오는 사마리아의 마술사. 그는 예수의 제자들이 성령의 힘으로 기적을 행하는 것을 보고 돈으로 그런 능력을 사려고 하였다. 여기에서 연유하여 성직이나 성물을 사고파는 죄를 가리켜 〈시모니아simonia〉라고 부른다.
2 중세의 법정에서는 재판관의 판결을 공포하기 위해 포고인(布告人)이 나팔을 불어 사람들의 관심을 끌었다고 한다.
3 지옥.

얼마나 정당한 덕성을 나누어 주시는지!   12

나는 바닥과 기슭의 거무스레한 바위가
구멍들로 가득 차 있는 것을 보았는데,
구멍들은 모두 둥글고 크기가 똑같았다.   15

내 고향의 아름다운 산조반니 세례당[4]에
세례자들을 위한 장소로 만들어진
구멍보다 크지도 않고 작지도 않았다.   18

몇 해 전 나는 그 안에 빠진 어린이를
구하려고 하나를 부순 일이 있는데,
이 말로 사람들의 소문[5]을 막고 싶다.   21

각 구멍의 입구 밖으로는 죄인의
발과 다리가 넓적다리까지 솟아 나왔고,
나머지는 모두 안에 들어 있었다.   24

그들 모두의 양쪽 발바닥에는 불이 붙어
얼마나 심하게 다리를 휘두르는지
엮고 꼬아 놓은 밧줄도 끊을 정도였다.   27

---

4 피렌체의 수호성인 산조반니San Giovanni, 즉 세례자 요한에게 헌정된 세례당으로 중앙 성당 맞은편에 있다. 세례자 요한의 축일인 6월 14일에는 많은 어린이들이 그곳에서 세례를 받았다. 기베르티의 유명한 청동 문을 비롯한 여러 가지 아름다움으로 오늘날에도 많은 사람이 찾고 있다.
5 물에 빠진 어린이를 구하기 위해 단테가 성물의 일부를 파괴한 것에 대해 불경스럽고 신성 모독적인 행위로 간주되기도 하였다. 단테는 어린 생명을 구하려는 순수한 의도였음을 강조함으로써 악의적인 해석을 불식시키고자 이렇게 말하고 있다.

마치 기름칠이 된 물건들이 타면서
껍질 끝에만 불꽃이 날름거리듯이
그곳의 발끝과 뒤꿈치까지 그러하였다.   30

내가 말했다. 「스승님, 저자는 누구인데,
다른 동료보다 세게 휘젓고 괴로워하며
또 더욱 시뻘건 불꽃이 핥고 있나요?」   33

그분은 말하셨다. 「내가 너를 데리고 저 아래
낮은 둔덕6으로 내려가면, 그에게서
자신과 허물에 대해 알게 되리라.」   36

나는 말했다. 「스승님이 좋다면 저도 좋습니다.
저는 주인이신 당신 뜻에서 벗어나지 않고,
당신은 제가 침묵하는 것까지 아십니다.」   39

그리하여 우리는 넷째 둔덕 위에
도착했고 왼쪽으로 돌아 내려가서
협소하고 구멍 뚫린 바닥에 이르렀다.   42

착한 스승님께서는 다리로 울고 있던
그자의 구멍에 도달할 때까지 나를
당신의 허리에서 놓아주시지 않았다.   45

나는 말을 꺼냈다. 「곤두박질하여 말뚝처럼

---

6 여덟째 원을 이루는 열 개의 구렁은 중앙의 코키토스 호수를 향해 점차 낮아지며, 따라서 구
렁을 나누고 있는 둔덕들도 점차 낮아진다.

틀어박혀 있는 사악한 영혼이여, 그대가
누구이든, 할 수 있다면 말을 해보시오.」   48

마치 구덩이에 처박힌 추악한 암살자가
조금이라도 죽음을 늦추려고 다시 부른
고백 사제[7]처럼 나는 귀를 기울였다.   51

그[8]가 외쳤다. 「너 벌써 거기 왔느냐,
보니파키우스[9]야? 벌써 거기 왔느냐?
예언 기록이 나에게 몇 년을 속였구나.[10]   54

그렇게 빨리 너의 탐욕을 다 채웠는가?
탐욕 때문에 너는 아름다운 신부[11]를
속이고, 결국에는 무척 괴롭게 만들었지.」   57

그는 나에게 그렇게 말했고, 나는 마치
무슨 말인지 뜻도 모르고 당황하여
대답할 줄 모르는 사람처럼 서 있었다.   60

---

7   돈을 받고 살인을 저지른 암살자들은 거꾸로 매달아 구덩이 안에 생매장했다고 한다. 그러면 죄인은 조금이라도 죽음을 늦추기 위하여 계속하여 사제를 부르곤 하였다.

8   뒤에 구체적으로 나오듯이 교황 니콜라우스Nicolaus 3세(재위 1277~1280)이다. 그는 고귀한 인품과 덕성을 지닌 교황으로 알려져 있어 성직 매매 죄를 범했다고 보기는 어렵다. 피렌체의 정치적 싸움을 조정하는 데 실패했기 때문에 단테는 그를 지옥에 넣은 것으로 보인다. 여기에서 그는 단테를 보니파키우스 8세의 영혼으로 착각하여 말한다.

9   보니파키우스 8세는 훌륭한 업적을 남긴 교황으로 알려져 있으나, 단테는 그의 정책에 대해 매우 못마땅하게 생각했다. 특히 그는 피렌체에 대한 영향력을 강화하기 위해 궬피 흑당을 지원하였고 그 결과 단테가 속했던 백당이 쫓겨났다. 따라서 단테는 망명의 길을 걷게 된 것이 전적으로 보니파키우스 8세 때문이라고 생각했고, 그래서 지옥에 자리까지 마련해 두고 있다.

10   보니파키우스 8세는 3년 뒤인 1303년에 사망하였다.

11   교회를 가리킨다. 전통적으로 교회는 신랑인 그리스도와 결혼한 신부라고 생각하였다.

19: 46~48
말뚝처럼 틀어박혀 있는 사악한 영혼이여,
그대가 누구이든, 할 수 있다면 말을 해보시오.

베르길리우스는 말하셨다. 「빨리 말해라.
〈나는 네가 생각하는 자가 아니다〉라고.」
나는 그분이 시킨 대로 대답하였다.   63

그러자 그 영혼은 두 발을 온통 뒤꼬며
한숨을 쉬고 울음 섞인 목소리로 말했다.
「그렇다면 그대는 나에게 무엇을 바라는가?   66

내가 누구인지 그토록 알고 싶어서
저 기슭을 달려 내려왔다면 알려 주지.
나는 커다란 망토¹²를 입었던 사람이다.   69

사실 나는 암곰¹³의 아들이었고, 새끼
곰들의 번영을 위해 세상에서는 재물을,
여기서는 나 자신을 자루 속에 넣었지.   72

내 머리 밑 저 아래에는 나보다 앞서
성직 매매 죄를 지은 다른 자들이 끌려가서
바위틈 사이에 납작하게 처박혀 있노라.   75

조금 전에 내가 곧바로 질문하면서
바로 그대라고 믿었던 놈¹⁴이 올 때
나 역시 저 아래로 떨어질 것이다.¹⁵   78

12 교황의 복장.
13 니콜라우스 3세는 오르시니Orsini 가문 출신으로 그 문장은 암곰이었다.
14 보니파키우스 8세.

하지만 내가 이렇게 불타는 발로 거꾸로
처박혀 있는 시간은, 그놈이 불타는 발로
처박혀 있을 시간보다 더 오래되었다.[16]   81

왜냐하면 그다음에 서쪽에서, 그놈과
나를 능가할 정도로 법칙도 모르는
사악한 목자[17]가 올 것이기 때문이다.   84

그는 〈마카베오기〉에 나오는 야손[18]처럼
될 것이니, 그에게 왕이 유약했듯이
프랑스를 통치하는 자도 그럴 것이다.」   87

여기에서 나는 지나치게 경솔했는지
모르겠으나 그에게 이렇게 말했다.
「그래, 이제 말해 보오. 우리 주님께서   90

성 베드로에게 열쇠[19]를 맡기기 전에

15 성직 매매 죄를 지은 교황들은 이곳 셋째 구렁의 구덩이에서 발바닥이 불타는 형벌을 받다
가, 그다음에 죄지은 교황의 영혼이 오면 교대하여 자리를 넘겨주고, 구멍 아래의 바위틈 사이에 처
박히게 된다는 뜻이다.

16 1280년에 사망한 니콜라우스 3세는 1300년 현재 벌써 20년 동안 이곳에 있었던 셈이다. 반
면 보니파키우스 8세는 1303년부터 1314년까지(다음 교황 클레멘스 5세가 사망할 때까지) 약 11년
동안 있게 된다. 이러한 사실은 『신곡』의 집필 시기에 대한 자료로 활용되고 있다.

17 이탈리아에서 보았을 때 서쪽, 즉 프랑스 가스코뉴 태생의 교황 클레멘스Clemens 5세(재
위 1305~1314년)를 가리킨다. 그는 프랑스 왕의 사주를 받아 교황청을 로마에서 아비뇽으로 옮김
으로써 소위 〈아비뇽 유수(幽囚)〉로 일컬어지는 가톨릭 역사의 오점을 남겼다.

18 「마카베오기 하권」 4장에 나오는 인물. 유대의 제사장 오니아스의 동생으로 시리아 왕 안티
오쿠스에게 돈을 주고 대사제직을 샀다. 교황 클레멘스 5세가 프랑스의 〈미남왕〉 필리프 4세(재위
1285~1314)에게 여러 가지 혜택을 약속하고 교황권을 샀다는 소문을 빗대어 표현하고 있다.

19 〈나는 너에게 하늘 나라의 열쇠를 주겠다.〉(「마태오 복음서」 16장 19절)

얼마나 많은 보물을 요구하셨소? 분명
〈나를 따르라〉 외에는 요구하지 않으셨소.20   93

사악한 영혼이 잃은 자리에 마티아가
추첨되었을 때도,21 베드로나 다른
제자들은 금이나 은을 얻지 않았소.   96

그러니 그대는 지금 마땅히 벌받고 있는
그대로 있으면서 카를로22에게 대항하여
사악하게 얻은 돈이나 잘 간직하시오.   99

행복한 삶에서 그대가 갖고 있던
최고의 열쇠들에 대한 존경심이
아직도 나에게 금지시키지 않는다면,   102

나는 훨씬 더 심한 말을 하고 싶으니,
그대들의 탐욕은 선인을 짓밟고 악인을
높여 세상을 슬프게 만들었기 때문이오.   105

복음 작가23는 물 위에 앉은 여인24이
왕들과 간음하는 것을 보았을 때,

20   〈예수님께서 그들에게 이르셨다. 「나를 따라오너라. 내가 너희를 사람 낚는 어부로 만들겠
다.」〉(「마태오 복음서」 4장 19절)
21   예수를 팔아먹은 〈사악한 영혼〉 유다의 자리를 대신할 제자로서 마티아가 추첨으로 뽑혔을
때를 가리킨다. (「사도행전」 1장 13~26절 참조)
22   나폴리와 시칠리아의 왕이었던 카를로 단조Carlo d'Angiò (프랑스어 이름은 앙주Anjou의
샤를) 1세(1226~1285). 소문에 의하면 1280년 비잔티움 제국(동로마 제국)의 황제는 카를로를 치
기 위해 교황 니콜라우스 3세에게 돈을 건넸다고 한다.
23   「묵시록」을 쓴 성 요한을 가리킨다.

그대들 목자에 대하여 생각하였지요.   108

일곱 개의 머리를 갖고 태어난 그녀는
자기 신랑이 덕성을 좋아할 때까지[25]
열 개의 뿔에서 힘을 얻어 냈지요.   111

그대들은 금과 은을 하느님으로 삼는데
우상 숭배자들과 뭐가 다르오? 그들은
하나를, 그대들은 백을 숭배하지 않소?   114

아, 콘스탄티누스여, 그대의 개종보다
그대가 첫 부자 아버지[26]에게 준 지참금이
얼마나 많은 악의 어머니가 되었던가!」[27]   117

내가 이러한 가락을 노래하는 동안
분노나 아니면 양심에 깨물린 듯이
그는 두 발을 강하게 뒤흔들었다.   120

24 「요한 묵시록」 17장 1절에 나오는 〈큰 물 곁에 앉아 있는 대탕녀〉. 중세 가톨릭의 개혁을 주
장하던 사람들은 그녀를 타락한 교회의 상징으로 보기도 하였다. 사실 성 요한은 그녀를 본 다음 광
야에서 일곱 개의 머리와 열 개의 뿔을 가진 짐승을 본다. 그러나 단테는 그 여인과 짐승을 동일시
하여 나름대로의 해석을 하고 있다.

25 중세의 보편적인 관념에서 교회는 신부이고, 교황은 그 신랑이다. 교황이 덕성을 좋아할 때
까지는 교회가 타락할 것이라는 뜻이다.

26 교황 실베스테르 1세.

27 로마의 황제 콘스탄티누스Caesar Flavius Constantinus(재위 306~337)가 그리스도교를
공인하는 과정에서 교황과 거래를 함으로써 교회의 부패가 시작되었다는 지적이다. 소위 「콘스탄
티누스의 증여Donatio Constantini」 문서에 의하면 콘스탄티누스 황제는 당시의 교황 실베스테르
Sylvester 1세(재위 314~335)가 자신의 나병을 낫게 해준 데 대한 감사의 표시로 그리스도교로 개
종하고, 또한 교회에게 로마시를 포함하여 제국의 서쪽 지방들에 대한 실질적 지배권 등 여러 가지
특전을 제공하였다는 것이다. 하지만 이 문서는 15세기에 들어와 인문학자 로렌조 발라에 의해 8세
기 무렵 위조된 것으로 판명되었다.

나의 스승님은 흡족하게 생각하셨는지
내가 진심으로 표현한 말에 아주
만족스러운 표정으로 귀를 기울이셨다.   123

그러고는 두 팔로 나를 껴안고
가슴 위로 완전히 들어 올리더니
내려왔던 길을 다시 올라가셨다.   126

나를 그렇게 껴안고도 피곤해하지 않고
넷째 둔덕에서 다섯째 둔덕에 걸쳐 있는
활꼴 다리의 꼭대기까지 안고 가셨다.   129

그리고 산양들도 통과하기 어렵게
험준하고도 가파른 돌다리 위에다
부드럽게 짐[28]을 내려놓으셨다.   132

거기에서 나는 또 다른 구렁을 보았다.

28 단테.

제20곡

여덟째 원의 넷째 구렁에는 점쟁이들과 예언자들이 벌받고 있는데, 그들은 앞을 바라보지 못하도록 머리가 등 쪽으로 돌아가 있다. 베르길리우스는 그들 중 몇 사람에 대해 이야기한다. 그리고 자신의 고향 만토바의 이름이 그리스의 예언자 만토에서 유래한 이야기를 들려준다.

또 다른 형벌로 땅속의 자들에 대한
첫째 노래편[1]의 스무 번째 노래의
소재로 삼아 시구를 만들고자 하노라.   3

나는 고통스러운 눈물로 젖어 있는
저 아래 드러난 바닥을 바라보려고
벌써 완전하게 준비하고 있었다.   6

둥그런 구렁에서 한 무리가 보였는데,
말없이 눈물을 흘리며 이 세상의 기도
행렬 같은 걸음걸이로 걸어오고 있었다.   9

시선을 좀 더 아래로 내려 바라보니
놀랍게도 그들은 각자 가슴 언저리와
턱 사이가 비틀린 것처럼 보였다.[2]   12

얼굴이 등 쪽으로 돌아가 있어서

---

1 지옥의 영혼들에 대한 〈노래편*cantica*〉인 「지옥」을 가리킨다.
2 그러니까 목 위쪽의 머리가 완전히 비틀려 있고 얼굴이 등 쪽으로 돌아간 형상이다.

앞을 바라볼 수 없었기 때문에
그들은 뒤로 걸어가야만 했다.   15

혹시라도 중풍으로 그렇게 완전히
비틀린 자가 있을지 모르겠지만, 나는
그것을 본 적도 없고 또 믿지도 않는다.   18

독자여, 그대가 이 글을 읽고 열매를
얻도록 만약 하느님께서 허락하신다면,
생각해 보오, 우리의 형상이 비틀려서   21

눈물이 엉덩이의 골짜기로 흘러내리는
모습을 가까이 보고도, 어찌 내가
눈물을 흘리지 않을 수 있었겠는가!   24

정말로 나는 단단한 돌다리의 바위에
기대 울고 있었고, 안내자가 말하셨다.
「너는 아직도 다른 멍청이들 같구나!   27

죽어야 마땅할 자비가 살아 있다니.³
하느님의 심판에 연민을 느끼는 자보다
더 불경스러운 자가 어디 있겠느냐?   30

고개를 들고 저놈을 똑바로 보아라.
테바이 사람들의 눈앞에서 발밑의 땅이

---

3 성스러운 심판에 의해 벌받고 있는 자들에게 자비나 연민을 가져서는 안 된다는 뜻이다.

갈라졌고 모두들 외쳤지. 〈암피아라오스,⁴   33

어디로 떨어지냐? 왜 싸움터를 떠나느냐?〉
저놈은 계속 골짜기로 곤두박질하여
누구든지 붙잡는 미노스⁵에게 떨어졌지.   36

그놈의 가슴이 등이 되어 버린 것을
보아라. 너무 앞을 보려 했기 때문에
이제는 뒤를 바라보며 뒤로 걸어간단다.   39

보아라, 테이레시아스⁶를. 그는
먼저 자기 사지를 완전히 바꾸어
남자에서 여자로 모습을 바꾸었고,   42

나중에는 뒤엉켜 있는 두 마리
뱀을 막대기로 때렸고, 그래서
다시 남자의 모습을 갖게 되었다.   45

바로 뒤에 오는 자는 아론타⁷인데,
루니⁸의 산들, 아래에 사는 카라라⁹

4 그리스의 예언자이며 테바이를 공격한 일곱 왕들 중 하나로, 테바이 공격이 실패로 끝나리
라는 것을 알고 처음에는 거절하였으나 결국 참가하게 되었다. 분노한 유피테르는 벼락으로 땅을
갈랐고 암피아라오스는 그 안에 떨어져 죽었다.
5 「지옥」5곡 4행 참조.
6 테바이의 유명한 눈먼 예언자로, 어느 날 뱀 두 마리가 뒤엉켜 짝짓기 하는 것을 보고 막대기
로 때리자 그의 몸이 여자로 바뀌었다. 7년 뒤에 다시 두 마리의 짝짓기 하는 뱀을 보고 막대기로 때
리자 남자의 몸으로 돌아왔다.(『변신 이야기』 3권 324~331행 참조)
7 Aronta(또는 아룬테Arunte). 이탈리아반도의 옛 부족 에트루리아족의 점쟁이로 카이사르와
폼페이우스 사이의 싸움을 예언하였고, 또한 카이사르의 승리를 예언하였다.

사람들이 힘들게 경작하는 곳에서   48

새하얀 대리석 사이의 동굴을
자기 거처로 삼았고, 거기에서
탁 트인 바다와 별들을 관찰했지.   51

그리고 저기 풀어헤친 머리카락으로
네가 볼 수 없는 젖가슴을 가리고,
저쪽에 털이 난 피부를 가진 여자는   54

만토[10]인데, 여러 땅을 물색하다가
나중에는 내가 태어난 곳에 정착했으니,
잠시 동안 내 말을 잘 들으면 좋겠다.   57

자기 아버지가 죽은 후 바쿠스[11]의
도시가 노예로 전락하자 그녀는
오랜 세월 동안 세상을 떠돌아다녔지.   60

아름다운 이탈리아 위쪽 티롤로[12] 위로

8   Luni. 에트루리아의 옛 도시로 루니자나Lunigiana 계곡에 있었다.
9   Carrara. 이탈리아의 중서부 해안에 자리한 도시로 대리석의 생산지로 유명하다. 그곳 주민
들은 척박한 대리석 산을 경작하였다고 한다.
10   테바이의 예언자 테이레시아스의 딸로 그녀도 예언 능력을 갖고 있었다. 그녀는 아버지가
죽은 후 크레온왕의 폭정을 피하고자 테바이를 떠났고 여러 곳을 방황하다가 이탈리아의 중북부에
정착하였는데, 나중에 번창해진 그 도시는 그녀의 이름을 따서 만투아Mantua(현대 이름으로는 만
토바)라 불렸다고 한다. 만토바에서 태어난 베르길리우스는 그런 연유에 대해 단테에게 설명한다.
11   포도주의 신으로 그리스 신화의 디오니소스에 해당한다. 테바이는 바쿠스를 도시의 수호신
으로 삼았는데, 여기에서는 크레온왕의 폭정하에서 테바이가 시달리던 것을 가리킨다.
12   Tirolo(독일어 이름은 티롤Tirol). 이탈리아 북부 국경 지역의 도시로 대다수 주민이 게르
만계이다.

게르만 지방을 둘러싸는 알프스 자락에
호수 하나가 있는데 베나코¹³라 부르지.   63

아마도 천 개도 넘을 샘을 통하여
그 호수에 고인 물이 카모니카 계곡¹⁴과
가르다, 아펜니노¹⁵ 사이를 적신다.   66

그 한가운데 자리 잡은 한 장소¹⁶에는
트렌토와 브레쉬아, 베로나의 주교들이
그곳을 지날 때마다 축복을 내렸으리라.   69

아름답고 굳건한 요새 페스키에라¹⁷는
브레쉬아와 베르가모 사람들을 막으려고
주위 기슭보다 높은 곳에 자리하고 있지.   72

베나코의 품 안에 머물 수 없는 모든
물은 그곳에서 넘쳐흐르기 시작하여
아래의 푸른 목초지 사이로 강을 이룬다.   75

물은 흐르기 시작하자마자 더 이상

13 Benaco. 지금은 가르다Garda라 부르는 이탈리아 북부의 호수.
14 Val Camonica. 가르다 호수 서북쪽의 골짜기.
15 판본에 따라 펜니노Pennino로 되어 있는데, 학자들 사이에 논란이 많은 대목이다. 이탈리아반도를 종단하는 아펜니노산맥과 연결될 수 없기 때문이다. 당시에는 그 지역의 알프스산맥을 아펜니노로 불렀다는 견해도 있다.
16 가르다 호수 주변의 도시들인 트렌토와 브레쉬아Brescia, 베로나 세 교구의 경계를 이루는 지점이라는 뜻인데, 오늘날 산타마르게리타 교회가 있는 레키Lechi섬으로 짐작된다.
17 Peschiera. 가르다 호수 남단에 있는 베로나의 요새로, 브레쉬아와 베르가모의 공격을 막기 위해 베로나의 영주 스칼리제리 가문이 세웠다.

베나코가 아니라 민초[18]라 불리고,
고베르놀로[19]에서 포강과 합류한다.   78

강은 얼마 흐르지 않아 평지와 만나고,
거기에서 넓게 펼쳐져 늪을 이루는데
여름이면 물이 적어 해로울 때도 있지.[20]   81

그곳을 지나가던 그 야만스러운 처녀는
늪 한가운데에서 주민도 전혀 없고
경작되지도 않는 땅을 발견하였단다.   84

모든 인간 사회를 피해 그곳에 머물러
자기 종들과 함께 마법을 부리며 살았고,
그곳에 자신의 텅 빈 육신[21]을 남겼지.   87

나중에 주변에 흩어져 살던 사람들이,
사방이 늪으로 둘러싸여 튼튼하게
방어되는 그 장소로 모여들었으며,   90

그녀의 죽은 유골 위에 도시를 세웠고
잔치도 없이[22] 맨 처음 그곳을 선택한
그녀의 이름을 따서 만투아라 불렀단다.   93

18 Mincio. 페스키에라에서 시작되어 평원 사이를 흐르는 강으로 나중에 포강과 합류된다.
19 Governolo. 만토바 남쪽에 있는 마을이다.
20 여름이 되면 물이 부족하여 고인 늪이 썩고 주위의 대기까지 유독해지기도 하였다.
21 영혼이 없는 육신, 즉 시체.
22 옛날에는 새로 세워진 도시에 이름을 붙일 때면 으레 점쟁이나 무당 들이 굿판을 벌이곤 하
였는데, 그런 행사를 치르지 않았다는 뜻이다.

어리석은 카살로디[23]가 피나몬테에게
속아 넘어가기 훨씬 이전부터 이미
그곳에는 많은 주민들이 살고 있었지.   96

그래서 너에게 충고하건대, 내 고향의
연유에 대해 혹시 다른 말을 듣거든,
어떤 거짓도 진리를 속이지 못하게 해라.」   99

나는 말했다. 「스승님, 당신 말씀은 너무나도
확실하고 또한 저를 믿게 만드니,
다른 말은 불 꺼진 숯과 같습니다.   102

그런데 저 걸어가는 무리 중에서
주목할 만한 자를 보면 말해 주십시오.
제 마음은 저기에만 끌려 있으니까요.」   105

그러자 나에게 말하셨다. 「저기 뺨의 수염이
그을린 어깨 위로 흘러내리는 자는,
그리스에 남자들이 텅 비어 요람마저   108

채우기 어려웠을 때[24] 점쟁이였는데,
칼카스[25]와 함께 아울리스에서 처음

    23   카살로디Casalodi 가문의 알베르토 백작은 1272~1291년에 만토바의 영주였다. 그러나 피
나몬테Pinamonte의 계략에 빠져 영주의 자리를 빼앗겼다.
    24   트로이아 전쟁 때 그리스 남자들이 모두 출전하는 바람에 아기를 낳아줄 사내가 없어 요람
을 채우기 힘들었다고 한다.
    25   트로이아 전쟁 당시 그리스군의 예언자로 전쟁 중에 일어날 여러 가지 사건에 대해 예언하
였다. 특히 아울리스에서 바람이 불지 않아 함대가 출항할 수 없게 되자, 디아나(그리스 신화에서는

닻줄을 끊을 날짜를 결정하였단다.   111

그 이름은 에우리필로스,[26] 나의 고귀한
비극[27] 한 부분에서 그렇게 노래하니,
그것을 모두 아는 너는 잘 알 것이다.   114

저기 옆구리가 비쩍 마른 녀석은
마이클 스콧[28]이었는데, 그는 정말로
마법의 속임수 방법들을 알고 있었지.   117

보아라, 귀도 보나티,[29] 아스덴테[30]를.
그자는 가죽과 실에 몰두했더라면 하고
지금은 바라지만 때늦은 후회로구나.   120

보아라, 바늘과 베틀과 물레를 내던지고
점쟁이가 되어 버린 사악한 여자들을.
저들은 풀잎과 인형[31]으로 요술을 부렸지.   123

하지만 이제 가자. 카인과 가시[32]가

아르테미스)의 분노를 진정시키기 위해 총대장 아가멤논의 딸 이피게네이아를 제물로 바쳐야 한다
고 주장했다.

26 『아이네이스』 2권 114~119행에서 그는 예언자로 나오지 않는다. 다만 아울리스에서 칼카
스와 함께 이피게네이아를 제물로 바치자고 주장했다.

27 『아이네이스』.

28 Michael Scott. 이탈리아어 이름은 미켈레 스코토 Michele Scotto. 스코틀랜드 출신의 의사
이자 철학자로 시칠리아의 페데리코 2세 궁정에서 살았다. 아리스토텔레스와 아비켄나의 저술을
라틴어로 번역하였으며 마법사이자 점성술사였다고 한다.

29 Guido Bonatti. 포를리 출신으로 페데리코 2세를 비롯한 여러 군주의 점성술사였다.

30 Asdente. 파르마 출신 갖바치로, 〈이빨이 없는 자〉라는 뜻의 별명이다.

31 특정한 사람을 해치려고 밀랍이나 짚 등으로 만들어 바늘로 찌르거나 불태우는 인형.

양 반구의 경계선³³에 걸쳐 있고
세비야³⁴ 아래의 물결에 닿아 있구나.   126

어젯밤에 이미 둥근 보름달이었는데,
한때 저 보름달이 어두운 숲속³⁵에서
너에게 도움이 되었으니 잘 기억해라.」   129

그렇게 말하시는 동안 우리는 걸어갔다.

32 당시의 민중들 사이에서 달을 가리키는 표현이다. 달의 반점들을 보고, 아벨을 죽인 카인이
달로 추방되어 가시 다발을 짊어지고 다니면서 속죄하는 모습이라고 생각하였다.
33 당시의 지리 관념에 의하면 지구의 북반구에만 뭍이 있어 인간이 살고, 남반구는 완전히 바
다로 뒤덮여 있다고 생각하였다. 그리고 북반구의 중심은 예루살렘이고, 동쪽 끝은 인도, 서쪽 끝은
스페인이며, 인도와 스페인이 두 반구를 나누는 〈경계선〉에 있다고 생각하였다. 따라서 예루살렘
(바로 그 아래에 지옥의 입구가 있다)에서 볼 때, 현재 달은 서쪽의 세비야Sevilla, 즉 스페인으로
지고 있다. 〈어젯밤〉에 보름달이었던 달이 서쪽으로 질 무렵이므로 지금 예루살렘의 시각은 대략
새벽 6시경에 해당한다.
34 스페인 서남쪽의 도시이다.
35 「지옥」1곡 참조.

제21곡

다섯째 구렁에서 단테는 자신의 직위를 이용하여 사리사욕을 채운 탐관오리들을 본다. 그들은 펄펄 끓어오르는 역청(瀝靑) 속에 잠겨 벌받고 있으면서 무시무시한 악마들의 감시를 받는다. 단테와 베르길리우스는 한 무리의 악마들과 함께 둔덕을 따라 여섯째 구렁으로 향한다.

그렇게 우리는 내 희극[1]이 노래하지 않는
다른 이야기를 하면서 다리에서 다리로
건너갔고, 다음 다리 꼭대기에 이르러   3

걸음을 멈추고 말레볼제의 다른 골짜기와
다른 헛된 눈물들을 보았는데,
그곳은 놀라울 정도로 검은 색깔이었다.   6

마치 베네치아의 조선소에서 겨울철에
성하지 않은 자기 배들을 칠하려고
끈적끈적한 역청을 끓이는 것 같았다.   9

겨울에는 항해할 수 없기 때문에 대신
어떤 사람은 새 배를 만들고, 누구는
많이 항해한 배의 옆구리를 수선하고,   12

누구는 이물을, 누구는 고물을 고치고,

---

1 「지옥」16곡 128행의 주 참조.

누구는 노를 만들고, 누구는 밧줄을 감고,
또 누구는 크고 작은 돛들을 깁는데,   15

그렇게 불이 아닌 성스러운 힘에 의해
저 아래에서는 빽빽한 역청이 끓었고
사방 기슭에 끈적끈적 들러붙어 있었다.   18

나는 역청을 바라보았지만 거기에서는
끓어오르는 거품들이 부풀어 올랐다가
다시 사그라지는 것밖에 보이지 않았다.   21

내가 아래를 뚫어지게 응시하는 동안
나의 길잡이는 〈보아라, 보아라!〉 하시며
내가 있던 곳에서 당신 쪽으로 끌어당겼다.   24

그래서 나는 마치 피해야 할 위험을
보려고 머뭇거리고 있다가 갑자기
두려움에 사로잡혀 뒤돌아보면서도   27

서둘러 달아나는 사람처럼 바라보았고,
바로 우리 뒤에서 시커먼 악마 하나가
돌다리 위로 달려오는 것을 보았다.   30

아, 그 몰골은 얼마나 무시무시했던가!
날개를 활짝 펴고 날렵하게 발을 내딛는
몸짓은 또 얼마나 잔인하게 보였던가!   33

그놈은 뾰족하고 높다란 어깨 위로
한 죄인의 허리 부분을 둘러메고
그 발의 힘줄을 움켜잡고 있었다.   36

그놈은 다리에서 소리쳤다. 「오, 말레브란케[2]여,
성녀 치타[3]를 다스리던 관리 하나를
잡아 왔으니 안에 처박아라! 이런 놈들이   39

가득한 고을로 나는 다시 가겠다. 그곳에는
본투로[4] 이외에 모두가 탐관오리들이니,
돈만 있으면 〈아니요〉가 〈예〉로 된단다.」[5]   42

그를 아래로 내동댕이치고 그놈은 험한
돌다리에서 돌아섰는데, 끈이 풀린 개라도
그토록 재빨리 도둑을 뒤쫓지는 못하리라.   45

그는 풍덩 빠졌다가 다시 위로 떠올랐으나,
다리 밑에 숨어 있던 악마들이 소리쳤다.
「여기에서는 〈산토 볼토〉[6]도 소용없고,   48

2 Malebranche. 말레볼제처럼 단테가 만들어 낸 말이다. 대략 〈사악한 앞발〉이라는 뜻으로 다섯째 구렁에 있는 악마들을 집단적으로 가리키는 용어이다. 뒤에 나오는 그 악마들 각각의 이름도 단테가 지어낸 것이다.

3 Zita(1218~1272). 피사 근처의 도시 루카에서 태어난 그녀는 수도자로서 일생 동안 성스러운 삶을 살았다. 1300년 당시 아직 성인으로 인정받지 못하였으나, 루카 사람들은 그녀를 수호성인처럼 받들었다. 여기에서는 도시 루카를 가리킨다. 당시 루카는 피렌체처럼 궬피 흑당의 본거지였으며, 따라서 단테는 그들에 대해 못마땅하게 생각하였다.

4 본투로 다티Bonturo Dati. 14세기 초 루카에서 막강한 권력을 휘두르던 탐관오리의 대표적 인물이다. 여기에서 단테는 극심한 탐관오리들이 많다는 것을 이렇게 역설적으로 표현하고 있다.

5 돈만 있으면 안 되는 일이 없다는 뜻이다.

세르키오[7]강과 다르게 헤엄쳐야 한다!
그러니까 역청 위로 떠오르지 마라,
우리의 갈고리들을 원하지 않는다면.」   51

그리고 수백 개의 갈고리로 그를 찌르면서
말했다. 「여기서는 숨어서 춤추어야 해,
할 수 있거든, 몰래 훔치도록 말이야.」[8]   54

마치 요리사가 하인들을 시켜 고기가
떠오르지 않도록 갈고리로 가마솥
한가운데에 잠기도록 하는 것 같았다.   57

훌륭한 스승님은 말하셨다. 「네가 여기
있는 것이 들키지 않도록, 바위 뒤에
웅크리고 앉아 방패로 삼도록 해라.   60

그리고 내가 어떤 공격을 받더라도
두려워 마라. 저번에도[9] 그렇게 나를
방해했으니 나는 그런 일을 잘 알고 있다.」   63

그리고 저쪽 다리 끝으로 가셨는데,

---

6 Santo Volto. 〈성스러운 얼굴〉이라는 뜻으로 검은 나무로 된 십자고상이다. 니코데모의 작품으로 알려진 이 십자고상은 루카의 산마르티노 성당에 있으며 지금도 널리 숭배되고 있다. 루카 사람들은 그 이름을 부르며 기도하였다고 한다.

7 Serchio. 루카 근처에 흐르는 작은 강.

8 끓는 역청 속에 완전히 잠겨 허우적거려야 한다는 것을 빈정대는 표현이며, 또한 탐관오리들이 몰래 뇌물을 주고받는 것을 비유적으로 암시하고 있다.

9 전에 베르길리우스가 하부 지옥에 내려왔을 때.(「지옥」 9곡 22행 이하 참조)

21: 52~53

그리고 수백 개의 갈고리로 그를 찌르면서 말했다.

「여기서는 숨어서 춤추어야 해.」

여섯째 둔덕10에 이르렀을 때에는
단호한 태도를 보일 필요가 있었다.   66

마치 개들이 아주 난폭하고 포악하게
달려 나와 구걸하는 가난한 거지에게
덤벼들어 갑자기 멈춰 서게 하듯이,   69

다리 아래에 있던 악마들이 튀어나왔고
모두 그분에게 갈고리를 겨누었지만
그분이 외쳤다. 「누구도 나쁜 짓 마라!   72

너희들의 갈고리로 나를 찌르기 전에
너희 중 하나가 나와 내 말을 들어라.
그리고 나를 찌를 것에 대해 의논해라.」   75

모두들 외쳤다. 「말라코다11야, 가라!」
그러자 다른 놈들은 꼼짝 않고 한 놈이
나오면서 말했다. 「무슨 소용이 있을까?」   78

나의 스승님이 말하셨다. 「말라코다,

10 그러니까 다섯째 구렁과 여섯째 구렁 사이의 둔덕이다.
11 Malacoda. 〈사악한 꼬리〉라는 뜻으로 단테가 지어낸 이름이며, 다섯째 구렁을 지키는 악마
들인 말레브란케의 우두머리이다. 뒤에 나오는 각각의 악마에게 단테는 흥미로운 이름을 붙인다.
스카르밀리오네Scarmiglione는 〈산발한 머리〉, 바르바리차Barbariccia는 〈곱슬 수염〉, 그라피아카
네Graffiacane는 〈할퀴는 개〉, 카냐초Cagnazzo는 〈크고 사나운 개〉, 루비칸테Rubicante는 〈빨강〉,
리비코코Libicocco는 〈뜨거운 바람〉, 송곳니가 난 치리아토Ciriatto는 〈멧돼지〉, 드라기냐초
Draghignazzo는 〈흉측한 드래곤〉을 뜻한다. 파르파렐로Farfarello는 프랑스의 민간 전설에 나오는
광포한 악마적 인물이며, 알리키노Alichino도 〈장난꾸러기 요괴〉를 뜻하는 프랑스어에서 나온 것
으로 생각된다. 반면 칼카브리나Calcabrina의 경우는 그 의미가 불분명하다.

21: 74~75
너희 중 하나가 나와 내 말을 들어라.
그리고 나를 찌를 것에 대해 의논해라.

성스러운 뜻과 섭리의 도움도 없이
너희들의 모든 방해로부터 안전하게   81

내가 여기까지 왔다고 생각하느냐?
이자에게 이 거친 길을 보여 주도록
하늘에서 원하셨으니 지나가게 해라.」   84

그러자 그놈은 오만함이 꺾여 갈고리를
발치에 떨어뜨리더니 다른 놈들에게
말했다. 「그렇다면 건드리면 안 되겠다.」   87

스승님은 내게 말하셨다. 「오, 다리의 바위들
사이에 몰래 웅크리고 있는 너는
이제 안심하고 나에게로 오너라.」   90

나는 몸을 움직여 재빨리 그분에게로
갔는데, 악마들이 모두 앞으로 나섰기에
그놈들이 약속을 어길까 봐 두려웠다.   93

예전에 나는 카프로나[12]에서 약속을 받고
나온 병사들이 수많은 적에게 둘러싸여
그렇게 두려워하는 것을 보았기 때문이다.   96

나는 온몸으로 나의 길잡이에게 바짝
달라붙었고, 결코 좋지 않은 그들의

---

12 Caprona. 피사에 있는 성이다. 1289년 8월 궬피파의 군대가 이 성을 여드레 동안 포위하여
함락시켰는데, 단테도 이 전투에 참가하였다.

태도에서 눈길을 돌리지 못하였다.   99

놈들은 갈고리를 숙였고, 하나가 〈저놈의
어깻죽지를 한번 찔러 볼까?〉 말하자
다른 하나가 〈그래, 한번 찔러 봐라!〉라고 했다.   102

그러나 나의 스승님과 이야기를 했던
악마가 갑자기 몸을 돌리더니 말했다.
「내려놔, 스카르밀리오네, 내려놓아!」   105

그리고 우리에게 말했다. 「이 돌다리 너머로는
더 이상 갈 수 없다. 여섯째 다리가
바닥으로 완전히 부서졌기 때문이야.   108

그래도 앞으로 나아가기를 원한다면
이 바위 둔덕을 따라서 가라. 길이
될 만한 다른 돌다리가 가까이 있으니까.[13]   111

어제, 이맘때보다 다섯 시간 더 지났을
때가 이곳의 길이 무너진 지 1천2백
하고도 66년이 흐른 시각이었지.[14]   114

---

13 여기에서 말라코다는 사실과 거짓을 교묘하게 뒤섞어 거짓말을 하고 있다. 뒤에 나오듯이
예수가 내려왔을 때 여섯째 구렁 위의 돌다리들은 모두 무너졌다. 따라서 건너갈 다른 돌다리가 있
다는 것은 새빨간 거짓말이다.(「지옥」 23곡 127행 이하 참조)

14 지옥의 계곡이 무너진 것은 예수 그리스도가 십자가에 못 박혀 죽은 뒤 림보의 일부 영혼들
을 구하러 왔을 때이다. 단테는 예수가 34세에 죽었다고 믿었다. 그러므로 1300년 현재 1266년 전
의 일이다. 그리고 예수의 사망 시각에 대해 단테는 「루카 복음서」 23장 44절 이하에 따라 정오로
보고 있다. 따라서 어제 정오가 되기 다섯 시간 전이므로, 지금 이곳의 시간은 4월 9일 토요일 아침
7시경이며, 넷째 구렁의 돌다리를 떠난 지 한 시간 정도가 지난 무렵이다.

내 부하들 중 몇몇을 저쪽으로 보내
누가 나타나는지 살펴보게 할 테니
그들과 함께 가라. 해치지 않을 것이다.」   117

그리고 말했다. 「알리키노, 칼카브리나,
그리고 너 카냐초, 앞으로 나오너라.
바르바리차는 이 열 명을 이끌어라.   120

리비코코, 드라기냐초, 송곳니 치리아토,
그라피아카네, 파르파렐로, 그리고
미치광이 루비칸테, 앞으로 나와라.   123

끓어오르는 역청 주위로 돌아서 가라.
이들이 다음 둔덕까지 무사히 건너
이곳 구렁들을 모두 지나가게 해라.」   126

나는 말했다. 「아이고, 스승님, 제가 무엇을 보고
있습니까?[15] 길을 아시니 안내 없이
우리끼리 갑시다. 저는 저들이 싫습니다.   129

스승님이 평소처럼 눈치가 빠르다면,
저놈들이 이빨을 갈면서 눈짓으로
우리에게 협박하는 것이 안 보입니까?」   132

그분은 말하셨다. 「그렇게 놀라지 마라.

15 단테는 131~132행에 묘사된 악마들의 위협적인 태도를 보고 있다.

제멋대로 이빨을 갈도록 내버려 둬라.
고통스럽게 삶아지는 자들에게 그런 것이다.」   135

악마들은 왼쪽 둔덕으로 돌아갔는데,
그에 앞서 각자 자기들의 두목을 향해
이빨로 혓바닥을 물면서 신호를 하였고,   138

두목은 엉덩이로 나팔을 불었다.[16]

---

16 방귀 뀌는 것을 익살스럽게 표현하고 있다.

제22곡

두 시인은 악마 열 명과 함께 가면서 뜨거운 역청 속에 잠겨 있는 탐관오리들을 본다. 그중에서 악마들에게 잡혀 나온 참폴로와 이야기를 나눈다. 그리고 참폴로는 속임수로 악마들의 손에서 벗어나 역청 속으로 달아난다. 그러자 악마들은 자기들끼리 다투고 싸우다가 역청 속에 빠진다.

예전에 나는 기사들이 행진을 하고,
공격을 시작하고 또 위용을 과시하고,
때로는 퇴각하는 것을 본 적이 있다.[1]   3

오, 아레초 사람들이여, 그대들 땅에서
말 탄 척후병들을 보았고, 기병들이
시합하며 겨루고 달리는 것을 보았는데,   6

때로는 나팔 소리에, 때로는 종소리에,
또 때로는 또 우리 것이든 남의 것이든
성(城)의 신호나 북소리에 따라 움직였지만,   9

어떤 기병이나 보병도, 땅과 별의 신호를
따르는 어떤 배도 그렇게 이상야릇한
피리 소리[2]에 움직이는 것은 보지 못했다.   12

---

1 단테는 1289년 아레초 북쪽의 캄팔디노 평원(「연옥」 5곡 92행 참조)에서 벌어진 전투에 직접 참가하였는데, 이 전투에서 피렌체의 궬피파는 아레초의 기벨리니파를 격파하였다.
2 앞의 21곡 마지막 부분에서 악마들의 우두머리가 뀐 방귀 소리.

우리는 악마 열 명과 함께 걸어갔으니,
아, 무서운 동행이여! 성당에는 성인들과,
술집에는 술꾼들과 가는 법이 아니던가.   15

내 관심은 오로지 역청에만 이끌렸으니,
그 구렁 안에서 불타고 있는 무리의
온갖 모습을 보고 싶었기 때문이다.   18

마치 돌고래들이 활 모양의 등으로
뱃사람들에게 신호를 하여 그들의
배를 구하도록 준비하게 만들듯이,³   21

그렇게 조금이라도 고통을 줄이려고,
죄인들 중 몇몇이 등을 보이고 있다가
번개보다도 빠르게 숨어 버렸다.   24

또한 웅덩이 물가에서 개구리들이
단지 코끝만 물 밖으로 내밀고
다리와 몸뚱어리는 감추고 있듯이   27

사방에서 죄인들이 그렇게 있었는데,
바르바리차가 가까이 다가오자 금세
끓어오르는 거품들 아래로 숨어 버렸다.   30

그런데 지금 생각해도 가슴이 떨리는데,

---

3 중세의 여러 문헌에 기록되어 있듯이, 돌고래들은 바닷물 위로 헤엄치면서 폭풍우가 다가올
것을 미리 예고하였고, 그에 따라 뱃사람들은 미리 대비하였다고 한다.

다른 개구리는 숨고 한 마리만 남아 있듯
악마들이 다가가도 한 죄인이 남아 있었다.   33

그러자 가장 가까이 있던 그라피아카네가
역청에 찌든 그의 머리카락을 움켜잡아
끌어올렸으니 그는 마치 물개처럼 보였다.   36

나는 벌써 악마들의 이름을 모두 알았는데,
그들이 선택되었을 때[4] 눈여겨보았고
또 서로 부르는 것을 들었기 때문이다.   39

「오, 루비칸테, 네 발톱으로 저놈의
등허리를 찍어서 껍질을 벗겨 버려라!」
저주받은 악마들이 모두들 소리쳤다.   42

나는 말했다. 「스승님, 만약 하실 수 있다면,
자기 원수들의 손아귀에 떨어진 저
불행한 영혼이 누구인지 알고 싶군요.」   45

나의 길잡이는 그의 곁으로 다가가 어디
출신이냐고 질문했고, 그자가 대답했다.
「나[5]는 나바라 왕국[6]에서 태어났지요.   48

---

4 악마들의 두목이 함께 가도록 열 명을 선발하였을 때.(「지옥」21곡 118~126행 참조)
5 참폴로Ciampolo 또는 잠폴로Giampolo라는 이름 외에 그에 대해 알려진 것은 없다.
6 Navarra. 이베리아반도 동북쪽 산악 지방에 있던 조그마한 왕국. 13세기에 테오발도 1세와
2세, 엔리코 1세 등이 다스리면서 프랑스와 가까운 관계를 유지하였다. 16세기에 왕국의 일부는 스
페인에, 일부는 프랑스에 귀속되었다. 「천국」19곡에서도 이 왕국에 대해 언급한다.

내 어머니는 자신의 몸과 재물을
파괴한[7] 건달에게서 나를 낳았고,
어느 영주의 하인으로 보냈답니다.   51

나중에 나는 착한 테오발도[8] 왕의
신하가 되었고 토색질을 시작했으니
이 뜨거운 곳에서 벌을 받고 있지요.」   54

그러자 마치 멧돼지처럼 송곳니가
입 밖으로 삐죽 나온 치리아토가
얼마나 날카로운지 느끼게 해주었다.   57

고약한 고양이들 사이에 생쥐가 들어왔으니,
바르바리차가 팔로 움켜잡고 말했다.
「내가 붙잡고 있을 테니 물러서 있어라.」   60

그리고 내 스승에게 얼굴을 돌리고 말했다.
「아직 이놈에게 알고 싶은 게 있으면
물어보시오, 다른 놈들이 찢어 버리기 전에.」   63

스승님은 말하셨다. 「말해 보오, 저 역청 아래 있는
죄인들 중에 그대가 아는 라틴 사람[9]이
있는지?」 그러자 그는 말했다. 「조금 전 나는   66

7   자기 재물을 방탕하게 낭비하고 또 자살하였다는 뜻이다.
8   1253년에서 1270년까지 나바라의 왕이었던 Teobaldo 2세.
9   이탈리아 사람을 가리킨다.

그 근처[10] 출신 하나와 헤어졌는데,
만약에 내가 그와 함께 숨었더라면
이 발톱이나 갈고리가 두렵지 않을 텐데!」   69

그러자 리비코코가 〈우리는 너무 참았다〉
말하면서 갈고리로 그의 팔을 찍었고,
거기서 살점을 찢어 내어 갖고 가버렸다.   72

드라기냐초도 갑자기 달려들어 그의
다리를 찌르려 하자 악마들의 두목이
험상궂은 표정으로 주위를 둘러보았다.   75

그놈들이 약간 진정되었을 때, 아직도
자신의 상처를 바라보고 있는 그에게
나의 스승님이 망설임 없이 물으셨다.   78

「불행하게 그대가 이 기슭으로 끌려올 때
그대와 헤어진 그 사람은 누구였는가?」
그는 대답했다. 「고미타 수사[11]였는데,   81

갈루라[12] 사람이고 온갖 기만의 그릇이었소.
자기 영주의 적들을 제 손아귀에 넣어
그들 모두가 자신을 칭찬하게 만들었지요.   84

10   뒤에 나오듯이 이탈리아반도 서쪽의 사르데냐Sardegna섬이다.
11   Gomita. 사르데냐섬 출신의 수도자로 갈루라의 영주 밑에서 일했는데, 포로로 잡힌 죄수들을 뇌물을 받고 놓아주었고 그로 인해 살해되었다.
12   Gallura. 1117년 피사 사람들은 사르데냐섬을 정복하여 이를 네 개의 관할구로 나누어 통치했는데, 갈루라는 동북쪽 지역이었다.

그의 말에 따르면, 돈을 받고 그들을 그냥
풀어 주었답니다. 또한 다른 직책에서도
결코 작지 않은 엄청난 탐관오리였지요.   87

로구도로의 영주 미켈레 찬케[13]가 종종
그와 함께 있는데, 사르데냐에 대해 말할
때면 그들의 혓바닥은 지칠 줄 모른답니다.   90

아이고, 저 이빨 가는 놈을 보십시오.
더 말하고 싶지만, 저놈이 내 부스럼을
긁어 주려고[14] 벼르지 않을까 무서워요.」   93

이에 커다란 두목은 금방이라도 찌를 듯
눈망울을 부라리던 파르파렐로를 향해
말했다. 「꺼져라, 빌어먹을 날짐승아.」   96

그러자 겁에 질려 있던 그가 다시 말했다.
「토스카나 사람이건 롬바르디아 사람이건,
보거나 듣고 싶다면 내가 불러오리다.   99

하지만 그들이 보복을 두려워하지 않도록
말레브란케를 잠시 물러나게 해주시오.
그러면 나는 이 자리에 그대로 앉아서,   102

13 Michele Zanche. 사르데냐 네 개 관할구 중 하나인 로구도로Logudoro를 통치하던 영주였
는데, 호색과 간계로 유명하였다. 결국 배반한 자기 사위에게 살해되었다.
14 부스럼, 즉 가려운 곳을 긁어 준다는 것은 역설적인 표현이다.

나는 혼자지만, 일곱 명[15]이라도 부르겠소.
우리가 누군가를 밖으로 불러낼 때
그렇게 하듯이 휘파람만 불면 되지요.」   105

그 말을 듣고 카냐초가 주둥이를 내밀고
머리를 흔들며 말했다. 「이놈이 밑으로
뛰어들려고 생각해 낸 속임수 좀 들어 봐!」   108

그러자 온갖 교활한 술수를 가진 그자가
대답하였다. 「내 동료에게 커다란 고통을
안겨 준다면 나야말로 정말 나쁜 놈이지요.」   111

알리키노는 유혹을 견디지 못했고,[16] 다른
놈들과는 달리 말했다. 「만약 네가 밑으로
내려간다면, 나는 뛰어서 뒤쫓지 않고   114

역청 위에까지 날아가 너를 붙잡겠다.
이 위에서 떠나 둔덕을 방패 삼아서
너 혼자 우리보다 더 빠를지 보자.」[17]   117

오, 그대 독자여, 괴상한 놀이를 들어 보오.
모두들 둔덕 너머로 눈길을 돌렸는데,
가장 반대하던 놈[18]이 가장 먼저 그랬다.   120

15 구체적인 숫자가 아니라 많은 숫자를 가리킨다.
16 참폴로와 누가 빠른지 시합을 하고 싶은 유혹이다.
17 그러니까 참폴로는 지금 사로잡혀 있는 둔덕 위에서 출발하고, 알리키노를 비롯한 악마들
은 둔덕 너머에서 출발하여 누가 빠른지 시합하자는 뜻이다.
18 참폴로를 가장 못 믿어 하던 카냐초.

나바라 사람은 좋은 기회를 포착하였고,
발바닥을 땅에 굳건히 내딛더니 순식간에
뛰어올랐고 두목의 손에서 빠져나갔다.   123

모두들 자신의 잘못을 후회하였는데,
실수의 원인이 되었던 놈이 가장 그랬고,
몸을 날리며 외쳤다. 「너는 이제 잡혔다!」   126

하지만 별 소용이 없었다. 날개가 무서움을
앞지를 수 없으니 그는 아래로 내려갔고,
이놈은 가슴을 위로 솟구쳐 날았으니,[19]   129

마치 매가 가까이 접근할 때 들오리가
재빨리 물속으로 숨어 버리면 실망한
매는 맥없이 다시 날아오르는 것 같았다.   132

속임수에 분통이 터진 칼카브리나는
뒤따라 날아가면서, 싸움을 벌이려고[20]
그가 무사하게 달아나기를 바랐으니,   135

탐관오리가 사라져 버리자 오히려
자신의 동료에게 발톱을 펼쳤고
구렁 위에서 그를 움켜잡아 뒤엉켰다.   138

19 역청 속으로 뛰어드는 참폴로를 향해 날아갔으나 붙잡지 못하자, 역청에 빠지지 않기 위해
다시 위로 솟구쳐 날아갔다.
20 분풀이를 하려고 알리키노와 싸움을 벌이고 싶다는 뜻이다.

22 : 126

몸을 날리며 외쳤다. 「너는 이제 잡혔다!」

하지만 알리키노도 매서운 매였기에
그놈을 향해 발톱을 내밀었고, 결국
둘 다 끓어오르는 웅덩이 속에 떨어졌다.   141

뜨거움 때문에 두 놈은 곧바로 서로
떨어졌으나, 그들의 날개가 역청에
들러붙어 전혀 일어날 수 없었다.   144

바르바리차는 다른 부하들과 함께
화가 나서 네 놈에게 갈고리를 들고
맞은편 둔덕으로 날아가도록 하였다.   147

그들은 이쪽과 저쪽에서 기슭을
내려가 이미 껍질까지 익어 버린21
두 놈을 향해 갈고리들을 내밀었고,   150

우리는 그렇게 얽힌 그들을 떠났다.

---

21   일부에서는 *crosta*를 역청의 〈표면〉으로 간주하여 〈역청 속에서 익어 버린〉으로 해석하기
도 한다.

22 : 141
둘 다 끓어오르는 웅덩이 속에 떨어졌다.

제23곡

단테와 베르길리우스는 화가 난 악마들에게 쫓겨 여섯째 구렁으로 간다. 그곳에는 위선자들이 벌받고 있는데, 겉은 황금빛으로 화려하지만 안은 무거운 납으로 된 옷을 입고 다닌다. 단테는 볼로냐 출신의 두 수도자와 이야기를 나누고, 예수 그리스도를 십자가에 못 박히게 했던 카야파가 땅바닥에 못 박혀 있는 것을 본다.

우리는 단둘이 말없이, 동반자도 없이
하나는 앞에, 다른 하나는 뒤에 서서
작은 형제회 수사들[1]처럼 걸어갔다.   3

방금 전의 싸움을 생각하자니
내 머릿속에는 개구리와 생쥐에 대한
아이소포스의 우화가 떠올랐다.[2]   6

처음과 끝을 주의 깊게 비교해 보면,
〈이제〉와 〈지금〉[3]의 뜻이 비슷하듯이
그 싸움과 우화도 아주 비슷하였다.   9

---

1 Frati Minori. 프란치스코 수도회의 수도자들로 그들은 연장자 수사를 앞세우고 그 뒤를 따르는 것이 예법이다.
2 실제로는 아이소포스(영어 이름은 이솝)의 우화가 아니라, 중세에 유행하던 여러 우화집에 나오는 이야기이다. 생쥐가 시골길을 가다가 개구리들이 살고 있는 웅덩이를 만났다. 생쥐가 어떻게 건널까 망설이고 있는데 개구리 한 마리가 다가왔다. 개구리는 생쥐를 물속에 빠뜨려 죽일 속셈으로 말했다. 「네 발을 나의 발에다 묶자. 그러면 빠지지 않을 거야.」 생쥐는 그 말을 믿고 그대로 묶어 개구리의 등에 올라탔다. 웅덩이 한가운데에 이르자 개구리는 물속으로 들어가 생쥐를 끌어당기기 시작했다. 그러자 생쥐는 필사적으로 물 위에 뜨려고 발버둥을 쳤다. 그때 지나가던 소리개가 생쥐를 보고 발톱으로 잡아채 날아갔다. 결국 함께 묶여 있던 개구리도 끌려갔다.
3 원문에는 mo와 issa로 되어 있다. 두 낱말 모두 〈지금〉을 뜻하며 실질적인 의미상의 차이는 없다.

그리고 한 생각에서 다른 생각이 생기듯이
그런 생각에서 다른 생각이 떠올랐고,
처음의 무서움이 곱절로 커졌다.   12

나는 생각했다. 〈저놈들이 우리 때문에
그렇게 조롱을 당하고 피해를 입었으니
분명히 무척 화가 났을 것이다.   15

만약 악의에다 분노가 겹쳐진다면
저놈들은 산토끼를 물어뜯는 개보다
더 사납게 우리 뒤를 쫓아올 것이야.〉   18

그러자 나는 무서움에 모든 머리칼이 쭈뼛
일어서는 걸 느꼈고, 정신없이 뒤를
돌아보며 말했다. 「스승님, 우리가   21

곧바로 숨지 않으면 저는 말레브란케가
무섭습니다. 그놈들이 저희 뒤에 있으니
상상만 해도 벌써 옆에 있는 것 같습니다.」   24

그분은 말하셨다. 「내가 납으로 된 거울이라 해도
네 겉모습보다 오히려 속의 모습을
꿰뚫어 보는 것이 더 빠를 것이다.   27

네 생각들이 똑같은 모습과 양상으로
곧바로 내 생각 속에 들어왔고, 나는
두 가지 중에서 하나의 결론을 내렸다.   30

만약 오른쪽 경사면이 완만히 기울어
우리가 다음 구렁으로 내려갈 수 있다면
그 예상된 추격을 피할 수 있을 것이다.」   33

그러한 충고를 채 마치기도 전에 나는
놈들이 멀지 않은 곳에서 날개를 펼치고
우리를 붙잡으려고 날아오는 것을 보았다.   36

내 길잡이는 곧바로 나를 붙잡았는데,
시끄러운 소리에 잠에서 깬 어머니가
가까이 불이 붙은 것을 발견하고,   39

자신보다 자기 아들을 더 염려하여
단지 잠옷만 걸친 채 아들을 껴안고
멈추지도 않고 달아나는 것 같았다.   42

그분은 단단한 둔덕 가장자리에서 몸을
눕혀, 오른쪽으로 다른 구렁을 막고 있는
경사진 바위를 타고 아래로 미끄러졌다.   45

물레방아의 바퀴를 돌리기 위해 물이
수로에서 바퀴 널빤지를 향해 아래로
떨어질 때도 그처럼 빠르진 못하리라.   48

그렇게 스승님은 나를 동반자가 아니라
당신의 아들처럼 가슴 위에 올려놓고
그 가장자리를 미끄러져 내려가셨다.   51

그분의 발이 아래의 바닥에 닿는 순간
놈들은 벌써 우리 위 둔덕에 이르렀으나
거기에서는 무서워할 필요가 없었다.   54

높으신 섭리[4]는 그들을 단지 다섯째
구렁의 관리자로 두셨고, 그곳을 벗어날
능력을 모두에게서 빼앗았기 때문이다.   57

그 아래에서 색칠된[5] 사람들이 보였는데,
아주 느린 걸음으로 주위를 걷고 있었고
눈물을 흘리며 지치고 피곤한 기색이었다.   60

그들은 클뤼니[6]의 수도자들이 입는 것과
동일한 방식으로 만들어진 망토를 입고
두건[7]을 눈앞까지 낮게 드리우고 있었다.   63

겉은 눈부신 황금빛으로 되어 있었지만
안은 온통 납이었고 엄청나게 무거워
페데리코는 지푸라기를 입혔을 정도이다.[8]   66

4   하느님.
5   여섯째 구렁의 위선자 영혼들은 황금빛의 무거운 납 외투를 입고 있다.
6   Cluny. 프랑스 동부 부르고뉴 지방의 도시. 그곳에 유명한 베네딕투스 수도원이 있었는데,
수도자들이 현란하고 풍성한 옷을 입었다고 한다. 원문에는 Clugni로 되어 있어 일부 학자들은 독
일의 도시 쾰른에 있던 다른 수도원으로 보기도 한다.
7   주로 카푸친 수도회에서 입는 망토에 달린 모자.
8   페데리코 2세(「지옥」 10곡 119행 참조)는 반역죄를 저지른 죄인들을 발가벗기고 두터운 납
옷을 입혀 끓는 솥에 집어넣어 고통스럽게 죽였다고 한다. 그런 납 옷도 이곳의 외투에 비하면 지푸
라기처럼 가볍다는 과장적인 표현이다.

23: 53~54
놈들은 벌써 우리 위 둔덕에 이르렀으나 거기에서는 무서워할 필요가 없었다.

오, 영원하게 무겁고 힘든 망토여!
우리는 또다시 왼쪽으로 돌았고
고통스럽게 우는 그들과 함께 걸었다.　　　　　　　　　69

하지만 무게 때문에 피곤한 그 무리는
아주 천천히 걸었으므로 우리는 걸음을
옮길 때마다 새로운 동료와 함께하였다.　　　　　　　72

그래서 나는 길잡이께 말했다. 「이렇게 가시면서
주위를 둘러보아, 혹시 이름이나 행실로
아는 자가 있는지 찾아보아 주십시오.」　　　　　　　75

그러자 토스카나 말을 알아들은 자가
뒤에서 소리쳤다. 「멈추시오, 어두운
대기 속을 그렇게 달리는[9] 그대들이여!　　　　　　　78

원하는 것을 나에게서 얻을 수 있으리다.」
그러자 길잡이는 몸을 돌려 말하셨다.
「기다려라. 그의 걸음에 맞추어 걸어라.」　　　　　　　81

나는 멈추었고 두 영혼을 보았는데, 나와
함께 있고 싶은 마음의 조급함이 얼굴에
보였지만[10] 짐과 좁은 길 때문에 늦어졌다.　　　　　　84

9　무거운 망토 때문에 아주 천천히 가는 그들의 눈에 시인들의 보통 걸음이 달리는 것처럼 보인다.
10　마음속으로 무척이나 서두르지만, 그것은 단지 얼굴의 표정에만 드러났다는 뜻이다.

도착하자 그들은 아무 말도 하지 않고
비스듬한 곁눈질로[11] 나를 응시하더니
서로를 바라보며 자기들끼리 말했다.   87

「목이 움직이니[12] 저자는 살아 있는
모양인데, 만약 죽었다면 어떤 특권으로
이 무거운 외투를 벗고 가는 것일까?」   90

그러고는 나에게 말했다. 「사악한 위선자들의
무리를 찾아온 오, 토스카나 사람이여,
불쾌히 생각 말고 그대가 누군지 말해 주오.」   93

나는 그들에게 말했다. 「내가 태어나 자란 곳은
아름다운 아르노강 가의 큰 도시이고,
언제나 그랬듯이 육신을 갖고 있지요.   96

그런데 그대들은 누굽니까? 보아하니 그대들
뺨에 큰 고통이 흘러내리는데, 그 눈부신
외투 안에는 어떤 형벌이 들어 있나요?」   99

그중 하나가 대답하였다. 「금빛 외투는
아주 두꺼운 납으로 되어 그 무게는
저울들을 삐걱거리게 할 정도라오.   102

우리는 볼로냐의 향락 수도자들[13]이었소.

11 두건의 무게 때문에 고개를 마음대로 돌릴 수 없다.
12 영혼들은 숨을 쉬지 못하지만, 살아 있는 단테는 호흡을 하기 때문에 목이 움직인다.

23: 97~99
그대들은 누굽니까? 보아하니 그대들 뺨에 큰 고통이 흘러내리는데,
그 눈부신 외투 안에는 어떤 형벌이 들어 있나요?

나는 카탈라노,[14] 이자는 로데린고[15]인데,
그대의 고향에서 평화를 유지하기 위해   105

보통 한 사람이 맡는 직책에 우리는
함께 선출되었고, 아직도 가르딘고[16]
주변에는 그 흔적이 보이고 있지요.」   108

나는 〈수사들이여, 그대들 죄는……〉 하고
말하다 멈췄는데, 땅바닥에 말뚝 세 개로[17]
십자로 못 박힌 자[18]가 보였기 때문이다.   111

그는 나를 보자 몸을 온통 비틀면서
수염 사이로 한숨을 내쉬었는데,
그것을 알아차린 카탈라노 수사가   114

13 Frati Godenti. 1261년 볼로냐에서 창설된 〈영광의 동정녀 마리아 기사단〉에 속하는 수도자
들을 가리킨다. 원래 당파와 가문들 사이의 싸움에 평화를 중재하고 약한 자들을 보호하기 위해 만
들어졌지만, 나중에 세속적이고 편안한 생활에 빠졌기 때문에 그렇게 불렸다.
14 Catalano(1210~1285). 볼로냐 궬피파의 말라볼티 가문 출신으로 〈영광의 동정녀 마리아
기사단〉의 창립자들 중 하나였다. 여러 도시의 포데스타를 역임하였고, 1266년에는 로데린고와 함
께 피렌체의 포데스타가 되었다. 그들의 통치 직후에 민중 폭동이 일어나 기벨리니파 사람들이 쫓
겨났으며 주요 인사들의 집이 불타고 파괴되었다. 거기에서 두 사람은 위선적이고 편파적인 행동을
하였다는 의심을 사게 되었다.
15 Roderingo(1210?~1293). 볼로냐 기벨리니파의 안달로 가문 출신으로 그도 〈영광의 동정
녀 마리아 기사단〉의 열성적인 회원이었고, 1266년 카탈라노와 함께 피렌체의 포데스타로 선출되
었다.
16 Gardingo. 피렌체의 시뇨리아 광장 부근의 지역. 그곳에 기벨리니파의 우베르티 가문의 집
이 있었는데 민중 폭동 때 불타고 파괴되었다. 그 폐허는 바로 두 포데스타의 통치 결과라는 것을
의미한다.
17 양 손바닥에 하나씩, 그리고 두 발에 하나가 박혀 있다.
18 유대인들의 대사제 카야파. 그는 대사제들과 바리사이파 사람들이 모인 자리에서, 예수가
유대 민족을 대신하여 혼자 죽임을 당해야 한다고 주장하였다.(「요한 복음서」11장 49절 이하 참조)

말했다. 「그대가 보는 저 못 박힌 자는
백성을 위해 한 사람이 순교해야 한다고
바리사이 사람들에게 충고를 했지요.   117

그대가 보듯이 벌거벗고 길을 가로질러
누워 있으니, 누군가 지나가면 얼마나
무거운지 그가 먼저 느껴야 한답니다.   120

똑같은 방식으로 그의 장인[19]도 이곳
구렁에 누워 있고, 또 유대인들에게 악의
씨앗이었던 의회[20]의 다른 자들도 있소.」   123

그때 나는 베르길리우스께서 영원한
유형지[21]에 그렇게 비참하게 십자로
누운 자를 보고 놀라시는 모습을 보았다.   126

그리고 그분은 수도자를 향해 말하셨다.
「그대들이 할 수 있다면, 오른쪽으로
우리 두 사람이 빠져나갈 수 있는   129

어떤 통로가 있는지 말해 주십시오.
우리가 이 바닥을 떠나기 위해 검은
천사들[22]을 부를 필요가 없도록 말이오.」   132

19 카야파의 장인 한나스.(「요한 복음서」 18장 13절 참조)
20 예수를 죽일 음모를 꾸미기 위해 소집된 바리사이파 사람들의 의회.(「요한 복음서」 11장
45절 이하 참조)
21 지옥.
22 반역한 천사들인 악마들이다.

23: 115~117
그대가 보는 저 못 박힌 자는 백성을 위해 한 사람이 순교해야 한다고
바리사이 사람들에게 충고를 했지요.

그는 대답하였다.「그대가 바라는 것보다
가까이 바위²³가 있는데, 이 큰 둘레에서
뻗어 나가 무서운 골짜기들을 모두 건너지요.   135

다만 이곳에서는 무너져 위로 건너지
못하니, 그대들은 바닥과 기슭에 쌓인
폐허들 위로 올라갈 수 있을 것이오.」   138

길잡이는 잠시 머리를 숙이고 있다가
말했다.「갈고리로 죄인들을 찌르던 놈²⁴이
거짓으로 상황을 말해 주었구나.」   141

수도자는 말했다.「전에 볼로냐에서 아주 사악한
악마들에 대해 들었는데, 그중에서 그놈은
거짓말쟁이, 거짓말의 아비²⁵라고 들었소.」   144

그 말에 스승님은 약간 화난 표정으로
황망히 커다란 걸음걸이로 걸어갔고,
따라서 나도 짐을 진 자들을 떠나   147

사랑스러운 발자국을 뒤따라갔다.

---

23 구렁들과 둔덕들을 가로지르는 돌다리들 중 하나를 가리킨다.
24 앞의 21곡에 나오는 악마들의 두목 말라코다.
25 악마는 〈거짓을 말할 때에는 본성에서 그렇게 말하는 것이다. 그가 거짓말쟁이며 거짓의 아
비기 때문이다.〉(「요한 복음서」 8장 44절)

제24곡

단테와 베르길리우스는 험난한 바윗길을 따라 일곱째 구렁 위에 도착한다. 구렁에는 엄청나게 많은 뱀들이 도둑의 영혼들에게 형벌을 가하고 있다. 그중에서 뱀에 물린 영혼이 불붙어 타서 재가 되었다가 다시 되살아나는 끔찍한 모습을 본다. 성물(聖物) 도둑 반니 푸치가 자기 이야기를 하고 단테의 어두운 앞날에 대해 예언한다.

새로운 한 해¹가 시작되면 태양은
물병자리 아래에서 빛살의 활력을 되찾고
벌써 밤이 하루의 절반을 향해 갈 무렵,²   3

서리는 땅 위에다 새하얀 자기 누이³의
모습을 그리려고 하지만, 그의 붓질이
그다지 오래 지속되지 못할 무렵에,⁴   6

여물⁵이 부족한 시골 농부가 일어나
둘러보다가, 들녘이 온통 새하얀 것을
보고 자신의 허리를 두드리고는⁶   9

   집으로 돌아와 무엇을 해야 할지 모르는

---

   1 원문에는 *giovanotto anno*, 즉 새로 태어난 〈젊은 해〉로 되어 있다. 태양이 물병자리에서 빛나는 1월 하순에서 2월 중순 사이를 가리킨다.
   2 춘분이 가까워지면, 햇살이 점차 따뜻해지고 낮과 밤의 길이가 점차로 똑같아진다.
   3 눈[雪]을 가리킨다.
   4 날씨가 점차 따뜻해지면서 밤에 내린 서리는 해가 뜨면 곧바로 녹아 사라진다.
   5 원문에는 *roba*, 즉 〈물건〉으로 되어 있는데, 문맥상 양들에게 먹일 여물이나 마초를 가리킨다. 일부에서는 가족을 위한 식량으로 해석되기도 한다.
   6 실망의 표시이다.

불쌍한 사람처럼 여기저기 서성이다가
다시 밖으로 나가니, 잠깐 동안에   12

세상 모습이 온통 바뀐 것을 보고[7]
다시 희망이 솟아 지팡이를 들고
양들을 몰고 풀을 먹이러 가는 것처럼,   15

그렇게 스승님은 당황한 표정으로
나를 놀라게 하시더니, 또한 그렇게
빨리 아픈 곳에다 약을 발라 주셨으니,   18

우리가 허물어진 다리에 이르렀을 때
내가 맨 처음 산기슭에서 보았던[8]
부드러운 표정으로 나를 바라보았다.   21

그분은 먼저 폐허를 잘 살펴보고
나름대로 좋은 방법을 선택한 다음
두 팔을 펼치고 나를 붙잡아 주셨다.   24

마치 일을 하면서 신중히 숙고하여
언제나 앞일을 미리 대비하는 사람처럼,
그분은 나를 어느 바위의 꼭대기로   27

밀어 올리면서 벌써 다른 바위를 가리키며
말하셨다. 「다음에는 저 바위 위로 올라가라.

7 서리가 모두 녹았기 때문이다.
8 단테가 〈어두운 숲〉(「지옥」 1곡 2행)에서 처음으로 베르길리우스를 만났을 때.

하지만 먼저 너를 지탱할지 살펴보아라.」   30

그건 외투 입은 자들의 길이 아니었으니,
그분은 가볍게,9 나는 뒷받침과 함께
겨우 바위에서 바위로 올라갈 수 있었다.   33

그리고 만약 그 둔덕이 다른 곳보다
더 낮은 둔덕이 아니었다면,10 그분은
모르겠지만 아마 나는 실패했을 것이다.   36

그런데 말레볼제는 가장 낮은 웅덩이
입구를 향해 완전히 기울어 있어,
각각의 구렁에서 한쪽 둔덕은 높고   39

다른 한쪽 둔덕은 낮게 되어 있었기에,
우리는 마침내 깨진 마지막 바위가
있는 곳의 꼭대기에 도착하였다.   42

그 위에 올라갔을 때 허파의 호흡이
얼마나 헐떡거렸는지, 나는 더 이상
가지 못하고 그 자리에 주저앉았다.   45

「이제 그런 태만함을 버려야 한다.」
스승님이 말하셨다. 「깃털11 속이나

9 베르길리우스는 영혼이기 때문이다.
10 여덟째 원의 구렁들을 둘러싼 둔덕들은 한가운데의 코키토스 호수(〈웅덩이〉)를 향해 점차
낮아지기 때문에, 그다음 둔덕은 더 낮아 오르기가 쉽다.

이불 밑에서는 명성을 얻을 수 없으니,   48

명성 없이 자기 삶을 낭비하는 사람은
대기 속의 연기나 물속의 거품 같은
자신의 흔적만을 지상에 남길 뿐이다.   51

그러니 일어나라. 무거운 육신과 함께
주저앉지 않으려면, 모든 싸움을
이기는 정신으로 그 숨가쁨을 이겨라.   54

우리는 더 높은 계단12을 올라가야 하니
저들13을 떠나는 것으론 충분하지 않다.
내 말을 알아들었다면 용기를 내라.」   57

그 말에 나는 일어났고 실제 느낀 것보다
호흡이 가벼워진 듯한 표정으로 말했다.
「가십시오. 저는 힘차고 용감합니다.」   60

우리는 돌다리 위로 비좁고 험난한
바위투성이의 길을 걸어갔는데,
이전의 길보다 훨씬 더 험난하였다.   63

나는 지쳐 보이지 않으려고 말을 하며
걸었는데, 다음 구렁에서 어떤 목소리가

---

11 깃털로 만든 베개나 방석.
12 연옥의 산을 가리킨다.
13 지옥의 영혼들을 가리킨다.

들려왔지만 명백한 말을 이루지 않았다.   66

나는 그곳을 건너는 돌다리 위에 있었고,
무슨 말을 하는지 알 수 없었지만
말하는 자는 무척 화가 난 것 같았다.   69

아래로 숙여 보았지만, 살아 있는 눈은
어둠 때문에 바닥에 이르지 못하였다.
그래서 말했다. 「스승님, 다음 둔덕에 이르면   72

기슭을 내려가 보도록 허락해 주십시오.
여기서는 들어도 이해하지 못하겠고,
아래를 보아도 전혀 보이지 않습니다.」   75

그분은 말하셨다. 「그렇게 하는 것 외에는 너에게
달리 대답할 수 없구나. 솔직한 질문에는
말 없는 실행이 뒤따라야 하는 법이니까.」   78

우리는 여덟째 둔덕과 연결되는 다리의
꼭대기에서 내려왔으며, 그때서야
구렁의 모습이 분명히 드러나 보였다.   81

그 안에서 나는 엄청나게 많은 뱀들을
보았는데, 너무나 끔찍한 모습이라
지금 생각만 해도 내 피가 뒤집힌다.   84

살무사, 날아다니는 뱀, 점박이 독사,

땅파기 뱀, 머리 둘 달린 뱀들¹⁴이
많은 리비아의 사막도 그렇지 않으리.   87

에티오피아 전체와 홍해 주변 지역을
모두 합친다고 해도 그토록 역겹고
독이 많은 뱀들을 보여 주진 못하리라.   90

그 잔인하고 사악한 뱀들 사이로 벌거벗고
겁에 질린 사람들이 혈석(血石)¹⁵이나
숨을 구멍도 없이 달려가고 있었다.   93

뒤로 젖힌 손은 뱀들로 묶여 있고,
허리로는 뱀들의 머리와 꼬리가
뚫고 나와서 앞쪽에 뒤엉켜 있었다.   96

그런데 우리 쪽 기슭에 있던 한 사람에게
뱀 한 마리가 와락 덤벼들더니 그의
목과 어깨가 이어지는 부분을 꿰뚫었다.   99

o 자와 i 자를 아무리 빨리 쓴다 하더라도,¹⁶
그의 몸이 불붙어 타서 완전히 재가 되어
부서지는 것보다 빠르지는 못하리라.   102

---

14 모두 리비아 사막에 사는 뱀들이다.

15 붉은 반점들이 찍힌 녹색의 돌로 보석의 일종인데, 뱀에 물린 상처를 낫게 해주며 또한 이
돌을 지닌 사람을 보이지 않게 해주는 효력이 있다고 믿었다.

16 두 글자 모두 펜을 한 번만 움직여서 아주 빨리 쓸 수 있는 글자다.

24: 94~96
뒤로 젖힌 손은 뱀들로 묶여 있고,
허리로는 뱀들의 머리와 꼬리가 뚫고 나와서

그리고 땅바닥에 그렇게 부스러진 다음
재들이 저절로 한군데로 모이더니
순식간에 처음 모습으로 되돌아갔다.   105

위대한 현자들¹⁷의 말에 따르자면,
불사조¹⁸는 5백 년째 되는 해에
죽었다가 다시 태어난다고 하는데,   108

평생 동안 풀이나 곡물은 먹지 않고
유향(乳香)이나 발삼의 즙을 먹고 살며
몰약과 계피로 마지막 순간을 맞이한다.   111

땅으로 잡아끄는 악마의 힘 때문인지
사람을 옥죄는 어떤 발작 때문인지
영문도 모르고 쓰러지는 사람¹⁹이   114

다시 일어났을 때, 자신이 겪은 커다란
고통 때문에 완전히 당황한 표정으로
주위를 둘러보며 한숨을 내쉬듯이,   117

다시 일어난 그 죄인이 그러하였다.
복수를 위해 그런 형벌을 던지시는
하느님의 권능은, 오, 얼마나 준엄한가!   120

17 위대한 고전 시인들.
18 여기에서 불사조(不死鳥), 즉 포이닉스에 대한 단테의 묘사는 오비디우스의 『변신 이야기』
15권 392~400행에 의거하고 있다.
19 간질 발작으로 쓰러지는 사람.

스승님은 그에게 누구였는가 물으셨고,
그는 대답했다. 「나는 토스카나에서
얼마 전에 이 잔혹한 구렁에 떨어졌소.   123

후레자식답게 사람보다 짐승의 생활을
좋아한 나는 반니 푸치[20]라는 짐승,
피스토이아[21]는 나에게 어울리는 소굴이었소.」   126

나는 스승께 말했다. 「그에게 도망치지 말라 하시고,
무슨 죄로 여기 처박혔는지 물어보십시오.
피와 약탈의 저자를 본 적 있습니다.」   129

내 말을 알아들은 죄인은 모른 척 않고
나에게 얼굴과 마음을 똑바로 쳐들었고,
사악한 부끄러움[22]에 얼굴빛이 변하더니   132

말했다. 「네가 보듯이 이렇게 비참한
내 모습을 너에게 들켰다는 것이, 내가
저 세상에서 죽었을 때보다 더 괴롭구나.   135

네가 묻는 것을 부정할 수 없으니,

20 Vanni Fucci. 피스토이아의 귀족 라차리 집안의 사생아. 격렬하고 파벌적인 성향으로 피스
토이아의 정치 싸움에 적극적으로 가담한 흑당의 일원이었고, 살인과 약탈을 일삼았다고 한다. 그
는 다른 공범과 함께 피스토이아 대성당에 들어가 성물을 훔쳤는데, 다른 사람이 억울하게 누명을
쓰고 처형당할 뻔하였다. 단테는 1292년경에 그를 개인적으로 알게 되었다.
21 Pistoia. 피렌체 근처의 도시로 당쟁이 끊이지 않던 이곳을 단테는 피렌체 못지않게 증오
하였다.
22 참회하는 부끄러움이 아니라, 자신의 처지를 들켰다는 부끄러움이다.

내가 이 아래 처박힌 것은 성구실에서
아름다운 성물들을 훔친 도둑이었는데,   138

다른 사람에게 누명이 씌워졌기 때문이다.
하지만 네가 이 어두운 곳을 벗어나면
여기에서 본 것을 즐기지 못하도록,   141

나의 예언에 귀를 열고 잘 듣도록 해라.
먼저 피스토이아에서 흑당이 사라지고[23]
피렌체의 백성과 풍습이 바뀔 것이다.[24]   144

마르스는 시커먼 구름으로 뒤덮인
마그라 계곡에서 번개[25]를 이끌어내
거칠고도 격렬한 폭풍우와 함께   147

피체노 벌판[26] 위에서 싸울 것이며,
격렬하게 안개를 흩어 버리고, 그래서
모든 백당은 상처를 입을 것이다.   150

네가 괴로워하도록 이런 말을 하였노라!」

23 1301년 피렌체 백당의 도움으로 피스토이아에서 백당이 승리하고 흑당이 쫓겨났다.
24 피스토이아의 사건에 뒤이어 같은 해 피렌체에서는 흑당이 백당을 몰아내게 된다.
25 마그라Magra강이 흐르는 계곡 루니자나(「지옥」 20곡 47~48행 참조) 지방의 모로엘로 말
라스피나 후작을 가리킨다. 그는 피렌체의 흑당과 연합하여 정쟁에 적극적으로 가담하였다.
26 Campo Piceno. 구체적으로 어디인지 분명하지 않으나, 아마 피스토이아의 영토로 생각
된다.

제25곡

반니 푸치는 저속한 손짓으로 하느님을 모독하다가 뱀들에게 고통을 당한다. 단테는 그곳에서 세 명의 피렌체 출신 도둑들이 뱀과 뒤섞여 끔찍한 형상으로 변신하는 광경을 바라본다. 사람이 뱀으로 변하고, 뱀이 사람으로 변하는 모습은 섬뜩하게 소름이 끼칠 정도로 생생하게 묘사된다.

말을 마치자 도둑놈은 두 손을 쳐들어
더러운 손가락질[1]을 보이며 외쳤다.
「하느님아, 이것이나 줄 테니 먹어라!」   3

그때부터 뱀들은 내 친구가 되었으니,
한 마리는 〈더 이상 네 말을 듣기 싫다〉
말하듯이 그놈의 모가지를 휘감았고,   6

다른 한 마리는 두 팔을 친친 감아서
머리와 꼬리로 앞에서 묶어 버렸으니
그놈은 손을 꼼짝할 수도 없었다.   9

아, 피스토이아, 피스토이아여, 너는
왜 재로 변하여 사라져 버리지 않고,
죄를 지음에 네 조상을 앞지르는가?[2]   12

---

1 주먹을 쥐고 집게손가락과 가운뎃손가락 사이로 엄지손가락을 내밀어 성교를 암시하는 저속한 손짓이다.
2 전설에 의하면 로마의 반역한 장군 카틸리나 부대의 사악한 잔당들이 피스토이아를 세웠다고 한다.

어두운 지옥의 모든 원들에서 하느님께
그처럼 무례한 영혼은 보지 못했고, 테바이
성벽에서 떨어진 놈[3]도 그렇지는 않았다.   15

그는 더 이상 말도 못하고 도망쳤는데,
분노한 켄타우로스 하나[4]가 달려오며
외쳤다. 「어디, 그 나쁜 놈이 어디 있냐?」   18

마렘마[5]의 뱀을 다 합쳐도, 사람 모습이
시작되는 곳까지 그 켄타우로스의 등에
실려 있는 뱀들만큼 많지는 않으리라.   21

그의 목덜미 뒤 어깨 위에는 날개를
펼친 용 한 마리가 타고 있었는데
닥치는 대로 누구에게나 불을 뿜었다.   24

스승님이 말하셨다. 「저놈은 카쿠스[6]란다.
아벤티누스 언덕의 바위들 아래에서
몇 차례나 피의 연못을 만들었지.[7]   27

자기 형제들과 함께 있지 않는 것은,[8]

3 「지옥」 14곡에 나오는 카파네우스.
4 뒤에 나오는 카쿠스. 그는 원래 켄타우로스족이 아닌데 단테가 임의적으로 바꾸었다.
5 Maremma. 토스카나 지방 서쪽 해안의 저지대 습지로 뱀이 많기로 유명하였다.
6 불카누스의 아들로 로마의 아벤티누스 언덕의 동굴에 살면서 헤라클레스의 소를 훔쳤는데, 소의 꼬리를 잡아 뒤로 끌고 가서 훔친 것을 속이려고 했다. 그러나 결국 발각되어 헤라클레스의 몽둥이에 맞아 죽었다.
7 훔친 가축을 잡아먹느라고 흘린 피들이 연못을 이루었다는 과장된 표현이다.
8 다른 켄타우로스들은 지옥의 일곱째 원에 있는 피의 강 플레게톤을 지키고 있다.

자기 이웃에 있던 수많은 가축 떼를
속임수를 써서 도둑질하였기 때문이다.   30

파렴치한 행동은 헤라클레스의 몽둥이에
의해 중단되었는데, 아마 백 대를 때렸으나
그는 열 대도 채 느끼지 못했으리라.」9   33

그렇게 말하는 동안 카쿠스는 지나갔고,
세 명의 영혼이 우리 아래로 다가왔지만
스승님이나 내가 미처 깨닫지 못하자   36

그들이 소리쳤다. 「그대들은 누구요?」
그리하여 우리는 대화를 중단하고
그들에게만 관심을 기울였다.   39

나는 그들을 알지 못했으나, 우연히
그런 일이 일어나듯이, 한 사람이
다른 사람의 이름을 부르며 말했다.   42

「그런데 찬파10는 어디로 갔을까?」
그래서 나는 스승님도 관심을 갖도록
내 손가락을 턱에서 코까지 갖다 댔다.11   45

9   헤라클레스는 아마 몽둥이로 수없이 많이 때렸겠지만, 열 대도 맞기 전에 죽었을 것이라는
뜻이다. 그러나 『아이네이스』에 의하면 헤라클레스는 카쿠스의 목을 졸라 죽였다고 한다.
10   Cianfa. 피렌체 도나티 가문 출신의 기사로 커다란 도둑이었다고 한다.
11   조용히 하라고 집게손가락으로 입을 가로막는 손짓.

독자여, 만약 지금 내가 말하는 것을
믿기 어렵더라도 놀라지 마오. 그것을
직접 본 나로서도 수긍하기 어려우니까.　　　　　　　48

내가 그들에게 눈썹을 치켜뜨고 있을 때
발이 여섯 개 달린 뱀 하나가 한 명에게
돌진하더니 그에게 완전히 달라붙었다.　　　　　　51

가운데 발들은 그의 배를 휘어 감았고
앞발들은 두 팔을 붙잡았으며 이어서
이쪽저쪽의 뺨을 이빨로 깨물었다.　　　　　　　54

뒤쪽 발들은 허벅지를 향하여 뻗었고
사타구니 사이로는 꼬리를 집어넣어
허리를 통해 등 위로 길게 뻗었다.　　　　　　　57

담쟁이덩굴이 아무리 나무에 들러붙어도
그 끔찍한 짐승이 자기 몸으로 다른 놈의
사지에 달라붙은 것 같지는 않으리라.　　　　　　60

그런 다음 둘은 뜨거운 밀랍으로 된 듯
서로 달라붙어 색깔을 뒤섞었고 이제
어떤 놈도 처음 색깔로 보이지 않았으니,　　　　　63

마치 불타오르기 전에 종이 위에서
아직은 검은색이 아니지만 하얀색이
사라지고 갈색으로 변하는 것 같았다.　　　　　　66

다른 두 놈이 그것을 보고 각자 외쳤다.
「아이고, 아뇰로,[12] 네가 변하는구나!
너는 이제 둘도 아니고 하나도 아니구나.」 69

머리 두 개는 이미 하나가 되었으니,
두 개의 얼굴이 있던 곳에 두 개의
모습이 하나의 얼굴로 뒤섞여 나타났다. 72

사지[13] 네 개는 두 개의 팔이 되었고,
허벅지와 다리, 배, 그리고 가슴은
전혀 본 적이 없는 형상이 되었다. 75

거기서 이전 모습은 완전히 사라졌고,
둘이면서 아무것도 아닌 기괴한 형상이
된 모습으로 느린 걸음걸이로 가버렸다. 78

무더운 여름날의 뜨거운 햇볕 아래
도마뱀이 다른 울타리로 건너가려고
번개처럼 길을 가로질러 달려가듯이, 81

후추 알맹이처럼 까맣고 납빛에다
불붙은[14] 작은 뱀 하나가 쏜살같이
남은 둘 중 하나의 배를 향해 달려왔고, 84

12 Agnolo. 피렌체의 브루넬레스키 가문 출신. 그는 어렸을 때부터 부모의 지갑을 털기 시작하여 나중에는 커다란 도둑이 되었다고 한다.
13 사람의 팔 두 개와 뱀의 앞발 두 개.
14 실제로 불이 붙은 것으로 볼 수 없으며, 따라서 다양하게 해석된다. 대개 분노에 가득 찬 눈이 이글거리는 것으로, 또는 입에서 불을 내뿜는 것으로 해석한다.

25 : 75
전혀 본 적이 없는 형상이 되었다.

두 사람 중 하나에게 달려들어 최초로
우리의 영양을 섭취하던 부분[15]을 꿰뚫은
다음 그의 앞에 떨어져 길게 몸을 뻗었다.   87

꿰뚫린 자는 뱀을 바라보았지만 아무
말도 없이 꼼짝 않고 하품을 했는데
마치 졸음이나 열병에 취한 것 같았다.   90

사람은 뱀을, 뱀은 사람을 바라보았고,
사람은 상처를 통해, 뱀은 입을 통해
강한 연기를 내뿜었고 연기끼리 부딪쳤다.   93

불쌍한 사벨루스와 나시디우스에 대하여
이야기하는 곳에서,[16] 루카누스여, 입을
다물고 이제 전개될 이야기를 들어 보시라.   96

오비디우스여, 카드모스와 아레투사에 대해[17]
침묵하시라. 남자는 뱀으로, 여자는 샘으로
변하는 시구를 지었어도 나는 부럽지 않소.   99

15   배꼽.
16   루카누스(「지옥」 4곡 90행)의 『파르살리아』 9권 761~805행에 의하면, 카토의 군대가 리
비아 사막에 이르렀을 때 두 병사가 무서운 독사에게 물렸다. 사벨루스는 뱀의 독으로 생긴 체내의
고열에 불타서 재가 되어 죽었고, 나시디우스는 뱀에게 물린 후 온몸이 부어서 입었던 갑옷이 터져
죽었다.
17   오비디우스의 『변신 이야기』에 나오는 일화들을 가리킨다. 테바이를 세운 카드모스는 나중
에 여러 나라를 유랑하다 뱀이 되었고, 뒤따라서 그의 아내 하르모니아도 뱀이 되었다.(4권
563~603행 참조) 아레투사는 디아나를 섬기는 님페였는데, 강의 신 알페이오스의 사랑을 받아 쫓
기게 되자 디아나에게 기도하여 샘으로 변하였다.(5권 572~603행 참조)

왜냐하면 마주 보는 두 존재가 완전히
뒤바뀌어 두 가지 형식이 모두 질료까지
서로 바뀌도록 하지는 못했기 때문이오.   102

그 둘은 바로 그런 법칙에 따랐으니,
뱀의 꼬리는 두 갈래로 갈라졌으며
꿰뚫린 자의 두 발은 하나로 합쳐졌다.   105

두 개의 다리는 허벅지와 함께 서로
달라붙어 순식간에 접합된 부분이
아무런 흔적도 보이지 않게 되었다.   108

갈라진 꼬리는 상대방에게서 없어지는
형상을 갖추고 피부가 부드러워졌으며,
상대방의 피부는 단단하게 굳어졌다.   111

두 팔은 겨드랑이 속으로 들어갔으며,
그 팔이 짧아지는 것만큼 짤막하던
뱀의 두 발이 길어지는 것을 보았다.   114

그런 다음 함께 뒤엉킨 뱀의 뒷발은
사람에게서 사라지는 생식기가 되었고,
불쌍한 사람의 그것은 둘로 갈라졌다.   117

연기가 둘을 이상한 색깔로 뒤덮는 동안
한 놈에게서는 몸에 털이 자라났고
다른 한 놈에게서는 털이 사라졌으며,   120

하나는 일어났고 다른 하나는 쓰러졌으나
서로의 불경스런 눈빛을 돌리지 않았고
그 눈빛 아래 각자의 얼굴이 변하였다.   123

서 있던 놈은 주둥이를 관자놀이 쪽으로
끌어당겼고, 그쪽에서 넘치는 살점은
귀가 되어 밋밋하던 뺨에서 솟아 나왔다.   126

뒤로 밀려나지 않고 그 자리에 있던
남은 살점은 얼굴에서 코가 되었고,
적당하게 두툼해진 입술이 되었다.   129

누워 있던 놈은 주둥이를 앞으로
내밀었고 달팽이가 뿔을 집어넣듯이
귀들을 머리 안쪽으로 끌어당겼으며,   132

전에는 단일하고 말을 할 수 있었던
혓바닥이 갈라졌고, 다른 놈의 갈라진
혀는 하나로 합쳐지면서 연기가 그쳤다.   135

뱀이 되어 버린 영혼은 쉭쉭거리면서
구렁으로 달아났고 그 뒤에 남아 있던
다른 놈은 말을 하면서 침을 뱉었다.   138

그는 새로운 어깨를 돌려 다른 놈[18]에게

18 변신되지 않고 남아 있던 영혼.

말했다. 「내가 그랬던 것처럼 부오소[19]도
이 구렁을 기어서 달려갔으면 좋겠군.」 141

그렇게 나는 일곱째 구렁이 변신하고
바뀌는 것을 보았는데, 여기서 펜이
약간 혼란해도 새로움[20]을 용서하시라. 144

비록 나의 눈은 약간 혼란스러웠고
마음마저 어수선하였지만 그들이
몰래 달아나 버릴 수는 없었기에, 147

나는 바로 알아보았으니, 처음에 왔던
세 동료들 중 유일하게 변하지 않은 자는
푸치오 쉬안카토[21]였고, 다른 자는 150

가빌레여, 네가 원망하는 놈[22]이었다.

19 Buoso. 구체적으로 그가 누구인지 알려져 있지 않다.
20 변신이라는 주제의 새로움과 특이함을 가리킨다.
21 Puccio Sciancato. 피렌체 기벨리니파에 속하는 갈리가이 가문 출신의 도둑이었다.
22 프란체스코 데이 카발칸티Francesco dei Cavalcanti를 가리킨다. 그는 피렌체 근처의 작은 마을 가빌레Gaville 사람들에게 죽임을 당했고, 그에 대한 복수로 많은 가빌레 사람들이 살해되었다.

제26곡

단테는 고향 피렌체의 타락에 대해 한탄한다. 시인들은 여덟째 구렁에 도착하는데, 그곳에는 사기와 기만을 교사한 죄인들이 타오르는 불꽃 속에 휩싸여 있다. 베르길리우스는 그중에서 울릭세스의 영혼에게 말을 걸고, 그는 고전 신화의 이야기와는 달리 금지된 미지의 바다까지 항해하다가 난파당해 죽었다고 이야기한다.

기뻐하라 피렌체여,[1] 너는 너무 위대하여
땅과 바다에 날개를 퍼덕이고도 모자라
지옥에까지 너의 이름을 떨치고 있으니!   3

나는 도둑들 중에서 너의 시민들을
다섯 명[2]이나 보았으니 부끄럽고,
너는 이보다 더 큰 영광이 없을 것이다.   6

하지만 만약 새벽녘에 진실을 꿈꾼다면,
오래 지나지 않아 너는 누구보다도
프라토[3]가 너에게 원하는 것을 느끼리라.   9

이미 그렇게 되었어도 이르지 않으니,
마땅히 그렇게 되었다면 좋으련만!
내 나이가 들수록 더욱 괴로울 테니까.   12

---

1 여기에서 단테는 부패한 피렌체를 역설적인 표현으로 비난하고 있다.
2 앞의 25곡에서 뱀이나 사람으로 변신한 도둑들의 영혼 찬파, 아뇰로, 쉬안카토, 부오소, 프란체스코.
3 Prato. 피렌체 북서쪽의 가까운 도시이다. 프라토를 비롯하여 피렌체의 지배하에 있는 모든 도시들이 피렌체의 파멸을 바라고 있다는 뜻이다.

우리는 그곳을 떠났고, 스승님은
조금 전에 내려왔던 바위 계단으로
다시 오르면서 나를 이끌어 주셨으며,   15

돌다리의 험하고 깨진 바위 사이로
외로운 길을 따라서 나아갔으니
손 없이 발만으로는 갈 수 없었다.   18

그때 내가 본 것으로 나는 괴로웠고,
이제 와서 생각해도 여전히 괴롭다.
덕성의 인도 없이 지나치지 않도록[4]   21

여느 때보다 내 재능을 억제하니,
착한 별[5]이나 은총이 나에게 재능을
주었다면 지나치게 남용하지 않으련다.   24

온 세상을 밝혀 주는 태양이 우리에게
자신의 얼굴을 덜 감추는 계절에,[6]
또 파리가 모기에게 밀려나는 시각에,[7]   27

언덕에서 쉬고 있는 농부가 아래 계곡,

4 단테는 이 여덟째 구렁에 있는 사기꾼들인 기만을 교사한 자들에 대해 비교적 너그러운 태도
를 보인다. 그들의 죄는 바로 하느님의 선물인 자신의 재능을 억제하지 못하고 지나치게 남용했기
때문이라 생각한다. 따라서 시인으로서 자신의 재능에 대해서도 신중함을 기하려고 노력한다는 의
미이다.
5 단테의 별자리이다.(「지옥」 15곡 55~57행 참조)
6 낮이 길고 밤이 짧은 계절인 여름.
7 밤이 될 때.

포도를 수확하고 쟁기질하던 곳에서
무수히 많은 반딧불이들을 보듯이,   30

그렇게 많은 불꽃들로 여덟째 구렁이
온통 반짝이고 있는 것을, 나는 바닥이
보이는 지점에 도착하여 깨달았다.   33

마치 곰들과 함께 복수하던 자[8]가,
말들이 하늘로 치솟아 날아오르며
엘리야[9]의 마차가 떠나는 것을 보고   36

눈길로 그 뒤를 쫓아 바라보지만
작은 구름처럼 높이 올라가는
불꽃밖에 볼 수 없었던 것처럼,   39

모든 불꽃이 구렁 바닥에서 움직였고
그 안에 감춘 것을 보이지 않았지만,
각각의 불꽃은 죄인을 휘감고 있었다.   42

돌다리 위에서 몸을 내밀어 바라보던
나는 만약 바위 하나를 붙잡지 않았다면
그대로 아래로 곤두박질했을 것이다.   45

---

8 「열왕기 하권」 2장 23~24절에 나오는 예언자 엘리사. 길을 가던 중 아이들이 그의 대머리를
놀리자 그는 주님의 이름으로 저주하였다. 그러자 숲에서 암곰 두 마리가 나와 아이들 42명을 찢어
죽였다.
9 예언자이며 엘리사의 스승. 임종 시 그는 불 말이 끄는 불 수레를 타고 회오리바람에 휩싸여
승천하였다.(「열왕기 하권」 2장 11절 참조)

내가 그렇게 몰두한 것을 본 스승님이
말하셨다.「불꽃 안에는 영혼들이 있는데,
각자 불태우는 불꽃에 둘러싸여 있단다.」 48

나는 말했다.「스승님, 당신의 말을 들으니
더욱 확실한데, 저는 그러리라 생각하여
스승님께 벌써 말하려고 했습니다. 51

에테오클레스[10]가 형제와 함께 불타던
장작더미에서 솟아오르듯이, 저렇게
위에 갈라진 불꽃 안에는 누가 있습니까?」 54

그분은 대답하셨다.「저 안에는 울릭세스와
디오메데스[11]가 고통받고 있는데, 함께
분노[12]에 거역했듯이 함께 벌받고 있단다. 57

그들은 로마인들의 고귀한 조상[13]이
나가도록 문을 만들어 주었던 목마의
기습을 저 불꽃 안에서 한탄하고 있으며, 60

---

10 테바이의 왕 오이디푸스의 아들. 눈이 먼 아버지가 유배당하자, 자기 형제 폴리네이케스와 교대로 통치하기로 약속했으나 이를 어기고 통치권을 넘기지 않았다. 결국 형제는 결투를 벌였고 둘 다 죽었다. 둘의 시체를 화장했는데 그 불꽃마저 두 갈래로 갈라져 타올랐다고 한다.

11 울릭세스(그리스 신화에서는 오디세우스)와 디오메데스는 트로이아 전쟁의 영웅들로 함께 갖가지 전략으로 트로이아 사람들을 괴롭혔다. 둘은 함께 아킬레스를 전쟁에 참가하도록 유인했고, 목마의 계략을 고안했고, 트로이아 사람들에게 신성한 여신상 팔라디온을 훔치기도 했다.

12 하느님의 분노.

13 아이네아스. 그는 트로이아가 함락된 후 이탈리아로 건너가 로마인들의 조상이 되었다. 목마의 계략은 10년 동안 굳게 닫혔던 트로이아의 성문을 열어 준 계기가 되었다.

26: 47~48

불꽃 안에는 영혼들이 있는데, 각자 불태우는 불꽃에 둘러싸여 있단다.

죽은 데이다메이아[14]가 아킬레스 때문에
지금도 괴로워하게 만든 술수를 통곡하고,
또한 팔라디온[15]의 형벌을 받고 있노라.」 63

나는 말했다. 「저 불꽃 안에서도 저들이
말할 수 있다면, 스승님, 부탁하고
또 부탁하여 천 번이라도 부탁하오니, 66

저 뿔 돋친 불꽃이 이곳에 올 때까지
제가 기다리는 것을 막지 마시고,
그에게 몸을 숙인 저를 보십시오!」 69

그분은 말하셨다. 「너의 부탁은 많은 칭찬을
받을 만하니, 내가 들어주겠노라.
하지만 너의 혀는 억제하도록 해라. 72

네가 원하는 바를 잘 아니 말하는 것은
나에게 맡겨라. 그들은 그리스인들이었기에
혹시 너의 말을 꺼릴 수도 있으니까.」[16] 75

---

14 스키로스섬의 왕 리코메데스의 딸. 아킬레스가 소년일 때, 어머니 테티스는 그가 트로이아 전쟁에서 죽을 운명이라는 것을 알고, 아들을 여자로 분장시켜 리코메데스에게 맡겼다. 아킬레스는 여자들의 방에서 살았으나, 데이다메이아는 그를 사랑했다. 그런데 울릭세스와 디오메데스가 상인으로 변장하여 아킬레스를 찾아냈고, 결국 그는 트로이아 전쟁에 참가하게 되었다. 아킬레스와의 사이에 아들까지 둔 데이다메이아는 이별을 슬퍼하여 자결했다.

15 트로이아에 있던 미네르바(로마 신화에서는 아테나)의 여신상. 이것을 소유하는 쪽이 전쟁에 이길 것이라는 예언에 따라 울릭세스와 디오메데스는 함께 이 여신상을 훔쳤다.

16 이 구절에 대한 해석은 다양하지만, 그리스인들이 원래 오만하였기 때문이라는 해석이 지배적이다.

그런 다음 불꽃이 우리 쪽으로 오자
길잡이께서 적절한 때와 장소를 골라
그들에게 이렇게 말하는 것이 들렸다.   78

「오, 불 하나에 함께 있는 그대들이여,
내가 살았을 때 그대들에게 유용하였다면,
세상에서 고귀한 시구들을 썼을 때   81

크든 작든 그대들에게 유용하였다면,
움직이지 말고 그대들 중 하나가
어디에서 방황하다 죽었는지[17] 말해 주오.」   84

그 오래된 불꽃의 더 큰 갈래[18]가
마치 바람에 흔들리는 불꽃처럼
중얼거리며 흔들리기 시작하였고,   87

이어서 마치 말하고 있는 혀처럼
끄트머리가 이리저리 흔들리면서
밖으로 목소리를 내뱉으며 말했다.   90

「아이네아스가 가에타[19]라 부르기 전

17 호메로스의 『오디세이아』에 의하면 울릭세스는 트로이아 전쟁이 끝난 뒤 10년 동안 바다를
떠돌다가 고향 이타케(라틴어 이름은 이타카)에 돌아와 처자를 기쁘게 해주었다. 그런데 여기에서
단테는 그가 부하들을 데리고 미지의 바다로 나갔다가 난파당하여 죽었다고 이야기한다. 그것이 중
세에 떠돌던 이야기를 인용하는 것인지, 아니면 단테의 창작인지 알 수 없다.
18 울릭세스. 그는 디오메데스보다 더 중요한 역할을 한 것으로 보기 때문이다.
19 Gaeta. 로마와 나폴리 사이 해안의 작은 도시로, 아이네아스가 자신의 유모 가에타의 시신
을 이곳에 묻었기 때문에 그렇게 불렸다. 고전 신화에 나오는 키르케가 살았다는 키르케오Circeo곶
이 이곳에 있다.

그곳에 1년 넘게 나를 잡아 두었던
키르케[20]에게서 내가 떠났을 때,   93

자식에 대한 애정도, 늙은 아버지에
대한 효성도, 페넬로페[21]를 기쁘게
해주었어야 하는 당연한 사랑도,   96

인간의 모든 악덕과 가치에 대해,
세상에 대해 알고 싶은 내 가슴속의
열망을 억누를 수는 없었으며,   99

그리하여 나는 단 한 척의 배에다
나를 버리지 않은 몇몇 동료와 함께
광활하고 깊은 바다를 향해 떠났노라.   102

스페인까지, 모로코까지, 이쪽저쪽의
해안을 보았고, 사르데냐섬을 비롯하여
그 바다[22]가 적시는 섬들을 둘러보았지.   105

나와 동료들이 늙고 더디어졌을 무렵,
인간이 더 이상 넘어가지 못하도록
헤라클레스가 그 경계선을 표시해 둔   108

20 태양의 신 헬리오스의 딸로 마법에 뛰어난 님페였는데, 자신의 섬에 표류해 온 울릭세스의
부하들을 돼지로 만들었고, 1년 동안 울릭세스와 함께 지냈다.
21 울릭세스의 아내로 그녀는 결혼의 정숙함과 인내의 표상이었다.
22 지중해.

좁다란 해협[23]에 우리는 이르렀으며,
오른쪽으로는 세비야[24]를 떠났고
왼쪽으로는 세우타[25]를 이미 떠났노라.   111

나는 말했지. 〈오, 형제들이여, 수많은
위험들을 거쳐 그대들은 서방[26]에
이르렀고, 우리에게 남은 감각들의   114

얼마 남지 않은 막바지에 이르렀지만,
태양의 뒤를 따라 사람 없는 세상을
경험하고 싶은 욕망을 거부하지 마라.   117

그대들의 타고난 천성을 생각해 보라.
짐승처럼 살려고 태어난 것이 아니라
덕성과 지식을 따르기 위함이었으니.〉   120

이러한 짧은 연설에 내 동료들은
모험의 열망에 불타오르게 되었으니
나중에는 말리기도 어려울 지경이었고,   123

그래서 우리의 고물을 동쪽으로 향해[27]

---

23   지브롤터 해협. 헤라클레스는 12가지 과업 중의 하나로 게리온의 소를 훔치기 위해 세상의
서쪽 끝으로 가던 도중 지브롤터 해협의 양쪽 산에 〈헤라클레스의 기둥〉을 세웠는데, 스페인 쪽은
아빌라산, 모로코 쪽은 칼페산이었다고 한다. 아빌라는 세우타의 해발 204미터의 아초산을 가리키
고, 칼페는 모로코의 해발 839미터의 제벨 무사산이다.
24   스페인 서남쪽에 있는 도시.(「지옥」 20곡 126행 참조)
25   Ceuta. 이베리아반도와 마주하고 있는 아프리카 북부 해안의 도시.
26   당시에 알려진 세상의 서쪽 끝이다.

대담한 항해를 위하여 노의 날개를
펼쳤고 계속하여 왼쪽으로 나아갔지.   126

밤이면 다른 극[28]의 모든 별들이
보였고, 우리의 극[29]은 점차 낮아져
바다의 수면 위로 솟아오르지 않았다.   129

우리가 그 험난한 모험 속으로 들어간
이후로 달 아래의 빛이 다섯 차례나
밝혀졌다가 또다시 꺼졌을 무렵[30]   132

거리 때문인지 희미하게 보이는
산[31] 하나가 눈앞에 나타났는데,
전혀 본 적이 없는 높다란 산이었지.   135

우리는 기뻐했지만 이내 통곡으로
변했으니, 그 낯선 땅에서 회오리바람이
일어나 뱃머리를 후려쳤기 때문이었노라.   138

배는 바닷물과 함께 세 바퀴 맴돌았고
네 번째에는, 그의 뜻대로,[32] 이물이

27 말하자면 뱃머리를 서쪽으로 향하였다. 그리고 계속 왼쪽으로(126행) 나아감으로써 지브
롤터 해협을 빠져나온 이후 항로는 서남쪽을 향하고 있다.
28 남극.
29 북극.
30 그러니까 5개월이 지난 뒤에.
31 남반구의 바다 한가운데에 솟아 있다고 믿었던 연옥의 산이다.
32 하느님의 뜻이다. 하느님은 살아 있는 인간이 연옥의 산에 가는 것을 금하였다는 것이
다.(「연옥」 1곡 131행 이하 참조)

위로 들리고 고물이 아래로 처박혔으니,   141

마침내 바다가 우리 위를 뒤덮었노라.」

제27곡

뒤이어 다른 불꽃 하나가 말하는데, 그는 군인이었다가 나중에 수도자가 된 몬테펠트로 사람 귀도의 영혼이다. 단테는 그에게 로마냐 지방의 현재 상황에 대해 설명해 주고, 그는 자신이 지옥에 끌려온 내력을 이야기한다. 그는 교황 보니파키우스 8세의 이익을 위해 간교한 술책을 권하였고, 그 속임수 충고로 인해 지옥에 떨어졌다고 말한다.

더 이상 말이 없자 불꽃은 잠잠해졌고
위로 반듯하게 치솟았으며, 인자하신
시인의 허락과 함께 우리는 떠났다.   3

그때 뒤따르던 다른 불꽃 하나가
불분명한 소리를 밖으로 냈기에
우리는 그 불꽃으로 시선을 돌렸다.   6

당연한 일이었지만, 자신을 줄로
다듬어 준 자의 울음소리로 맨 처음
울부짖었던 시칠리아의 암소[1]가   9

고통받는 자의 목소리로 울부짖으면,
온통 구리로 되어 있지만, 고통에
찢기는 사람의 신음처럼 들리듯이,   12

---

1 아테나이의 명장 페릴루스가 시칠리아섬의 폭군 팔라리스에게 만들어 준 구리 암소. 죄인들을 처형할 때 그 암소 안에 넣고 불태워 죽였는데, 그 신음 소리가 암소의 울부짖는 소리가 되도록 만들었다. 팔라리스는 바로 그 제작자 페릴루스를 첫 번째 실험 대상자로 삼았다고 한다.

처음에는 불 속에서 빠져나갈
구멍이나 길도 찾지 못하였던
고통의 소리가 불의 말로 바뀌었다.   15

그 소리들이 불꽃 끄트머리에서
출구를 찾은 다음, 혓바닥의
흔들림이 통과할 수 있게 되자   18

이런 말이 들려왔다. 「오, 롬바르디아
말로 〈이제 붙잡지 않을 테니 가시오〉²
말했던 그대³여, 그대에게 말하니,   21

혹시 내가 약간 늦게 도착하였다고
나와 함께 이야기하기를 꺼려 마오.
나는 꺼릴 것도 없이 불타고 있소!   24

그대 만약 내가 온갖 죄악을 저지르던
그 달콤한 라틴 땅으로부터 이제 막
이 눈먼 세상에 떨어졌다면 말해 주오,   27

로마냐⁴ 사람들은 지금 평화로운지,
아니면 전쟁을 하는지. 나는 우르비노⁵와

---

2   원문은 〈*Istra ten va, più non t'adizzo*〉로 되어 있는데, 베르길리우스의 고향 롬바르디아 사투리이다.
3   롬바르디아 출신의 베르길리우스에게 하는 말이다.
4   이탈리아 북부 지방으로 공식적인 이름은 에밀리아로마냐Emilia-Romagna이다.
5   Urbino. 이탈리아 중부 동쪽의 작은 도시이다.

테베레 발원지 사이의 산골 사람[6]이오.」   30

나는 고개를 숙이고 생각에 잠겼는데,
길잡이께서 내 옆구리를 찌르며 말하셨다.
「네가 말해라, 저자는 라틴 사람이다.」   33

나는 이미 대답을 준비하고 있었기에
아무 망설임 없이 말하기 시작했다.
「오, 아래의 불 속에 숨겨진 영혼이여,   36

그대의 로마냐는 예나 지금이나 폭군들의
마음속에서 전쟁이 사라진 적이 없지만
내가 떠났을 때 명백한 전쟁은 없었소.   39

라벤나[7]는 오랫동안 그대로이니,
폴렌타의 독수리[8]가 품고 있으며
체르비아[9]까지 날개로 뒤덮고 있지요.   42

이미 오랜 시련을 겪었고 또 프랑스
사람들의 핏덩이를 이루었던 땅[10]은

6   테베레강의 발원지는 이탈리아 중부 동쪽의 코로나로산에 있고, 그곳과 우르비노 사이에는
몬테펠트로가 있다. 그곳 출신 귀도Guido는 로마냐 지방을 다스리던 기벨리니파의 우두머리였다.
7   로마냐 지방 해안의 도시이다.(「지옥」 5곡 98~99행 참조) 유랑 생활을 하던 단테는 이곳에
서 마지막 삶을 보냈으며 지금도 그의 무덤이 이곳에 있다. 1300년경에는 폴렌타 가문의 귀도가 그
곳의 영주였다.
8   폴렌타Polenta 가문의 문장. 절반은 파란 바탕에 하얀색으로, 절반은 금빛 바탕에 빨간색으
로 그려져 있다.
9   Cervia. 라벤나 아래 해안의 작은 도시이다.

지금 푸른 발톱¹¹ 아래 놓여 있답니다.   45

몬타냐를 괴롭히던 베루키오의 늙은
사냥개와 젊은 사냥개¹²는 그곳에서
여전히 송곳 같은 이빨을 드러내고 있소.   48

라모네와 산테르노의 도시들¹³은
여름에서 겨울 사이에 당파를 바꾸는
흰 보금자리의 새끼 사자¹⁴가 이끌고,   51

사비오강이 옆구리를 적시는 도시¹⁵는
산과 들판 사이에 자리 잡고 있듯이
폭정과 자유 사이에서 살고 있지요.   54

이제 그대가 누구인지 말해 주기 바라오.
그대 이름이 세상에서 지속되기 바란다면,
다른 자들¹⁶보다 강하게 거부하지 마오.」   57

---

10   로마냐 지방 도시 포를리Forlì를 가리킨다. 이곳은 기벨리니파가 다스렀는데, 1281∼83년
교황 마르티누스 4세가 프랑스와 이탈리아 연합군을 이끌고 이곳을 포위 공격하였다. 그러나 계략
이 풍부한 몬테펠트로 사람 귀도는 포위한 군대 속으로 교묘하게 침투하여 대학살을 감행하였다.

11   오르델라피Ordelaffi 가문의 문장. 금빛 바탕에 푸른색 사자 발톱이 그려져 있다.

12   베루키오Verrucchio는 리미니 근교에 있는 성으로 「지옥」 5곡에 나오는 파올로와 잔치오토
의 아버지 말라테스타의 소유였다. 말라테스타와 그의 장남 말라테스티노(〈늙은 사냥개와 젊은 사
냥개〉)는 리미니 기벨리니파의 우두머리 몬타냐Montagna를 몰아내고 권력을 장악하였다.

13   라모네Lamone강 가의 파엔차Faenza와, 산테르노Santerno 호숫가의 도시 이몰라Imola를
가리킨다.

14   마기나르도 파가니Maghinardo Pagani의 문장으로 하얀 바탕에 파란 사자가 그려져 있다.
여름에서 겨울 사이에 당파를 바꾼다는 것은 상황에 따라 자주 정치적 입장을 바꾸었다는 뜻이다.

15   사비오Savio강 가의 도시 체세나Cesena.

16   지옥에서 단테가 질문했던 다른 영혼들을 가리킨다.

불꽃은 으레 그렇듯이 잠시 동안
뾰족한 <u>끄</u>트머리를 이쪽저쪽으로
흔들더니 이러한 한숨을 토해 냈다.　　　　　　　　　60

「만약에 세상으로 돌아갈 사람에게
내가 대답해야 한다는 것을 알았다면,
이 불꽃은 흔들리지 않았을 것이오.[17]　　　　　　63

그렇지만 이 깊은 바닥에서 아무도
살아 나가지 못했으니, 그게 사실이라면
치욕을 두려워 않고 그대에게 대답하리다.　　　　66

나는 군인이었다가 수도자[18]가 되었는데
허리를 묶으면 속죄하리라 믿었기 때문이오.
만약 그 저주받을 높은 사제[19]가 없었다면,　　　69

내 믿음은 분명 완전히 실현되었을 텐데!
그는 나를 예전의 죄악으로 몰아넣었으니
어떻게 또 왜 그랬는지 들어 보기 바라오.　　　　72

어머니가 주신 뼈와 살의 형체를
아직 지니고 있던 동안 내 행실은
사자보다 오히려 여우의 짓이었지요.[20]　　　　75

17　아예 말을 꺼내지도 않았을 것이다.
18　원문에는 *cordigliero*, 즉 〈끈을 묶은 자〉로 되어 있다. 프란치스코 수도회의 수도자들은 끈을 허리에 묶고 다니기 때문에 그렇게 불렸다. 귀도는 1297년 프란치스코 수도회에 들어갔다가 1298년에 사망하였다.
19　교황 보니파키우스 8세를 가리킨다.

나는 온갖 기만과 술책들을 알았고
그 기술들을 능숙하게 사용하였으니
땅 끝까지 소문이 퍼졌답니다.   78

각자 자신의 돛을 내리고 밧줄들을
사려 감아야 하는 그러한 나이에
내가 마침내 이르렀음을 알았을 때,   81

전에는 즐겁던 것이 이제는 싫어져
나는 참회하고 고백을 하였으니, 아,
불쌍한 신세여! 구원받을 수 있었을 텐데.   84

그 새로운 바리사이 사람들의 왕[21]은
라테라노[22]에서 전쟁을 하고 있었으니,
사라센이나 유대인들과의 전쟁이 아니라   87

바로 그리스도인들이 그의 적이었고
아크레[23]를 정복하는 것도, 술탄의
땅에서 장사꾼을 치는 것도 아니었소.   90

최고의 직분이나 성스러운 임무도

---

20 사자의 용맹보다 여우의 간교한 술책들에 능통하였다는 뜻이다.
21 교황 보니파키우스 8세.
22 Laterano. 로마에 있는 궁전으로 당시 교황의 거처였는데, 콘스탄티누스 황제가 교황 실베스테르 1세에게 선사하였고, 오늘날까지 로마 주교좌성당으로 사용되고 있다.
23 아크레Acre(현재의 아코)는 예루살렘 북서부의 작은 도시로 십자군 원정 후 그리스도교 진영의 마지막 보루였으며, 1291년 이슬람 진영에 의해 점령당함으로써 2세기에 걸친 십자군 전쟁은 종지부를 찍게 되었다.

돌보지 않았고, 허리를 야위게 하는
끈[24]이 나에게 묶인 것도 존중하지 않았소.   93

콘스탄티누스가 소라테산의 실베스테르에게
문둥병을 낫게 해달라고 부탁하였듯이,[25]
그자는 내가 의사인 것처럼 찾아와서   96

자기 오만의 열병을 낫게 해달라고
나에게 충고를 구했지만, 그의 말이
거만하게 보였기에 나는 침묵했지요.   99

그러자 그가 말했소. 〈두려워하지 마라.
네 죄를 사면하니, 팔레스트리나[26]를
어떻게 땅에 내동댕이칠지 가르쳐 다오.   102

나는 하늘을 열고 닫을 수 있다는 것을
너도 알 것이며, 그 열쇠[27]는 두 개인데,

24   프란치스코회 수도자들은 가난과 청빈의 삶을 실천하며, 따라서 허리에 묶는 끈은 청빈을
상징한다.
25   중세의 전설에 의하면, 그리스도교를 박해하던 로마 황제 콘스탄티누스는 나병에 걸렸는
데, 아이들의 피로 목욕하면 낫는다는 말을 듣고 그렇게 하려고 했다. 그러나 아이어머니들의 애절
한 울부짖음에 차라리 자신이 죽으려고 결심했다. 그때 베드로와 바오로가 꿈에 나타나 교황 실베
스테르 1세를 찾아가라고 하였다. 교황 실베스테르는 박해를 피해 소라테Soratte산에 숨어 있었는
데, 황제가 찾아오자 나병을 낫게 해주고 세례를 주었으며, 황제는 그리스도교를 공인하고 재물을
바쳤다고 한다.(「지옥」 19곡 115~117행 참조) 『제정론De monarchia』 3권 10장 1절에서 단테는
〈황제 콘스탄티누스가 그 당시 교황 실베스테르의 전구(傳求)를 힘입어 나병에서 깨끗해진 다음에,
제국의 수도 즉 로마를 제권의 수많은 품위들과 더불어 교회에 증여하였다〉(성염 옮김, 『제정론』,
철학과현실사, 1997, 205면)고 주장한다.
26   Palestrina(당시의 이름은 페네스트리노Penestrino). 로마 동쪽의 소읍으로 보니파키우스
8세와 대립하던 콜론나 가문의 본거지였다.
27   교황에게 맡긴 하늘나라 열쇠.

내 선임자²⁸는 소중히 간직하지 않았지.〉   105

그 권위 있는 논리는 나를 부추겼고,
나는 침묵이 더 나쁘리라 생각하여
말했지요. 〈아버지, 제가 곧 떨어질   108

죄악으로부터 저를 사면해 주시니,
약속은 길게, 이행은 짧게 하시면²⁹
높은 보좌에서 꼭 승리하실 것입니다.〉   111

나중에 내가 죽었을 때 프란치스코³⁰께서
나를 위해 오셨지만, 검은 천사³¹ 하나가
말했지요. 〈데려가지 마오, 그건 부당하오.   114

이놈은 속임수 충고를 했기 때문에
아래로 내 부하들에게 내려가야 하오.
그때부터 내가 이놈 머리채를 잡고 있소.   117

뉘우치지 않는 자는 죄를 벗을 수 없고,

---

28 1294년 교황의 자리에서 스스로 물러난 카일레스티누스 5세.
29 많은 약속을 하고 그 이행을 늦추거나 하지 않는 것을 뜻한다. 보니파키우스 8세는 교황에
선출될 때부터 로마의 유력한 콜론나 가문과 대립하여 그들을 무력화하려고 했는데, 결국 최후 거
점인 팔레스트리나를 함락하여 굴복시켰다. 이 과정에서 속임수로 많은 약속만 하였다는 것인데,
그것은 아마 날조된 이야기일 것으로 추정된다.
30 아시시 출신 프란치스코 성인(1182~1226)을 가리킨다(이탈리아어 이름은 〈프란체스코〉
이지만 관용에 따라 〈프란치스코〉로 옮긴다). 부유한 상인의 아들로 태어나 청년기의 방탕한 생활
을 버리고 그리스도의 정신을 이어받아 가난과 사랑을 실천하는 수도회를 창설하였다. 그가 프란치
스코회 수도자였던 귀도를 천국으로 데려가기 위해 왔다는 것이다.
31 지옥의 악마.

뉘우치면서 동시에 원할 수 없으니[32]
그런 모순은 허용되지 않기 때문이오.〉   120

아, 괴로운 몸이여! 그놈이 나를 붙잡고
〈너는 내가 논리가임을 생각 못했겠지〉
하고 말했을 때, 나는 얼마나 떨었던가.   123

나는 미노스에게 끌려갔고, 그는 등 뒤로
꼬리를 여덟 번 단단히 휘감고 아주
화가 난 듯 꼬리를 물면서 말하더군요.   126

〈이놈은 도둑 불꽃의 죄인이로군.〉
그래서 보다시피 이곳에 떨어졌고
이런 옷[33]을 입고 고통받고 있답니다.」   129

그가 그렇게 자기 말을 마쳤을 때
불꽃은 뾰족한 끄트머리를 비틀면서
몸부림을 치더니 이내 떠나 버렸다.   132

나와 나의 길잡이는 돌다리를 넘어가
마침내 다음 활꼴 다리에 이르렀는데,
그 아래의 구렁에서는 분열시키는   135

죄를 지은 자들이 대가를 치르고 있었다.

---

32 죄를 뉘우치면서 동시에 그 죄를 저지르고자 원하는 것은 불가능하기 때문이다.
33 불꽃의 옷.

제28곡

아홉째 구렁에서 단테는 종교나 정치에서 불화의 씨앗을 뿌린 자들의 영혼을 본다.
그들은 신체의 여러 곳이 갈라지는 형벌을 받고 있다. 처참한 형상으로 찢어진 무함
마드의 영혼이 단테에게 말한다. 그리고 메디치나 사람 피에르가 다른 영혼들을 소개
하고, 보른의 베르트랑은 자신의 잘린 머리를 등불처럼 들고 있는 소름 끼치는 모습
으로 이야기한다.

아무리 쉽게 풀어 쓴 말로 여러 번
반복해도 방금 내가 본 피와 상처를
그 누가 충분히 이야기할 수 있을까?   3

분명 어떠한 언어도 부족할 것이니,
우리의 말과 정신은 많은 것을
이해하기에는 충분하지 않기 때문이다.   6

예전에 풀리아[1]의 행복한 땅에서
트로이아 사람들[2]을 위해, 그리고
틀리지 않는 리비우스[3]가 썼듯이,   9

엄청나게 많은 반지들을 노획했던
기나긴 전쟁[4]을 위해 고통의 피를

---

1   풀리아Puglia는 이탈리아 남부의 지방인데, 여기에서는 나폴리 왕국 전체를 가리킨다. 〈행
복한 땅〉이란 이탈리아에서 가장 아름답고 아늑한 땅이었다는 뜻이다. 하지만 그 때문에 역설적으
로 그곳을 차지하기 위한 싸움과 전쟁이 끊이지 않았다.
2   트로이아 전쟁 후 이탈리아로 건너간 아이네아스와 그의 동료들의 후손, 즉 로마인들을 가리
킨다.
3   Titus Livius(B.C. 59~A.D. 17). 로마의 역사가로 『로마사Ab Urbe Condita』를 남겼다.

흘렸던 사람들을 모두 모은다 해도,   12

또 로베르토 귀스카르도[5]를 막으려고
고통스러운 타격을 입었던 사람들과,
모든 풀리아인들이 배신한 체프라노[6]와   15

늙은 알라르도[7]가 무기 없이 승리했던
탈리아코초에 아직 유골들이 남아 있는
사람들을 모두 한곳에 모은다 해도,   18

그리하여 더러는 찢기고 더러는 잘린
사지들을 보여 준다 해도, 아홉째 구렁의
그 징그러운 형상과는 비길 수 없으리라.   21

나는 턱에서 방귀 뀌는 곳까지 찢긴
한 사람을 보았는데, 바닥이 부서져 터진
나무통도 그렇게 망가지지는 않았으리라.   24

4 제2차 포이니 전쟁(B.C. 218~B.C. 201)을 가리킨다. 카르타고의 탁월한 장군 한니발은 풀리아 지방의 칸나이 전투에서 로마군을 대패시켰는데, 죽은 로마 병사들의 금반지들을 모으니 여러 자루가 되었다고 한다.
5 Roberto Guiscardo. 노르만 계열 가문 출신 공작으로 11세기 중엽 이탈리아 남부의 여러 지역을 차지하기 위해 공격하였고, 그를 저지하기 위한 싸움에서 많은 사람이 죽었다.
6 Ceprano. 교황령과 나폴리 왕국 사이의 전략상 중요한 지점이었다. 1266년 프랑스 왕 루이 9세의 동생 카를로 단조 1세(「지옥」 19곡 98행 참조)가 나폴리 왕국을 공격하였을 때, 풀리아 귀족들은 당시의 왕 만프레디(「연옥」 3곡 112행 이하 참조)를 배반하고 그곳을 적에게 넘겨주었다. 그 결과 베네벤토 전투에서 만프레디왕이 사망하였고 전사자는 8천 명이 넘었다고 한다. 그러니까 체프라노에서 전투는 없었는데, 단테는 아마 이 베네벤토 전투를 염두에 두었던 것 같다.
7 Alardo. 프랑스 출신 용병 대장으로 프랑스어 이름은 에라르 드 발레리Erard de Valéry (1220?~1277)이다. 그는 만프레디왕이 죽은 뒤 카를로 단조 1세에게 탈리아코초Tagliacozzo에서 만프레디의 어린 아들 코라디노(「연옥」 20곡 68행 참조)의 군대를 격파하도록 충고와 도움을 주었다.

다리 사이로는 창자가 늘어져 있었으며
오장(五臟)이 드러나 보였고, 집어삼킨 것을
똥으로 만드는 처량한 주머니[8]도 보였다.   27

내가 뚫어지게 바라보고 있는 동안 그는
나를 보고 두 손으로 가슴을 열어젖히며
말했다. 「자, 찢어진 내 모습을 보아라!   30

무함마드[9]가 어떻게 망가졌는지 보라!
내 앞에 알리[10]가 울며 가는데 얼굴이
턱에서 이마 머리털까지 쪼개져 있다.   33

네가 여기서 보는 모든 자들은 살아서
분열과 불화의 씨를 뿌린 자들이었고
그렇기 때문에 이렇게 찢어져 있노라.   36

여기 우리 뒤에는 악마 한 놈이 있어
우리가 고통의 길을 한 바퀴 돌면
이 무리의 모든 자를 칼날로 다시   39

이렇듯 잔인하게 쪼개 놓으니,
그놈 앞에 도달하기 전에 다시

8 위(胃)를 가리킨다.
9 영어식 표현으로는 마호메트. 이슬람교의 창시자로 570년경 아랍의 메카에서 태어나 632년 메디나에서 사망하였다. 단테는 그를 그리스도교의 분열을 조장한 자로 보았기 때문에 이곳에 배치하고 있다.
10 Ali ibn Abi Talib(600?~661). 무함마드의 사촌이자 동시에 그의 딸과 결혼하여 사위가 되었으며, 무함마드가 죽은 후 이슬람교의 제4대 칼리프가 되었다.

28: 30~31
자, 찢어진 내 모습을 보아라!
무함마드가 어떻게 망가졌는지 보라!

상처가 아물어 버리기 때문이다.   42

그런데 돌다리 위에서 머뭇거리는 너는
누구냐? 혹시 위에서 네 죄로 심판된
형벌로 가는 것을 늦추려는 것이냐?」   45

스승님이 대답하셨다. 「이자에게 죽음이
이른 것도 아니고 죄가 이끄는 것도
아니며, 그에게 충분한 경험을 주기 위해   48

이미 죽은 내가 둘레에서 둘레[11]를 거쳐
그를 이 아래 지옥으로 안내해야 하니
내가 그대에게 말하는 것은 진실이다.」   51

그 말을 듣고 백 명도 넘는 영혼들이
깜짝 놀라 아픈 고통도 잊어버리고
구렁 속에서 멈추어 나를 바라보았다.   54

「그럼 머지않아 태양을 보거든, 돌치노
수사[12]에게 전해라. 만약 당장 내 뒤를
쫓아오고 싶지 않다면, 식량을 단단히   57

11 지옥의 여러 원들을 가리킨다.
12 fra' Dolcino(1250?~1307). 본명은 돌치노 토르니엘리Tornielli로 소위 〈사도적 수도회〉의
창설자. 스승인 파르마 사람 세가렐리가 이단자로 처형되자 그는 자신이 그리스도의 진정한 사도이
며 예언자라고 사람들을 선동하였고, 재산과 여자의 공유를 주장하였다. 가톨릭교회와 대립하던
그는 1306년 5천여 명의 신도들과 함께 제벨로산 속으로 들어갔고, 교황 클레멘스 5세의 군대와 싸
우다가 1307년 3월 식량 부족과 쌓인 눈 때문에 항복하였고, 많은 신도들과 함께 화형당하였다.

준비하라고. 부족한 식량만 아니라면,
달리 이기지 못할 노바라[13]인들에게
쌓인 눈이 승리를 안겨 주지 않을 테니까.」   60

무함마드는 떠나려고 한쪽 발을
쳐들고 나에게 이런 말을 한 다음에야
그 발을 땅바닥에 내딛고 떠났다.   63

다른 한 영혼은 목에 구멍이 뚫렸고,
코는 눈썹 아래까지 잘려 나갔으며
귀는 단지 한쪽밖에 없었는데,   66

다른 자들과 함께 놀라서 바라보더니
온통 시뻘겋게 피로 물든 목구멍을
열고 다른 자들보다 먼저 말했다.   69

「오, 죄의 형벌을 받지 않는 그대여,
너무 닮아 내가 속은 게 아니라면 나는
저 위 라틴 땅에서 그대를 보았소.   72

만약 돌아가 베르첼리에서 마르카보까지
펼쳐진 아름다운 평원[14]을 보게 되면,
메디치나 사람 피에르[15]를 기억해 주오.   75

---

13   Novara. 이탈리아 북서부 알프스 근처의 도시로, 여기에서는 돌치노 무리를 토벌하기 위한 교황 군대에 참가했던 노바라 사람들을 지칭한다.
14   이탈리아 북부 포강 유역에 펼쳐진 파다니아Padania 평원. 베르첼리Vercelli는 포강의 상류인 피에몬테 지방의 도시이고, 마르카보Marcabò는 하류의 어귀에 있는 성이다.

28: 70~72
오, 죄의 형벌을 받지 않는 그대여,
너무 닮아 내가 속은 게 아니라면 나는 저 위 라틴 땅에서 그대를 보았소.

그리고 파노[16]의 훌륭한 두 사람,

귀도와 안졸렐로[17]에게 알려 주오.

만약 우리의 예견이 헛되지 않다면,   78

흉악한 폭군의 배반으로 인해

그들은 자신들의 배에서 내던져져

카톨리카[18] 근처에서 익사할 것이라고.   81

넵투누스[19]도 키프로스와 마요르카섬

사이[20]에서 아르고스 사람들[21]이나

해적에게서 그렇게 큰 범죄는 못 보았으리.   84

한쪽 눈으로만 보는 그 배신자,[22]

여기 함께 있는 자[23]가 두 번 다시

보고 싶지 않은 땅을 차지한 그놈은   87

---

15 Pier da Medicina. 그에 대해서는 별로 알려진 바 없으나, 로마냐 지방의 영주들 사이에 이간질을 붙였던 자로 짐작된다. 메디치나는 볼로냐와 이몰라Imola 사이의 작은 도시이다.

16 Fano. 리미니 남쪽의 해안에 위치한 작은 도시이다.

17 카세로 가문의 귀도Guido와 카리냐노 가문의 안졸렐로Angiolello. 두 사람 모두 파노의 귀족이었다. 1312년 리미니의 영주 말라테스티노(79행의 〈흉악한 폭군〉)는 파노를 지배하기 위해 두 사람을 회담에 초청하였고, 이에 두 사람은 배를 타고 가던 중 속임수에 넘어가 바다에 빠져 죽었다.

18 Cattolica. 리미니와 파노 사이의 조그마한 해안 도시이다.

19 그리스 신화의 포세이돈. 바다의 신으로 여기서는 지중해를 가리킨다.

20 키프로스는 지중해 동쪽의 섬이고, 마요르카는 서쪽 끝의 섬이다. 따라서 지중해 전체를 가리킨다.

21 아르고스는 펠로폰네소스반도 북동부의 지명으로 여기에서는 넓은 의미로 그리스 사람들을 가리킨다. 베르길리우스에 의하면 고대 그리스인들은 광폭하고 잔인했다고 한다.

22 말라테스티노(「지옥」 27곡 46행 이하 참조)는 태어날 때부터 애꾸눈이었다고 한다.

23 96행 이하에 나오는 로마의 호민관 쿠리오. 그가 다시 보고 싶지 않은 땅이란 리미니를 가리키는데, 바로 그곳에서 카이사르를 부추겼기 때문이다.

그들이 회담에 오도록 만든 다음
포카라²⁴의 바람 앞에서 기도나
맹세를 할 필요도 없게 만들 것이오.」   90

나는 말했다. 「그대에 대한 이야기를
세상에 전하기 원한다면, 그 땅을
보기 싫어하는 자가 누구인지 보여 주오.」   93

그러자 그는 한 동료의 턱에 손을
대더니 입을 열어젖히며 말했다.
「바로 이자²⁵인데 말을 못하지요.   96

이 쫓겨난 자는 준비된 상태에서
기다리면 언제나 손해라고 주장하여,
카이사르의 망설임을 사라지게 했지요.」   99

아, 그토록 대담하게 말하던 쿠리오가
목구멍 속에서 혓바닥이 잘린 채
얼마나 당황해하는 모습이었던가!   102

　다른 한 명은 양손이 모두 잘렸는데,

24　Focara. 파노와 카톨리카 사이의 낮은 산으로 이 근처는 항해하기에 무척 위험한 곳이어서 뱃사람들은 지나갈 때마다 기도를 올렸다고 한다. 두 사람은 그곳에 도달하기 전에 살해될 것이기 때문에 기도를 할 수도 없다는 뜻이다.

25　쿠리오Gaius Scribonius Curio(B.C. 90~B.C. 49). 로마의 정치가로 호민관이었던 그는 폼페이우스와 원로원파가 장악하고 있던 로마에서 몰래 빠져나왔으며(그래서 〈쫓겨난 자〉라 부른다), 리미니 근처의 루비콘Rubicon강(이탈리아어로는 루비코네Rubicone)에서 망설이는 카이사르를 설득하여 강을 건너게 했다고 한다.(루카누스, 「파르살리아」, 1권 261행 이하 참조) 결국 카이사르는 폼페이우스를 치고 로마의 권력을 장악하였다.

뭉툭한 팔을 어두운 대기 속에 쳐들고
떨어지는 피로 얼굴을 적시며 소리쳤다.   105

「그리고 이 모스카²⁶도 기억해 다오!
〈다 된 일은 돌이킬 수 없다〉고 한 말은
토스카나 사람들에게 악의 씨가 되었지.」   108

나는 덧붙였다. 「네 집안도 죽었지.」²⁷
그러자 그는 고통에 고통이 겹쳐
마치 미친 사람처럼 이내 가버렸다.   111

나는 남아서 무리를 바라보았는데,
순수하다고 느끼는 갑옷 아래에서
사람에게 용기를 주는 좋은 친구인   114

양심이 나를 보살피지 않는다면,
아무 증거도 없이 단지 말로만
묘사하기에는 두려운 것을 보았다.   117

분명히 나는 보았고 지금도 보는 듯하다,
머리가 없는 몸통이 그 사악한 무리의

26 람베르티 가문의 모스카Mosca. 단테는 그를 피렌체 정쟁의 원인으로 보았는데 그 연원은
이렇다. 궬피파였던 부온델몬티 가문의 부온델몬테Buondelmonte(「천국」16곡 134행 참조)는 기
벨리니파 아미데이Amidei 가문의 처녀와 약혼하였으나 파혼하고 다른 여자와 결혼하였다. 모욕을
당한 아미데이 가문은 인척 가문들과 함께 회의를 열었는데, 그 자리에서 모스카는 강경한 발언으
로 선동하여 부온델몬테를 살해하였다. 그 결과 다른 복수들이 잇따랐고, 피렌체 전체가 궬피와 기
벨리니로 나뉘어 싸우게 되었다는 것이다.
27 람베르티 가문도 1258년에 피렌체에서 쫓겨났고, 1268년에는 남녀노소 구별 없이 모두 반
역자로 선고되었다.

다른 자들처럼 걸어가고 있는 모습을.   120

그는 잘린 머리의 머리채를 손으로
잡아 마치 등불처럼 쳐들고 우리를
바라보면서 말했다. 「오, 나를 보라!」   123

자신의 몸으로 자기 등불을 만든 그는
하나면서 둘이요, 둘이면서 하나였으니,
어떻게 그러한지는 처벌자[28]만이 아시리.   126

그는 돌다리 바로 아래에 이르렀을 때
자기 말을 우리에게 가까이 들이대고자
머리를 든 팔을 한껏 쳐들고 말했다.   129

「자, 이 고통스러운 형벌을 보아라.
숨 쉬며 죽은 자들을 방문하는 그대여,
이보다 더 큰 형벌이 있는가 보아라.   132

그대 내 이야기를 전하려거든, 나는
젊은 왕에게 사악한 충고를 했던
보른의 베르트랑[29]임을 알아 다오.   135

나는 아버지와 아들이 서로 싸우게

28   하느님.
29   Bertran de Born. 그는 12세기 후반 프랑스 남부 지방 페리고르의 귀족이자 오트포르성의
영주였고, 프로방스 문학의 대표적 시인이었다. 당시 아키텐 공작을 겸하고 있던 영국 왕 헨리 2세
의 신하로 장남 헨리 3세(〈젊은 왕〉)에게 아버지를 모반하도록 교사하였다.

28: 121~123
그는 잘린 머리의 머리채를 손으로 잡아 마치 등불처럼 쳐들고
우리를 바라보면서 말했다. 「오, 나를 보라!」

했으니, 아히토펠[30]이 악한 간언으로

다윗과 압살롬을 이간질한 것 이상이오.   138

결속된 사람들을 그렇게 갈라놓았으니,

아, 불쌍하구나! 몸통의 근원에서

떨어진 이 내 머리를 들고 다니노라.   141

내게는 동태복수법(同態復讐法)[31]이 이렇게 나타난다.」

30 그는 원래 다윗의 고문이었으나, 다윗의 아들 압살롬을 교사하여 아버지와 싸우도록 하였
다. 그는 자신의 계략이 이루어지지 않자 목을 매 자살하였다.(「사무엘기 하권」 15장 12절 이하
참조)

31 동태복수법(同態復讐法)(이탈리아로는 〈콘트라파소 contrapasso〉)은 지은 죄와 똑같은 고
통을 받도록 처벌하는 방식을 가리키는데, 『신곡』에서는 죄의 성격과 형벌의 양상까지 일치하는 것
을 가리킨다. 가령 분열과 불화를 초래한 죄인은 신체가 쪼개지는 형벌을 받는다. 원래 아리스토텔
레스의 용어를 스콜라 학자들이 번역하여 사용하였다고 한다. 이러한 처벌 방식은 「탈출기」 21장
24절, 「레위기」 24장 17~21절, 「신명기」 19장 21절, 「마태오 복음서」 7장 2절 등에서도 언급된다.

제29곡

단테는 아홉째 구렁을 떠나 마지막 열째 구렁으로 간다. 그곳에는 온갖 수단으로 다른 사람들을 속이거나 화폐를 위조한 자들이 역겹고 악취 나는 질병에 시달리는 벌을 받고 있다. 그들 중에서 연금술로 사람들을 속인 두 영혼이 단테에게 이야기한다.

그 수많은 사람들과 갖가지 상처들이
내 눈빛을 취하게 만들었기에 나는
멈추어 울고 싶은 마음이 간절하였지만,　　　　　　　3

베르길리우스께서 말하셨다. 「무엇을 보느냐?
무엇 때문에 네 눈은 저 아래 잘린
사악한 영혼들을 오래 바라보느냐?　　　　　　　6

너는 다른 구렁에서는 그러지 않았다.[1]
저들을 일일이 살펴보려면, 이 골짜기
둘레가 22마일임을 생각하여라.[2]　　　　　　　9

달은 벌써 우리의 발아래 있는데
허용된 시간은 얼마 남지 않았고[3]

1　그렇게 오래 지체하지 않았다는 뜻이다.
2　아홉째 구렁의 둘레가 22마일이라는 뜻인데, 이것을 토대로 단테가 묘사하는 지옥의 크기와 규모를 계산하려는 시도들이 있었으나 이것만으로는 충분하게 알 수 없다.
3　현재 달은 예루살렘의 대척 지점(〈우리의 발아래〉)인 연옥의 산 중천에 떠 있다는 뜻이다. 〈어젯밤〉에 달은 보름달이었으므로(「지옥」 20곡 127행 참조) 지금 예루살렘의 시간은 대략 오후 1시경이다. 두 시인은 전날 금요일 저녁 무렵 여행을 시작했으니 대략 19시간 정도 흘렀으며, 만 하

29: 4~6
무엇을 보느냐? 무엇 때문에 네 눈은
저 아래 잘린 사악한 영혼들을 오래 바라보느냐?

너는 아직 못 본 것들도 보아야 한다.」 12

나는 곧바로 말했다. 「스승님께 왜 그렇게
제가 바라보고 있었는지 이유를 아신다면,
아마 더 머무르게 허락하셨을 것입니다.」 15

길잡이께서 가는 동안 나는 그 뒤를
따라가면서 그렇게 대답했으며
덧붙여서 말했다. 「저 구렁 안에 18

제가 그렇게 응시하던 곳에서는
제 혈육의 한 영혼4이 그 아래에서
비싼 대가를 치르고 있는 것 같았습니다.」 21

그러자 스승님이 말하셨다. 「이제부터는
그에 대한 생각으로 어지러워 마라.
그냥 내버려 두고 다른 자를 보아라. 24

나는 돌다리 아래에서 그자를 보았고
제리 델 벨로라고 부르는 것을 들었는데,
너를 손가락질하며 강하게 위협하더구나. 27

그때 너는 예전에 오트포르를 장악했던

루로 예정된 지옥 여행은 앞으로 대여섯 시간 정도 남아 있다. 하지만 연옥의 입구에 도착하는 것은
일요일 새벽이므로, 날짜로는 3일 동안에 걸쳐 있다. 〈어두운 숲〉에서 길을 잃고 헤매는 날 밤, 즉 목
요일 밤까지 포함하면 4일 동안이 된다.

4 뒤에 이름이 나오는 제리 델 벨로Geri del Bello. 단테의 아저씨뻘 되는 인물로 호전적인 성
격이었으며 사케티 가문에 의해 살해되었는데, 그 결과 두 가문 사이에 지루한 복수들이 이어졌다.

영혼[5]에게 완전히 정신이 팔려 있어서
그쪽을 보지 않았고, 그자는 가버렸지.」   30

나는 말했다. 「오, 나의 안내자시여, 그
치욕을 함께 나눈 어떤 친척도 아직
자신의 참혹한 죽음을 복수하지 않았기에,   33

경멸감으로 저에게 말도 않고
그냥 가버렸던 것으로 생각되며,[6]
그래서 제 마음이 더욱 아픕니다.」   36

그렇게 이야기하며 우리는 다음 구렁이
보이는 돌다리의 어귀에 도착했는데,
빛이 있었더라면 더 잘 보였을 것이다.   39

우리는 말레볼제의 마지막 수도원[7] 위에
도착하였고, 그래서 그곳의 수도자들이
우리의 눈앞에 모습을 드러냈는데,   42

그들은 수많은 통곡의 화살들을 나에게
쏘아 그 상처가 연민으로 물들었고,
나는 손으로 양쪽 귀를 틀어막았다.   45

---

5   앞의 28곡에 나오는 보른의 베르트랑.
6   제리 델 벨로는 살해당한 치욕에 대해 가족의 누구도 아직 복수하지 않았기 때문에 단테에게
위협적인 태도를 보였다는 것이다.
7   말레볼제의 마지막 열째 구렁인데, 〈폐쇄된 장소〉라는 뜻에서 그렇게 부르고 있다.

7월과 9월 사이 발디키아나와 마렘마,
사르데냐[8]의 병원들에 있는 온갖
전염병들과 모든 고통을 한꺼번에

48

모아 한 구덩이에 몰아넣은 것처럼,
그곳이 그랬으니 거기서 나오는 악취는
썩은 육체에서 나오는 것 같았다.

51

우리는 긴 돌다리의 마지막 기슭에서
내려섰고 또다시 왼쪽으로 돌았다.
그러자 내 시선은 저 아래 바닥까지

54

생생하게 닿았는데, 그곳에서는 높으신
주님의 사자, 오류 없는 정의가 여기
기록된 위조자들을 처벌하고 있었다.

57

아이기나[9]의 모든 백성이 병에 걸려
대기는 사악한 독기들로 가득 차고
모든 동물들과 조그마한 벌레들까지

60

모두 쓰러졌으며, 시인들이 분명하게

8 아레초 남쪽의 계곡 발디키아나Valdichiana와 마렘마, 사르데냐 세 곳은 모두 여름철이 되면 저지대에 늪이 형성되면서 강한 독기와 함께 여러 가지 질병을 일으키는 곳으로 유명하였다.
9 아소포스강의 신과 메토페의 딸. 유피테르는 그녀를 납치하여 나중에 그녀의 이름을 따 아이기나로 불리는 섬으로 데리고 갔다. 이에 질투를 느낀 유노(그리스 신화에서는 헤라)는 그 섬에 질병이 창궐케 하여 모든 사람들과 가축들을 죽이고, 아이기나와 유피테르 사이의 아들 아이아코스만 살아남게 하였다. 외로운 아이아코스는 나무 위로 기어오르는 수많은 개미들을 보고 그만큼 많은 사람들이 있었으면 좋겠다고 기도했다. 그러자 개미들이 사람으로 변하며 섬을 가득 채웠다고 한다.

29: 55~57
높으신 주님의 사자, 오류 없는 정의가 여기 기록된 위조자들을 처벌하고 있었다.

말하듯이, 나중에 개미들의 씨앗에서
옛날 사람들이 소생하였다고 하지만,   63

그 어두운 골짜기에서 여러 무리의
괴로워하는 영혼들을 보는 것보다
더 큰 슬픔은 아닐 것이라 믿는다.   66

더러는 배에, 더러는 등에 서로 겹쳐
누워 있었고, 또 어떤 자는 애달픈
오솔길을 엉금엉금 기어가고 있었다.   69

우리는 말없이 천천히 걸음을 옮기며
자기 몸도 제대로 가누지 못하는
환자들을 보았고 고통 소리를 들었다.   72

냄비와 냄비를 서로 기대어 끓이듯이[10]
서로 기대앉은 두 사람을 보았는데,
머리에서 발끝까지 딱지들로 뒤덮여 있었다.   75

마지못해 밤을 새는 마부나, 주인을
기다리는 말꾼 소년도 그렇게 호되게
말빗으로 긁어 내리지 못할 정도로,   78

그들은 각자 어떤 치료도 소용없는
가려움증 환자처럼 아주 난폭하게

---

10 냄비 두 개를 서로 떠받치도록 올려놓고 끓이듯이.

29: 79~81

그들은 각자 어떤 치료도 소용없는 가려움증 환자처럼
아주 난폭하게 제 몸을 손톱으로 쥐어뜯고 있었다.

제 몸을 손톱으로 쥐어뜯고 있었다.   81

그렇게 손톱은 딱지들을 뜯어 냈는데,
잉어나 비늘이 큰 다른 물고기에서
칼로 비늘들을 벗겨 내는 것 같았다.   84

길잡이께서 그들 중 하나에게 말하셨다.
「오, 손가락으로 딱지 갑옷을 벗기고,
손가락을 집게처럼 사용하는 그대여,   87

이 안에 있는 영혼들 중에 혹시 라틴
사람이 있는지, 또 그대 손톱은 영원히
그런 일을 해야 하는지 말해 다오.」   90

하나가 울며 대답했다. 「그대가 보다시피
이렇게 망가진 우리 둘이 라틴 사람이오.
그런데 그렇게 묻는 그대는 누구요?」   93

길잡이께서 말하셨다. 「이 산 사람과 함께 나는
벼랑에서 벼랑으로 내려가는 중인데,
그에게 이 지옥을 보여 주기 위해서요.」   96

그러자 그들 서로의 받침대가 무너졌고,
그 말을 들은 다른 자들과 함께
모두들 떨면서 나에게 몸을 돌렸다.   99

어진 스승님은 나에게 바짝 다가서며

말하셨다. 「하고 싶은 말을 저들에게 해라.」
그분이 원하시는 대로 나는 말을 꺼냈다. 102

「첫 세상¹¹ 사람들의 마음속에서
그대들에 대한 기억이 사라지지 않고
오랜 세월 동안 남아 있기 원한다면, 105

그대들이 누구이며 어디 출신인지
말해 주오. 그대들의 추하고 역겨운
형벌을 나에게 밝히는 걸 두려워 마오.」 108

그중 하나가 말했다. 「나는 아레초 사람¹²인데,
시에나의 알베로가 나를 불 속에 넣었지만,
내가 죽은 이유로 여기 있는 것은 아니오.¹³ 111

사실 나는 장난삼아 그에게 말했지요.
〈나는 공중을 날 수 있어.〉 그러자
허영심 많고 멍청한 녀석이 그런 114

기술을 보여 달라고 했는데, 내가 자신을
다이달로스¹⁴로 만들지 못하자 자기를

---

11 첫 번째 삶의 세계, 즉 이승 세계.
12 본문에서는 이름이 언급되지 않는 아레초 출신 연금술사 그리폴리노Griffolino이다. 뒤이어 이야기하듯이 그는 시에나 사람 알베로Albero의 음모로 1274년 이단 혐의로 화형당하였다.
13 이어서 이야기하듯이 이단죄 때문이 아니라 연금술로 속였기 때문에 열째 구렁에 있다는 것이다.
14 그는 자신이 만든 미궁 라비린토스에 갇혔을 때, 밀랍과 깃털로 날개를 만들어 어깨에 달고 날아서 탈출하였다.(「지옥」 17곡 108행 역주 참조)

아들로 삼은 자를 시켜 나를 불태웠지요.   117

하지만 속임수를 허용치 않는 미노스가
나를 마지막 열째 구렁에 넣은 것은,
세상에서 내가 부리던 연금술 때문이오.」   120

나는 시인에게 말했다. 「시에나 사람처럼
허황한 자들이 이 세상에 있을까요?
프랑스 사람도 그렇지 않을 겁니다!」   123

그러자 그 말을 들은 다른 문둥이[15]가
내 말을 되받아 말했다. 「절제 있게
소비했던 스트리카[16]는 제외하고,[17]   126

카네이션 씨앗이 뿌리 박은 꽃밭에서
카네이션을 곁들인 풍요로운 요리법을
처음 개발했던 니콜로[18]도 제외하고,   129

포도밭과 숲을 낭비했던 카차 다쉬안,[19]

15   부스럼 딱지들로 뒤덮인 모습을 이렇게 비유하고 있다.
16   Stricca. 시에나 출신으로 볼로냐의 포데스타를 지낸 조반니 데이 살림베니를 가리키는 것
으로 생각된다. 그는 아버지에게서 물려받은 재산을 방탕하게 낭비하였다. 절제 있게 소비했다는
것은 반어적인 표현이다.
17   이것 역시 반어적인 표현이며, 이어서 열거하는 사람들은 사치와 방탕을 일삼던 대표적인
시에나 사람들이었다.
18   Niccolò. 위에서 말한 스트리카의 형제로 그도 사치스러운 생활을 즐겼고, 구운 꿩과 자고
(鷓鴣)새에다 카네이션을 곁들인 요리를 처음으로 개발했다고 한다.
19   Caccia d'Ascian. 쉬알렝기 가문 출신으로 방탕한 생활 때문에 소유하고 있던 포도밭과 숲
을 팔기도 했다.

현명한 지혜를 자랑한 아발리아토[20]가
속한 방탕족의 무리[21]도 제외하시오.   132

하지만 시에나 사람이 싫은 그대 마음에
드는 자를 찾는다면, 나를 잘 보시오.
내 얼굴이 잘 대답해 줄 테니까.   135

나는 연금술로 금속들을 위조하였던
카포키오[22]의 망령임을 알 것이오.
내가 정확히 보았다면,[23] 기억하시오,   138

나는 타고난 멋진 원숭이[24]였음을.」

20　Abbagliato. 폴카키에리 가문 출신 바르톨로메오의 별명이다. 여러 중요한 공직을 역임했
는데, 현명한 지혜를 자랑하였다는 것은 어리석음을 빈정대는 표현이다.

21　원문에는 *brigata*, 즉 〈무리〉로 되어 있는데, 소위 〈스펜데라차*spendereccia*〉라 부르던 〈낭
비족〉, 〈방탕족〉 집단이다. 13세기 초 시에나의 젊은이 12명이 조직했고, 부유층 자제였던 그들은
호사스럽고 방탕한 생활을 즐겼다.

22　Capocchio. 연금술사로 1293년 시에나에서 화형당했다.

23　자신이 단테와 만난 적 있다는 것을 암시한다.

24　원숭이처럼 모방과 흉내에 능통한 위조자였다는 뜻이다.

제30곡

단테는 아직 열째 구렁에 있는데, 미쳐 버린 두 영혼이 다른 병든 영혼들을 괴롭히는 것을 본다. 그들은 변장하여 남을 속였던 영혼들이다. 또한 화폐를 위조한 아다모는 단테와 이야기를 나누다가 곁에 있던 그리스 사람 시논과 싸운다. 싸움 구경을 하던 단테는 베르길리우스의 꾸중을 듣는다.

유노가 세멜레[1] 때문에 테바이의
혈족에 대하여 품고 있던 분노를
하나하나 드러내고 있던 시절에,   3

아타마스[2]는 완전히 미치광이가 되어
자기 아내가 양팔에 각각 두 아들을
안고 가는 것을 보고 소리쳤다.   6

「그물을 치자꾸나. 내가 길목에서
암사자와 새끼 사자들을 잡아야겠다.」
그러고는 무자비한 손아귀를 뻗쳐   9

---

1 고전 신화에서 카드모스와 하르모니아의 딸이자 바쿠스의 어머니이다. 유피테르는 인간으로 변신하여 그녀를 유혹하였고, 이에 화가 난 유노는 세멜레에게 유피테르의 원래 모습을 보도록 꼬드겼고, 결국 세멜레는 유피테르의 번개 앞에 불타 죽었다. 죽기 직전에 유피테르와의 사이에서 잉태된 아기가 배 속에 있었는데, 유피테르는 자신의 허벅지 살을 가르고 그 안에 아기를 감추었고, 그렇게 태어난 아들이 바쿠스이다. 유노의 분노는 여기에서 멈추지 않고 카드모스의 다른 후손들에게도 표출되었다.
2 세멜레의 자매 이노의 남편이다. 이노와의 사이에 두 아들 레아르코스와 멜리케르테스를 두었는데, 유노의 복수로 미쳐 버린 그는 레아르코스를 내동댕이쳐 죽였다. 그러자 이노는 멜리케르테스와 함께 바다로 몸을 던져 죽었다.(『변신 이야기』 4권 512행 이하 참조)

레아르코스라는 이름의 한 아들을 잡아
휘두르다 바위에 내동댕이쳤고, 아내는
다른 아들과 함께 바다에 빠져 죽었다.   12

또 모든 것에 대담한 트로이아 사람들의
오만함을 운명이 아래로 거꾸러뜨려
그 왕국과 함께 왕[3]이 몰락했을 때,   15

포로가 된 불쌍하고 슬픈 헤카베[4]는
폴릭세네가 죽은 것을 보고, 또 해변에
폴리도로스가 죽어 있는 것을 보고는   18

찢어질 듯 괴로운 심정이 되어
개처럼 울부짖었고, 고통 때문에
완전히 정신이 나가 미쳐 버렸다.   21

그러나 테바이나 트로이아의 광기가
아무리 잔인하게 짐승들을 찌르고
사람들의 사지를 찢었다고 하더라도,   24

내가 본 벌거벗고 창백한 두 영혼이
우리에서 풀려난 돼지처럼 내달리면서
물어뜯는 것보다 심하지 않았으리라.   27

---

3 전쟁 당시 트로이아의 왕이었던 프리아모스. 트로이아가 함락되면서 그도 죽임을 당하였다.
4 프리아모스의 아내로 트로이아가 함락된 후 그녀는 포로가 되어 노예로 끌려갔다. 그녀의 딸
폴릭세네는 죽은 아킬레스의 영전에 제물로 바쳐졌고, 막내아들 폴리도로스는 시체가 되어 바닷가
에 떠내려 왔다. 일설에 의하면 그녀는 저주를 받아 암캐가 되었다고도 하고, 돌에 맞아 죽어서 개
로 변했다고도 한다.

30: 32~33

저 낮도깨비는 잔니 스키키인데 저리 미쳐서 남들을 해치며 다니지요.

그중 하나는 카포키오에게 덤벼들어
목덜미를 이빨로 물더니 그의 배가
바위 바닥에 긁히도록 질질 끌고 갔다.   30

남아 있던 아레초 사람[5]이 떨며 말했다.
「저 낮도깨비는 잔니 스키키[6]인데
저리 미쳐서 남들을 해치며 다니지요.」   33

나는 말했다. 「오! 다른 놈[7]이 그대의 등을
물어뜯지 않는다면, 그놈이 여기에서
사라지기 전에 누구인지 말해 주시오.」   36

그러자 그는 말했다. 「저것은 파렴치한 미라[8]의
오래된 영혼인데, 올바른 사랑에서
벗어나 자기 아버지의 연인이 되었지요.   39

그녀는 다른 사람의 모습으로 변장하여
대담하게도 제 아비와 죄를 지었는데,
그것은 저기 가는 놈과 마찬가지였지요.[9]   42

5   앞의 29곡에 나오는 그리폴리노.
6   Gianni Schicchi. 카발칸티 가문 출신. 부오소 도나티Buoso Donati(44행)가 죽자 그의 아들
시모네는 잔니를 꾀어내 자기 아버지처럼 꾸민 다음 공증인 입회하에 자기에게 유리한 유언장을 만
들게 하였다. 그 대가로 잔니는 당시 가장 유명한 암말을 차지하게 되었다.
7   미쳐서 달려온 두 영혼 중 남은 영혼.
8   키프로스섬의 왕 키니라스의 딸로 베누스를 섬기지 않은 벌로 아버지에게 뜨거운 연정을 품
게 되었다. 그리하여 몰래 변장을 하고 아버지의 침실에 들어가 동침하였다. 나중에 그것을 깨달은
왕은 딸을 죽이려 했고, 도망친 그녀는 방랑하다가 죽어 몰약(沒藥) 나무가 되었다고 한다.(『변신
이야기』10권 298~502행)
9   둘 다 변장하여 사람들을 속였다는 뜻이다.

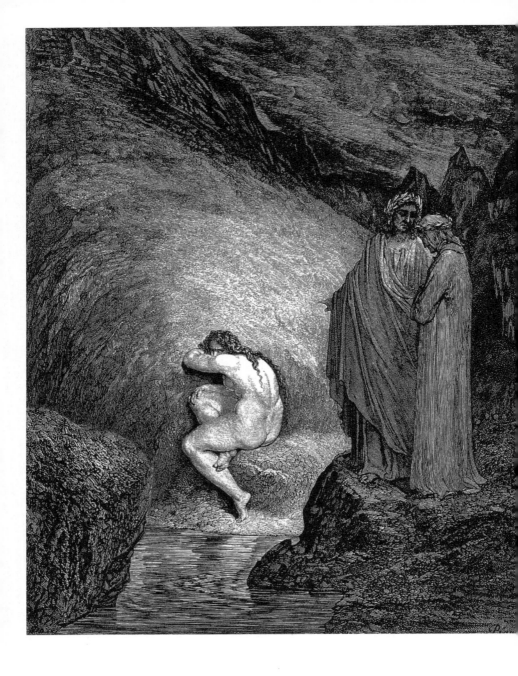

30 : 37~39
저것은 파렴치한 미라의 오래된 영혼인데,
올바른 사랑에서 벗어나 자기 아버지의 연인이 되었지요.

그는 가축들 중 최고의 암컷[10]을 얻으려고
자신이 부오소 도나티인 것처럼 위장하여
유언했고, 정식 유언장처럼 꾸몄지요.」   45

내가 주목하고 있던 그 두 명의
미치광이들이 가버린 다음 나는
눈길을 돌려 다른 죄인들을 보았고,   48

다리가 시작되는 사타구니 아래가 나머지
몸체로부터 잘려 나가 마치 비파[11] 같은
형상으로 된 어느 영혼을 보았다.   51

심한 수종(水腫)으로 인한 악성 체액이
그의 사지를 얼마나 망가뜨렸는지
얼굴은 부어오른 배와 어울리지 않았고,   54

두 입술은 벌어졌는데, 갈증에 시달리는
결핵 환자가 입술 하나는 턱 쪽으로
다른 하나는 위로 쳐든 것 같았다.   57

그는 우리에게 말했다. 「이유는 모르겠지만,
이 고통의 세계에 아무런 벌도 없이
방문한 그대들이여, 장인(匠人) 아다모[12]의   60

10　당시 피렌체 최고의 명마로 꼽히던 도나티 가문의 암말.
11　원문에는 *leuto*, 즉 〈류트〉로 되어 있다. 류트는 가장 오래된 현악기 중 하나로 만돌린과 비슷한 모양으로 되어 있으며, 동양에서는 비파로 발전하였다.

비참함을 보고 잘 새겨 두시오. 나는
살았을 때 원하는 것을 모두 가졌는데
지금은 처량하다! 물 한 방울을 갈망하다니.   63

카센티노13의 푸른 언덕에서 신선하고
부드러운 물줄기를 이루어 저 아래
아르노강으로 흘러가는 개울이 언제나   66

내 눈앞에 어리니, 쓸데없는 것이 아니요.
그 물줄기의 모습은 내 얼굴을 야위게 한
질병보다 훨씬 더 목마르게 하니까요.   69

나를 채찍질하고 있는 엄격한 정의는
내가 죄를 지었던 장소를 이용하여
더욱더 한숨을 내쉬게 만든다오.   72

그곳은 로메나,14 내가 세례자로 봉인된
합금15을 위조했던 곳인데, 그 때문에
나는 저 위에 불탄 육신을 남겨 두었지요.   75

하지만 만약 여기서 귀도나 알레산드로,

12 maestro Adamo. 어디 출신인지는 분명하지 않다. 그는 로메나의 귀도 백작이 시키는 대로
피렌체의 금화 〈피오리노 fiorino〉를 위조했는데, 원래 순금의 함유도가 24캐럿이 되어야 하는데
21캐럿의 금에다 나머지 3캐럿의 값싼 금속으로 만들었다. 위조한 양이 너무 많아 피렌체의 재정이
흔들릴 정도였다고 한다. 그는 나중에 발각되어 화형을 당하였다.
13 Casentino. 아레초의 북쪽에 있는 계곡의 이름으로 아르노강 상류가 이곳으로 흐른다.
14 Romena. 카센티노 계곡에 있는 마을.
15 세례자 요한은 피렌체의 수호성인으로 피오리노 금화에 그의 모습이 새겨져 있다. 뒷면에
는 피렌체의 상징인 백합꽃이 새겨져 있다.

그 형제[16]의 사악한 영혼을 본다면 나는
브란다 샘물[17]도 거들떠보지 않으리다.   78

이 주변을 돌아다니는 미친 영혼들의
말이 맞다면, 한 놈은 벌써 여기 있지만
사지가 묶인[18] 나에게 무슨 소용이 있겠소?   81

만약 내가 백 년에 한 치만이라도
갈 수 있도록 조금만 더 가볍다면,
망가진 사람들 사이로 그놈을 찾아   84

나는 벌써 이 오솔길을 떠났을 거요.
비록 둘레는 11마일,[19] 너비는
채 반 마일이 되지 않더라도 말이오.   87

내가 이런 무리 사이에 있는 것은
그들 때문이니, 나를 꾀어 쇠 찌꺼기
3캐럿의 피오리노를 만들게 했지요.」   90

나는 말했다. 「그대 오른쪽에 서로 붙어 누워
겨울날 젖은 손처럼 김을 내뿜는
저 불쌍한 두 사람은 누구인가요?」   93

16 당시 로메나와 인근 지역은 세 형제인 귀도 백작, 아기놀포 백작, 알레산드로 백작이 다스리고 있었다.
17 Branda. 시에나의 유명한 샘, 또는 지금은 말라 버린 로메나 근교의 샘으로 추정된다.
18 하반신이 잘려 나갔기 때문에.
19 아홉째 구렁의 둘레가 22마일이므로(「지옥」 29곡 9행 참조), 이 열째 구렁의 둘레는 정확하게 그 절반에 해당한다.

그는 대답했다. 「내가 이 낭떠러지 안에
떨어졌을 때부터 저렇게 꼼짝하지 않는데,
아마도 영원히 꼼짝하지 못할 것이오.   96

한 년은 요셉을 모함한 거짓말쟁이[20]고,
다른 놈은 트로이아의 거짓말쟁이 그리스인
시논[21]인데 열병으로 독한 김을 내뿜지요.」   99

그러자 그중 하나[22]가 아마 그렇게
경멸스럽게 지명되어 분통이 터졌는지
주먹으로 그의 퉁퉁 불은 배를 쳤다.   102

그러자 배는 마치 북처럼 울렸고,
장인 아다모는 그에 못지않게
단단한 팔로 그의 얼굴을 갈기면서   105

말하였다. 「이 무거운 사지 때문에
비록 움직일 수는 없지만, 이런 일에는
팔을 자유롭게 움직일 수 있단 말이야.」   108

그러자 그는 말했다. 「네가 불 속에 들어갔을
때는 그렇게 날랜 팔이 아니었는데,
위조할 때는 그보다 훨씬 빨랐지.」   111

20 「창세기」 39장 7~23절에 나오는 이집트 사람 포티파르의 아내. 자기 집의 종으로 있던 요셉을 유혹하였으나 넘어가지 않자, 요셉이 자신을 범하려 했다고 거짓말하여 감옥에 갇히게 하였다.
21 트로이아 전쟁 때 그리스군의 병사로 일부러 트로이아 사람들에게 포로가 되어 목마를 성 안으로 끌고 들어가도록 거짓말로 속였다.
22 시논.

수종 환자가 말했다. 「그 점은 네가 진실을 말했다.
하지만 트로이아에서 진실을 요구할 때
네놈은 그렇게 진실한 증인이 아니었지.」   114

시논이 말했다. 「나는 거짓말을 했지만, 너는 돈을
위조했어. 나는 거짓말 하나로 여기 있지만,
너는 어떤 악마보다 더 나쁜 놈이야.」   117

배가 퉁퉁 부어오른 자가 대답했다.
「헛맹세를 한 놈아, 목마를 기억해라.
온 세상이 아는 것을 부끄러워해라!」   120

그리스인이 말했다. 「네 혓바닥을 쪼개는
갈증이나 부끄러워해라! 눈앞을 가리도록
부어오른 배 속에 썩어 있는 더러운 물도!」   123

그러자 위조범이 말했다. 「언제나 나쁜 짓만
일삼는 네 입이나 그렇게 찢어져라.
나는 목마르고 체액(體液)이 날 붓게 만들지만,   126

너는 불에 타서 머리가 고통스럽고,
나르키소스[23]의 거울을 핥기 위해
많은 말을 할 필요도 없겠구나.」   129

---

23 고전 신화에 나오는 아름다운 청년으로 님페 에코의 사랑을 거절하고 샘물에 비친 자신의
모습에 도취되어 죽은 후 수선화가 되었다고 한다.(『변신 이야기』 3권 407행 이하) 〈나르키소스의
거울〉이란 물을 가리킨다.

그들의 말을 듣는 데 몰두해 있을 때
스승님이 나에게 말하셨다. 「계속 보렴!
그러다 자칫하면 내가 너와 싸우겠구나!」   132

화가 나서 하시는 말을 들었을 때
나는 지금 생각해도 어지러울 만큼
부끄러운 마음으로 그분에게 향했다.   135

자신에게 불길한 꿈을 꾸는 사람이
그것이 꿈이기를 갈망하고, 그래서
실제의 일이 사실이 아니기를 바라듯이,   138

내가 그러하였으니 말도 하지 못했고
사죄하고 싶은 마음에 사죄를 했지만
제대로 사죄했다고 생각하지 않는다.   141

스승님이 말하셨다. 「작은 부끄러움이 네가
저지른 것보다 큰 잘못을 씻어 주느니,
이제 모든 후회의 짐을 벗어 버려라.   144

만약 운명에 의해 네가 또다시 그렇게
말다툼하는 사람들 사이에 있게 되면,
언제나 내가 곁에 있다고 생각하여라.   147

그걸 듣고 싶은 것은 천박한 욕망이니까.」

제31곡

여덟째 원을 떠난 단테는 커다란 뿔 나팔 소리를 듣고 멀리서 우뚝 솟은 거대한 거인
들의 모습을 본다. 그들은 유피테르에게 대항하여 싸웠던 거인들, 즉 기가스들로 하
반신이 얼어붙은 코키토스 호수에 잠겨 있다. 그중에서 비교적 너그러운 안타이오스
에게 부탁하여 두 시인은 코키토스 호수로 내려간다.

똑같은 혀가 처음에는 나를 깨물어
이쪽저쪽의 뺨을 물들게 만들더니
다음에는 나에게 다시 약을 주었는데,   3

아킬레스와 그 아버지의 창[1]도
그렇게 처음에는 고통을 주지만
나중에는 좋은 약이 되었다고 들었다.   6

우리는 그 처참한 골짜기를 등지고
주위를 둘러싼 둔덕으로 올라가서
아무런 말도 없이 가로질러 갔다.   9

그곳은 밤도 아니고 낮도 아니었기에
내 시선은 거의 앞을 볼 수 없었지만
아주 커다란 뿔 나팔 소리를 들었는데,   12

천둥소리조차 약하게 들릴 정도여서

---

1   아킬레스가 아버지 펠레우스에게서 물려받은 창에 찔린 상처는 다시 그 창에 찔려야 나을 수
있었다고 한다.(『변신 이야기』 13권 171~172행 참조)

나는 그 소리가 들려온 쪽을 향해
두 눈을 온통 한 곳으로 집중시켰다.   15

고통스러운 패배 후 카롤루스 마그누스[2]가
성스러운 무사들을 잃었을 때 롤랑[3]도
그토록 무섭게 불지는 않았으리라.   18

그쪽으로 머리를 돌리고 나서 잠시 후
높다란 탑들이 많이 보이는 듯하였기에
나는 물었다. 「스승님, 여기는 어떤 땅입니까?」   21

그분은 대답하셨다. 「네가 어둠 속에서
너무나도 멀리까지 시선을 돌리니까,
상상 속에서 혼동을 일으킨 것이다.   24

네가 저기 이르면 감각이란 멀리서
얼마나 쉽게 속는가 알게 되리라.
그러니 좀 더 서둘러 가도록 하자.」   27

그러고는 내 손을 따뜻하게 잡으며
말하셨다. 「우리가 더 나아가기 전에,

2 Carolus Magnus(742?~814). 프랑스어 이름은 샤를마뉴Charlemagne. 중세 프랑크족의 왕
으로 800년 교황 레오 3세로부터 〈로마인의 황제〉라는 칭호를 받았다. 강력한 지배력과 함께 그리
스도교를 널리 전파하였으며 이베리아반도를 점령한 사라센 사람들과 전쟁을 치르기도 하였다. 이
전쟁을 배경으로 한 『롤랑의 노래』는 대표적인 무훈시로 알려져 있는데, 단테는 그 작품의 일화에
대해 언급하고 있다.
3 Roland. 이탈리아어 이름은 오를란도Oralando. 샤를마뉴의 조카이자 무사로 사라센 사람들
과의 싸움에서 수많은 공훈을 세웠다. 적들에게 둘러싸였을 때 그는 뿔 나팔을 불어 구원을 요청했
다고 한다.

사실이 너에게 이상하게 보이지 않도록,   30

저건 탑이 아니라 거인들⁴임을 알아라.
기슭들로 둘러싸인 웅덩이⁵ 안에서
그들은 모두 배꼽 아래까지 잠겨 있다.」   33

마치 안개가 흩어지면서 대기 속의
빽빽한 증기가 감추고 있던 것이
조금씩 눈앞에 모습을 드러내듯이,   36

그렇게 무겁고 어두운 대기를 뚫고
기슭을 향해 점점 가까이 다가가자
내 오류는 달아나고 두려움이 커졌다.   39

마치 몬테리조니⁶의 둥근 성벽 위로
탑들이 왕관처럼 늘어서 있듯이,
웅덩이를 둘러싸고 있는 기슭 위로   42

무시무시하게 큰 거인들의 상반신이
탑처럼 솟아 있었고, 하늘의 유피테르는
아직도 천둥소리로 그들을 위협하였다.   45

4 크로노스가 아버지 우라노스의 남근을 잘랐을 때 땅에 떨어진 피에서 기가스(복수형은 기간 테스)들이 태어났다. 대개 거인으로 번역되는 그들은 유피테르를 비롯한 올림포스 신들에 대항하여 싸움을 벌였다가 패배했다. 여기에서 단테는 기가스들뿐만 아니라 신화나 『성경』에 나오는 다른 일반적인 거인들도 함께 가리킨다.
5 얼어붙은 호수 코키토스. 그 이름은 122행에서 언급된다.
6 Monteriggioni. 피렌체 사람들의 공격에 대항하기 위해 1213년 시에나 근교에 세워진 성으로, 원형 성벽 위에는 14개의 망루 탑이 있었다고 한다.

나는 벌써 그들 중 하나의 얼굴과
어깨와 가슴, 배의 대부분, 그리고
옆구리의 두 팔을 알아볼 수 있었다.   48

자연이 이런 동물들을 만드는 기술을
버리고 마르스에게서 그런 전사들7을
빼앗은 것은 분명 잘한 일이었다.   51

또한 자연은 코끼리와 고래 들에 대해
후회하지 않지만, 자세히 관찰하는 사람은
자연의 신중함과 정당함을 깨달으리라.   54

왜냐하면 사악한 의지와 능력에다
정신의 사고력까지 덧붙여진다면
누구도 방어할 수 없기 때문이다.8   57

거인의 얼굴은 로마 산피에트로 성당의
솔방울9처럼 크고 길게 보였으며,
다른 골격들도 거기에 비례하였다.   60

그리하여 하반신의 치마를 이루는
기슭 위로도 아주 엄청나게 높이
치솟아 있어 그 머리끝까지 닿으려면   63

7   전쟁의 기술을 수행하는 자들.
8   전쟁을 수행할 줄 알았던 티탄들과는 달리, 코끼리나 고래는 이성이나 사고 능력이 없기 때
문에 인간에게 위협이 되지 않는다는 뜻이다.
9   로마 시대에 청동으로 만든 거대한 솔방울로 그 높이가 4미터를 넘는다. 원래 하드리아누스
황제의 무덤을 장식하기 위해 만들었는데, 나중에 산피에트로 성당으로 옮겨졌다.

프리슬란트 사람 세 명도 어렵잖았고,[10]
사람의 외투 걸쇠를 채우는 곳[11]에서
아래까지 서른 뼘이 넘어 보였다.   66

「라펠 마이 아메케 차비 알미!」[12]
달콤한 소리는 어울리지 않는
거친 입이 외치기 시작하였다.   69

안내자께서 말하셨다. 「어리석은 영혼아,
너에게 분노나 다른 감정이 치솟거든
네 뿔 나팔이나 잡고 화풀이하라.   72

이 얼빠진 영혼아, 네 목을 더듬어
매달려 있는 줄이나 찾아라. 그리고
큰 가슴에 매달린 뿔 나팔을 보아라.」   75

그리고 내게 말하셨다. 「저놈이 스스로 고백한다.
저놈은 니므롯[13]인데, 그의 멍청한 생각 때문에
세상에는 하나의 언어만 쓰이지 않는단다.   78

10   네덜란드 북부의 프리슬란트 지방 사람들은 키가 크기로 유명하였다. 그들 세 사람의 키를
합해도 거인의 절반 상반신에도 못 미친다는 뜻이다.
11   가슴 위쪽의 쇄골(鎖骨) 근처.
12   *Raphèl maì amèche zabì almi.* 뒤에 나오는 니므롯이 하는 말인데, 어떤 의미도 없는 혼란
스러운 언어의 모습을 보여 주기 위해 단테가 고안해 낸 표현이다. 교부 신학의 전통에 의하면 니므
롯은 바벨탑 건축의 최대 책임자로 간주되었다. 따라서 인간의 언어가 혼동되어 무수하게 나뉜 것
도 그의 탓으로 보았다.
13   「창세기」 10장 8~10절에 나오는 에티오피아의 아들로 〈용맹한 사냥꾼 *robustus venator*〉
이었으며, 따라서 단테는 자연스럽게 뿔 나팔의 이미지와 연결시키고 있다.

31: 77~78
저놈은 니므롯인데, 그의 멍청한 생각 때문에
세상에는 하나의 언어만 쓰이지 않는단다.

그대로 놔두고 헛되이 이야기하지 말자.
그의 말이 다른 사람에게 통하지 않듯이
그에겐 어떤 말도 통하지 않는단다.」   81

그래서 우리는 왼쪽으로 돌아 조금 더
앞으로 갔고, 화살이 닿을 지점에서
더욱 커다랗고 사나운 놈을 발견했다.   84

그놈을 묶은 장본인이 누구였는지
알 수는 없지만, 그놈은 쇠사슬로
왼팔은 앞으로 오른팔은 뒤로 돌려   87

묶여 있었는데, 쇠사슬은 목덜미에서
웅덩이 위로 드러난 그의 몸통을
무려 다섯 번이나 휘감고 있었다.   90

길잡이께서 말하셨다. 「이 오만한 놈은
지존하신 유피테르에 대항하여 제 힘을
시험하려 했으니 저런 벌을 받고 있다.   93

이름은 에피알테스,14 거인들이 신들에게
두려움을 주었을 때 힘자랑을 했는데,
휘두르던 두 팔이 이제 꼼짝 못하는구나.」   96

나는 말했다. 「만약 가능하다면,

14 그는 다른 거인 오토스와 함께 올림포스 신들을 공격하기 위해 높은 산을 쌓다가 아폴로의
화살에 맞아 죽었다.

31: 91~93
이 오만한 놈은 지존하신 유피테르에 대항하여
제 힘을 시험하려 했으니 저런 벌을 받고 있다.

엄청나게 거대한 브리아레오스[15]를
저의 두 눈으로 직접 보고 싶습니다.」   99

그분은 말하셨다. 「너는 근처에서 안타이오스[16]를
보리니, 그는 말도 할 수 있고 풀려 있어 우리를
온갖 죄악의 바닥에 내려놓을 것이다.   102

네가 보고 싶은 놈은 더 멀리 있고
이놈과 마찬가지로 묶여 있으며
단지 얼굴이 더 흉악해 보일 뿐이다.」   105

그때 제아무리 강한 지진이라 해도
그토록 탑을 뒤흔들지 못할 정도로
에피알테스가 강하게 몸부림을 쳤다.   108

나는 어느 때보다 죽을까 무서웠으니
동여맨 쇠사슬이 보이지 않았더라면
아마 겁에 질려서 죽었을 것이다.   111

우리는 앞으로 나아가 안타이오스에게
이르렀는데, 그는 머리를 제외하고도

---

15 그리스 신화에서 50개의 머리와 1백 개의 팔을 가진 거한들, 즉 헤카톤케이르(복수형은 헤
카톤케이레스)들 중 한 명으로 타르타로스에 갇혀 있다가 유피테르에게 구출되어 그의 편에 서서
크로노스와 싸우는 데 도움을 주었다. 하지만 『아이네이스』(10권 564~568행)에 의하면 100개의
팔로 각각 50개의 칼과 방패를 휘두르고, 50개의 입에서 불을 뿜으며 유피테르를 위협하였다. 그러
나 여기에서 단테는 그런 괴물의 모습이 아니라 단순한 거인으로 묘사한다.
16 가이아와 포세이돈의 아들로 리비아 사막에서 사자들을 잡아먹고 살았다. 그는 늦게 태어
났기 때문에 신들과의 싸움에 가담하지 않았고, 따라서 말도 할 수 있고 묶여 있지도 않다.

다섯 알라[17]나 구덩이 밖으로 나와 있었다.   114

「한니발이 부하들과 함께 달아났을 때
스키피오[18]를 영광의 상속자로
만들었던 그 행운의 계곡[19]에서   117

천 마리의 사자들을 잡았던 그대여,
그리고 만약 그대 형제들의 큰 싸움에
가담했더라면, 분명 땅의 아들들[20]이   120

이겼을 것으로 생각되는 그대여, 부디
꺼려 하지 말고, 추위가 코키토스[21]를
얼리는 곳으로 우리를 내려 주고,   123

티티오스나 티폰[22]에게 보내지 마오.
이자[23]는 여기서 원하는 걸 줄 수 있으니
몸을 숙이고 얼굴 찌푸리지 마오.   126

17   alla. 당시의 길이 척도로 대략 두 팔 반의 길이에 해당했다.
18   로마의 장군 스키피오 아프리카누스Scipio Africanus(B.C. 236~B.C. 183)는 포이니 전쟁
때 카르타고의 명장 한니발을 무찌르고 승리로 이끌었다.
19   제2차 포이니 전쟁에서 스키피오가 한니발을 격파하였던 자마의 전투가 벌어졌던 리비아
의 바그라다강 유역 계곡이다.
20   대지의 여신 가이아가 낳은 거인들.
21   그리스 신화에서는 저승 세계에 흐르는 강들 중의 하나로 〈탄식의 강〉으로 일컬어지기도
한다. 단테는 지옥의 가장 밑바닥에 있는 얼어붙은 호수로 형상화하고 있다. 크레테섬의 〈거대한 노
인〉이 흘린 눈물이 이곳까지 내려와 이 호수를 이룬다.(「지옥」 14곡 103행 이하 참조) 얼어붙은 호
수는 여기에서 벌받고 있는 배신자들의 차갑고 냉혹한 정신을 상징한다.
22   티티오스와 티폰(또는 티페우스)은 둘 다 올림포스 신들에게 대항한 거인들로, 티티오스는
아폴로의 번개에 맞아 죽었고, 티폰은 유피테르의 번개에 맞아 에트나산에 묻혔다.
23   단테. 살아 있는 단테는 지옥의 거의 모든 영혼이 원하는 것, 즉 자신들의 이름을 지상에 남
기고 싶은 욕망을 들어줄 수 있다는 뜻이다.

그는 아직 살아 있고, 때 이르게 은총이
그를 부르지 않는다면 오래 살 것이니,
그대의 이름을 세상에 알릴 수 있으리.」   129

스승님이 그렇게 말하시자 그는 서둘러
손을 뻗쳤고, 일찍이 헤라클레스를 세게
움켜잡았던 손[24]으로 내 스승을 붙잡았다.   132

베르길리우스는 붙잡히는 것을 느끼자
내게 말하셨다. 「이리 와라, 내가 너를 안으마.」
그리하여 그분과 나는 한 덩어리가 되었다.   135

마치 구름이 위로 지나갈 때 기울어진
가리센다 탑을 아래쪽에서 올려다보면
탑이 마주쳐 기우는 것처럼 보이듯이,[25]   138

굽히는 모습을 바라보고 있던 나에게
안타이오스는 그렇게 보였으니, 나는
차라리 다른 길을 원할 정도로 두려웠다.   141

하지만 그는 유다와 함께 루키페르[26]를
삼키고 있는 밑바닥에 가볍게 우리를

---

24 『파르살리아』 4권 617행에 의하면 헤라클레스는 안타이오스와 싸울 때 그의 억센 손에 붙잡혔다고 한다.
25 가리센다Garisenda는 12세기 볼로냐에 세워진 소위 〈두 개의 탑〉 중 하나이다. 다른 탑에 비해 높이는 더 낮지만 비스듬히 기울어져 있다. 따라서 구름이 지나갈 때 기울어진 쪽 아래에서 올려다보면, 일종의 착시 현상으로 구름은 멈추어 있고 오히려 탑이 기울어 무너지는 것처럼 보인다.

내려놓았고, 구부린 채 머무르지 않고

마치 배의 돛대처럼 몸을 일으켰다.

26 지옥의 마왕으로 원래 천사였으나 하느님에게 반역하여 지하에 떨어졌다고 한다. 아름다운 용모를 자랑하였지만 하늘에서 쫓겨나면서 추악한 모습이 되었다. 단테는 그를 세 개의 얼굴에 박쥐와 같은 세 쌍의 날개를 가진 모습으로 묘사하고 있다.

31 : 142~144

그는 유다와 함께 루키페르를 삼키고 있는 밑바닥에 가볍게 우리를 내려놓았고

제32곡

단테는 지옥의 마지막 아홉째 원으로 내려가는데, 그곳에는 다양한 배신자들이 코키토스 호수 속에 꽁꽁 얼어붙어 있다. 첫째 구역 카이나에는 가족과 친척을 배신한 영혼들이 있고, 둘째 구역 안테노라에는 조국과 동료들을 배신한 영혼들이 벌받고 있다. 단테는 그들 중 몇 명과 이야기를 나누고 대표적인 죄인들을 열거한다.

다른 모든 바위들이 짓누르고 있는
그 사악한 웅덩이에 걸맞을 만큼
거칠고 거슬리는 시구들을 가졌다면,   3

내 상념의 핵심을 좀 더 충분히
짜낼 테지만, 그것을 갖지 못했으니
두려움 없이 이야기를 이끌기 어렵구나.   6

모든 우주의 밑바닥[1]을 묘사하기는
농담조로 가볍게 다룰 일도 아니고
엄마 아빠를 부르는 말도 아니기 때문이다.   9

하지만 암피온[2]을 도와 테바이의 성벽을
쌓았던 여인들[3]이여, 내 시구들을 도와

---

1 당시의 관념에서 지구는 우주의 중심이었고, 따라서 지구의 중심은 바로 우주의 중심이었다.
2 유피테르와 안티오페 사이에 태어난 쌍둥이 중의 하나로, 음악에 뛰어난 재능을 갖고 있었으며 쌍둥이 형제 제토스와 함께 테바이의 왕이 되었다.
3 예술과 학문을 수호하는 무사 여신들을 가리킨다. 암피온과 제토스 형제가 테바이의 성벽을 쌓을 때 무사 여신들이 도와주었는데, 암피온이 리라를 연주하자 산의 돌들이 저절로 움직여 성벽을 쌓았다고 한다.(호라티우스, 『시론 Ars Poetica』 394행 참조)

나의 말이 사실과 다름없도록 해주오.　　　　　　　　12

오, 그 무엇보다 사악하게 창조되어
말하기 힘든 장소에 있는 천민들이여,
차라리 세상에서 양이나 염소였더라면!　　　　　　15

우리가 거인의 발치보다 더 아래의
어두운 웅덩이 안으로 내려왔을 때
나는 높은 절벽을 바라보고 있었는데　　　　　　18

이런 말이 들렸다. 「네 걸음을 조심해라.
불쌍하고 지친 네 형제들의 머리를
발바닥으로 밟지 않고 가도록 해라.」　　　　　　21

그래서 나는 몸을 돌렸고 내 앞의
발밑에서 호수를 보았는데, 추위로
얼어붙어 물이 아니라 유리처럼 보였다.　　　　　24

겨울철 오스트리아의 도나우강이나
추운 하늘 아래의 돈강도 물줄기에
이처럼 두터운 너울을 덮지 않았으리.　　　　　27

탐베르니키⁴나 피에트라파나⁵산이
그 위로 떨어진다 하더라도

4　Tambernicchi. 산의 이름인 것은 분명하지만, 어디에 있는 산을 가리키는지 확실하게 알 수 없다.
5　Pietrapana. 토스카나 지방의 산이다.

32: 19~21
네 걸음을 조심해라.
불쌍하고 지친 네 형제들의 머리를 발바닥으로 밟지 않고 가도록 해라.

가장자리에 금도 가지 않으리라.   30

그리고 시골 아낙네가 이삭줍기를
자주 꿈꿀 무렵에,[6] 마치 개구리가
물 위로 코만 내밀고 개굴거리듯이,   33

얼음 속의 괴로운 영혼들은 부끄러움이
나타나는 곳[7]까지 납빛이 되어
황새 소리를 내며 이빨을 부딪쳤다.[8]   36

모두 얼굴을 아래로 숙이고 있었는데,
그들의 입에서는 추위가, 눈에서는
슬픔의 감정이 솟아나고 있었다.   39

잠시 주위를 둘러본 뒤 발치를 보니,
머리카락이 서로 뒤섞일 정도로
가깝게 붙어 있는 두 영혼[9]이 보였다.   42

나는 말했다. 「그렇게 가슴을 맞대고 있는
그대들은 누구요?」 그들은 고개를 들어
나를 향해 얼굴을 똑바로 쳐들었다.   45

6 밀의 수확이 시작되는 초여름 무렵.
7 얼굴. 빨갛게 붉어짐으로써 부끄러움을 드러내기 때문이다.
8 추워서 덜덜 떠는 이빨들이 맞부딪치는 소리를 황새가 내는 소리에 비유하고 있다.
9 뒤에 나오는 알베르토의 두 아들 나폴레오네와 알레산드로이다. 본문에서 이름이 언급되지
않는 그들은 유산 문제와 함께 정치적 이유로 서로 원수가 되어 싸웠고 결국 둘 다 죽임을 당했다.
나폴레오네는 기벨리니파에, 알레산드로는 궬피파에 속했다.

그들의 눈은 처음에는 안에만 젖더니
눈물방울이 입술을 적셨고, 추위가
눈물을 얼려 서로 뒤엉키게 했다.   48

어떤 죔쇠도 나무와 나무를 그리 강하게
붙이지 못했을 것이니, 두 마리 염소처럼
분노에 사로잡힌 그들은 서로 충돌하였다.   51

추위 때문에 양쪽 귀가 모두 떨어진
다른 한 영혼이 얼굴을 숙인 채 말했다.
「왜 그렇게 우리를 거울처럼 바라보는가?   54

저 두 사람이 누구인지 알고 싶다면,
비센치오¹⁰ 냇물이 흘러내리는 계곡이
아버지 알베르토¹¹와 저들의 것이었지요.   57

저들은 한 몸에서 나왔지만, 카이나¹²를
온통 찾아보아도, 저들보다 얼음 속에
처박히기에 적합한 영혼은 찾지 못하리다.   60

아서가 손으로 내려친 타격에 의해

10 Bisenzio. 토스카나 지방의 작은 시내이다.
11 알베르토 델리 알베르티Alberto degli Alberti. 그는 비센치오와 시에베 계곡 근처의 많은
토지와 성을 소유하고 있었다.
12 Caina. 아홉째 원의 첫째 구역 이름으로 단테가 지어낸 것으로, 「창세기」에 나오는 카인의
이름에서 따온 명칭이다. 카인은 자신의 형제 아벨을 죽임으로써 인류 최초의 살인자가 되었다. 따
라서 이 구역의 영혼들은 자신의 가족이나 친척을 살해한 죄인들이다. 아홉째 원의 다른 구역들인
안테노라, 톨로메아, 주데카도 마찬가지 방식으로 이름 지어졌다.

가슴과 그림자까지 뚫렸던 자[13]도,
포카차[14]도, 내가 멀리 보지 못하게   63

머리로 내 앞을 가로막는 이놈, 그대가
토스카나 사람이라면 이미 알고 있을
이 사솔 마스케로니[15]도 그렇지 못하리.   66

이제 더 이상 나에게 말 시키지 마오.
나는 카미촌 데 파치[16]였고, 내 죄를
가볍게 해줄 카롤리노[17]를 기다리고 있지요.」   69

나는 추위 때문에 창백해진 얼굴들을
수없이 보았으니, 얼어붙은 강물만 보아도
소름이 끼치고 또 앞으로도 그럴 것이다.   72

모든 중력이 한꺼번에 집중되고 있는
중심을 향해 우리가 가는 동안, 그리고

13 아서왕의 이야기를 다룬 랜슬럿(「지옥」 5곡 127행 참조)의 소설에 나오는 등장인물 모드레트Mordret(또는 모드레드Modred). 그는 아서왕의 조카였는데, 왕을 배반하여 죽이려다 발각되었다. 왕은 그를 창으로 찔렀는데, 창을 뽑자 가슴에 완전히 뚫린 구멍 사이로 햇살이 통과하여 땅에 비친 그림자까지 찢어진 모습이었다고 한다.
14 Focaccia. 반니 데이 칸첼리에리Vanni dei Cancellieri의 별명이다. 그는 피렌체 근처 발다르노 출신으로 피스토이아의 궬피 백당에 속했으며 숙부를 살해했다.
15 Sassol Mascheroni. 피렌체 토스키 가문 출신으로, 부자였던 숙부가 죽자 그의 외아들을 죽이고 재산을 차지하였다. 나중에 탄로되어 그는 통 속에 넣어져 땅바닥에 끌려 다닌 다음 교수형에 처해졌다.
16 Camicion de' Pazzi. 그는 자신의 친척 우베르티노를 죽였다.
17 같은 파치 가문의 카롤리노Carolino. 궬피 백당에 속했던 그는 흑당에 매수되어 백당의 많은 사람이 죽거나 잡히게 만들었다. 그가 카미치온의 죄를 가볍게 해준다는 것은, 자기 당파를 배신하는 더 큰 죄를 지었기 때문에, 코키토스의 둘째 구역 안테노라에 갈 것이라는 뜻이다.

내가 영원한 응달 속에서 덜덜 떠는 동안,   75

운명인지 또는 행운인지 모르겠지만
나는 수많은 머리들 사이로 지나가면서
한 명의 얼굴을 발로 세게 걷어찼다.   78

그는 울부짖었다. 「왜 나[18]를 짓밟는가?
네가 몬타페르티의 복수를 하기 위해
온 것이 아니라면 왜 나를 괴롭히는가?」   81

이에 나는 말했다. 「스승님, 내가 저놈에 대한
의혹에서 벗어나게 여기서 기다려 주세요.
그런 다음 원하시는 대로 재촉하십시오.」   84

스승님은 걸음을 멈추었고, 나는 아직도
사납게 욕을 퍼붓는 그에게 말하였다.
「다른 사람을 그렇게 욕하는 너는 누구냐?」   87

그는 대답했다. 「너는 누구인데 안테노라[19]를
지나가면서, 살아 있다 해도 지나칠 정도로
다른 사람의 얼굴을 발로 차며 가느냐?」   90

18 뒤에 이름이 나오는 보카 델리 아바티Bocca degli Abati. 그는 원래 궬피파였으나 당시 우
세하던 기벨리니파를 편들었다. 1260년 벌어진 몬타페르티Montaperti 전투에서 그는 칼로 기수의
손을 쳐 깃발을 떨어뜨림으로써 전의를 상실한 궬피파는 패배하였다.
19 Antenora. 아홉째 원의 둘째 구역. 트로이아 사람 안테노르의 이름에서 나왔다. 그는 트로
이아 전쟁 때 조국을 배신하고 몇몇 그리스 사람들과 우정을 맺었으며, 또한 신호를 하여 그리스 군
인들이 목마에서 나오도록 하였다. 따라서 이곳에서는 자기 조국이나 당파를 배신한 죄인들이 벌받
고 있다.

나는 대답했다. 「나는 살아 있고, 만약
네가 이름을 남기기 원한다면, 너의
이름을 내 기억 속에 적어 둘 수 있다.」   93

그가 말했다. 「나는 정반대를 원하니,[20]
나를 귀찮게 하지 말고 여기에서 꺼져라.
그런 유혹은 이 구덩이에서 소용없으니까!」   96

그래서 나는 그의 머리채를 잡고 말했다.
「네 이름을 밝히는 게 좋을 거야. 아니면
이 머리카락이 하나도 남지 않을 테니.」   99

그가 말했다. 「내 머리털을 모두 뽑아낸다 해도,
내 머리를 천 번이나 걷어찬다 해도,
내가 누구인지 너에게 밝히지 않겠다.」   102

나는 손에 잡힌 머리카락을 잡아채
이미 한 움큼도 더 뽑아냈기 때문에
그는 눈을 아래로 깔고 울부짖었고,   105

그때 다른 자가 외쳤다. 「무슨 일이냐,
보카야? 주둥이로 소리 내는 게[21] 부족해
울부짖느냐? 어떤 악마가 너를 건드리느냐?」   108

나는 말했다. 「이제는 너의 말을 듣기도 싫다,

20   다른 죄인들과는 달리 조국을 배신한 자들은 자기 이름이 세상에 알려지기를 원치 않는다.
21   추워서 이빨을 덜덜 떨면서 내는 소리이다.

32: 100~102
내 머리털을 모두 뽑아낸다 해도, 내 머리를 천 번이나 걷어찬다 해도,
내가 누구인지 너에게 밝히지 않겠다.

이 사악한 배신자야. 너의 수치에다
너에 대한 진정한 이야기를 전하겠다.」   111

그가 대답했다. 「꺼져라. 원하는 대로 해라.
하지만 이곳에서 나가거든, 재빨리 혓바닥을
놀리던 저놈[22]에 대해서도 침묵하지 마라.   114

저놈은 프랑스인들의 은화 때문에 여기서
울고 있다. 이렇게 말해라, 〈나는 죄인들이
얼어붙은 곳에서 두에라 놈을 보았다〉고.   117

누군가 〈또 누가 거기 있던가?〉 하고
질문하거든, 피렌체에서 목이 잘려 버린
베케리아의 그놈[23]이 네 저쪽에 있노라.   120

저쪽에 잔니 데 솔다니에르[24]가 있는데,
게늘롱[25]과, 또 잠든 사이에 파엔차를
열어 준 테발델로[26]도 함께 있을 것이야.」   123

22   크레모나의 영주였던 두에라Duera(또는 도베라Dovera) 사람 부오소Buoso. 그는 1265년 나폴리의 왕 만프레디의 위임으로 카를로 단조 1세의 군대를 저지하기로 하였으나, 돈에 매수되어 프랑스 군대를 통과시켰다.

23   베케리아Beccheria 가문의 테사우로Tesauro. 그는 파비아 출신으로 발롬브로사의 수도원 장이며 교황의 토스카나 사절이었다. 1258년 기벨리니파가 추방된 후 기벨리니파와 음모하여 반역을 시도하였다는 혐의로 체포되어 교수형을 당했다.

24   Gianni de' Sodanier. 피렌체 기벨리니파의 일원이었는데, 개인적 욕심을 채우기 위해 자기 당파를 배신하고 적을 도왔다.

25   Guenelon 또는 Guenes(이탈리아어 이름은 가넬로네Ganellone). 중세 무훈시에 등장하는 인물로『롤랑의 노래』에서는 론세스바예스 고갯길의 매복에서 주요 배신자였다.

26   Tebaldello. 파엔차Faenza의 잠브라시 가문 출신. 개인적인 모욕을 보복하기 위해 고향을 배신하고 볼로냐의 궬피파에게 넘겨주었다.

우리는 이미 그에게서 떠났으며, 나는
한 구멍에 둘이 얼어붙은 것을 보았는데,
하나의 머리가 다른 자의 모자가 되어 있었다.   126

그리고 마치 배고픔에 빵을 씹어 대듯이,
위에 있는 자는 다른 자의 머리와 목덜미가
맞붙은 곳을 이빨로 물어뜯고 있었다.   129

티데우스27가 광포하게 멜라니포스의
관자놀이를 물어뜯었던 것과 다름없이
그는 머리와 다른 곳을 깨물고 있었다.   132

나는 말했다.「오, 짐승 같은 모습으로
씹어 먹히는 자를 향해 증오를 드러내는
그대여, 이유를 말해 주오. 그 대신   135

만약 그대가 정당하게 분노하고 있다면,
또 내가 그의 죄를 알고 그대가 누구인지
안다면, 말하는 내 혀가 마르지 않는 한   138

저 위 세상에서 그대에게 보상하리다.」

---

27 테바이를 공격한 일곱 왕들 중 하나로 멜라니포스와 싸우다 치명상을 입었는데, 나중에 죽은 멜라니포스의 잘린 머리를 보자 그 머리의 골을 파먹었다고 한다.

32: 134~135

증오를 드러내는 그대여, 이유를 말해 주오.

제33곡

단테는 피사 출신 우골리노 백작의 비참한 최후에 대한 이야기를 듣는다. 정치 싸움에서 패한 그는 두 아들, 두 손자와 함께 탑 속에 갇혀서 굶어 죽었다. 뒤이어 단테는 셋째 구역 톨로메아로 내려가고, 그곳에서 친구를 배신한 알베리고 수사와 이야기를 나눈다.

그 죄인[1]은 잔혹한 식사에서 입을
떼더니, 자신이 망가뜨린 뒤통수의
머리카락으로 자신의 입을 닦았다.   3

그러고는 말했다. 「이야기하기도 전에
생각만 해도 마음을 짓누르는 절망적인
고통의 이야기를 다시 하게 만드는구려.   6

하지만 내 말이 씨앗이 되어 내가
물어뜯는 이 배신자에게 치욕을 준다면,
그대는 울며 말하는 나를 볼 것이오.   9

그대가 누구인지, 또 어떻게 이 아래에
왔는지 모르겠지만, 그대 말을 들으니

---

1 게라르데스카 가문의 우골리노Ugolino 백작으로 피사 근처와 사르데냐섬의 방대한 영지를 소유했던 귀족이었다. 전통적으로 그의 가문은 기벨리니파였으나 1275년 피사에서 궬피파가 승리하도록 도와주었다(아마 이 배신 때문에 단테는 그를 안테노라에 둔 것으로 짐작된다). 뒤이어 그는 사위와 함께 피사의 정권을 장악하였으나, 1288년 루제리Ruggieri 대주교와 피사의 여러 가문이 이끄는 기벨리니파가 봉기하였다. 여기에서 포로가 된 그는 두 아들과 두 손자와 함께 탑 속에 갇혔고 거기에서 굶어 죽었다.

그대는 분명히 피렌체 사람 같구려.   12

나는 우골리노 백작이었고, 또 이놈은
루제리2 대주교였음을 알아야 하오.
왜 내가 이놈 곁에 있는지 말해 주리다.   15

이놈의 사악한 계략으로 인해, 이놈을
믿었던 내가 붙잡혀 죽임을 당했다는
사실은 다시 말할 필요가 없을 것이오.   18

하지만 그대가 아마 모르는 것, 그러니까
내 죽음이 얼마나 잔인했는가 들어 보면,
이놈이 나를 얼마나 모욕했는지 알리다.   21

나로 인해 〈굶주림〉이라는 이름을 갖고,
지금도 다른 사람들을 가두고 있는
그 탑3의 좁은 틈 사이 구멍을 통해   24

이미 많은 달이 모습을 보였을 무렵,4
나는 내 앞날의 베일을 벗겨 주는
아주 흉측한 악몽을 꾸게 되었지요.   27

2 우발디니Ubaldini 가문 출신으로 1278년 피사의 대주교가 되었다. 포로가 된 우골리노 백작
과 그 자식들이 너무나도 가혹하게 죽도록 만들었기 때문에, 교황 니콜라우스 4세로부터 엄중한 경
고를 받았다.
3 괄란디Gualandi 가문이 세운 탑으로 당시 피사시의 소유였다. 우골리노와 그의 자식들이 그
안에서 굶어 죽은 후 〈굶주림의 탑〉이라 불렸다고 한다.
4 탑에 갇힌 지 여러 달이 지났다는 뜻이다. 그는 1288년 7월부터 이듬해 3월까지 갇혀 있었다.

꿈에서 이놈은 피사와 루카 사이를
가로막는 산⁵에서 늑대와 그 새끼들⁶을
사냥하는 우두머리 두목으로 보이더군요.   30

날쌔고 야위고 길들여진 암캐들과 함께
괄란디, 시스몬디, 란프랑키⁷ 등을
이놈은 맨 앞에 내세우고 있더군요.   33

조금 달린 후에 아비와 자식들은
지친 것처럼 보였고, 이놈은 날카로운
이빨로 그들 옆구리를 찢는 것 같더군요.   36

꼭두새벽에 나는 잠에서 깼는데,
나와 함께 있던 아들들⁸이 잠결에
울면서 빵을 달라는 것을 들었지요.   39

꿈이 내 가슴에 예고하는 것을 생각해도
슬프지 않다면, 정말 매정하군요. 그대가
울지 않는다면, 대체 무엇 때문에 울지요?⁹   42

---

5 줄리아노Giuliano산을 가리키는데, 원문에는 〈피사 사람들이 루카를 볼 수 없도록 만드는 산〉으로 되어 있다.

6 우골리노 자신과 그의 아들, 손자들을 가리킨다.

7 Gualandi, Sismondi, Lanfranchi. 모두 피사의 귀족 가문들로서 루제리 대주교와 함께 기벨리니파의 봉기에 앞장섰다.

8 정확하게 말하자면 두 아들과 두 손자인데, 애정 어린 표현으로 모두 아들들이라 부른다. 두 아들은 가도Gaddo(68행)와 우귀초네Uguiccione(89행)이고, 두 손자는 브리가타Brigata라 불리기도 하는 니노Nino(89행)와 안셀무초Ansemuccio(50행)이다.

9 단테의 냉정한 태도에 대해 우골리노는 일종의 연민을 호소하고 있다.

자식들은 이미 깨어 있었고, 으레 음식을
갖다주던 시간이 다가오고 있었는데,
각자 자신의 꿈 때문에 두려웠지요.   45

그리고 나는 그 무서운 탑의 아래에서
입구를 못질하는 소리를 들었고, 그래서
아들들의 얼굴을 말없이 바라보았지요.   48

나는 울지 않았고 가슴속은 돌이 되었는데,
아들들은 울었고 안셀무초가 말하더군요.
〈할아버지, 무슨 일인데, 왜 그렇게 쳐다봐요?〉   51

그렇지만 나는 그날 하루 종일, 또한
밤이 되고 또 다른 태양이 세상에 나올
때까지 울지도 않았고 대답도 하지 않았소.   54

그 고통스러운 감옥에 약간의 햇살이
스며들었을 때, 나는 네 아들의 얼굴을
통하여 나 자신의 모습을 보았답니다.   57

괴로운 마음에 나는 손을 물어뜯었는데,
그들은 내가 먹고 싶어서 그런 것으로
생각하고 곧바로 일어서서 말하더군요.   60

〈아버지, 저희를 잡수시는 것이 우리에게
덜 고통스럽겠습니다. 이 비참한 육신을
입혀 주셨으니, 이제는 벗겨 주십시오.〉   63

33: 61~63
아버지, 저희를 잡수시는 것이 우리에게 덜 고통스럽겠습니다.
이 비참한 육신을 입혀 주셨으니, 이제는 벗겨 주십시오.

그들을 슬프게 하지 않으려고 나는 진정했고,
그날도 다음 날도 우리 모두 말이 없었지요.
아, 매정한 땅이여, 왜 열리지 않았던가?[10]   66

그리고 넷째 날이 되었을 때 가도가
내 발 앞에 길게 쓰러지면서 말하더군요.
〈아버지, 왜 나를 도와주지 않습니까?〉   69

그는 그 자리에서 죽었지요. 그리고 그대가
나를 보듯, 나는 닷샛날과 엿샛날 사이에
세 아들들이 하나씩 쓰러지는 것을 보았소.   72

이미 눈이 먼 나는 그들의 몸을 하나씩 더듬으면서
그들이 죽은 후 이틀 동안 이름을 불렀는데,
고통 못지않게 배고픔도 괴로웠답니다.」   75

그렇게 말하더니 그는 눈을 부릅뜨며
마치 개의 이빨처럼 뼈로 된 듯 억센
이빨로 그 처참한 머리통을 물어뜯었다.   78

아, 피사여, 〈시〉 소리가 울려 퍼지는
아름다운 나라[11] 사람들의 수치여,
이웃들이 너를 처벌하는 데 더디다면,   81

카프라이아섬과 고르고나섬[12]이

10 차라리 땅이 갈라져 그 안에 떨어져 죽는 게 좋았으리라는 뜻이다.
11 이탈리아를 가리킨다. 〈시 si〉는 이탈리아어에서 〈예〉라는 뜻이다.

33:70

그는 그 자리에서 죽었지요.

33: 73~75
그들의 몸을 하나씩 더듬으면서 그들이 죽은 후 이틀 동안 이름을 불렀는데,
고통 못지않게 배고픔도 괴로웠답니다.

움직여 아르노강 어귀를 가로막아
그 안에 모든 사람이 빠져 죽었으면!   84

비록 우골리노 백작이 너의 성들을
배신했다는 소문이 있더라도,13 너는
자식들까지 십자가에 매달지 않았어야지!   87

새로운 테바이여,14 우귀초네와
브리가타, 이 노래가 위에서 부른 두
아이는 나이가 어려 아무 죄가 없었노라.   90

우리는 그곳을 지나 다른 무리가 처참하게
얼어붙은 곳에 이르렀는데, 그들의 얼굴은
아래를 향하지 않고 모두 쳐들려 있었다.   93

그곳에는 울음 자체가 울음을 허용하지
않았으니, 눈 위에서 가로막힌 고통이
안으로 향해 더욱 큰 고통이 되었다.15   96

먼저 흘린 눈물이 응어리를 이루어
수정으로 된 눈가리개처럼 눈썹 아래
움푹 팬 곳을 가득 채웠기 때문이다.   99

12 카프라이아Capraia섬과 고르고나Gorgona섬은 피사를 가로지르는 아르노강의 어귀의 두 섬이다. 이 두 섬이 강어귀를 막아 피사가 완전히 물속에 잠겼으면 좋겠다는 뜻이다.
13 우골리노 백작이 피사의 정권을 장악하고 있을 때, 제노바, 피렌체, 루카가 연합하여 위협을 가하자, 그는 피사를 지키기 위해 주변의 몇몇 성들을 양도하였다.
14 테바이는 갖가지 잔혹한 범죄들로 유명했기 때문에 피사를 거기에 빗대어 그렇게 부른다.
15 눈물이 눈 위에서 얼어붙었기 때문이다.

그런데 추위 때문에 내 얼굴에
마치 못이 박힌 것처럼 온갖 감각이
완전히 사라져 버린 것 같았지만,   102

한 가닥 바람을 느꼈기에 내가 말했다.
「스승님, 누가 이 바람을 일으킵니까?
여기는 온갖 공기가 꺼진 곳이 아닙니까?」   105

그분은 말하셨다. 「잠시 후에 너는 너의
눈이 대답을 해줄 곳에 이를 것이고,
이 입김이 부는 이유를 보게 되리라.」   108

그때 차가운 얼음 속의 한 비참한 영혼이
우리에게 외쳤다. 「오, 잔인한 영혼들이여,
그대들에게 마지막 장소16가 주어졌구려.   111

내 얼굴에서 이 단단한 너울을 벗겨 주어
눈물이 얼어붙기 전에 잠시라도 이
가슴에 젖는 고통을 토로하게 해주오.」   114

그래서 나는 그에게 말했다. 「내 도움을 원한다면,
그대가 누군지 말해 다오. 그래도 풀어 주지
않으면 나는 얼음 바닥으로 가야 하리다.」17   117

16   아홉째 원의 마지막 넷째 구역 주데카.(「지옥」 34곡 116행 참조) 그는 시인들이 그곳으로
가는 영혼들인 줄 알고 이렇게 말한다.
17   영혼이 신분을 밝히면, 눈자위에 얼어붙은 눈물을 꼭 걷어 주겠다는 약속이다. 하지만 단테
의 이런 약속은 거짓말이다.(149~150행 참조)

그가 말했다. 「나는 알베리고 수사[18]인데,
사악한 동산의 열매 같았으니 여기에서
무화과 대신 대추야자를 따고 있소.」[19]   120

나는 말했다. 「오호! 그대가 벌써 죽었단 말인가?」
그가 말했다. 「내 육신이 저 위 세상에서
어떻게 되어 있는지, 나는 전혀 모르오.   123

이 톨로메아[20]는 그런 특권이 있는데,
아트로포스[21]가 움직이기도 전에 종종
영혼이 이곳에 떨어지는 경우가 있지요.   126

그대가 좀 더 기꺼이 나의 얼굴에서
얼어붙은 눈물을 떼도록 말해 주리다.
내가 그랬듯이 영혼이 배신하게 되면,   129

곧바로 그 육신을 악마가 빼앗아서,
그 이후로 남아 있는 시간이 모두

18   frate Alberigo. 만프레디 가문 출신으로 향락 수도자(「지옥」 23곡 103행 참조)였고, 파엔
차의 궬피파에 속했다. 자기 친척들과 불화 관계에 있었는데, 화해하자는 핑계로 그들을 잔치에 초
대하여 죽였다. 잔치에서 음식을 먹은 후 그는 과일을 가져오라고 명령했고, 이를 신호로 부하들이
초대한 손님들을 살해했다. 열매의 비유는 여기에서 나온 것이다.
19   값비싼 대가를 치르고 있다는 뜻이다. 당시 피렌체에서는 무화과가 가장 싸고, 대추야자는
가장 비싼 과일이었다고 한다.
20   Tolomea. 손님들을 배신한 영혼들이 벌받는 셋째 구역. 「마카베오기 상권」 16장 11~16절
에 나오는 프톨레마이오스(이탈리아어로는 톨로메오)의 이름에서 나왔다. 그는 나라를 차지하려고
장인 시몬 마카베오와 아들들에게 주연을 베풀고 술에 취한 그들을 살해했다.
21   그리스 신화에 나오는 운명의 세 여신들, 즉 모이라이 중 하나로 생명의 실을 끊음으로써
죽음을 결정한다. 다른 여신 클로토는 생명의 실을 잣고, 라케시스는 그 실을 재고 운명을 결정한다.

흐르는 동안 줄곧 지배하게 되지요.[22]   132

영혼은 이곳 웅덩이로 떨어지지만
내 뒤 얼음 속에서 겨울을 나는 영혼들의
육신은 아마 저 위에서 볼 수 있을 거요.   135

그대가 방금 여기 왔다면 알겠지만,
저놈은 브란카 도리아[23]인데, 저렇게
갇혀 있는 지 벌써 몇 해가 지났지요.」   138

나는 말했다. 「그대가 나를 속이는 모양이군요.
브란카 도리아는 절대 안 죽었고, 지금
잘 먹고 마시고 자고 옷을 입고 있소.」   141

그가 말했다. 「저 위 말레브란케의 구덩이,[24]
끈적끈적한 역청이 끓어오르는 곳에
미켈레 찬케가 채 도착하기도 전에   144

저놈은 자신을 대신하여 악마에게
제 육신을 건네주었고, 그와 함께
배신한 그의 친척 하나도 그랬지요.   147

---

22   그러니까 영혼은 이미 지옥으로 떨어진 다음, 악마가 깃들은 육체가 지상에서 남은 생애 동안 살아간다는 뜻이다. 원래의 영혼이 떠난 뒤에도 소위 〈육화된 악마〉가 지상에서 살아간다는 끔찍하고 가공스러운 이야기이다.

23   ser Branca Doria. 제노바의 귀족으로 미켈레 찬케(「지옥」22곡 88행 참조)의 사위로 사르데냐의 로구도로 관구를 자기 것으로 만들기 위해 장인을 연회에 초대하여 살해하였다.

24   여덟째 원의 다섯째 구렁이다.

여하간 이제 손길을 뻗어 내 눈을 좀
열어 주오.」 하지만 나는 열어 주지 않았다.
그런 악당에겐 오히려 그게 예의였으니까.   150

아, 제노바 사람들이여, 온갖 미풍양속을
버리고 온갖 악덕으로 가득한 사람들이여,
어찌하여 세상에서 사라지지 않았는가?   153

로마냐의 사악한 영혼²⁵과 함께 나는
그대들 중의 하나를 보았는데, 자신의
죄로 그 영혼은 코키토스에 잠겨 있지만,   156

육신은 아직도 위에 살아 있는 모양이다.

25 알베리고 수사.

제34곡

단테는 지옥의 가장 밑바닥 주데카에서 은혜를 배신한 영혼들이 루키페르에게 처참한 양상으로 벌받고 있는 것을 본다. 지옥의 모든 것을 둘러본 두 시인은 루키페르의 몸에 매달려 지구의 중심을 지나고, 좁은 동굴을 통해 남반구를 향해 기어오른다. 그리고 마침내 동굴 입구에 이르러 하늘의 별들을 보게 된다.

「〈지옥 왕의 깃발들이 나아온다.〉[1]
우리를 향해. 네가 알아볼 수 있을지
앞을 바라보아라.」 스승님이 말하셨다.   3

마치 빽빽한 안개가 끼거나, 또는
우리 반구가 어둠에 잠길 때, 멀리서
바람에 돌아가는 풍차가 보이듯이   6

나는 그런 건물을 본 것 같았는데,
바람이 나를 뒤로 밀쳐 냈고, 달리
피할 곳이 없어 안내자 뒤로 숨었다.   9

그곳[2] 영혼은 모두 얼음 속에 파묻혀
유리 속의 지푸라기처럼 환히 보였으니,
두려움과 함께 시구로 옮기고자 한다.   12

1 라틴어로 된 원문은 Vexilla regis prodeunt inferni이다. 6세기 푸아티에의 주교였던 베난티우스 포르투나투스Venantius Fortunatus의 유명한 송시 첫 구절에다 inferni(〈지옥의〉)를 덧붙여 바꾸었는데, vexilla regis(〈왕의 깃발〉)는 원래 십자가를 상징한다.
2 아홉째 원의 마지막 넷째 구역인 주데카Giudecca(117행). 예수를 팔아먹은 유다(이탈리아어로는 주다Giuda) 이스카리옷의 이름에서 나왔다.

일부는 누워 있고 일부는 서 있었는데,
누구는 머리로, 누구는 발로 서 있었고,
누구는 활처럼 얼굴을 발에 대고 있었다.   15

우리가 조금 더 앞으로 나아갔을 때,
스승님은 전에 멋진 용모를 가졌던 놈[3]을
나에게 보여 주시는 것이 즐거웠던지,   18

몸을 비켜 나를 앞세우더니 말하셨다.
「저기 디스[4]가 있다. 네가 마음을
단단히 무장해야 할 곳이니라.」   21

그때 나는 얼마나 얼어붙고 겁이 났는지
독자여, 묻지 마오. 여기 쓰지 않는 이유는
어떠한 말도 부족할 것이기 때문이오.   24

나는 죽은 것도, 산 것도 아니었으니,
약간의 재능만 있다면, 어떻게 내가 죽음도
삶도 아니었는지 그대들이 생각해 보시라.   27

그 고통스러운 왕국의 황제는 가슴부터
상반신을 얼음 밖으로 내밀고 있었는데,
그의 팔뚝과 거인을 비교하는 것보다   30

거인과 나를 비교하는 편이 더 나으리라.

3 지옥의 마왕 루키페르는 하늘에서 쫓겨나기 전에는 뛰어난 용모의 천사였다고 한다.
4 루키페르를 가리킨다.(「지옥」 8곡 69행 참조)

34: 20~21
저기 디스가 있다.
네가 마음을 단단히 무장해야 할 곳이니라.

몸의 한 부분이 그 정도였으니, 전체의
몸은 얼마나 클 것인지 상상해 보시라.   33

전에 아름다웠던 만큼 지금은 추했는데,
자신의 창조주께 눈썹을 치켜세웠으니
모든 악과 고통이 그놈에게서 비롯되었다.   36

아, 그놈의 머리에서 세 개의 얼굴을
보았을 때 나는 얼마나 놀랐던가!
앞의 얼굴 하나는 짙은 빨간색이었고,[5]   39

다른 두 개의 얼굴은 그것과 맞붙어
각 어깨의 한가운데에 솟아 있어서
머리카락 부분은 서로 합쳐져 있었다.   42

오른쪽 얼굴은 하양과 노랑 사이의
색깔로 보였고, 왼쪽 얼굴은 나일강이
흐르는 고장의 사람들[6]을 보는 듯했다.   45

각 얼굴 아래에는 그렇게 큰 새에게나
어울릴 거대한 두 날개가 솟아 있었는데,
그렇게 큰 바다의 돛은 본 적이 없었다.   48

날개에는 깃털이 없었고 마치 박쥐 같은

5 세 개의 얼굴은 각각 빨간색, 노란색, 까만색으로 되어 있는데, 하느님의 권능, 지혜, 사랑과
는 대립되는 무능력, 무지, 증오를 상징하는 것으로 해석되기도 한다.
6 에티오피아 지역의 흑인들로 아주 검다는 뜻이다.

형상이었으며, 그 날개들을 퍼덕이면
거기에서 세 줄기의 바람이 일어났고,   51

그리하여 코키토스는 온통 얼어붙었다.
여섯 개의 눈은 눈물을 흘렸고, 세 개의
턱에는 피 맺힌 침과 눈물들이 흘러내렸다.   54

각각의 입은 마치 삼[麻]을 짓찧듯이
이빨로 죄인을 하나씩 짓씹고 있어서
세 놈에게 엄청난 고통을 주고 있었다.   57

앞의 놈이 단지 물어뜯기는 것은 할퀴는
것에 비하면 아무것도 아니었으니,[7]
때로는 등 피부가 온통 벗겨지기도 했다.   60

스승님이 말하셨다. 「저기 위에서 가장 큰
형벌을 받는 영혼이 유다 이스카리옷인데,
머리는 입 안에 있고, 다리는 밖에 나와 있다.   63

머리가 아래로 처박힌 다른 두 놈 중
검은 얼굴에 매달린 놈은 브루투스[8]인데,
보아라, 말도 없이 몸을 비틀고 있구나.   66

7 앞의 입에 물린 놈은 단지 물어뜯기고 있지만, 다른 두 놈은 거기에다 날카로운 손톱으로 할
퀴어 껍질이 벗겨져 더 고통스럽다는 뜻이다.
8 마르쿠스 유니우스 브루투스Marcus Iunius Brutus(B.C. 85~B.C. 42). 로마 시대의 정치가
로 카이사르와 함께 갈리아 원정에 참가하였으나 나중에 카이사르의 암살에서 주동적인 역할을 하
였다. 암살 후 그리스 북부 필리피로 달아났으나 그곳에서 옥타비아누스와 안토니우스의 군대에 패
배하여 자결하였다.

좀 더 건강해 보이는 놈이 카시우스[9]이다.
하지만 또다시 밤이 되니, 이제 떠나야 한다.[10]
우리는 모든 것을 보았으니까.」   69

그분이 원하는 대로 나는 그의 목에
매달렸고, 날개가 충분히 펼쳐졌을 때
그분은 적당한 시간과 장소를 골라   72

그놈의 털투성이 겨드랑이에 단단히
매달렸고, 털을 움켜잡고는 무성한 털과
얼음판 사이를 통해 아래로 내려가셨다.   75

허벅지가 구부러지는 곳, 엉덩이가
불룩 튀어나온 지점에 이르렀을 때
스승님은 숨을 헐떡이면서 힘겹게,[11]   78

다리가 있던 곳으로 머리를 돌리더니
기어오르는 사람처럼 털을 움켜잡았기에
나는 다시 지옥으로 돌아가는 줄 알았다.   81

「꽉 붙잡아라. 우리는 이런 사다리를
통해 저 수많은 악에서 떠나야 하니까.」
스승님은 마치 지친 사람처럼 말했다.   84

---

9 Cassius Longinus(B.C. 86~B.C. 42). 로마의 정치가로 브루투스와 함께 카이사르 암살의
실질적인 주모자였고, 필리피 전투에서 패배하자 자결하였다.
10 만 하루로 예정된 지옥 여행이 끝나 가는 토요일 저녁 무렵이다.
11 지구의 중심에서 가장 강한 중력에 저항하기 위해 힘이 많이 들었기 때문이다.

그리고 어느 바위의 구멍 밖으로 나가서
나를 그 가장자리에 내려놓아 앉히고는
내 곁으로 신중한 발걸음을 옮기셨다.   87

나는 눈을 들었고, 방금 떠나올 때와 똑같은
루키페르의 모습을 보리라 생각했는데,
다리를 위로 쳐들고 있는 것을 보았다.   90

그때 내가 지나온 지점[12]이 무엇인가
모르는 어리석은 사람들은 아마도
내가 혼란에 빠졌다고 생각할 것이다.   93

스승님이 말하셨다. 「두 다리로 일어서라.
갈 길은 멀고 노정은 험난한데, 해는
벌써 셋째 시간의 절반[13]으로 가는구나.」   96

그때 우리가 있었던 곳은 궁전의
넓은 거실이 아니라 자연 동굴이었으며,
바닥은 거칠고 빛은 어두컴컴하였다.   99

나는 똑바로 일어서서 말했다. 「스승님,
이 심연에서 벗어나기 전에, 제가
오류에서 벗어나도록 말해 주십시오.   102

12　지구의 중심으로 당시의 천체관에 의하면 모든 우주의 중심이 되기도 한다.
13　당시 교회의 성무일도(聖務日禱)에 따른 시간 구분에서는 낮의 12시간을 4등분하여 첫째,
셋째, 여섯째, 아홉째 시간으로 나누었는데, 각각 오전 6시, 9시, 12시, 오후 3시에 해당한다. 따라서
지금 태양이 셋째 시간의 절반 지점을 향해 가고 있으므로, 첫째 시간과 셋째 시간의 중간에 해당하
며 대략 오전 7시 30분경이다.

얼음은 어디 있습니까? 왜 이놈은 이렇게
거꾸로 처박혀 있나요? 또 태양은 어떻게
순식간에 저녁에서 아침으로 흘렀습니까?」 105

그분은 말하셨다. 「너는 아직 중심의 저쪽에,
세상을 꿰뚫고 있는 사악한 벌레[14]의 털을
내가 붙잡았던 곳에 있다고 생각하는구나. 108

내가 내려오는 동안에는 저쪽에 있었지만,
내가 몸을 돌렸을 때, 너는 이미 사방에서
무게를 끌어당기는 지점을 통과하였다. 111

지금 너는 거대한 마른 땅으로 뒤덮인
반구, 그 꼭대기 아래에서 죄 없이
태어나 살던 분[15]이 돌아가신 반구의 114

맞은편 반구 아래에 있는 것이다.[16]
너는 지금 주데카의 맞은편 얼굴을
이루는 작은 반구 위에 서 있단다. 117

여기는 아침이지만, 저쪽은 저녁이고,[17]

14 루키페르.
15 예수 그리스도.
16 당시의 지리 관념에 의하면, 지구의 북반구에만 육지가 있고 그 북반구 하늘의 〈꼭대기 아래〉, 즉 육지의 중심에 예루살렘이 있으며, 남반구는 바다로 뒤덮여 있다고 믿었다. 단테는 그 남반구의 대양 한가운데에 연옥의 산이 높이 솟아 있는 것으로 묘사한다.
17 서로 대척 지점을 이루기 때문에 12시간의 차이가 난다. 하지만 남반구의 시간이 12시간 더 빠른 것으로 볼 것인가, 아니면 12시간 더 늦은 것으로 볼 것인가에 따라 하루의 날짜가 달라진다. 대부분 남반구에서 12시간 더 늦은 것으로 해석하는데, 그렇다면 현재는 토요일 오전 7시 30분 무렵이다.

또한 털 사다리를 만들었던 이놈은
여전히 처음 그대로 처박혀 있단다.   120

하늘에서 바로 이쪽으로 떨어졌는데,
예전에 이쪽에 솟아 있던 땅은 이놈이
무서워서 바다의 너울을 뒤집어쓰고   123

우리 반구로 솟아올랐고, 또 이쪽으로
솟아오른 땅[18]은 아마 이놈을 피하려고
여기 텅 빈 곳을 남기고 위로 솟았지.」[19]   126

베엘제불[20]로부터 멀리 떨어진 만큼
그곳에는 무덤[21]이 펼쳐져 있었는데, 눈에
보이지 않았지만 개울물 소리를 통해   129

알 수 있었듯이, 그 물줄기가 꿰뚫은
바위 구멍을 통해 흘러내리는 개울은
완만한 경사로 그곳을 휘감고 있었다.   132

18 남반구의 대양 위로 솟아 있는 연옥의 산이다.
19 루키페르의 추락을 모티브로 하는 121~126행의 이야기는 단테의 풍부한 상상력을 단적으로 보여 준다. 그러니까 루키페르는 천국에서 추방될 때 남반구 쪽으로 떨어졌다는 것이다. 이때 남반구를 뒤덮고 있던 육지는 무서운 나머지 바닷속으로 숨어 들어가 북반구 쪽으로 솟아올랐다. 또한 루키페르가 지구의 중심에 틀어박힐 때, 그와 맞닿는 것을 두려워한 흙이 남반구의 바다 위로 솟아올라 연옥의 산을 이루었다. 그리고 그 흙이 솟아오른 지하에는 텅 빈 동굴이 생기게 되었고, 바로 그 동굴을 통해 현재 두 시인은 남반구 쪽으로 올라가고 있다는 것이다.
20 루키페르의 다른 이름이다. 〈마귀 우두머리 베엘제불〉.(「마태오 복음서」 12장 24절)
21 일부에서는 지옥을 가리키는 것으로 해석하고, 다른 일부에서는 동굴을 가리키는 것으로 해석한다.

밝은 세상으로 돌아가기 위하여
길잡이와 나는 그 험한 길로 들어섰으니
휴식을 취할 생각도 없이 그분은   135

앞에서, 나는 뒤에서 위로 올라갔으며,
마침내 나는 동그란 틈 사이로 하늘이
운반하는 아름다운 것들을 보았으니,   138

우리는 밖으로 나와 별들²²을 보았다.

---

22 이탈리아어로 *stelle*. 『신곡』의 세 노래편 모두 이 단어로 끝난다.

34: 137~138
마침내 나는 둥그란 틈 사이로 하늘이 운반하는 아름다운 것들을 보았으니

34: 139

우리는 밖으로 나와 별들을 보았다.

연옥

PURGATORIO

제1곡

단테와 베르길리우스는 연옥의 산이 솟아 있는 해변에 도착하고, 북반구 하늘에서는 볼 수 없는 네 개의 별을 보고 연옥의 지킴이 카토를 만난다. 카토는 베르길리우스의 설명을 듣고 정죄(淨罪)의 산에 오르는 것을 허락한다. 산에 오르기 전에 베르길리우스는 이슬로 단테의 얼굴을 씻어 주고 갈대로 띠를 둘러 준다.

보다 편한 물 위를 달리기 위하여[1]
내 재능의 쪽배는 벌써 돛을 펼치니,
그토록 참혹한 바다[2]를 뒤에 남긴 채,   3

이제 나는 인간의 영혼이 깨끗이 씻겨
하늘로 올라가기에 합당하게 되는
저 두 번째 왕국에 대해 노래하련다.   6

오, 성스러운 무사 여신들이여, 나는
그대들의 것이니, 죽었던 시가 여기
되살아나고, 칼리오페[3]가 잠시 일어나   9

저 불쌍한 까치[4]들이 호된 타격에

1 연옥은 지옥에 비해 한결 가볍고 편안한 여행이라는 뜻이다.
2 지옥.
3 예술과 학문을 수호하는 무사 여신들 중에서 으뜸가는 여신으로 〈아름다운 목소리〉를 지니고 있으며 서사시를 수호한다.
4 피에리스(복수로는 피에리데스)들을 가리킨다. 마케도니아 지방의 왕 피에로스와 에우히페 사이에 태어난 아홉 명의 딸들로, 무사 여신들에게 도전하여 노래 시합을 하였지만 패배하여 까치들로 변했다고 한다. 경우에 따라 피에리데스는 〈피에리아의 여신들〉이라는 뜻으로 무사 여신들의 별명으로 사용되기도 한다.

용서를 바랄 수도 없게 만들었던
음악으로 내 노래를 이끌어 주소서.   12

동방 사파이어의 감미로운 빛깔이
첫째 둘레5까지 순수하게 펼쳐진
청명한 대기 속에 모여 있었으니,   15

나의 눈과 가슴을 슬프게 했던
죽은 대기에서 이제 막 벗어난
나의 눈은 다시 기쁨을 되찾았다.   18

사랑을 이끄는 아름다운 행성6은
뒤따르는 물고기자리를 희미하게 하며
동쪽을 온통 환하게 비추고 있었다.   21

나는 오른쪽으로 몸을 돌려 다른 극7을
향했고, 최초의 사람들8 이외에는 아무도
바라본 적이 없는 네 개의 별9을 보았다.   24

하늘은 그 별빛을 즐기는 듯하였으니,
오, 북반구의 황량한 홀아비 땅이여,

5 「천국」에서 하늘은 아홉 개로 나뉘어 있는데, 그중에서 첫째 하늘은 달의 하늘이다. 일부에서는 이 〈둘레giro〉를 수평선으로 해석하기도 한다.
6 베누스, 즉 금성을 가리킨다.
7 남극.
8 아담과 하와. 연옥의 산이 솟아 있는 남반구의 바다에는 아무도 들어갈 수 없는 곳(〈사람 없는 세상〉, 「지옥」 26곡 116행)으로 간주되었다.
9 주석가들에 의하면 이 상상의 별 네 개는 사추덕(四樞德), 즉 예지prudentia, 정의justitia, 용기fortitudo, 절제continentia를 의미하는 것으로 해석된다.

1 : 19~21

사랑을 이끄는 아름다운 행성은 뒤따르는 물고기자리를 희미하게 하며 동쪽을 온통 환하게 비추고 있었다.

너는 영원히 그 별들을 볼 수 없구나!   27

나는 그 별들로부터 시선을 돌려
큰곰자리가 이미 사라져 버린 다른
극[10]을 향하여 약간 몸을 돌렸고,   30

내 곁 가까이 어느 노인[11]이 있는 것을
보았는데, 자식이 아버지를 존경하는 것
이상으로 존경받을 만한 모습이었다.   33

그의 수염은 기다랗고 희끗희끗했으며,
그와 똑같은 모양의 머리카락은
두 갈래로 가슴까지 드리워 있었다.   36

성스러운 별 네 개의 빛살은 그의
얼굴을 빛으로 장식하였으니, 나는
앞에 태양이 있듯 그를 바라보았다.   39

「눈먼 개울[12]을 거슬러 영원한
감옥에서 도망친 너희들은 누구냐?」

10 북극.
11 뒤에 자세히 나오듯이 우티카의 카토Marcus Porcius Cato(B.C. 95~B.C. 46). 그는 공화
주의자로 폼페이우스의 편에 서서 카이사르에 대항하였으나 패배하자, 아프리카 북부 카르타고 근
처의 도시 우티카Utica에서 자결하였다. 원래 자살자는 지옥에 있어야 하지만, 단테는 그를 연옥의
파수꾼으로 두었다. 자유의 수호자로 높게 평가하였기 때문이다. 감찰관censor을 역임했던 증조할
아버지(B.C. 234~B.C. 149)와 이름이 같기 때문에 이탈리아에서는 〈우티카의 카토〉로 부르는데,
우리나라에서는 대개 〈대(大) 카토〉와 〈소(小) 카토〉로 구분하여 번역한다.
12 단테와 베르길리우스가 지옥의 중심에서 연옥으로 빠져나온 동굴 속을 흐르는 개울(「지옥」
34곡 128~32행 참조)을 가리킨다.

엄숙한 수염을 움직이며 그가 말했다.   42

「누가 너희들을 인도했느냐? 지옥의
계곡을 항상 어둡게 하는 깊은 밤에서
너희들을 나오게 한 등불은 무엇이냐?   45

심연의 법칙이 그렇게 무너졌느냐?
아니면 하늘의 결정이 바뀌어 저주받은
너희들이 나의 바위들[13]로 오는 것이냐?」   48

그러자 내 안내자는 나를 붙잡으시더니
말과 손과 눈짓으로 내가 공손하게
무릎을 꿇고 고개를 숙이도록 했다.   51

그리고 대답하셨다. 「내 의지로 오는 것이
아니라, 하늘에서 내려온 여인의 간청으로
나의 길동무인 이자를 돕는 것입니다.   54

그런데 진정한 우리 상황이 어떠한지
보다 자세히 설명하기를 원하시니
나로서는 당신께 거부할 수 없군요.   57

이자는 마지막 저녁을 보지 않았지만,[14]
어리석음으로 거기에 가까이 다가갔으니
조금만 늦었더라면 돌아설 뻔했습니다.   60

13 원문에는 〈동굴들〉로 되어 있는데, 연옥 산의 바위 절벽들을 가리킨다.
14 아직은 죽지 않았다는 뜻이다.

1: 43~45
누가 너희들을 인도했느냐? 지옥의 계곡을 항상 어둡게 하는 깊은 밤에서 너희들을 나오게 한 등불은 무엇이냐?

내가 말했듯이, 나는 그를 구하기 위해
파견된 사람이었고, 내가 직접 안내한
이 길 이외에 다른 길은 없었습니다.   63

나는 그에게 사악한 사람들을 모두
보여 주었고, 이제 당신의 보호 아래
자신을 씻는 영혼들을 보여 주고 싶습니다.   66

내가 어떻게 인도했는지 말하자면 길지만,
하늘에서 내려온 덕성이 나를 도와 당신을
보고 당신의 말을 듣도록 안내합니다.   69

이자가 온 것을 기쁘게 받아들여 주십시오.
이자는 소중한 자유를 찾고 있으니, 자유를
위하여 삶을 거절한 사람[15]은 알겠지요.   72

당신이 아시듯, 자유를 위한 우티카에서의
죽음은 쓰라리지 않고, 당신이 그곳에 남긴
육신은 위대한 날[16]에 밝게 빛날 것입니다.   75

우리는 영원한 규율을 깨뜨리지 않았으며
이자는 살아 있고, 미노스[17]가 묶지 못하는
나는 당신의 마르티아의 순결한 눈이 있는   78

15 자유를 위해 자결한 카토를 암시한다.
16 최후의 심판이 이루어지는 날이다.
17 지옥의 심판관.(「지옥」 5곡 4~15행 참조)

원¹⁸에 있으니, 그녀를 당신의 여인으로
생각하는, 오, 거룩한 가슴이여, 그녀의
사랑을 위해서라도 우리에게 허락해 주소서.   81

우리가 당신의 일곱 왕국¹⁹을 지나가게
해주시고, 저 아래에서 말해도 괜찮다면
그녀에게 당신의 은혜를 전해 주겠소.」   84

그러자 그가 말했다. 「내가 저쪽에 있을 때,²⁰
마르티아는 무척이나 내 눈에 들었으니,
그녀가 원하는 것을 모두 해줄 정도였지.   87

지금 그녀는 사악한 강²¹ 저편에 있으니,
내가 거기에서 나올 때 만들어진 법칙²²
때문에 더 이상 나를 감동시키지 못하지.   90

그대가 말하듯 하늘의 여인이 그대를
움직이고 이끈다면, 애원할 필요 없고,
그녀 이름으로 청하는 것으로 충분하오.   93

그러니 이제 가서 저자에게 순수한

---

18 지옥의 첫째 원 림보. 카토의 아내 마르티아는 림보에 있다.(「지옥」 4곡 128행 참조)
19 연옥의 일곱 둘레를 가리킨다.
20 북반구에 있었을 때, 즉 살아 있었을 때를 가리킨다.
21 아케론강을 가리킨다.(「지옥」 3곡 70행 참조)
22 단테에 의하면 예수보다 약 80년 전에 죽은 카토는 림보에 있다가 나중에 그리스도에 의해
구원을 받았는데(「지옥」 4곡 51~63행 참조), 구원받은 자와 구원받지 못한 자는 엄격하게 구별되
어 있으며, 구원받은 자는 지옥에 있는 구원받지 못한 자에 대해 동정하거나 공감할 수 없다는 것
이다.

갈대23를 둘러 주고, 그의 얼굴을 씻어
모든 더러움을 없애 주도록 하시오.   96

조금이라도 안개24에 가린 눈으로는
천국의 천사들 중 첫째 천사25 앞에
절대로 나아갈 수 없기 때문이오.   99

이 작은 섬 주위의 낮은 곳, 물결이
부딪치는 저 아래에는 부드러운
진흙 위에 갈대들이 자라고 있는데,   102

잎이 나거나 단단해지는 식물은
파도에 휘어지지 않기 때문에
그곳에서 절대로 살 수 없지요.   105

그런 다음 이쪽으로 돌아오지 마오.26
벌써 떠오르는 태양이 가볍게 산에
오르는 길을 그대들에게 보여 주리다.」   108

그리고 그는 사라졌고, 나는 몸을
일으켜 아무 말 없이 안내자에게
가까이 다가가 그에게 눈을 돌렸다.   111

23   뒤에 나오듯이 연옥의 바닷가에 자라는 갈대로 대부분 〈겸손〉의 상징으로 해석된다. 지옥
에서 〈절제〉의 상징으로 밧줄을 허리에 두르고 있었던 것과 대조적이다.(「지옥」 26곡 139~41행
참조)
24   지옥의 안개.
25   연옥의 문을 지키는 천사.(「연옥」 9곡 73행 이하 참조)
26   일단 연옥에 들어온 영혼은 다시 지옥으로 돌아갈 수 없다는 것을 암시한다.

스승님은 말하셨다. 「아들아, 내 뒤를 따르라.
뒤로 돌아가자, 이 벌판이 이쪽으로
낮은 해변을 향해 기울어져 있으니까.」 114

여명은 새벽의 어슴푸레함을 몰아내
달아나게 하였으니, 나는 멀리에서
일렁이는 바다를 알아볼 수 있었다. 117

우리는 황량한 벌판을 걸었으니, 마치
잃어버린 길로 되돌아오는 사람이
그곳까지 헛걸음을 하는 것과 같았다. 120

우리는 이슬이 태양과 싸우면서,
응달진 곳에 따로 떨어져 있어서
거의 증발되지 않은 곳에 이르렀고, 123

나의 스승님은 양 손바닥을 펼치고
부드럽게 여린 풀 위로 얹으셨으며,
나는 그 몸짓의 의도를 알아차리고 126

그분에게 눈물 젖은 얼굴을 내밀었고,
그분은 지옥이 뒤덮었던 내 얼굴의
빛깔을 온전히 다시 드러내 주셨다. 129

그런 다음 우리는 황량한 해변에,
그 물결을 항해한 사람은 누구도
되돌아가지 못한 곳에 이르렀다.27 132

그곳에서 다른 분²⁸이 바라는 대로
그분은 나에게 띠를 둘러 주셨는데, 오,
놀랍구나! 그 겸손한 풀을 꺾자, 꺾인   135

자리에 순식간에 새 풀이 돋아났다.

27 그곳에 왔다가 되돌아간 사람은 전혀 없었다는 뜻이다. 단테의 상상에 의하면 울릭세스와
그의 부하들은 연옥의 산 가까이 이르렀으나 파도에 휩싸여 빠져 죽었다.(「지옥」26곡 130행 이하
참조)
28 카토.

제2곡

아침 해가 떠오르는 동안 바닷가에서 단테와 베르길리우스는 바다 위로 천사의 배가
연옥으로 올라갈 영혼들을 싣고 오는 것을 본다. 천사는 영혼들을 내려놓은 다음 떠
나고, 단테는 영혼들 중에서 절친한 친구 카셀라를 만난다. 카셀라는 자신이 연옥으
로 오게 된 경위에 대해 이야기하고 아름다운 노래를 들려준다.

태양은 벌써 자오선 둘레의 가장
높은 지점으로 예루살렘을 뒤덮는
지평선에 이르러 있었으니,1   3

그 맞은편에서 도는 밤은 낮보다
길어질 때 힘을 잃는 저울자리와 함께2
갠지스강에서 밖으로 나왔으며,3   6

그리하여 내가 있던 곳에서는 아름다운
새벽4의 새하얀 뺨이 불그스레해졌다가
시간이 흐르면서 황금빛으로 변해 갔다.   9

---

1 단테 시대의 지리와 천체관에 의하면, 지구 북반구의 육지는 인도의 갠지스강 하구에서 스페
인 에브로강의 발원지 사이의 경도 180도에 걸쳐 펼쳐져 있으며, 그 한가운데에 예루살렘이 자리
잡고 있다. 그리고 남반구의 바다 한가운데 솟아 있는 연옥의 산은 정확하게 예루살렘의 맞은편 대
척(對蹠) 지점에 있다.(「연옥」 27곡 1~4행 참조) 따라서 현재 예루살렘에서는 태양이 서쪽 지평선
으로 지고 있으며, 연옥의 산에서는 동쪽에 떠오르고 있는 아침 6시경이다. 또 인도는 한밤중이고,
스페인은 한낮에 해당한다.

2 춘분 무렵 저울자리는 황도대(黃道帶)에서 태양의 맞은편에 위치한다. 따라서 밤이 낮보다
길어지는 춘분 이후에는 그 자리에 태양이 위치하기 때문에, 밤에 보이지 않는다(즉 〈힘을 잃는
다〉). 단테는 지금 춘분 무렵에 여행하고 있기 때문에, 저울자리는 밤에 뚜렷하게 나타난다.

3 인도는 지금 한밤중이라는 뜻이다.

4 새벽의 여신 아우로라(그리스 신화에서는 에오스).

우리는 아직 바닷가에 머물러 있었는데,
마치 갈 길을 생각하는 사람이 마음은
가면서 몸은 머물러 있는 것 같았다.   12

그런데 보라, 아침이 다가올 무렵
화성이 서쪽의 수평선 위에서
자욱한 안개로 빨갛게 물들듯이,[5]   15

지금도 다시 보고 싶은 한 줄기 빛[6]이
나타났는데, 아무리 빨리 나는 것도
비교할 수 없게 빠르게 바다 위로 왔다.   18

내가 스승님에게 물어보기 위하여
잠시 눈을 돌린 사이에 그것은
더욱 크고 눈부신 모습이 되었다.   21

그리고 그 주위 사방에서 무엇인지
알 수 없는 새하얀 빛이 나타났고,
그 아래에서 또 다른 빛이 나왔다.   24

아직도 말이 없던 나의 스승님은
그 하얀빛이 날개로 드러나면서
이제 뱃사공을 잘 알아보게 되자   27

외치셨다. 「어서, 무릎을 꿇도록 해라.

5 새벽녘 화성은 서쪽 하늘에서 주위의 수증기로 인해 붉게 보인다.
6 뒤에 자세히 나오듯이 천사의 빛이다. 그 천사는 영혼들을 연옥으로 실어 나르는 뱃사공이다.

2: 28~29
무릎을 꿇도록 해라. 하느님의 천사이시다.

하느님의 천사이시다. 두 손을 모아라.
이제부터 너는 저런 시종들[7]을 볼 것이다.   30

보아라, 그는 인간의 도구들을 거부하니,
그렇게 멀리 떨어진 두 해안 사이에서[8]
날개 이외에 돛이나 노가 필요 없단다.   33

보아라, 하늘을 향해 펼쳐진 날개로,
썩어 없어질 털[9]처럼 변하지 않는
영원한 깃털로 바람을 일으키노라.」   36

어느덧 그 성스러운 새는 우리를 향해
가까이 다가와 더욱 눈부셔 보였으니,
나는 그 근처로 눈을 들 수 없어서   39

아래쪽을 바라보았고, 천사는 바닷물이
조금도 삼키지 못하는[10] 가볍고도
날렵한 배와 함께 해변에 이르렀다.   42

하늘의 뱃사공은 뱃머리에 서 있었으니,
축복이 온몸에 새겨져 있는 것 같았고,
백 명도 넘은 영혼들이 안에 앉아 있었다.   45

---

7 천사들.
8 로마를 가로질러 흐르는 테베레강 어귀와 연옥의 해변 사이이다. 연옥으로 가는 영혼들은 모
두 테베레강이 바다로 흘러 들어가는 어귀에 모여 있다가, 때가 되면 천사의 배를 타고 연옥으로 가
게 된다고 믿었다.
9 죽을 수밖에 없는 동물들의 털이나 깃털.
10 아주 가벼워서 바닷물에 아무런 흔적도 남기지 않는다는 뜻이다.

2 : 43~45
하늘의 뱃사공은 뱃머리에 서 있었으니, 축복이 온몸에 새겨져 있는 것 같았고, 백 명도 넘은 영혼들이 안에 앉아 있었다.

〈이스라엘이 이집트에서 나올 때〉[11]
영혼들은 모두 한목소리로 이 시편의
다음에 이어지는 구절들을 노래하였다.   48

그리고 천사가 십자가 성호를 그어 주자
영혼들은 모두 해변으로 뛰어내렸고,
천사는 올 때처럼 빠른 속도로 떠났다.   51

거기에 남은 무리는 그 장소가 낯설게
보이는지, 새로운 것을 보는 사람처럼
주위 사방을 자세히 둘러보았다.   54

정확한 화살로 하늘 한가운데에서
염소자리를 내쫓아 버린 태양[12]은
온 사방으로 빛을 내쏘고 있었다.   57

그 새로 온 사람들이 우리를 향해
얼굴을 돌리고 말했다. 「아신다면,
산으로 가는 길을 가르쳐 주시오.」   60

베르길리우스는 대답하셨다. 「그대들은
우리가 이곳을 잘 안다고 생각하는
모양인데, 우리도 그대들처럼 나그네요.   63

11   라틴어 원문은 *In exitu Israel de Aegypto.* 「시편」 114편의 첫머리로 중세에는 특히 장례
때 운구(運柩)하면서 많이 불렀다고 한다.
12   황도대의 염소자리는 양자리에서 90도 거기에 있으며, 따라서 태양이 뜰 무렵 염소자리는
자오선의 위치, 즉 〈하늘 한가운데〉에 있는데, 햇살(〈정확한 화살〉)이 비침에 따라 보이지 않게
된다.

그대들보다 조금 전에 여기 왔는데,
오르는 길이 장난처럼 보일 정도로
거칠고도 험한 길을 거쳐서 왔소.」   66

영혼들은 내가 숨을 내쉬는 것을
보고 아직 살아 있음을 깨닫고는
깜짝 놀라 얼굴빛이 창백해졌다.   69

좋은 소식을 듣고자 하는 사람들이
올리브 가지를 든 사자[13]에게 몰려들어
서로 짓밟는 것도 아랑곳하지 않듯이,   72

그 축복받은 영혼들은 하나같이
내 얼굴을 바라보는 데 몰두하여
정화하러 가는 것을 잊은 듯하였다.   75

그중 한 영혼[14]이 앞으로 나서더니
커다란 애정으로 나를 껴안았고
나도 감동하여 똑같이 그를 껴안았다.   78

오, 겉모습 외에는 헛된 영혼들이여!
내 손은 세 번이나 그를 껴안았지만,
그대로 내 가슴에 되돌아올 뿐이었다.   81

13 중세 이후까지 지속된 풍습에 의하면, 승리나 평화 같은 좋은 소식을 전하는 사람은 올리브
나뭇가지를 손에 들고 왔다고 한다.
14 뒤에 91행에서 이름이 나오는 카셀라Casella. 그에 대한 자료는 많지 않으나 단테의 절친
한 친구로 음악가였다.

깜짝 놀라 아마 내 얼굴이 붉어졌는지
그 영혼은 미소 지으며 뒤로 물러섰고,
나는 그를 쫓아 앞으로 몸을 내밀었다.   84

그는 멈추라고 부드럽게 말하였는데,
그때서야 나는 그가 누군지 알아보고
잠시 멈춰 나와 이야기하자고 부탁했다.   87

그는 말했다. 「죽어야 할 몸으로 그대를
사랑했듯이 풀려나서도 사랑하기에[15]
멈추지만, 그대는 왜 이 길을 가는가?」   90

나는 말했다. 「나의 카셀라여, 내가 있는 곳에
다시 돌아오려고[16] 이 여행을 하는 중인데,
그대는 어찌 오랜 시간을 빼앗겼는가?」[17]   93

그가 말했다. 「원하는 대로 영혼을 거두는
분[18]이 여러 번 이 길을 막았더라도,
나에게 전혀 잘못한 것이 아니라네.   96

그의 뜻은 정의로 이루어지는 것이니까.

15 영혼이 육체에 얽매여 있을 때, 즉 살아 있을 때 단테를 사랑했던 것처럼 육신이 죽어 영혼
이 풀려난 지금도 사랑한다는 뜻이다.
16 단테가 지금 있는 연옥, 즉 구원의 장소로 육신이 죽은 후 다시 돌아오기 위해.
17 그가 죽은 지 오래되었는데 왜 이제야 연옥에 도착하였는가 묻고 있다. 연옥에 갈 영혼들은
테베레강 어귀에 모여 있다가 때가 되어서야 천사의 배에 오르게 된다. 카셀라는 1300년 희년(「지
옥」18곡 28행 참조)을 맞아 이루어진 대사면(大赦免) 덕택에 마침내 연옥에 도착하게 되었다는 것
이다.
18 뱃사공 천사. 그는 때가 된 영혼들을 배에 태워 연옥으로 데리고 간다.

사실 그분은 석 달 동안[19] 평온하게
들어가기 원하는 영혼들을 거둬들이셨네.   99

그리하여 테베레강 물이 짭짤해지는
곳에서 바다를 바라보고 있던 나도
그분이 너그럽게 받아들여 주셨네.   102

그곳 강어귀에 그분이 날개를 펼치고
있으니, 아케론강으로 내려가지 않는
자들은 언제나 그곳에 모이게 된다네.」   105

나는 말했다. 「모든 내 욕망을 잠재우던 그대의
사랑스러운 노래의 기술이나 기억을
새로운 율법이 빼앗아 버리지 않았다면,[20]   108

내 영혼을 조금이라도 위로해 주게.
나의 몸뚱이를 이끌고 이곳까지
오느라 무척이나 지쳐 있다네.」   111

「내 마음속에 속삭이는 사랑은……」
그는 아주 부드럽게 노래를 시작했고,
그 부드러움은 지금도 울리는 듯하다.   114

---

19 1299년 성탄일로부터 1300년 희년의 부활절까지 3개월 동안. 그 기간 동안에는 영혼들에
게도 대사면이 내려져, 연옥으로 들어가려는 영혼들은 대기할 필요 없이 모두 들어갔다는 것이다.
20 이제 카셀라의 영혼은 연옥의 율법을 따라야 하는데, 그로 인해 살아 있었을 때의 노래 재
주가 사라지지 않았다면.

스승님과 나, 그리고 그와 함께 있던
영혼들은 다른 어떤 것도 마음을
건드리지 못하는 듯 흡족해 보였다.   117

우리 모두 그의 노래에 빠져 있었는데,
진지한 노인[21]이 나타나 호통을 쳤다.
「게으른 영혼들아, 이게 무슨 짓이냐?   120

어찌하여 이리 게으르게 서 있는가?
어서 산으로 달려가 하느님이 드러내심을
가로막는 때를 씻어 내도록 해라.」   123

마치 목초지에 모여 앉은 비둘기들이
습관적인 여유도 보이지 않고 조용히
곡식이나 가라지를 쪼아 먹고 있다가   126

무엇인가 두려운 것이 나타나면,
더 큰 걱정에 쫓기기 때문에 곧바로
모이를 그대로 내버려 두는 것처럼,   129

그들 새로운 무리는 노래를 버리고
어디로 갈지도 모르고 가는 사람처럼
기슭을 향해 달려가는 것을 보았고,   132

우리도 그에 못지않게 바로 떠났다.

21 카토.

제3곡

카토의 꾸지람을 듣고 단테와 베르길리우스는 연옥의 산 발치에 이르는데 너무나도 험준하여 오를 길을 찾지 못한다. 그때 한 무리의 영혼들이 다가오는 것을 보고 그들에게 길을 묻는다. 그들은 파문당했던 영혼들이며, 그중에서 만프레디왕이 단테에게 자신의 이야기를 들려준다.

갑작스럽게 달아나느라 그들은
들판의 여기저기로 흩어지면서
정의가 벌을 주는 산으로 향하였지만,   3

나는 믿음직한 동반자에게 다가갔다.
그분 없이 내가 어떻게 달려가겠는가?
누가 나를 산으로 이끌어 줄 것인가?   6

그분은 자책감[1]에 사로잡힌 듯했으니,
오, 순수하고 고귀한 양심이여, 작은
허물도 당신에게는 쓰라린 참회이군요!   9

모든 행동에서 위엄을 깎아내리는
서두름이 그의 발에서 떠났을 때,
조금 전까지 옥죄어 있던 내 마음은   12

열망과 함께 의욕으로 활짝 열렸으니,

---

1 머뭇거림에 대한 카토의 질책을 들었기 때문이다.

나는 높은 하늘을 향하여 바다 위로
솟아오른 산 쪽으로 얼굴을 돌렸다.   15

등 뒤에서 붉게 타오르는 태양은
내 모습 앞에서 부서졌는데,[2] 나로
인해 햇살이 차단되었기 때문이다.   18

나는 내 앞에서만 땅이 그늘진 것을
보았을 때, 혼자만 남은 것이 아닌가
두려워서 깜짝 놀라 옆을 돌아보았고,   21

그러자 나의 위안인 그분은 돌아서서
말하셨다. 「왜 믿지 못하겠느냐? 내가
너와 함께 있으며 너를 안내한다는 것을?   24

내 그림자를 만들던 육신이 묻힌
그곳은 이제 벌써 석양이 되었으니,
브린디시에서 나폴리로 옮겨져 있지.[3]   27

서로가 서로의 빛을 가로막지 않는
하늘들[4]이 그러하듯 지금 내 앞에
그림자가 없다고 해서 놀랄 것 없다.   30

2 단테는 살아 있는 몸이기 때문에, 햇빛이 통과하지 못하고 부서져 앞에 그림자를 드리운다.
3 그리스에 머물던 베르길리우스는 기원전 19년 아우구스투스 황제와 함께 돌아오던 도중 이탈리아 동남부 해안의 도시 브린디시Brindisi에서 사망하였다. 그러나 그의 유해는 황제에 의해 나폴리로 옮겨져 거기에 묻혀 있다.
4 단테 시대의 천문학에 의하면, 아홉 하늘은 완전히 투명하여 한 하늘의 빛은 다른 모든 하늘에 비친다.

덕성[5]은 그러한 육신들이 뜨거움과
차가움, 고통을 겪도록 조치하면서도,
그 방법을 우리에게 드러내지 않으신다.   33

세 개의 위격(位格) 안에 하나의 실체를 가진[6]
무한한 길을 우리의 이성으로 완전히
이해하기를 바라는 자는 미치광이로다.   36

인간들이여, 〈있는 그대로〉[7]에 만족하라.
너희들이 모든 것을 볼 수 있었다면,
마리아의 해산[8]이 필요 없었으리라.   39

만약 그랬다면 욕망을 채웠을 자들이
헛되이 바라는 것을 너희는 보았으니,
그들은 영원히 후회해야 하는데,[9]   42

아리스토텔레스와 플라톤, 다른 많은
자들이 그렇다.」 여기에서 그분은 머리를

5 하느님의 전능함.
6 삼위일체(三位一體).
7 원문에는 라틴어 quia로 되어 있다. 아리스토텔레스는 지식을 scire quia, 즉 있는 그대로의
사물에 대한 지식과, scire propter quid, 즉 그러한 사물 존재의 원인이나 이유에 대한 지식으로 나
누었다. 토마스 아퀴나스를 필두로 하는 스콜라 철학의 입장에서 단테가 여기에서 말하려는 것은,
인간은 단지 존재의 경험적 사실을 아는 데 만족해야 굳이 그 이유나 방식을 따져 이해하려고 하
지 말아야 한다는 것이다.
8 마리아에 의해 예수 그리스도가 탄생함으로써 비로소 하느님의 은총과 계시가 이루어졌다
는 것을 의미한다.
9 인간 이성의 힘으로 모든 것을 알려고 하는 자들은, 만약 그것이 가능했다면 자신들의 욕망
을 채웠을 것이지만, 그렇게 할 수 없기 때문에 헛된 욕망만 가졌을 뿐이다. 여기서는 림보에 있는
덕성 있는 영혼들을 암시적으로 가리킨다.(「지옥」 4곡 참조)

숙였고 아무 말 없이 당황한 표정이었다.   45

그동안 우리는 산 발치에 이르렀는데,
거기 보이는 암벽이 어찌나 험준한지
아무리 날쌘 다리도 쓸모없어 보였다.   48

레리치와 투르비아[10] 사이의 가장
황량하고 가장 험한 암벽도 이것에
비하면 오르기 쉽고 편안한 계단이다.   51

나의 스승님은 걸음을 멈추고 말하셨다.
「날개 없는 자가 오를 수 있도록
완만한 기슭이 어느 쪽에 있을까?」   54

그리고 그분은 고개를 숙인 채
마음속으로 갈 길을 생각하시고
나는 암벽 주위를 바라보는 동안   57

왼쪽으로 한 무리 영혼들이 나타나
우리를 향해 발걸음을 옮겼는데,
움직이지도 않는 듯 느린 걸음이었다.   60

나는 말했다. 「스승님, 눈을 들어 보십시오.
스승님께서 혼자 하실 수 없다면,

10 Lerici와 Turbia는 둘 다 이탈리아 북서부 해안의 지명이다. 레리치는 라스페치아 부근의
오래된 성(城)이고, 투르비아는 프랑스의 니스 근처에 있는 작은 마을인데, 그 사이의 해안은 험준
하고 가파른 바위들로 되어 있다.

3: 58~59
왼쪽으로 한 무리 영혼들이 나타나 우리를 향해 발걸음을 옮겼는데

가르쳐 줄 사람들이 저기 있습니다.」 63

그분은 바라보시더니 가벼운 표정으로
말하셨다. 「저들이 천천히 오니 우리가
저리 가자. 아들아, 희망을 굳건히 해라.」 66

우리가 천 걸음을 옮긴 뒤에도
그들은 돌팔매질 잘하는 사람이 돌을 던질
수 있을 거리만큼 아직 멀리 떨어져 있었다. 69

그들은 모두 높은 절벽의 단단한
바위 주변에 서 있었는데, 조심스럽게
길 가는 사람이 서서 주변을 둘러보는 듯했다. 72

베르길리우스는 말하셨다. 「오, 좋은 죽음으로
선택받은 영혼들이여, 그대들 모두를
기다리는 평화의 이름으로 부탁하니, 75

위로 올라갈 수 있도록 산의 경사가
완만한 곳이 어디인지 말해 주오.
현자일수록 시간 낭비를 싫어하지요.」 78

마치 양들이 우리에서 하나, 둘,
세 마리 나오고, 나머지는 소심하게
눈과 주둥이를 땅에 처박고 있다가 81

앞선 놈이 하는 대로 나머지도 뒤따르고,

앞선 놈이 멈추면 이유도 모르면서
조용하고 순진하게 주위에 모이듯이,   84

그 행복한 무리의 선두가 움직여
앞으로 나오는 것을 나는 보았는데,
순수한 표정에 진지한 걸음걸이였다.   87

앞선 자들은 내 오른쪽 땅에서
햇살이 부서지고 나의 그림자가
바위 위에 드리우는 것을 보더니   90

걸음을 멈추고 약간 뒤로 물러났고,
가까이 뒤따라오던 자들은 모두
이유도 모르면서 똑같이 따라 했다.   93

「그대들이 묻지 않아도 내가 고백하겠소.
그대들이 보는 이자는 인간의 몸이고,
그래서 햇살이 땅바닥에서 부서집니다.   96

그대들은 놀라지 말고 믿으시오,
하늘에서 내려오는 덕성도 없이
이 절벽을 오르려는 것은 아니니까요.」   99

이렇게 스승님이 말하시자 〈그렇다면
이리 돌아, 우리 앞으로 가시오〉 하고
그 의젓한 무리는 손등으로 가리켰다.   102

그리고 그들 중 하나가 말을 꺼냈다.
「그대가 누구이든, 가면서 고개를 돌려
혹시 나를 본 적이 있는가 생각해 보오.」   105

나는 그를 향했고 얼굴을 바라보았는데,
금발에다 멋지고 기품 있는 용모였고
한쪽 눈썹 위에 상처의 흉터가 있었다.   108

내가 전혀 본 적이 없다고 겸손하게
부인하자 그는 〈여기를 보오〉 하고
가슴 위의 상처를 나에게 보여 주었다.   111

그리고 미소를 지었다. 「나는 만프레디,[11]
황후 코스탄차[12]의 손자라오. 그러니
그대에게 부탁하건대, 돌아가거든[13]   114

나의 예쁜 딸, 시칠리아와 아라곤의
영광의 어미[14]에게 가서, 다른 소문이
있거든 그녀에게 진실을 말해 주시오.[15]   117

---

11 Manfredi(1232~1266). 황제 페데리코 2세의 아들로 1258~1266년에 나폴리와 시칠리아
왕국을 통치하였다. 1266년 카를로 단조 1세가 나폴리를 공격하자 그 해 2월 베네벤토 전투에서 전
사하였다. 아버지와 마찬가지로 그는 에피쿠로스의 추종자로 알려져 있고, 따라서 페데리코 2세는
지옥에 있다.(「지옥」10곡 119행 참조) 그렇지만 단테는 만프레디가 말년에 참회하여 연옥으로 구
원받은 것으로 묘사하고 있다.
12 Costanza(1146~1198). 페데리코 2세의 어머니이다.(「천국」3곡 110행 이하 참조)
13 살아 있는 자들의 세상으로 돌아가거든.
14 만프레디의 딸은 할머니와 이름이 같은 코스탄차인데, 아라곤의 왕 페드로 3세(1239~1285)
와 결혼하였고, 그 결과 시칠리아는 아라곤 왕가의 지배하에 들어가게 되었다.

나는 나의 몸이 두 번의 치명적인
상처로 망가진 뒤 기꺼이 용서하시는
분에게 울면서 나 자신을 맡겼지요.[16]   120

내 죄는 끔찍한 것이었지만, 무한한
선(善)께서는 아주 넓은 팔을 펼치고
당신에게 돌아오는 자를 받아들이시지요.   123

클레멘스[17]의 명령으로 나를 사냥하러
왔던 코센차의 목자[18]가, 만약 당시에
하느님의 그런 모습을 잘 깨달았다면,   126

내 육신의 뼈는 지금도 베네벤토
근처의 다리 어귀에서 커다란
돌무더기의 보호를 받고 있을 것이오.[19]   129

그런데 지금은 왕국의 밖, 베르데강
근처에 등불을 끄고 옮긴[20] 그대로

---

15 기벨리니 계열의 만프레디는 교황 클레멘스 4세와 사이가 좋지 않았고, 여러 번 파문을 당하였다. 그러니 지옥에 떨어졌을 것이라는 소문이 있더라도, 사실은 연옥에 있다는 것을 알려 주라는 부탁이다.

16 자신의 죄를 참회하고 하느님에게 다시 귀의하였다는 뜻이다.

17 프랑스 출신의 교황 클레멘스 4세(재위 1265~1268).

18 코센차Cosenza는 이탈리아 남부 칼라브리아 지방의 도시로 1254~1266년 그곳의 주교였던 바르톨로메오 피냐텔리 추기경을 가리킨다.

19 만프레디가 베네벤토 전투에서 전사한 상태로 발견되자, 카를로 1세의 병사들이 그 위에 돌을 던져 커다란 무덤이 되었다고 한다. 그런데 교황의 명령에 따라 코센차의 주교는 그의 유해를 끌어내 왕국 밖의 베르데Verde강(현대의 이름은 리리Liri 또는 가릴리아노Garigliano) 근처의 맨 땅에 그대로 버렸다고 한다.

20 당시의 풍습에서 파문당한 자들이나 이단자의 시신은 등불을 끈 채 운반하였다고 한다.

비에 젖고 바람에 휩쓸리고 있지요.   132

한 줄기의 희망이라도 간직하는 한,
그런 저주에도 불구하고 영원한 사랑은
길을 잃지 않고 돌아올 수 있습니다.   135

사실 성스러운 교회에서 쫓겨난 채
죽은 자는 막바지에 뉘우치더라도,
오만하게 보낸 시간의 30배 기간 동안   138

이 절벽의 밖에서[21] 기다려야 하는데,
만약 훌륭한 기도로써 그런 기간이
더 짧아지지 않는다면 말입니다.[22]   141

그런 금지와 그대가 본 내 처지를
내 착한 코스탄차에게 알려 주어 나를
기쁘게 해줄 수 있을지 생각해 보오.   144

이곳은 저쪽 사람들[23]의 혜택을 보니까.」

---

21 연옥 산의 절벽 밖, 그러니까 입구 연옥에서.
22 중세의 가톨릭 전통에 의하면, 산 자들이 죽은 자들을 위해 기도하면 연옥에서 벌받는 기간
이 단축된다고 한다. 특히 훌륭하고 착한 사람의 기도일수록 더 많이 단축된다.
23 북반구의 살아 있는 자들을 가리킨다.

제4곡

두 시인은 좁고 험한 바위 길로 올라가고, 베르길리우스는 왜 연옥의 산에서 해가 왼쪽으로 떠오르는지 설명해 준다. 그들은 커다란 바위 근처에서 게으름 때문에 삶의 막바지까지 참회를 늦추었던 영혼들을 만난다. 그 영혼들 중에서 단테는 친구였던 벨라콰를 만나 이야기를 나눈다.

어떤 즐거움이나 슬픔이 우리의
한 감각을 사로잡을 때면, 우리
영혼은 온통 거기에만 집중되어   3

다른 기능은 전혀 없는 것 같은데,
그건 우리 안의 한 영혼이 다른 영혼을
압도한다고 믿는 오류[1]와 다르다.   6

그러므로 영혼을 강하게 끌어당기는
어떤 것을 보거나 들을 때, 시간이
흘러도 사람은 그것을 깨닫지 못한다.   9

그것[2]을 지각하는 능력과, 영혼을 온통
사로잡고 있는 능력은 서로 다른데, 후자는
묶여 있고 전자는 풀려 있기 때문이다.[3]   12

---

1 즉 우리에게는 여러 개의 영혼이 있어서, 때로는 한 영혼이 다른 영혼들을 지배한다고 믿는 오류를 가리킨다. 특히 플라톤 학파에서는 우리 내부에 여러 개의 영혼이 있다고 믿었는데, 이것은 영혼은 하나라는 가톨릭의 관념과 정면으로 배치된다.
2 시간이 흐르는 것.

나는 그것을 실제로 경험하였으니,

그 영혼[4]의 말을 듣고 바라보는 동안

태양은 이미 50도나 솟아오른 것을[5]   15

나는 전혀 깨닫지 못하였는데, 어느새

영혼들이 한목소리로 〈여기가 그대들이

찾는 곳이오〉 외치는 곳에 이르렀다.   18

포도가 거무스레하게 익어 갈 무렵 시골

사람이 한 쇠스랑 긁어모은 가시나무로

여러 번 막아 놓은 울타리의 구멍[6]도,   21

그 영혼들 무리가 우리 곁을 떠난 뒤

나의 스승님과, 뒤이어 내가 올라간

틈바귀에 비하면 넓어 보일 정도였다.   24

산레오[7]에 가거나, 놀리[8]에 내려가거나,

비스만토바[9] 꼭대기에 올라가도 발만으로

---

3   무엇인가가 우리의 마음(즉 〈영혼〉)을 완전히 사로잡을 때 마음은 한곳에 집중되고, 그러기 때문에 시간의 흐름을 지각하는 능력은 산만해지고 흐트러진다.

4   만프레디의 영혼이다.

5   태양은 24시간 동안에 360도를 회전하므로 한 시간에 15도씩 돈다. 따라서 50도를 상승하는 데에는 약 3시간 20분이 소요된다. 시인들이 연옥에 도착한 것은 태양이 떠오르는 새벽 6시 무렵이므로, 지금 시간은 아침 9시 20분경이다.

6   농부들은 익은 포도를 도둑맞지 않기 위해 울타리의 구멍들을 가시나무로 막았다.

7   San Leo. 이탈리아 중동부의 우르비노 근처에 있는 작은 마을로, 험준한 암벽 위에 자리 잡고 있다. 그곳으로 가는 길은 절벽 언저리에 난 협소한 길 하나뿐이다.

8   Noli. 이탈리아 북서부 리비에라 해변의 작은 마을로, 사방이 암벽으로 둘러싸여 있다. 따라서 그곳에 가기 위해서는 배를 타고 해안으로 가거나 절벽을 타고 내려가야 한다.

9   Bismantova. 이탈리아 중부 레조넬에밀리아 지방의 험준한 산이다.

충분한데 여기에서는 날아가야 할 것이니,   27

나에게 희망을 주고 또 빛이 되어 주시는
안내자의 뒤를 따라 큰 열망의 깃털과
날렵한 날개를 가져야 한다는 말이다.   30

우리는 부서진 바위 사이로 들어갔는데,
암벽이 사방에서 우리를 조였고 아래
바닥은 손과 발을 함께 요구하였다.   33

높은 절벽 위의 가장자리, 탁 트인
기슭에 이르렀을 때 나는 말했다.
「스승님, 어느 길로 가야 합니까?」   36

그분은 말하셨다. 「한 걸음도 뒤로 내딛지 마라.
어느 현명한 안내자가 나타날 때까지
내 뒤를 따라 계속 산 위로 오르라.」   39

산꼭대기는 보이지 않을 정도로 높았고,
기슭은 4분원의 중앙에서 중심까지의
기울기보다 심하게 가파른 경사였다.[10]   42

나는 기진맥진해졌을 때 말을 꺼냈다.
「오, 자상하신 아버지, 뒤돌아보세요.
멈추시지 않으면 저 혼자 남겠어요.」   45

10 수직으로 교차하는 두 직선으로 원을 정확하게 4등분하였을 때, 한 〈4분원(四分圓)〉의 한가
운데 지점에서 원의 중심에 이르는 직선의 기울기는 45도이다. 그 45도보다 더 가파르다는 뜻이다.

4: 37~39
한 걸음도 뒤로 내딛지 마라. 어느 현명한 안내자가 나타날 때까지 내 뒤를 따라 계속 산 위로 오르라.

「아들아, 여기까지만 몸을 끌어올려라.」

그분은 산의 이쪽을 에워싸고 있는

조금 위의 비탈을 가리키며 말하셨다.   48

그분의 말은 나를 격려하였고, 나는

힘내어 그분 뒤를 기어올라 마침내

비탈이 내 발아래에 있게 되었다.   51

우리 둘은 함께 그곳에 앉았으며

우리가 올라온 동쪽을 바라보았으니,

되돌아봄은 으레 유익하기 때문이다.   54

나는 먼저 아래의 해변으로 눈길을

돌린 다음 태양을 바라보았는데,

왼쪽에서 햇살이 비쳐 깜짝 놀랐다.[11]   57

빛의 수레[12]가 우리와 북쪽[13] 사이로

들어오고 있는 것에 내가 놀라자

그것을 알아차리신 스승님은 내게 말하셨다.   60

「만약 카스토르와 폴룩스[14]가

---

11 지금 단테는 남반구에 있기 때문에, 동쪽을 향했을 때 태양은 왼쪽, 즉 북쪽 하늘에 있게 된다. 이와는 반대로 북반구에서는 오른쪽, 즉 남쪽 하늘에 위치한다.

12 태양.

13 원문에는 *Aquilone*로 되어 있고, 강한 북풍, 즉 북쪽을 가리킨다.

14 쌍둥이자리를 가리킨다. 레다가 백조로 변신한 유피테르와 정을 통해 낳은 쌍둥이 형제로 우애가 좋았는데, 카스토르가 죽자 불사의 몸이었던 폴룩스(그리스 신화에서는 폴리데우케스)는 유피테르에게 죽게 해달라고 부탁했고, 유피테르는 그들을 쌍둥이자리로 만들었다고 한다.

위와 아래[15]를 빛으로 이끌어 주는
저 태양과 같은 자리에 있다면,[16]   63

불그스레한 황도대가 오래된
자신의 길을 벗어나지 않는 한,
훨씬 북쪽으로 도는 것을 볼 것이다.   66

어떻게 해서 그런지 알고 싶다면,
마음속으로 집중하여 상상해 보아라.
시온[17]과 이 산은 지구 위에서   69

단 하나의 지평선을 공유하면서
서로 다른 반구 위에 있기 때문에,[18]
네 지성이 잘 살펴본다면, 파에톤이   72

마차를 잘못 몰았던 길[19]이 왜 여기서는
이쪽으로, 또한 저기서는 저쪽으로
가야 하는지[20] 너는 알게 될 것이다.」   75

나는 말했다. 「물론입니다, 스승님. 저의
재능이 깨닫지 못했던 것을 지금처럼

---

15 북반구와 남반구.
16 하지가 되면 태양은 쌍둥이자리에 들어가게 된다. 단테는 지금 춘분 무렵에 여행하고 있는
데, 만약 지금이 하지라면 태양이 더 북쪽에 있을 것이라는 뜻이다.
17 예루살렘에 있는 언덕으로, 예루살렘을 가리킨다.
18 정확히 서로 대척(對蹠) 지점에 있다는 뜻이다.
19 태양의 길이다. 파에톤에 대해서는 「지옥」 17곡 106행 참조.
20 말하자면 태양이 연옥의 산에서 보면 북쪽으로 치우쳐 돌고, 시온 언덕에서 보면 남쪽으로
치우쳐 도는지.

명백하게 분별해 본 적이 없었습니다.   78

어떤 학문21에서는 적도라고 부르는
천체 운동의 한가운데 원은 언제나
태양과 겨울 사이22에 있기 때문에,   81

스승님이 설명하시는 이유로 인해
여기에서 태양이 북쪽으로 움직일 때
히브리 사람들은 남쪽에서 보게 되지요.23   84

그런데 괜찮으시다면, 얼마나 가야 할지
저는 알고 싶습니다. 이 산은 제 눈이
닿을 수 없도록 높이 솟아 있으니까요.」   87

그러자 그분은 말하셨다. 「이 산은,
아래의 시작 부분은 아주 험하지만
위로 오를수록 덜 험하도록 되어 있다.   90

따라서 위로 오르기가 한결 가벼워져
마치 배를 타고 물결을 따라가듯이
이 산이 아주 기분 좋게 느껴질 때면,   93

너는 이 길의 끝에 도달할 것이고

21   천문학.
22   적도를 중심으로 볼 때, 태양이 있는 쪽은 여름이고 그 반대쪽은 겨울이다. 태양은 언제나
이 두 지점 사이의 구역에 위치한다.
23   이쪽 연옥의 산에서 보면 태양은 북쪽에 보이지만, 히브리 사람들이 거주하는 예루살렘에
서 보면 남쪽(원문에는 〈따뜻한 쪽〉으로 되어 있다) 하늘에서 보인다.

그곳에 고달픔의 휴식이 기다리니,
더 말하지 않겠지만 그것은 사실이다.」   96

그분이 이런 말을 마치자 근처에서
목소리 하나가 들려왔다. 「아마도
도착하기 전에 쉬어야 할 것이야!」   99

그 소리에 우리는 몸을 돌렸으며,
그분이나 내가 미처 보지 못했던
큰 바위가 왼쪽에 있는 것을 보았다.   102

우리는 그쪽으로 갔고, 바위 뒤의
그늘에 사람들이 있었는데, 마치
게으름 때문에 멈춰 있는 것 같았다.   105

그중 하나는 내 눈에 지쳐 보였는데,
앉아서 두 팔로 무릎을 껴안은 채
그 사이로 얼굴을 아래로 처박고 있었다.   108

나는 말했다. 「오, 상냥하신 주인님,[24] 저자를
보세요, 너무나도 게을러 보이는군요.
게으름이 자기 누이라도 되는 것처럼.」   111

그러자 그는 우리를 바라보았고, 정신을
차린 듯 허벅지에서 고개를 들고 말했다.

24 베르길리우스

4: 103~105

바위 뒤의 그늘에 사람들이 있었는데, 마치 게으름 때문에 멈춰 있는 것 같았다.

「그렇게 유능하면, 올라가 보시구려!」 114

그때 나는 그가 누군지 알아보았고
아직도 내 숨을 약간 헐떡이게 하는
고통도 아랑곳하지 않고 그에게 갔다. 117

내가 다가가자 그는 힘겹게 머리를
들고 말했다. 「태양이 어떻게 마차를
왼쪽으로 몰고 가는지 잘 보셨는가?」 120

그의 게으른 행동과 간략한 말은
내 입가에 약간의 웃음을 자아냈고,
나는 말했다. 「벨라콰,25 너 때문에 123

이제는 괴롭지 않은데,26 말해 다오. 왜
여기 앉아 있나? 안내자를 기다리는가?
아니면 다시 예전의 버릇에 사로잡혔나?」 126

그는 말했다. 「오, 형제여, 올라간들 무슨 소용이
있는가? 문 위에 앉은 하느님의 천사27는
벌받으러 가는 것을 허용하지 않을 텐데. 129

나는 끝까지 착한 한숨28을 머뭇거렸으니,

25 Belaqua. 피렌체 출신의 악기 제조업자로 아주 게을렀다고 한다. 음악을 좋아했던 단테와
는 가까운 친구 사이였다.
26 연옥에 있는 그의 영혼은 구원받았기 때문이다.
27 본격적인 연옥의 문을 지키는 천사이다.(「연옥」 9곡 76행 이하 참조)
28 참회와 속죄의 한숨이다.

살아서 그랬던 만큼 하늘이 돌 때까지[29]
먼저 문밖에서 기다려야 한다네.   132

은총 속에 사는 자의 마음에서 우러나오는
기도가 먼저 나를 돕지 않으면, 하늘에서
들어주지 않는 기도가 무슨 소용 있겠는가?」   135

벌써 시인은 내 앞에 올라가며 말하셨다.
「이제 오너라. 태양이 자오선에
닿았으며, 모로코의 바닷가[30]를   138

벌써 밤의 발길이 뒤덮고 있노라.」

---

29 그만큼의 세월이 흐를 때까지.
30 사람이 거주하는 땅(「연옥」 2곡 3행의 역주 참조)의 서쪽 끝 바닷가를 뜻한다.

제5곡

두 시인은 게으른 영혼들을 떠나 계속해서 올라가다가 한 무리의 다른 영혼들을 만난다. 그들은 죽기 직전까지 회개를 미루다가 갑작스럽게 죽음을 당한 자들이다. 여기에서 단테는 그들 중 몇몇 영혼들과 이야기를 나눈다.

나는 벌써 그 그림자들을 떠났고
길잡이의 발자국을 따르고 있었는데,
뒤에서 누군가 손가락으로 가리키며   3

소리쳤다. 「보아라, 뒤에 있는 자의
왼쪽에서 햇살이 통과하지 못하고
또 살아 있는 사람처럼 행동한다.」   6

이 말소리에 나는 눈을 돌렸는데,
깜짝 놀란 영혼들이 나를 보고
부서진 햇살을 바라보고 있었다.   9

「네 마음은 어찌 그렇게 산만하냐?」
스승님이 말하셨다. 「왜 걸음을 늦추느냐?
여기서 숙덕이는 말이 무슨 상관이냐?   12

지껄이도록 내버려 두고 내 뒤를 따르라.
바람이 불어도 그 꼭대기가 절대로
흔들리지 않는 탑처럼 굳건해야 한다.   15

생각에 생각을 더하는 사람은 언제나
자기 목표에서 멀어지니, 한 생각이
다른 생각을 약화시키기 때문이다.」   18

내가 〈갑니다〉 이외에 무슨 말을 할 수
있었겠는가? 나는 용서를 구하는
사람의 얼굴빛이 되어 그렇게 말했다.   21

그동안 산기슭을 가로질러 영혼들이
〈미세레레〉[1]를 한 구절씩 노래하며
약간 우리 앞쪽으로 오고 있었다.   24

그들은 햇살이 내 몸을 통과하지
못하는 것을 깨닫고 노래를 바꾸어
〈오!〉 하고 깜짝 놀라 길게 외쳤다.   27

그중에서 둘이 전령 같은 모습으로
우리를 향하여 달려오더니 물었다.
「그대들의 상황을 알려 주십시오.」   30

스승님은 말하셨다. 「그대들은 돌아가서
그대들을 보낸 자들에게 말하시오,
이 사람의 몸은 진짜 육신이라고.   33

내가 짐작하듯, 그의 그림자를 보려고

---

1 *Miserere.* 「시편」 50편 첫머리에 나오는 라틴어 구절로 〈자비를 베푸소서〉라는 뜻이다.

멈추었다면 충분한 대답이 될 것이고,
그를 친절히 대하면 유용할 것이오.」[2]   36

이른 밤에 맑은 하늘이나, 해 질 무렵
8월의 구름을 찢는 불붙은 수증기[3]도
그렇게 빠른 것은 보지 못했을 정도로,   39

그들은 순식간에 되돌아가 도착했고
다른 자들과 함께 우리에게 왔는데,
고삐 없이 치달리는 기병대 같았다.   42

시인께서는 말하셨다. 「우리를 쫓아오는 무리가
많은데, 너에게 부탁하러 오는 것이니
그냥 계속 가면서 듣도록 하여라.」   45

그들은 오면서 소리쳤다. 「태어날 때의
육신을 그대로 갖고 축복을 받으러 가는
영혼이여, 잠시 발걸음을 늦추시오.   48

혹시 우리들 중 누군가 본 적이 있다면,
그에 대한 소식을 저 세상에 전해 주오.
아니, 왜 가시오? 아니, 왜 안 멈추나요?   51

2 단테가 세상에 돌아가 연옥에 있는 영혼들의 소식을 전하면, 아는 자들이 기도를 통해 정죄의 기간을 단축해 줄 수 있기 때문이다.
3 중세의 관념에서 밤하늘을 가로지르는 별똥별이나, 여름날 해 질 무렵 구름 사이의 번개는 모두 수증기에 불이 붙어 나타나는 것으로 믿었다.

5: 43~45
우리를 쫓아오는 무리가 많은데, 너에게 부탁하러 오는 것이니 그냥 계속 가면서 듣도록 하여라.

우리는 모두 폭력으로 인해 죽었고
마지막 순간까지 죄인들이었는데,
그 순간 하늘의 빛이 우리를 깨우쳐서,   54

하느님과 화해하여 뉘우치고 용서하며[4]
삶을 떠났으므로, 그분[5]을 뵙고 싶은
욕망으로 지금은 마음이 아픕니다.」   57

나는 말했다. 「그대들의 얼굴을 보아도 아무도
모르겠지만, 잘 태어난[6] 영혼들이여,
원한다면 내가 무엇을 할지 말해 보오.   60

이 안내자의 발자국을 따라 세상에서
세상으로[7] 거쳐 가면서 내가 찾으려는
그 평화[8]의 이름으로 해줄 것이오.」   63

그러자 한 영혼[9]이 말했다. 「그 의지가
불가피하게 꺾이지 않는다면, 맹세하지
않아도 우리 모두 그대 호의를 믿습니다.   66

---

4 우리의 죄를 참회하고, 우리를 죽인 자들을 용서하면서.
5 하느님.
6 구원을 받았으므로.
7 죽은 자들의 여러 세상, 즉 지옥, 연옥, 천국을 가리킨다.
8 천국의 평화.
9 본문에서는 이름이 언급되지 않는 야코포 델 카세로Jacopo del Cassero(1260~1298)이다.
이탈리아 동부 해안에 있는 도시 파노(「지옥」 28곡 76행 참조) 출신으로 궬피 계열의 정치가로,
1296~1297년 볼로냐의 포데스타를 지낼 때, 데스테 가문의 아초 8세(「지옥」 12곡 111행 참조)의
원한을 샀고, 그로 인해 1298년 밀라노로 가던 도중 암살자들의 손에 살해되었다.

그래서 다른 자들보다 먼저 내가 말하고
그대에게 부탁하니 혹시 카를로의 왕국과
로마냐 사이에 있는 고장10에 가거든,　　　　　　　　69

그대의 친절한 기도가 파노에 전해져서
나를 위한 좋은 기도를 통해 내가
무거운 죄를 씻을 수 있게 해주오.　　　　　　　　72

나는 그곳 태생이지만, 나를 지탱하던
피가 흘러나오게 만든 깊은 상처는
안테노르들의 품 안11에서 가해졌지요.　　　　　　75

그곳은 내가 가장 안전하다고 믿었는데,
정당한 것 이상으로 나를 증오하였던
데스테의 그 사람12이 그렇게 했다오.　　　　　　　78

내가 오리아고13에 도착했을 때
만약 미라14 쪽으로 달아났다면,
아직 살아 숨 쉬고 있을 것이오.　　　　　　　　　81

그런데 늪으로 달아났고 진흙과 갈대에

10　교황령에 속하는 안코나Ancona 변경(邊境) 지역으로 로마냐 지방과 나폴리 왕국 사이에
있었는데, 1300년 당시 나폴리는 카를로 단조 2세(1248~1309)가 다스리고 있었다.
11　그가 암살당한 파도바의 영토를 가리킨다. 파도바는 트로이아 사람 안테노르(「지옥」 32곡
88행 참조)가 세웠다는 전설이 있다. 단테는 그곳 사람들을 안테노라고 부름으로써 조국을 배반
한 자들로 간주한다.
12　데스테 가문의 아초 8세.
13　Oriago. 파도바와 베네치아 사이의 고장이다.
14　Mira. 파도바와 오리아고 사이에 있으며, 근처에 브렌타강과 통하는 운하가 있다.

얽혀 쓰러졌으니, 거기에서 내 피가
땅에 호수를 이루는 것을 보았지요.」   84

다른 영혼이 말했다. 「아, 높은 산으로
그대를 이끄는 소망이 이루어진다면,
착한 자비로 내 소망을 도와주십시오!   87

나는 몬테펠트로 출신의 부온콘테[15]인데,
조반나나 다른 사람이 나를 돌보지 않아,[16]
고개를 떨구고 저들과 가고 있지요.」   90

나는 그에게 말했다. 「어떤 힘이나 어떤 운명이
그대를 캄팔디노[17]에서 멀리 데려갔기에
그대가 묻힌 곳조차 알 수 없나요.」   93

그는 대답했다. 「오호! 카센티노 아래에는
아펜니노산맥의 수도원[18] 위에서 발원하여
아르키아노[19]라 불리는 강이 흐르는데,   96

15 Buonconte. 몬테펠트로 출신 귀도(「지옥」27곡 30행 참조)의 아들이다. 기벨리니파의 우두
머리로 아레초의 궬피파와의 전투에 참가하였고, 1289년 캄팔디노 전투에서 전사하였다.
16 부온콘테의 아내 조반나Giovanna와 다른 친지들이 죽은 그의 영혼을 위해 기도하지 않는
다는 뜻이다.
17 Campaldino. 아레초 북부의 산지 카센티노(「지옥」30곡 94행 참조) 계곡에 있는 평원의 이
름. 이곳에서 1289년 아레초의 기벨리니파는 피렌체의 궬피파와의 전투에서 패배하였다. 당시 부
온콘테는 부상을 당하여 카센티노 밖으로 달아나 죽었으나, 그의 시신은 발견되지 않았다고 한다.
단테도 이 전투에 직접 참가하였기 때문에(「지옥」22곡 1~6행 참조), 그 모든 내막을 잘 알고 있다.
18 아레초 북쪽의 아펜니노산맥에 위치한 카말돌리 수도원을 가리킨다.
19 Archiano. 나중에 아르노강과 합류된다.

그 이름이 사라지는 곳20에 나는
목에 구멍이 뚫린 채 도착하였고
평원을 피로 적시며 맨발로 달아났소.   99

그곳에서 나는 시력을 잃었고,
마리아의 이름을 끝으로 말도 잃었고
그 자리에 쓰러져 내 육신만 남았소.   102

내 말은 사실이니 산 자들에게 전하시오.
하느님의 천사가 나를 거두자 지옥의
사자가 소리쳤소. 〈오, 하늘의 너는 왜   105

빼앗아 가느냐? 눈물 한 방울21 때문에
그의 영원한 것22을 나한테서 빼앗는다면
나머지23는 내가 마음대로 처리하겠다!〉   108

그대도 알듯이 습한 수증기가 공중에
모이고 위로 올라가 차가워지면 곧바로
다시 물방울로 되돌아가게 되지요.24   111

온갖 생각으로 악을 찾는 그 사악한
의지25는 자신의 천성이 부여하는

20 아르노강과 합류되는 지점이다. 따라서 여기부터는 아르키아노라는 이름은 사라지게 된다.
21 부온콘테가 죽음 직전에 흘린 참회의 눈물.
22 영혼.
23 영혼이 떠난 죽은 시신이다.
24 중세의 관념에 따라 비가 만들어지는 연유에 대해 설명하고 있다.

힘으로 수증기와 바람을 일으켰지요.   114

그래서 해가 저물자 프라토마뇨[26]에서
웅장한 산맥까지 계곡과 위의 하늘을
빽빽한 안개로 온통 뒤덮어 버렸으니,   117

습기로 충만한 대기는 물로 변하여
비가 내렸고, 땅바닥이 감당하지
못하는 물은 웅덩이를 이루었으며,   120

그러고는 커다란 개울들과 합류하여
아무것도 걷잡을 수 없도록 빠르게
진짜 강을 향해 돌진해 내려갔지요.   123

격렬한 아르키아노는 기슭에서 나의
얼어붙은 몸뚱이를 발견하여 아르노강에
몰아넣었고, 내가 고통의 순간에 만든   126

십자가[27]를 내 가슴에서 풀어냈으며,
강바닥과 기슭으로 나를 굴리다가
자신의 전리품들[28]로 뒤덮어 버렸소.」   129

둘째 영혼에 뒤이어 세 번째 영혼이

25 지옥에서 온 악마.
26 Pratomagno. 카센티노 계곡의 고장이다.
27 참회의 표시로 두 팔을 가슴에 포개어 만든 십자가.
28 불어난 강물이 휩쓸어 가는 자갈, 모래, 나뭇가지, 덤불, 나무토막 등 온갖 쓰레기들을 가리
킨다.

5: 124~126
격렬한 아르키아노는 기슭에서 나의 얼어붙은 몸뚱이를 발견하여 아르노강에 몰아넣었고

말했다. 「오, 세상으로 되돌아가서
그대가 기나긴 여행길을 쉬고 나면   132

나 피아[29]를 기억해 주오. 시에나는
나를 낳았고, 마렘마는 죽였는데,[30]
그 일은 보석 반지를 끼워 주며 나를   135

아내로 맞이했던 자가 잘 알고 있소.」

---

29 Pia. 시에나 태생의 여인으로, 마렘마의 넬로와 결혼하였으나 남편에게 살해되었다.
30 시에나에서 태어나 마렘마에서 죽었다는 뜻이다.

5: 132~133
그대가 기나긴 여행길을 쉬고 나면 나 피아를 기억해 주오.

제6곡

비명에 죽은 영혼들을 떠나면서 단테는 베르길리우스에게 기도의 가치에 대해 질문한다. 두 시인은 만토바 출신의 소르델로를 만나는데, 그는 고향 사람 베르길리우스를 반갑게 맞이한다. 그 모습을 보고 단테는 싸움과 불화가 끊이지 않는 조국 이탈리아에 대한 한탄을 늘어놓는다.

차라[1] 노름판이 끝나고 떠날 때
잃은 자는 슬픈 심정으로 남아
주사위를 다시 던져 보며 배우는데,   3

사람들은 모두 딴 자와 함께 떠나면서,
누구는 앞에서 가고, 누구는 뒤에서
붙잡고, 누구는 옆에서 아는 척해도   6

그[2]는 멈추지 않고 여기저기 들으며
손을 내밀어 더 달라붙지 않게 하여,[3]
그렇게 사람들의 무리에서 벗어나듯이,   9

나는 그 빽빽한 무리 속에서 그렇게
했으니, 그들 여기저기로 얼굴을 돌려
약속하면서 그들에게서 빠져나왔다.   12

1 *zara*. 세 개의 주사위를 던져서 그 숫자를 알아맞히는 사람이 이기는 노름이다.
2 노름판에서 돈을 딴 사람.
3 그러니까 누군가에게 약간의 개평을 건네주어 더 이상 귀찮게 달라붙지 않도록 만들고.

기노 디 타코[4]의 억센 팔에 죽음을
당한 아레초 사람[5]과, 쫓겨 도망치다
물에 빠져 죽은 자[6]가 거기 있었다.   15

또 페데리고 노벨로[7]가 두 팔을 벌려
간청했고, 착한 마르추코[8]가 위대해
보이게 만들었던 피사 사람도 그랬다.   18

나는 또 오르소 백작[9]을 보았고, 또한
자기 말에 의하면, 죄 때문이 아니라
원한과 질투로 몸과 영혼이 갈라진   21

피에르 드 라 브로스[10]를 보았으니
브라방의 여인이여, 사악한 무리에

4 Ghino di Tacco. 시에나 귀족 출신으로 유명한 도둑이었다. 그러나 훔친 물건을 너그럽게
나누어주고 기사다운 행동으로 호감을 샀으며, 말년에는 교황과 시에나 시 당국의 용서를 받았다고
한다.

5 베닌카사 다 라테리나Benincasa da Laterina를 가리킨다. 그는 아레초의 법관으로 기노 디
탁코의 형제와 숙부를 도둑질한 혐의로 사형에 처했다. 후에 로마 교황청의 법관으로 임명되었는
데, 기노가 법정 안에서 그를 보복 살해하였다.

6 아레초 기벨리니파의 타를라티 가문 출신 구초Guccio를 가리키는데, 그는 궬피파 가문과의
싸움에서 말을 타고 도망치다가 아르노강에 빠져 죽었다고 한다.

7 Federigo Novello. 카센티노의 귀족으로 아레초의 보스톨리 가문에 의해 살해되었다.

8 Marzucco. 그는 스코르니자니 가문 출신으로 중요 공직을 거쳤으며 말년에는 프란치스코
수도회에 들어갔다. 그의 아들(다음 행의 〈피사 사람〉)이 피살당하였을 때, 그는 관대하게 원수를
용서했다고 한다.

9 Orso. 알베르티 가문 출신으로 프라토의 백작이었는데, 1286년 사촌 알베르토에 의해 살해
되었다.

10 Pierre de la Brosse(이탈리아어로는 피에르 데 라 브로차Pier de la Broccia). 비천한 가문
출신이지만 프랑스 왕 필리프 3세의 시종으로 신임과 명성을 얻었는데, 1278년 갑자기 체포되어 사
형을 당했다. 소문에 의하면 그는 궁정의 질투와 음모로 희생되었고, 특히 필리프 3세의 둘째 왕비
브라방Brabant(이탈리아어로는 브라반테Brabante로 현재는 벨기에의 지방이다)의 마리아(뒤이어
나오는 〈브라방의 여인〉)가 반역죄로 모함하였다는 것이다.

끼지 '않도록 이승에서 미리 조심하오.¹¹   24

좀 더 빨리 자신의 죄가 씻기도록¹²
다른 사람들이 기도해 주길 바라는
그 모든 영혼들에게서 벗어났을 때   27

나는 말했다. 「오, 나의 빛이시여, 당신은
어느 대목에서, 기도가 하늘의 율법을
굽힐 수 있음을 부정하는 듯한데,¹³   30

이자들은 여전히 그것을 간청하니
그들의 헛된 희망인지, 아니면 제가
스승님의 말을 잘못 이해하였는지요?」   33

그분은 말하셨다. 「나의 글은 명백하고,
또한 건강한¹⁴ 마음으로 잘 살펴보면
그들의 희망도 잘못된 것은 아니다.   36

여기에 있는 자가 채워야 할 것¹⁵을
사랑의 불꽃¹⁶이 한순간에 채운다고
심판의 꼭대기가 낮아지는 것은 아니며,   39

11 살아 있을 때 피에르를 죽게 만든 죄를 참회하여 지옥(〈사악한 무리〉)에 떨어지지 않도록
조심하라는 뜻이다. 마리아는 1321년에 사망하였다.
12 원문에는 〈좀 더 빨리 그들의 영혼이 거룩해지도록〉으로 되어 있다.
13 『아이네이스』 6권 376행에서 쿠마이의 시빌라는 팔리누루스에게 〈하늘이 정한 운명을 기
도로 바꿀 수 있다는 생각은 버려야 한다〉고 대답한다.
14 오류나 편견이 없는.
15 연옥에 있는 영혼들이 죄의 대가로 받아야 하는 형벌을 가리킨다.
16 산 자들이 올리는 자비의 기도를 가리킨다.

그 대목에서 내가 분명히 밝혔듯이,
기도는 하느님과 떨어져 있기 때문에
기도로 결점이 수정되는 것은 아니다.   42

네 지성과 진리 사이의 빛이 되어야 할
그 여인[17]이 너에게 설명해 줄 때까지는
그렇게 섬세한 의혹에 매달리지 마라.   45

알아들었는지 모르겠지만, 베아트리체를
일컫는 말인데, 너는 이 산의 꼭대기에서
행복하게 미소 짓는 그녀를 만날 것이다.」   48

나는 말했다. 「주인님, 최대한 빨리 가십시다.
이제 저는 전처럼 피곤하지 않고, 또
벌써 산 그림자가 드리우고 있습니다.」   51

그분은 대답하셨다. 「오늘 중으로
가능한 한 앞으로 가보도록 하자.
하지만 사실은 네 생각[18]과 다르다.   54

저 위에 도달하기 전에, 지금 산기슭
뒤로 숨어 네 그림자를 드리우지 않는
태양이 다시 떠오르는 것을 볼 것이다.   57

17 베아트리체.
18 단테는 오늘 중으로 연옥의 정상까지 오를 것으로 생각하고 있으나, 산이 험난하여 실제로
는 사흘이 걸린다.

그런데 보아라, 저기 한 영혼¹⁹이 홀로
외롭게 앉아 우리를 바라보고 있구나.
그가 가까운 길을 가르쳐 줄 수 있겠지.」 60

우리는 그에게 갔는데, 오, 롬바르디아의
영혼이여, 얼마나 도도하고 의젓한지,
또한 눈매는 얼마나 진지하고 느린지! 63

그는 우리에게 아무 말도 없었으며,
마치 도사리고 앉아 있는 사자처럼
우리가 가는 것을 지켜볼 뿐이었다. 66

베르길리우스께서 다가가 오르기 쉬운
길을 가르쳐 달라고 부탁했는데도,
그는 질문에는 대답조차 하지 않고 69

우리의 고향과 세상일에 대해 물었으며,
이에 친절한 스승님이 〈만토바……〉 하고
입을 떼자 완전히 혼자 있던 그 영혼은 72

있던 자리에서 그분에게 벌떡 일어나
〈오, 만토바 사람이여, 나는 그대 고향의
소르델로라오!〉 하고는 서로 껴안았다. 75

아, 노예 이탈리아여, 고통의 여인숙이여,

19 뒤에 나오듯이 13세기 초 만토바에서 태어난 소르델로Sordello의 영혼이다. 그는 가난하지만 귀족 가문 출신으로 13세기의 가장 탁월한 음유시인들 중 하나였다.

거대한 폭풍우 속에 사공 없는 배여,
정숙한 시골 여인이 아닌 갈보 집이여,   78

자기 고향의 달콤한 소리만 들어도
저 고귀한 영혼은 그렇게도 재빨리
고향 사람을 반갑게 맞이하는데,   81

지금 네 안에 사는 자들은 싸움이
끊이지 않으니, 성벽과 웅덩이[20]에
둘러싸여 서로가 서로를 물어뜯는구나.   84

불쌍하구나, 네 바다 언저리를 보고
너의 품속을 바라보아라,[21] 어느
한구석 평화를 누리는 곳이 있는지.   87

안장이 비어 있다면, 유스티니아누스가
고삐를 고쳤다고 무슨 소용이 있는가?
그것이 없다면 차라리 덜 부끄러우리.[22]   90

아, 하느님께서 알려 주시는 것을 잘
이해하였다면, 카이사르[23]를 안장에

20 적의 공격을 저지하기 위해 성의 둘레에 웅덩이를 파서 물을 채워 놓은 해자(垓字)를 가리
킨다.
21 해안에 자리한 도시들을 살펴보고, 내륙에 위치한 도시들을 살펴보라는 뜻이다.
22 비잔티움 제국의 유스티니아누스Justinianus 황제(재위 527~565)는 유명한 『로마법 대전
Corpus Iuris Civilis』(〈고삐〉)을 편찬하였는데(「천국」 6곡 참조), 그 훌륭한 법으로 이탈리아를 다
스릴 만한 군주가 없다면(〈안장이 비어 있다면〉) 아무런 소용이 없으며, 차라리 그런 법전이 없었다
면 덜 부끄러웠으리라는 것이다.
23 카이사르는 로마의 최초 황제로 간주되며, 일반적으로 황제의 대명사로 쓰이기도 한다.

앉혀 두고 경건했어야 할 사람들[24]이여,   93

보아라, 너희들이 고삐에 손을 댄 이후
이 야수[25]가 얼마나 사납게 되었는지
박차로는 다스릴 수 없을 정도이다.   96

오, 독일인 알베르트[26]여, 네가
안장 위에 올라타야 할 이 사납고
야만적인 짐승을 내버려 두고 있구나.   99

하늘에서 정의로운 심판이 너의
핏줄에 떨어져, 그 새롭고 명백함에
너의 후계자[27]가 두려움에 떨기를!   102

너와 너의 아버지는 탐욕으로 인하여
저곳[28]의 일에만 정신이 팔려 있어서
제국의 정원이 이렇게 황폐해졌구나.   105

무심한 사람아, 몬테키와 카펠레티,

24 교회의 사람들을 가리키는 것으로 해석되기도 한다.
25 이탈리아.
26 Albert(또는 알브레흐트Albrecht) 1세(1255~1308). 오스트리아 왕가 합스부르크 가문의
루돌프 1세(1218~1291)의 아들로 1298~1308년 신성 로마 제국의 황제였으나, 아버지와 마찬가
지로 독일 영토의 통치에만 몰두하여 이탈리아 영토에 대한 지배권을 거의 포기하였고, 교황 보니
파키우스 8세가 황제의 권한을 대행하도록 방치하였다.
27 역사적으로 보면 1308년 알베르트 1세가 암살당한 후 룩셈부르크의 공작 하인리히 7세
(1275~1313)가 뒤를 이어 신성 로마 제국의 황제로 등극하게 된다. 그러나 단테는 자신의 저승 여
행이 1300년에 이루어지고 있음을 감안하여 이것을 우회적으로 암시한다.
28 독일.

모날디와 필리페스키²⁹를 보아라.
저들은 이미 슬프고 이들은 떨고 있다!³⁰   108

잔인한 사람아, 와서 네 귀족들의
비참함을 보고 불행을 치유하여라.
산타피오라³¹가 얼마나 어두운지 보라!   111

와서 보아라, 과부가 되어 홀로 울면서
〈나의 황제여, 왜 내 곁에 있지 않는가〉
밤낮으로 부르고 있는 로마를 보아라.   114

사람들이 얼마나 서로를 사랑하는지³²
와서 보아라, 우리에게 자비심이 일지
않는다면, 네 명성을 부끄러워해야 하리.   117

나에게 허용된다면, 우리를 위해 땅 위에서
십자가에 못 박힌 오, 최고의 유피테르³³여,
정의로운 당신의 눈길은 어디로 향합니까?   120

29 몬테키Montecchi와 카펠레티Cappelletti는 셰익스피어의 「로미오와 줄리엣」으로 더 많이
알려진 베로나의 두 원수 가문이고, 모날디Monaldi와 필리페스키Filippeschi는 오르비에토의 두
적대적인 가문이다. 당시 가문들끼리, 그리고 도시들 사이에 서로 싸우고 있는 이탈리아의 혼란한
상황을 암시한다.
30 몬테키와 카펠레티 가문은 이미 비극 속에 슬퍼하고 있고, 모날디와 필리페스키 가문은 서
로 두려움에 떨고 있다.
31 Santafiora. 토스카나 지방 남쪽의 도시로 알도브란데스코 백작 가문(「연옥」 11곡 58행 이
하 참조)의 영지였으나 시에나에 의해 상당 부분 빼앗기고 황폐해졌다.
32 서로 싸우고 증오하고 있는 현실을 역설적으로 비꼬는 표현이다.
33 여기에서는 예수 그리스도를 가리킨다.

아니면, 당신의 지혜의 심연 속에서
준비하시는 것은 우리의 모든 지성을
초월하는 어떤 선을 위해서입니까?   123

이탈리아의 모든 도시는 폭군들로
가득 차 있고, 악당들은 무리를 지어
모두 마르켈루스[34]가 되고 있으니까요.   126

나의 피렌체여, 합리적인 너의 백성
덕택에 그런 탈선이 너에게는 해당되지
않으니, 너는 무척이나 기쁘겠구나.[35]   129

많은 사람이 가슴속에 정의를 갖고 있어도
분별없이 활을 당겨 쏘는 걸 늦추는데,[36]
네 백성은 입 끝으로만 갖고 있구나.[37]   132

많은 사람이 공동의 짐[38]을 거부하는데,
너의 백성은 부르지 않아도 곧바로
대답하여 〈나는 준비되었소〉 외치는구나.   135

이제 기뻐하라, 너는 그럴 자격이 있으니,
풍요로운 너, 평화로운 너, 현명한 너.

34 그가 누구인지 분명하지는 않으나, 아마 카이사르의 집요한 반대자이며 기원전 50년에 로마의 집정관을 지낸 클라디우스 마르켈루스Cladius Marcellus일 것으로 추정된다.
35 이것 역시 반어적인 표현으로, 정쟁과 당파 싸움에 사로잡힌 피렌체를 비난하고 있다.
36 경솔하게 보이지 않으려고 신중하게 행동한다는 뜻이다.
37 단지 입으로만 정의를 외친다는 뜻이다.
38 공직을 가리킨다.

내 말이 사실인지 결과가 증명하리라.   138

옛 법률을 만들고 그토록 문명화되었던
아테나이와 라케다이몬[39]도 너에 비하면
보잘것없는 행복한 삶을 누렸으니,   141

너는 너무나도 세련된 조치들을 만들어,
8월에 네가 만드는 것이 겨우 11월
중순까지도 채 이르지 못하는구나.   144

네가 기억할 수 있는 기간 동안에도
너는 몇 번이나 법률이나 화폐, 공직,
풍습을 바꾸었고 사람들을 바꾸었는가!   147

네가 잘 기억하고 분별해 본다면, 너는
깃털 담요 위에 누워서도 불편하여
몸을 뒤척이며 고통을 막아 보려는   150

병든 여인과 같다는 것을 알게 되리라.

39 그리스 펠로폰네소스반도 남동부 라코니케 지방의 중심지로 스파르테의 다른 이름이다.

제7곡

소르델로는 위대한 시인 베르길리우스를 알아보고 정중하게 인사를 올린다. 소르델로는 두 시인에게 밤에는 연옥의 산을 올라갈 수 없다고 설명한 후, 밤을 보낼 수 있는 곳으로 안내한다. 그리고 그곳에서 여러 군주와 제후 들의 영혼을 가리키며 설명해 준다.

친절하고 반가운 인사가 서너 번
반복된 뒤 소르델로는 물러서더니
물었다. 「그대는 누구십니까?」   3

「하느님께 올라가야 할 영혼들이
이 산으로 향하기 이전에,[1] 나의
유골은 옥타비아누스에 의해 묻혔으니,   6

나는 베르길리우스요. 다른 죄가 아니라
단지 믿음이 없었기에 천국을 잃었소.」
나의 안내자는 그렇게 대답하셨다.   9

그러자 마치 갑자기 자기 눈앞에서
어떤 놀라운 것을 보고 믿을 수 없어
〈그래…… 아니야……〉 말하는 사람처럼   12

그는 그렇게 보였는데, 이마를 숙이고

---

1 예수 그리스도의 강생 이전에는 영혼들이 구원받을 연옥이 없었다.

겸손하게 그분에게 돌아와 아랫사람이
예의를 표하는 곳²을 껴안았다.   15

그는 말했다. 「오, 라틴의 영광이여, 그대
덕택에 우리 언어의 탁월함이 드러났으니,
오, 내가 태어난 곳의 영원한 명예이시여,   18

어떤 공덕과 은총으로 앞에 나타나셨나요?
제가 당신의 말을 들을 자격이 있다면,
지옥의 어느 원에서 왔는지 말해 주십시오.」   21

그분은 대답했다. 「나는 고통스러운
왕국의 모든 원을 거쳐 이곳에 왔고,
하늘의 힘이 나를 움직여 함께 왔노라.   24

나는 행위가 아니라 행하지 않은 까닭에³
그대가 열망하는 높은 태양을 잃었고,
내가 그것을 알았을 때는 너무 늦었지.   27

고통이 아니라 단지 어둠 때문에 슬픈
장소⁴가 저 아래 있고, 그곳의 탄식은
고통의 비명이 아니라 한숨일 뿐이라네.   30

나는 그곳에 있는데, 인간의 죄악에서

2 무릎 아래. 나이나 권위가 낮은 사람은 무릎 아래를 껴안는 것이 예의였다고 한다.
3 어떤 죄를 저지른 행위 때문이 아니라, 마땅히 해야 할 것을 실행하지 않은 까닭에.
4 림보.

7: 22~24

나는 고통스러운 왕국의 모든 원을 거쳐 이곳에 왔고, 하늘의 힘이 나를 움직여 함께 왔노라.

벗어나기 전에5 죽음의 이빨에 물린
순진한 어린아이들과 함께 있노라.   33

또한 세 가지 성스러운 덕성6을 입지
못했지만, 악습 없이 다른 덕성들을
알고 모두 실천한 자들과 함께 있지.   36

그런데 그대가 알고 있다면, 우리가
곧바로 연옥이 시작되는 곳에 빨리
도착할 수 있는 길을 가르쳐 다오.」   39

그가 대답했다. 「우리에게는 정해진
장소가 없어 사방을 돌아다닐 수 있으니
내가 갈 수 있는 데까지 안내하지요.   42

하지만 보다시피 벌써 날이 저물고
밤에는 위로 올라갈 수가 없으니,
머물 곳을 생각하는 게 좋을 것이오.   45

여기 오른쪽에 영혼들이 모여 있으니,
허락하신다면, 그들에게 안내하겠소.
그들을 아는 것도 즐거운 일이리다.」   48

베르길리우스는 말하셨다. 「왜 그런가? 밤에
올라가려는 자를 누가 방해하는가?

5 세례를 받음으로써 인간의 원죄를 씻어 버리기 전에.
6 향주삼덕(向主三德)인 믿음, 희망, 사랑이다.

아니면 힘이 없어 오르지 못하는가?」 51

착한 소르델로는 손가락으로 땅바닥을
그으며 말했다. 「보십시오, 해가 진
뒤에는 이 선도 넘지 못할 것입니다. 54

다른 어떤 것이 위로 오르는 것을
방해하기 때문이 아니라, 밤의 어둠이
의지를 사로잡아 힘을 잃게 만들지요. 57

지평선이 낮을 가두고 있는 동안에는
어둠 속에 아래로 다시 내려가 산의
주위를 배회하는 것이 좋을 것입니다.」 60

그러자 나의 주인은 마치 놀란 듯이
「그렇다면 즐겁게 머물 수 있다고
그대가 말한 곳으로 안내해 다오.」 63

우리는 그곳에서 조금 떨어진 곳으로
갔고, 지상의 계곡이 움푹한 것처럼
산이 움푹 파여 있는 것을 발견했다. 66

그 그림자는 말하였다. 「저쪽으로,
산허리가 품 안처럼 파인 곳으로
가서 거기에서 새날을 기다립시다.」 69

가파르지도 않고 평탄하지도 않은

비스듬한 오솔길 하나가 주변보다
움푹 꺼진 곳의 가장자리로 인도했다.   72

황금과 순은, 주홍과 백연(白鉛), 맑고
윤기 나는 인도 나무,[7] 쪼개지는
순간의 신선한 에메랄드 빛깔도,   75

더 큰 것이 작은 것을 이기듯이,
그 움푹한 곳 안에 있는 풀과
꽃의 색깔을 이기지 못할 것이다.   78

자연은 그곳을 색칠했을 뿐 아니라,
수천 가지 향기들의 부드러움으로
그곳을 새롭고 불분명하게 만들었다.   81

「살베 레기나.」[8] 골짜기 때문에
밖에서는 보이지 않던 영혼들이 꽃들과
풀밭 위에 앉아 노래하는 것이 보였다.   84

우리를 안내한 만토바 사람이 말했다.
「얼마 남지 않은 태양이 지기 전에는
그대들을 저들에게 안내하고 싶지 않소.   87

아래 계곡에서 그들 사이에 있는 것보다

7   구체적으로 어떤 나무인지 분명하지 않으나 흑단(黑檀)으로 해석하기도 한다.
8   *Salve Regina.* 라틴어로 〈안녕하세요, 여왕이시여〉라는 뜻으로, 중세에 작곡된 성모 찬가 중
하나의 첫 구절이다.

7 : 82~84

「살베 레기나.」골짜기 때문에 밖에서는 보이지 않던 영혼들이 꽃들과 풀밭 위에 앉아 노래하는 것이 보였다.

이 둔덕에서 그대들은 저 사람들 모두의
얼굴과 행동을 더 잘 볼 수 있을 것이오.　　　　　　　　90

가장 높은 곳에 앉아[9] 마땅히 했어야
할 일을 게을리한 것처럼 보이고, 다른
사람들의 노래에 입도 움직이지 않는 자는　　　　　　93

루돌프 황제[10]였는데, 그가 치유할 수
있었던 상처로 이탈리아가 죽었으니 다른
사람에 의해 되살아나기에는 늦었지요.[11]　　　　　　96

그를 위로하는 것처럼 보이는 다른 자는
몰다우에서 엘베로, 엘베에서 바다로
흘러가는 강이 비롯되는 땅[12]을 다스린　　　　　　99

오토카르[13]라는 사람으로 강보 속의
그가, 사치와 게으름에 빠졌던 수염 난
아들 벤체슬라우스[14]보다 훨씬 나았지요.　　　　　102

9　이곳에 있는 군주와 제후들은 이승에서의 지위에 따라 자리에 앉아 있다.
10　합스부르크 가문의 〈독일인〉 알베르트(「연옥」 6곡 97행 참조)의 아버지로 1273년부터
1291년까지 신성 로마 제국의 황제였다.
11　단테는 신성 로마 제국 황제 하인리히 7세(재위 1308~1313)가 이탈리아를 구원할 것이라
는 희망을 간직하고 있었다.(「연옥」 33곡 37~51행 참조)
12　엘베강의 지류인 몰다우강의 발원지가 있는 보헤미아 지방을 가리킨다.
13　1253년에서 1278년까지 보헤미아의 왕이었던 오토카르Ottocar 2세로, 그는 루돌프를 황
제로 인정하지 않고 여러 차례 그와 싸우다가 1278년 전사하였다.
14　오토카르의 아들로 보헤미아를 통치한 벤체슬라우스Wenceslaus 4세(재위 1278~1305).
그는 아버지에 비해 무능하였다는 것을 과장하여 표현하고 있다.

저기 너그럽게 보이는 자[15]와 함께
긴밀하게 상의하는 듯한 납작코[16]는
도망치다 죽어 백합[17]에 치욕을 주었지요.   105

자신의 가슴을 치는 모습을 보시오!
다른 자[18]는 자기 손바닥으로 얼굴을
받치고 한숨을 쉬고 있는 것을 보시오.   108

저들은 프랑스 악[19]의 아비와 장인이니,
그의 사악하고 더러운 삶을 알고 있기에
저렇듯 날카로운 고통을 느낀답니다.   111

저기 남자다운 코를 가진 자[20]와 함께
노래하는 아주 건장해 보이는 자[21]는
온갖 가치를 허리에 두르고 다녔는데,   114

그의 뒤에 앉아 있는 젊은이[22]가

---

15 1270년에서 1274년까지 나바라(「지옥」 22곡 48행 참조)의 왕이었던 엔리코. 그의 계승자
인 딸 조반나는 프랑스의 〈미남왕〉 필리프 4세와 결혼하였고, 따라서 나바라 왕국은 당분간 프랑스
에 귀속되었다.
16 1270년에서 1285년까지의 프랑스 왕 필리프 3세. 그는 아라곤의 왕 페드로 3세의 해군과
싸우다가 패배하여 도망치다가 죽었다.
17 프랑스 왕가의 문장이다.
18 나바라 왕 엔리코.
19 〈미남왕〉 필리프 4세를 가리킨다. 단테는 자신과 이탈리아의 불행을 그의 탓으로 보고 『신
곡』의 여러 곳에서 그를 비난한다.
20 나폴리와 시칠리아의 왕이었던 카를로 단조 1세.(「지옥」 19곡 98행 참조)
21 1276년에서 1285년까지 아라곤의 왕이었던 페드로 3세로 건강하고 멋진 모습이었다고 한
다. 그는 만프레디의 딸 코스탄차(「연옥」 3곡 115~117행 참조)와 결혼하였다.
22 1285년부터 1291년까지 아라곤의 왕이었던 알폰소 3세(1265~1291)를 가리키는 것으로
보는 학자들도 있으나, 다른 한편으로는 아버지보다 먼저 죽은 막내아들 페드로를 가리키는 것으로

뒤를 이어 왕이 되었다면, 그 가치가
그릇에서 그릇으로 잘 옮겨졌을 텐데,   117

다른 후계자들에 대해 말할 수 없지요.
하이메[23]와 페데리코[24]가 왕국을 차지했지만
누구도 그보다 나은 유산을 갖지는 못했지요.   120

인간의 덕성이 가지들에서 다시 나오는
경우는 드무니,[25] 그것을 주시는 분께서
그렇게 알도록 원하시기 때문이지요.   123

나의 이런 말은 코가 큰 자[26]와 함께
노래하는 페드로[27]에게도 해당하니, 그로 인해
풀리아와 프로방스가 슬퍼하고 있지요.[28]   126

나무는 자신의 씨앗보다 못하니
베아트리스나 마르그리트[29]보다

<hr />

보기도 한다.

23 Jaime. 페드로 3세의 둘째 아들(1264?~1337)은 하이메 1세의 이름으로 시칠리아의 왕이
었는데, 1291년 형 알폰소 3세가 죽자 그 뒤를 이어 아라곤의 왕이 되어 하이메 2세로 불렸다.

24 페드로 3세의 셋째 아들(1272~1337)로, 1291년 시칠리아의 왕이었던 형이 아라곤의 왕이
되자 그 뒤를 이어 시칠리아를 통치하였던 아라곤의 페데리코 2세이다. 호엔슈타우펜 왕가의 페데
리코 2세(「지옥」 19곡 119행 참조)와 구별해야 한다.

25 아버지의 역량이 자식들(〈가지들〉)에서 다시 나타나기는 어렵다는 뜻이다.

26 카를로 단조 1세.

27 아라곤의 왕 페드로Pedro 3세(1239~1285).

28 카를로 단조 1세의 뒤를 이어 카를로 2세(1243~1309)가 풀리아와 프로방스를 다스렸는
데, 폭정으로 백성들이 고통을 당하였다.

29 프로방스 출신의 베아트리스와 부르고뉴 출신의 마르그리트는 둘 다 카를로 단조 1세의 아
내였다.

코스탄차가 남편을 자랑스럽게 여기지요.[30]   129

소박한 삶을 살았던 영국의 헨리[31]가
저기 혼자 앉아 있는 것을 보십시오.
그는 자기보다 나은 가지들을 낳았지요.   132

저들 중에서 가장 낮은 곳에 앉아 위를
바라보는 자는 굴리엘모 후작[32]인데,
그로 인해 알레산드리아와 그 전쟁이   135

몬페라토와 카나베세를 울게 만들었지요.」

30 코스탄차는 만프레디의 딸이자 페드로 3세의 아내였다. 결과적으로 카를로 2세는 카를로
1세보다 못하고, 카를로 1세는 페드로 3세보다 못하다는 뜻이다.
31 1216년에서 1272년까지 영국의 왕이던 헨리 3세.
32 1254년에서 1292년까지 몬페라토Monferrato의 후작이었던 굴리엘모Gugliemo 7세. 북부
이탈리아의 몬페라토와 카나베세Canavese를 다스렸던 그는 알레산드리아Alessandria와 전쟁을
벌였으나 포로가 되어 죽었다. 그리하여 그의 후손들과 알레산드리아 사이의 전쟁으로 몬페라토와
카나베세의 땅들이 황폐해졌다.

제8곡

연옥의 첫날 해가 질 무렵 군주와 제후의 영혼들은 만도(晚禱)의 노래를 부른다. 녹색의 천사 둘이 계곡을 지키기 위해 내려오고, 소르델로는 아래로 안내한다. 그곳에서 단테는 니노와 이야기를 나눈다. 뱀이 나타나자 천사들이 쫓아내고, 단테는 코라도와 이야기를 하고 그의 예언을 듣는다.

때는[1] 바야흐로 뱃사람들이 정든
친구들과 작별한 날 가슴이 애틋해지고
향수를 불러일으킬 무렵이었으며,   3

처음으로 순례를 떠난 자가 멀리에서
저무는 하루를 슬퍼하는 듯한 종소리를
듣고 사랑에 가슴 아파 할 무렵이었다.   6

나는 이제 귀담아듣지 않기 시작했고,
영혼들 중에서 하나가 일어나더니
잘 들어 보라고 손짓하는 것을 보았다.   9

그는 두 손을 함께 모아 쳐들고 눈은
동쪽을 응시하며 하느님께 〈다른 것은
생각하지 않습니다〉 말하는 듯하였다.   12

「하루가 끝나기 전에.」[2] 그의 입에서

---

1 연옥에서의 첫날인 부활절 일요일 저녁 6시 무렵이다.

너무나도 경건하고 감미로운 노래가
흘러나와 내 정신을 홀리는 듯하였고,   15

뒤이어 다른 영혼들도 지고한
하늘의 바퀴들을 바라보며 경건하고
감미롭게 전체 성가를 따라 불렀다.   18

독자여, 눈을 날카롭게 하여 진리를
응시하시라. 이제 너울이 아주 섬세하여
분명히 안을 꿰뚫어 보기 쉬울 테니까.[3]   21

나는 그 고상한 무리[4]가 무엇인가를
기다리듯 말없이 창백하고 겸손하게
위쪽을 바라보고 있는 것을 보았으며,   24

높은 곳에서 두 명의 천사가 불붙은 칼
두 자루를 들고 아래로 내려오는 것을
보았는데, 칼끝이 이지러져 뭉툭하였다.[5]   27

천사들은 이제 갓 태어난 풀잎 같은
녹색의 옷을 입었는데, 녹색 날개에
의해 뒤로 바람을 일으키며 흩날렸다.   30

2 원문에는 라틴어 *Te lucis ante*로 되어 있는데, 성무일도의 끝기도에 부르는 성가의 첫 구절로 밤의 유혹을 이기도록 하느님의 도움을 바라는 노래이다. 첫 구절 전체는 *Te lucis ante terminum*으로 직역하면 〈당신께, 빛이 끝나기 전에〉라는 뜻이다.
3 여기에 나오는 비유는 어렵지 않으므로 그 의미를 쉽게 알 수 있을 것이라는 뜻이다.
4 군주와 제후의 영혼들 무리이다.
5 칼끝이 부러진 칼은 죽이기 위한 것이 아니라 단지 방어를 위한 것이기 때문이라고 한다.

8 : 25~27

높은 곳에서 두 명의 천사가 불붙은 칼 두 자루를 들고 아래로 내려오는 것을 보았는데

한 천사는 우리보다 약간 위에 있었고,
다른 천사는 맞은편 둔덕 위에 내렸으니,
영혼들의 무리가 가운데에 있게 되었다.   33

그들의 금발 머리는 잘 알아보았으나
얼굴에서는 나의 눈이 흐트러졌으니,
너무 강한 빛에 혼란스러웠기 때문이다.   36

소르델로가 말했다. 「둘 다 마리아의
품 안에서 나왔는데, 이제 곧 나타날
뱀 때문에 이 계곡을 지키기 위해서지요.」   39

나는 뱀이 어느 길로 올지 몰랐기에
주위를 둘러보았고 완전히 얼어붙어
믿음직한 어깨[6]로 바싹 다가갔다.   42

다시 소르델로는 말했다. 「이제 위대한 영혼들이
있는 곳으로 내려가 함께 이야기하지요.
당신들을 보는 것을 기뻐할 것입니다.」   45

단지 세 걸음만 내려온 듯하였는데 나는
벌써 아래에 있었고, 나를 알아보듯이
나만 바라보고 있는 한 영혼을 보았다.   48

이미 대기가 어두워질 무렵이었으나

6 베르길리우스의 어깨.

그의 눈과 내 눈 사이에 전에는 보이지
않던[7] 것을 못 알아볼 정도는 아니었다.   51

그는 나에게, 나는 그에게 다가갔으니
친절한 판사 니노[8]여, 그대가 죄인들
사이에 있지 않아 나는 얼마나 좋았던가!   54

우리 사이에 멋진 인사가 없을 수 없었고,
그가 물었다. 「머나먼 바닷물을 지나서
이 산기슭에 온 지 얼마나 되었는가?」   57

나는 말했다. 「오! 슬픈 장소들을 거쳐
오늘 아침 왔지만, 아직 첫 삶에 있고,[9]
다른 삶[10]을 얻기 위하여 가는 중이오.」   60

나의 대답을 듣고 나서 소르델로와
그는 뒤로 물러났는데, 마치 갑자기
어리둥절해진 사람들과 같았다.   63

한 명은 베르길리우스에게, 한 명은
앉아 있던 자에게 돌아서서 외쳤다. 「코라도,[11]

7　멀리 떨어져 있을 때에는 보이지 않던.

8　Nino Visconti. 피사의 우골리노 백작(「지옥」 33곡 1~75행)의 외손자로 사르데냐섬 갈루라 관할 구역의 판사를 지내기도 하였다. 그는 여러 차례 피렌체를 방문하였고, 그때 단테와 알게 되었다.

9　아직은 살아 있는 몸이고.

10　영원한 삶.

11　뒤에 110행에서 다시 언급되는 코라도 말라스피나Corrado Malaspina. 그는 토스카나와 리구리아 지방 사이 마그라 계곡(「지옥」 24곡 146행 참조)에 있는 빌라프란카의 후작이었다.

하느님께서 은총으로 원하신 것을 보아라.」 66

그러고는 나를 향해 「도달할 수 없는
최초의 원인을 감추시는 그분[12]에게
그대가 갖는 특별한 감사에 바라건대, 69

그대가 넓은 물결 저쪽에 돌아가면
조반나[13]에게 순진한 자들의 기도를 들어주는
곳으로 나를 위해 기도하도록 말해 주오. 72

그 아이의 엄마[14]는 하얀 베일[15]을 바꾼
다음 이제 나를 사랑하지 않는 것 같은데,
불쌍하다! 그 베일을 다시 그리워하겠구나.[16] 75

눈길과 접촉으로 자주 불붙여 주지 않으면,
여자들에게 사랑의 불꽃이 얼마나 지속되는지
그녀를 통해 쉽게 이해할 수 있으리라. 78

밀라노 사람들을 싸움터로 몰아넣는
독사는 갈루라의 수탉만큼 그녀의 무덤을

12 하느님. 하느님이 하는 일들의 이유는 인간의 지성으로 헤아릴 수 없다.
13 니노의 외동딸로 1300년 당시에는 아홉 살이었다.
14 니노의 아내인 데스테 가문의 베아트리체. 그녀는 니노가 죽은 뒤 1300년경에 밀라노의 영
주 갈레아초 비스콘티와 재혼했다.
15 과부들은 상중(喪中)의 표시로 하얀색 베일을 머리에 두르고 다녔다고 한다. 이 베일을 바
꾸었다는 것은 재혼했다는 뜻이다.
16 재혼한 것을 후회할 것이라는 뜻이다. 갈레아초는 정쟁으로 인해 가족과 함께 밀라노에서
쫓겨나 오랫동안 망명 생활을 하게 되었고, 1328년 다시 과부가 된 베아트리체는 밀라노로 돌아가
게 된다.

아름답게 꾸며 주지는 못할 것이오.」[17]   81

가슴속에서 절도 있게 불타오르는
뜨거운 감정을 그는 자신의 얼굴에
분명히 드러내면서 그렇게 말했다.   84

나의 눈은 뚫어지게 하늘을 향하였고,
축[18]에 아주 가까이 돌고 있는 것처럼
별들이 아주 느린 곳을 바라보았다.   87

내 안내자가 말하셨다. 「아들아, 무엇을 바라보느냐?」
나는 그분에게 말했다. 「이쪽의 극[19]을 불사르는
저 세 개의 불꽃[20]을 보고 있습니다.」   90

그러자 그분은 말하셨다. 「네가 오늘 아침에
보았던 밝은 별 네 개는 저 아래에 있고,
그 자리에 저 별들이 떠올랐단다.」   93

그분이 말할 때 소르델로가 끌어당기며
〈저기 우리의 원수를 보시오〉 말하면서

17   독사는 밀라노 갈레아초 비스콘티 가문의 문장이고, 수탉은 피사 니노 비스콘티 가문의 문장이다. 장차 베아트리체의 무덤을 장식할 문장으로 수탉이 더 멋질 것이라는 뜻인데, 1334년 그녀가 죽었을 때 실제로 수탉과 독사 두 문장을 모두 세웠다고 한다.
18   지구의 회전축을 가리킨다.
19   남극.
20   세 개의 별을 가리키는데, 그것은 향주삼덕, 즉 하느님에 대한 세 가지 주요 덕성인 믿음, 희망, 사랑을 상징한다. 뒤이어 설명하듯이 「연옥」 1곡 22~24행에 나오는 네 개의 별은 활동적 삶의 덕성인 사추덕(예지, 정의, 용기, 절제)을 이끌기 때문에 새벽에 떠서 낮을 관장하고, 저녁이 되면 관상 생활의 덕성을 상징하는 이 별 세 개가 떠서 밤을 관장하는 것으로 해석된다.

저쪽을 바라보도록 손가락으로 가리켰다.   96

그 작은 계곡이 막히지 않은 쪽에
뱀 한 마리가 있었는데, 아마 하와에게
쓰라린 음식을 주었던[21] 놈일 것이다.   99

그 사악한 띠는 풀과 꽃 사이에서
이따금 머리를 쳐들고 미끄러지는
짐승처럼 등을 스치면서 다가왔다.   102

천상의 매들[22]이 어떻게 움직였는지
나는 보지 못했기에 말할 수 없으나,
둘 다 함께 움직인 것을 보았다.   105

녹색 날개에 대기가 찢어짐을 느끼자
뱀은 도망쳤고, 천사들은 몸을 돌려
나란히 있던 자리 위로 다시 날아갔다.   108

판사[23]가 불렀을 때 가까이 다가갔던
그림자[24]는 그 모든 싸움 동안에도 줄곧
나에게서 시선을 떼지 않고 있었다.   111

그가 말했다. 「그대를 위로 안내하는 등불이

21 금단의 열매를 따 먹도록 유혹했던.
22 앞에서 언급된 두 수호천사를 가리킨다.
23 니노.
24 코라도 말라스피나.

눈부신 꼭대기에 이를 때까지 필요한 초를
그대의 자유 의지 안에서 발견하기 바라오.　　　　　　　114

그대 혹시 마그라 계곡이나 그 인근 지역의
새로운 소식을 알고 있거든 말해 주오.
나는 예전에 그곳에서 세력가였지요.　　　　　　　117

나는 코라도 말라스피나로 불렸으나
옛사람이 아니라 그의 후손이었고,25 내
가족에 대한 사랑26이 여기서 정화되지요.」　　　　120

나는 말했다. 「오, 나는 그대의 고장에
전혀 가본 적이 없지만, 어디 있는지
전 유럽에 모르는 자가 있겠습니까?　　　　　　　123

그대의 가문을 명예롭게 하는 명성은
영주들을 찬양하고 그 지방을 찬양하니,
아직 거기 가보지 않은 자도 알고 있소.　　　　　126

내가 위에 오르기 바라며 맹세하건대,
그대의 명예로운 사람들은 재물과
칼의 명성을 더럽히지 않을 것이오.　　　　　　　129

관례와 본성이 그들을 더욱 높여 주니,

25　그의 할아버지도 똑같은 이름이었다.
26　가족에 대한 폐쇄적이고 이기적인 사랑을 의미한다.

사악한 머리[27]가 세상을 비틀어도 홀로
올바로 가고 악의 길을 경멸할 것이오.」   132

그러자 그는 말했다. 「이제 가십시오. 숫양이
네발로 뒤덮고 앉아 있는 침상[28]에
태양이 일곱 번 잠자러 가기 전에,[29]   135

만약 심판의 길이 멈추지 않는다면,
그대의 그토록 친절한 견해는 다른
사람의 말보다 커다란 못으로 그대의   138

머리 한가운데에 박히게 될 것이오.」[30]

27 로마 또는 교황 보니파키우스 8세를 가리키는 것으로 해석된다.
28 양자리를 가리킨다. 지금 태양은 이 자리에 있다.
29 그러니까 지금부터 7년이 지나기 전에.
30 단테의 생각이 더욱 분명하게 확인될 것이라는 의미이다. 실제로 단테는 망명 중에 마그라
계곡, 즉 루니자나를 방문하여 말라스피나 가문의 환대를 받았다.

제9곡

단테는 제후들의 계곡에서 잠이 들었는데, 새벽녘 꿈에 독수리가 자신을 채서 위로 올라가는 것을 느낀다. 잠에서 깨자 베르길리우스는 단테가 잠든 사이 하늘에서 루치아가 내려와 그를 연옥의 문 앞까지 올려다 주었다고 이야기한다. 문지기 천사는 단테의 이마에 P 자 일곱 개를 새겨 주고 두 시인은 본격적인 연옥 안으로 들어간다.

옛날 사람 티토노스[1]의 신부는
달콤한 연인의 팔에서 벗어나 벌써
동쪽 지평선에서 하얗게 빛났으며,   3

그녀의 이마는 꼬리로 사람들을
찌르는 차가운 동물[2]의 형상으로
배치된 보석들로 반짝이고 있었다.   6

그리고 우리가 있던 자리에서 밤은
올라가는 두 걸음을 이미 옮겼으며,
셋째 걸음도 벌써 날개를 접고 있었다.[3]   9

1 프리아모스의 형으로 용모가 준수하였는데, 새벽의 여신 아우로라가 그를 사랑한 나머지 납치하여 결혼하였다. 아우로라는 유피테르에게 부탁하여 그가 신들처럼 죽지 않도록 해주었으나 영원한 젊음도 함께 부탁하는 것을 잊었다. 그래서 여신은 변함없었지만 그는 늙어 쪼그라들다가 나중에는 거의 목소리만 남게 되었고, 결국 아우로라는 그를 매미로 만들었다고 한다.
2 전갈. 전갈자리의 별들이 새벽 하늘에 나타나는 것을 의미한다.
3 걸음은 시간을 가리킨다. 춘분 무렵의 저녁 6시부터 자정까지는 올라가는 여섯 걸음, 자정부터 아침까지는 내려가는 걸음으로 보았을 때, 두 걸음 올랐으므로 저녁 8시가 지났으며, 또한 셋째 걸음도 끝나가고 있으므로 9시가 다 되었을 무렵이다. 그런데 앞의 1~6행과 관련하여 논란의 여지가 많은 구절이다. 앞에서는 분명 새벽이 되었다고 말했는데, 여기에서는 밤 9시 무렵이었다고 말하기 때문이다. 이에 대한 설명 중의 하나로 단테가 다른 곳에서 그랬듯이(「연옥」 3곡 25~27행, 4곡 137~140행) 시간을 이중적인 방법으로 가리키는 것으로 해석되기도 한다. 즉 연옥의 밤 9시는 예

9: 1~3

옛날 사람 티토노스의 신부는 달콤한 연인의 팔에서 벗어나 벌써 동쪽 지평선에서 하얗게 빛났으며

내가 지니고 있던 아담의 것[4]은
졸음에 사로잡혔고, 우리 다섯 명이
앉아 있던 곳의 풀밭에서 잠들었다.   12

새벽녘이 다가오면 제비가 아마도
자신의 옛날 아픔을 기억하듯이[5]
구슬픈 노래를 지저귀기 시작하고,   15

우리 마음은 더욱 몸 밖에서 떠돌며
생각들에 사로잡히지 않고, 환상은
성스러운 계시에 가까워질 무렵,[6]   18

나는 꿈에서 황금 깃털의 독수리
한 마리가 하늘에서 날개를 펼치고
아래로 내려오려는 것을 본 듯하였고,   21

또한 마치 가니메데스[7]가 최고의

루살렘의 아침 9시에 해당하고, 또한 이탈리아의 새벽 6시에 해당하기 때문에, 두 가지 시점을 동시
에 제시하고 있다는 것이다.
    4   살아 있는 육체.
    5   아테나이 왕 판디온에게 두 딸 필로멜라와 프로크네가 있었는데, 프로크네는 트라키아의 왕
테레우스와 결혼하여 아들 이티스를 낳았다. 그런데 테레우스는 처제 필로멜라를 겁탈한 뒤 발설하
지 못하도록 그녀의 혀를 잘라 버렸다. 이 사실을 알게 된 프로크네는 복수하기 위해 아들 이티스를
죽여 그 고기를 테레우스가 먹게 하였다. 테레우스에게 쫓긴 두 자매는 신들에게 애원하여, 프로크
네는 제비가 되고 필로멜라는 밤꾀꼬리가 되었다. 하지만 베르길리우스는 『농경시 *Georgica*』(4권
15행 이하)에서 반대로 프로크네가 밤꾀꼬리로 변하고 필로멜라는 제비로 변했다고 이야기한다.
여기에서 단테는 베르길리우스의 견해를 따르는 것 같다.
    6   새벽에 꾸는 꿈은 더욱더 진실을 드러낸다고 믿었다(「지옥」 26곡 7~11행 참조). 단테는 연
옥에서 세 밤을 보내는데, 새벽마다 꿈을 꾼다(19곡 7~32행, 27곡 91~114행 참조). 그리고 그 꿈
들은 모두 실제로 일어나는 일들과 관련된다.
    7   트로이아 왕가의 조상 트로스의 아들로 아름다운 용모를 자랑했는데, 유피테르가 독수리를

모임으로 끌려갈 때 자기 동료들을
남겨 두었던 곳에 있는 것 같았다.   24

나는 생각했다. 〈아마 이 새는 으레
여기서만 사냥하고 다른 곳에서 발로
잡아채는 것을 싫어하는 모양이구나.〉   27

그리고 잠시 돌던 독수리는 번개처럼
무서운 속도로 내려와 나를 잡아채서
위로 불꽃8까지 올라가는 것 같았다.   30

거기에서 새와 내가 불타는 듯했는데,
그 상상의 불이 어찌나 뜨거웠던지
마침내 나는 잠에서 깨어나게 되었다.   33

어머니가 품 안에서 잠든 아킬레스를
케이론에게서 빼내, 나중에 그리스인들이
다시 그를 데려간 스키로스섬으로 안고   36

갔을 때,9 잠에서 깬 아킬레스가
주위를 둘러보고 자기가 어디에 있는지

보내 올림포스산으로 데려갔고, 술 따르는 시종으로 삼았다고 한다. 그가 납치될 때의 상황에 대해
서는 여러 가지 이야기가 있는데, 그중 하나에 의하면 이데산으로 동료들과 사냥하러 갔을 때 유피
테르가 보낸 독수리가 채어 데려갔다고 한다.

8 당시의 우주관에 의하면 달의 하늘과 대기 사이에 불의 하늘, 또는 화염권(火焰圈)이 있다고
믿었다.

9 아킬레스가 트로이아 전쟁에 참가하지 못하도록 어머니 테티스는 아들의 스승 키론(「지옥」
12곡 70~71행 참조)에게서 데려와 스키로스섬에 숨기고 여자의 옷을 입혀 신분을 감추게 하였다.
하지만 결국 신분이 드러나 그리스인들과 함께 전쟁에 참가하게 되었다.

9: 28~30
독수리는 번개처럼 무서운 속도로 내려와 나를 잡아채서 위로 불꽃까지 올라가는 것 같았다.

몰라 깜짝 놀라서 두리번거렸던 것처럼   39

나도 깜짝 놀랐으니, 내 얼굴에선 잠이
달아났으며, 마치 두려움에 얼어붙은
사람처럼 얼굴이 창백하게 변하였다.   42

곁에는 단지 나의 위로가 되는 분[10]만
있었으며, 해는 벌써 두 시간 전부터 높이
솟았고 내 얼굴은 바다를 향하고 있었다.   45

「두려워하지 말고 안심하여라.」스승님이
말하셨다. 「우리는 지금 좋은 곳에 있으니,
움츠리지 말고 모든 활력을 활짝 펼쳐라.   48

이제 너는 벌써 연옥에 도착하였으니,[11]
저기 주위를 둘러막은 절벽을 보아라.
저기 벌어져 있는 듯한 입구를 보아라.   51

조금 전, 날이 새기 전 새벽녘에
저 아래를 장식하는 꽃밭 위에서
네 영혼이 안에서 잠들어 있을 때   54

한 여인이 와서 말했단다. 〈나는 루치아,[12]

10 베르길리우스.
11 이제야 본격적인 연옥의 입구에 이르렀다는 뜻이다.
12 하느님의 은총의 상징으로 앞에서 이미 어두운 숲에서 길을 잃은 단테를 도와주도록 하였
다.(「지옥」2곡 97~108행)

내가 잠자는 이 사람을 데려가 그의
길을 좀 더 수월하게 해주도록 하지요.〉   57

소르델로와 다른 고귀한 영혼들은 남고,
그분은 날이 밝을 무렵 너를 데리고
위로 가셨고, 나는 그 뒤를 따랐단다.   60

너를 여기 내려놓았는데, 먼저 아름다운
그녀의 눈은 저 열린 입구를 보여 주었고
그녀와 함께 잠도 동시에 사라졌단다.」   63

마치 자신에게 진실이 밝혀진 뒤에는
의심 속에서 확신을 찾고 자신의
두려움을 위안으로 바꾸는 사람처럼   66

나도 그렇게 바뀌었으니, 내 길잡이는
걱정하지 않는 나를 보고 절벽을 향해
움직이셨고 나는 뒤에서 위를 향하였다.   69

독자여, 내가 어떻게 내 소재를 높이는지
잘 보시라. 그리고 더욱 높은 기교로
그것을 다루더라도 놀라지 마시라.13   72

우리는 그곳으로 가까이 다가갔으며,
한쪽으로 마치 벽이 갈라진 틈처럼

13 새로운 주제를 좀 더 고상한 문체로 새롭게 다루겠다는 뜻이다.

벌어진 듯 보이던 곳에 도착하였고,   75

문 하나를 보았는데, 아래에서 문까지
서로 다른 색깔의 계단 세 개가 있었고,
아직은 말 없는 문지기 한 분[14]을 보았다.   78

그곳을 향해 눈을 더욱 크게 뜬 나는
맨 위 계단 위에 앉은 그분을 보았는데,
얼굴 쪽으로는 도저히 눈을 들 수 없었다.   81

그분은 뽑아 든 칼을 손에 들고 있었는데
우리 쪽으로 너무 강렬한 빛이 반사되었기에
내가 몇 번 얼굴을 들어 보았으나 헛일이었다.   84

「그 자리에서 말하여라. 무엇을 원하느냐?
호위자는 어디 있는가? 올라감이 너희에게
해가 될지 조심해라.」 그분이 말하시자   87

스승님이 대답하셨다. 「이 일을 잘 아시는
하늘의 여인께서 조금 전에 〈저쪽으로
가라, 거기 문이 있다〉 하고 말하셨습니다.」   90

친절한 문지기는 다시 말을 꺼내셨다.
「그분이 너희 길을 잘 인도하시기를.
그렇다면 우리의 계단으로 나아오너라.」   93

14 본격적인 연옥의 입구를 지키는 천사이다.

9: 76~78

아래에서 문까지 서로 다른 색깔의 계단 세 개가 있었고, 아직은 말 없는 문지기 한 분을 보았다.

우리는 그곳으로 다가갔는데, 첫째 계단은
새하얀 계단으로 너무 깨끗하고 맑아서
나의 모습이 그대로 안에 비쳐 보였다.   96

둘째 계단은 어둡기보다 검은색인데
거칠고 메마른 돌로 되어 있었으며
가로와 세로로 온통 금이 가 있었다.   99

그 위에 얹혀 있는 세 번째 계단은
마치 핏줄에서 튀어나오는 피처럼
새빨갛게 불타고 있는 반암(斑岩) 같았다.15   102

이 셋째 계단 위에 하느님의 천사가
양 발바닥을 대고 입구에 앉아 있었는데,
그분은 마치 금강석으로 된 것 같았다.   105

나의 안내자는 훌륭한 의지로 나를
그 세 개의 계단 위로 이끌고 말하셨다.
「자물쇠를 열어 달라고 겸손하게 청해라.」   108

나는 성스러운 발 앞에 경건하게 엎드렸고
나에게 문을 열어 달라고 자비를 빌었는데,
그보다 먼저 내 가슴을 세 번 두드렸다.16   111

---

15 이 세 개의 계단은 회개의 세 가지 요소로 해석된다. 첫째 계단은 맑은 양심이 자신의 죄를
비춰 보는 것을 의미하고, 둘째 계단은 죄의 고백을 상징하고, 셋째 계단은 죄의 형벌을 채우려는
의지를 상징하는 것으로 본다.
16 생각과 말과 행동으로 지은 세 가지 죄를 뉘우치고 참회하는 표시이다.

그분은 칼끝으로 나의 이마 위에다
일곱 개의 P 자[17]를 표시하고 말하셨다.
「안으로 들어가 이 상처들을 씻어라.」   114

그분의 옷은 갓 파낸 마른 흙이나
또는 재의 색깔[18]과 비슷했는데,
그 아래에서 열쇠[19] 두 개를 꺼냈다.   117

하나는 금으로, 다른 하나는 은으로 되어
있었는데, 먼저 흰 열쇠를, 다음에 노란
열쇠를 문에 꽂았으니 나는 무척 기뻤다.   120

그분이 말하셨다. 「이 열쇠 중 하나라도
잘못하여 열쇠 구멍 안에서 제대로 돌지
않는다면 이 길은 열리지 않을 것이다.   123

하나가 더 귀중하지만, 문을 열려면
다른 하나의 정교한 재주가 필요하니,
바로 그것이 매듭을 풀어 주기 때문이다.   126

이것을 나는 베드로에게서 받았는데,

---

17 가톨릭의 일곱 가지 대죄, 즉 칠죄종(七罪宗)을 상징하며, P 자는 〈죄〉를 의미하는 라틴어 *peccatum*의 머리글자이다. 원래 수도자들의 전통에서 나온 여덟 가지 악한 생각을 그레고리우스 1세 교황이 일곱 가지 죄로 정리하였는데, 교만*superbia*, 질투*invidia*, 분노*ira*, 나태*acedia*, 인색 *avaritia*, 탐식*gula*, 음욕*luxuria*의 죄이다. 연옥의 산은 그런 죄들에 대한 형벌을 받는 일곱 〈둘레 *girone*〉로 나뉘어 있다.

18 잿빛 옷은 죄의 고백을 듣는 사제의 겸손을 의미한다고 한다.

19 그리스도가 사도 베드로에게 준 천국의 열쇠이다.(「마태오 복음서」 16장 19절 참조)

내 발 앞에 엎드리는 사람에게 잘못
열더라도 잠가 두지 말라고 말하셨다.」 129

그리고 그 거룩한 문을 밀면서 말하셨다.
「들어가라. 하지만 뒤를 돌아보는 자는
밖으로 돌아가게 된다는 것을 명심하라.」[20] 132

그 거룩한 문의 쇠로 된 수톨쩌귀들이
암톨쩌귀들 안에서 비틀려 돌아가며
얼마나 크고 시끄러운 소리가 나는지, 135

착한 메텔루스를 빼앗기고 난 다음에
텅 비어 버린 타르페이아[21]도 그토록
완강하고 크게 울부짖지는 않았으리라. 138

내가 최초의 우렛소리에 귀를 기울이자,
〈하느님, 당신을 찬미합니다〉[22] 하는 감미로운
소리에 뒤섞인 목소리가 들리는 듯했다. 141

내가 들었던 소리는 마치 오르간에
맞추어 노래하는 것을 듣고 있을 때

20 뒤를 돌아보면 하느님의 은총을 상실하게 된다. 〈쟁기에 손을 대고 뒤를 돌아보는 자는 하느님 나라에 합당하지 않다.〉(「루카 복음서」 9장 62절)
21 로마의 바위 언덕으로 로마 시대 그 아래에 유피테르 신전이 있었고 거기에 국가 재산이 보관되어 있었다. 루카누스(『파르살리아』 3권 154~55행)에 의하면 카이사르가 루비콘강을 건너 로마에 도착하여 타르페이아의 국고를 장악하려 하였는데, 호민관 루키우스 케킬리우스 메텔루스 Lucius Cecilius Metellus가 용감하게 저지하려 하였으나 무력으로 쫓아내자, 신전의 문이 엄청나게 시끄러운 소리를 내며 열렸다고 한다.
22 원문에는 라틴어 *Te Deum laudamus*로 되어 있는데, 4세기에 작곡된 성가의 첫 구절이다.

으레 그렇듯 노랫말이 들리다 말다 144

하는 것과 똑같은 인상을 나에게 주었다.

제10곡

본격적인 연옥에 들어선 두 시인은 좁고 굽은 길을 거쳐 첫째 둘레로 올라간다. 깎아지른 절벽은 하얀 대리석으로 되어 있고, 그곳에는 성모 마리아와 다윗, 트라야누스 황제 등 겸손의 일화들이 돋을새김으로 새겨져 있다. 한쪽에서 교만의 죄를 지었던 영혼들이 등에 바위를 짊어지고 온다.

굽은 길도 곧아 보이게 만드는
영혼들의 사악한 사랑[1]은 사용하지
않는 문[2]의 안으로 우리는 들어갔고,   3

나는 문이 다시 닫히는 소리를 들었다.
만약 내가 문 쪽으로 눈을 돌렸다면
실수에 합당한 어떤 핑계를 대겠는가?   6

우리는 갈라진 바위 사이로 올라갔는데,
물러났다가 다시 다가오는 파도처럼
이쪽저쪽으로 구불구불한 길이었다.   9

길잡이는 말을 시작하셨다. 「여기에서는
약간 재주를 부려야 하니,[3] 이쪽이나
저쪽으로 벽이 트인 쪽에 붙어서 가자.」   12

---

1   단테는 선과 악의 모든 행위가 사랑에서 비롯된다고 생각하였다. 즉 올바른 사랑은 선행으로 이어지고, 그릇된 사랑이 죄를 저지르게 한다는 것이다.(「연옥」 17곡 94~105행 참조)
2   〈사악한 사랑〉으로 죄를 지은 영혼들은 연옥의 문 안으로 들어갈 수 없다.
3   구불구불한 양쪽 암벽의 돌출부에 부딪히지 않도록 해야 한다는 뜻이다.

그래서 우리의 걸음은 더디어졌고,
이지러진 달이 자신의 잠자리로
들어가서 다시 누웠을 때에야[4]   15

우리는 그 바늘구멍 밖으로 나왔으며,
산이 뒤로 물러난 곳[5] 위에 이르러
활짝 펼쳐지고 자유롭게 되었을 때   18

나는 지쳤고,[6] 우리 두 사람 모두
가야 할 길을 몰라서 광야보다 더
황량한 길 위에 외롭게 서 있었다.   21

허공과 경계선을 이루는 기슭에서
위로 높이 솟은 절벽의 발치까지는
사람 몸길이의 세 배 정도 거리였다.   24

내 눈이 날개를 펼 수 있는 데까지
왼쪽으로 보든 오른쪽으로 보든
그 선반은 똑같이 그렇게 보였다.   27

그 위에서 발걸음을 옮기지 않은 채
나는 깨달았으니, 올라갈 길도 없는

4 달이 서쪽으로 졌다는 뜻이다. 지금은 보름달 후 4일째 되는 날이므로(「지옥」 20곡 127행 참조) 약간 이지러진 달이다. 시간상으로는 오전 9시가 넘은 무렵이다.
5 절벽 위의 평탄한 곳을 가리킨다. 27행에서 〈선반cornice〉이라 말하듯이, 연옥의 산은 가파른 절벽으로 이루어져 있는데, 영혼들이 형벌을 받는 일곱 둘레는 일종의 〈선반〉 또는 〈시렁〉처럼 평평하게 되어 있고, 그 폭은 대략 사람 키의 세 배이다(24행).
6 단테는 육체의 짐 때문에 피곤해진다.

주변의 절벽은 온통 하얀 대리석으로   30

되어 있었고, 폴리클레이토스⁷뿐만 아니라
자연도 거기에서는 부끄러워할 만큼
멋진 조각들로 장식되어 있었다.⁸   33

오랜 세월 눈물로 기다리던 평화의
법령을 갖고 지상에 내려와 오랫동안
금지되었던 하늘을 열어 준 천사⁹가   36

그곳에 부드러운 자태로 새겨진 채
얼마나 생생하게 우리 앞에 보였는지,
말 없는 조각처럼 보이지 않았다.   39

그는 〈아베!〉¹⁰ 하고 말한 듯했는데,
열쇠로 높은 사랑을 열었던 분¹¹의
모습이 거기 새겨져 있었기 때문이다.   42

---

7 기원전 5세기 그리스의 뛰어난 조각가.
8 이후 연옥의 각 둘레에서는 〈콘트라파소〉(「지옥」 28곡 142행 참조), 즉 동태복수법에 따른
죄와 형벌의 양상을 보여 주는 다양한 예시적 사례들이 담긴 〈본보기exemplum〉들을 다양한 방식
으로 보여 준다. 사례들은 주로 이중적으로 제시되는데, 하나는 해당되는 죄의 결과를 예시하고, 다
른 하나는 죄와 정반대되는 덕성을 예시하는 일화로 구성된다. 가령 첫째 둘레에서는 교만의 죄인
들이 벌받고 있으므로, 10곡 34~93행에서는 겸손함의 사례들, 12곡 16~63행에서는 교만의 사례
들이 대리석 절벽의 돋을새김으로 제시된다.
9 마리아에게 예수 그리스도의 잉태를 알려 주려고 내려온 가브리엘 천사를 가리킨다.(「루카
복음서」 1장 26절 참조)
10 Ave. 성모 마리아가 성령으로 예수 그리스도를 잉태했다는 사실을 알려주러 온 가브리엘
천사가 한 말로, 〈안녕〉을 뜻하는 고대 로마인들의 인사말이었다. 〈은총이 가득한 이여, 기뻐하여라.
주님께서 너와 함께 계시다.〉(「루카 복음서」 1장 28절)
11 성모 마리아.

그리고 마치 밀랍에 형상이 찍히듯

〈저는 주님의 종〉[12]이라는 말이

그녀의 태도 안에 새겨져 있었다.   45

「한곳만 바라보지 마라.」사람들이

심장을 갖고 있는 쪽[13]에다 나를

두고 있던 친절한 스승님이 말하셨다.   48

그래서 나는 얼굴을 움직여 마리아의

뒤쪽, 스승님이 나를 움직이게 하신

바로 그쪽[14]을 바라보았는데   51

바위에 새겨진 다른 이야기를 보았고,

그래서 나의 눈에 그것이 잘 보이도록

베르길리우스를 넘어 가까이 다가갔다.   54

그곳에는 맡기지 않은 소임을 두려워하도록,

성스러운 궤[15]를 끄는 황소와 수레가

똑같은 대리석 위에 새겨져 있었다.   57

12 원문에는 라틴어 *Ecce ancilla Dei*로 되어 있다. 단테는 당시 가톨릭교회의 공식 성경인 대
중판 라틴어 번역본 『불가타*Vulgata*』성경을 그대로 인용한다. 〈보십시오, 저는 주님의 종입니다.
말씀하신 대로 저에게 이루어지기를 바랍니다.〉(「루카 복음서」1장 38절)
13 왼쪽을 가리킨다. 두 시인은 연옥의 둘레를 오른쪽으로 돌면서 올라가고 있는데, 베르길리
우스는 바깥의 낭떠러지 쪽, 그러니까 단테의 오른쪽에서 가고, 단테는 베르길리우스와 암벽 사이
에서 가고 있다.
14 베르길리우스가 있는 오른쪽.
15 주님이 모세에게 명령하여 만들게 한 약속의 궤이다.(「탈출기」25장 10절 이하 참조) 그 궤
를 다윗이 옮기는 동안, 우짜는 시키지도 않았는데(〈맡기지 않은 소임〉으로) 손을 대었다가 그 벌로
죽었다.(「사무엘기 하권」6장 1절 이하 참조)

앞에 있는 사람들은 모두 일곱 합창대로
나뉘어 있었고, 내 감각 중 하나는 〈아니〉,
다른 하나는 〈그래, 노래한다〉 말하게 했다.[16]   60

그와 마찬가지로 거기에 그려져 있는
분향의 연기에 대해서도, 눈과 코는
〈맞다〉와 〈아니다〉로 서로 엇갈렸다.   63

그 축복받은 궤 앞에는 겸손한 「시편」
작가[17]가 춤추면서 앞서 가고 있었는데,
왕보다 낫기도 하고 또 못하기도 했다.[18]   66

맞은편 커다란 궁전의 창문에 그려진
미갈[19]은 마치 오만하고도 경멸하는
여자처럼 그 모습을 바라보고 있었다.   69

나는 미갈의 뒤에서 하얗게 비치는
다른 이야기를 가까이 보기 위하여
내가 있던 곳에서 발걸음을 옮겼다.   72

거기에는 덕성으로 그레고리우스가

16   너무나도 생생하게 묘사되어 있기 때문에, 눈은 〈노래한다〉고 말하는데, 귀는 〈노래하지 않
는다〉고 말한다는 뜻이다.
17   「시편」의 작가로 일컬어지는 다윗.
18   춤추며 뛰는 것은 왕의 위엄에 미치지 못하지만, 그렇게 하느님을 찬양하는 겸손함에서는
왕보다 낫다는 뜻이다.
19   사울의 딸이자 다윗의 아내로, 다윗이 춤추는 것을 보고 비웃었다.(「사무엘기 하권」 6장
16절)

위대한 승리를 하도록 움직였던 로마
군주의 높은 영광이 그려져 있었다.[20]   75

말하자면 그는 트라야누스 황제인데,
그의 말고삐 앞에는 한 과부가 눈물을
흘리며 괴로워하는 모습을 하고 있었다.   78

그의 주위에는 기사들이 빽빽하게 모여
있었고, 그들 위에 황금 독수리[21]들이
마치 바람에 나부끼는 것처럼 보였다.   81

그 모든 사람들 사이에서 가엾은 여인은
말하는 듯하였다. 「폐하, 죽은 제 아들의
원수를 갚아 주십시오. 마음이 아픕니다.」   84

황제는 말했다. 「내가 돌아올 때까지 기다려라.」
그러자 그녀는 고통을 견디지 못하는 듯
말했다. 「폐하, 만약 돌아오시지 않는다면요?」   87

황제가 말했다. 「내 자리를 이을 자가 해줄 것이다.」
그녀가 말했다. 「폐하의 일을 소홀히 하시면, 다른

---

20   교황 그레고리우스Gregorius 1세 또는 대(大)그레고리우스(재위 590~604년)는 이미 죽
은 로마 황제 트라야누스(재위 98~117)의 영혼이 구원되도록 기도하여 천국으로 올라가도록 했다
는 전설이 있다. 그리고 그렇게 하기 위해 잠시 되살아난 트라야누스 황제에게 세례를 주었다고 한
다. 트라야누스의 겸손한 일화는 뒤에 나오듯이, 전쟁터로 나가는 길에 한 과부가 억울하게 죽은 아
들의 원수를 갚아 달라고 부탁하자 그는 시간이 없다고 거절하였는데, 자신에게 맡겨진 본분에 소
홀하지 말라는 과부의 말에 부탁을 들어주었다고 한다.
21   로마 군단의 상징으로 군기에 그려져 있었다.

10: 83~84

폐하, 죽은 제 아들의 원수를 갚아 주십시오. 마음이 아픕니다.

자의 선행이 폐하께 무슨 소용 있습니까?」   90

그러자 황제가 말했다. 「이제 그대는 안심하라,
떠나기 전에 나의 의무를 해결할 테니.
정의가 원하고 연민이 나를 붙잡는구나.」   93

새로운 것을 전혀 본 적 없는 분[22]께서
이 눈으로 보는 이야기를 만드셨으니,
지상에 없기 때문에 우리에게 새롭다.   96

그것을 만드신 분으로 인해 소중하게
보이는 그 위대한 겸손의 그림들을
내가 즐거운 마음으로 바라보는 동안   99

스승님께서 속삭이셨다. 「이쪽을 보아라,
사람들이 많은데 걸음이 느리다. 그들이
우리를 다른 곳으로 안내할 수 있으리라.」   102

나의 눈은 새로운 것들을 탐욕스럽게
바라보는 데 만족해 있었지만, 그분을
향하여 천천히 몸을 돌리지는 않았다.[23]   105

독자여, 하느님께서 어떻게 빚을 갚도록
원하시는지 들어 보고, 그렇다고 해서

22 창조주는 모든 것을 만들었고 또 볼 수 있기 때문에 새로운 것이 전혀 없지만, 우리 인간의 눈에는 새롭게 보인다.
23 곧바로 몸을 돌려 바라보았다는 뜻이다.

좋은 의도를 벗어 버리지 않기 바라오.[24]   108

형벌의 양상에 신경 쓰지 말고 이후[25]를
생각하고, 최악의 경우일지라도 위대한
심판 너머까지 가지 않음을 생각하시라.   111

나는 말했다. 「스승님, 저기 우리 쪽으로
움직이는 것은 사람들이 아닌 것 같은데,
보아도 헛일이고, 무엇인지 모르겠습니다.」   114

그분은 말하셨다. 「그들 고통의 무거운
짐이 땅바닥에 웅크리게 만들고 있으니
내 눈도 처음에는 분간하지 못했단다.   117

하지만 저쪽을 잘 살펴보고, 바위를
짊어지고 오는 자의 얼굴을 구별해 보면,
각자 어떻게 참회하는지 알아볼 것이다.」   120

오, 교만한 그리스도인들이여, 불쌍한
사람들이여, 마음의 눈이 병들었기에
그대들은 뒤로 가는 발걸음을 믿는데,   123

우리는 거침없이 정의의 심판을 향해

---

24 죄를 씻는 형벌이 가혹하게 보인다고 해서 참회의 의지에서 멀어지진 않기를 바란다는 뜻
이다.
25 형벌이 끝난 다음 받게 될 영생의 보상. 그리고 최악의 경우에도 최후의 심판 이후까지 형
벌이 지속되지는 않는다.

날아갈 천사 같은 나비가 되기 위해
태어난 벌레들이라는 것을 모르는가?   126

형태조차 갖추지 못한 벌레처럼
아직 불완전한 곤충들이면서 어찌
너희들의 영혼은 높이 떠다니는가?   129

마치 차양이나 지붕을 떠받치기 위해
때로는 꿰목 대신 사람의 형상이
무릎을 가슴에 닿도록 하고 있어서,   132

그것을 보는 사람이 가짜에서 진짜
고통을 느끼듯이, 주의 깊게 보니
그들이 바로 그렇게 되어 있었다.   135

그들은 등에다 많거나 적게 짊어짐에
따라 많거나 적게 웅크리고 있었는데,
아무리 인내심 많은 사람도 울면서   138

〈더 이상 못하겠다〉 말하는 듯하였다.

제11곡

교만의 영혼들이 바윗덩어리를 짊어지고 주님의 기도를 읊으며 간다. 베르길리우스
가 쉽게 올라갈 수 있는 길을 묻자 움베르토가 대답하고 자신에 대해 이야기한다. 다
른 영혼 오데리시가 단테를 알아보고 말을 건네며, 이 세상에서 평가하는 영광과 명
성의 덧없음에 대해 이야기한다. 그리고 다른 교만의 영혼들을 소개하면서 단테의 미
래를 암시하는 말을 한다.

「오, 하늘에 계셔도 제한되지 않으시고,
저 위의 첫 창조물들[1] 보다 더 많은
사랑을 베푸시는 우리 아버지시여,[2]   3

모든 창조물이 당신의 이름과 권능을
찬양하오니, 감미로운 당신의 숨결에
감사를 드리는 것이 당연합니다.   6

당신 나라의 평화가 우리에게 오소서.
오지 않으면 우리의 모든 능력으로도
우리는 평화에 이를 수 없습니다.   9

당신의 천사들이 호산나[3]를 노래하며
자신들의 의지를 당신께 바치듯,

---

1 맨 처음 창조된 하늘들과 천사들.
2 뒤이어 24행까지 교만한 영혼들이 풀어서 노래하는 「주님의 기도」가 이어진다. 연옥에서는
죄와 형벌에 상응하는 본보기 일화들 외에도, 속죄하는 영혼들이 부르는 성가도 중요한 상징적 의
미를 지닌다.
3 hosanna. 〈구원해 주소서〉를 뜻하는 찬양의 외침으로 특히 예수가 예루살렘에 들어갔을 때
군중이 외쳤다.(「마태오 복음서」21장 9절)

인간도 자기 것을 그렇게 하게 하소서.   12

오늘 우리에게 일용할 만나⁴를 주소서.
그것 없이는 이 거친 광야⁵에서
앞으로 가려는 자도 뒷걸음치게 됩니다.   15

또한 우리가 겪은 악을 누구에게나
용서하오니, 우리의 공덕을 보시지
말고 너그럽게 용서해 주십시오.⁶   18

우리의 힘은 손쉽게 무너지니, 옛날의
적⁷으로 시험하지 마시고 악을
부추기는 그에게서 벗어나게 해주소서.   21

사랑하는 주님, 이 마지막 기도는 이제
필요 없는 우리를 위한 것이 아니라,⁸
우리 뒤에 남을 자들을 위한 것입니다.」   24

이렇게 자신이나 우리에게 좋은 기원을
기도하며, 그 그림자들은 꿈속에서 가끔
그러하듯이⁹ 짐에 눌려 가고 있었는데,   27

---

4 *manna*. 이스라엘 백성이 광야에서 먹었던 양식이다.(「탈출기」 16장 13절 이하 참조)
5 연옥까지 포함되는 이 세상을 가리킨다.
6 우리의 초라한 공덕을 헤아리지 말고 단지 자비로 용서해 달라는 기원이다.
7 악마.
8 이미 연옥에 들어온 영혼들은 하느님을 향하고 있기 때문에 악마의 유혹을 받지 않고, 따라서 더 이상 죄를 지을 수 없다.
9 마치 악몽에 시달릴 때 가위눌리듯이.

서로 다른 고통[10]에 지친 모습으로 그들은
모두 세상의 그을음[11]을 씻어 내면서
첫째 선반 위를 둥글게 돌고 있었다.   30

그곳에서 그들이 우리를 위해 기도한다면,
의지에 좋은 뿌리를 가진 그들을 위해
여기서[12] 무엇을 말하고 행동할 수 있을까?   33

바로 그들이 여기에서 가져간 때를
잘 씻어 깨끗하고 가볍게 별들의
바퀴들[13]로 올라가게 돕는 것이다.   36

「오, 정의와 자비가 그대들의 짐을
벗겨 주어, 그대들이 날개를 움직여
그대들의 뜻대로 날아갈 수 있기를.   39

계단으로 가는 가장 빠른 길이 어느
쪽에 있는지 말해 주고, 만약에 길이
여러 개면 덜 가파른 길을 가르쳐 주오.   42

나와 함께 가는 이 사람은 입고 있는
아담의 육체의 짐 때문에 의지와는
다르게 올라가는 게 힘들기 때문이오.」   45

10 그들은 죄의 가벼움과 무거움에 따라 서로 다른 무게의 형벌을 받고 있다.
11 이승에서 지은 죄.
12 이승에서. 연옥의 영혼들이 이승에 남은 우리를 위해 기도하니 산 사람들은 그들이 빨리 천
국에 들어갈 수 있도록 기도하고 선을 실천하자는 권유이다.
13 천국의 하늘들을 가리킨다.

내가 뒤따르는 분이 이렇게 말하자,
그들의 대답이 누구에게서 나왔는지
분명하지는 않았지만 이렇게 말했다.   48

「그대들이 우리와 함께 기슭을 따라
오른쪽으로 가면 살아 있는 사람도
오를 수 있는 길을 발견할 것이오.   51

나의 얼굴이 낮은 곳을 향하도록
오만한 내 목덜미를 짓누르고 있는
이 바윗덩어리에 방해받지 않는다면,   54

아직 살아 있고 이름을 대지 않은
그자를 혹시 내가 아는지 보고 싶고,
이 짐을 불쌍히 여겨 달라고 하고 싶군요.   57

나[14]는 라틴 사람으로, 유명한 토스카나인의
아들인데, 굴리엘모 알도브란데스코가 나의
아버지로 그 이름을 이미 아는지 모르겠소.   60

내 조상들의 오랜 혈통과 훌륭한 업적이
나를 무척이나 오만하게 만들었으니,
나는 공통의 어머니[15]를 생각하지 않고   63

14 산타피오라(「연옥」 6곡 111행 참조)의 백작인 굴리엘모 알도브란데스코Guglielmo
Adobrandesco의 아들 움베르토Umberto.
15 모든 인류의 어머니 하와를 가리킨다.

모든 사람을 너무나도 경멸하다가 그로
인해 죽었으니,[16] 시에나 사람들이나
캄파냐티코[17]의 아이들도 모두 알지요.   66

나는 움베르토인데, 교만은 단지 나에게만
피해를 주지 않고 나의 모든 친족을
함께 불행 속으로 몰아넣었답니다.   69

그 때문에 하느님께서 만족하실 때까지
나는 여기 이 짐을 져야 하니, 산 자들에게
하지 않았던 것을 죽은 자들에게 하고 있소.」   72

그 말을 들으며 나는 얼굴을 숙였는데,
말하던 자가 아닌 다른 영혼 하나가
짓누르는 짐 아래에서 몸을 비틀어   75

나를 알아보고는, 그들과 함께
완전히 몸을 숙이고 가던 나를 향해
힘들게 눈길을 던지면서 나를 불렀다.   78

나는 그에게 말했다. 「오, 그대는 구비오[18]의
영광, 파리에서 세밀화[19]라 부르는

---

16 그의 죽음에 대해서는 여러 가지 이야기가 있으나, 어쨌든 시에나와의 전쟁 중에 죽은 것으
로 알려져 있다.

17 Campagnatico. 토스카나 지방 남부의 마을로 알도브란데스코 가문의 영지였다.

18 Gubbio. 이탈리아 중부에 있는 소읍이다.

19 또는 채식화(彩飾畵)로 일컬어지는데, 필사본 책들을 여러 가지 색깔과 도안으로 장식하는
작업이다.

예술의 명예인 오데리시[20] 아닌가요?」 81

그는 말했다. 「형제여, 볼로냐 사람 프란코[21]가
채색한 양피지들이 훨씬 더 생생하니,
영광은 그의 것이고 내 것은 일부분이오. 84

나의 마음은 뛰어나고 싶은 욕망에
온통 쏠려 있었기에 살아 있는 동안
그에게 그리 친절하지 않았지요. 87

그런 교만의 벌을 여기서 갚고 있지만,
죄지을 수 있었을 때 하느님께 돌아가지
않았다면, 여기 있지도 못했을 것이오. 90

오, 인간 능력의 헛된 영광이여! 몰락의
시대가 뒤따르지 않는다면, 꼭대기의
영광은 얼마나 짧은 순간 지속되는가![22] 93

치마부에[23]가 그림 분야를 장악한다고
믿었는데, 지금은 조토[24]가 명성을

---

20 구비오 사람 오데리시Oderisi(1299년 사망). 13세기의 뛰어난 세밀화가로 볼로냐에서 작업하다가 교황의 부름을 받아 로마에서 작업하기도 하였다.
21 Franco Bolognese. 14세기 초에 활동한 세밀화가로 오데리시의 제자 또는 후배로 짐작된다.
22 몰락의 시대에나 최고의 영광이 오래 지속된다는 뜻이다. 더 뛰어난 인물들이 계속 나타나는 경우에만 발전한다는 것을 암시한다.
23 Cimabue(1240?~1302?). 피렌체 출신의 화가로 르네상스 예술의 선구자로 알려져 있다.
24 Giotto di Bondone(1266~1337). 치마부에의 뒤를 이어 본격적인 르네상스 예술의 꽃을 피운 화가이다.

떨치니 이제 그의 명성은 어두워졌지요.   96

그렇게 한 귀도가 다른 귀도에게서
언어의 영광을 빼앗았고,25 두 사람 모두를
둥지에서 쫓아낼 자가 아마 태어났을 것이오.   99

세상의 소문이란 한 숨의 바람일 뿐,
때로는 이쪽으로 때로는 저쪽으로 불어
방향이 바뀌면 이름도 바뀌지요.   102

그대가 늙은 육신을 벗어던지는 것이
〈파포〉나 〈딘디〉를 버리기도 전에 죽는
것보다 더 많은 명성을 얻는다 해도,26   105

그것이 천 년을 더 가겠는가? 천 년도
영원에 비하면 하늘에서 가장 천천히
도는 원27에서 눈 깜박할 시간이라오.   108

내 앞에서 저리 총총 걸어가는 자28는

25 시인 중에서는 귀도 카발칸티(「지옥」 10곡 60행 참조)가 최고였다가, 지금은 볼로냐 출신 귀도 귀니첼리Guido Guinizelli(「연옥」 27곡 94행 참조)가 최고라는 뜻이다. 뒤이어서 그들 두 사람을 모두 능가할 시인이 이미 태어났을 것이라고 말하는데, 단테가 스스로를 그런 인물로 평가하였다고 해석되기도 한다.
26 파포pappo와 딘디dindi는 〈빵〉과 〈돈〉을 의미하는 어린아이들의 용어이다. 그 용어를 버리기 전, 즉 어렸을 때 죽는 것보다 늙어서 죽은 것이 더 많은 명성을 남긴다 해도 천 년을 넘기지 못한다.
27 여덟째 하늘인 붙박이별들의 하늘을 가리킨다. 당시의 천문학에 의하면 이 하늘이 완전히 한 바퀴 도는 데에는 360세기, 그러니까 3만 6천 년이 걸린다고 믿었다.
28 뒤에서 이름이 나오듯이 프로벤차노 살바니Provenzano Salvani(?~1269). 그는 시에나 기벨리니파의 우두머리였고, 1260년 몬타페르티 전투(「지옥」 32곡 80행 참조)에서 크게 공을 세우기

제11곡 **501**

토스카나를 온통 떠들썩하게 하였으나
지금은 시에나에서도 거의 말하지 않소.   111

피렌체의 분노를 파괴했을 때[29] 그는
시에나의 주인이었으며 그 당시에는
교만하였지만 지금은 숙이고 있지요.[30]   114

그대들의 명성은 왔다가 가는 풀잎의
빛깔과 같으니, 풀이 땅에서 힘겹게
돋아나게 하는 태양이 색깔을 바꾸지요.」   117

나는 말했다. 「그대의 진실한 말은 내 가슴에
겸손함을 심어 주고 커다란 오만함을
가라앉히는데, 방금 말한 사람은 누구요?」   120

그가 대답했다. 「프로벤차노 살바니인데,
오만하게도 시에나를 자기 손아귀에
넣으려고 했기에 지금 이곳에 있지요.   123

죽은 뒤로 쉴 사이 없이 계속 저렇게
가고 있으니, 저기서 지나치게 대담한
자는 저런 돈을 치러야 갚을 수 있소.」[31]   126

도 하였으나, 나중에 피렌체 궬피파에게 붙잡혀 죽었다.
  29 몬타페르티 전투에서 그는 피렌체의 궬피파를 물리쳤다.
  30 원문에는 *ora è putta,* 즉 〈지금은 창녀이다〉로 되어 있다.
  31 저런 형벌을 받아야 죄의 값을 치를 수 있다는 뜻이다.

나는 말했다. 「삶의 마지막까지 참회를 늦추는
영혼은 저 아래에 머물러야 하고[32]
또 살았던 만큼 기간이 지나기 전에   129

좋은 기도가 그를 돕지 않는다면
이곳에는 올라올 수 없는데, 어떻게
그는 여기 오는 것이 허용되었지요?」   132

그가 대답했다. 「가장 영광스럽게 살았을 때 그는
온갖 부끄러움을 무릅쓰고 자발적으로
시에나의 캄포에 자리 잡고 앉았으니,[33]   135

카를로의 감옥에서 형벌을 받고 있는
자기 친구를 구해 내기 위해 스스로
온갖 핏줄이 떨리는 일을 했답니다.[34]   138

내 말이 모호하여 더 말하지 않겠지만,
얼마 지나지 않아 그대의 이웃들이
그것을 분명히 알도록 해줄 것이오.[35]   141

---

32 참회를 미룬 영혼은 연옥의 입구(《저 아래》)에서 늦춘 기간만큼 기다려야 한다.(「연옥」4곡 130~132행 참조)

33 캄포Campo는 시에나의 중심에 있는 가장 커다란 광장이다. 프로벤차노의 친구 한 사람이 카를로 단조에게 포로가 되어 감옥에 갇혔는데, 짧은 시한 내에 금화 1만 피오리노를 내면 풀어 주고, 내지 못하면 죽이겠다고 하였다. 급히 그 돈을 마련하기 위해 프로벤차노는 구걸하는 차림으로 캄포 광장에 앉아 구걸하였고, 이에 감동한 시에나 사람들이 돈을 적선하여 친구의 목숨을 구하였다고 한다.

34 핏줄이 떨릴 정도의 수치심을 참고 견디었다는 뜻이다.

35 〈핏줄이 떨리는〉 부끄러움이 무엇인지 단테가 직접 체험할 것이라는 말인데, 단테의 망명 생활을 암시하는 것으로 해석되기도 한다.

그 일이 그런 제한[36]을 없애 주었다오.」

---

36 입구 연옥에서 기다려야 하는 제한이다.

제12곡

두 시인은 오데리시의 영혼을 뒤에 남겨 두고 앞으로 나아간다. 앞으로 나아가면서 바라보니 땅바닥에 교만으로 인해 벌을 받은 사람들을 본보기로 보여 주는 그림들이 다양하게 펼쳐져 있다. 마침내 천사가 나타나고, 단테의 이마에 새겨진 P 자들 중 하나를 날개로 지워 준다. 한결 가벼워진 단테는 좁은 계단을 통해 둘째 둘레로 올라간다.

멍에를 메고 가는 황소처럼 짐을
진 그 영혼과 함께 나는 다정한
스승님이 허용하는 데까지 걸어갔다.   3

그러나 그분은 말하셨다. 「그를 놔두고 앞서 가라.
여기에서는 각자 힘 닿는 데까지 돛과
노로 자신의 배를 저어 가야 하니까.」   6

비록 생각은 숙이고 웅크린 채 남아
있었지만, 걸어갈 때 으레 그렇듯이
나는 나의 몸을 다시 똑바로 세웠다.   9

나는 몸을 움직였으며 내 스승님의
발자국을 기꺼이 따라갔으니, 우리
두 사람은 벌써 가벼워진 모습이었다.   12

스승님이 말하셨다. 「아래를 바라보아라.
수월하게 길을 가도록, 네 발바닥이
닿는 곳을 바라보는 것이 좋으리라.」   15

12: 1~3
멍에를 메고 가는 황소처럼 짐을 진 그 영혼과 함께 나는 다정한 스승님이 허용하는 데까지 걸어갔다.

매장된 사람들 위의 평평한 무덤들이
그들에 대해 기억할 수 있게, 예전에
그들이 누구였는지 새겨 놓고 있으며,[1]   18

그리하여 오로지 경건한 사람들만
찌르는 추억의 자극으로 인하여
거기에서 자주 눈물을 흘리듯이,   21

산의 밖으로 튀어나와서 길을 이룬
곳에도 그렇게 그려진 것을 보았으나,[2]
솜씨의 뛰어남은 비할 바가 아니었다.   24

나는 다른 창조물보다 더 고귀하게
창조된 자[3]가 하늘에서 번개처럼
아래로 떨어짐을 한쪽에서 보았고,   27

다른 한쪽에서는 하늘의 창에 찔린
브리아레오스가 싸늘하게 죽어
무겁게 땅바닥에 누운 것을 보았고,   30

아폴로,[4] 팔라스,[5] 마르스가 아직도

---

1 봉분(封墳)을 만들지 않고 평평하게 매장한 뒤 위에다 대리석을 덮고 거기에 고인의 모습을
새겨 넣는 매장 방식으로 중세에 널리 사용되었다.
2 산허리의 평평한 둘레, 즉 〈선반〉의 바닥에 벌받은 교만의 사례들이 그려져 있다.
3 하느님에게 반역한 천사 루키페르. 그는 원래 아름다운 용모를 자랑했다고 한다.(「지옥」
31곡 142행 참조)
4 원문에는 〈팀브레오Timbreo〉로 되어 있는데, 라틴어 팀브라이우스Thymbraeus에서 나온
말로 아폴로를 가리킨다. 트로이아 근처 팀브라Thymbra에 아폴로의 신전이 있었기 때문이다.
5 지혜의 여신 미네르바.

무장한 채 저희들의 아버지[6] 곁에서
찢긴 거인들의 사지를 바라보고,   33

니므롯[7]이 거창한 작업의 발치에서
당황하여[8] 신아르에서 함께 오만했던
사람들을 바라보고 있는 것을 보았다.   36

오, 니오베[9]여, 죽은 일곱 아들과 일곱
딸 사이의 네 모습이 길에 새겨진 것을
나는 얼마나 괴로운 눈으로 보았던가!   39

오, 사울[10]이여, 길보아에서 네 칼로
죽은 뒤에는 비도 이슬도 느끼지
못했는데[11] 어찌 여기 나타났는가!   42

오, 미친 아라크네[12]여, 너 자신에게
불행이 된 찢긴 작품 위에서 슬프게
벌써 반쯤 거미가 된 네가 보이는구나.   45

---

6 유피테르.

7 「창세기」에 나오는 인물로 신아르 지방에 세운 바벨탑의 건축에 주도적인 역할을 하였다고
한다.(「지옥」31곡 75~78행 참조)

8 바벨탑이 무너지면서 사람들의 언어가 혼란해졌기 때문이다.

9 탄탈로스의 딸이자 테바이의 왕 암피온의 아내로 7남 7녀를 두었으나 여신 레토를 업신여기
다가 자식들을 모두 잃고 자신은 돌이 되었다.

10 이스라엘의 왕이었으나 하느님의 버림을 받아 길보아산에서 필리스타이인들의 군대와 싸
워 패하자 자살하였다.(「사무엘기 상권」31장 1절 이하 참조)

11 다윗은 사울의 죽음을 애도하면서 길보아에게 저주한다. 〈길보아의 산들아 너희 위에, 그
비옥한 밭에 이슬도 비도 내리지 마라.〉(「사무엘기 하권」1장 21절)

12 리디아의 처녀 아라크네는 직물의 수호신 미네르바(그리스 신화의 아테나) 여신과 길쌈 솜
씨를 겨루다가 죽어 거미가 되었다.

12: 43~45
오, 미친 아라크네여, 너 자신에게 불행이 된 찢긴 작품 위에서 슬프게 벌써 반쯤 거미가 된 네가 보이는구나.

오, 르하브암[13]이여, 여기 네 모습은
위협적으로 보이지 않으나 겁에 질려
쫓기지도 않는데 마차를 달리는구나.   48

또한 단단한 바닥은 알크마이온[14]이
어떻게 자기 어머니에게 불행의 장신구의
값비싼 대가를 치르게 했는지 보여 주었고,   51

신전 안에서 산헤립[15]에게 자식들이
덤벼드는 모습과, 죽은 그를 그곳에
내버리고 도망가는 모습을 보여 주었고,   54

토미리스[16]가 키로스에게 〈너는 피에
굶주렸으니 내가 피로 채워 주마〉 말하며
했던 잔인한 학살과 파멸을 보여 주었고,   57

홀로페르네스[17]가 죽은 뒤 아시리아

---

13 『성경』에 나오는 솔로몬의 아들로 세금을 줄여 달라는 백성의 요구를 거절하였고, 분노한 백성이 부역 감독을 돌로 쳐 죽이자 마차를 타고 예루살렘으로 도망하였다.(「열왕기 상권」 12장 1절 이하 참조)

14 예언자 암피아라오스(「지옥」 20곡 33행 참조)의 아들. 암피아라오스는 테바이 원정에 나가면 죽으리라는 것을 알고 숨어 있었으나, 그의 아내 에리필레가 하르모니아의 목걸이를 선물로 받고 남편을 종용하자 결국 전쟁에 가담하였다가 죽었다. 암피아라오스는 아들들에게 자신의 원수를 갚아 달라고 미리 부탁해 두었고, 이에 알크마이온은 어머니를 죽여 원수를 갚았다.

15 『성경』에 나오는 아시리아의 왕으로 주님을 업신여겼는데, 신전에서 예배를 드리던 중 자신의 두 아들에게 죽임을 당하였다.(「열왕기 하권」 19장 36~37절)

16 기원전 6세기경 스키티아의 여왕으로, 페르시아 왕 키로스가 그녀의 아들을 속여 죽인 데 대해 복수하기 위해 전쟁을 벌였고, 승리한 뒤 키로스의 머리를 사람의 피가 가득한 자루 속에 집어넣었다고 한다.

17 아시리아의 대장군으로 배툴리아를 포위하였는데, 과부 유딧이 적진에 들어가 홀로페르네스을 죽였고, 아시리아 군대는 도망쳤다.(「유딧기」 11장 1절 이하 참조)

사람들이 패배하여 달아나는 모습과,
죽음을 당한 자의 유해를 보여 주었다.   60

또 폐허와 재가 된 트로이아를 보았는데,
오, 일리온[18]이여, 저기 보이는 그림은
얼마나 낮고 비천한 네 모습을 보여 주는가!   63

어떤 붓과 재주를 가진 명장(名匠)이
가장 섬세한 재능마저 경탄하게 할
그런 형상들과 선들을 그곳에 그렸을까?   66

죽은 자는 죽고 산 자는 산 것 같았으니,
사실을 본 자도 내가 몸을 숙인 채 밟고
지나간 것보다 더 잘 보지는 못했으리라.   69

하와의 자식들이여, 잘난 체하며 얼굴을
쳐들고 가라. 너희들의 사악한 길을
볼 수 있도록 고개를 숙이지 마라!   72

생각에 사로잡힌 내 영혼이 생각했던
것보다 훨씬 많이 우리는 산을 돌았고
태양은 훨씬 많은 길을 나아갔는데,   75

언제나 앞만 바라보며 가던 분이
말하셨다. 「고개를 들어라. 이제 그렇게

18 트로이아의 다른 이름이다. (「지옥」 1곡 73행 참조)

생각에 잠겨 가기에는 시간이 없다.   78

저기 우리를 향해 오시려고 준비하는
천사를 보아라. 하루의 일을 마치고
여섯째 시녀가 돌아오는 것[19]을 보아라.   81

얼굴과 몸가짐을 공손히 하여라,
그분이 즐거이 우리를 위로 보내도록.
이날이 다시는 오지 않음을 생각하라.」   84

나는 시간을 허비하지 말라는 경고에
익숙해 있었으므로 그 문제에 대한
그분의 말씀은 모호하지 않았다.   87

하얀 옷을 입은 아름다운 창조물[20]이,
마치 새벽 별이 떨리는 것처럼 보이는
얼굴로 우리를 향하여 다가오더니   90

두 팔을 벌리고 날개를 펼치며 말했다.
「이리 오너라. 이 근처에 층계가 있다.
이제는 손쉽게 올라갈 수 있으리라.」   93

이런 초대를 받고 오는 자는 드무니,
오, 위로 날기 위해 태어난 인간들이여,

19 여기에서 시녀는 시각을 가리킨다. 해가 뜨고 여섯째 시간이 흘렀으므로 지금은 정오 무렵
이다.
20 앞에서 말한 천사이다.

왜 그렇게 약한 바람에도 떨어지는가?   96

천사는 우리를 암벽이 갈라진 곳으로
인도하여 거기에서 날개로 내 이마를
쳤고 나에게 안전한 길을 약속하였다.   99

잘도 통치되는 도시[21]를 루바콘테[22]
위에서 굽어보는 교회[23]가 자리 잡은
산을 오른쪽으로 올라가는 곳에   102

아주 가파른 오르막을 무너뜨리고,
공문서와 됫박이 확실하던 시절[24]에
완만한 계단들을 만들었던 것처럼,   105

여기에서도 다음 둘레[25]에서 내려오는
가파른 절벽이 완만하게 되어 있었지만
여기서는 높은 암벽이 스칠 정도였다.[26]   108

우리가 그곳으로 몸을 돌리는 동안

---

21   피렌체를 반어적으로 빗대어 말하고 있다.
22   Rubaconte. 피렌체를 가로지르는 아르노강의 다리 이름이다. 13세기 중엽에 세워진 이 다
리는 당시 행정관의 이름을 따서 그렇게 불렸으며, 현재의 알레 그라치에Alle Grazie 다리이다.
23   산미니아토 알 몬테San Miniato al Monte 교회이다.
24   당시 피렌체를 떠들썩하게 만들었던 두 가지 사기 사건이 있었는데, 하나는 공문서를 위조
한 사건이었고, 다른 하나는 소금을 공급하면서 서로 다른 됫박을 사용하여 개인적인 이득을 취했
던 사건이었다. 그런 사건들이 일어나기 전에 계단을 만들었다는 뜻이다.
25   연옥의 둘째 둘레.
26   피렌체의 계단들은 비교적 널찍한데 이곳 연옥의 계단은 좁아서 양쪽의 암벽을 스칠 정도
이다.

〈마음이 가난한 사람은 행복하다!〉²⁷
어떤 말보다 달콤한 노래가 들려왔다.   111

아, 그 입구는 지옥의 입구들과 얼마나
다른지! 저 아래는 무서운 통곡인데,
이곳에서는 노래와 함께 들어가노라.   114

우리는 이미 성스러운 계단들 위로
올라갔는데, 앞의 평지²⁸에 있었을
때보다 내가 한결 가벼워진 듯했다.   117

나는 물었다. 「스승님, 말해 주십시오,
어떤 무거운 것이 제게서 없어졌기에
걷는 데 피곤함을 느끼지 않습니까?」   120

그분이 대답하셨다. 「아직 네 이마에
약하게 남아 있는 P 자들이, 방금
하나 지워졌듯이 완전히 지워질 때,   123

너의 발들은 좋은 의지에 사로잡혀
피곤함을 느끼지 못할 뿐만 아니라
위로 올라감이 즐거워지게 되리라.」   126

그래서 나는 무엇인가 머리에 이고

---

27 원문에는 라틴어 *Beati pauperes spiritu*로 되어 있는데, 「마태오 복음서」 5장 3절의 구절
이다. 행복하여라, 〈마음이 가난한 사람들!〉
28 첫째 둘레의 평평한 곳 또는 〈선반〉이다.

가면서 그것을 잊고 있다가 다른
사람의 눈짓에 이상한 생각이 들어,   129

확인하기 위해 손의 도움을 받아
찾아보고 발견함으로써 눈으로는
할 수 없는 일을 하는 사람처럼,   132

오른손의 펼쳐진 손가락들로 열쇠를
가진 천사[29]가 나의 관자놀이 위에
새겨 주었던 글자 여섯 개를 찾았고,   135

내 길잡이는 그것을 보고 미소 지으셨다.

---

29 연옥의 문을 지키는 문지기 천사.(「연옥」 9곡 103행 이하 참조)

제13곡

단테는 질투의 죄인들이 벌받고 있는 둘째 둘레에 이르러, 사랑을 권유하는 목소리들이 바람처럼 귓전을 스쳐 지나가면서 말하는 소리를 듣는다. 질투의 죄인들은 철사로 눈을 꿰맨 채 암벽에 기대어 앉아 있다. 그중에서 단테는 시에나 출신의 여인 사피아와 이야기를 나눈다.

우리는 계단 꼭대기에 이르렀는데,
올라가는 사람의 죄를 씻어 주는
산이 두 번째로 잘려 나간 곳으로   3

선반 하나가 첫째 둘레와 비슷하게
그곳 산 둘레를 에워싸고 있었으며
조금 더 많이 굽어져 있었다.[1]   6

그곳에는 그림이나 새겨진 것이
보이지 않았고,[2] 벼랑이나 평평한 길이
모두 바윗돌처럼 창백한 색깔이었다.   9

시인이 말하셨다. 「여기에서 길을 물으려
사람들을 기다리다가는 혹시 우리의
선택이 지체되지 않을까 염려스럽구나.」   12

그러고는 한참 태양을 바라보다가

---

1 위로 올라갈수록 각 둘레의 원은 좁아지기 때문에 더 굽어 있다.
2 첫째 둘레처럼 인물이나 사건 들이 조각되어 있지 않다.

몸의 오른쪽을 중심으로 하여 왼쪽
편을 움직여 돌리더니³ 말하셨다.   15

「오, 감미로운 빛이여, 너를 의지하여
새로운 길로 접어드니 너는 이 안에서
인도하고 싶은 대로 우리를 인도해 다오.   18

너는 이 세상을 비추고 따뜻하게 해주니
다른 이유로 반대하지 않는다면 너의
빛은 언제나 길잡이가 되어야 하리라.」   21

우리는 의욕에 부풀어 짧은 시간에
이승에서 1마일 정도에 해당하는
거리를 그곳에서 벌써 나아갔는데,   24

문득 눈에 보이지는 않았으나 정령(精靈)들이
정중하게 사랑의 향연에 초대하는
말을 하며⁴ 우리를 향해 날아옴을 느꼈다.   27

날아가면서 지나간 첫 번째 목소리는
〈포도주가 없구나〉⁵ 하고 크게 말했고
다시 반복하면서 우리 뒤로 가버렸다.   30

3 자기 몸의 오른쪽을 중심축으로 하여 왼쪽 몸을 돌렸다는 뜻이다.
4 질투와 반대되는 사랑과 자비를 권유하는 목소리들은 예시적인 일화들을 간략하게 이야기
한다.
5 원문에는 라틴어 *Vinum non habent*로 되어 있다. 예수가 카나의 혼인 잔치에 초대받았는데,
잔치 도중에 포도주가 떨어져 마리아가 〈포도주가 없구나〉 하고 말하자 예수는 물을 포도주로 변하
게 하였다.(「요한 복음서」 2장 3절 이하 참조)

그 소리가 점점 멀어져 완전히 사라지기
전에 다른 목소리가 〈나는 오레스테스[6]다〉
외치며 지나갔는데, 역시 멈추지 않았다.   33

내가 〈오, 아버지, 이게 무슨 소리입니까?〉
하고 묻는 순간 셋째 목소리가 말했다.
「너희에게 잘못한 사람을 사랑하라.」[7]   36

착한 스승님은 말하셨다. 「이 둘레에서는 질투의
죄를 채찍질하고 있으며, 따라서 채찍의
끈들은 바로 사랑에서 이끌어 낸 것이다.   39

재갈[8]은 이와 정반대 소리가 될 것이니,
내가 짐작하기로는, 네가 용서의 길에
도달하기 전에 그 소리를 들을 것이다.   42

이제 대기를 가로질러 잘 바라보아라.
우리 앞에 앉아 있는 사람들이 보일 텐데,
각자 암벽을 따라 앉아 있구나.」   45

---

6 아가멤논의 아들로 필라데스와 절친한 친구였다. 오레스테스는 필라데스와 함께 아가멤논
을 살해한 아이기토스에게 복수하러 갔으나 발각되어 체포되자, 필라데스가 오레스테스 행세를 하
며 대신 벌을 받으려 하였다고 한다.

7 〈너희는 원수를 사랑하여라. 그리고 너희를 박해하는 자들을 위하여 기도하여라.〉(「마태오
복음서」 5장 44절)

8 질투의 죄를 짓지 않도록 억제하는 것을 가리킨다. 정령들이 말한 사랑과 자비의 세 가지 일
화는 사랑으로 권유하는 〈채찍〉이고, 질투로 인해 벌을 받은 일화들(「연옥」 14곡 130행 이하 참조)
은 질투의 죄를 짓지 않도록 억제하는 〈재갈〉이다. 전자는 적극적 교훈이고, 후자는 소극적 교훈에
해당한다.

그래서 나는 눈을 전보다 더욱 크게
뜨고 앞을 바라보았고, 바위와 똑같은
색깔의 옷을 입은 그림자들을 보았다.   48

더 앞으로 가자 외치는 소리가 들렸다.
〈마리아여, 우리를 위해 기도하소서!〉,
〈미카엘이여〉, 〈베드로여〉, 〈모든 성인이여〉.   51

지금 이 땅에 사는 아무리 강한 사람도
그때 내가 보았던 것을 동정하지 않을
사람은 아무도 없을 것이라고 생각한다.   54

내가 그들에게 더욱 가까이 이르러
그들의 모습이 나에게 분명해졌을 때
내 눈에서 커다란 고통의 눈물이 흘렀다.   57

그들은 초라한 누더기에 뒤덮인 채
한 사람이 다른 사람의 어깨를
떠받친 채 절벽에 기대어 있었다.   60

마치 먹을 것이 떨어진 눈먼 이들이
필요한 것을 구걸하려고 사면 축일에
몰려들어⁹ 서로 머리가 겹치게 숙이고,   63

사람들의 동정심을 불러일으키기 위해

---

9 교회에서 특별한 사면이 있는 날에는 눈먼 이들이 구걸하러 많이 모여들었다고 한다.

13: 58~60

그들은 초라한 누더기에 뒤덮인 채 한 사람이 다른 사람의 어깨를 떠받친 채 절벽에 기대어 있었다.

떨려 나오는 목소리뿐만 아니라
모습으로도 애걸하는 것 같았다.   66

또한 눈먼 이들에게 태양이 소용없듯이,
지금 내가 말하는 곳의 영혼들에게도
하늘의 빛은 자신을 베풀지 않았으니,   69

그들 모두의 눈꺼풀이 철사로 뚫려
꿰매져 있었고, 잠자코 있지 못하는
야생 매에게 하는 것과 똑같았다.[10]   72

나를 보지 못하는 사람들을 바라보며
가는 것이 모욕처럼 생각되었기에,
나는 현명한 충고자에게 몸을 돌렸다.   75

그분은 나의 침묵이 원하는 바를 잘
알았기에 내 질문을 기다리지도 않고
말하셨다. 「말하라, 간단하고 핵심 있게.」   78

베르길리우스는 울타리가 전혀 없어
아래로 떨어질 수도 있는 선반의
가장자리 쪽에서 나에게로 오셨다.   81

내 다른 한쪽에는 경건한 그림자들이
있었는데, 끔찍하게 꿰매져 있어

10 사냥에 쓰려고 야생 매를 잡아 길들일 때, 사람을 보면 날뛰기 때문에 눈을 꿰맸다고 한다.

빰을 적시는 눈물을 짜내고 있었다.   84

나는 그들을 향하여 말을 꺼냈다.
「오, 그대들의 열망이 유일하게 바라는
높은 빛을 분명히 보게 될 사람들이여,   87

은총이 그대들 양심의 거품들[11]을
하루빨리 걷어 내고 그 위로 맑은
마음[12]의 강물이 흘러내리기를.   90

그대들 중에 라틴의 영혼이 있는지
말해 주오. 나에게는 기쁘고 소중한 일이며,
내가 알면 아마 그에게도 좋을 것이오.」   93

「오, 나의 형제여, 우리 모두가 진정한
한 도시[13]의 시민인데, 이탈리아에서
순례자로 살았던[14] 자를 말하는군요.」   96

내가 있던 곳에서 약간 떨어진 곳에서
이런 대답이 들려오는 것 같았기 때문에
나는 들려온 쪽으로 좀 더 다가갔다.   99

그들 중에 기다리는 표정의 한 그림자를

11 죄의 기억.
12 지성 또는 선에 대한 기억.
13 천국.
14 모든 인간의 진정한 고향은 천국이고, 지상에서의 삶은 천국으로 가기 위한 순례의 삶이라
는 관념을 반영한다.

보았는데, 누군가 〈어떻게?〉 묻는다면[15]
눈먼 이처럼 턱을 위로 쳐들었다고 말하리.   102

나는 말했다. 「오르기 위해 스스로를 억제하는
영혼이여, 그대가 나에게 대답했다면,
이름과 태어난 장소를 나에게 알려 주오.」   105

영혼이 대답했다. 「나는 시에나 사람[16]이었는데,
그분[17]의 허락을 눈물로 기원하며
여기 이들과 함께 악한 삶을 씻고 있지요.   108

비록 이름은 사피아라 불렸지만
현명하지 않았고,[18] 나의 행복보다
다른 사람의 불행을 더 즐거워했지요.   111

그대를 속인다고 생각하지 않도록, 내가
말했듯이 얼마나 어리석었는지 들어 보오.
내 나이가 고개를 넘어섰을 무렵에[19]   114

내 고장 사람들은 콜레 근처 들판에서
적들과 맞부딪치게 되었는데,[20] 나는

15 어떤 표정으로 기다렸느냐고 묻는다면.
16 앞에서 나온 프로벤차노 살바니(「연옥」 11곡 121행 참조)의 아주머니뻘 되는 사피아Sapia
라는 여인이다.
17 하느님.
18 Sapia라는 이름은 〈현명하다〉는 뜻의 *savia*와 비슷하다.
19 인생의 중반을 넘어섰을 무렵이다.
20 콜레Colle는 피렌체와 시에나 중간의 엘사 계곡에 있는 지명으로, 1269년 6월 이곳에서 피
렌체 궬피파와 시에나 기벨리니파 사이에 전투가 벌어져 시에나가 패배하였고 지도자 프로벤차노

하느님께서 원하신 대로[21] 빌었지요.   117

그들은 그곳에서 패배하였고 쓰라리게
도망치기 시작했으니, 나는 추격을 보며
무엇과도 비할 수 없는 희열을 느꼈으며,   120

급기야 대담한 얼굴을 쳐들고, 약간 풀린
날씨에 지빠귀[22]가 그랬듯이 하느님께
〈이제 당신이 무섭지 않다〉고 외쳤지요.   123

나는 삶의 막바지에야 하느님과 화해를
원했는데, 만약 피에로 페티나이오[23]가
자비로 나를 불쌍히 여겨 자신의 거룩한   126

기도에서 나를 기억해 주지 않았더라면,
참회를 통하여 갚아야 할 나의 빚을
아직 조금도 줄이지 못했을 것입니다.[24]   129

그런데 그대는 누구이기에 우리의 상황을
물으며 가고, 내가 믿기로는 눈도 풀려

살바니는 죽음을 당하였다.

21 결과적으로 그랬듯이 시에나가 패배하도록.

22 이 새는 추위를 무척 싫어한다고 한다. 속담처럼 전해 오는 이야기에 의하면, 날씨가 약간
풀리자 지빠귀는 이제 겨울이 끝났다고 생각하여 〈하느님, 나는 네가 무섭지 않다〉고 외쳤는데, 겨
울이 끝나지 않은 것을 알고 후회하였다고 한다.

23 Piero Pettinaio. 시에나의 빗 장사로 페티나이오라는 별명으로 불렸으며, 나중에 프란치스
코 수도회에 들어가 1289년에 사망하였다.

24 페티나이오의 기도가 없었다면, 아직도 연옥의 문밖에 있을 것이라는 뜻이다.

13: 130~132
그대는 누구이기에 우리의 상황을 물으며 가고, 내가 믿기로는 눈도 풀려 있고 숨도 쉬면서 말을 하는가요?

있고²⁵ 숨도 쉬면서 말을 하는가요?」   132

나는 말했다. 「내 눈도 이곳에서 빼앗기겠지만
잠시뿐일 것이니, 질투에 사로잡혀
저지른 죄가 그리 많지 않기 때문이오.   135

그보다 내 영혼은 이 아래 고통에 대한
두려움에 더욱 많이 사로잡혀 있으니,
그곳의 부담이 벌써 나를 짓누릅니다.」²⁶   138

그녀가 말했다. 「아래로 돌아가리라 믿는다면,
누가 그대를 이곳 우리에게로 인도했소?」
나는 말했다. 「말없이 나와 함께 있는 저분이오.   141

나는 아직 살아 있으니, 선택된 영혼이여,
죽게 될 내 다리를 저 세상에서 어디로
옮겨 주기를 원한다면²⁷ 부탁하십시오.」   144

그녀가 말했다. 「오, 이런 말은 처음 듣는군요.
하느님께서 그대를 사랑하는 커다란
표시이니 그대의 기도로 나를 도와주오.   147

그대가 바라는 것²⁸의 이름으로 부탁하니,

---

25 꿰매져 있지 않고.
26 단테는 자신이 질투의 죄보다 교만의 죄를 더 많이 지었다고 생각한다.
27 산 자들의 세상에서 내가 당신의 친지들을 찾아가 보는 것을 원한다면.
28 천국에서 축복받는 것.

혹시 토스카나 땅을 다시 밟게 되거든
나의 친척들에게 내 이름을 되살려 주오.   150

탈라모네[29]에 희망을 걸고 있는 허황한
사람들 사이에서 그들을 볼 것인데, 바로
디아나[30]를 찾는 것보다 더 희망을 잃고,   153

더욱이 책임자들[31]을 잃을 사람들이오.」

---

29 Talamone. 토스카나 해안의 작은 항구로 시에나 사람들(《허황한 사람들》)은 이곳을 거점 항구로 만들려고 구입하였으나 효과가 없었다.

30 시에나의 지하에 흐르고 있다고 믿었던 강이다. 물이 부족한 시에나에서는 이 강을 찾으려고 노력하였으나 허사였다.

31 원문에는 *ammiragli*, 즉 〈해군 장수들〉로 되어 있는데, 탈라모네 항구의 공사 책임자들을 가리키는 것으로 짐작되나 분명하지는 않다. 당시의 항구 공사에서 많은 사람들이 말라리아로 목숨을 잃었다.

제14곡

둘째 둘레의 또 다른 질투의 죄인들 중에서 귀도와 리니에르가 단테에게 말을 건다. 귀도는 단테가 아르노강 가에서 왔다는 말을 듣고, 그 주변 사람들의 타락을 한탄하고 이어 로마냐 지방의 타락에 대해서도 한탄한다. 두 영혼을 떠나자 질투로 벌받은 사례들을 이야기하는 목소리가 들려온다.

「죽음이 날아다니게 만들기도 전에[1]
우리 산을 돌아다니고, 또 원하는 대로
눈을 떴다가 감는 저 사람은 누구인가?」   3

「누군지 모르겠지만 혼자가 아닌 것 같아.
네가 가까이 있으니 한번 물어보아라.
그가 대답하도록 정중하게 맞이하라.」   6

그렇게 그곳 오른쪽에서 두 영혼[2]이
서로 기댄 채 나에 대해 이야기하더니
나에게 말하려고 얼굴을 위로 쳐들고   9

한 영혼[3]이 말했다. 「오, 아직 육체
안에 있으면서 하늘로 가는 영혼이여,
자비로써 우리를 위로하고 말해 주오,   12

1 죽음이 영혼을 육체의 짐에서 벗어나게 하기도 전에.
2 한 사람은 라벤나의 귀족으로 기벨리니파에 속했던 귀도 델 두카 Guido del Duca이고 (79~81행 참조), 다른 한 사람은 포를리의 귀족으로 궬피파에 속했던 리니에리 다 칼볼리 Rinier da Calboli(1296년 사망)이다(88~90행 참조).
3 귀도 델 두카.

그대는 누구이고 어디서 오는지.
전에는 그런 일이 전혀 없었기에
그대의 은총은 정말 놀랍군요.」   15

나는 말했다. 「팔테로나[4]에서 나오는
시냇물은 토스카나 절반을 가로질러
백 마일을 흘러도 충분하지 않은데,   18

그 주위[5]에서 이 몸을 가져오지만,
내 이름은 아직 많이 알려지지 않아
내가 누군지 말해도 소용없을 것이오.」   21

그러자 먼저 말했던 영혼이 대답했다.
「내 지성으로 그대의 의도를 파악한다면,
그대는 아르노강에 대해 말하는군요.」   24

그러자 다른 영혼[6]이 그에게 「왜
저 사람은 마치 무서운 것들에 대해
그러하듯이 그 강의 이름을 감추었을까?」   27

그러자 그러한 질문을 받은 그림자는
이렇게 대구했다. 「모르겠어. 하지만
그 계곡의 이름은 없어져야 마땅하지.   30

4 Falterona. 피렌체 동쪽 아펜니노산맥의 산 이름으로 이곳에서 아르노강이 발원한다.
5 피렌체.
6 리니에리 다 칼볼리.

왜냐하면 그 발원지, 즉 펠로로[7]가
끊어진 높은 산들[8]에서 그보다 높은
곳이 거의 없는[9] 그곳에서 넘쳐흘러,   33

하늘이 바닷물에서 빨아들여[10] 강들이
함께 지니고 가는 것[11]을 복원하도록
자신을 되돌려 주는 곳[12]에 이르기까지,   36

장소가 나쁜 탓인지, 아니면 그들을
부추기는 나쁜 습관 때문인지, 모든
사람에게서 덕성이 뱀처럼 달아나고,   39

그 불쌍한 계곡의 주민들은 자신들의
천성을 완전히 바꾸어 마치 키르케가
기르는 짐승[13]으로 바뀐 것 같으니까.   42

사람이 먹도록 만든 음식보다 도토리가

---

7   Peloro. 시칠리아 동북쪽 끝부분인 파로곶을 가리킨다. 고대인들은 이탈리아반도와 시칠리아섬이 원래 붙어 있었으나 지각 변동으로 분리되었다고 생각하였다. 그것은 현대 과학자들에 의해 사실로 확인된 바이기도 하다.

8   아펜니노산맥을 가리킨다.

9   아펜니노산맥에서 팔테로나산보다 높은 봉우리는 별로 없다는 뜻인데, 실제로 그보다 더 높은 산들은 15개 정도나 된다.

10   원문에는 *asciuga*(〈건조시켜〉)로 되어 있다.

11   그러니까 물을 가리킨다. 태양에 의해 바닷물에서 증발된 수증기가 하늘로 올라가고, 비가 되어 지상에 떨어짐으로써 강물을 이루고, 이것이 다시 바다로 흘러 들어간다.

12   강이 바다와 만나는 어귀.

13   돼지. 키르케(「지옥」 26곡 93행 참조)는 자신의 섬에 표류해 온 울릭세스의 부하들을 돼지로 만들었다.

더 어울리는 더러운 돼지들[14] 사이에서
먼저 그 초라한[15] 흐름은 흘러가고,   45

그런 다음 아래로 흐르다가 제 힘보다
더 짖어 대는 땅개들[16]을 만나는데,
그들을 경멸하듯 주둥이를 돌리지.[17]   48

그리고 계속 흘러내려 점점 커지면서
그 저주받고 불행스러운 강물은 점차
개에서 늑대로 바뀐 사람들[18]을 만나고,   51

움푹 파인 연못들을 거쳐 내려가면서
자신들을 잡으려는 함정도 두려워 않는,
속임수 가득한 여우들[19]을 만나게 되지.   54

다른 사람이 들어도 말을 멈추지 않겠어.
진실의 성령이 나에게 드러내는 것을
마음에 새긴다면 그[20]에게도 좋을 거야.   57

14   아르노강의 상류에 해당하는 카센티노(「지옥」30곡 64행 참조) 계곡 주변의 주민들을 가리
킨다.
15   발원지에 가까운 곳에서는 아직 수량이 적기 때문이다.
16   아레초 사람들을 경멸하여 그렇게 부른다. 아레초 사람들은 힘에 부치면서도 집요하게 피
렌체 사람들과 싸웠다.
17   카센티노 계곡에서는 북쪽에서 남쪽으로 흐르다가, 아레초 바로 북쪽에서 방향을 틀어 서
쪽으로 흐르기 시작한다.
18   피렌체 사람들.
19   피사 사람들.
20   단테를 가리킨다.

내 눈에는 지금 네 손자²¹가 보이는데,
그는 잔혹한 강가에서 그 늑대들의
사냥꾼이 되어 공포에 떨게 하는구나.   60

살아 있는 그들의 고기를 팔고, 늙은
짐승처럼 죽이기도 하니, 많은 사람이
목숨을 잃고 자신은 명예를 잃는구나.   63

그는 사악한 숲에서 피에 젖어 나오고,
그렇게 버려진 숲은 앞으로 천 년 동안
원래의 상태로 다시 우거지지 못하리.」   66

고통스러운 재난을 예고하는 말에,
그 위험이 어느 쪽에서 닥쳐오든
듣는 사람의 얼굴이 당황하듯이,   69

귀를 기울여 듣고 있던 다른 영혼은
그런 말을 듣고 나더니 당황하고
슬픈 표정이 되는 것을 나는 보았다.   72

한 영혼의 말과 다른 영혼의 표정에,
나는 그들의 이름을 알고 싶어서
부탁과 함께 이름을 물었다.   75

---

21 리니에리의 손자인 풀체리 다 칼볼리Fulcieri da Calboli. 그는 1303년 피렌체의 포데스타
가 되었는데, 뇌물을 받고 궬피 백당 사람들을 처형하거나 몰아내고 흑당이 권력을 잡도록 하였다.
단테가 망명의 길을 떠나게 된 것도 이와 직접적으로 관련된다.

그러자 나에게 먼저 말했던 영혼이
다시 말했다. 「그대가 하고 싶지 않은
것을 나에게 시키고 싶은 모양이군요.[22]   78

하지만 하느님께서 그대에게 그토록 큰
은혜를 주시니 나도 인색하지 않으리다.
나는 귀도 델 두카였음을 아십시오.   81

나의 피는 질투로 불타올라 누군가
즐거워하는 것을 보면, 내 얼굴은
증오로 물드는 것을 보았을 것이오.   84

그 씨앗에서 이런 짚을 수확하니,[23]
오, 사람들이여, 왜 다른 사람과 함께
공유할 수 없는 것[24]에 마음을 두는가?   87

이 사람은 리니에리, 칼볼리 가문의
명예이자 영광이었는데, 그 뒤에는
아무도 그의 가치를 이어받지 못했소.   90

포강과 산, 바다, 레노강 사이[25]에서
삶의 기쁨과 진실에 필요한 선을 잃은
것은 단지 그의 혈족만이 아니랍니다.   93

22   앞에서 단테가 이름을 밝히지 않으려고 한 것을 빗대어 하는 말이다.
23   이렇게 눈이 꿰매지는 형벌을 받고 있으니.
24   지상의 재화. 누군가 그것을 소유하면 다른 사람이 소유할 수 없다.
25   로마냐 지방을 가리킨다. 그곳은 포강과 아펜니노산맥, 동쪽의 아드리아해, 그리고 볼로냐
를 거쳐 아드리아해로 흘러드는 레노강 사이에 자리 잡고 있다.

왜냐하면 그 고장 안에는 독 있는
잡초들이 가득하여 이제는 새롭게
경작하는 것이 너무 늦었을 테니까요.   96

착한 리치오,[26] 아리고 마이나르디[27]는 어디 있나?
피에르 트라베르사로,[28] 귀도 디 카르피냐[29]는?
오, 잡종이 되어 버린 로마냐 사람들이여!   99

언제 볼로냐에 파브로[30]가 되돌아오고,
언제 파엔차에 베르나르딘 디 포스코[31]가
작은 잡풀의 고결한 줄기로 태어날까?   102

토스카나 사람이여,[32] 내가 슬퍼한다고
놀라지 마오. 기억하자면, 우리와 함께
살았던 우골린 다초,[33] 귀도 다 프라타,[34]   105

페데리고 티뇨소[35]와 그의 무리,

---

26 리치오 디 발보나Lizio di Balbona. 앞에 나온 리니에리를 도와 포플리의 기벨리니파와 싸우기도 했다.

27 Arrigo Mainardi 또는 마나르디Manardi. 베르티노로 사람으로 귀도 델 두카의 절친한 친구였다고 한다.

28 Pier Traversaro. 1218년에서 1225년까지 라벤나의 영주였다.

29 Guido di Carpigna. 몬테펠트로의 귀족이다.

30 파브로 데이 람베르타치Fabbro dei Lambertazzi(1259년 사망). 볼로냐의 초라한 가문에서 태어났으나 기벨리니파의 뛰어난 인물 중의 하나였다.

31 Bernadin di Fosco. 그는 1240년 황제 페데리코 2세에 대항하여 파엔차를 지켰다.

32 단테에게 하는 말이다.

33 Ugolin d'Azzo(1293년 사망). 토스카나의 우발디니 가문 출신이다.

34 Guido da Prata. 라벤나의 귀족이다.

35 Federigo Tignoso. 리미니의 귀족이다.

이 집이나 저 집 모두 후손이 끊어진
트라베르사리 가문과 아나스타지 가문,36   108

지금은 마음들이 그렇게 사악해진 곳에
예전에는 사랑과 예절을 고쳐시켰던
귀부인과 기사 들, 그 노고와 편안함이여.   111

오, 베르티노로37여, 너의 가족38과 많은
사람이 사악하지 않으려고 이미 떠났는데,
무엇 때문에 너는 사라지지 않는 것이냐?   114

잘했구나, 바냐카발로39여, 후손이 없다니.
안됐다, 카스트로카로, 더 안됐다, 코니오,40
그런 백작들41을 낳아 곤경에 빠지다니.   117

파가니42는 잘되겠구나, 이제 곧
마귀가 떠날 테니까. 하지만 그들의
좋은 명성은 더 이상 남지 않겠구나.   120

오, 우골린 데 판톨린43이여, 그대

36 트라베르사리Traversari와 아나스타지Anastagi는 둘 다 라벤나의 명문 가문이다.
37 Bertinoro. 포를리와 체세나 사이의 소읍이다.
38 베르티노로를 다스리던 마나르디Manardi 가문을 지칭하는 것으로 여겨진다.
39 Bagnacavallo. 이몰라와 라벤나 사이의 소읍이다. 당시 그곳의 영주는 말비치니Malvicini
가문이었는데 아들이 없었다고 한다.
40 카스트로카로Castrocaro와 코니오Conio도 로마냐 지방의 소읍들이다.
41 선대보다 못하고 무능한 후손들.
42 Pagani. 파엔차의 귀족 가문으로 영주 마기나르도(「지옥」 27곡 49~51행 참조)는 자주 당
파를 바꾸어 〈마귀〉라는 별명이 붙었다고 한다. 그는 1302년에 사망했다.

이름은 확실하구나, 이름을 흐리게 할 자를
더 이상 기대할 수 없을 테니까.   123

하지만 떠나시오, 토스카나 사람이여,
나는 이제 말하는 것보다 울고 싶소.
우리의 말에 내 가슴이 아팠으니까.」   126

그 고귀한 영혼들은 우리가 떠나는
소리를 들었을 것이지만, 침묵으로
우리의 길을 신뢰하게 만들어 주었다.   129

이제 우리 둘만 나아가고 있을 때
마치 번개가 대기를 찢는 것처럼
우리에게 마주쳐 온 목소리가 말했다.   132

「만나는 사람마다 나를 죽일 것이다.」[44]
그러고는 구름이 찢어지자 곧바로
흩어지는 천둥처럼 달아나 버렸다.   135

우리가 그 소리를 다 듣고 나자마자
금세 뒤따르는 천둥소리와 비슷하게
크게 울리는 다른 목소리가 말했다.   138

---

43 Ugolin de' Fantolin. 파엔차의 영주로 덕망과 신중함으로 명예로운 삶을 살았고 1278년 사
망하였는데, 그의 두 아들도 후사 없이 1300년 이전에 모두 사망하였다.
44 질투로 아벨을 죽인 카인은 하느님에게 말한다. 〈만나는 자마다 저를 죽이려 할 것입니다.〉
(「창세기」4장 13절)

「나는 돌이 된 아글라우로스[45]이다.」
그래서 나는 시인에게 다가가기 위해
걸음을 앞이 아니라 오른쪽으로 옮겼다.   141

이제 사방의 대기가 잠잠해졌고 그분은
나에게 말하셨다. 「저것[46]은 강한 재갈이니,
인간은 그 테두리 안에 머물러야 한다.   144

그런데 너희들은 미끼를 물고, 옛날
원수의 낚시가 너희를 자기 쪽으로
끌어당기니, 재갈도 권유[47]도 소용없구나.   147

하늘은 너희를 부르고 너희 주변을 돌며
영원한 아름다움을 너희에게 보여 주는데
너희들의 눈은 땅만 바라보고 있으니, 모든   150

것을 분별하시는 분이 너희를 벌하노라.」

45 아테나이의 전설적인 초대 왕 케크롭스의 딸로 언니가 메르쿠리우스(그리스 신화에서는
헤르메스)의 사랑을 받는 것을 질투하다가 벌을 받아 돌로 변했다.(『변신 이야기』 2권 557~832행
참조)
46 방금 들려온 벌받은 질투의 일화들.
47 〈재갈〉은 벌받은 죄의 일화들을 가리키고, 〈권유〉는 보상받은 덕성의 일화들을 가리킨
다.(「연옥」 13곡 37~42행 참조)

제15곡

오후 3시경 석양 햇살을 마주 보며 걸어가던 두 시인은 천사를 만나고, 셋째 둘레로 올라간다. 위로 올라가면서 단테의 질문에 베르길리우스는 지상의 재화와 천상적 사랑 사이의 차이에 대해 설명한다. 셋째 둘레에 올라선 단테는 환상을 보는데, 분노와 반대되는 온화함의 일화들을 보여 준다.

언제나 아이처럼 장난하는 하늘에서
하루의 시작에서 세 번째 시각이
끝나 갈 무렵까지만큼의 거리가,   3

태양이 저녁을 향해 가야 할 길로
남아 있는 것 같았으니, 그곳은
저녁이고 이곳은 한밤중이었다.[1]   6

햇살은 정면으로 이마에 부딪쳤으니
우리는 이미 산을 돌았고 똑바로
서쪽을 향해 가고 있었기 때문이다.[2]   9

나는 전보다 훨씬 더 눈부신 빛이
내 이마를 짓누르는 것을 느꼈는데

---

1 일출(〈하루의 시작〉)부터 세 시간이 지난 만큼 해 질 때까지 시간이 남아 있으므로 대략 오후 3시 무렵(〈저녁〉이 시작될 무렵)이다. 〈그곳〉, 즉 연옥에서 오후 3시이므로, 대척 지점인 예루살렘에서는 새벽 3시 무렵이고, 예루살렘에서 서쪽으로 경도 45도가량 떨어진 이탈리아(단테가 『신곡』을 쓰고 있는 〈이곳〉)에서는 자정 무렵이다.
2 두 시인은 동쪽에서 출발하여(「연옥」 1곡 107~108행 참조) 연옥의 산을 오른쪽, 그러니까 북쪽으로 돌아 지금은 서쪽을 보며 가고 있다.

그 이유를 몰라 깜짝 놀랐으며,   12

그래서 손을 눈썹 위로 들어 올려
차양(遮陽)을 만들었고 지나칠 정도로
눈부신 것을 막아 보려고 하였다.   15

마치 수면이나 또는 거울로부터
빛이 맞은편 쪽으로 반사될 때,
빛이 내려오는 것과 아주 비슷하게   18

위로 올라가면서, 중심선3에서 서로
똑같은 거리만큼 벌어지는 것4은
경험이나 기술이 증명하고 있는데,   21

그와 비슷하게 나는 내 앞에서
반사되는 빛과 마주치는 것 같았고
그래서 나의 시선은 거기에서 피했다.   24

나는 말했다. 「친절하신 아버지, 저건 무엇입니까?
저것이 우리 쪽으로 오는 것 같은데,
아무리 해도 얼굴을 가릴 수 없습니다.」   27

그분이 대답하셨다. 「하늘의 가족이

---

3 원문에는 *cader de la pietra*, 즉 〈돌멩이가 떨어지는 선〉으로 되어 있는데, 바로 반사면에 수
직이 되는 선이다.
4 그러니까 빛의 반사 법칙에서 입사각과 반사각이 동일하므로, 들어가는 빛과 반사되는 빛은
중심선에서 똑같은 거리만큼 벌어져 있다.

잠시 눈부시게 한다고 놀라지 마라.
위로 올려 보내려고 오는 사자이시다.   30

이제 곧 저런 것을 보는 게 너에게는
부담이 아니라, 자연이 너에게 느끼게
하는 만큼 깊은 즐거움이 될 것이다.」   33

우리가 축복받은 천사에게 이르자,
그는 부드러운 목소리로 말했다. 「이리 들어가라,
다른 곳⁵보다 덜 가파른 계단으로.」   36

우리는 벌써 그곳을 떠나 올라갔는데,
〈자비로운 자는 행복하다〉,⁶ 〈이기는
너는 기뻐하라〉⁷ 뒤에서 노래했다.   39

스승님과 나 단둘이 위로 올라갔는데,
올라가면서 나는 그⁸의 말에서
유익한 것을 얻으려고 생각하며,   42

그분을 향해 질문했다. 「그 로마냐
영혼은 〈함께〉와 〈공유할 수 없다〉를

---

5 앞의 첫째와 둘째 둘레 사이의 계단.

6 원문에는 라틴어 *Beati misericordes*로 되어 있다. 〈행복하여라, 자비로운 사람들! 그들은
자비를 입을 것이다.〉(「마태오 복음서」 5장 7절)

7 질투심을 극복하고 이기는 것을 의미한다. 이 표현은 단테가 창안해 낸 것인지, 아니면 다른
어느 곳에서 인용한 것인지 분명하지 않다. 일반적으로 「마태오 복음서」 5장 12절(〈기뻐하고 즐거
워하여라. 너희가 하늘에서 받을 상이 크다〉)을 풀어 쓴 것으로 간주된다.

8 앞의 14곡에서 단테에게 이야기한 귀도 델 두카.

말하면서9 무엇을 말하려 했습니까?」   45

그분은 말하셨다. 「그는 자기의 가장 큰
잘못10의 폐해를 알고 있으니, 덜
후회하도록 비난해도 놀랄 것 없다.   48

함께 공유하면 몫이 줄어드는 것11에
너희들의 욕망은 집중되기 때문에
질투는 가슴을 한숨짓게 만든단다.   51

하지만 만약 너희들의 욕망이 위로
최고 하늘의 사랑을 향하게 한다면
가슴에 그런 두려움은 없을 것이다.   54

〈우리 것〉이라 말하는 사람이 많을수록
그 수도원12에서는 더욱 자비로 불타고
각자 더 많은 선을 소유하기 때문이다.」   57

나는 말했다. 「차라리 제가 침묵했을 때보다
저는 더 많이 배고픔을 느끼니,13
마음속에 더 많은 의혹이 쌓입니다.   60

9 앞의 14곡 87행 참조.
10 질투.
11 지상의 재화들.
12 최고의 하늘인 엠피레오(「천국」 1곡 참조)에 있는 축복받은 영혼들의 공동체를 이렇게 지
칭한다.(「연옥」 26곡 128~129행, 「천국」 25곡 127행 참조)
13 아예 질문을 하지 않았을 때보다 더 많은 궁금증이 생긴다는 뜻이다.

어떻게 적은 사람이 소유하는 것보다,
더 많은 소유자에게 나뉘는 선이
각자에게 더욱 풍부해질 수 있습니까?」   63

그러자 그분은 말하셨다. 「너는 네 마음을
오직 지상의 것들에만 고정하기 때문에
진리의 빛에서 어둠만 거둬들이는구나.   66

저 위에 있는 무한하고 표현할 수 없는
선은 햇빛이 눈부신 물체를 향하여
가는 것처럼 사랑을 향해 달려간단다.   69

그래서 열정과 만날수록 더 많아지고
사랑이 더욱 무한하게 펼쳐질수록
그 위에서 영원한 선이 커지게 된다.   72

또 더 많은 사람이 저 위를 사랑할수록
사랑할 선은 더욱 많고, 더 사랑할수록
거울처럼 서로가 서로에게 되돌려 준다.   75

내 말이 네 배고픔을 덜어 주지 못해도
베아트리체를 만나면, 그녀가 이것과
다른 궁금증을 충분히 풀어 줄 것이다.   78

그러니 우선 고통14을 통하여 아무는

14 속죄의 형벌로 인한 고통.

다섯 상처[15]가, 벌써 사라진 두 개처럼
가능한 한 빨리 사라지도록 하여라.」   81

내가 〈당신은 저를 채워 주십니다〉 말한
순간 우리는 셋째 둘레 위에 도달했고,
주위를 둘러보느라 나는 입을 다물었다.   84

거기에서 곧바로 나는 황홀한 환상[16]에
사로잡힌 듯하였고, 어느 성전에서
많은 사람들을 보는 것 같았다.   87

성전 입구에서 한 여인이 어머니처럼
부드럽게 말하는 것 같았다. 「나의
아들아, 왜 이렇게 우리에게 했느냐?   90

네 아버지와 내가 이렇듯 애태우며
너를 찾았단다.」[17] 그리고 여기에서
침묵하자 앞에 보이던 것이 사라졌다.   93

뒤이어 다른 여인이 나타났는데,
다른 사람에게 크게 화났을 때
고통이 뺨에 짜내는 눈물을 흘리며   96

15 단테의 이마에 새겨진 P 자.
16 셋째 둘레에서는 꿈꾸듯이 신비로운 영상이 분노와 온화함의 일화들을 보여 준다.
17 예수가 열두 살 때 성모 마리아와 요셉은 예루살렘에서 그를 잃고 사흘 동안 찾다가 성전에서 학자들과 이야기하는 예수를 찾아냈다. 그때 마리아는 말했다. 〈애야, 우리에게 왜 이렇게 하였느냐? 네 아버지와 내가 너를 애타게 찾았단다.〉(「루카 복음서」 2장 48절)

말했다. 「당신[18]이, 그 이름을 두고
신들이 많이 싸웠고, 그래서 온갖
학문이 찬란한 도시[19]의 주인이라면,   99

오, 페이시스트라토스여, 우리 딸을
껴안은 저 대담한 팔을 처벌하시오.」
그러자 왕은 너그럽고도 온화하게   102

평온한 얼굴로 대답하는 듯하였다.
「우리를 사랑하는 사람을 처벌한다면,
우리를 싫어하는 사람은 어떻게 할까?」   105

그리고 나는 분노에 불붙은 사람들을
보았는데, 어느 젊은이를 돌멩이로
쳐 죽이며 〈죽여라, 죽여라!〉 외쳤다.[20]   108

그런데도 젊은이는 이미 짓누르는
죽음 때문에 땅바닥에 쓰러지면서도
여전히 눈길을 하늘로 향하였고,   111

수많은 고통 속에서도 높은 주님께

18 아테나이의 참주 페이시스트라토스. 어느 날 사람이 많은 곳에서 그의 딸을 사모하는 청년이 딸에게 입을 맞추었고, 화가 난 그의 아내는 청년을 처벌하라고 말했는데, 그는 우리를 사랑하는 사람을 벌한다면 우리를 증오하는 사람은 어떻게 할 것이냐고 반박하며 용서했다고 한다.

19 아테나이. 처음 도시의 이름을 정할 때 아테나(로마 신화의 미네르바)와 포세이돈이 다투었고 아테나가 승리하여 아테나이로 일컬어졌다고 한다.

20 최초의 순교자 성 스테파누스의 일화이다. 그는 자신을 돌멩이로 쳐 죽이는 무리들을 용서해 달라고 기도하였다.(「사도행전」 7장 54절 이하 참조)

15: 106~108
나는 분노에 불붙은 사람들을 보았는데, 어느 젊은이를 돌멩이로 쳐 죽이며 〈죽여라, 죽여라!〉 외쳤다.

연민을 불러일으키는 그런 표정으로
박해자들을 용서해 달라고 기도하였다.   114

나는 내 영혼이 자신의 바깥에 있는
외부의 현실적인 것들로 돌아왔을 때[21]
나의 환상이 거짓이 아님을 깨달았다.   117

마치 잠에서 깨어나는 사람과 같은
내 모습을 바라본 스승님이 말했다.
「몸을 가누지 못하니 무슨 일이냐?   120

너는 포도주나 잠에 취한 것처럼
눈을 감고 다리를 비틀거리면서
벌써 반 마일 이상이나 걸어왔다.」   123

나는 말했다. 「오, 자애로운 아버지,
제 말을 들어 주신다면, 저의 다리가
비틀렸을 때 나타난 것을 말하지요.」   126

그분은 말하셨다. 「네가 얼굴 위에 백 개의
탈을 쓰고 있더라도, 너의 아무리 사소한
생각도 나에게 감추지 못할 것이다.   129

네가 본 것은, 영원한 샘에서 퍼지는
평화의 물을 향해 마음을 여는 것을

21 환상에서 깨어났을 때.

거부하지 못하도록 하기 위함이다.   132

내가 〈무슨 일이냐〉고 물은 것은,
육신이 영혼 없이 누워 못 보는
눈으로 보는 것 때문이 아니라,   135

네 다리에 힘을 주기 위해 물었다.
제정신이 돌아와도 느리게 움직이는
게으름뱅이는 그렇게 재촉해야 하니까.」   138

저녁 무렵에 우리는 눈부신 석양의
햇살을 마주 보고 눈길이 닿는 곳
너머까지 주의 깊게 보면서 걸었다.   141

그런데 마치 밤처럼 검은 연기가
차츰차츰 우리를 향하여 다가왔고,
그 연기를 피할 장소도 없었으니   144

우리의 눈과 맑은 대기를 앗아 갔다.

제16곡

두 시인은 셋째 둘레에서 분노의 죄인들이 벌받고 있는 짙은 연기 속을 뚫고 나아간
다. 그 영혼들 중에서 롬바르디아 사람 마르코가 단테에게 말한다. 그는 단테의 부탁
을 받고 이 세상이 도덕적으로나 정치적으로 타락한 이유에 대해 설명한다. 그리고
롬바르디아 지방의 도덕적 타락을 한탄한다.

지옥의 어두움도, 더할 나위 없이
짙은 구름에 어두워진 하늘 아래
온갖 별빛마저 없는 밤의 어둠도   3

거기서 우리를 뒤덮은 연기처럼 두꺼운
휘장을 내 눈에 치지 못했고, 그렇게
거친 털 같은 느낌을 주지 못했으며,   6

눈을 뜨고 있는 것이 힘들었기에
믿음직하고 현명한 안내자는 나에게
다가와서 어깨를 기대도록 해주었다.   9

눈먼 이이 길을 잃지 않고, 또 부딪쳐서
다치거나 혹시 죽을 수도 있는 것을
피하려고 안내자의 뒤를 따라가듯이,   12

나는 그 쓰라리고 강렬한 대기 속에서
〈나에게서 떨어지지 않게 조심하라〉는
스승님의 말을 들으면서 나아갔다.   15

나는 목소리들을 들었는데, 각자가
죄를 씻는 하느님의 어린양처럼
평화와 자비를 기도하는 것 같았다.   18

〈하느님의 어린양〉¹ 하고 시작했는데,
모든 목소리가 한결같이 한 소리가 되어
마치 완벽한 조화를 이루는 듯하였다.   21

「스승님, 제가 듣는 것은 영혼들입니까?」
내가 말하자 그분은 말하셨다. 「정확히 맞혔다.
저들은 분노의 죄를 씻으며 가고 있다.」   24

「그대는 누구이기에 우리의 연기를 가르고,
마치 아직도 달력으로 시간을 나누듯이²
우리에 대하여 말하고 있습니까?」   27

목소리 하나에서 그런 말이 들려왔고,
나의 스승님이 말하셨다. 「대답하라.
그리고 여기서 올라가는지 물어보아라.」   30

그래서 나는 말했다. 「오, 그대를 만드신 분께
아름답게 돌아가려고 죄를 씻는 이여,
나와 함께 가면 놀라운 말³을 들으리다.」   33

1 원문에는 라틴어 *Agnus Dei*로 되어 있는데, 그리스도를 일컫는 표현이다. 〈보라, 세상의 죄
를 없애시는 하느님의 어린양이시다.〉(「요한 복음서」 1장 29절)
2 마치 아직도 살아 있는 사람처럼.
3 아직 살아 있는 몸으로 저승 여행을 하고 있다는 사실을 가리킨다.

16: 25~27
그대는 누구이기에 우리의 연기를 가르고, 마치 아직도 달력으로 시간을 나누듯이 우리에 대하여 말하고 있습니까?

그가 대답했다. 「허용되는 대로 따라가겠소.
연기가 보는 것을 허용하지 않더라도
그 대신 듣는 것은 함께할 수 있으리다.」   36

나는 말했다. 「나는 죽음이 흩어 버리는
육체의 짐을 지고 위로 가는 중이며,
지옥의 고통을 거쳐 여기에 왔답니다.   39

하느님께서 은총으로 나를 감싸 주시어
근래의 관례와는 전혀 다른 방법으로[4]
나에게 당신의 궁전을 보여 주려 하시니,   42

그대는 죽기 전에 누구였는지 숨김없이
말하고, 내가 제대로 가는지 말해 주오.
당신의 말은 우리의 안내가 되리다.」   45

「나는 롬바르디아 사람이었고 마르코라
불렸으며, 세상일을 알고 지금은 누구도
지향하지 않는[5] 덕성을 사랑했지요.   48

위로 올라가기 위해서는 똑바로 가시오.」
그렇게 대답하고 덧붙였다. 「부탁하건대,
위에 올라가면 나를 위해 기도해 주시오.」   51

---

4   아이네아스와 사도 바오로(「지옥」 2곡 13행 이하 참조) 이후에는 살아 있는 몸으로 저승을
여행하는 특권이 누구에게도 주어지지 않았다는 것을 암시한다.
5   원문에는 *disteso l'arco*, 즉 〈활을 겨누지 않는〉으로 되어 있다.

16 : 34~36
허용되는 대로 따라가겠소. 연기가 보는 것을 허용하지 않더라도 그 대신 듣는 것은 함께할 수 있으리다.

나는 말했다. 「부탁하는 것을 해주겠다고
맹세하오. 하지만 내 마음속의 의혹[6]
하나를 풀지 못한다면 터질 것 같소.   54

처음에는[7] 단순했지만 이제 그대의 말로
두 배가 됐으니, 이곳과 다른 곳[8]에서
내가 궁금해하는 것이 분명해졌습니다.   57

그대가 말하듯이 이 세상은 분명히
그렇게 온갖 덕성이 완전히 사라지고
또한 악으로 충만하고 뒤덮여 있는데,   60

부탁하건대 그 이유를 나에게 알려 주오.
누구는 하늘에, 누구는 땅에 있다 하니,
내가 보고 사람들에게 보여 주게 말이오.」   63

그는 슬픔을 쥐어짜듯이 〈후유!〉 한숨을
쉬고 말하기 시작했다. 「형제여, 세상은
눈먼 이인데 그대는 분명 거기서 왔군요.   66

살아 있는 그대들은 온갖 이유를 저 위
하늘로 돌리지요. 마치 거기에서 모든 것을
필연으로 움직이는 것처럼 말입니다.   69

---

6 왜 지금 세상에는 덕성도 없이 타락하고 부패하였는지 그 이유를 알고 싶은 생각이다.
7 앞에서 귀도 델 두카의 말을 들었을 때이다. (「연옥」 14곡 37행 이하 참조)
8 귀도 델 두카를 만났던 곳.

만약 그렇다면 그대들의 자유 의지가
소멸하고, 선에 대한 행복이나 악에
대한 형벌에 정의가 없어질 것이오.　　　　　　72

하늘은 그대들을 움직이게 만들지만,
모든 사람이 아니고, 만약 그렇다 해도,
그대들에게 선과 악을 구별하는 등불9과　　　　75

자유 의지가 주어지니, 그것은 비록
하늘과의 첫 싸움10에선 힘들더라도,
잘 길러 놓으면 결국 모든 것을 이깁니다.　　　78

그대들은 더 큰 힘과 더 나은 본성에
자유롭게 종속되고 그것이 그대들의
마음을 만들며, 하늘은 참견하지 않아요.　　　81

따라서 지금 세상이 길을 벗어난 것은
그대들에게서 이유를 찾을 수 있으니,
이제 내가 그대에게 올바로 알려 주겠소.　　　84

창조하기도 전에 사랑하시는 그분의
손에서 나오는 영혼은, 마치 울다가
웃다가 하면서 재롱떠는 어린아이처럼　　　87

아주 순진하게 아무것도 모르는데,

9　지성 또는 이성의 등불.
10　하늘의 영향들에서 벗어나고 악한 성향들을 억누르기 위한 싸움이다.

다만 행복한 창조주에 의해 움직여
즐겁게 해주는 것으로 기꺼이 돌아가지요.   90

처음에는 작은 선[11]의 맛을 느끼는데
안내나 재갈이 그 사랑을 이끌지 않으면,
차츰 거기에 속아 그 뒤를 쫓게 됩니다.   93

그러므로 재갈을 위한 법을 마련하고,
최소한 진정한 도시의 탑[12]이라도
구별할 줄 아는 왕[13]을 세워야 했지요.   96

법은 있지만 누가 그걸 지키게 합니까?
아무도 없고 따라서 인도하는 목자[14]는
되새길 수 있지만 갈라진 발굽이 없지요.[15]   99

사람들은 자기 안내자가 그런 선[16]에만
탐내어 기우는 것을 보고, 자기들도
그것만 먹고 그 이상을 요구하지 않아요.   102

이 세상을 사악하게 만들었던 원인은

11   지상의 행복을 가리킨다.
12   정의를 상징한다.
13   단테가 『제정론』 여러 곳에서 언급하듯이 세상에서 정의를 구현할 임무를 지닌 황제, 또는
최고의 권력을 가리킨다.
14   양 떼를 인도하는 교황.
15   모세의 율법은 되새김질하지 않고 유대인에게 굽이 갈라지지 않은 짐승의 고기는 먹지 말
라고 금지하였다.(「레위기」 11장 2절 이하 참조) 일부 학자들은 여기에서 〈갈라진 발굽〉은 세속의
권력과 교황의 권력 사이를 구별할 줄 아는 것으로 해석하기도 한다.
16   지상의 행복.

그대들에게서 타락한 본성이 아니라
잘못된 통치임을 잘 알 수 있으리다.   105

좋은 세상을 만들었던 로마는 으레
두 개의 태양[17]을 갖고 있었기에
세상의 길과 하느님의 길을 보여 주었소.   108

하나가 다른 태양을 꼈고, 칼이 목장(牧杖)과
합쳐졌으니,[18] 그 합쳐진 것은 필히
생생한 힘으로 악으로 가기 마련이오.   111

합쳐진 뒤에는 서로 두려워하지 않으니,
내 말을 못 믿겠으면 이삭을 보시오,
모든 풀은 씨앗으로 알아볼 수 있으니.[19]   114

아디제와 포강이 흐르는 고장[20]에는
페데리코[21]가 분란을 일으키기 전까지
언제나 예절과 명예가 있었는데,   117

수치심에 착한 사람들과 말하거나
가까이하려고 하지 않는 자도 지금은

---

17   황제와 교황을 가리킨다.
18   로마 말기에 교황의 권력이 황제의 권력을 꺼뜨렸고, 세속의 권력(〈칼〉)이 정신세계의 권력
(〈목장〉)과 합쳐졌다.
19   〈나무는 모두 그 열매를 보면 안다.〉(「루카 복음서」6장 44절)
20   넓은 의미에서의 롬바르디아 지방이다.
21   황제 페데리코 2세.(「지옥」10곡 119행 참조) 그는 교황과 대립하여 이탈리아의 여러 지역
에서 분란을 일으켰는데, 북부의 롬바르디아가 그 주요 무대였다.

그곳을 마음대로 지나갈 수 있지요.   120

옛 시대로 새것을 꾸짖는 세 노인이
아직 거기 있는데, 하느님께서 그들을
더 나은 삶으로 인도하심이 늦은 듯하지만,   123

쿠라도 다 팔라초[22]와 착한 게라르도,[23]
프랑스식으로 솔직한 롬바르디아인[24]이라
부르고 싶은 귀도 다 카스텔로[25]지요.   126

이제 그대는 말하리다, 로마의 교회는
그 안에 두 개의 권력을 뒤섞음으로써
진흙탕에 빠져 자신과 임무를 더럽힌다고.」   129

나는 말했다. 「오, 나의 마르코여, 옳은 말이오.
무엇 때문에 레위의 자식들이 유산을
받지 못하게 되었는지[26] 이제 알겠소.   132

그런데 사라진 세대의 모범으로 남아
야만적인 시대를 꾸짖는다고 그대가

22 Currado da Palazzo. 브레쉬아의 귀족 가문 출신의 정치가로 명성이 높았다.
23 게라르도 다 카미노Gherardo da Camino. 트레비소 출신으로 오랫동안 그곳을 통치하였다.
단테는『향연Convivio』4권 14장 12절에서도 그를 높게 칭찬한다.
24 당시 프랑스 사람들은 이탈리아 모든 지역의 사람들을 단순하게 롬바르디아 사람으로 불렀
다고 한다.
25 Guido da Castello. 레조 넬레밀리아 출신 귀족으로 그의 고귀함은『향연』4권 16장 6절에
서도 언급된다.
26 레위의 후손들은 사제의 임무를 맡았기 때문에 지상의 재화인 유산을 받지 못하였다.(「민
수기」18장 20~24절, 「여호수아기」13장 33절 참조)

말하는 그 게라르도는 누구입니까?」   135

그는 대답했다. 「그대의 말은 나를 속이거나
떠보는 모양이오. 토스카나 말을 하면서
착한 게라르도를 전혀 모르는 것 같으니까요.   138

나는 그의 딸 가이아²⁷에서 나온 것 외에
다른 별명으로는 그를 모르오. 더 이상
함께 못 가니 하느님께서 함께하시기를.   141

연기 사이로 하얗게 보이는 여명을
보시오. 저기 천사가 있으니 그의
눈에 띄기 전에 나는 떠나야 하오.」   144

그는 돌아갔고 내 말을 들으려 하지 않았다.

27 그녀에 대해서는 알려진 것이 거의 없다.

제17곡

단테는 셋째 둘레의 빽빽한 연기에서 벗어나고, 환상 속에서 벌받은 분노의 일화들을 본다. 그리고 환상에서 깨어나 천사의 안내로 넷째 둘레로 향하는 계단으로 올라간다. 중간에 밤이 되자, 베르길리우스는 단테에게 죄의 원인이 되는 사랑에 대해 설명하고, 죄의 유형에 따라 연옥이 어떻게 구성되어 있는가를 설명해 준다.

독자여, 기억해 보시라, 혹시 높은
산에서 그대가 안개에 둘러싸여
두더지 꺼풀¹을 통해서만 보다가,   3

빽빽하고 습기 찬 수증기가 엷어지기
시작하면, 태양의 테두리가 희미하게
그 안으로 들어오는 것을 생각해 보면,   6

그러면 그대의 상상력으로 내가
어떻게 벌써 저무는 태양을 다시
보게 되었는가 곧바로 알 것이다.   9

그렇게 나는 스승님의 믿음직한
발자국을 따라 구름 밖, 벌써 낮은
해안에 걸린 저문 햇살로 나왔다.   12

오, 수천 개의 나팔이 주위에 울려도

---

1 단테 시대에 널리 퍼진 통념에 의하면 두더지는 눈에 얇은 막이 씌워 있어서 잘 보지 못한다고 생각하였다.

사람이 깨닫지 못하도록 때로는
외부의 것들을 빼앗는 상상력이여,   15

감각이 모른다면 누가 너를 움직이는가?
아래에서 깨닫는 의지[2]나 그 자체로
하늘에서 형성되는 빛이 너를 움직이는구나.   18

노래하는 것을 가장 즐기는 새로
모습을 바꾸었던 여인[3]의 잔인한
모습이 내 상상 속에서 떠올랐으니,   21

여기에서 내 마음은 자신 안으로
움츠러들었고, 밖에서 어떤 것이
들어오더라도 받아들이지 않았다.   24

그리고 십자가에 못 박힌 자[4]가
광포하고 오만한 표정으로 죽은
모습이 아득한 환상 속에서 보였다.   27

그의 곁에는 위대한 아하스에로스와
왕비 에스테르, 말이나 행동에서 너무
깨끗했던 올바른 모르도카이가 있었다.   30

2 하느님의 의지.
3 밤꾀꼬리로 변한 프로크네.(「연옥」9곡 14행의 역주 참조) 그녀의 일화는 분노에 따른 벌을
예시한다.
4 페르시아 왕 크세르크세스의 신하 하만. 그는 왕비 에스테르의 아저씨 모르도카이가 자신을
존경하지 않자 그를 유대인들과 함께 죽이려고 하였다. 하지만 계획이 발각되어 자신이 십자가에
매달려 죽게 되었다.(「에스테르기」3장 이하 참조)

그리고 환상은 저절로 흩어졌는데,
마치 물이 줄어들면 그 아래에서
만들어지는 거품이 꺼지는 듯했고,   33

나의 환상 속에 한 소녀5가 나타나서
크게 울면서 말했다. 「오, 어머니,6
왜 분노 때문에 죽으려고 했어요?   36

라비니아를 잃지 않으려 자살하셨으니,
나를 잃었어요! 나는 다른 사람7보다
어머니의 죽음 때문에 울고 있어요.」   39

감은 눈에다 갑자기 빛을 비추면
잠에서 깨어나고, 깨어난 잠이
완전히 사라지기 전에 깜박거리듯,   42

우리에게 익숙한 것보다 훨씬 강한
빛이 내 얼굴을 뒤흔들었고 나의
상상은 곧장 아래로 떨어졌다.   45

내가 어디 있는가 보려고 몸을 돌리자
한 목소리가 〈이리 올라간다〉 말했기에
나는 온갖 다른 생각을 떨쳐 버렸고,   48

5 나중에 아이네아스의 아내가 된 라비니아.(「지옥」4곡 125행 참조)
6 라티움의 왕 라티누스의 아내 아마타. 그녀는 딸 라비니아의 약혼자 투르누스가 아이네아스
에게 죽음을 당한 것으로 지레짐작하고, 분노에 못 이겨 자살하였다.(『아이네이스』12권 595~607행
참조)
7 투르누스

내 욕망은 누가 말했는지 보고 싶은
생각에 무척이나 사로잡혔으니,
직접 보지 않고는 견딜 수 없었다.   51

하지만 태양이 우리의 시선을 짓누르고
넘치는 빛으로 자기 모습을 가리듯,
나의 힘은 거기에 미치지 못하였다.   54

「이는 성스러운 천사8인데, 부탁하지
않아도 위로 가는 길을 가르쳐 주고,
자신의 빛으로 스스로를 감춘다.   57

사람들이 자신에게 하듯 우리를 대하는데,
사람들은 타인의 필요함을 보고 부탁을
예상하여 악의로 미리 거절하려고 하지.   60

이제 그런 권유에 발걸음을 맞추어,
어두워지기 전에 서둘러 올라가자.
날이 밝기 전까지는 갈 수 없으니까.」   63

나의 안내자가 그렇게 말하셨고,
우리는 계단으로 걸음을 옮겼는데,
내가 첫 층계 위에 올라서자마자   66

곁에서 날개가 움직여 내 얼굴에

8 원문에는 *spirito*로 되어 있는데, 〈영(靈)〉 또는 〈정령(精靈)〉을 의미한다.

부채질하고 말하는 것을 들었다. 「악한
분노 없이, 평화로운 자는 행복하다.」9   69

벌써 마지막 햇살이 우리 위로 높직이
비추었고,10 곧이어 밤이 뒤따라
사방에서 별들이 나타나고 있었다.   72

「오, 왜 이렇게 내 기운이 빠지는가?」
나는 속으로 말했는데, 두 다리의
힘이 사라짐을 느꼈기 때문이다.   75

우리는 계단이 더 이상 위로 오르지
않는 곳에 있었는데, 마치 해변에
도달한 배처럼 바닥에 붙어 버렸다.   78

새로운 둘레에서 혹시 무슨 소리가
들려올까 나는 잠시 동안 기다렸고,
그런 다음 스승님을 향해 말했다.   81

「자애로운 아버지, 말씀해 주십시오.
이 둘레에서는 어떤 죄를 씻습니까?
발은 멈추어도 말은 멈추지 마십시오.」   84

그분은 말하셨다. 「여기서는 의무에 못 미치는

9   원문에는 라틴어 *Beati pacifici*로 되어 있다. 〈행복하여라, 평화를 이루는 사람들! 그들은 하
느님의 자녀라 불릴 것이다.〉(「마태오 복음서」 5장 9절)
10   이미 해는 졌고 석양의 빛살이 하늘에 높이 걸려 있다.

선에 대한 사랑을 되찾고 있단다.[11]
잘못 늦춘 노를 여기서 다시 젓는다.   87

하지만 네가 좀 더 분명히 이해하도록
내 말에 마음을 기울이면 너는 여기
머무르며 좋은 열매를 거둘 것이다.」   90

그분은 시작하셨다. 「아들아, 창조주나
창조물은 사랑이 없었던 적은 없으니,
알다시피, 자연이나 영혼의 사랑이다.[12]   93

자연의 사랑에는 언제나 오류가 없으나,
영혼의 사랑은 그릇된 대상 때문에, 또는
너무 넘치거나 모자라서 잘못될 수 있다.[13]   96

만약 사랑이 첫째 선[14]을 지향하고
둘째의 선[15]에서 스스로를 절제하면,
사악한 쾌락의 원인이 될 수 없지만,   99

만약에 악을 지향하거나, 아니면 너무
지나치거나 부족하게 선을 지향하면,

11 첫째 선, 즉 하느님에 대한 사랑이 제 본분에 미치지 못할 정도로 부족하고 미지근한 죄, 말하자면 나태의 죄를 씻음으로써 충분하고 필요한 사랑을 되찾고 있다.
12 자연의 사랑은 모든 창조물이 갖는 본능적인 사랑이고, 영혼의 사랑은 인간 고유의 이상적인 사랑으로 인간이 자유 의지로 추구한다.
13 인간 영혼의 자유 의지로 이루어지는 사랑은 오류에 빠질 수 있다.
14 하느님에 대한 사랑.
15 지상의 선.

창조물은 창조주의 일과 거스르게 된다.   102

따라서 사랑은 너희에게 온갖 덕성도
심어 주고, 벌받아 마땅한 모든 악습도
심어 준다는 것을 너는 알 수 있으리라.   105

그런데 사랑은 그 주체의 행복에서
절대로 눈을 돌리지 않기 때문에
모든 사물은 자신을 증오하지 않고,[16]   108

또 누구도 최초의 존재[17]에서 분리되어
스스로 존재한다고 생각할 수 없으므로
모든 피조물은 그분을 증오할 수 없다.   111

따라서 내가 잘 구별하여 판단한다면,
사람은 이웃의 불행을 사랑하고, 그 사랑은
너희 흙[18]에서 세 가지로 나타난다.[19]   114

어떤 사람은 이웃을 억누르기 위해
탁월해지길 바라고 단지 그런 욕심에
자신의 위대함을 떨어뜨리기도 한다.   117

어떤 사람은 권력과 혜택, 명예, 명성을

16 사랑하는 자, 즉 주체는 자신의 행복을 추구하기 때문에 자기 자신을 증오하지 않는다.
17 하느님.
18 하느님은 흙을 빚어 사람을 만들었다.(「창세기」 2장 7절)
19 뒤이어 타인의 불행을 바라는 세 가지 죄, 즉 교만, 질투, 분노에 사로잡힌 사람들을 설명
한다.

잃을까 두려워 다른 사람이 뛰어나면
슬퍼하여 그와 정반대를 사랑하고,　　　　　　　120

또 어떤 사람은 자기가 받은 부당함에
대해 복수하고 싶은 욕심에 사로잡혀
다른 사람의 불행을 가져오기도 한다.　　　　123

그런 세 가지 사랑은 이 아래에서[20]
벌받고 있으니, 이제 잘못된 방식으로
행복을 뒤쫓는 다른 사랑을 이해하여라.　　126

사람들은 모두 영혼을 평온하게 해주는
선[21]을 희미하게나마 깨닫고 원하며,
따라서 거기에 이르려고 각자 노력한다.　　129

만약 그분을 보고 거기 도달하려는 사랑이
너희에게 부족하면, 올바르게 참회한 다음
이 둘레[22]에서 그에 대해 속죄하게 된다.　　132

다른 선[23]은 인간을 행복하게 만들지 않아
행복이 아니며, 온갖 선의 열매이자
뿌리가 되는 훌륭한 본질[24]도 아니다.　　　135

20　지금까지 거쳐 온 세 개의 둘레에서.
21　하느님에 대한 사랑.
22　넷째 둘레를 가리킨다.
23　지상의 선.
24　천상의 선.

거기에 지나치게 몰입하는 사랑은
우리 위의 세 둘레[25]에서 속죄하는데,
어떻게 셋으로 나뉘었는지 말하지   138

않겠으니, 너 스스로 찾아보기 바란다.」

25 다섯째, 여섯째, 일곱째 둘레를 가리킨다.

제18곡

계속해서 베르길리우스는 단테에게 사랑의 본성에 대해 이야기하는데, 특히 자유 의지에 대해 설명한다. 한밤중이 되자 두 시인이 있는 곳 앞으로 나태의 죄를 지은 영혼들이 빠르게 달려가면서 죄를 씻는다. 그들 중에서 산제노의 수도원장이었던 영혼과 이야기를 하고, 단테는 잠에 빠진다.

높으신 스승님은 설명을 끝낸 다음
내가 만족해하는지 살피려는 듯
주의 깊게 내 얼굴을 바라보셨는데,   3

나는 아직도 새로운 갈증에 목말라
겉으로는 침묵했으나 속으로 말했다.
「지나친 질문으로 괴롭히는 모양이다.」   6

그러나 진정한 아버지는 펼치지 못한
내 소심한 욕망을 깨닫고 미리 말해
내가 털어놓고 말하도록 해주셨다.   9

그리하여 나는 말했다. 「스승님, 당신의 빛으로
제 식견이 생생해졌으니, 설명하거나
분석하신 것을 분명히 알겠습니다.   12

따라서 바라건대, 상냥하신 아버지,
모든 선행과 그 반대의 근원으로
보시는 그 사랑을 제게 설명해 주세요.」   15

그분은 말하셨다. 「지성의 날카로운 빛을
나에게 향하면, 자신을 인도하는 눈먼 이들의
오류[1]가 너에게 분명해질 것이다.   18

곧바로 사랑하도록 만들어진 마음은
즐거움에서 깨어나 행동하면 곧바로
좋아하는 모든 것을 향해 움직인단다.   21

너희들의 인식 능력은 실제의 대상에서
그 영상을 끌어내 너희 안에 펼쳐 놓고
그것에 마음이 향하도록 만든다.   24

만약 마음이 그것을 향해 이끌리면, 그
이끌림이 사랑이며 그것이 너희 안에서
즐거움으로 더 새로워지는 것이 본성이다.   27

그리고 마치 불이 자신의 질료 안에서
지속되는 데까지 올라가려는 선천적인
본질 때문에 높은 곳으로 치솟는 것처럼,   30

그렇게 사로잡힌 마음은 정신의 움직임인
열망 속으로 들어가니, 사랑의 대상이
기쁘게 해줄 때까지 결코 쉬지 못한다.   33

모든 사랑은 그 자체로 칭찬할 만하다고

1 〈그들은 눈먼 이들의 눈먼 인도자다. 눈먼 이가 눈먼 이를 인도하면 둘 다 구덩이에 빠질 것
이다.〉(「마태오 복음서」 15장 14절)

주장하는 사람들에게 진리는 얼마나
감추어져 있는지 이제 너는 알 것이니,   36

혹시 그 질료는 언제나 좋게 보일지
모르겠지만, 밀랍이 아무리 좋아도
모든 봉인이 다 좋은 것은 아니다.」   39

나는 대답했다. 「당신의 말씀과 뒤따르는
제 생각으로 사랑을 깨달았으나, 아직
저는 많은 의혹에 사로잡혀 있습니다.   42

만약 사랑은 밖에서 우리에게 주어지고,
영혼이 다른 다리로 가지 않는다면, 옳든
그르든 영혼의 잘못이 아니기 때문입니다.」   45

그러자 그분은 말하셨다. 「여기서 나는 단지 이성이
보는 것만 너에게 말해 줄 수 있고, 그 너머는
신앙의 작용이니 베아트리체를 기다려라.   48

질료와 구별되면서도 연결되어 있는
모든 실질적 형상²은 자체 안에
특수한 능력을 간직하고 있는데,   51

그것은 작용 없이는 지각되지 않고,
푸른 잎으로 식물의 생명이 드러나듯

2 육체와 구별되면서 동시에 육체와 연결되어 있는 영혼을 가리킨다.

단지 그 결과를 통해서만 입증된단다.　　　　　　　　　54

그러므로 기본적인 관념들의 이해나,
기본적인 욕망 대상에 대한 애정이
어디에서 오는지 사람들은 모르는데,　　　　　　　　57

그것은 벌들이 꿀을 만드는 본능처럼
너희들 안에 있으니, 그 최초 의지는
칭찬이나 비난의 대상이 되지 않는다.　　　　　　　　60

그런데 여기에 다른 의지도 일치하도록
너희들에게는 선천적인 능력이 있어서
충고하고 허용의 문턱을 지키기도 한다.　　　　　　　63

바로 그것이 좋은 사랑과 나쁜 사랑을
수용하고 걸러 냄에 따라, 너희들에게
잘잘못의 이유를 따지는[3] 원칙이다.　　　　　　　　66

그 밑바닥까지 추론하면서 탐구했던
사람들은 그 선천적 자유를 깨달았고,
그래서 이 세상에 도덕을 남겼단다.　　　　　　　　69

그러므로 너희들 안에서 불타는 모든
사랑이 비록 필연으로 발생하더라도
너희에게는 그것을 억제할 능력이 있다.　　　　　　72

3　칭찬을 받거나 비난을 받는.

그런 고귀한 힘을 가리켜 베아트리체는
자유 의지라 부르니, 만약 그것에 대해
너에게 말하거든 마음속에 잘 간직하라.」   75

거의 한밤중이 되도록 늦게 떠오른
달은 마치 불타는 양동이 모양으로[4]
우리에게 별들이 드물어 보이게 만들며,   78

로마에서 보면 사르데냐와 코르시카[5]
사이로 떨어지는 해가 불태우는 길을
따라 하늘을 거슬러[6] 달리고 있었다.   81

그리고 만토바 도시보다 피에톨라[7]를
더 유명하게 만든 상냥한 그림자는
내가 지고 있던 짐[8]을 내려 주었고,   84

그리하여 내 질문에 대해 분명하고
쉬운 설명을 거두어들인 나는 마치
졸면서 배회하는 사람처럼 서 있었다.   87

하지만 그 졸음은 벌써 우리의

---

4 지금은 연옥에서 둘째 날 밤이며 보름 후 닷새째 되는 날의 밤으로, 달은 점차 이지러지기 시
작하는 모양이고, 한밤중이 되기 전 대략 오후 10시경에 떠오른다.
5 사르데냐와 코르시카는 이탈리아반도 서쪽에 있는 커다란 두 개의 섬이다.
6 두 가지 해석이 가능한 구절이다. 하나는 달이 밤에 해와는 정반대의 길을 달리고 있다는 의
미로 볼 수도 있고, 다른 하나는 달은 날이 갈수록 뜨는 시간이 늦어지므로 마치 서쪽에서 동쪽으로
거슬러 가는 것으로 볼 수도 있다.
7 Pietola. 만토바 근처의 마을로 베르길리우스의 출생지이다.
8 의혹과 질문의 짐.

등 뒤까지 다가온 사람들로 인해
곧바로 나에게서 사라지고 말았다.   90

예전에 테바이 사람들이 바쿠스를
부를 때 밤에 이스메노스와 아소포스⁹
기슭을 따라 광란의 무리가 보였듯이,   93

내가 보기에는 그들도 좋은 의지와
올바른 사랑의 채찍질을 받은 말처럼
그 굽은 둘레를 달려오고 있었다.   96

그 수많은 무리가 모두 달려서 왔기
때문에 곧바로 우리 뒤에 이르렀는데,
앞에 선 두 사람이 울면서 소리쳤다.   99

「마리아는 서둘러 산중으로 달렸고,¹⁰
카이사르는 일레르다를 항복시키려고
마르세유를 공격하고 스페인으로 달렸네.」¹¹   102

뒤이어 다른 자들이 외쳤다. 「어서 서둘러라,
부족한 사랑 때문에 때를 놓치지 마라.

---

9 둘 다 그리스 보이오티아 지방의 강으로, 바쿠스를 섬기는 테바이 사람들이 강기슭을 따라 광란의 축제를 벌였다고 한다.

10 〈그 무렵에 마리아는 길을 떠나, 서둘러 유다 산악 지방에 있는 한 고을로 갔다. 그리고 즈카르야의 집에 들어가 엘리사벳에게 인사하였다.〉(「루카 복음서」 1장 39~40절)

11 카이사르는 브루투스에게 군대의 일부를 주어 포위하고 있던 마르세유를 공격하도록 맡긴 다음, 자신은 곧바로 스페인에서 폼페이우스를 공격하여 일레르다Ilerda(오늘날에는 레리다 Lerida)에서 대패시켰다.

18: 88~90
하지만 그 졸음은 벌써 우리의 등 뒤까지 다가온 사람들로 인해 곧바로 나에게서 사라지고 말았다.

선에 열심히 하면 은총이 되살아나리라.」　　　　　　　　105

「오, 아마도 선에 미지근했기 때문에
저지른 게으름과 망설임을 날카로운
열정으로 지금 보상하는 사람들이여,　　　　　　　　108

거짓말이 아니라, 살아 있는 이 사람은
태양이 다시 비치면 위로 올라가려 하니
통로가 어디에 있는지 말해 주시오.」　　　　　　　　111

나의 길잡이가 그렇게 말하시자, 그
영혼들 중 하나가 말했다. 「우리를
따라오면, 통로를 찾을 것이오.　　　　　　　　114

빨리 가려는 욕망에 가득하여 우리는
멈출 수가 없으니, 우리의 행동이
무례하게 보이더라도 용서해 주시오.　　　　　　　117

나는 아직도 밀라노에서 괴로운 심정으로
말하는 훌륭한 〈빨간 수염〉[12] 황제 시절
베로나의 산제노의 수도원장[13]이었소.　　　　　　120

벌써 한쪽 발을 무덤 속에 넣은 자[14]는

---

12   이탈리아어로 바르바로사Barbarossa. 호엔슈타우펜 왕가의 프리드리히 1세(1123~1190)
황제의 별명이다. 독일 왕이자 1152년에서 1190년까지 신성 로마 제국의 황제였던 그는 특히 이탈
리아를 손에 넣기 위해 무려 여섯 차례나 침입하였는데, 1162년에는 밀라노를 정복하여 파괴하
였다.
13   1187년에 사망한 베로나의 산제노San Zeno 수도원의 원장 게라르도Gherardo.

곧 그 수도원 때문에 통곡할 것이고,
거기서 휘두른 권력을 슬퍼할 것인데,   123

잘못 태어나 육신이 성하지 못하고
정신은 더욱 나쁜 자신의 아들을 그곳
진정한 목자의 자리에 앉혔기 때문이오.」   126

그리고 그는 벌써 우리를 지나갔으니
더 말을 했는지 침묵했는지 모르지만,
나는 그런 말을 듣고 마음에 들었다.   129

필요할 때마다 나를 도와주는 분이
말하셨다. 「이쪽으로 와서, 게으름을
물어뜯으며 오는 저 두 사람을 보라.」   132

둘은 모두의 뒤에서 소리쳤다. 「바다가
눈앞에서 열렸던 사람들15은 요르단이
자기 후손을 보기 전에 이미 죽었노라.」   135

그리고 외쳤다. 「안키세스의 아들과 함께
끝까지 시련을 겪지 않은 사람들16은

14 베로나의 영주 알베르토 델라 스칼라Alberto della Scala로 1301년에 사망하였다. 그는
1292년 자신의 서자로 불구였던 주세페를 산제노의 수도원장으로 앉혔다. 모세의 율법에 의하면
불구자는 사제가 될 수 없다.(「레위기」21장 17절 이하 참조)
15 이스라엘 사람들. 이집트에서 도망칠 때 홍해가 갈라져 목숨을 구했던 그들은 나중에 모세
의 가르침을 따르지 않았기 때문에, 요르단강 변의 〈젖과 꿀이 흐르는 땅〉에 이르기 전에 모두 죽었
다.(「여호수아기」5장 6절 참조)
16 트로이아에서 탈출한 사람들 중에서 일부는 아이네이스(「지옥」1곡 74~75행 참조)와 함
께 끝까지 고생을 하지 않고 시칠리아섬에 남았다.(『아이네이스』5권 700행 이하 참조)

영광 없는 삶에 자신을 바쳤노라.」   138

그 그림자들이 우리에게서 멀어져
더 이상 보이지 않게 되었을 때, 내
마음속에는 새로운 생각이 떠올랐고   141

또 거기서 다른 여러 생각이 생겼으니,
나는 이런 생각에서 저런 생각으로
방황했고 방황 속에서 눈을 감았는데,   144

그런 생각들이 꿈으로 바뀌었다.

제19곡

새벽녘 꿈에 단테는 죄의 유혹을 암시하는 세이렌을 본다. 잠에서 깨어난 단테는 베르길리우스와 함께 다섯째 둘레로 올라간다. 그곳에는 탐욕으로 인색했던 영혼들이 땅바닥에 엎드려 속죄하고 있다. 그중에서 단테는 교황 하드리아누스의 영혼과 이야기를 나눈다.

한낮의 열기가, 땅의 냉기나 때로는
토성에 의해 식어서¹ 달의 차가움을
더 이상 따뜻하게 만들지 못할 무렵,   3

그리고 땅점 점쟁이들²이 새벽 전에
동쪽의 어슴푸레한 길로 솟아오르는
〈최고의 운수〉³를 보게 될 무렵,   6

내 꿈에 어떤 여자가 나타났는데,
말더듬이에 사팔뜨기 눈, 뒤틀린 다리,
끊어진 두 손에 창백한 모습이었다.⁴   9

---

1 중세의 관념에 의하면 낮에 태양에 의해 따뜻해진 지구의 열기는 땅 자체의 냉기에 의해 식어 새벽녘에는 완전히 없어진다고 생각하였다. 그리고 토성은 원래 차가운데, 특히 지평선 상에 있을 때에는 지구의 열기를 식힌다고 믿었다.
2 땅바닥에 특히 별자리에 해당하는 점들을 그려 놓고 서로 연결하여 그 모습을 보고 점을 치는 사람들이다.
3 물병자리와 물고기자리가 결합하여 형성된다고 한다. 이 별들이 동녘에 나타나는 것은 대략 해 뜨기 2시간 전이다.
4 뒤에서 나오듯이(19~24행) 세이렌으로 〈사악한 쾌락의 원인〉(제17곡 99행)이 되는 유혹의 상징이다. 연옥의 다섯째, 여섯째, 일곱째 둘레에서 벌받는 세 가지 죄(인색, 탐식, 음욕)로 유혹한다. 그런 유혹은 실제로는 매우 추한 모습이지만, 일단 거기에 사로잡히게 되면 아름답게 보인다고 한다(10~15행).

내가 그녀를 바라보자, 마치 태양이
밤에 언 차가운 사지를 녹여 주듯이
내 시선은 그녀의 혀를 풀어 주었고,   12

잠깐 사이에 그녀가 똑바로 일어서게
만들었으며, 창백하던 얼굴은 발그스레
물들어 사랑스럽게 보일 정도였다.   15

일단 자유롭게 말할 수 있게 되자
노래를 부르기 시작하였는데, 나는
그녀에게서 관심을 돌리기 힘들었다.   18

그녀는 노래했다. 「나는 달콤한 세이렌,
나는 듣기 좋은 즐거움으로 넘치니,
바다 한가운데서 뱃사람들을 홀리노라.   21

울릭세스를 방랑의 길에서 내 노래로
향하게 했고,⁵ 나와 함께 지내는 자는
흠뻑 취하게 하니 다시 떠나지 못하지!」   24

아직 그녀의 입이 채 닫히기도 전에
내 곁에 성스럽고 재빠른 여인⁶이
나타났고 그녀를 어지럽게 만들었다.   27

5   울릭세스를 유혹하여 붙잡아 뒀던 것은 세이렌이 아니라 키르케였다.(「지옥」26곡 91~93행)
『오디세이아』에서 그는 세이렌의 유혹에 대비하여 미리 선원들의 귀를 밀랍으로 막고 자신은 배의
돛대에 묶여 있음으로써 유혹에서 벗어났다고 한다.
6   그녀가 누구인지 분명하지는 않으나 하느님의 은혜의 상징인 루치아, 또는 이성이나 양심,
또는 철학이나 진리를 상징한다고 해석된다.

「오, 베르길리우스여, 이게 누구인가?」
그 여인이 단호하게 말하자, 스승님은
그 진지한 여인만을 응시하면서 왔다.   30

여인은 그녀를 붙잡아 옷 앞자락을
찢어 젖히고 나에게 배를 보여 주었는데,
거기서 나오는 악취에 나는 잠이 깼다.   33

나는 눈을 돌렸고 착한 스승님이 말하셨다.
「적어도 세 번은 너를 불렀노라. 어서
일어나 오너라. 들어갈 입구를 찾아보자.」   36

나는 벌떡 일어났고, 성스러운 산의 모든
둘레는 벌써 높은 햇살로 가득하였으니,
우리는 새로운 태양[7]을 등지고 걸어갔다.[8]   39

나는 고개를 숙이고 그분을 뒤따랐는데,
생각의 짐을 지고 있어서 활꼴 다리의
중간처럼 몸을 구부린 사람과 같았는데,   42

그때 썩어 없어질 이승에서 들을 수 없는
달콤하고 너그러운 목소리로 〈오너라,
이곳이 통로다〉 말하는 소리를 들었다.   45

그렇게 말한 분[9]은 백조의 깃 같은

7 연옥에서 셋째 날의 태양이다.
8 그러니까 연옥 산의 북쪽을 지나 서쪽을 바라보며 걸어가고 있다.

날개를 활짝 편 채, 단단한 두 암벽
사이로 우리를 올라오게 하시더니,   48

깃털을 움직여서 우리를 부쳐 주었다.[10]
또 〈슬퍼하는 사람들〉[11]은 그들의 영혼이
위로받을 것이므로 행복하다고 말했다.   51

「무슨 일로 너는 땅바닥만 바라보느냐?」
우리 둘이 천사를 지나 약간 올라가자
길잡이께서 나에게 말을 시작하셨다.   54

나는 말했다. 「저를 잡아끄는 새로운 환상이
수많은 의혹과 함께 가도록 만드니,
그 생각을 떨쳐 버릴 수가 없습니다.」   57

그분은 말하셨다. 「너는 이 위에서 울게 만드는[12]
그 늙은[13] 요부를 보았고, 사람들이
어떻게 거기서 벗어나는지 본 것이다.   60

이제 충분하니, 발뒤꿈치로 땅을 박차고
영원한 왕께서 거대한 바퀴들과 함께
돌리시는[14] 말씀에게로 네 눈을 향하라.」   63

9   다섯째 둘레의 입구를 지키는 천사이다.
10 단테의 이마에 있는 네 번째 P 자를 지워 준다.
11 원문에는 라틴어 *Qui lugent*로 되어 있다. 〈행복하여라, 슬퍼하는 사람들! 그들은 위로를
받을 것이다.〉(「마태오 복음서」 5장 4절)
12 연옥 상부의 세 둘레에서는 사악한 쾌락의 유혹에 빠진 죄 때문에 속죄하고 있다.
13 사악한 쾌락의 유혹은 태초부터 있었기 때문에 나이를 많이 먹었다는 뜻이다.

19: 52~54
「무슨 일로 너는 땅바닥만 바라보느냐?」 우리 둘이 천사를 지나 약간 올라가자 길잡이께서 나에게 말을 시작하셨다.

처음에는 발끝만 쳐다보던 매가
부르는 소리에 몸을 돌려 욕심이
나는 먹이를 향해 몸을 뻗치듯이   66

나도 그랬으니, 위로 올라가는 자에게
길이 되도록 갈라진 암벽을 통하여
다음 둘레가 시작되는 곳까지 갔다.   69

다섯째 둘레로 들어서자 나는 그곳
사람들이 모두 얼굴을 땅에 대고
엎드려서 울고 있는 것을 보았다.   72

「내 영혼이 땅바닥에 붙었습니다.」[15]
그들은 너무나도 큰 한숨과 함께
말했기에 말을 알아듣기 힘들었다.   75

「정의와 희망[16]이 고통을 덜어 주는,
오, 하느님께 선택받은 사람들이여,
우리에게 위로 오를 길을 가르쳐 주오.」   78

「그대들이 엎드리는 형벌 없이 와서
더 빠른 길을 찾고자 한다면, 언제나

---

14 하느님이 천국의 하늘들을 돌리고 있는.

15 원문에는 라틴어 *Adhaesit pavimento anima mea*로 되어 있다. 〈정녕 저희 영혼은 먼지 속에 쓰러져 있으며, 저희 배는 땅바닥에 붙어 있습니다.〉(「시편」44편 26절)

16 자신들의 죄에 대해 정당하게 벌받고 있다는 생각과, 천국에 오를 수 있다는 희망을 가리킨다.

그대들의 오른쪽을 밖으로 하시오.」[17]   81

시인께서 부탁하시자 바로 우리 앞에서
그런 대답이 들려왔기에, 그 말소리에
나는 숨어 있던[18] 다른 자를 알아보았고,   84

그래서 안내자의 눈을 바라보았는데,
그분은 가벼운 눈짓으로 내 욕망의
시선이 원하는 것[19]을 허락해 주었다.   87

내 마음대로 할 수 있게 된 나는
조금 전의 말로 내 관심을 끌었던
그 영혼 곁으로 다가가서 말했다.   90

「하느님께 돌아가는 데 필요한 것[20]을
눈물로 무르익게 하는 영혼이여, 잠시
나를 위해 그 중대한 일을 멈추어 주오.   93

그대는 누구이며, 왜 등을 위로 향하고
있는지, 내가 살아서 떠나온 저곳에서
그대에게 해주기 원하는 것을 말해 주오.」   96

---

17 이 구절의 뜻은 분명하지 않다. 시인들은 연옥의 산을 오른쪽으로 돌면서 올라가고 있기 때
문에 오른쪽은 언제나 바깥을 향하고 있다. 오른쪽은 올바름과 좋은 방향을 상징하기 때문에, 올바
른 마음을 탐욕의 유혹에서 멀리 하라는 뜻으로 해석하기도 한다.
18 영혼들은 모두 땅바닥에 엎드려 있기 때문에 얼굴이 보이지 않는다는 뜻이다.
19 방금 대답한 영혼과 이야기하고 싶은 욕망이다.
20 형벌로써 죄를 씻는 것. 원문에는 〈그것 없이는 하느님께 돌아갈 수 없는〉으로 되어 있다.

그는 나에게 말했다. 「무엇 때문에 우리의 등을
하늘로 향하고 있는지 그대는 알겠지만,
먼저 내가 베드로의 후계자[21]였음을 아시오.   99

세스트리와 키아바리[22] 사이로 멋진
시냇물이 하나 흐르는데, 그 이름으로
내 가문은 최대의 장식을 하고 있지요.[23]   102

흙탕물을 조심하는 자에게 큰 망토[24]가
얼마나 무거운지 나는 한 달 남짓 동안
겪었으니 다른 짐은 모두 깃털 같지요.   105

나의 회개는, 아하! 이미 늦었지만,
로마의 목자가 된 다음에야 나는
인생이 헛된 것임을 깨달았답니다.   108

거기서도[25] 마음은 편안해지지 않았고
그 삶에서 더 이상 오를 수 없었기에,
이런 사랑[26]이 내 마음속에 불붙었지요.   111

---

21 교황을 가리킨다.(「지옥」2곡 22~24행) 그는 하드리아누스 5세로 속명은 오토부오노 피에
스키이고 제노바 출신이었다. 1276년 7월 교황으로 선출되었으나, 불과 38일 만에 사망하였다. 그
가 인색의 죄를 지었다는 데 대해서는 어떤 자료도 남아 있지 않다.
22 세스트리Sestri와 키아바리Chiavari는 둘 다 제노바 근처에 있는 소읍이다.
23 시내의 이름은 라바냐Lavagna이고, 그의 가문은 콘티 디 라바냐Conti di Lavagna로 불리
기도 하였다.
24 교황의 복장.
25 교황의 지위에 올랐어도.
26 지상의 재물에 대한 사랑.

그때까지도 나는 하느님에게서 떨어져
비참하고 온통 탐욕스러운 영혼이었기에,
그대 보다시피, 지금 여기서 벌받고 있소.   114

탐욕이 무슨 짓을 하는지, 여기 회개한
영혼들의 죄 씻음에서 분명히 드러나니,
이 산에서 이보다 더 쓰라린 형벌은 없소.   117

우리의 눈은 위로 향할 줄을 모르고
지상의 재물에 고정되었으니, 여기서
정의는 눈을 땅으로 향하게 만들지요.   120

탐욕이 모든 선에 대한 우리의 사랑을
꺼뜨려 우리의 선행을 방해하였듯이,
여기서 정의는 우리의 손과 발을 묶어   123

꼼짝하지 못하게 움켜쥐고 있으니,
정의로우신 주님의 마음에 들 때까지
우리는 꼼짝 않고 엎드려 있을 것이오.」   126

나는 무릎을 꿇고 말하려고 했으나,
말을 꺼내자 그는 듣기만 했는데도
나의 존경하는 마음을 깨닫고 말했다.   129

「무슨 이유로 그렇게 몸을 숙이시오?」
나는 그에게 말했다. 「그대의 권위 앞에 곧게
서 있는 것이 제 양심을 찔렀습니다.」   132

그는 대답했다. 「형제여, 다리를 펴고
일어나오. 우리는 다른 사람들과 함께
한 권능 밑에 똑같으니, 실수하지 마오.   135

〈결혼하지 않을 것이다〉²⁷라고 말씀하신
그 성스러운 복음 말씀을 이해한다면,
내가 이렇게 말하는 이유를 알 것이오.   138

이제 가시오, 더 붙잡고 싶지 않으니.
그대 말대로 눈물로써 무르익는 것을
그대의 머무름이 방해하기 때문이오.   141

저기²⁸에 알라자²⁹라는 조카가 있는데,
우리 집안에 그녀에게 나쁜 본보기를
보여 주지 않는다면 원래 착한 아이지요.   144

단지 그녀만 저곳에 남아 있답니다.」

---

27 원문에는 라틴어 *Neque nubent*로 되어 있다. 〈시집가지 않을 것이다〉라는 뜻으로, 「마태오
복음서」 22장 30절(〈부활 때에는 장가드는 일도 시집가는 일도 없이 하늘에 있는 천사들과 같아진
다〉)에 나오는 표현이다. 죽은 뒤에는 이승의 신분이나 지위와 상관없이 모두 평등하다는 뜻이다.
28 산 자들의 세상.
29 Alagia. 루니자나 사람 모로엘로 말라스피나의 아내가 되었다. 단테는 망명 중에 루니자나
에 갔을 때 말라스피나의 집에 머문 적이 있다.

19: 133~135
형제여, 다리를 펴고 일어나오. 우리는 다른 사람들과 함께 한 권능 밑에 똑같으니, 실수하지 마오.

제20곡

인색의 죄인들 중에서 한 영혼이 가난함과 너그러움의 예들을 노래한다. 그는 프랑스 왕가의 조상 위그 카페의 영혼으로 자기 후손인 프랑스 왕들의 부패와 타락에 대하여 한탄한다. 두 시인은 계속해서 앞으로 나아가는데, 갑자기 천지가 진동하는 소리가 들리고 하느님의 영광을 찬양하는 노래가 들려온다.

의지는 더 큰 의지와 싸우기 어려우니,¹
그의 기쁨을 위해 내 기쁨을 꺾었고
가득 차지 못한 해면을 물에서 꺼냈다.   3

나는 걸음을 옮겼고 스승님은 마치
벽에 바짝 붙어 성벽 위를 가는 것처럼
암벽을 따라 비어 있는 곳²으로 걸었는데,   6

온 세상을 점령하고 있는 악을 눈에서
방울방울 떨어뜨리는 사람들이 너무
바깥쪽에 가까이 있었기 때문이었다.   9

늙어 빠진 암늑대³야, 저주받아라.
끝없이 탐욕스러운 너의 굶주림으로
다른 모든 짐승보다 약탈이 심하구나.   12

1 단테는 교황 하드리아누스와 더 대화를 나누고 싶었으나, 대화보다 죄를 씻으려는 교황의 의지가 더 강하므로 거기에 거스르기 어렵다는 뜻이다.
2 엎드려 속죄하는 영혼들이 없는 곳으로.
3 탐욕과 무절제의 상징이다.(「지옥」1곡 49행 참조)

오, 하늘이시여, 그대의 회전에 따라
이 아래의 상황이 바뀐다고 믿는데,
이놈을 쫓아낼 자⁴는 언제 올 것인가?   15

우리는 느리고 더딘 걸음으로 걸었고,
나는 그림자들이 애처로울 정도로
울고 탄식하는 소리를 듣고 있다가   18

우연하게도 〈인자하신 마리아여〉 하고
우리 앞에서 마치 해산 중의 여인처럼
눈물 속에서 부르는 소리를 들었는데,   21

계속해서 이어졌다. 「당신이 얼마나
가난했는지 당신의 거룩하신 아기를
눕히신 그 거처로 알 수 있습니다.」⁵   24

뒤이어 들렸다. 「오, 착한 파브리키우스,⁶
부당하게 큰 재물을 소유하는 것보다
가난하지만 차라리 덕성을 원했구나.」   27

그 말들은 무척 내 마음에 들었기에,
나는 그런 말을 한 영혼을 알고 싶은

---

4 암늑대를 사냥할 사냥개.(「지옥」 1곡 111행 참조)
5 마구간에서 예수를 해산한 성모 마리아의 청빈함을 찬양한다.
6 카이우스 파브리키우스 루스키누스Caius Fabricius Luscinus. 기원전 282년 로마의 집정관
을 지냈는데, 성품이 매우 청렴하고 결백하여 재임 당시 여러 전쟁에서 포로들의 몸값을 협상하는
과정에서 뇌물을 거절하였다. 그가 사망했을 때에는 너무나도 가난하여 나라의 공금으로 장례식을
치렀다고 한다.

20: 16~18

우리는 느리고 더딘 걸음으로 걸었고, 나는 그림자들이 애처로울 정도로 울고 탄식하는 소리를 듣고 있다가

마음에 몸을 앞으로 바싹 내밀었다. 30

이어서 그는 니콜라우스[7]가 처녀들에게
젊은 시절을 명예롭게 살아가게 해준
너그러운 마음에 대하여 이야기하였다. 33

나는 말했다. 「좋은 이야기들을 하는 영혼이여,
그대는 누구인지, 또한 왜 그대 혼자
그 합당한 칭찬들을 하는지 말해 주오. 36

종말을 향해 날아가는 저곳 삶[8]의 짧은
노정을 마저 채우러 내가 돌아가면
그대의 말에 보상이 없지 않으리다.」[9] 39

그러자 그는 말했다. 「내가 그대에게 말하는 것은,
그곳에서 기대하는 위안 때문이 아니라,
죽기 전에 그대에게 비추는 은총 때문이오. 42

나는 그리스도인의 땅에 온통 그림자를
드리우고, 따라서 훌륭한 열매를 따기
어려운 사악한 나무의 뿌리[10]였지요. 45

7 이탈리아 남동부 도시 바리의 수호성인 성 니콜라우스Nicolaus(270~343)를 가리킨다. 전설에 의하면 어떤 사람이 너무 가난하여 세 딸을 팔려고 하자, 그가 밤에 몰래 창문으로 세 처녀에게 지참금을 넣어 주었다고 한다. 바리에서는 성 니콜라우스가 바로 산타클로스라고 주장한다.
8 이승에서의 삶.
9 산 자들의 세상에 돌아가면 그대를 위해 기도하겠다는 뜻이다.
10 프랑스 카페Capet 왕가의 조상이 되는 위그Hugues 카페를 가리키는데, 그는 프랑스와 부르고뉴의 공작이며 파리의 백작이었다. 987년 카롤링거 왕가의 루이 5세가 후손 없이 사망하자 그의 둘째 아들로 이름이 동일한 위그 카페가 프랑스 왕으로 선출되면서 왕가의 기틀이 되었다. 카페

하지만 두에, 릴, 겐트, 브뤼허[11]가 곧
그에 대해 복수할 수 있기를[12] 나는
모든 것을 판단하는 분[13]께 기도한다오.   48

거기에서 나는 위그 카페라 불렸고,
요즘 프랑스를 다스리는 필리프들과
루이들[14]은 모두 나에게서 태어났지요.   51

나는 파리의 어느 백정의 아들[15]이었고,
옛 왕가[16]의 왕들이 모두 죽고 잿빛
옷을 입은 한 사람[17]만 남았을 때,   54

내 손아귀에 왕국을 다스릴 고삐와
새로 획득하게 될 커다란 권력과
많은 추종자들을 장악하게 되었고,   57

왕가는 14세기에는 프랑스와 스페인, 나폴리 왕국을 지배하였다.

11 Douai, Lille, Ghent, Brugge. 모두 플랑드르 지방의 도시들로 여기에서는 플랑드르 전체를
가리킨다.

12 1299년 카페 왕가의 필리프 4세는 플랑드르 지방을 강제로 점령하였는데, 이에 대한 복수
를 가리킨다. 실제로 1302년 쿠르트레 전투에서 플랑드르 사람들이 승리하여 프랑스 사람들을 쫓
아냄으로써 복수를 하게 된다.

13 하느님.

14 1060년에서 1310년 사이에 프랑스는 카페 왕가의 필리프 1세, 2세, 3세, 4세와 루이 6세,
7세, 8세, 9세에 의해 통치되었다.

15 여기에서 단테는 아버지 위그 공작과 프랑스 왕 위그 카페를 혼동하는 것 같다. 속설에 의
하면 위그 공작은 백정의 아들이었다고 하지만 분명하지 않다.

16 카롤링거 왕가.

17 수도자가 된 사람을 가리키는데, 그가 누구인지는 분명하지 않다. 루이 5세의 사망 후 카롤
링거 왕가의 유일한 사람으로 그의 숙부인 로렌의 공작 샤를이 있었지만, 그 역시 위그 카페에 의해
감옥에 갇혀 사망하였다.

그리하여 임자 없이 외로운 왕관은
내 아들의 머리에 씌워졌고, 거기서
축성받은 뼈들[18]이 시작되었지요.   60

프로방스의 엄청난 지참금이 나의
혈족에게 부끄러움을 빼앗기 전에는[19]
보잘것없었지만 사악하지는 않았는데,   63

그때부터 무력과 속임수로 약탈을
시작했고, 그것을 보상하듯 퐁티외,[20]
노르망디, 가스코뉴를 차지했답니다.   66

카를로[21]는 이탈리아로 왔고, 그것을
보상하듯 코라디노[22]를 희생자로 삼았고
또한 토마스[23]를 천국으로 가게 하였소.   69

18 위그 카페 왕 이후의 프랑스 왕들.
19 1246년 카를로 단조 1세(「지옥」 19곡 98행 참조)는 프로방스 백작 레몽 4세의 상속녀 딸 베아트리스와 결혼하였고, 그 결과 프로방스는 프랑스 왕가에 속하게 되었다.
20 퐁티외Ponthieu 백작령.
21 카를로 단조 1세는 프랑스 왕 루이 9세의 형제로 1266년 나폴리 왕국을 정복하기 위해 이탈리아로 침입하였다.
22 Corradino(1252~1268). 시칠리아 왕이자 신성 로마 제국 황제였던 페데리코 2세의 손자 코라도(독일어 이름은 콘라트Konrad) 5세(코라디노는 코라도의 애칭으로 어린 나이에 왕위에 올랐기 때문에 그렇게 불렀다). 그는 카를로 단조 1세에 대항하여 나폴리와 시칠리아 왕국을 되찾으려다 포로가 되어 16세의 나이로 살해되었다. 그의 죽음으로 호엔슈타우펜 왕가도 실질적으로 막을 내리게 되었다.
23 이탈리아 출신의 뛰어난 스콜라 학자 성 토마스 아퀴나스Thomas Aquinas(1226~1274)를 가리킨다.(「천국」 10곡 99행 이하 참조) 당시의 소문에 의하면 그는 1274년 리옹의 공의회에 참석하기 위해 나폴리를 떠났고, 카를로 단조 1세는 자신의 비행을 고발할까 두려워서 그를 로마 근처의 포사누오바에서 독살하였다고 한다.

내가 보기에는 지금부터 머지않아

또 다른 샤를²⁴이 프랑스에서 나와

자신과 자기 혈족을 알게 할 것이오.   72

그는 무기도 없이 나와 단지 유다가

갖고 장난하던 창²⁵만으로 찔러서

피렌체의 배가 터지게 만들 것이오.   75

그렇다고 땅을 얻지도 못하고 죄와

오명만 얻을 것인데, 그것은 가볍게

여길수록 자신에게 더 무거울 것이오.   78

전에 배에 붙잡혔다 나온 다른 놈²⁶은

해적들이 여자를 노예로 사고팔듯이

자기 딸을 팔고 흥정하는 것이 보인다오.   81

오, 탐욕이여, 너에게 사로잡힌 내 핏줄이

자신의 살붙이도 돌보지 않는 마당에

너는 더 이상 무엇을 할 수 있는가?   84

과거와 미래의 악이 작아 보이도록,²⁷

---

24 필리프 4세의 동생인 발루아의 샤를을 가리킨다. 그는 교황 보니파키우스 8세에 의해 피렌체 정쟁의 조정자로 파견되었으나, 궬피 흑당이 백당을 몰아내고 정권을 장악하게 도와주었다. 그 희생자 중에는 단테도 포함되어 있었다.

25 예수 그리스도를 팔아먹은 유다 이스카리옷의 배신을 가리킨다.

26 카를로 단조 1세의 아들 카를로 2세. 그는 1284년 아라곤의 함대와 나폴리 만에서 싸우다가 패배하여 붙잡힌 적이 있었다. 소문에 의하면 그는 1305년 페라라의 데스테 가문의 아초 8세와 자신의 딸 베아트리스가 결혼하는 대가로 막대한 금전적 이익을 챙겼다고 한다.

27 지금까지 열거한 모든 죄악보다 더 큰 죄악을 저지를 것이라고 암시한다. 즉 교황을 학대함

백합[28]이 알라냐에 들어와 그리스도가

대리자의 몸으로 붙잡히는 것이 보인다오.[29]   87

그분이 또다시 조롱당하시고, 식초와

쓸개[30]를 맛보시고, 살아 있는 도둑들[31]

사이에서 죽임당하시는 것이 보이는군요.   90

너무 잔인한 새로운 빌라도는 거기에

만족하지 않고 법도 없이 성전 안에

탐욕의 돛을 펼치는 것이 보이는군요.[32]   93

오, 나의 주여, 당신의 비밀 속에

감추어진 분노를 풀어 주는 복수를

제가 언제 즐겁게 볼 수 있을까요?   96

내가 성령의 그 유일한 신부[33]에 대해

으로써 예수를 모독하는 것과 같은 대죄를 저지를 것이라는 예언이다.

28 백합꽃은 프랑스 왕가의 문장(紋章)이었다.

29 필리프 4세와 보니파키우스 8세 사이의 갈등이 오래 계속되던 중 1303년 4월 성직자에 대한 과세 문제로 필리프 4세가 파문당하였다. 이에 대해 프랑스 왕은 교황의 폐위를 도모하여 기욤 드 노가레와 쉬아라 콜론나를 보냈고, 그들은 로마 근처의 소읍 알라냐Alagna(현대 이탈리아어로는 아나니Anagni로 보니파키우스 8세의 고향이다)에서 교황을 3일 동안 붙잡아 가두었다. 그 와중에서 교황은 뺨까지 맞았다고 한다. 교황은 그리스도의 대리인이므로, 그 사건은 그리스도에 대한 모독과 동일시되고 있다. 그 치욕적인 사건의 여파 때문인지 보니파키우스 8세는 한 달 뒤에 사망하였다.

30 〈그들이 쓸개즙을 섞은 포도주를 예수님께 마시라고 건넸지만, 그분께서는 맛을 보시고서는 마시려고 하지 않으셨다.〉(「마태오 복음서」 27절 34절)

31 교황을 사로잡은 기욤 드 노가레와 쉬아라 콜론나를 가리킨다.

32 필리프 4세(〈새로운 빌라도〉)는 새로운 교황 클레멘스 5세의 결정을 기다리지도 않고(〈법도 없이〉), 제1차 십자군 원정 때 만들어진 〈성전 기사단〉을 1312년경 강제로 해산시키고 그 재산을 압수하였다.

33 성령으로 그리스도를 잉태한 성모 마리아.

말한 것, 그대가 어떤 설명을 듣고자

나에게 몸을 돌리게 했던 그 말³⁴은   99

낮 동안에는 우리의 모든 기도에 대한

대답이지만, 밤이 되면 우리는 그와

정반대되는 소리를 듣게 된답니다.³⁵   102

그러면 우리는 반복해서 되새기지요.

황금에 눈이 멀어 배신자에다 도둑,

친족 살해자가 된 피그말리온³⁶과,   105

게걸스러운 자기 욕심만 뒤따르다가

영원한 웃음거리가 된 탐욕스러운

미다스³⁷의 초라함을 기억하지요.   108

또한 봉헌물을 훔친 어리석은 아칸³⁸을

모두 기억하니, 마치 여호수아의 분노가

여기에서 아직도 그를 물고 있는 듯하고,   111

또한 사피라와 그녀의 남편³⁹을 비난하고,

헬리오도로스를 찼던 발굽[40]을 찬양하며,
폴리도로스를 죽인 폴리메스토르[41]의   114

오명이 산[42] 전체를 돌도록 되새기고,
마지막으로 외치지요. 〈크라수스[43]야,
말해 보아라, 황금이 무슨 맛이더냐?〉   117

때로는 강렬하게 또 때로는 약하게
감정이 우리에게 박차를 가함에 따라
하나는 크게 하나는 낮게 말한답니다.   120

그러니 조금 전 나는 낮에 말하는 선을
혼자 말한 것이 아니라, 근처의 다른
사람이 목소리를 높이지 않았을 뿐이오.」   123

우리는 이미 그에게서 떠났고, 힘이

---

39   사도들을 속이고 재산을 빼돌린 하나니아스와 그의 아내 사피라를 가리킨다. 〈하나니아스라는 사람이 자기 아내 사피라와 함께 재산을 팔았는데, 아내의 동의 아래, 판 값의 일부를 떼어 놓고 나머지만 가져다가 사도들의 발 앞에 놓았다.〉(「사도행전」 5장 1~2절)

40   헬리오도로스는 시리아의 왕 셀레우코스의 명령에 따라 예루살렘의 성전에 있는 돈을 몰수하러 들어갔는데, 갑자기 무시무시한 기사를 태운 말이 나타나 앞발을 쳐들고 그에게 달려들었다.(「마카베오기 하권」 3장 1~25절 참조)

41   트라키아 왕 폴리메스토르는 트로이아 왕 프리아모스가 맡긴 아들 폴리도로스를 죽여 재산을 빼앗고 그 시체를 바다에 버렸다. 프리아모스의 왕비 헤카베는 바다에서 아들의 시체를 발견하였고(「지옥」 30곡 16~21행 참조), 나중에 폴리메스토르에게 접근하여 그의 두 눈을 빼어 죽임으로써 복수하였다.(『변신 이야기』 13권 429행 이하 참조)

42   연옥의 산이다.

43   Marcus Licinius Crassus(B.C. 112?~B.C. 53). 카이사르, 폼페이우스와 함께 로마의 삼두 정치를 이끌었던 인물로 매우 부유하고 욕심이 많기로 유명하였다. 그가 파르티아인들과의 싸움에서 패배하여 목이 잘렸을 때, 파르티아 왕은 잘린 머리의 입 안에 황금 녹인 물을 부어 넣으면서 〈아직도 황금에 목마르거든 마셔라〉 하고 말했다고 한다.

우리에게 허용하는 데까지 많은 길을
가려고 무척이나 서두르고 있었는데,   126

나는 무엇이 떨어지듯 산이 떨리는 것을
느꼈으며, 마치 죽음 앞에 나서는
사람처럼 차갑게 얼어붙어 버렸는데,   129

하늘의 두 눈알⁴⁴을 해산하기 위하여
레토가 그 안에 둥지를 만들기 전의
델로스도 그렇게 흔들리지 않았으리라.   132

그리고 사방에서 함성이 시작되었고,
스승님은 나에게 가까이 와서 말하셨다.
「내가 안내하는 동안 두려워 마라.」   135

「하늘 높은 곳에는 하느님께 영광.」⁴⁵
가까이 있는 자에게서 들으니 그렇게
외쳤고, 나는 함성을 이해할 수 있었다.   138

그 노래를 처음 들었던 목동들처럼,
노래가 끝나고 떨림이 멈출 때까지
우리는 꼼짝하지 않고 멈춰 있었다.   141

44 해와 달, 즉 아폴로와 디아나를 가리킨다. 그들 쌍둥이 남매의 어머니 레토는 유피테르의
사랑을 받았으나 유노의 질투로 떠돌다가 델로스섬에 이르렀고, 거기에서 남매를 낳았다. 원래 델
로스섬은 떠도는 섬이었으나, 그 후에는 더 이상 떠돌지 않게 되었다고 한다.(『변신 이야기』 6권
189행 이하 참조)
45 원문에는 라틴어 *Gloria in excelsis Deo*로 되어 있다. 「루카 복음서」 2장 14절에 나오는
표현으로, 그리스도가 탄생하였을 때 천사들이 불렀던 노래이다

그리고 벌써 땅바닥에 엎드려 또다시
전처럼 통곡하는 영혼들을 바라보며
우리는 성스러운 길을 다시 걸었다.   144

이에 대한 내 기억이 틀리지 않다면,
어떤 모르는 일도 그때 내가 생각하며
품고 있던 것만큼 강렬하게 알고 싶은   147

욕망을 나에게 불러일으킨 적이 없었지만,
서두름 때문에 감히 물어보지도 못했고,
또 거기서는 아무것도 볼 수 없었기에   150

나는 소심하게 생각에 잠겨 걸었다.

제21곡

두 시인은 로마 시대의 시인 스타티우스의 영혼을 만나는데, 그는 이제 죄를 완전히 씻고 천국으로 올라가는 중이다. 스타티우스는 연옥 산의 속성과 조금 전에 있었던 지진과 함성의 원인에 대해 설명한다. 그리고 함께 있는 사람이 존경하던 베르길리우스임을 알고 기뻐한다.

사마리아의 여인이 얻고자 청하였던
물[1]이 아니라면 결코 채워지지 않을
자연스러운 갈증[2]은 나를 괴롭혔고,　　　　　　　　　　　　3

길잡이를 뒤따라 거추장스러운[3] 길을
가야 하는 조급함은 나를 재촉하였고,
정의로운 복수[4]는 나를 위로해 주었다.　　　　　　　　　6

그런데 루카가 기록하였듯이, 일찍이
무덤 동굴에서 부활하신 그리스도께서
길 가던 두 사람에게 나타나신 것처럼,[5]　　　　　　　　9

1　예수가 야곱의 우물에 물 길러 온 사마리아 여자에게 물을 좀 달라고 청하자, 그녀는 유대인이 물을 청하는 이유를 물었고 예수는 이렇게 대답했다. 〈이 물을 마시는 자는 누구나 다시 목마를 것이다. 그러나 내가 주는 물을 마시는 사람은 영원히 목마르지 않을 것이다. 내가 주는 물은 그 사람 안에서 물이 솟는 샘이 되어 영원한 생명을 누리게 할 것이다.〉 그러자 사마리아 여인은 그 물을 좀 달라고 청하였다.(「요한 복음서」 4장 7~15절)
2　연옥이 흔들리고 커다란 함성이 일어난 이유를 알고 싶은 욕망이다.
3　엎드려 속죄하는 영혼들 때문이다.
4　죄에 합당한 형벌.
5　부활한 예수가 엠마오를 향하여 길을 가던 두 제자에게 나타나 함께 이야기를 나누었으나, 그들은 그리스도인 줄 몰랐다.(「루카 복음서」 24장 13~18절)

한 영혼6이 나타나 우리 뒤에 왔는데,
발치에 엎드린 무리를 보느라 우리가
미처 깨닫지 못하자, 그가 먼저 말했다.   12

「오, 형제들, 그대들에게 하느님의 평화가!」
우리는 바로 돌아섰고, 베르길리우스는
거기에 합당한 인사를 그에게 한 다음,   15

말을 시작하셨다. 「영원한 귀양길7로
나를 보내신 오류 없는 법정이 그대를
축복받은 무리의 평화 안에 두시기를!」   18

「어떻게?」 우리가 서둘러 가는 동안 그가
말했다. 「하느님께 오를 영혼들이 아니라면,
누가 그대들을 이 계단으로 인도하였소?」   21

나의 스승님은 말하셨다. 「이 사람이 지니고 있는,
천사가 그려 준 표시8를 본다면, 그는
복된 자들과 가야 한다는 것을 알리다.   24

하지만 클로토9가 각자를 위해 감아 두는
실타래에서 밤낮으로 실을 감는 여인10이

---

6 로마 시대의 시인 스타티우스Publius Papinius Statius(45?~96)의 영혼이다. 대표적인 서사
시로 오랜 세월에 걸쳐 완성한 『테바이스*Thebais*』12권과 미완성 작품 『아킬레이스*Achilleis*』일부
가 남아 있다.
7 천국에 돌아가지 못하고 영원히 림보에 머무는 것을 가리킨다.
8 단테의 이마에 남아 있는 세 개의 P 자.
9 운명의 세 여신들 중 하나로 생명의 실을 잣는다.(「지옥」33곡 125행 역주 참조)

아직 이자의 실을 다 끝내지 않았으니,   27

그대와 내 영혼의 누이인 그의 영혼은
아직 우리가 그러듯이 볼 수 없으므로[11]
위로 오르는 데 혼자 올 수 없었지요.   30

그래서 나는 그를 인도하러 지옥의 넓은
목구멍[12]에서 끌려 나왔고, 내 가르침이
허용하는 데까지 그에게 보여 줄 것이오.   33

그런데 그대가 안다면 말해 주오. 조금 전
왜 그렇게 산이 요동하였고, 왜 모두 젖는
발목[13]까지 한목소리로 함성을 질렀소?」   36

그분은 그렇게 질문하여 내 욕망의
바늘귀를 꿰어 주셨고, 그래서 희망과
함께 내 갈증은 덜 허기지게 되었다.   39

그가 말하기 시작하였다. 「이 거룩한
산에서는 질서가 없거나 관습에서
벗어나는 일은 절대 일어나지 않아요.   42

이곳은 모든 변화에서 자유로우며,

10   라케시스
11   단테의 영혼은 아직 육신에서 벗어나지 못했기 때문에 우리처럼 밝게 보지 못한다는 뜻
이다.
12   지옥에서 가장 넓은 림보.
13   바다의 물결에 젖는 연옥 산 아래의 해변을 가리킨다.

하늘이 그 자체로서 받아들이는 것
이외에는 전혀 영향을 받지 않습니다.   45

그러므로 짧은 세 계단14 위에서는
비나 우박, 눈도 전혀 내리지 않고,
또 이슬이나 서리도 내리지 않지요.   48

짙은 구름이나 엷은 구름, 번갯불이나,
저곳15에서는 이따금 자리를 바꾸는
타우마스의 딸16도 나타나지 않아요.   51

내가 말한 베드로의 대리자17가 발바닥을
딛고 있는 세 개의 계단 너머로는 마른
증기18도 더 이상 올라오지 못합니다.   54

혹시 저 아래 땅이 다소 흔들리더라도,
이유는 모르지만, 땅속에 숨은 바람19
때문에 이곳 위가 진동하지는 않아요.   57

---

14   본격적인 연옥으로 올라가는 입구의 계단을 가리킨다. (「연옥」 9곡 76행 이하 참조)
15   산 자들의 세상.
16   무지개의 여신 이리스를 가리킨다. 그녀는 바다의 신 타우마스와 님페 엘렉트라 사이에 태어났다. 무지개는 아침에는 서쪽에, 저녁에는 동쪽에 나타나기 때문에 자리를 바꾼다.
17   연옥의 입구를 지키는 천사. (「연옥」 9곡 103~105행 참조)
18   아리스토텔레스의 『기상학』에 의하면, 땅에서 솟아나는 수증기에서 세 가지가 있다고 한다. (1) 젖은 증기는 비나 눈, 이슬, 서리가 되고, (2) 마른 증기는 바람이 되고, (3) 마르고 강한 기운은 지진을 일으킨다. 즉 땅속에서 강한 바람이 밖으로 나올 구멍을 찾아 나올 때 지진이 일어난다는 것이다.
19   지진을 유발하는 마르고 강한 기운의 분출.

다만 어떤 영혼이 스스로 깨끗함을 느끼고
일어나거나 위로 오르기 위해 움직일 때
이곳이 흔들리고 함성이 뒤따른답니다.   60

깨끗함은 오직 의지[20]만이 증명하는데,
자유롭게 거처를 옮길 수 있는[21] 의지는
영혼을 놀라게 하고 의지를 부여하지요.   63

영혼은 처음부터 그것을 원하나, 죄지었을
때처럼 의지와는 반대로, 거룩한 정의의
형벌을 받으려는 욕구 때문에 중단되지요.[22]   66

5백 년이 넘게 이 고통 속에 엎드려 있던
나는 이제야 더 좋은 문턱[23]에 대한
자유로운 의지를 느끼게 되었답니다.   69

그래서 그대는 진동과 이 산의 경건한
영혼들이 주님을 찬양하는 것을 들었으니,
주님, 그들을 빨리 위로 올려 주십시오.」   72

그가 이렇게 말했으니, 갈증이 클수록

20 천국에 오르고자 하는 의지.
21 형벌로써 죄를 완전히 씻어 깨끗해진 영혼은 천국에 오를 수 있으므로 거처를 옮기는 셈
이다.
22 영혼은 처음부터 천국에 오르고 싶어 하지만, 지상에서 그런 의지(절대적 의지)에 거슬러
죄를 지었듯이, 연옥에서는 정의로운 형벌을 받아 죄를 빨리 씻고 싶은 욕구(상대적 의지)가 그보
다 앞선다는 뜻이다.
23 천국으로 올라가는 문.

물을 마시는 기쁨도 큰 것처럼,
말할 수 없을 정도로 유익한 말이었다.   75

현명한 스승님은 말하셨다. 「여기 그대들을 사로잡는
그물과, 어떻게 영혼이 거기서 풀려나고,
왜 땅이 울리고 환호하는지 이제 알겠소.   78

그런데 그대는 누구였는지 알려 주오.
그리고 무엇 때문에 많은 세기 동안
이곳에 엎드려 있었는지 말해 주오.」   81

그는 말했다. 「착한 티투스24가 최고 왕25의
도움과 함께, 유다가 팔아먹었던 피가
흘러나온 상처26를 복수하던 시절에27   84

나는 저 세상에서 아주 명예롭고 오래
지속되는 이름28과 함께 상당히 널리
알려져 있었지만 아직 신앙은 없었지요.   87

내 노래의 영감은 감미로워서 툴루즈

---

24 Titus Flavius Vespasianus(39~81). 베스파시아누스 황제의 아들로 형 도미티아누스의 뒤
를 이어 79~81년 로마 황제의 자리에 올랐다.
25 하느님.
26 예수 그리스도의 상처.
27 티투스는 황제의 자리에 오르기 전 66~70년에 있었던 유대인들의 반란을 진압하였고, 결
국 70년에는 예루살렘을 약탈하고 파괴하였는데, 단테는 그것을 예수 그리스도의 처형에 대한 하
느님의 형벌로 간주하였다.
28 시인이라는 이름.

출신[29]의 나를 로마가 데려갔고, 나는
도금양[30]으로 관자놀이를 장식하였지요.   90

저기 사람들은 나를 스타티우스라 부르니,
나는 테바이를 노래했고 위대한 아킬레스를
노래하다가 두 번째 짐과 함께 쓰러졌지요.[31]   93

내 열정[32]의 씨앗이 되고 나를 불태운 것은,
수많은 시인들을 비추어 주었던
성스러운 불꽃[33]의 불티들이었답니다.   96

내가 말하는 것은 나의 어머니이고 시의
유모였던 『아이네이스』이니, 그것 없이
나는 중요한 것을 쓰지 못했을 것이오.   99

베르길리우스가 살았을 때 나도 거기서
살았다면, 한 해 더 귀양에서 벗어나지
못하는 것[34]도 마다하지 않을 것이오.」   102

이 말을 들은 베르길리우스는 나를 향해

29 원래 스타티우스는 나폴리 태생이다. 여기에서 단테는 당시의 관례대로 프랑스 남부 툴루
즈 출신의 수사학자 루키우스 스타티우스Lucius Ursulus Statius와 혼동하고 있다. 스타티우스가
나폴리 출신이라는 사실은 15세기에 들어와서야 확인되었다.
30 도금양(桃金孃)은 지중해 지방에서 많이 나는 상록수 관목의 일종으로 월계수와 같이 시인
에게 명예의 관으로 씌워 주었다. 스타티우스는 세 번 계관(桂冠) 시인이 되었다고 한다.
31 서사시 『아킬레이스』를 완성하지 못하고 사망하였다.
32 시적 열정.
33 뒤이어 말하듯이 베르길리우스의 『아이네이스』를 가리킨다.
34 연옥에서 1년 더 형벌을 받는 것을 의미한다.

말없는 눈짓으로 〈말하지 말라〉고 했지만
의지의 힘이 모든 것을 할 수는 없으니,   105

웃음이나 울음은 그것이 발생하게 하는
감정의 뒤를 가깝게 뒤따르기 때문에,
진정한 의지를 더 이상 따르지 않는다.   108

나는 눈짓만 하는 사람처럼 웃고 있었고,
그 영혼은 침묵하고 나를 쳐다보았는데,
표정이 잘 드러나는 내 눈을 응시하였다.   111

그리고 말했다. 「이 힘든 노정이 잘 끝나기를.
조금 전 그대 얼굴에 웃음이 반짝였는데
무슨 일인지 나에게 설명해 주겠소?」   114

이제 나는 이쪽과 저쪽 사이에 있었으니,
한쪽은 침묵하라고, 또 한쪽은 말하라고
요구했기에 내가 한숨을 쉬자 스승님이   117

이해하고 말씀하셨다. 「두려워하지 말고
말하도록 하라. 그리고 그토록 간절히
요구하는 것을 그에게 말해 주어라.」   120

그래서 나는 말했다. 「오래된 영혼이여, 아마도
내가 웃음을 띤 것에 놀라는 모양이나,
그대가 더 놀랄 만한 것을 알려 주겠소.   123

내 눈을 높은 곳으로 인도하는 이분이
바로 베르길리우스이니, 그대가 신과
인간을 노래하는 힘을 얻은 분이지요.   126

다른 이유로 내가 웃었다고 생각했다면
사실이 아니며, 이분에 대해 그대가
말한 것 때문이었다는 것을 믿으시오.」   129

그는 벌써 스승의 발을 껴안으려 무릎을
꿇었으나 그분이 말하셨다. 「하지 마오,
형제여, 그대나 나는 모두 그림자이니.」   132

그는 몸을 일으키며 말했다. 「그대에 대한 뜨거운
내 사랑이 얼마나 큰지 이제 아시겠지요.
나는 우리의 몸이 텅 비었음을 잊고   135

그림자를 단단한 것처럼 다루었군요.」

제22곡

두 시인은 스타티우스와 함께 여섯째 둘레로 올라간다. 베르길리우스의 질문에 스타티우스는 자신이 인색과는 정반대로 낭비의 죄를 지었다고 대답하고, 또한 어떻게 해서 그리스도인이 되었는가를 이야기한다. 그들은 오르지 못하도록 아래쪽이 가느다랗게 생긴 나무를 보는데, 나뭇잎들 사이에서 탐식의 절제를 예시하는 노래가 들려온다.

어느덧 천사는 우리의 뒤에 남았는데,
내 얼굴에서 죄 하나[1]를 지워 주고
우리를 여섯째 둘레로 인도한 천사였다.   3

천사는 우리에게 정의에 목마른 자들은
행복하다고 말했는데, 그의 목소리는
다른 말 없이 〈목마른〉[2]으로 끝났다.   6

그리고 나는 다른 어귀들[3]보다 한결
가볍게 걸었으니,[4] 전혀 힘들지 않게
재빠른 두 영혼을 뒤따라 위로 올랐다.   9

베르길리우스는 말하셨다. 「덕성에 불붙은
사랑은 자기 불꽃을 밖으로 드러내면

1 이마에 찍힌 다섯 번째 P 자.
2 원문에는 라틴어 Sitiunt로 되어 있다. 「마태오 복음서」 5장 6절의 라틴어 문장 Beati qui esuriunt et sitiunt justitiam(〈행복하여라, 의로움에 주리고 목마른 사람들〉)에 나오는 말인데, 천사의 노래가 마지막 단어 justitiam(〈의로움〉)을 빼고 끝났다는 뜻이다.
3 이미 지나온 연옥의 다른 둘레들.
4 이마에 새겨진 P 자들이 지워짐에 따라 죄의 무게가 점차로 가벼워지기 때문이다.

언제나 다른 것을 불붙게 하는 법이지.   12

그러니 지옥의 림보에 있는 우리들
사이로 유베날리스[5]가 내려와서
나에게 그대의 애정을 밝혀 준 이후로,   15

그대에 대한 나의 애정은 전혀 본 적 없는
사람을 아주 친밀하게 해주었으니
지금 이 계단들이 더욱 짧게 보인다오.   18

하지만 말해 주오. 너무 솔직해서 말을
자제하지 못하지만 친구처럼 용서하고,
이제 친구처럼 나에게 이야기해 주시오.   21

그대는 열심히 노력하여 그토록 많은
지혜로 가득하였는데, 어떻게 그대
품 안에 인색이 자리 잡을 수 있었소?」   24

이 말에 스타티우스는 먼저 미소를
약간 지은 다음 대답했다. 「당신의 말은
모두 나에게 소중한 사랑의 표시입니다.   27

진짜 이유들이 감추어져 있기 때문에
잘못된 주제를 의심하도록 만드는
일들이 정말로 자주 나타나지요.   30

---

5 Decimus Junius Juvenalis(55~140?). 로마 시대의 풍자 시인으로 16편의 풍자시를 남겼는
데, 스타티우스와 동시대인이지만 그보다 더 오래 살았다.

당신의 질문을 들으니 아마도 내가
다른 삶⁶에서 탐욕스러워 저쪽
둘레⁷에 있었다고 믿는 모양이군요.   33

그런데 인색은 나에게서 너무나도 멀리
떨어져 있었고,⁸ 그런 무절제로 인해
수천 달 동안⁹ 벌을 받았음을 아시오.   36

만약 당신이 인간의 본성을 꾸짖듯
〈황금에 대한 저주받을 탐욕이여, 너는
왜 인간의 식욕을 다스리지 못하는가?〉¹⁰   39

외치신 대목을 읽었을 때 내 마음을
바로잡지 않았더라면, 무거운 짐을
굴리며 격렬히 부딪치고 있을 것이오.¹¹   42

그때서야 내 손들이 너무 활개를 펴고
낭비하고 있음을 깨달았고, 나는 다른
죄들과 마찬가지로 그 죄를 뉘우쳤지요.   45

6 이승에 살았을 때.
7 다섯째 둘레.
8 인색과는 정반대가 되는 낭비의 죄를 지었다는 뜻이다.
9 스타티우스는 다섯째 둘레에서 500년 동안 있었기 때문에(21곡 67~69행), 달로 치면 6천
개월 동안 벌을 받았다.
10 『아이네이스』 3권 56~57행에 나오는 표현으로 라틴어 원문은 *Quid non mortalia pectora
cogis / Auri sacra fames?*(〈황금에 대한 저주받을 탐욕이여, 너는 인간에게 무엇을 하도록 강요하
지 않겠는가?〉)로 되어 있다.
11 아마 지옥의 넷째 원에 떨어져서 인색한 자들과 낭비자들처럼(「지옥」 7곡 25행 이하 참조)
가슴으로 무거운 짐을 굴리면서 서로 맞부딪치는 형벌을 받고 있을 것이라는 뜻이다.

얼마나 많은 사람들이 무지로 인하여
살아서 죽을 때까지 그 죄를 뉘우치지
않다가 잘린 머리카락으로[12] 일어날까?　　　　　　　48

그러니 어느 죄와 정반대되는 죄도
여기서는 그런 죄와 함께 싱싱함을
잃고 말라 죽는다는 것[13]을 아십시오.　　　　　　　51

따라서 나는 죄를 씻기 위해 인색을
참회하는 사람들 사이에 있었지만,
그와 정반대의 죄를 지었던 것이오.」　　　　　　　54

그러자 전원시인[14]이 말하셨다. 「그런데
그대가 이오카스테의 두 겹 슬픔이 된
잔인한 전쟁[15]에 대해 노래하였을 때,　　　　　　　57

거기서 클리오[16]와 어울린 것을 보면,
선행에 없어서는 안 될 신앙을 아직은
충실하게 뒤따르지 않았던 모양이오.　　　　　　　60

12　낭비의 죄를 지은 자들은 최후의 심판 때 머리카락이 잘린 채 다시 일어난다.(「지옥」 7곡 56~57행)

13　죄에 대한 형벌을 받는다는 뜻이다.

14　베르길리우스는 10편의 「전원시Bucolica」를 남긴 시인으로도 유명하다.

15　이오카스테는 테바이 왕 라이오스의 아내였으나, 나중에 자신의 아들인 줄 모르고 오이디 푸스와 결혼하여 두 아들 에테오클레스와 폴리네이케스를 두었는데, 그들은 오이디푸스의 뒤를 이어 테바이의 왕권을 두고 싸우다가 함께 죽었다.(「지옥」 26곡 52~53행 참조) 그 싸움 이야기는 스타티우스의 『테바이스』에도 나온다.

16　클리오(그리스어 이름은 클레이오)는 아홉 무사 여신들 중 하나로 역사를 관장한다. 스타티우스는 『테바이스』 첫머리에서 클리오에게 기원하고 그녀의 덕을 찬양한다.

만약 그렇다면 어떤 태양이나 촛불이

그대에게 어둠을 몰아내 주었기에,

돛을 펴 어부[17]를 뒤따르게 되었소?」   63

그는 말했다. 「당신이 최초로 나를 파르나소스[18]

동굴의 샘물을 마시도록 안내하셨고,

최초로 나를 하느님께로 비춰 주셨지요.   66

당신은 마치 밤에 등불을 등 뒤로 들어

자신에게 유익하기보다 뒤의 사람들을

현명하게 만들어 주는 분처럼 말했지요.   69

〈이제 새로운 시대가 시작된다. 정의가

돌아오고 인류의 첫 시기가 돌아오며,

하늘에서 새로운 자손들이 내려온다.〉[19]   72

당신 덕택에 나는 시인이자 그리스도인이

되었으니,[20] 내가 대충 말하는 것을 잘

이해하도록 손을 펼쳐서 색칠을 하지요.[21]   75

---

17   성 베드로를 가리킨다. 원래 그는 어부였는데 예수의 제자가 됨으로써 〈사람 낚는 어부〉가
되었다.(「마태오 복음서」 4장 19절)
18   그리스 중부 델포이 근처의 산으로 그리스 신화에서 아폴로에게 바쳐진 산이며 동시에 무
사 여신들이 기거하는 곳이다. 그곳 동굴의 샘물을 마신다는 것은 무사 여신들의 영감을 받는 것을
의미한다.
19   베르길리우스의 「전원시」 IV 5~7행에 나오는 표현이다. 라틴어 원문은 다음과 같다.
*Magnus ab integro saeclorum nascitur ordo / Iam redit et Virgo, redeunt Saturnia regna, /
Iam nova progenies caelo demittitur alto.* 교부 아우구스티누스는 이 구절이 예수와 그리스도교
의 도래를 예언한 것으로 해석하기도 하였다.
20   하지만 스타티우스가 그리스도인이었다는 실증적인 사료는 발견되지 않았다.
21   보다 자세하게 설명하겠다는 뜻이다.

그 당시 세상은 이미 영원한 왕국22의
심부름꾼들이 씨를 뿌려 놓았던 참다운
신앙으로 완전히 충만해 있었지요.23   78

그리고 방금 전에 말한 당신의 말씀은
새로운 설교자들24과 일치하였으니
나는 습관처럼 그들을 찾게 되었지요.   81

그들은 나에게 너무나 성스럽게 보였기에
도미티아누스25가 그들을 박해했을 때
나의 눈물 없이 그들의 울음은 없었으며,   84

저 세상에서 사는 동안 나는 그들을
도와주었고, 그들의 올바른 생활을 보고
다른 모든 종파들을 경멸하게 되었지요.   87

나의 시에서 그리스인들을 테바이강 변으로
인도하기 전에,26 나는 세례를 받았지만
두려움 때문에 숨은 그리스도인이 되어   90

오랫동안 마치 이교도인 것처럼 꾸몄으며,

22 하느님의 왕국.
23 그리스도교가 이미 널리 퍼져 있었다는 뜻이다.
24 그리스도교의 포교자들.
25 Titus Flavius Domitianus(51~96). 69년에 로마의 황제가 되었으며, 특히 81~96년 사이
에 그리스도교 신자들을 잔인하게 박해하였다.
26 『테바이스』9권에서 아드라스토스왕은 그리스인들을 이끌고 테바이 근처의 두 강 이스메
노스와 아소포스에 도달한다. 그러니까 『테바이스』9권을 끝내기 전에 세례를 받았다는 뜻이다.

그 미지근함으로 인하여 넷째 둘레에서
나는 4백 년 이상 동안 벌을 받았습니다. 93

당신은 나에게 감추어진 뚜껑을 열어
내가 이렇게 좋은 말을 하게 하셨는데,
우리는 아직 올라가야 할 시간이 있으니, 96

우리의 옛 테렌티우스27와 카이킬리우스,28
플라우투스,29 바리우스30가 어디 있는지,
저주받았다면 어느 원31에 있는지 말해 주오.」 99

나의 안내자는 대답하셨다. 「그들과 페르시우스,32
나와 다른 많은 사람들은, 무사 여신들이
누구보다 젖을 많이 먹인 그리스인33과 함께 102

눈먼 감옥의 첫 번째 원 안에 있으니,
우리는 우리의 유모들이 언제나 살고 있는
그 산34에 대해 종종 이야기한답니다. 105

---

27 Publius Terentius Afer(B.C. 190?~B.C. 150?). 로마 시대의 대표적인 희극 시인으로 6편
의 작품을 남겼다.
28 Caecilius Statius(B.C. 230?~B.C. 168?). 로마 시대의 희극 시인이었다.
29 Titus Maccius Plautus(B.C. 254?~B.C. 184). 로마 시대의 탁월한 희극 시인이었다.
30 Lucius Varius Rufus. 기원전 1세기 아우구스투스 시대의 대표적인 시인 중 하나로 베르길
리우스와 호라티우스의 친구였다.
31 지옥의 어느 원에 있는지.
32 Aulus Persius Flaccus(34~62). 로마 시대의 풍자 시인으로 당시의 부패한 상황을 신랄하
게 비판하였다.
33 고전 시대 최고의 시인 호메로스를 가리킨다.
34 파르나소스산을 가리킨다. 이 산에 대해 말한다는 것은 시에 대해 이야기한다는 뜻이다.

우리와 함께 에우리피데스,[35] 안티폰,[36]
시모니데스,[37] 아가톤,[38] 또 월계수로
머리를 장식한 많은 그리스인들이 있소. 108

그리고 그대의 사람들[39]로 안티고네[40]와
데이필레,[41] 아르게이아,[42] 그리고 전처럼
슬픔에 잠긴 이스메네[43]도 그곳에 있소. 111

란기아 샘을 가르쳐 준 여인[44]도 거기 있고,
테이레시아스의 딸[45]과 테티스,[46] 그리고
데이다메이아[47]도 자매들과 함께 있어요.」 114

이제 암벽 사이의 오르막길을 올라
자유로운 두 시인은 주위를 둘러보는

35 Euripides(B.C. 480?~B.C. 406?). 아이스킬로스, 소포클레스와 더불어 그리스 3대 비극 시
인 중의 하나였다.
36 Antiphon(B.C. 480?~B.C. 411?). 그리스의 웅변가이며 소피스트 철학자로 아테나이의 정
치 싸움에 연루되어 처형당하였다.
37 Simonides(B.C. 556?~B.C. 468). 그리스의 서정시인
38 Agathon(B.C. 448?~B.C. 400). 아테나이 출신의 비극 시인.
39 스타티우스가 자신의 작품들에서 노래한 사람들.
40 오이디푸스와 이오카스테 사이에 태어난 딸이다.
41 티데우스(「지옥」 32곡 130행 참조)의 아내이며, 디오메데스의 어머니이다.
42 데이필레의 자매이며 폴리네이케스의 아내이다.
43 오이디푸스와 이오카스테 사이의 딸로 안티고네의 동생이다. 약혼자 아티스가 죽은 후 평
생을 불행 속에 살았다고 한다.
44 렘노스섬의 힙시필레.(「지옥」 18곡 93행 참조) 그녀는 해적에게 잡혀 네메아 왕 리쿠르고
스에게 팔려가 왕자들을 돌보는 하녀가 되었는데, 테바이를 공격하는 여러 왕과 병사들이 목말라하
는 것을 보고 란기아 샘을 가르쳐 주었다고 한다.(『테바이스』 4권 774행 참조)
45 만토를 가리킨다. 단테는 「지옥」 20곡 52~56행에서 예언 능력이 있는 그녀를 여덟째 원의
넷째 구렁에 집어넣었는데, 지금 림보에 있다고 말하는 것은 실수로 보인다.
46 바다의 여신으로 아킬레스의 어머니이다.
47 아킬레스의 연인이다.(「지옥」 26곡 61행 참조)

데에 몰두하여 다시금 말이 없었다.   117

낮의 시녀들 네 명은 뒤에 남았고,[48]
벌써 다섯째 시녀가 키[49]를 잡고
불타는 뿔을 곧장 위로 몰고 있었다.   120

그때 나의 스승님이 말하셨다. 「으레 하던 대로
오른쪽 어깨를 끄트머리로 삼아서[50]
산을 돌아가는 것이 좋을 것이다.」   123

거기에서는 습관이 우리의 길잡이였고,
또한 그 가치 있는 영혼[51]의 도움으로
우리는 별다른 의혹 없이 길을 걸었다.   126

그들은 앞서 가고 나는 혼자 뒤에
가면서 시에 대해 나에게 많은 것을
깨우쳐 주는 그들의 말에 귀를 기울였다.   129

하지만 곧 듣기 좋은 말도 중단되었으니,
길 한가운데서 향기롭고 좋은 열매들이
달린 나무 한 그루를 보았기 때문이다.   132

전나무는 가지들이 위로 가늘어지는데,

48 시녀들은 시간을 가리킨다. (「연옥」 12곡 81행 참조) 네 명이 뒤에 남았다는 것은 해가 뜬 후
4시간이 지났다는 뜻이며, 따라서 현재 시간은 오전 10시에서 11시 사이이다.
49 태양 마차의 고삐.
50 오른쪽 어깨가 산 둘레의 끄트머리가 되게, 즉 오른쪽으로 돌면서.
51 스타티우스

그 나무는 아래쪽으로 가늘어졌으니
위로 오르지 못하게 그런 것 같았다.   135

우리의 길이 가로막힌 쪽[52]에서는
높은 암벽에서 맑은 물이 떨어져
잎사귀들 위로 널따랗게 퍼졌다.   138

두 시인이 나무에 가까이 다가가자
잎들 사이에서 한 목소리가 외쳤다.
「이 열매로는 양식을 삼지 못하리라.」   141

또 이어서 외쳤다. 「마리아는 지금 너희를 위해
대답하는 입보다 결혼식[53]을 훌륭하고
완전하게 하실 것을 더 생각하셨노라.   144

또 옛날 로마의 여자들은 마실 것으로
물로 만족하였으며,[54] 또한 다니엘은
음식을 경멸하고도 지혜를 얻었노라.[55]   147

황금처럼 아름다웠던 최초 시대[56]에는
굶주림이 도토리를 맛있게 했고 갈증이

52 올라가는 길의 왼쪽은 산의 절벽으로 가로막혀 있다.
53 카나의 혼인 잔치.(「요한 복음서」 2장 1절 이하 참조) 여기에서 예수는 물을 포도주로 바꾸
는 첫 번째 기적을 행하였다.
54 고대 로마에서 여자들은 술을 마시지 않았다고 한다.
55 예언자 다니엘은 바빌로니아의 네부카드네자르왕이 제공하는 술과 요리를 피하고 채소와
물만 먹고도 다른 사람들보다 뛰어난 지식과 지혜를 얻었다.(「다니엘서」 1장 3절 이하 참조)
56 인류 최초의 황금시대.

모든 개천의 물을 감로주로 만들었노라.   150

들꿀과 메뚜기는 사막에서 세례자[57]를
먹여 살린 음식이었으니 그렇기 때문에
그는 복음서가 너희에게 열어 보이듯이,   153

그렇게 영광되고 가장 위대하였노라.」[58]

---

57 세례자 요한. 〈요한은 낙타 털로 된 옷을 입고 허리에 가죽 띠를 둘렀다. 그의 음식은 메뚜기와 들꿀이었다.〉(「마태오 복음서」 3장 4절)
58 〈여자에게서 태어난 이들 가운데 세례자 요한보다 더 큰 인물은 나오지 않았다.〉(「마태오 복음서」 11장 11절)

제23곡

탐식의 죄인들이 해골처럼 비쩍 마른 모습으로 세 시인 앞을 지나간다. 그들 중에서 포레세 도나티가 단테를 알아보고 이야기한다. 그는 영혼들이 야윈 이유를 설명하고, 피렌체 여인들의 도덕적 타락에 대해 비난을 퍼붓는다. 단테는 포레세에게 자신의 저승 여행에 대해 이야기한다.

어린 새들을 뒤쫓느라 자신의 삶을
낭비하는 사람[1]이 으레 그렇듯 내 눈이
푸른 잎사귀를 뚫어지게 응시하는 동안,   3

아버지보다 더한 분[2]이 말하셨다. 「아들아,
이제 오너라. 우리에게 허용된 시간을
좀 더 유용하게 나누어 써야 하겠구나.   6

나는 곧 얼굴을 돌리고 걸음을 재촉하여
현자들 곁으로 따라갔으니, 그분들의
이야기에 내 길은 전혀 힘들지 않았다.   9

그런데 갑자기 〈주님, 제 입술을〉[3] 하고
울고 노래하는 소리가 들려왔는데, 마치

1 재미 삼아 새들을 사냥하는 데 시간을 보내는 사람을 가리킨다.
2 베르길리우스.
3 원문에는 라틴어 *Labia mea, Domine*로 되어 있다. 「시편」 51편 17절(〈주님, 제 입술을 열어 주소서. 제 입이 당신의 찬양을 널리 전하오리다〉)의 첫 구절이다. 탐식의 죄는 입을 쾌락의 도구로 전락시키는 데에서 나온다. 하지만 입은 무엇보다 하느님을 찬양해야 한다는 의미에서 여섯째 둘레의 노래로 삼았다.

즐거움과 고통을 동시에 낳는 듯하였다.   12

「오, 다정하신 아버지, 무슨 소리입니까?」
나는 말을 꺼냈고, 그분은 말하셨다. 「영혼들이
아마 죄의 매듭을 풀며 가는 것 같구나.」   15

생각에 잠긴 순례자들이 길을 가다가
낯선 사람들을 따라잡으면 걸음을
멈추지도 않은 채 그들을 돌아보듯이,   18

말 없고 경건한 영혼들의 무리가
우리 뒤에서 좀 더 빠르게 다가와
지나쳐 가면서 우리를 바라보았다.   21

모두들 눈이 검게 움푹 파여 있었고,
창백한 얼굴은 얼마나 야위었는지
뼈에 가죽만 붙어 있는 모습이었다.   24

에리시크톤⁴이 굶주림 때문에 메마른
껍질처럼 말라서 아주 무섭게 보였을
때에도 그렇게 마르지는 않았으리라.   27

나는 속으로 생각하며 말했다. 「그래,

4 테살리아 왕 트리오파스의 아들로 곡물의 여신 케레스(그리스 신화에서는 데메테르)의 신
성한 숲에서 나무를 잘랐다가 그 벌로 끊임없는 굶주림에 시달리게 되었다. 음식을 사기 위해 자신
의 모든 재산을 팔았고 심지어 자기 딸도 팔았으며, 마지막에는 자신의 사지까지 먹고 죽었다고
한다.

마리아가 자기 자식을 잡아먹었을 때
예루살렘을 잃어버린 사람들 같구나.」[5]   30

눈구멍은 보석이 빠진 반지 같았으며,
사람 얼굴에서 OMO[6]를 읽는 자는
거기서 손쉽게 M 자를 알아볼 것이다.   33

어떻게 그런지 모른다면, 과일 냄새와
물의 냄새가 욕망을 자극함으로써
그렇게 만들었다고 그 누가 믿겠는가?   36

아직 그 이유를 분명히 몰랐기 때문에
무엇이 그들을 굶겨서 그렇게 야위고
창백하게 만들었는지 생각하고 있을 때,   39

문득 한 영혼이 머리의 깊은 곳에서
나에게 눈을 돌려 뚫어지게 응시하더니
크게 외쳤다. 「나에게 무슨 은혜인가?」   42

나는 그 얼굴을 알아보지 못했을 텐데,
겉모습이 그렇게 망가뜨린 원래 모습을
그의 목소리가 분명하게 밝혀 주었다.   45

5 70년 티투스가 예루살렘을 포위하였을 때(제21곡 82~84행 참조), 마리아라는 어느 여인은
배고픔을 못 이겨 자기 자식을 잡아먹었다고 한다.
6 OMO. 라틴어로 사람homo을 뜻하는데, 중세의 속설에 의하면 창조주가 사람 얼굴에 그 글
자를 새겨 넣었다고 한다. 즉 좌우의 O는 두 눈이고, M은 코와 눈썹 언저리에 해당한다. 특히 마른
사람에게서는 이런 형상이 뚜렷이 나타난다.

그 불티7는 바뀌어 버린 모습에 대한
나의 기억을 완전히 되살려 주었으니,
나는 포레세8의 얼굴을 알아보았다.   48

그는 말했다. 「아하, 피부를 창백하게
만드는 메마른 딱지에 신경 쓰지 말고,
내 살이 없어진 것에 신경 쓰지 마라.   51

그보다 너에 대하여, 너를 안내하는
저기 두 영혼이 누구인지 말해 다오.
숨김없이 모두 나에게 이야기하라.」   54

나는 대답했다. 「내가 눈물을 흘렸던
죽은 그대 얼굴이 이렇게 변한 것을
보니 똑같은 고통으로 눈물이 나는군.   57

세상에, 왜 이렇게 말랐는지 말해 다오.
너무 놀라우니 말 시키지 마라, 다른
생각에 이끌린 사람은 말할 수 없지.」   60

그는 말했다. 「저 뒤에 있는 물과 나무9에
영원한 충고의 힘이 담겨 있으니,

---

7   목소리.
8   포레세 도나티Forese Donati. 단테의 아내 젬마 도나티의 사촌이자, 궬피 흑당의 우두머리였
던 코르소(「연옥」 24곡 82행 이하 참조)의 형제이다. 그는 젊었을 때의 단테와 가까운 사이였고, 서
로 농담 어린 저속한 소네트들을 교환하기도 하였는데, 거기에서도 단테는 포레세의 탐식을 거론하
였다. 포레세는 1296년에 사망하였다.
9   앞에서 말한 나무와 절벽에서 떨어지는 맑은 물.(「연옥」 22곡 131행 이하 참조)

23: 52~53

너에 대하여, 너를 안내하는 저기 두 영혼이 누구인지 말해 다오.

그로 인해 이처럼 야위게 된다네.   63

울면서 노래하는 이 사람들은 모두
지나치게 목구멍의 즐거움을 찾았기에,
여기서 배고픔과 갈증으로 깨끗해지지.   66

열매에서 나는 냄새와 잎사귀 위로
흩어져 퍼지는 물의 냄새는 먹고
마시고 싶은 욕망을 더 부채질하지.   69

우리 괴로움은 단 한 번이 아니라
이 둘레를 돌고 나면 새로워지는데,
괴로움이 아니라 위안이라 해야겠지.   72

그리스도께서 피로 우리를 구하실 때
기꺼이 〈엘리〉[10]를 말하시게 이끌었던
그 의지가 우리를 나무로 인도한다네.」   75

나는 말했다. 「포레세, 그대가 보다
나은 삶으로 세상을 바꾸던 날부터
지금까지 다섯 해가 넘지 않았네.   78

우리를 하느님께 다시 연결해 주는
좋은 고뇌의 순간[11]이 오기 전에

10 예수는 숨을 거두기 직전에 *Eli, Eli, lama sabacthani?*(저의 하느님, 저의 하느님, 어찌하
여 저를 버리셨습니까?) 하고 외쳤다.(「마태오 복음서」 27장 46절 참조)
11 참회.

그대에게 죄지을 힘이 끊어졌다면,   81

어떻게 벌써 이곳에 올라와 있는가?[12]
시간으로 시간을 보상하는 아래에서[13]
그대를 만날 것으로 생각하였는데.」   84

그러자 그는 말했다. 「내가 이토록 빨리 속죄의
달콤한 형벌을 마시도록 이끈 것은
나의 넬라[14]였으니, 그녀는 쏟아지는   87

눈물과 경건한 기도와 한숨들을 통해
기다리는 해변[15]에서 나를 끌어냈고
다른 둘레들에서 벗어나게 하였지.   90

내가 무척 사랑했던 홀어미 그녀가
좋은 일을 할 때 외로울수록 더욱
하느님께 사랑받고 즐겁게 했으니,   93

사르데냐의 바르바자[16]에서 오히려
내가 떠나온 바르바자[17]보다 훨씬 더

12   더 이상 죄를 지을 힘이 없는 사망의 순간까지 회개를 미루었다면, 어떻게 벌써 연옥에서 벌을 받고 있는가 묻고 있다. 죽기 직전에 회개한 사람은 이승에서 살았던 세월만큼 연옥의 바깥에서 기다려야 한다.(「연옥」 4곡 130~132행, 11곡 127행 이하 참조)
13   회개하기 전까지 흐른 시간에 해당하는 시간을 기다려야 하는 입구 연옥에서.
14   Nella. 포레세의 아내 조반나Giovanna의 애칭이다.
15   입구 연옥.
16   Barbagia. 사르데냐섬 남부 산골에 있는 지방의 이름으로 옛날에는 야만족이 살고 풍기가 문란하였다고 한다.
17   타락한 피렌체를 빗대어하는 말이다.

여자들이 정숙하기 때문이라네.   96

정다운 형제여, 내가 무슨 말을 할까?
지금 이 순간이 오랜 옛날이 아닐[18]
미래 시간이 벌써 내 눈앞에 보이니,[19]   99

그때는 뻔뻔스러운 피렌체 여자들이
젖꼭지까지 가슴을 드러내고 다니는 것을
설교단에서 금지하게 될 것이네.   102

어떤 야만족이나 사라센 여자들[20]에게
몸을 가리고 다니게 하려고 어떤 정신적
규범이나 어떤 다른 규범이 필요했던가?   105

하늘이 곧이어 자신들에게 마련할 것을
그 부끄러움 모르는 여자들이 알고 있다면
벌써 입을 열고 비명을 지를 것이네.   108

여기서 내다보는 것이 틀리지 않다면,
지금 자장가에 편히 잠든 아이의 뺨에
털이 나기도 전에 그녀들은 슬퍼할 테니.   111

아, 형제여, 이제 나에게 감추지 마라.
보아라, 나뿐만 아니라 이 사람들 모두

18   앞으로 머지않은 미래.
19   여기에서 포레세는 머지않은 미래의 피렌체에 대해 예언한다.
20   이교도 여자들.

그대가 해를 가리는 곳을 보고 있노라.」   114

그래서 나는 말했다. 「그대가 나에게 누구였는지,
내가 그대에게 누구였는지 생각해 보면
지금의 기억은 더욱 가슴 아플 것이야.   117

내 앞에 가는 분이 나를 저곳의 삶에서
데려오신 엊그제[21] 저것의…….」 나는 해를
가리켰다. 「누이[22]는 동그란 모습이었네.[23]   120

저분은 당신을 뒤따르는 이 살아 있는
육신과 함께 진정으로 죽은 자들[24]의
깊숙한 밤 속으로 나를 안내하셨으며,   123

또한 그분의 위안으로 그곳을 벗어나,
세상을 잘못되게 한 그대들을 바로잡는
이 산을 돌면서 올라가는 중이라네.   126

베아트리체가 있는 곳에 갈 때까지만
나를 안내해 주겠다고 말씀하시니,
거기서는 그분 없이 나 혼자 남겠지.   129

내가 말하는 분은 베르길리우스라네.」

---

21   정확히 말하자면 2~3일 전이 아니라 5일 전이다. 단테는 4월 8일 여행을 시작하였고, 지금
은 12일이다.
22   달.
23   보름달이었을 때. 어두운 숲속에 있던 4월 7일은 보름달이었다.(「지옥」20곡 127행 참조)
24   지옥의 영혼들. 육신을 잃고 하느님을 잃었기 때문에 완전히 죽었다는 뜻이다.

나는 그분을 가리켰다. 「또 다른 분은
그대들의 왕국을 벗어나는 영혼이니,   132

그 때문에 아까 온 산기슭이 진동하였지.」

제24곡

포레세는 단테에게 탐식의 영혼들 몇 명을 소개한다. 그중에는 시인 보나준타와 교황 마르티누스 4세가 있는데, 보나준타는 단테와 함께 시에 대해 이야기한다. 포레세는 피렌체의 미래를 예언하고 떠난다. 세 시인은 벌받은 탐식의 예들을 노래하는 두 번째 나무를 본 다음, 일곱째 둘레로 안내하는 천사를 만난다.

말이 걸음을 늦추거나, 걸음이 말을
늦추지 않았으니 우리는 마치 순풍에
달리는 배처럼 말하며 빨리 걸었는데,   3

마치 두 번 죽은 것처럼 보이는[1]
영혼들은 내가 살아 있음을 깨닫고
눈구멍 밖으로 놀라움을 드러냈다.   6

나는 내 이야기를 계속 이어서 말했다.
「저분[2]은 천천히 올라가지만, 다른
이유가 아니라면 그렇지 않을 것이야.[3]   9

그런데 피카르다[4]가 어디 있는지 알면
말해 다오. 또 나를 보는 이 사람들 중에
눈여겨볼 만한 사람이 있으면 말해 다오.」   12

1 너무나도 야위고 말랐기 때문이다.
2 스타티우스.
3 베르길리우스와 함께 가기 때문에 천천히 올라가고 있다.
4 Piccarda. 포레세와 코르소(「연옥」24곡 82행 이하 참조)의 누이이며, 단테의 아내 젬마와 사촌이다. 클라라 수녀회의 수도자였던 그녀의 영혼은 천국에 있다.(「천국」3곡 43행 이하 참조)

24 : 4~6
마치 두 번 죽은 것처럼 보이는 영혼들은 내가 살아 있음을 깨닫고 눈구멍 밖으로 놀라움을 드러냈다.

「아름다움과 착함 중에서 어느 것이
더한지 모를 나의 누이는 벌써 높은
올림포스⁵에서 승리의 영광을 누리지.」   15

먼저 이렇게 말했고, 이어서 말했다. 「여기서는
굶주림에 우리 모습이 오그라들어서
누구의 이름을 대도 상관없을 거야.   18

이 사람은⋯⋯.」 그는 손가락으로 가리켰다.
「보나준타,⁶ 루카의 보나준타이고,
저기 다른 사람들보다 더 야윈 얼굴은   21

성스러운 교회를 자기 팔에 안아 보았으니,⁷
투르 출신이었고 볼세나의 뱀장어와
베르나차 포도주⁸를 정화하고 있지.」   24

다른 많은 이름들도 하나씩 지명했는데,
모두 이름 불리는 것에 만족해 보였고
나는 어두운 기색을 전혀 볼 수 없었다.   27

5   천국을 가리킨다. 단테는 종종 그리스 로마 신화의 이미지들을 그리스도교적 의미로 전용하
여 사용한다.
6   보나준타 오르비차니Bonagiunta Orbicciani는 13세기 중엽 루카 태생의 공증인이자 법관,
시인이었다. 그는 페데리코 2세의 궁정에서 꽃피웠던 〈시칠리아 학파〉의 시를 토스카나 지방에 도
입하였고, 단테가 속한 〈달콤한 새로운 문체〉 시인들과는 논쟁적인 입장이었다.
7   교황 마르티누스Martinus 4세(재위 1281~1285)를 가리킨다. 속명은 시몬 드 브리옹으로
프랑스 투르 근처에서 1210년경에 태어났다. 전통적으로 교회는 신부에 비유되었다.
8   마르티누스 4세는 미식가로 라치오 지방의 볼세나Bolsena 호수에서 잡은 뱀장어를 베르나
차Vernaccia 포도주(토스카나의 산지미냐노에서 생산되는 고급 포도주)에 넣어 취하게 한 다음 요
리해서 먹었다고 한다.

우발디노 달라 필라[9]와, 주교 지팡이로
많은 사람들을 이끌던 보니파초[10]가
배고픔에 헛되이 이빨을 움직이는 걸 보았다.   30

또 메세르 마르케세[11]를 보았는데, 그는
포를리에서 별로 목이 마르지 않는데도
계속 술을 마시면서 만족할 줄 몰랐다.   33

그런데 누구보다 자세히 살펴보고 평가하는
사람처럼 나는 루카 사람[12]을 보았는데,
나에게 가장 관심이 많은 듯했기 때문이다.   36

그는 중얼거렸으며, 나는 그들을 야위게
만드는 정의의 고통을 느끼는 곳[13]에서
〈젠투카〉[14] 하는 비슷한 소리를 들었다.   39

나는 말했다. 「오, 나와 말하고 싶은 듯한
영혼이여, 그대의 말을 알아듣게 해주오.
그대 말은 그대와 나를 충족시켜 주니까요.」   42

9 Ubaldino dalla Pila. 토스카나의 우발디니 가문 출신으로 오타비아노 추기경(「지옥」 20곡
118~120행)의 형제이며, 루제리 대주교(「지옥」 33곡 13행 이하 참조)의 아버지이다.
10 Bonifacio Fieschi. 교황 인노켄티우스 4세의 조카로 1274~1295년 라벤나의 대주교였는
데, 상단의 모양이 독특한 주교 지팡이를 사용하였다고 한다.
11 messer Marchese. 포를리의 유명한 가문 출신으로 1296년 파엔차의 포데스타가 되었는데,
술을 좋아하여 언제나 취해 있었다고 한다.
12 루카의 보나준타.
13 입을 가리킨다.
14 Gentucca. 뒤에서 나오듯이 루카 출신 여자이지만 구체적으로 누구인지 분명하지는 않다.
다만 아마도 단테가 망명 중에 알게 된 여인으로 짐작된다.

그가 말했다. 「그녀는 여자로 태어나 아직
베일을 쓰지 않았는데,15 사람들이 나의
도시를 비난해도 그대 마음에 들게 하리라.16   45

그대는 이 예언과 함께 나아갈 것이니,
만약 그대가 나의 말을 오해한다면,
미래의 사실들이 그대에게 밝혀 줄 것이오.   48

그런데 지금 내가 〈사랑을 이해하는
여인들이여〉17 하고 시작하는 새로운
시를 쓴 사람을 보고 있는지 말해 주오.」   51

나는 말했다. 「나는 사랑이 영감을 줄 때
기록하고, 사랑이 마음에 속삭이는 것을
그대로 표현하는 사람일 뿐입니다.」   54

그가 말했다. 「형제여, 공증인,18 귀토네,19 내가
어떤 매듭 때문에 그 달콤한 새로운

15 아직 결혼하지 않았다는 뜻이다. 당시의 관례에 의하면 결혼한 여자들만 베일을 쓰고 다녔다.
16 비록 루카가 부패하여 평판이 좋지 않더라도, 젠투카로 인해 단테는 그 도시를 좋아할 것이라는 예언이다.
17 *Donne ch'avete intelletto d'amore.* 베아트리체에 대한 사랑을 이야기하는 단테의 초기 작품『새로운 삶*La vita nuova*』19장에 나오는 시의 첫머리이다. 단테는 자신의 시를 가리켜 〈새로운 시*nove rime*〉라고 말하고 있는데, 〈달콤한 새로운 문체〉 시들의 새로운 성격을 강조하고자 한다.
18 자코모 다 렌티니Giacomo da Lentini(1210?~1260?)를 가리킨다. 그는 〈시칠리아 학파〉의 가장 대표적인 시인 중 하나였다.
19 귀토네 다레초Guittone d'Arezzo(1235~1294). 아레초 출신 시인으로 초기 〈시칠리아 학파〉의 서정시에 깊은 관심을 기울였다.

문체[20]에 미치지 못했는지 이제 알겠소.   57

그대들의 펜은 받아쓰게 하는 자[21]의 뒤를
충실히 뒤따른다는 것을 이제 잘 알겠소.
우리들의 시는 분명 그렇지 않았지요.   60

그리고 좀 더 깊이 탐구해 보려는 사람은
더 이상 서로의 문체를 구별 못 하지요.」
그리고 그는 만족한 듯 입을 다물었다.   63

나일강 변에서 겨울을 나는 새[22]들이
때로는 공중에서 무리를 이룬 다음
한 줄로 늘어서서 빠르게 날아가듯이,   66

그렇게 그곳에 있던 사람들은 모두
야윔과 의지[23]로 더욱 가벼워져서
고개를 돌리고 발걸음을 재촉하였다.   69

또한 마치 달리기에 지친 사람이
동료들은 가도록 놔두고 숨 가쁜
가슴이 진정될 때까지 걸어가듯이,   72

포레세는 그 거룩한 무리가 앞서 가게

20 *dolce stil novo.*〈청신체(淸新體)〉로 번역되기도 한다.
21 52~55행에서 말했듯이 시상(詩想)을 불러일으키는 사랑을 가리킨다.
22 나일강 변의 겨울 철새인 두루미를 가리킨다.
23 죄를 씻으려는 의지.

놔두고 나와 함께 뒤에 가며 말했다.
「언제쯤 내가 그대를 다시 보게 될까?」   75

나는 대답했다. 「내가 얼마나 살지 모르나,
그다지 빨리 여기 돌아오지 못할 것이네.
원한다고 강둑에 먼저 도달하지 않으니까.   78

내가 살아가야 할 곳[24]이 매일같이
점점 더 선을 잃어 가면서 비참하게
멸망할 운명처럼 보이기 때문이야.」   81

그가 말했다. 「걱정 말게. 가장 죄 많은 자[25]가
짐승의 꼬리에 매달려 용서받지 못할
계곡으로 끌려가는 것이 눈에 보이네.   84

짐승은 매번 뛸 때마다 더욱더 빠르게
속도를 내고, 마침내 그를 떨어뜨려
끔찍하게 부서진 육신을 남기는구나.」   87

그는 눈을 하늘로 향하고 말했다. 「저 바퀴들이
그리 많이 돌기 전에 내 말이 더 이상
밝힐 수 없는 것을 분명히 볼 것이네.   90

24 고향 피렌체 또는 이탈리아 전체를 가리킨다.
25 포레세의 형제이며 궬피 흑당의 우두머리인 코르소 도나티를 가리킨다. 그는 1308년 자신
의 정적들에 의해 반역죄로 몰려 도망치다가 잡혀 죽임을 당한다. 확실하지는 않으나 일부에 의하
면 달리는 말에서 떨어져 끌려가다가 죽었다고 한다.

이제 그대는 뒤에 오게. 이 왕국에서는
시간이 귀중한데 이렇게 그대와 나란히
간다면 너무 많은 시간을 잃을 것이네.」   93

마치 말을 타는 무리 사이에서 이따금
치달아 달려 나오는 기사가 첫째로
돌진하는 명예를 얻고자 달리듯이,   96

그는 재빠른 걸음으로 우리를 떠났고,
나는 세상의 아주 위대한 스승이었던
두 분과 함께 길에 남아 있게 되었다.   99

그는 빠르게 우리 앞에서 멀어졌고,
그의 말[26]을 뒤쫓는 내 마음처럼
나의 눈이 그를 뒤쫓고 있는 동안,   102

싱싱하고 열매 많은 다른 나뭇가지들이
보였고, 방금 모퉁이를 돌았기 때문에
그다지 멀리 떨어져 있지는 않았다.   105

그 아래에서 사람들은 손을 쳐들고
나뭇잎을 향해 무언가 소리쳤는데,
마치 무턱대고 조르는 어린아이들이   108

애원해도, 애원받는 사람은 대답 않고

---

26   포레세가 했던 예언들.

욕망을 더욱 강렬하게 자극하기 위해
원하는 것을 높이 들어 보여 주는 듯했다.　　　　　　111

그리고 사람들은 실망한 듯이 떠났고,
우리는 이제 수많은 애원과 눈물 들을
거부하는 그 커다란 나무에 이르렀다.　　　　　　114

「가까이 오지 말고 그냥 지나가거라.
하와가 깨문 나무[27]는 저 위에 있고,
이 나무는 거기에서 나온 것이니라.」　　　　　　117

그렇게 나뭇잎 사이에서 누군가 말했기에,
베르길리우스와 스타티우스, 나는 함께
붙어서 암벽이 솟은 쪽으로 지나갔다.　　　　　　120

목소리가 말했다. 「기억하라, 구름에서
태어났고, 술에 취해 두 겹 가슴으로
테세우스와 싸웠던 저주받은 자들을.[28]　　　　　　123

또한 물을 마시며 약하게 보였기 때문에
기드온이 미디안을 향해 언덕을 내려갈 때
동료로 원하지 않았던 히브리인들을.」[29]　　　　　　126

27　〈선과 악을 알게 하는 나무〉(「창세기」 2장 9절 및 17절)로 하와는 뱀에게 속아 그 열매를 따 먹은 죄로 에덴에서 쫓겨났다. 그 지혜의 나무는 연옥 산의 꼭대기에 있는 지상 천국에 있다.

28　켄타우로스들을 가리킨다.(「지옥」 12곡 55행 이하 참조) 상반신은 사람이고 하반신은 말로 된 그들은 페이리토스와 히포다메이아의 결혼식 때 술에 취해 테세우스와 싸우다가 많이 죽었다. 사람과 말의 형상이 가슴 부근에서 합쳐져 있기 때문에 〈두 겹 가슴〉이라 표현한다.

29　기드온이 미디안을 칠 때 주님의 명령대로 물가에서 물을 마시는 자세로 병사들을 뽑았는

24: 113~114

우리는 이제 수많은 애원과 눈물들을 거부하는 그 커다란 나무에 이르렀다.

그렇게 목구멍의 죄와 거기에 따른
불쌍한 결과에 대해 들으면서 우리는
통로 한쪽 끝30에 바싹 붙어 지나갔다.   129

그러고는 좀 더 넓어진 외로운 길에서
우리는 각자 말없이 생각에 잠긴 채
천 걸음도 넘게 걸어갔을 무렵에,   132

「너희 셋은 무엇을 생각하며 가느냐?」
갑작스러운 목소리가 말하였기에, 나는
겁 많은 동물이 놀라듯 소스라쳤다.   135

나는 누군가 보려고 머리를 들었는데,
용광로에서 유리나 쇳덩어리가 그렇게
빨갛고 빛나는 것을 본 적이 없었다.   138

나는 누군가31를 보았고 그가 말했다.
「위로 오르려면 여기에서 꺾어야 한다.32
평화를 찾는 자는 이 길로 가야 한다.」   141

그의 얼굴은 내 눈을 부시게 했으니,
나는 단지 듣고만 가는 사람처럼
스승님들의 뒤를 따라 몸을 돌렸다.   144

데, 욕심을 누르지 못하고 〈무릎을 꿇고 물을 마시는 자들〉은 돌려보냈다. 그리하여 그들은 승리의
영광을 함께 나누지 못하였다.(「판관기」 7장 5~7절)
    30 왼쪽의 암벽과 나무 사이의 통로에서 암벽 쪽을 가리킨다.
    31 일곱째 둘레의 입구를 지키는 천사이다.
    32 왼쪽으로 돌아 올라가야 한다는 뜻이다.

그러자 마치 하루의 새벽을 알리는
5월의 산들바람이 풀과 꽃들로 흠뻑
젖어 움직이면서 향기를 내뿜듯이,   147

나의 이마 한가운데로 한 가닥 바람이
불어왔고 암브로시아[33] 향기를 풍기는
날개가 움직이는 것을 분명히 느꼈다.[34]   150

그리고 들었다. 「커다란 은총의 빛을
받는 자는 행복하구나. 맛의 사랑이
가슴에 지나친 욕망을 불사르지 않고,   153

언제나 옳은 일에 굶주리기 때문이다.」[35]

---

33 그리스 신화에서 신들의 음식으로 이것을 먹으면 늙지도 않고 죽지도 않는다고 한다. 그리고 여기에서 유래한 약초의 이름으로 쓰이기도 한다.
34 천사는 단테의 이마에 새겨진 P 자 하나를 지워 준다.
35 〈행복하여라, 의로움에 주리고 목마른 사람들! 그들은 흡족해질 것이다.〉(「마태오 복음서」 5장 6절)

제25곡

일곱째 둘레로 올라가는 길에 단테는 연옥의 영혼들에게 음식이 필요 없는데 왜 그
렇게 야윌 수 있는가 질문한다. 베르길리우스의 부탁으로 스타티우스는 육체와 영혼
의 본질, 말하자면 육체의 생성과 영혼의 발생, 죽음 뒤 영혼의 상태 등에 대해 설명
해 준다. 세 시인은 일곱째 둘레로 올라가고 불꽃 속에서 영혼들이 순결의 일화들을
노래하는 것을 본다.

태양은 자오선 둘레를 황소자리에
넘기고, 밤을 전갈자리에 넘겼으니,[1]
이제 지체 없이 올라가야 할 때였고,   3

그래서 어떤 필요성의 충동에 사로잡힌
사람은 앞에 무엇이 나타나든 멈추지
않고 자신의 길만 가는 것과 같이,   6

그렇게 우리는 좁은 통로로 들어섰는데
너무 좁아 한 사람씩 오를 수밖에 없는
계단을 한 줄로 늘어서서 올라갔다.   9

마치 황새 새끼가 날고 싶어 날개를
펼쳤다가 감히 둥지를 떠날 시도를
못하고 다시 날개를 접는 것처럼,   12

그렇게 나도 묻고 싶은 욕망에 불타다

---

1 시간상으로는 대략 오후 2시경이다.

꺼졌으니, 말을 꺼내려고 준비하는
사람과 똑같은 동작에 이르러 있었다.   15

걸음은 빨라도 다정한 나의 아버지는
참지 못하고 말하셨다. 「말의 활시위를
놓아라, 화살촉까지 팽팽히 당겼으니까.」   18

그래서 나는 안심하고 입을 열어 말했다.
「영양분을 취할 필요가 없는 곳에서
도대체 어떻게 야윌 수가 있습니까?」   21

그분은 말하셨다. 「나무토막이 다 탔을 때 어떻게
멜레아그로스[2]가 죽었는지 기억하면
그것은 너에게 그리 어렵지 않으리라.   24

또한 네가 움직임에 따라 거울 속의
네 모습도 움직이는 것을 생각하면
어려워 보이는 것도 쉽게 알 것이다.   27

하지만 네 바람이 마음속에 가라앉도록
여기 스타티우스를 보라. 그를 불러
네 상처를 치유해 달라고[3] 부탁하노라.」   30

2 칼리돈의 왕 오이네우스와 알타이아 사이의 아들이다. 그가 태어났을 때 운명의 여신은 나무
토막 하나를 난로 안에 던지고 그것이 불타는 동안까지 살 것이라고 예언하였다. 그러자 어머니 알
타이아는 불을 끄고 나무토막을 간직하였다. 나중에 성장한 멜레아그로스가 외삼촌 두 명을 죽였
고, 이에 격분한 알타이아는 나무토막을 꺼내 불 속에 던져 태우자 그도 죽었다.
3 궁금해하는 것에 대해 자세히 설명해 달라고.

스타티우스가 대답했다. 「당신 앞에서
제가 영원한 견해를 그에게 설명하더라도,
당신을 거부할 수 없음을 용서하십시오.」   33

그리고 시작했다. 「아들아, 네 마음이
나의 말을 받아들여 잘 살펴본다면,
네가 말한 〈어떻게〉를 밝혀 줄 것이다.[4]   36

목마른 혈관에 의해 흡수되지 않는
완벽한 피는 마치 식탁에서 따로
떼어 놓은 음식처럼 그대로 남아   39

심장 속에서 인간의 모든 사지를
형성할 힘을 얻는데, 혈관 속을
흐르며 사지를 형성하는 피와 같다.   42

더욱 정제된 피는 말보다 침묵이 나을
곳[5]으로 내려가고, 그곳에서 자연의
그릇[6] 속 다른 피 위로 방울져 떨어지지.   45

거기서 서로가 서로를 함께 받아들이는데,
하나는 수동적이고, 다른 하나는 그것이

---

4 뒤이어 스타티우스는 육체와 영혼의 본질에 대해 설명하는데, 육체의 생성(37~60행)과 영혼의 발생(68~75행), 죽음 후 영혼의 상태(79~107행)를 설명한다.
5 말로 표현하는 것보다는 차라리 침묵하는 것이 나을 곳. 대개 생식기를 가리키는 것으로 보나, 일부에서는 어느 미지의 장소를 가리키는 것으로 해석하기도 한다.
6 자궁.

나오는 완벽한 장소7 때문에 능동적이며,   48

다른 것과 결합된 후 작용하기 시작하여,
자신의 질료로 이루어진 것을 처음에는
엉기게 하고 다음에는 살아나게 만든다.   51

능동적인 힘은 이제 영혼이 되고 식물의
영혼과 비슷하나, 후자8는 이미 완성됐고,
전자9는 진행 중이라는 점에서 다르다.   54

그 후 계속 작용하여 바다의 해면10처럼
움직이고 느끼기 시작하며, 거기에서
씨앗의 능력을 기관들로 만들게 된다.   57

아들아, 낳는 자의 심장에서 나온 힘은
자연이 모든 사지를 위해 마련하는
장소에서 이제 펼쳐지거나 확장된단다.   60

하지만 어떻게 동물에서 사람으로 되는지
너는 아직 모르는데, 그 점은 너보다
더 현명한 사람11도 그르쳤던 것으로,   63

---

7 피의 샘이 되는 심장.
8 식물의 영혼.
9 태아의 영혼. 그것은 앞으로도 발전하여 느끼고 움직이고 이해하게 된다.
10 바다의 하등 동물로 동물성의 초기 단계를 의미한다.
11 아베로에스(「지옥」 4곡 144행 참조)를 가리킨다. 그는 인간의 합리적 지성을 육체나 영혼·
과는 분리된 그 자체의 존재로 간주하였다.

그는 자신의 학설에서 가능 지성과
영혼을 서로 분리하였는데, 거기에
적합한 기관을 보지 못했기 때문이다.   66

펼쳐지는 진리에 네 가슴을 열고,
그리고 알아야 하는데, 태아에게
두뇌의 형성이 완성되자마자 바로   69

최초의 원동자[12]께서는 자연의 이 멋진
재주에 즐거워하며 거기에다 힘에
넘치는 새로운 정신을 불어넣으시고,   72

그것은 거기에서 활동하는 것을 자신의
실체 안에 흡수해 한 영혼을 형성하고,
살고 느끼고 또 자체 안에서 순환한다.   75

네가 나의 말에만 현혹되지 않으려면,
태양의 열이 포도나무 속에 흐르는 즙과
어우러져서 포도주가 되는 것을 보아라.   78

라케시스[13]의 실이 더 이상 없을 때,
영혼은 육체에서 벗어나는데 인간적이고
신적인 능력[14]을 잠재적으로 간직한다.   81

---

12 이 세상을 최초로 움직이는 하느님.
13 운명의 세 여신들 중 하나로 운명의 실을 잰다.(「지옥」 33곡 125행 역주 참조)
14 인간적인 능력은 동식물과 마찬가지로 육체적인 감각, 느낌 등이고, 신적인 능력은 정신적
인 능력으로서 기억, 이해, 의지 등이다.

하지만 다른 모든 능력은 이제 침묵하고
기억과 지성, 그리고 의지는 이전보다
훨씬 더 날카롭게 활동하게 된단다.   84

지체 없이 영혼은 놀랍게도 자기 스스로
두 강변들 중의 하나[15]에 떨어지는데,
거기에서 비로소 자기 길을 알게 된다.   87

그리고 그 장소에 둘러싸이면 곧바로
영혼의 형성 능력은 주위로 퍼지고,
살아 있는 사지와 똑같은 모양이 되며,   90

그래서 대기가 비에 잔뜩 젖어 있을 때
그 안에서 반사되는 다른 빛으로 인해
다채로운 색깔들로 치장하게 되듯이,[16]   93

마찬가지로 그곳 주위에 있는 대기도
거기 머무르게 된 영혼이 잠재적으로
새겨 주는 그런 형체를 갖추게 된단다.   96

또한 마치 불이 어느 곳으로 움직이든
불꽃도 함께 따라다니는 것처럼
그 새로운 형체는 영혼을 따라다니지.   99

---

15 육체가 죽은 뒤 영혼은 지옥으로 들어가는 아케론의 강변(「지옥」 3곡 70행 이하), 또는 연옥으로 가기 위해 테베레의 강변(「연옥」 2곡 100행 이하)으로 가게 된다.
16 공기 속의 작은 물 입자들에 햇빛이 반사되어 무지개를 이루듯이.

그것은 공기로 겉모습을 갖추었기 때문에
그림자라 부르는데, 거기에서 심지어는
시각까지 모든 감각 기관을 형성하고,   102

그러므로 우리는 말하고 웃기도 하며,
그러므로 네가 산에서 들은 것처럼
우리는 눈물도 짓고 한숨도 쉰단다.   105

욕망과 다른 감정이 우리를 사로잡음에
따라 그림자는 자신의 모습을 바꾸며,
그것이 바로 네가 궁금해하는 이유이다.」   108

우리는 이미 마지막 굽이에 이르러
오른손 쪽으로 방향을 돌렸고, 벌써
다른 광경을 주의 깊게 바라보았다.   111

그곳 절벽은 바깥으로 불꽃을 내뿜었고,
그 끝에서 바람이 위로 불어 불길을
굽히면서 좁은 통로를 만들어 주었다.   114

우리는 그 좁게 트인 쪽으로 한 명씩
가야 했으니, 이쪽으로는 불길이 무섭고
저쪽으로는 아래로 떨어질까 무서웠다.   117

나의 안내자가 말하셨다. 「이곳에서는
눈의 고삐를 꽉 잡아야 할 것이다,
자칫 잘못하면 헛디딜 수 있으니까.」   120

25: 112~114

그곳 절벽은 바깥으로 불꽃을 내뿜었고, 그 끝에서 바람이 위로 불어 불길을 굽히면서 좁은 통로를 만들어 주었다.

그때 〈가장 자애로우신 하느님〉[17] 하는
노래가 엄청난 불길 속에서 들려왔기에
나는 그곳으로 몸을 돌려 바라보았고,   123

불길 속을 걸어가는 영혼들을 보았으니,
나는 내 눈길을 서로 번갈아 던지면서
그들을 보고 또 내 발끝을 쳐다보았다.   126

성가가 끝날 무렵에 그들은 큰 소리로
소리쳤다. 「나는 남자를 모르노라.」[18]
그리고 낮은 성가가 다시 시작되었고,   129

그 성가 역시 끝나자 또다시 소리쳤다.
「디아나는 숲속에 남았고, 베누스의
독을 맛보았던 헬리케[19]를 쫓아냈노라.」   132

그리고 또다시 노래를 시작했고, 또다시

17 원문에는 라틴어 *Summae Deus clementiae*로 되어 있다. 7세기경 쓰인 작가 미상 성가의
첫머리이다. 이 성가는 옛 성무일도에서 토요일 새벽 기도 때 불렀는데, 육체의 유혹을 물리치기 위
해 하느님의 도움을 청하는 내용으로 되어 있다.
18 원문에는 라틴어 *Virum non cognosco*로 되어 있다. 「루카 복음서」 1장 34절에서 천사의
수태고지를 받은 마리아는 이렇게 말한다. 〈저는 남자를 알지 못하는데, 어떻게 그런 일이 있을 수
있겠습니까?〉
19 유피테르의 유모였던 두 님페 중 하나로 크로노스가 그녀들을 벌주려고 뒤쫓자 유피테르는
하늘로 올려 큰곰자리와 작은곰자리로 만들었다. 헬리케는 숲의 님페 칼리스토와 동일시되기도 하
는데, 칼리스토는 아르카디아 왕 리카온의 딸 또는 님페이다. 그녀는 처녀성을 지켜야 하는 디아나
의 추종자였는데, 유피테르와 정을 통하게(〈베누스의 독을 맛보게〉) 되었다. 그래서 디아나에게서
쫓겨났고, 질투에 찬 유노의 복수로 곰이 되었으며, 죽은 뒤 유피테르와의 사이에서 낳은 아들 아르
카스와 함께 하늘로 올라가 각각 큰곰자리와 작은곰자리가 되었다고 한다.(『변신 이야기』 2권
453~465행)

25: 121~123
그때 〈가장 자애로우신 하느님〉 하는 노래가 엄청난 불길 속에서 들려왔기에 나는 그곳으로 몸을 돌려 바라보았고

25: 124~126

불길 속을 걸어가는 영혼들을 보았으니, 나는 내 눈길을 서로 번갈아 던지면서 그들을 보고 또 내 발끝을 쳐다보았다.

덕성과 혼인에 따라 정조를 지켰던
여자들과 남편들을 큰 소리로 외쳤다.   135

불길이 그들을 불태우는 동안 줄곧
그런 식으로 계속되는 것 같았으니,
그러한 배려와 그러한 음식으로[20]   138

마지막 상처는 다시 아물고 있었다.

20 성가를 부르고 정조의 본보기를 크게 외침으로써.

제26곡

저녁 무렵 세 시인은 일곱째 둘레에서 벌받고 있는 음욕의 영혼들을 본다. 영혼들은 단테가 살아 있음을 알고 이야기를 건넨다. 그때 다른 한편에서 수간(獸姦)의 죄를 지은 영혼들의 무리가 와서 서로의 죄를 상기시킨다. 영혼들 중 귀니첼리가 단테와 이야기를 나누고, 프로방스의 시인 아르노를 소개한다.

그렇게 우리가 가장자리를 따라 한 명씩
가는 동안 친절한 스승님은 자주 말하셨다.
「조심해라. 내 충고¹를 잊지 마라.」   3

태양은 오른쪽 어깨 위로 비쳤으며,
벌써 햇살로 서쪽의 하늘을 완전히
새하얀 빛깔로 바꾸어 놓고 있었는데,   6

나의 그림자로 인하여 불꽃은 더욱
붉게 보였으며, 그러한 표시에 많은
영혼들이 지나가면서 관심을 기울였다.   9

그런 이유 때문에 그들은 나에 대해
말하기 시작했고 이렇게 말을 꺼냈다.
「저자는 가짜 육신처럼 보이지 않아.」   12

그리고 몇 사람이 불타지 않는 곳으로

---

1 조심해서 가라는 충고.(앞의 25곡 118~120행 참조)

나가지 않으려고 언제나 조심하면서
가능한 한 나를 향해 가까이 다가왔다.   15

「오, 느려서가 아니라 아마 존경심 때문에
다른 사람들 뒤에서 가고 있는 그대여,
불과 목마름²에 타는 나에게 대답하오.   18

그대의 대답이 필요한 것은 나 혼자가
아니라 이들 모두가 인도나 에티오피아
사람보다 더 시원한 물에 목말라하지요.   21

그대는 마치 아직 죽음의 그물 속에
들어가지 않은 것처럼 어떻게 태양을
가로막을 수 있는지 말해 주십시오.」   24

그들 중 하나가 나에게 그렇게 말했으나,
때마침 나타난 새로운 광경에 이끌리지
않았다면 나는 이미 나를 밝혔을 것이다.   27

불타는 길 한가운데로 그들과 얼굴을
마주 보면서 오는 한 무리가 있었기에
나는 멈추어 서서 그들을 바라보았다.   30

양쪽의 영혼들은 모두 서둘러 서로
입을 맞추었으나 그 짤막한 인사에

2 단테에 대해 알고 싶은 욕망이나 궁금증.

만족한 듯 멈추지 않는 것을 보았다.   33

마치 길게 무리를 이룬 개미들이
아마도 길과 먹이를 찾기 위해
서로 입을 맞추는 것과 비슷했다.   36

다정한 환영의 인사가 끝나자마자
그들은 채 한 걸음을 옮기기도 전에
각자 지칠 정도로 크게 고함을 질렀다.   39

새 무리는 〈소돔과 고모라〉3라고 외치고
다른 무리는 〈파시파에4가 암소 속에
들어가고 황소는 음욕을 채우네〉라고 외쳤다.   42

그리고 마치 두루미들이, 일부는 태양이
싫어 리페5산으로 날아가고, 일부는
추위가 싫어 모래밭으로 날아가듯이,   45

한 무리는 가고 다른 무리는 오면서
눈물과 함께 자신에게 어울리는 외침과
이전의 노래들을 다시 시작하였다.   48

---

3 『성경』에 나오는 팔레스티나의 도시들로 타락의 극에 이르렀다가 유황불로 멸망하였다.(「창세기」 18~19장)

4 크레테 왕 미노스의 아내로 수간(獸姦)의 상징이다. 그녀는 포세이돈이 선물한 황소를 사랑하였고, 다이달로스가 만들어준 나무 암소 속에 들어가 황소와 관계를 가졌다. 그리하여 몸은 사람이고 머리는 소인 괴물 미노타우로스(「지옥」 12곡 13행 참조)를 낳았다.

5 고대인들이 막연하게 유럽의 북쪽에 있다고 믿었던 산들로 대개 현재의 우랄산맥으로 본다.

조금 전 나에게 부탁했던 사람들은
전처럼 나에게 가까이 다가왔는데,
주의 깊게 귀를 기울이는 표정이었다.   51

두 번이나 그들의 바람을 본 나는
말을 꺼냈다. 「오, 언젠가는 분명
평화의 상태를 갖게 될 영혼들이여,   54

익지도 않고 설익지도 않은[6] 내 육신은
저곳[7]에 남지 않고 여기 자기 피와
뼈마디들을 갖고 나와 함께 있답니다.   57

더 이상 눈멀지 않도록 위로 가는 중이며,
저 위의 여인[8]이 나에게 은총을 베풀어
죽을 몸으로 그대들의 세상을 가고 있지요.   60

그대들의 커다란 열망이 빨리 충족되어,
사랑으로 가득하고 방대하게 펼쳐진
하늘이 그대들을 받아들이기 바란다면,   63

내가 나중에 종이에 적을 수 있도록
그대들은 누구이며 또 그대들 등 뒤로
가는 저 무리는 누구인지 말해 주시오.」   66

6 아주 젊거나 늙지도 않은.
7 이승 세계.
8 베아트리체.

마치 단순하고 순박한 산골 사람이
도시에 가면 놀라서 어리둥절하고
말없이 주위를 두리번거리는 것처럼,   69

모든 그림자가 그런 모습이었는데,
그렇지만 점잖은 영혼들이 으레
그러하듯 놀라움이 가라앉은 다음   72

아까 나에게 물었던 자가 말을 꺼냈다.
「보다 나은 죽음을 위해 이 우리의
구역들을 체험하는 그대는 행복하오.   75

우리와 함께 가지 않는 무리는 예전에
카이사르가 개선할 때 자신을 여왕이라
부르는 소리를 들었던 죄9를 지었다오.   78

그래서 그대가 들었듯이 스스로를
꾸짖어 〈소돔〉이라 소리치고 가면서
수치심에 더욱더 강하게 불에 타지요.   81

우리의 죄는 양성애의 죄였지만,
우리는 인간의 법도를 따르지 않고
짐승들처럼 정욕만 추구하였답니다.   84

서로 헤어질 때 수치심을 더하기 위해

---

9 동성애를 가리킨다. 카이사르는 비티니아 왕 리코메데스와 관계를 가졌다는 소문이 있었으
며, 따라서 개선식 행진 중에 병사들이 그렇게 놀렸다고 한다.

짐승 모양의 나무 조각 속에서 짐승이 된
그녀[10]의 이름을 우리에게 외치지요.   87

이제 우리의 행실과 어떤 죄를 지었는지
알 것이며, 혹시 우리의 이름을 알고
싶겠지만 시간이 없어 말할 수 없군요.   90

다만 나에 대한 궁금증을 풀어 주겠소.
나는 귀도 귀니첼리,[11] 죽기 전에
일찍 뉘우쳤으니 벌써부터 씻고 있지요.」   93

마치 리쿠르고스[12]의 슬픔 속에서
두 아들이 어머니를 다시 만난 것처럼
나도 그랬으나 거기에 미치지 못했다.   96

달콤하고 우아한 사랑의 시들에 있어
나보다 뛰어난 자들과 나의 아버지라고
자신의 이름을 밝히는 말을 들었을 때,   99

10 파시파에.

11 Guido Guinizzelli. 13세기 중반에 태어난 볼로냐 출신의 시인으로 그의 삶에 대해서는 자
세히 알려진 바가 없다. 그의 작품들은 시칠리아와 토스카나의 영향을 받았으나 새로운 방식을 보
이고 있으며, 본문에서 밝히듯이 단테는 그에게서 많은 영향을 받았다.

12 그리스 신화에 등장하는 네메아 왕으로 힙시필레(「연옥」 22곡 112행 참조)가 하녀로 팔려
오자 두 아들을 돌보도록 맡겼다. 하지만 힙시필레는 테바이를 공격하는 병사들에게 란기아 샘을
가르쳐 주기 위해 아이들을 풀밭에 내버려 두었고 아이들은 뱀에게 물려 죽었다. 이에 분노한 왕이
그녀를 죽이려 하자, 이아손과 힙시필레 사이에 난 두 아들이 병사들 사이에서 나타나 어머니를 구
했다고 한다. 귀도 귀니첼리를 만난 기쁨을 단테는 두 아들을 만난 힙시필레의 기쁨에 비유하지만,
불 때문에 가까이 다가가지 못하여 거기에 미치지는 못한다고 말한다.

나는 생각에 잠겨 듣지도 말하지도 않고
한참 동안이나 그를 바라보면서 걸었고,
불 때문에 가까이 다가가지도 못하였다.   102

나는 실컷 바라본 다음, 다른 사람이
믿을 만한 맹세와 함께 온몸으로 그를
섬길 준비가 되어 있다고 다짐하였다.   105

그는 말했다. 「그대 말을 들으니 그대는
나에게 너무 분명한 흔적을 남기는데
레테13도 지우거나 흐리지 못할 것이오.   108

그런데 그대 말이 진실을 맹세한다면,
그대가 나를 사랑한다는 것을 말과
눈으로 드러내는 이유를 말해 주시오.」   111

나는 말했다. 「그대의 달콤한 글들은
새로운 방식14이 지속되는 한 계속
그 잉크15를 사랑하게 만들 것이오.」   114

그가 말했다. 「오, 형제여, 내가 가리키는 이자는,」
그러면서 앞의 영혼을 손으로 가리켰다.
「모국어의 아주 훌륭한 대장장이였소.16   117

13   고전 신화에서 죄의 기억을 씻어 없애 주는 망각의 강으로 단테는 연옥 꼭대기의 지상 천국
에 배치하고 있다.(「연옥」 28곡 130행 참조)
14   원문에는 *uso moderno*, 즉 〈새로운 용법〉으로 되어 있는데 새로운 작시법(作詩法)을 가리
킨다.
15   글로 쓴 작품을 가리킨다.

사랑의 시들과 이야기 산문에서 모두를
능가했으니, 리모주의 시인[17]이 그보다
낮다고 생각하는 멍청이들은 내버려 두오.   120

그들은 진실보다 소문에 고개를 쳐들고,
그래서 솜씨나 도리를 잘 들어 보기 전에
자신들의 의견을 확정해 버린답니다.   123

많은 옛사람이 귀토네[18]에 대하여
그렇게 높이 외치며 칭찬했으나 결국
많은 사람들과 함께 진리가 승리했소.   126

그런데 만약 그대가 넓은 은혜를 입어
그리스도께서 수도원장으로 계시는
그 수도원[19]에 들어가도록 허용되었다면,   129

나를 위해 주님의 기도[20]를 한번 해주오.
우리가 더 이상 죄를 지을 수 없는
이 세계에서 우리에게 필요한 만큼만.」[21]   132

---

16 뒤에서 구체적으로 밝히듯이 아르노 다니엘Arnaut Daniel(이탈리아어 이름은 아르날도 다니엘로Arnaldo Daniello)로, 1180~1210년 사이에 활동했던 프로방스의 음유 시인으로 알려져 있다.

17 프랑스 남부 리모주Limoges 출신 음유 시인 기로 드 보르넬Giraut de Bornelh(1175~1220)을 가리킨다.

18 아레초 사람 귀토네.(「연옥」 24곡 55~57행 참조)

19 천국.

20 그리스도가 가르쳐 준 기도문.(「마태오 복음서」 6장 9절 및 「루카 복음서」 11장 2절 참조)

21 주님의 기도 마지막 구절(《저희를 유혹에 빠지지 않게 하시고 악에서 구하소서》)은 연옥의 회개한 영혼들에게는 불필요하므로 생략하라는 뜻이다.(「연옥」 11곡 22~24행 참조)

그러고는 뒤에 가까이 있던 다른 자에게
자리를 내주듯이 불 속으로 사라졌는데,
물고기가 물 밑으로 들어가는 것 같았다.   135

나는 조금 전 손으로 가리킨 자에게 좀 더
다가가서 그의 이름을 알고 싶은 나의
바람은 멋진 자리를 마련했다고 말하자,   138

그는 기꺼이 나에게 말하기 시작했다.[22]
「그대의 친절한 질문은 나를 기쁘게 하니,
나를 감출 수도 없고 또 그러기도 싫소.   141

나는 아르노, 노래하며 울고 가는 중이오.
지나간 어리석음을 슬프게 되돌아보고,
내가 바라는 앞날을 즐겁게 기다린다오.   144

이 계단 꼭대기까지 그대를 인도하는
덕성의 이름으로 그대에게 바라건대,
이따금 나의 아픔을 기억해 주오!」   147

그리고 정화하는 불 속으로 사라졌다.

---

22 뒤이어 나오는 아르노의 말은 프로방스어로 되어 있는데 원문은 다음과 같다. *Tan m'abellis vostre cortes deman, / qu'ieu no me puesc ni voill a vos cobrire. / Ieu sui Arnaut, que plor e vau cantan; / consiros vei la passada folor, / e vei jausen lo joi qu'esper, denan. / Ara vos prec, per aquella valor / que vos guida al som de l'escalina, / sovenha vos a temps de ma dolor.*

제27곡

해 질 무렵 천사가 세 시인에게 불길을 뚫고 지나가라고 인도한다. 단테는 처음에는 꺼리지만 베아트리체를 상기시키는 말에 용기를 내어 불 속으로 뛰어든다. 그들은 암벽 사이의 계단을 오르다가 밤이 되자 그곳에서 잠이 든다. 단테는 꿈에 예언적인 환상을 보고, 잠이 깬 세 시인은 지상 천국으로 올라간다.

창조주께서 당신의 피를 뿌린 곳[1]에
태양이 최초의 햇살을 흩뿌릴 때면,
에브로[2]는 높은 저울자리 아래 있고   3

갠지스의 물결은 한낮의 열기로 들끓는데,
바로 그렇게 날이 저물고 있을 무렵[3]
하느님의 천사가 우리 앞에 나타났다.   6

그는 불꽃의 바깥쪽 산기슭 위에서
우리보다 생생한 목소리로 〈행복하여라,
마음이 깨끗한 사람들〉[4]이라고 노래하였다.   9

그리고 〈불길에 물리지 않고는 더 이상
가지 못하니, 성스러운 영혼들아, 불 속으로

---

1 예루살렘.
2 스페인 북부의 강 이름으로 여기서는 스페인을 가리킨다.
3 현재 연옥은 저녁 6시 무렵이며, 따라서 예루살렘은 아침, 인도는 한낮, 스페인은 한밤중이다.
4 원문에는 라틴어 *Beati mundo corde*로 되어 있다. 〈행복하여라, 마음이 깨끗한 사람들! 그들은 하느님을 볼 것이다.〉(「마태오 복음서」 5장 8절)

들어가 저기 노랫소리를 귀담아들어라.〉   12

우리가 가까이 가자 그렇게 말했으니,
그 말을 듣고 나는 마치 구덩이 속에
파묻힌 사람과 똑같은 모양이 되었다.   15

나는 두 손을 맞잡아 높이 쳐들고
불길을 바라보았고, 전에 본 불타는
사람들의 모습이 생생하게 떠올랐다.5   18

좋은 길잡이들은 나에게 몸을 돌렸고
베르길리우스가 말하셨다. 「내 아들아,
여기 고통은 있겠지만 죽음은 없단다.   21

기억해라! 게리온6을 타고도 내가
너를 무사히 안내했는데, 하느님께
더 가까워진 지금 무엇을 하겠느냐?   24

분명히 믿어라, 이 불꽃 한가운데서
네가 만약 천 년 동안 있다고 해도
네 털끝 하나라도 태우지 않으리라.   27

혹시 내가 너를 속인다고 생각하거든
불 쪽으로 다가가 네 손으로 너의
옷자락으로 시험해 보고 믿도록 해라.   30

5 화형당하는 사람들이 불타는 광경을 보았던 기억이다.
6 「지옥」 17곡 참조.

이제 모든 두려움을 내려놓고 이쪽으로
와서 안심하고 들어가라.」 그래도 나는
양심에 거스르며7 꼼짝하지 않았다.   33

내가 고집스럽게 꼼짝하지 않자 그분은
약간 당황하여 말하셨다. 「아들아, 보아라,
너와 베아트리체 사이에 이 장벽이 있다.」   36

마치 죽어 가는 피라모스가 티스베의
이름에 눈을 떠 그녀를 바라보고
그리하여 오디가 붉게 물들었듯이,8   39

나의 마음속에 언제나 솟아오르는
이름을 듣자 내 고집도 누그러져
현명한 길잡이에게로 몸을 돌렸다.   42

그러자 그분은 고개를 저으며 말하셨다.
「세상에! 여기 그대로 있을까?」 그리고
사과에 굴복한 아이에게 하듯 미소 지었다.   45

그런 다음 앞장서서 불 속으로 들어갔고,

---

7 스승의 충고에 따라야 한다는 양심의 말에도 불구하고.

8 오비디우스는 『변신 이야기』 4권 55~166행에서 피라모스와 티스베의 비극적인 사랑 이야기를 이야기한다. 사랑하는 두 젊은이는 양쪽 부모의 반대로 몰래 만나곤 하였다. 어느 날 밤 밀회 장소에 티스베가 먼저 왔는데 사자가 나타나자 동굴 속으로 숨었고, 사자는 그녀가 떨어뜨린 베일을 갈기갈기 찢었다. 나중에 도착한 피라모스는 찢어진 베일을 보고 그녀가 죽었다고 생각하여 칼로 자결하였다. 숨어 있던 티스베는 죽어 가는 피라모스에게 자기 이름을 말하자 그는 눈을 떠 마지막으로 그녀를 보고 죽었다. 그러자 티스베도 피라모스의 칼로 자결하였고, 곁에 있던 뽕나무에 피가 튀어 오디가 빨갛게 물들었다고 한다.

상당히 오랜 길을 우리와 함께 왔던
스타티우스에게 뒤따라오라고 하셨다.   48

나도 불 속으로 들어갔는데, 끓는 유리
속이라도 뛰어들어 식히고 싶을 정도로
그 불 속의 뜨거움은 끝없이 강렬하였다.   51

다정하신 아버지는 나를 위로하려고
가면서 베아트리체 이야기를 계속했다.
「벌써 그녀의 눈이 보이는 것 같구나.」   54

저쪽에서 들려오는 노랫소리가 우리를
인도하였고, 우리는 거기에만 관심을
기울이며 위로 오르는 곳으로 나왔다.   57

「오너라, 내 아버지의 복을 받은 자들이여.」[9]
그곳의 빛에서 그런 소리가 들려왔는데,
너무 눈부셔서 나는 쳐다볼 수 없었다.   60

그리고 덧붙였다. 「해는 기울고 저녁이
오니, 아직 서쪽이 어두워지기 전에
너희는 멈추지 말고 걸음을 재촉하라.」   63

벌써 나지막한 태양의 빛살을 내가
앞에서 가로막고 있는 방향[10]으로

9　원문에는 라틴어 *Venite, benedicti Patris mei*로 되어 있다. 〈내 아버지께 복을 받은 이들아,
와서, 세상 창조 때부터 너희를 위하여 준비된 나라를 차지하여라.〉(「마태오 복음서」 25장 34절)

길은 암벽 사이로 곧장 올라갔다.   66

우리가 계단 몇 개를 올라갔을 때,
내 그림자가 스러졌기에 현자들과
나는 등 뒤에서 해가 졌음을 깨달았다.   69

그리하여 방대한 수평선이 사방으로
온통 하나의 색깔로 변하기 전에,
또 밤이 온 사방으로 퍼지기 전에   72

우리는 각자 계단 하나씩을 침대로
삼았으니 산의 특성이 위로 올라가는
즐거움과 능력을 빼앗았기 때문이다.[11]   75

마치 염소들이 배불리 풀을 뜯기 전에
산 위를 빠르고 날렵하게 돌아다니다
햇살이 뜨거워질 때면 그늘 아래에서   78

조용히 되새김질을 하며 쉬고 있고,
보살피는 목동은 지팡이에 기댄 채
그들의 편안한 휴식을 지켜 주듯이,   81

또한 마치 밖에서 잠을 자는 목동은
조용한 가축 떼 옆에서 밤을 지새며

10 단테의 그림자가 드리우는 동쪽을 가리킨다.
11 연옥의 산에서는 밤이 되면 어둠이 의지를 사로잡아 힘을 잃게 된다.(「연옥」7곡 56~57행
참조)

들짐승이 흩어 버리지 않게 지키듯이,   84

그때 우리 셋은 모두 그러하였으니
이쪽저쪽 높은 바위에 둘러싸인 채
나는 염소 같고 두 분은 목동 같았다.   87

그곳 바깥은 조금밖에 보이지 않았지만[12]
나는 그 약간의 틈으로 평소보다
훨씬 더 밝고 커다란 별들을 보았다.   90

그렇게 별들을 바라보고 되새김질하던
나는 잠이 들었는데, 종종 그렇듯이
어떤 사실을 미리 알려 주는 잠이었다.   93

언제나 사랑으로 불타는 것처럼 보이는
키테레아[13]가 동쪽의 하늘에서 산에
처음으로 빛살을 비추는 시간에 나는   96

꿈에 젊고 아름다운 여인을 본 듯했는데,
그녀는 꽃을 따면서 들판을 거닐었고
노래를 불렀는데 이렇게 말하였다.   99

「누구든 내 이름을 알고 싶으면 아세요,

---

12 사방이 암벽들로 둘러싸여 있기 때문이다.
13 베누스의 다른 이름으로 여기서는 샛별을 가리킨다. 일설에 의하면 베누스는 바다에서 태어난 후 바로 그리스 남서부의 키테라섬으로 갔기 때문에, 또는 그곳에 그녀의 신전이 있었기 때문에 그런 별명을 갖게 되었다고 한다.

27: 98~99
그녀는 꽃을 따면서 들판을 거닐었고 노래를 불렀는데

나는 레아,[14] 아름다운 손을 사방으로
움직여 화환을 만들면서 가는 중입니다.　　　　　　　102

거울 앞에서 즐겁기 위해 여기에서 나를
치장하지만, 내 동생 라헬은 자기 거울을
떠나지 않고 하루 종일 앉아 있답니다.　　　　　　　105

그녀는 멋진 자기 눈을 바라보기 좋아하고,
나는 손으로 치장하기 좋아하며, 그녀는
보는 것을, 나는 일하는 것을 좋아하지요.」　　　　　108

집으로 돌아갈 길이 멀지 않은 곳에서
밤을 보내는 순례자들에게 더욱더
반갑게 솟아오르는 새벽의 여명으로　　　　　　　111

어둠은 벌써 사방에서 달아났으며,
그와 함께 내 잠도 달아나 일어났고,
벌써 일어나 계신 스승님들을 보았다.　　　　　　114

「사람들이 수많은 가지들 사이에서
열심히 찾아다니는 그 달콤한 열매가
오늘 너의 배고픔에 평화를 주리라.」　　　　　　117

베르길리우스는 나를 향해 그런 말을
하셨으니, 거기에 비할 만큼 즐거운

14　라반의 큰딸로 동생 라헬과 함께 야곱의 아내가 되었다.(「창세기」29장 16절 이하 참조) 라
헬이 관상 생활을 상징하는 것과는 대조적으로, 레아는 활동적인 삶의 상징이다.

소식은 전혀 들어 본 적이 없었다. 120

빨리 위로 날아오르고 싶은 욕망이
나를 사로잡았으니, 이후 걸음마다
날개가 돋아서 날아가는 것 같았다. 123

우리가 달려 올라온 계단들이 모두
발밑에 있고, 맨 위 계단에 이르자
베르길리우스는 내 눈을 응시하면서 126

말하셨다. 「아들아, 너는 순간의 불과
영원의 불[15]을 보았고, 이제는 내가
더 이상 알지 못하는 곳에 이르렀다. 129

내 지성과 재주로 여기까지 인도했으나,
이제부터는 네 기쁨을 안내자로 삼아라.
이제 험난하고 힘든 길에서 벗어났으니, 132

보아라, 태양이 네 이마 위에 비치고,
여기 땅에서 저절로 혼자 자라나는
풀잎과 꽃들, 작은 나무들을 보아라. 135

눈물을 흘리며 나를 너에게 보냈던
아름다운 눈[16]이 즐겁게 오는 동안
너는 이곳에 앉거나 거닐어도 좋다. 138

15 일정한 기간 동안만 지속되는 연옥의 형벌과, 영원히 계속되는 지옥의 형벌이다.
16 베아트리체의 눈이다.

나의 말이나 눈짓을 기다리지 마라.

네 의지는 자유롭고 바르고 건강하여

거기에 따르지 않음은 잘못일 것이니,   141

너에게 왕관과 주교관(主敎冠)¹⁷을 씌우노라.」

17 왕관은 세속적 권위를 상징하고 주교관은 정신적 권위를 상징한다. 이제 완전히 자유로운
의지에 따라 행동해도 좋다는 뜻이다.

제28곡

세 시인은 마침내 지상 천국으로 들어간다. 에덴동산처럼 아름다운 낙원을 거닐던 단테는 맑은 강물 건너에서 아름다운 여인 마텔다가 노래를 부르며 꽃을 따는 모습을 바라본다. 단테의 요청에 마텔다는 지상 천국의 속성과 그곳에 흐르는 두 개의 강에 대하여 설명해 준다.

새날의 햇살을 눈에 부드럽게 가려 주는
신선하고 우거진 성스러운 숲속[1]과
그 주위를 돌아보고 싶은 욕망에 나는

더 이상 기다리지 않고 암벽을 떠났고,
사방으로 향기를 내뿜는 흙을 밟으며
들판으로 한 걸음 한 걸음 들어갔다.　　　　　　　6

조금도 변함없이 불어오는 감미로운
미풍이 내 이마를 스쳐 지나갔는데
가벼운 바람보다도 더 부드러웠다.　　　　　　　9

바람결에 가지들은 가볍게 흔들리며
성스러운 산이 첫 그림자를 던지는
방향[2]을 향하여 모두 휘어졌지만,　　　　　　　12

곧은 나무는 그다지 많이 흔들리지

1　지상 천국의 숲이다.
2　아침에 연옥의 산이 그림자를 던지는 곳은 서쪽이다.

않았기에, 가지 끝에 앉은 새들은
온갖 재주 부리기를 멈추지 않았고,   15

마음껏 즐겁게 노래를 부르면서
그 노래에 맞춰 흔들리는 잎새들
사이에서 아침 시간을 맞이했으니,   18

아이올로스³가 시로코를 풀어놓을 때
키아시⁴ 해변의 소나무 숲에서
나뭇가지들의 소리가 모이는 듯했다.   21

나의 느린 걸음걸이는 어느새 나를
오래된 숲속으로 인도했으니 내가
어디로 들어갔는지 알 수 없었는데,   24

강물 하나가 앞을 가로막았으며,
자그마한 물결들로 기슭에 돋아난
풀을 왼쪽으로 휘어지게 만들었다.⁵   27

그곳에서는 영원한 그늘⁶ 아래로
해나 달의 빛이 전혀 비치지 못하여

---

3 그리스 신화에 나오는 바람의 신으로 여러 종류의 바람을 동굴 속에 가두고 있다가 풀어 준다. 시로코는 북아프리카에서 유럽 남부를 향해 부는 따뜻한 바람으로 이탈리아에 자주 불어온다.

4 Chiassi. 현재의 이름은 클라세Classe. 라벤나 근처의 항구로 주위에 무성한 소나무 숲으로 유명하다. 단테는 바로 그곳을 모델로 연옥의 지상 천국을 묘사하였다고 주장하는 사람도 있다.

5 뒤에서 이름이 나오듯이 레테의 강이다. 시냇물이 왼쪽 방향으로 흐르기 때문에 기슭의 풀들도 그쪽으로 눕혀진다. 단테는 동쪽을 바라보며 지상 천국에 올라왔고, 따라서 왼쪽은 북쪽을 가리킨다.

6 우거진 숲의 그늘이다.

28: 22~23
나의 느린 걸음걸이는 어느새 나를 오래된 숲속으로 인도했으니

아주 검은 빛깔로 흐르고 있었지만,   30

이 세상에서 가장 깨끗한 물이라 해도
전혀 감추는 것 없는 그 물에 비하면
안에 찌꺼기가 있는 것처럼 보이리라.   33

나는 걸음을 멈추었고, 눈을 들어
시냇물 건너편을 바라보니, 온갖
신선한 꽃가지들이 널려 있었는데,   36

마치 갑자기 무엇인가가 나타나서
놀라게 하고 다른 생각들을 모두
흩어 버리듯이 한 여인[7]이 내 앞에   39

나타났으며, 그녀는 홀로 노래하면서
길가에 온통 다채로운 색깔로 물든
이 꽃 저 꽃을 따면서 가고 있었다.   42

나는 말했다. 「오, 아름다운 여인이여,
마음을 비쳐 주는 얼굴을 믿는다면,
사랑의 빛살로 따뜻한 여인이여,   45

---

7   마텔다Matelda. 하지만 그녀의 이름은 뒤늦게 33곡 118행에서야 밝혀진다. 그녀가 어떤 구
체적인 인물을 가리키는지 분명하지 않다. 일부에서는 신성 로마 제국 황제 하인리히 4세와 교황 그
레고리우스 7세가 대립하였을 때 교황의 편에 섰던 카노사의 여백작 마틸다Matilda(1046~1115)
를 가리키는 것으로 보기도 하지만, 그녀가 지상 천국의 성격과 어울리는지 알 수 없다. 다만 앞의
27곡 100~108행에 나오는 레아처럼 그녀는 분명히 영혼의 활동적인 삶을 상징하는 듯하다. 베아
트리체가 관상 생활을 대변하는 것과 대조적이다.

바라건대 그대가 부르고 있는 노래를
내가 알아들을 수 있도록 이쪽으로,
이 시냇물 앞으로 와주기 바라오.   48

그대는 어머니가 그녀를 잃고 그녀는
봄을 잃었을 때 프로세르피나가 어디에서
어떤 모습이었는지 상기시켜 주는군요.」[8]   51

마치 춤추는 여자가 두 발을 모으고
땅바닥에 가까이 댄 채 몸을 돌리며
한쪽 발을 다른 발 앞에 놓은 것처럼,   54

그녀는 빨간 꽃과 노란 꽃 들 위에서
나를 향해 몸을 돌렸으니, 처녀가
순박한 눈길을 낮추는 것 같았다.   57

그렇게 그녀는 내 부탁을 들어주어
가까이 다가왔으니, 나는 달콤한
노랫소리를 알아들을 수 있었다.   60

아름다운 강물의 물결에 풀들이
젖는 곳에 이른 그녀는 곧바로
나에게 눈을 들어 바라보았으니,   63

8 유피테르와 케레스 사이의 딸 프로세르피나는 들에서 님페들과 함께 꽃을 따고 있을 때 저승
세계의 왕 플루토에게 납치되어 하데스로 끌려갔다. 절망에 빠진 대지의 여신 케레스가 초목을 말
라 죽게 만들자, 유피테르는 플루토에게 명령하여 그녀를 풀어 주게 했으나 1년에 4개월, 즉 겨울
동안은 저승에 데리고 있도록 허락하였다. 프로세르피나가 어머니에게 돌아가는 시기가 바로 봄의
시작이다. 따라서 화창한 봄날의 아름다운 프로세르피나를 상기시킨다는 뜻이다.

아마 베누스가 예상치 않게 아들의

화살에 찔렸을 때 눈썹 아래의

빛⁹도 그렇게 빛나지는 않았으리.　　　　　　　　　　66

그녀는 씨앗도 없이 그 높은 땅에서

피어나는 다채로운 꽃들을 손에 들고

맞은편 기슭에 서서 웃고 있었다.　　　　　　　　　　69

강물은 우리를 세 걸음 떼어 놓았지만,

지금도 인간의 모든 오만함을 경고하는,

크세르크세스¹⁰가 건넜던 헬레스폰토스가　　　　　　　72

세스토스와 아비도스 사이의 파도 때문에

레안드로스에게서 받은 증오도,¹¹ 그때

열리지 않아¹² 내게서 받은 것만 못하리라.　　　　　　75

그녀는 말을 꺼냈다. 「그대들은 새로 왔기

때문에, 인류에게 보금자리로 선택된

---

9 베누스는 실수로 자기 아들인 사랑의 신 쿠피도(그리스 신화의 에로스)의 화살에 찔렸고, 아름다운 청년 아도니스를 사랑하게 되었다.(『변신 이야기』 10권 525~532행) 그렇게 사랑에 불타는 베누스의 눈빛을 가리킨다.

10 페르시아 왕 다리우스의 아들로 기원전 480년 5백만 대군을 이끌고 헬레스폰토스 해협(현재의 다르다넬스 해협)을 건너 그리스를 공격했으나 살라미스 해전에서 대패하였고 간신히 도망쳐 고깃배를 타고 돌아갔다. 이것은 인간의 오만함이 벌을 받은 사례라는 것이다.

11 아비도스와 세스토스는 헬레스폰토스 해협 양쪽의 해안 마을이다. 아비도스의 청년 레안드로스는 세스토스의 처녀 헤로를 사랑했는데, 그녀는 베누스 신전의 사제였다. 따라서 레안드로스는 남몰래 매일 밤 해협을 헤엄쳐 건너가 그녀를 만났으나 하루는 너무 높은 파도에 휩쓸려 빠져 죽었다. 이를 안 헤로도 바다에 몸을 던져 죽었다고 한다. 이 이야기는 오비디우스의 『여걸들의 서한집 Heroides』 18권 139행 이하에 나온다.

12 가로막은 강물이 갈라지지 않아서.

이곳에서 내가 웃는 것을 보고 아마도   78

놀라서 어떤 의혹을 갖는 모양이지만,
〈나를 기쁘게 하셨다〉13는 〈시편〉의 빛이
그대들 지성의 안개를 걷어 줄 것이오.   81

내 앞에서 나에게 부탁한 그대여, 다른
듣고 싶은 것을 말하세요. 나는 그대의
모든 질문에 충분히 대답하려고 왔지요.」   84

나는 말했다. 「이 강물과 숲의 소리는
내가 새로 얻은 믿음과 어긋나는데,
그와 상반되는 말을 들었기 때문이오.」14   87

그녀가 말했다. 「그대를 놀라게 만드는 것이
왜 그런지 이유를 설명하여 지금 그대를
둘러싸고 있는 안개를 걷어 주겠소.   90

오로지 그 자체만 기쁘게 하는 최고의
선은 인간을 착하고 선하게 만드셨고
이곳을 영원한 평화의 담보로 주셨지요.   93

인간은 제 잘못으로 여기 잠시만 머물렀고,

---

13 원문에는 라틴어 *Delectasti*로 되어 있는데, 「시편」 91편 5절에 나오는 표현이다. 한국 천
주교 주교회의의 새 번역 『성경』에서는 의역되어 있다.

14 앞에서(「연옥」 21곡 43행 이하 참조) 스타티우스는 연옥의 산에서는 바람이나 비 같은 어
떤 기상 변화도 있을 수 없다고 말했는데, 지상 천국에 강물이 흐르고 숲에 바람이 있는 것을 보고
의아하게 생각한다.

제 잘못으로 순수한 웃음과 즐거운
놀이를 눈물과 괴로움으로 바꾸었지요.   96

물이나 땅에서 내뿜어져 나와 최대한
열기를 뒤쫓아 가는 기운으로 인하여
저 아래에서 발생하는 혼란스러움[15]이   99

조금이라도 인간을 괴롭히지 않도록
이 산은 하늘을 향해 높이 솟았으니,
닫힌 곳[16]은 그런 것에서 자유롭지요.   102

그리고 최초의 회전[17]과 함께 모든
공기는 한꺼번에 같이 돌기 때문에,
그 원의 어느 곳이 부서지지 않는 한   105

완전히 순수한 공중에 펼쳐져 있는
이 높은 곳에서는 바로 그 움직임이
숲을 흔들어 소리가 나게 만들며,   108

그리고 흔들린 나무는 주위의 공기를
자신의 흔들린 힘으로 충만하게 하고,
또 그 공기가 돌면서 주위를 흔들지요.   111

15 연옥의 산 아래의 인간 세계(〈저 아래〉)에서 일어나는 비나 눈, 바람 같은 기상 변화들은 물
이나 땅에서 발산되는 기운이 태양열을 쫓아가는 과정에서 일어난다.
16 연옥의 문에 의해 닫혀 있는 이곳.
17 아홉째 하늘인 〈최초 움직임의 하늘〉에 의한 회전이다. 그에 따라 다른 하늘들이 회전하면
서 그 안에 있는 공기와 나무도 움직인다는 것이다.

그런데 저기 다른 땅[18]은 자체의 힘과
하늘의 힘에 알맞게 다양한 종류의
다양한 나무들을 잉태하고 낳지요.   114

이 말을 들은 다음에는 어떤 식물이
분명한 씨앗 없이 뿌리를 내린다 해도
놀랍게 보이지 않을 것입니다.   117

또 지금 그대가 있는 성스러운 들판은
온갖 씨앗으로 가득하고, 저기서는[19]
딸 수 없는 과일이 맺힘을 알아야 하오.   120

그대가 보는 강물은 불어났다 줄어드는
강처럼 차가움으로 응결된 수증기[20]들로
채워지는 샘에서 솟아나는 것이 아니라   123

영원하고 변함없는 원천에서 나오니,
두 물줄기로 열려 흘려보내는 만큼
하느님의 뜻에 따라 다시 채워지지요.   126

이쪽으로는 사람에게 죄의 기억을
없애 주는 힘과 함께 흐르고, 저쪽은
온갖 선행의 기억을 되살려 준답니다.   129

18 인간이 사는 세상.
19 인간들의 세상에서는.
20 빗물을 가리킨다.

이쪽은 레테,[21] 저쪽은 에우노에[22]라
일컫는데, 이쪽과 저쪽을 모두
맛보지 않으면 아무런 효과가 없고,   132

그 맛은 다른 모든 맛보다 뛰어나지요.
내가 더 설명하지 않더라도 그대의
목마름[23]은 충분히 채워졌겠지만,   135

선물로 한 가지 덧붙여 설명하지요.
그대와의 약속을 넘어선다고 해서
내 말을 가볍게 여기지는 않겠지요.   138

옛날에 황금시대와 그 행복한 상태를
시로 노래하였던 사람들[24]은 아마도
파르나소스[25]에서 이곳을 꿈꾸었으리다.   141

여기에서 인류의 뿌리는 순수하였으며,
여기는 항상 봄이고 온갖 과일이 있으니
모두들 말하는 넥타르[26]가 바로 이것이오.」   144

21 죄의 기억을 씻어 주는 강이다. 그리스 신화에서는 저승 세계에 있은 샘 또는 강으로 그 물
을 마시면 지상 세계의 삶을 모두 잊는다고 믿었다.
22 Eunoé. 단테가 지어낸 이름이다. 그리스어 *eu*(좋은)와 *nous*(정신)를 합성하여 만든 것으
로 단테는 〈기억〉을 뜻하는 것으로 생각했다. 그러니까 레테와는 반대로 잃어버린 선의 기억을 새
롭게 해주는 강이다.
23 알고 싶은 열망이다.
24 시인들을 가리킨다. 인류의 황금시대를 노래한 대표적인 시인은 오비디우스였다.(『변신 이
야기』 1권 89절 이하 참조)
25 예술과 학문을 수호하는 아홉 무사 여신들이 살고 있는 시인들의 이상향이다.(「연옥」 22곡
64행 참조)
26 그리스 신화에서 신들이 마시는 음료.

그 말에 나는 시인들을 향하여 뒤로
몸을 돌렸고, 그들이 미소와 함께
그 마지막 말을 듣는 것을 보았으며,   147

다시 아름다운 여인에게 얼굴을 돌렸다.

제29곡

단테는 마텔다를 따라 걸어가는데, 숲에서 눈부신 빛이 비치고 노랫소리가 들려온다. 그리고 레테강의 맞은편에 일곱 개의 촛대를 선두로 하여 스물네 명의 장로와 네 마리 짐승의 호위를 받으면서 그리폰이 끄는 수레, 춤추는 여인들, 노인들의 신비롭고 놀라운 행렬이 나타난다.

사랑에 빠진 여인처럼 노래를 부르며
그녀는 자기 말을 끝내듯이 말했다.
「죄로부터 보호된 자들은 행복하여라.」¹   3

그리고 마치 님페들이 홀로 숲속을
돌아다니면서 누구는 햇살을 찾고
또 누구는 그늘을 찾으려는 것처럼,   6

그녀는 강을 거슬러 기슭을 따라
걸어갔고, 나도 그녀와 마찬가지로
잰걸음에 잰걸음으로 뒤따라 걸었다.   9

그녀와 나의 발걸음이 백 걸음도 되지
않아² 양쪽 기슭이 함께 굽어졌고,
나는 해가 뜨는 쪽을 향하게 되었다.³   12

---

1 원문에는 라틴어 *Beati quorum tecta sunt peccata*로 되어 있다. 〈행복하여라, 죄를 용서받고 잘못이 덮여진 이!〉(「시편」 32편 1절)
2 두 사람의 걸음을 합하여 백 걸음이니까, 각자 50보 정도 나아갔을 때이다.
3 북쪽을 향해 흐르던 레테강이 굽어져 동쪽을 향해 흐른다.

우리가 그리 많은 길을 가지 않았을 때
여인은 나를 향해 완전히 몸을 돌리고
말했다. 「나의 형제여, 잘 보고 들어요.」   15

그런데 갑작스러운 한 줄기 빛이
그 커다란 숲의 사방에 퍼졌기에
나는 혹시 번개인가 의심하였다.   18

하지만 번개는 오자마자 사라지는데,
그 빛은 지속되면서 더욱 빛났기에
〈이게 무엇일까?〉 속으로 생각했다.   21

그리고 감미로운 곡조가 그 빛나는
대기 속에 흘렀으니, 나의 올바른
열정은 하와의 경솔함을 비난하였다.   24

하늘과 땅이 복종하는 곳에서 이제
갓 만들어진 여자 혼자 어떤 너울
아래에 있는 것을 참지 못하였으니,[4]   27

만약 그녀가 그 아래에 복종했더라면,
나는 그 표현할 수 없는 즐거움을
처음부터 오랫동안 맛보았을 텐데.[5]   30

4 지상 천국인 에덴동산에서 온갖 창조물이 모두 하느님의 말을 따랐는데, 하와만이 금지된 것
(〈너울〉)을 어겼다.
5 단테는 하와의 원죄로 인해 지상 천국의 기쁨을 상실하게 된 것을 애석해한다.

내가 완전히 몰입하여 영원한 즐거움의
수많은 첫 열매들6 사이를 거닐면서
아직 더 많은 희열을 열망하는 동안   33

우리 앞에서 초록 나뭇가지들 아래의
대기는 불붙은 것처럼 붉게 물들었고,
감미로운 소리는 노랫소리로 들렸다.7   36

오, 거룩한 처녀들이여,8 그대들을 위해
나는 배고픔과 추위, 밤샘을 참아냈는데
또 다른 것이 그대들을 부르게 하는군요.   39

이제 헬리콘9이 나를 위해 샘솟게 하고,
우라니아10가 동료들과 함께 나를 도와
생각하기 힘든 것을 시로 옮기게 해주오.   42

조금 더 가서 황금 나무 일곱 그루11를
본 것 같았는데, 우리와 나무 사이가
멀리 떨어져 있어서 잘못 본 것이었다.   45

---

6 천국의 영원한 행복을 예고하는 그러한 최초의 징조들을 가리킨다.
7 처음에 멀리 떨어져 있을 때에는 감미로운 곡조로만 들리던 것이 가까이 들으니 노랫소리
였다.
8 단테는 예술과 학문의 수호하는 무사 여신들에게 또다시 간청한다.
9 그리스 보이오티아 지방의 산으로 무사 여신들에게 바쳐진 두 개의 샘 아가니페와 히포크레
네로 유명하다. 여기에서는 시적 영감을 가져다준다고 믿었던 그 샘물들을 가리킨다.
10 무사 여신들 중 하나로 천문학을 수호한다.
11 뒤에 나오듯이 일곱 자루의 거대한 촛대들인데, 하느님의 일곱 가지 은혜 또는 선물을 상징
한다.

내가 좀 더 그것들에게 가까이 다가가서
감각을 속이는 지각의 대상이 거리 때문에
자신의 윤곽을 잃지 않게 되었을 때,12   48

이성으로 분별하게 해주는 능력은 그것이
촛대들이며, 목소리들은 〈호산나〉를
노래하고 있다는 것을 깨닫게 해주었다.   51

그 아름다운 도구들13 위에서는
보름날 한밤중 청명한 하늘의 달보다
훨씬 더 밝은 불꽃이 빛나고 있었다.   54

나는 놀라움에 가득 차서 훌륭하신
베르길리우스를 향해 돌아서자, 그분도
나 못지않게 놀란 눈으로 나를 바라보셨다.   57

그리고 신비로운 것들로 시선을 돌렸는데,
그것들은 새 신부들에게 뒤질 정도로
느리게 우리 쪽으로 움직이고 있었다.   60

여인은 나를 꾸짖었다. 「무엇 때문에
그대는 생생한 빛들만 바라보느라고
그 뒤에 오는 것을 바라보지 않는가요?」   63

그래서 나는 길잡이를 따르듯 뒤에 오는14

12 가까이 다가감에 따라 대상물의 윤곽이 더 뚜렷하게 보이게 되었을 때이다.
13 촛대들.

사람들을 보았는데, 이 세상에서는 전혀
본 적이 없는 새하얀 옷을 입고 있었다.   66

왼쪽에서는 강물이 반짝거렸는데,
내가 그 안을 바라보니 마치 거울처럼
나의 왼쪽 옆구리를 비추고 있었다.   69

나는 기슭을 따라 단지 강물만이
나를 멀리 떼어 놓는 지점에15 이르러
좀 더 잘 보기 위해 걸음을 멈추었다.   72

불꽃들은 앞장서서 나아가면서
마치 붓을 움직여 그려 놓은 것처럼
그 뒤의 허공에 그림을 그려 놓았고,16   75

그래서 그 위에는 일곱 개의 띠들이
뚜렷이 남았는데, 모두 태양과 델리아17의
테두리가 만드는 후광과 같은 빛깔이었다.   78

그 깃발들은 내 시선이 미치지 못할 정도로
뒤로 길게 뻗었으니, 내가 짐작하건대
끝과 끝이 열 걸음이나 떨어져 있었다.18   81

14 촛불들이 길잡이인 것처럼 그 뒤를 따라오는.
15 그 신비로운 행렬과 단테 사이를 갈라놓는 지점이다. 그러니까 단테는 강물 너머의 행렬을
바라보고 있다.
16 앞으로 행진하는 촛불들이 뒤의 허공에 빛의 잔상들을 남기는데, 그것은 마치 깃발들처럼
보인다.
17 디아나, 즉 달을 가리킨다. 디아나는 델로스섬에서 태어났다고 해서 이렇게 부르기도 한다.

내가 묘사하는 그렇게 아름다운 하늘 아래

스물네 명의 장로[19]가 백합꽃 화관을

쓴 채 둘씩 짝을 지어 걸어오고 있었다.   84

그들은 모두 노래하였다. 「아담의

딸들 중에 그대는 행복하다. 그대의

아름다움은 영원히 축복받으리라!」[20]   87

나와 바로 맞은편의 강기슭에는

꽃들과 다른 신선한 풀밭 위로

그 선택받은 사람들이 지나간 다음,   90

마치 하늘에서 별들이 잇따라 나오듯이[21]

그들 바로 뒤에는 네 마리의 짐승[22]이

각자 초록 잎사귀 관을 쓰고 뒤따랐다.   93

각 짐승마다 여섯 개의 날개가 돋아 있고,

날개마다 눈들이 가득했으니, 아르고스[23]의

눈들이 살아 있다면 아마 그랬으리라.   96

독자여, 그들 모습의 묘사에 시구들을

18 촛불들이 만드는 잔상 띠의 길이가 열 걸음이라는 뜻이다.
19 『구약 성경』 24권을 상징한다.
20 성모 마리아를 축복하고 그 아름다움을 찬양한다.
21 하늘이 회전함에 따라 별들이 있던 자리에 다른 별들이 나타나듯.
22 「에제키엘서」 1장 4절과 「요한 묵시록」 4장 6절에 나오는 신비로운 네 마리 짐승은 사자, 송아지, 사람, 독수리를 닮았는데, 여기서는 신약의 네 복음서인 마태오, 마르코, 루카, 요한 복음서를 상징한다.
23 그리스 신화에 나오는 상상의 동물로 온몸에 수백 개의 눈이 달려 있다.

29: 83~84

스물네 명의 장로가 백합꽃 화관을 쓴 채 둘씩 짝을 지어 걸어오고 있었다.

낭비하지 않겠으니, 다른 것이 급박하여
거기에다 많이 쓸 수 없기 때문이라오.   99

하지만 「에제키엘서」를 읽어 보시오. 그는
그 짐승들이 바람과 구름과 불과 함께
추운 곳에서 오는 것을 본 대로 적었으니.[24]   102

그의 책에서 여러분이 읽을 것과 똑같은
짐승들이 거기 있었는데, 다만 날개 부분은
그와 다르고 요한이 나와 일치하였다.[25]   105

그 네 마리 짐승들 사이의 한가운데에는
바퀴가 둘 달린 승리의 수레[26]가 있었는데,
그리폰[27]의 목에 매달려 끌려오고 있었다.   108

그리폰은 양쪽 날개를 위로 펼쳤는데, 각각
한가운데 띠와 양쪽의 세 줄기 띠 사이로
펼쳐[28] 어떤 띠도 쪼개어 훼손하지 않았다.   111

날개는 보이지 않을 만큼 높게 치솟았으며,

24 「에제키엘서」 1장 4절 이하 참조.
25 그 짐승들은 에제키엘이 묘사한 것과 똑같은 모습이나, 다만 날개 부분은 「요한 묵시록」에
서 묘사하는 것에 가깝다는 뜻이다.
26 교회를 상징한다. 두 개의 바퀴는 신약과 구약, 또는 도미니쿠스 성인과 프란치스코 성인을
상징하는 것으로 해석되기도 한다.
27 그리스어 이름은 그리페스. 사자의 몸체에다 독수리 머리, 날개가 달린 상상의 동물이다.
여기에서는 신성(神性)과 인성(人性)을 동시에 지닌 그리스도를 상징한다.
28 촛불들이 허공에 남기는 일곱 개의 기다란 띠들 사이로, 정확히 말하자면 중앙의 띠와 양쪽
의 각각 세 개의 띠 사이로 양쪽 날개를 높이 펼치고 있다.

몸체에서 새처럼 생긴 곳은 황금빛이고
나머지는 붉은색이 뒤섞인 하얀색이었다.   114

아프리카누스나 아우구스투스도 그토록 아름다운
수레로 로마를 즐겁게 해주지 못했을 뿐만
아니라,29 태양의 수레도 그보다 초라했으니,   117

길에서 벗어났다가 테라30의 경건한 기도로
유피테르가 신비로울 정도로 정당하게
불태워 버렸던 그 태양의 수레 말이다.31   120

오른쪽 바퀴 옆으로 세 여인32이 둥글게
춤추며 왔는데, 한 여인은 불 속에서도
알아보지 못할 정도로 빨간색이었고,   123

다른 한 여인은 마치 살과 뼈가
에메랄드로 만들어진 것 같았으며,
세 번째 여인은 방금 내린 눈[雪] 같았다.   126

때로는 하얀 여인이, 때로는 빨간 여인이
춤을 이끌었고, 빨간 여인의 노래에 맞춰
다른 여인들은 걸음을 늦추거나 빨리 했다.   129

---

29 포이니 전쟁에서 카르타고의 한니발을 제패한 스키피오 아프리카누스Scipio Africanus(기원전 236~183)나 아우구스투스 황제의 개선식에서도 그렇게 아름다운 수레는 없었다는 뜻이다.

30 그리스 신화의 가이아에 해당하는 대지의 여신이다.

31 파에톤(「지옥」 17곡 106행 참조)이 몰던 태양 마차가 길을 벗어나자, 대지의 여신 테라가 불에 탈까 염려되어 기도하였고, 유피테르는 번개를 쳐서 파에톤을 떨어뜨려 죽게 하였다.

32 향주삼덕, 즉 믿음(하얀색), 희망(초록색), 사랑(빨간색)을 상징한다.

29: 121~122
오른쪽 바퀴 옆으로 세 여인이 둥글게 춤추며 왔는데

왼쪽 바퀴 옆에서는 자줏빛 옷을 입은
네 명의 여인[33]이 춤을 추며 왔는데,
머리에 눈이 셋 달린 여인이 이끌었다.   132

그 모든 행렬의 뒤에는 두 노인[34]이
보였는데, 그들의 옷은 서로 달랐지만
근엄하고 진지한 태도는 똑같았다.   135

한 노인은 자연이 가장 사랑하는
동물들을 위해 만들어 낸 그 위대한
히포크라테스의 가족처럼 보였고,[35]   138

다른 노인은 강 이쪽에 있는 내가 무서울
정도로 날카롭고 눈부신 칼을 들고,
그와는 정반대를 보살피는 듯하였다.[36]   141

뒤이어 소박한 차림의 네 노인[37]을 보았고,
그들 모두의 뒤에서는 한 노인이 외로이
예리한 얼굴로 잠을 자며 오고 있었다.[38]   144

33 사추덕, 즉 네 가지 주요 덕성인 예지, 정의, 용기, 절제를 상징한다. 그중 눈이 셋 달린 여인
은 예지를 상징하는데, 예지는 다른 덕들의 바탕이 된다.
34 성 루카와 성 바오로. 여기서는 루카가 기록한 「사도행전」과 바오로가 쓴 여러 「서간」들을
상징한다.
35 루카는 의사였다.(「콜로새 신자들에게 보낸 서간」 4장 14절 참조)
36 바오로는 육체를 치료하는 의사와는 달리 말로 영혼에 상처를 주고 뒤흔들기도 한다. 전통
적으로 그는 칼을 든 모습으로 묘사된다. 〈구원의 투구를 받아 쓰고 성령의 칼을 받아 쥐십시오. 성
령의 칼은 하느님의 말씀입니다.〉(「에페소 신자들에게 보낸 서간」 6장 17절)
37 신약에서 상대적으로 덜 중요해 보이는 야고보, 베드로, 요한, 유다의 서간들을 상징한다.
38 「요한 묵시록」을 나타낸다. 꿈을 꾸듯이 본 환상을 이야기하지만, 미래를 예언하기 때문에
날카롭다.

이 일곱 명의 노인은 앞의 무리[39]와
똑같은 옷을 입고 있었지만, 머리에
백합꽃으로 만든 화관을 두르지 않고   147

장미와 다른 빨간 꽃을 두르고 있었고,
만약 조금 떨어져서 바라본다면 모두
눈썹 위로 불타는 것처럼 보였으리라.   150

그리고 수레가 내 맞은편에 이르렀을 때
천둥소리가 들렸고, 그 가치 있는 사람들은
더 이상 나아가는 것이 금지된 것처럼   153

맨 앞의 깃발들[40]과 함께 거기에 멈추었다.

---

39 『구약 성경』 24권을 상징하는 장로들.
40 촛대들.

제30곡

신비로운 행렬이 멈추고 장로들의 노랫소리에 맞추어 천사들이 꽃을 뿌리는 가운데 베아트리체가 내려온다. 그녀의 모습에 옛사랑이 불타오르고, 단테는 베르길리우스에게 몸을 돌리지만 그는 사라진다. 베아트리체는 단테에게 오랫동안 올바른 길을 벗어난 것에 대해 엄하게 꾸짖는다.

그 첫째 하늘의 일곱 별¹은 지는 것도
모르고 떠오르는 것도 모르며, 죄악
이외의 어떤 안개도 가리지 못하고,   3

마치 아래의 북두칠성이 뱃사람에게
항구로 갈 수 있도록 인도하는 것처럼
각자 자신의 의무를 깨닫게 해주는데,   6

그 일곱 별이 멈추자, 처음부터 그것들과
그리폰 사이에서 온 진실한 사람들²은
마치 평화를 향하듯 수레로 몸을 돌렸고,   9

그들 중 한 사람이 마치 하늘에서 보낸 듯
〈신부여, 레바논에서 오너라〉³ 노래하며

---

1   원래 북두칠성을 가리키는데, 여기에서 엠피레오(〈첫째 하늘〉)의 일곱 별은 신비로운 행렬을 이끄는 일곱 촛대를 가리킨다. 이 세상의 북두칠성(〈아래의 북두칠성〉)이 뱃사람들에게 항해의 좌표가 되듯이, 하느님의 일곱 은혜는 인간의 영적인 삶을 이끈다.
2   스물네 명의 장로들이다.
3   원문에는 라틴어 *Veni, sponsa, de Libano*로 되어 있다. 〈나와 함께 레바논에서, 나의 신부여, 나와 함께 레바논에서 떠납시다.〉(「아가」 4장 8절)

세 번 외쳤고, 나머지 모두도 따라 했다.   12

축복받은 자들이 최후의 포고 소리에⁴
되찾은 목소리로 알렐루야를 부르며
각자의 무덤에서 곧바로 일어나듯이,   15

그렇게 고귀한 노인의 목소리에
성스러운 수레 위로 백 명도 넘는 영원한
생명의 심부름꾼들과 전령들⁵이 일어났다.   18

그들은 모두 〈오는 그대여 복되어라〉⁶
말하면서 위쪽과 주위로 꽃들을 던졌다.
「오, 한 움큼 가득히 백합들을 던져라.」⁷   21

예전에 본 적 있듯이, 날이 샐 무렵
동녘이 완전히 장밋빛으로 물들고
나머지 하늘은 아름답고 청명한데,   24

이제 막 떠오르는 태양의 얼굴이
희미한 안개 때문에 흐려져 눈으로
한참 동안 바라볼 수 있었던 것처럼,   27

4 최후의 심판 때이다.
5 천사들.
6 원문에는 라틴어 *Benedictus qui venis!*로 되어 있다. 그리스도가 예루살렘에 입성하자 사람들이 환성을 질렀다. 〈주님의 이름으로 오시는 분은 복되시어라. 지극히 높은 곳에 호산나!〉(「마태오 복음서」 21장 9절)
7 원문에는 라틴어 *Manibus, oh, date lilia plenis!*(〈오, 손에 가득한 백합을 주오!〉)로 되어 있다. 『아이네이스』 6권 883행에서 안키세스가 한 말을 약간 바꾼 것으로, 이제 곧 떠날 베르길리우스에 대한 단테의 존경심을 표현한다.

그렇게 천사들의 손에 의해 위로
날아올랐다가 수레의 안과 밖으로
다시 떨어지는 꽃들의 구름 속에서   30

하얀 베일에 올리브 가지를 두르고
초록색 웃옷 아래에 생생한 불꽃색의
옷을 입은 여인[8]이 내 앞에 나타났다.   33

그녀의 앞에 있을 때면 떨면서
놀라움에 쇠진해지던 나의 영혼은
벌써 오래전부터 그렇지 않았는데,   36

미처 눈으로 알아보기도 전에
그녀에게서 나오는 신비로운 힘으로
오래된 사랑의 거대한 능력을 느꼈다.   39

내가 어린 시절을 벗어나기도 전에[9]
이미 나를 꿰뚫었던 그 강렬한 힘이
나의 눈을 뒤흔들자마자, 곧바로 나는   42

마치 어린애가 무섭거나 슬플 때면
자기 엄마에게 달려가는 것처럼
믿음직한 왼쪽으로 내 몸을 돌렸고,   45

베르길리우스께 〈떨리지 않는 피는 제게

---

8   베아트리체.
9   단테는 아홉 살에 처음으로 베아트리체를 만났다.(『새로운 삶』2장 4행 참조)

30: 28~30

천사들의 손에 의해 위로 날아올랐다가 수레의 안과 밖으로 다시 떨어지는 꽃들의 구름 속에서

한 방울도 남아 있지 않습니다. 옛 불꽃의
흔적을 알 수 있습니다〉 말하려 하였는데,　　　　　　　　48

베르길리우스는 우리10를 떠나 물러가시니,
더없이 인자하신 아버지 베르길리우스,
내 구원을 위해 의지했던 베르길리우스여,　　　　　　　51

옛날의 어머니가 잃어버린 모든 것도
이슬로 씻었던 나의 뺨들이 눈물로
얼룩지는 것을 막지는 못하였으리라.11　　　　　　　54

「단테여, 베르길리우스가 떠났다고
아직은 울지 마오, 아직은 울지 마오.
다른 칼12로 울어야 할 테니까.」　　　　　　　57

어쩔 수 없이 여기에 기록하는 나의
이름13을 부르는 소리에 몸을 돌렸을 때,
마치 함대의 장군이 다른 배들14에서　　　　　　　60

일하는 사람들을 둘러보고 잘하라고
격려하려고 뱃머리나 고물로 오듯이,

10　단테와 스타티우스
11　하와(〈옛날의 어머니〉)가 잃어버린 지상 천국의 모든 즐거움도 베르길리우스를 잃은 슬픔
을 달래 주지 못하고, 이슬로 씻은 얼굴(「연옥」 1곡 121행 이하 참조)이 눈물로 얼룩지는 것을 막지
못했을 것이다.
12　더 큰 고통, 말하자면 죄에 대한 부끄러움으로.
13　『신곡』에서 단테의 이름이 직접 나오는 곳은 여기뿐이다.
14　함대를 따르는 다른 배들을 가리킨다.

처음에 천사들의 꽃 잔치 속에 가려   63

내 앞에 나타났던 여인이 수레의 왼쪽
가장자리 위쪽에 서서 강 이쪽의
나를 똑바로 바라보는 것이 보였다.   66

미네르바 잎사귀[15]를 두른 머리에서
아래로 드리운 베일로 인하여 그녀의
모습이 분명하게 보이지는 않았지만,   69

여왕처럼 언제나 의젓한 몸짓으로,
마치 말하면서도 가장 뜨거운 말은
뒤로 간직하는 사람처럼[16] 말하였다.   72

「나를 잘 보아요. 나는 진정 베아트리체요.
그대는 어떻게 이 산에 오르게 되었지요?
여기 행복한 사람이 있다는 걸 몰랐어요?」   75

나의 눈은 맑은 샘[17]으로 떨어졌는데,
그 안에 비친 내 모습을 보고 부끄러움에
이마가 무거워져 눈길을 풀밭으로 돌렸다.   78

마치 어머니가 자식에게 엄하게 보이듯
그녀는 나에게 그렇게 보였는데, 엄격한

---

15 미네르바에게 바쳐진 올리브나무의 잎사귀.
16 가장 중요한 주제를 마지막에 말하려는 사람처럼.
17 앞에 있는 레테의 강이다.

자애로움의 맛은 쓰기 때문이었다.   81

그녀는 입을 다물었고, 곧바로 천사들이
〈주님, 당신께 희망했으니〉¹⁸ 노래했는데,
〈나의 발들〉을 넘어가지는 않았다.   84

이탈리아 등줄기의 살아 있는 서까래들¹⁹
사이에 쌓인 눈이 스키아보니아²⁰의
바람에 단단하게 얼어붙어 있다가,   87

그림자를 잃은 땅²¹에서 불어오는 바람에
마치 초가 불에 녹듯이 녹아내리고
거기에서 물방울이 떨어지는 것처럼,   90

언제나 영원한 둘레들²²의 가락에 맞추어
노래하는 자들²³이 노래하기 전까지는
나 역시 눈물이나 한숨도 없었다가,   93

그들의 감미로운 노랫가락이 마치

---

18 원문에는 라틴어 *In te, Domine, speravi*로 되어 있다. 「시편」 31편 1~9절에 나오는 표현인데, 천사들은 마지막 9절에 나오는 *pedes meos*, 즉 〈나의 발들〉 너머까지 노래하지 않았다는 뜻이다.

19 〈이탈리아의 등줄기〉는 아펜니노산맥을 가리키고, 〈살아 있는 서까래〉는 나무들을 가리킨다. 지금은 살아 있지만 잘라 내어 죽은 다음에는 서까래가 될 것이기 때문이다.

20 Schiavonia. 이탈리아반도 북동부 슬로베니아와 접경 지역의 슬로베니아어를 사용하는 지역을 가리키는데, 여기에서는 북동쪽에서 불어오는 바람을 뜻한다.

21 아프리카를 가리킨다. 적도 근처로 갈수록 한낮에는 그림자가 거의 없는 것처럼 보인다.

22 여러 하늘들을 가리킨다.

23 천사들.

〈여인이여, 왜 그렇게 그를 꾸짖나요?〉
말하듯 나를 동정하는 노래를 듣고 나자,   96

내 마음 주위를 에워싸고 있던 얼음은
한숨과 눈물이 되었고, 가슴에서부터
고통과 함께 입과 눈으로 터져 나왔다.   99

잠시 후에 그녀는 앞에서 말한 수레의
왼쪽 위에 그대로 서 있으면서 경건한
천사들을 향하여 이렇게 말하였다.   102

「그대들은 영원한 낮에 깨어 있으므로
밤이나 잠도 그대들에게 자기 길을
가는 세월의 걸음을 감추지 못하니,24   105

내 대답은 저쪽에서 울고 있는 자에게
죄와 벌의 괴로움은 크기가 같다는 것을
깨닫도록 조금 더 배려하는 것이라오.   108

별들이 함께 동반해 주는 데 따라서
모든 씨앗을 어떤 목적으로 인도하는25
위대한 바퀴들의 작용뿐만 아니라,   111

우리의 시선이 미치지 못할 정도로

24 천사들은 영원한 빛 속에 언제나 깨어 있으므로, 밤이든 잠잘 때든 세상 사람들(〈세월〉)의
모든 거동을 하나도 놓치지 않는다.
25 점성술에 의하면 모든 인간(〈씨앗〉)은 태어날 때의 별자리가 이끌고 인도해 준다.

높은 구름에서 비를 내려 주시는
성스러운 은총들의 방대함 덕택에,   114

이 사람은 젊은 시절에 잠재적인
능력으로 자기 안에서 온갖 훌륭한
성품이 놀라운 결과를 얻었을 것이오.   117

하지만 경작되지 않고 나쁜 씨앗을
뿌린 땅은 그 땅의 힘이 강할수록
더욱더 사악하고 거칠게 바뀐답니다.   120

한때 나는 내 모습으로 그를 부축했고,
나의 젊은 눈을 그에게 보여 주면서
올바른 방향으로 그를 인도하였지요.   123

그런데 내가 둘째 시기[26]의 문턱에서
삶을 바꾸자마자, 이 사람은 나를
떠나 다른 사람[27]에게 의존하였지요.   126

내가 육신에서 영혼으로 올라가고
아름다움과 덕성이 더 커졌을 때에도
그에게 나는 덜 귀중하고 덜 즐겁게   129

---

26   단테는 『향연』 4권 24장 2~3절에서 인생을 네 시기로 나누는데, 첫째 시기는 성장기로
25살까지이고, 뒤이어 시작되는 장년기는 45세까지 지속되는 것으로 보았다. 베아트리체는 24세에
죽었으므로 둘째 시기의 문턱에 들어섰을 때이다.
27   구체적인 어떤 특정한 사람을 가리키는 것이 아니라 다른 사랑이나 허영, 세속적인 학문에
의 몰두 등으로 볼 수도 있다.

보였으니, 그는 옳지 않은 길을 향해
자신의 걸음을 옮겼고 어떤 약속도
지키지 못하는 그릇된 선을 쫓았지요.   132

그를 돌이키려고 꿈이나 다른 방법으로
영감에 호소하는 것도 소용없었으니,
그는 그런 것에 별로 관심이 없었다오!   135

너무나도 아래로 떨어졌기에, 그에게는
길 잃은 사람들[28]을 보여 주는 것 외에
어떤 수단도 구원에 미치지 못했지요.   138

그 때문에 나는 죽은 자들의 입구[29]를
방문했고, 그를 이곳까지 인도해 주었던
사람[30]에게 울면서 부탁했던 것입니다.   141

만약에 눈물을 흘려야 하는 어떠한
참회의 대가도 전혀 없이 레테의
강을 건너고 또 그 물을 마신다면,   144

하느님의 높으신 뜻이 깨질 것입니다.」

---

28 지옥의 죄인들을 가리킨다.(「지옥」 3곡 3행 참조)
29 림보.
30 베르길리우스

제31곡

베아트리체의 책망을 듣고 단테는 부끄러움에 눈물을 흘리며 죄를 고백한다. 또다시 베아트리체의 꾸지람이 이어진 다음 마텔다가 단테를 레테의 강물 속에서 씻게 한다. 그리고 네 가지 덕성의 여인들과 세 가지 덕성의 여인들에게 안내한다. 마침내 베아트리체는 단테를 향해 미소를 던진다.

「오, 거룩한 강 저편에 있는 그대여.」
간접적으로도 그리 날카롭게 보였던
말의 칼끝을 직접 나에게 겨누면서[1]   3

그녀는 지체 없이 계속 말을 이었다.
「그게 사실인지 말해 보오. 그런 책망에
그대의 고백이 뒤따라야 할 것이오.」   6

나의 능력은 너무나도 혼란스러웠고,
말을 하려고 하였으나 목소리가
기관[2]에서 나오기도 전에 꺼져 버렸다.   9

그녀는 잠시 기다리더니 다시 말했다.
「무엇을 생각해요? 대답해요, 그대의 슬픈
기억이 아직 물[3]로 씻기지 않았으니까.」   12

1　베아트리체는 지금까지 천사들에게 이야기하면서 간접적으로 단테를 꾸짖었는데, 이제는 직접 단테에게 말한다.
2　발성 기관인 목과 입이다.
3　레테의 강물을 가리킨다.

혼란함과 두려움이 함께 뒤섞여 나는
입 밖으로 〈예〉 소리가 나오게 했으나
그것을 알아듣기에는 눈이 필요하였다.[4]   15

활과 시위를 지나치게 팽팽하게
당겨서 쏘면 석궁이 부서지면서
화살이 힘없이 표적에 닿는 것처럼,   18

나는 그렇게 무거운 짐 아래에서
한숨과 눈물을 밖으로 터뜨렸으나
목소리는 중간에서 희미해져 버렸다.   21

그러자 그녀는 말했다. 「그 너머 더 이상
바랄 것이 없는 선을 사랑하도록
그대를 이끌었던 나의 소망 속에서,   24

어떤 웅덩이를 가로지르고, 어떤 사슬을
만났기에, 앞으로 나아가려는 희망을
그대는 그렇게 벗어던져 버렸나요?   27

다른 것들[5]의 이마에 어떤 이익이나
어떤 편안함이 분명하게 나타났기에
그대는 그것들 앞으로 달려 나갔어요?」   30

---

4 목소리가 제대로 나오지 않아 약하게 대답했으므로 입 모양을 눈으로 보아야만 알아들을 수
있었다는 뜻이다.
5 지상의 선들이나 즐거움들이다.

쓰라린 한숨을 길게 내뱉은 다음
나는 힘겹게 내 입술들을 움직여
겨우 목소리를 내서 대답하였으니,   33

울면서 말하였다. 「그대의 모습이
사라지자마자, 곧바로 눈앞의 것들이
거짓 즐거움으로 내 발길을 돌렸지요.」   36

그녀가 말했다. 「만약 그대가 고백하는 것을
침묵하거나 부정하더라도, 그대의 죄는
감춰지지 않고 심판관[6]께서는 모두 아십니다!   39

하지만 죄의 책망이 자신의 입에서
터져 나올 때면, 우리의 법정에서는
바퀴가 칼날을 거슬러 거꾸로 돌지요.[7]   42

어쨌든 지금이라도 그대의 잘못을
부끄러워하고, 또다시 세이렌[8]들의
소리를 듣더라도 그대가 더 강해지도록,   45

눈물의 씨앗[9]을 던지고, 잘 들어 보아요.
땅에 묻힌 나의 육신이 어떻게 그대를

---

6 하느님.
7 숫돌의 바퀴가 칼날과 반대 방향으로 돌아 칼날을 무디게 한다. 자신의 죄를 스스로 고백하면 정의의 심판이 너그러워진다는 뜻이다.
8 사악한 유혹을 상징한다.(「연옥」 19곡 19~24행 참조)
9 눈물의 원인이 된 혼란함과 두려움을 가리킨다.(13행 이하 참조)

엉뚱한 방향으로 이끌었는지[10] 들으리다.   48

예전에 내가 갇혀 있었고, 지금은 땅속에
흩어진 그 아름다운 육체만큼, 자연이나
예술도 그대에게 기쁨을 주지 못하였고,   51

또한 나의 죽음으로 인하여 그대에게
그런 최고 기쁨마저 사라졌다면, 어떤
덧없는 것을 욕망하도록 이끌렸나요?   54

그렇게 그릇된 것들의 첫 화살에
그대는 일어나, 더 이상 그런 것이
아니라 나의 뒤를 따랐어야 했어요.   57

젊은 여자나 덧없는 다른 헛된 것의
더 많은 화살을 기다리느라 그대는
날개를 아래로 접지 말았어야 했지요.   60

어린 새는 둘째나 셋째 화살을 기다리지만,
이미 깃털이 모두 난 새의 눈앞에서는
그물을 치거나 활을 쏘아도 소용없어요.」[11]   63

마치 어린아이들이 부끄러우면 말없이
눈길을 땅바닥으로 돌리고, 들으면서

---

10 내가 죽은 뒤 그대가 사악한 쾌락의 길에 빠진 이유.
11 어린 새처럼 어리석은 사람이나 세상의 덧없는 유혹에 계속 넘어갈 뿐, 〈깃털이 모두 난〉 성
숙한 사람은 유혹의 그물이나 화살에 걸리지 않는다.

제 잘못을 인정하고 뉘우치는 것처럼   66

나도 그렇게 있었는데, 그녀가 말했다.
「듣기만 해도 괴롭다면, 수염을 들어요.[12]
바라보면 그대는 더욱 괴로울 것이오.」[13]   69

이아르바스[14] 땅의 바람이나 또는
우리 고장의 바람[15]에 의해 튼튼한
참나무가 뿌리 뽑히는 것보다 더 힘들게   72

나는 그녀의 명령에 턱을 들었으니,
얼굴 대신 수염을 들라고 말했을 때
그 말에 숨겨진 독이 있음을 알았다.   75

그리하여 내 얼굴을 위로 쳐들었으며
그 최초의 창조물들[16]이 꽃 뿌리기를
멈추었다는 것을 나의 눈은 깨달았다.   78

그리고 아직도 약간 불안한 나의 눈은
베아트리체가 몸 하나에 두 가지 성격을
가진 동물[17]을 바라보고 있음을 보았다.   81

12 뒤에서 설명하듯이 얼굴을 들라는 말이다.
13 눈으로 직접 베아트리체를 보면 자신의 죄가 더욱 부끄러워져서 더 괴로울 것이라는 뜻
이다.
14 디도(「지옥」 5곡 61~62행 참조)를 사랑하였던 리비아 지역의 왕으로 여기서는 아프리카
를 가리킨다.
15 유럽, 그러니까 북쪽에서 불어오는 바람이다.
16 천사들.
17 독수리와 사자의 모습을 동시에 지닌 그리폰.

베일을 쓰고 저편 강가에 있었지만,
그녀가 여기 있었을 때 다른 여자들을
능가했던 것보다 더 아름다워 보였다.   84

참회의 고통이 나를 찔렀으니 내가
사랑하도록 홀렸던 다른 모든 것들이
이제는 무엇보다 증오스럽게 보였다.   87

죄의식이 가슴을 짓눌러 나는 정신을 잃고
쓰러졌으니, 당시 내가 어떤 모습이었는지
그 원인을 제공한 그녀가 알 것이다.   90

내 마음이 외부의 힘을 되찾았을 때,
처음에 혼자 나타났던 여인[18]이 위에서
말하였다. 「나를 잡아요, 나를 잡아요.」   93

그녀는 나를 목까지 강물 속에 잠기게
한 다음, 마치 배[19]처럼 뒤에
이끌면서 가볍게 강물 위로 나아갔다.   96

내가 축복받은 기슭에 이르렀을 때
〈저를 씻어 주소서〉[20]라는 노래가 들려왔다.
기억하거나 표현할 수 없는 달콤한 노래였다.   99

---

18 마텔다. 아직까지 그녀의 이름은 언급되지 않고 있다.
19 원문에는 *scola*로 되어 있으며, 일부에서는 베틀의 북으로 해석하기도 한다.
20 원문에는 라틴어 *Asperges me*로 되어 있다. 〈저를 씻어 주소서. 눈보다 더 희어지리이다.〉
(「시편」 51편 9절)

31: 94~96
그녀는 나를 목까지 강물 속에 잠기게 한 다음, 마치 배처럼 뒤에 이끌면서 가볍게 강물 위로 나아갔다.

그 아름다운 여인은 팔을 벌려
내 머리를 껴안고 물속에 넣었으니
나는 물을 삼키지 않을 수 없었다.   102

그러고는 흠뻑 젖은 나를 꺼내
춤추는 네 여인들 가운데로 데려가니,
여인들은 모두 팔로 나를 감싸 주었다.   105

「우리는 여기에서 님페이지만 하늘에서는
별이라오. 베아트리체가 세상에 내려가기
전에[21] 우리는 그녀의 시녀로 정해졌지요.   108

그대를 그녀의 눈앞으로 안내하겠지만,
기쁜 눈빛을 보도록, 더 깊이 보는 저기
세 여인이 그대 눈을 날카롭게 해줄 것이오.」   111

여인들은 그렇게 노래하기 시작한 다음
베아트리체가 우리를 향하여 서 있던
그리폰의 가슴 쪽으로 나를 데려갔다.   114

그리고 말했다. 「그대의 눈을 아끼지 마오.
예전에 사랑이 그대에게 화살을 쏘았던 곳,
에메랄드 눈앞으로 그대를 데려왔으니.」   117

불꽃보다 뜨거운 수천 가지 욕망이

21   즉 그녀가 세상에 태어나기도 전에.

나의 눈을 빛나는 그 눈에 묶었는데,
그녀의 눈은 그리폰을 응시하고 있었다. 120

마치 태양이 거울 속에 비치듯 그녀의
눈 속에서는 이중적인 동물이 빛났는데,
때로는 이런 모양 때로는 저런 모양이었다. 123

독자여, 생각해 보시라, 사물[22] 그 자체는
그대로 가만히 있는데, 반사된 모습이
변하는 것을 보고 내가 얼마나 놀랐는지. 126

놀라움에 넘치면서도 기쁜 내 영혼이
배부르게 하면서 더 배고프게 하는[23]
그런 음식을 맛보고 있는 동안에, 129

다른 세 여인이 한결 더 높아 보이는[24]
몸짓과 함께 앞으로 나아오면서
천사의 노래에 맞추어 춤을 추었다. 132

노래는 「베아트리체여, 눈길을 돌려요.
그대를 보기 위해 많은 길을 걸어온
그대의 충실한 자에게 눈길을 돌려요! 135

---

22 그리폰.
23 〈나를 먹는 이들은 더욱 배고프고 나를 마시는 이들은 더욱 목마르리라.〉(「집회서」 24절 21절)
24 앞의 네 여인, 즉 사추덕보다 향주삼덕이 더 높고 중요하다.

바라건대 우리에게 은혜를 베풀어 주오.
그에게 그대 입술을 보여 주어, 그대가
감추는 둘째 아름다움[25]을 보게 해주오.」   138

오, 살아 있는 영원한 빛의 거울이여,
파르나소스의 그늘 아래 창백해지고[26]
아무리 그 샘물을 마신 사람이라도,   141

하늘이 조화를 이루어 드리운 곳에서
활짝 펼쳐진 대기 속에 베일을 걷던
그대의 모습을 그대로 옮기려 할 때   144

어떻게 마음이 어지럽지 않겠는가?

25 입의 아름다움으로 미소를 가리킨다. 첫째 아름다움인 눈은 단테를 사추덕으로 안내하고,
둘째 아름다움인 미소는 향주삼덕으로 안내한다.
26 너무나도 시에 몰두하여 지친 모습을 가리킨다.

제32곡

단테는 황홀하게 베아트리체를 바라본 다음, 뒤로 되돌아가는 행렬을 따라 어느 나무 앞에 이른다. 바로 하와가 그 열매를 따 먹은 나무이다. 여기에 그리폰은 수레를 묶어 두고, 단테는 노랫소리에 잠이 들었다가 깨어나 환상 같은 특이한 광경을 본다. 수레가 괴상한 괴물로 변하여 숲속으로 끌려가는 모습이다.

10년 동안의 목마름을 풀려는 듯이
나의 눈은 뚫어지게 응시하였으니
다른 감각들은 모두 꺼져 버렸으며,   3

또한 눈도 이쪽저쪽 거들떠보지 않게
장벽을 쳤으니, 그 성스러운 미소는
옛날의 그물로 나의 눈을 이끌었다!   6

나는 내 왼쪽의 여신들[1]을 향해 억지로
얼굴을 돌렸는데 〈너무 뚫어지게 보는군!〉
하는 그들의 소리를 들었기 때문이다.   9

그런데 방금 강렬한 햇살을 받은
눈이 제대로 볼 수 없는 것처럼
잠시 동안 내 시력은 그런 상태였다.   12

하지만 작은 빛(억지로 내 시선을 돌린

---

1 향주삼덕을 상징하는 세 여인이다.

훨씬 큰 빛에 비해 〈작은 빛〉이다)에
나의 시력이 약간 회복되었을 때,2   15

그 영광스러운 군대3가 오른쪽으로
방향을 돌려, 일곱 불꽃과 태양을
얼굴에 안고4 돌아가는 것을 보았다.   18

마치 병사들의 무리가 방패 아래에서
퇴각하려고 모두 방향을 바꾸기 전에
깃발과 선두가 먼저 방향을 바꾸듯이,   21

앞서 가는 그 하늘나라의 군사들은
수레의 끌채가 아직 움직이기도 전에
벌써 우리 앞을 완전히 지나갔다.   24

그러자 여인들은 바퀴 쪽으로 돌아갔고
그리폰은 그 축복받은 짐을 끌었지만
깃털 하나도 전혀 움직이지 않았다.   27

내가 강을 건너게 해준 아름다운 여인과
스타티우스와 나는 보다 작은 원을
그리면서 돌아가는 바퀴5를 따라갔다.   30

2 이제 단테는 억지로 눈길을 돌려 행렬의 수레를 바라보는데, 그것은 베아트리체의 〈훨씬 큰
빛〉에 비하면 〈작은 빛〉이다.
3 스물네 명의 장로들이다.
4 방향을 돌려 처음 왔던 곳인 동쪽을 향해 가기 때문에 얼굴에 햇살이 비치고, 또 앞장선 일곱
촛대의 불빛도 얼굴에 비친다.
5 방향을 완전히 바꾸기 위해 오른쪽으로 돌기 때문에 왼쪽 바퀴에 비해 오른쪽 바퀴가 상대적

그렇게 뱀을 믿었던 여인의 죄 때문에
텅 비고[6] 높다란 숲을 지나갔으니
천사의 노래가 발걸음을 맞춰 주었다.   33

아마도 시위를 떠난 화살이 세 번
날아갈 거리만큼 우리가 나아갔을 때
베아트리체는 마차에서 내려왔다.   36

모두들 〈아담〉 하고 중얼거리는 소리가
들려왔고, 그런 다음 가지마다 잎이나
꽃이 전혀 없는 어느 나무[7]를 에워쌌다.   39

그 나무의 가지들은 위로 올라갈수록
더욱 넓어졌는데, 그 높이는 숲속에
사는 인도 사람들도 놀랄 정도였다.[8]   42

「그리폰이여, 당신은 이 맛이 달콤한
나무를 부리로 쪼지 않으니 행복합니다,
나중에 배가 고통스럽게 비틀리니까요.」   45

그렇게 모두들 그 억센 나무 주위에서
소리쳤고, 두 가지 성질의 동물은 말했다.
「모든 정의의 씨앗은 그렇게 간직된다.」   48

─────────────────────

으로 작은 원호(圓弧)를 그리면서 돈다.
  6 하와(〈뱀을 믿었던 여인〉)가 죄를 지은 후 지상 천국에는 사람이 살지 않기 때문에 텅 비어
있다.
  7 〈선과 악을 알게 하는 나무〉.(「창세기」 2장 9절)
  8 인도 사람들의 숲에는 아주 높다란 나무들이 자란다고 믿었다.

그리고 자신이 끌고 온 끌채로 돌아서서
헐벗은 나무 아래쪽으로 끌고 가더니
나무로 된 끌채를 나무에다 묶었다.   51

거대한 빛9이 하늘의 물고기10 뒤에서
빛나는 빛11과 함께 아래로 비출 때,
이 세상의 초목들이 부풀어 오르고,   54

그런 다음 태양이 자신의 말들을
다른 별12 아래에다 매어 두기 전에,
각자 자신의 색깔로 새로워지는 것처럼,   57

처음에는 나뭇가지들이 그토록 황량하던
그 나무는 장미보다 약하고 제비꽃보다
짙은 색깔을 띠면서 새롭게 변하였다.   60

그때 무리가 불렀던 노래는 이 세상의
노래가 아니었으니, 이해할 수도 없었고
또한 끝까지 모두 듣지도 못하였다.13   63

그 무자비한 눈들,14 감시하느라 비싼

---

9   태양을 가리킨다.
10 물고기자리.
11 황도 12궁에서 물고기자리 뒤에 오는 별자리는 양자리이다. 태양이 양자리에서 비출 때는
3월 하순에서 4월 중순까지이다.
12 양자리 뒤에 오는 황소자리. 태양이 황소자리에서 비출 때는 4월 하순에서 5월 중순까지이다.
13 중간에 잠이 들었기 때문에 끝까지 듣지 못하였다.
14 아르고스(「연옥」 29곡 95행 참조)의 온몸에 난 수많은 눈들을 가리킨다. 잠잘 때에도 절반
만 감고 자는 그 많은 눈으로 아르고스는 유피테르의 연인 이오를 감시하였고, 유피테르의 부탁을

대가를 치렀던 눈들이 시링크스 이야기를
들으며 잠들었던 모습을 그릴 수 있다면,   66

본보기를 놓고 그림을 그리는 화가처럼
내가 어떻게 잠들었는지 그리겠지만,
잠자는 것은 다른 누가 그리게 놔두고   69

내가 깨어났을 때로 넘어가고자 한다.
눈부신 빛이 내 잠의 너울을 찢었고,
〈일어나라. 무엇 하느냐?〉 소리쳤다.   72

천사들이 그 열매를 사랑하게 하고
하늘에서 영원한 잔치를 베풀게 하는
사과나무15의 꽃들16을 볼 수 있도록   75

베드로와 요한과 야고보가 인도되고
압도당하였다가,17 훨씬 더 큰 잠도
깨우는 소리에 다시 정신을 차리고,18   78

모세도 엘리야도 사라져 자신들의

받은 메르쿠리우스는 시링크스의 이야기를 들려주며 아르고스를 잠재워서 죽였다.(『변신 이야기』
1권 568~747행) 님페 시링크스는 목동들의 신 판의 사랑을 받아 쫓기다가 붙잡히는 순간 강변의
갈대로 변했고, 판은 그 갈대를 잘라 악기를 만들고 시링크스라는 이름을 붙였다.

15   그리스도를 가리킨다. 〈젊은이들 사이에 있는 나의 연인은 숲속 나무들 사이의 사과나무 같
답니다. 그이의 그늘에 앉는 것이 나의 간절한 소망 그이의 열매는 내 입에 달콤하답니다.〉(「아가」
2장 3절)

16   예수가 제자들에게 보여 준 〈영광스러운 변모〉(「마태오 복음서」 17장 1~8절)를 가리킨다.

17   예수가 제자들을 높은 산으로 인도하여 변모한 모습을 보여 주자, 그들은 거기 압도되었다.

18   놀라서 땅에 엎드린 제자들에게 예수는 〈일어나라. 그리고 두려워하지 마라〉(「마태오 복음

무리가 줄어든 것과 스승님의
옷도 다시 바뀐 것을 보았듯이,   81

나도 정신이 돌아왔고, 아까 강물을 따라
내 발걸음을 안내했던 그 자애로운
여인[19]이 내 위에 서 있음을 보았다.   84

나는 의혹에 싸여 〈베아트리체는 어디
있습니까?〉 물었고, 그녀는 말했다. 「보아요,
새로 돋은 잎사귀 아래 뿌리 위에 앉아 있어요.   87

그녀를 둘러싸고 있는 무리[20]를 보아요.
다른 사람들은 깊고 달콤한 노래와 함께
그리폰을 따라 위로 올라가고 있지요.」   90

그녀가 다른 말을 했는지 모르겠으니,
다른 생각을 가로막는 그녀[21]의 모습이
벌써 나의 눈을 가득 채웠기 때문이다.   93

그녀는 홀로 맨땅 위에 앉아 있었는데,
두 가지 성질의 짐승에게 매인 수레를
지키려고 거기 남아 있는 것 같았다.   96

서」 17장 7절) 하고 정신을 차리게 하였다. 예수의 목소리는 라자로(「요한 복음서」 11장 1절 이하)
나 과부의 아들(「루카 복음서」 7장 12절 이하)처럼 죽음의 잠(〈더 큰 잠〉)에서도 깨어나게 하였다.
    19   마텔다.
    20   일곱 덕성의 여인들이다.
    21   베아트리체.

그녀의 주위로 일곱 님페가 둥글게
에워싸고 있었는데, 북풍이나 남풍도
끄지 못하는 등불²²을 손에 들고 있었다.   99

「그대는 잠시 동안 이 숲에 머물다가
그리스도께서 다스리는 저 로마²³에서
나와 함께 영원히 살게 될 것입니다.   102

그러니 악하게 사는 세상에 도움이 되도록
이제 저 수레를 잘 보고, 그대가 본 것을
저 세상으로 돌아가 글로 쓰도록 해요.」   105

그렇게 베아트리체는 말했고, 완전히
그 명령에 따를 생각에 나는 그녀가
원하는 곳으로 눈과 마음을 향했다.   108

가장 멀리 떨어져 있는 저 끝에서²⁴
비가 내릴 때 빽빽한 구름의 불²⁵도
그렇게 빨리 내려오지 못할 정도로   111

빠르게 유피테르의 새²⁶가 아래의 나무로
내려오더니, 새로운 잎사귀와 꽃뿐만

---

22   영원히 꺼지지 않는 일곱 촛대의 촛불을 가리킨다.
23   천국을 가리킨다.
24   대기권의 끝이다. 수증기는 그곳까지 올라가 비가 되어 내린다.
25   번개.
26   독수리. 여기에서 독수리는 로마 제국을 상징하는데, 로마 제국은 초기의 그리스도인들을
박해함으로써 하느님의 정의(〈나무〉)를 모독하였고 교회(〈수레〉)에 깊은 상처를 주었다.

아니라 껍질까지 쪼아서 부서뜨렸으며,   114

온 힘을 다해 수레에 부딪쳤으니 수레는
마치 폭풍우 속의 배가 파도에 휩쓸려
이쪽으로 저쪽으로 흔들리는 것 같았다.   117

그런 다음 나는 승리의 수레 안으로
좋은 음식은 전혀 먹어 보지 못한 듯한
여우 한 마리가 뛰어드는 것을 보았다.[27]   120

하지만 나의 여인은 여우의 추악한
죄를 꾸짖으며 내쫓으니, 살점 없는
뼈가 감당하는 한 재빨리 달아났다.   123

다음에는 독수리가 처음 왔던 곳[28]에서
수레 안으로 내려오더니, 거기에다
자신의 깃털을 남기는 것을 보았다.[29]   126

그러자 마치 괴로운 가슴에서 나오듯이
하늘에서 목소리가 나와 이렇게 말했다.
「오, 내 쪽배[30]여, 나쁜 짐을 실었구나!」   129

27   여우는 헛되고 잘못된 이론에 토대를 둔 이단을 상징하는데, 여기에서는 베아트리체로 형
상화된 신학적 지혜에 의해 쫓겨난다.
28   나무.
29   로마의 콘스탄티누스 황제(〈독수리〉)가 교회에 많은 땅을 바친 것을 상징한다.(「지옥」 19곡
115~117행 참조) 그것은 비록 〈좋은 의도〉에서 나온 것이지만 결과적으로는 교회가 타락하여 세
속적 권력과 부를 축적하도록 부추겼다는 것이 단테의 생각이다.
30   베드로의 배(「천국」 11곡 119~120행), 즉 교회를 상징한다.

그런 다음 양쪽 바퀴 사이의 땅바닥이
갈라지더니, 거기에서 용³¹ 한 마리가
나와서 꼬리로 수레 바닥을 찔렀다.   132

그리고 마치 말벌이 침을 다시 빼듯이
사악한 꼬리를 끌어당겨 수레 바닥의
일부를 떼어 내 꾸무럭거리며 가버렸다.   135

남은 수레는 비옥한 땅이 잡초에 뒤덮이듯
아마도 훌륭하고 좋은 의도로 제공된
깃털에 의해 뒤덮이기 시작하였으며,   138

이쪽 바퀴와 저쪽 바퀴, 끌채까지
순식간에 깃털로 뒤덮였는데, 입을 벌려
한숨 한 번 내쉬는 것보다 빨랐다.   141

그렇게 변해 버린 성스러운 구조물은
여러 군데로 머리들을 내밀었으니,
끌채 위로 세 개, 각 면에 하나씩이었다.   144

앞의 머리들은 황소처럼 뿔이 났으나³²
나머지 넷은 이마에 뿔이 하나만 있었으니,
그런 괴물은 전혀 본 적이 없었다.³³   147

31 「요한 묵시록」 12장 7~10절에 나오는 용은 사탄을 가리키는데, 여기에서는 사탄의 교묘한
술책으로 빚어진 교회 내부의 분열을 상징한다. 특히 용이 〈수레 바닥의 일부를 떼어〉 가버리는 것
은 무함마드가 이슬람교를 확산시키면서 상당수의 그리스도인을 이끌고 간 것으로 해석하기도
한다.
32 끌채 위로 솟은 세 개의 머리에는 각각 황소처럼 두 개의 뿔이 나 있다.

그 위에는 뻔뻔스러운 창녀34 하나가
마치 높은 산의 요새처럼 버티고 앉아
음탕한 눈길로 주위를 둘러보았으며,   150

마치 그녀를 빼앗기지 않으려는 듯이
그 옆에는 거인35 하나가 우뚝 서서
이따금 함께 입 맞추는 것을 보았다.   153

하지만 그녀가 음탕하고 두리번거리는
눈을 나에게 돌리자, 그 흉포한 정부(情夫)는
머리부터 발끝까지 그녀를 채찍질하였다.   156

그리고 의심과 잔인한 분노에 가득 차서
괴물36을 풀어 숲속으로 끌고 갔으니,
숲이 내 앞을 가로막는 장벽이 되어   159

창녀도 괴상한 괴물도 보이지 않았다.

33 「요한 묵시록」 17장 1~8절에 머리 일곱에 뿔이 열 개 달린 짐승이 나온다. 여기에서 일곱 머리는 가톨릭의 일곱 가지 대죄를 상징하고, 뿔 열 개는 10계명을 거스르는 것으로 보기도 한다.
34 「요한 묵시록」 17장 1절 이하에 〈대탕녀〉가 나온다. 여기에서는 타락한 교회를 장악하고 있는 교황, 특히 보니파키우스 8세를 가리키는 것으로 해석된다.
35 필리프 4세를 상징한다. 그는 로마 교회를 장악하기 위해 보니파키우스 8세와 대립하면서 알라냐의 치욕(「연옥」 20곡 85~87행 참조)까지 안겨 주었다. 결국 1305년 교황으로 선출된 프랑스 출신 클레멘스 5세는 그와 결탁하여 교황청을 아비뇽으로 옮김으로써 70여 년에 걸친 〈아비뇽 유수〉가 시작되었다.
36 수레가 변형된 괴물을 가리킨다.

32: 148~149
그 위에는 뻔뻔스러운 창녀 하나가 마치 높은 산의 요새처럼 버티고 앉아

제33곡

베아트리체는 일곱 여인을 앞세우고 단테와 스타티우스, 마텔다와 함께 가면서 단테에게 앞날에 대한 예언들을 들려준다. 그렇게 이야기하는 동안 그들은 에우노에강에 도달한다. 마텔다의 안내로 단테는 강물을 마시고, 완전히 깨끗해진 몸으로 별들을 향해 오를 준비가 된다.

「하느님, 이방인들이 왔습니다.」[1] 여인들은
눈물을 흘리며 때로는 셋이, 때로는 넷이
달콤한 성가를 번갈아 노래하기 시작했다.　　　　　　　　3

베아트리체는 한숨을 지으면서 경건하게
듣고 있었는데, 마리아가 십자가 아래에서
안색이 변한 것[2]과 같은 모습이었다.　　　　　　　　6

그렇지만 다른 여인들이 그녀에게
말할 겨를을 주자,[3] 똑바로 일어나더니
불과 같은 홍조를 띠면서 대답하였다.　　　　　　　　9

「조금 있으면 너희는 나를 못 볼 것이고,
그리고 사랑하는 자매들이여, 또다시

1　원문에는 라틴어 *Deus, venerunt gentes*로 되어 있다. 〈하느님, 이방인들이 당신 소유의 땅으로 쳐들어와 당신의 거룩한 궁전을 더럽히고 예루살렘을 폐허로 만들었습니다.〉(「시편」 79편 1절)
2　십자가에 못 박힌 예수를 바라보는 성모 마리아의 비통하고 애처로운 모습을 가리킨다.
3　여인들이 노래를 마치고 베아트리체가 말할 수 있도록 침묵하자.

조금 있으면 너희는 나를 볼 것이다.」⁴   12

그리고 일곱 여인을 모두 앞세우더니,
남아 있던 현자⁵와 여인⁶과 나에게
눈짓만으로 자신을 뒤따르게 하였다.   15

그렇게 앞으로 나아갔는데, 아마
땅바닥에서 열 걸음 정도 옮겼을 때
자신의 눈으로 내 눈을 바라보면서   18

평온한 표정으로 나에게 말하였다.
「조금 빨리 오세요. 그대와 말할 때
좀 더 잘 알아들을 수 있도록 말이오.」   21

내가 시키는 대로 곁에 다가가자 말했다.
「형제여, 이제 나와 함께 가면서도
왜 나에게 질문하려고 하지 않나요?」   24

마치 자기 손윗사람 앞에서 말할 때
너무나도 존경하는 마음에 입 밖으로
또렷한 목소리를 내지 못하는 사람처럼   27

---

4 원문에는 라틴어 *Modicum, et non videbitis me; et iterum,* (……) *modicum, et vos videbitis me*로 되어 있고, 다만 중간의 〈사랑하는 자매들이여〉는 이탈리아어로 되어 있다. 〈조금 있으면 너희는 나를 더 이상 보지 못할 것이다. 그러나 다시 조금 더 있으면 나를 보게 될 것이다.〉(「요한 복음서」 16장 16절)
5 베르길리우스가 떠난 후에도 남아 있는 스타티우스
6 마텔다.

나도 그랬으니, 온전하지 않은 목소리로
말했다. 「여인이여, 나에게 필요한 것과
유용한 것을 그대는 이미 알고 있습니다.」   30

그녀는 말했다. 「이제 두려움과 부끄러움을
모두 벗어 버리기 바랍니다. 그래야
꿈꾸는 사람처럼 말하지 않을 테니까요.   33

뱀이 부서뜨린 그릇7은 전에 있었다가
지금은 없지만, 그 죄인들8은 알아야 해요,
하느님의 복수는 수파9를 두려워 않는다는 것을.   36

수레에 깃털을 남겨, 수레가 괴물로 변하고
이어서 먹이가 되게 만들었던 독수리는
계속하여 후예가 없지 않을 것이오.10   39

내가 분명히 보고 있기에 이야기하니,
온갖 장애와 방해물에서 벗어난 별들이
이미 가까이 있어 우리에게 시간을 주니,   42

---

7 용의 공격으로 일부가 떨어져나간 수레를 가리킨다.(「연옥」 32곡 130~135행 참조)

8 창녀와 거인을 가리킨다.

9 *suppa*. 술이나 우유에 적신 빵 조각. 옛날 피렌체 풍습에 살인자가 9일 동안 희생자의 무덤에서 이 수파를 먹으면, 희생자 가족의 복수를 피할 수 있다고 믿었다. 따라서 희생자의 가족들은 무덤을 지켜 살인자가 오지 못하게 막았다고 한다. 여기에서 하느님의 복수는 어떤 식으로도 피할 수 없다는 것을 의미한다.

10 앞에서 말했듯이 독수리는 황제를 가리키는데, 페데리코 2세 이후 아직까지 진정한 신성 로마 제국의 황제는 나타나지 않았지만(「연옥」 6곡 97행 참조), 언젠가는 제국과 교회를 바로잡을 황제가 나타날 것이라는 뜻이다.

그동안 하느님께서 보내신 5백과 열과

다섯11이 창녀와, 그리고 그녀와 함께

죄를 지은 거인을 같이 죽일 것입니다.　　　　　　　　　　45

혹시 내 말이 테미스12나 스핑크스13처럼

모호하고 그들처럼 지성을 흐리게 하여

그대에게 설득력이 없을지 모르겠으나,　　　　　　　　　48

이제 곧 사실들이 나이아데스14가 되어

양 떼나 곡물들에 피해를 주지 않고15

이 어려운 수수께끼를 풀어 줄 것이오.　　　　　　　　　51

그대는 내가 말한 이 말을 그대로

기억하여, 죽음을 향한 달리기에 불과한

삶을 살아가는 산 사람들에게 전하시오.　　　　　　　54

---

11 「요한 묵시록」 13장 17~18절에서 수수께끼 같은 숫자 666에 대한 언급을 상기시킨다. 로
마 숫자로 515는 DXV인데, 이것은 라틴어 *dux*(지도자, 우두머리)를 의미하는 것으로 해석된다.
그 지도자가 누구인지는 분명하지 않으나 어쨌든 얼마 지나지 않아 세상을 바로잡을 인물의 출현을
가리킨다. 그 지도자는 「지옥」 1곡 100행 이하에서 언급되는 〈사냥개〉와 비교된다.

12 그리스 신화에 나오는 법의 여신으로 신탁이나 제의를 발명하였고, 아폴로에게 점치는 방
법을 가르쳐 주기도 하였다.

13 여자 얼굴에 사자 가슴, 앞발과 꼬리, 맹금류 날개를 가진 괴물이다. 그녀는 지나가는 사람
들에게 수수께끼를 내어 풀지 못하면 죽이곤 하였는데, 오이디푸스가 그 수수께끼를 풀자 절벽에서
떨어져 죽었다고 한다.

14 라이아데스Laiades는 라이오스의 아들, 즉 오이디푸스를 가리키는데, 『변신 이야기』의 일
부 판본에 나이아데스Naiades로 잘못 적혀 있고, 이것을 단테가 그대로 인용한 것으로 짐작된다.
그리스 신화에서 나이아데스는 물의 님페들이다.

15 『변신 이야기』의 일부 판본에 의하면(7권 762~765행) 오이디푸스가 스핑크스를 죽이자,
테미스는 테바이에 무시무시한 여우를 풀어놓아 사람들을 해치고 양 떼와 들판을 황폐하게 만들었
다고 한다.

또한 그 말을 쓰게 될 때, 그대가 보았듯이
여기서 방금 두 번이나 약탈당한 나무를
숨기지 않도록 마음속에 잘 기억하시오.　　　　　　　　57

누구든지 그 나무를 약탈하거나 꺾으면,
오직 당신만 사용하도록 성스럽게 창조한
하느님께 실제적인 모독을 하게 되지요.　　　　　　　60

그 열매를 먹은 최초의 영혼은 5천 년
이상이나 고통과 열망 속에서, 그 죄의
형벌을 몸소 받으신 분을 기다렸지요.[16]　　　　　　63

이 나무는 특별한 이유가 있어 그렇게
높고 꼭대기가 뒤집혀 있다는 것을
모르면 그대 지성은 잠들어 있는 것이오.　　　　　　66

헛된 생각들이 엘사[17]의 물처럼 그대 마음을
가두지 않고, 오디를 물들인 피라모스처럼
그 쾌락이 그대 마음을 적시지 않았다면,[18]　　　　　69

---

16 〈최초의 영혼〉 아담은 선악과를 먹은 죄로, 림보에서 형벌의 〈고통〉과 하느님을 뵙고 싶은 〈열망〉 속에 5천 년 동안, 십자가의 피로 그 죄의 형벌을 대신 받은 그리스도를 기다렸다. 아담은 지상에서 930년을 살았고(「창세기」 5장 5절), 림보에서 4302년 동안 있었다.(「천국」 26곡 118~120행 참조)

17 Elsa. 아르노강으로 흘러드는 지류인데, 광물 성분이 많아서 물속에 잠긴 물체의 겉 부분을 단단하게 석화(石化)시킨다.

18 피라모스와 티스베의 사랑 이야기에 대해서는 「연옥」 27곡 37~39행 참조. 자결한 피라모스의 피가 튀어 오디가 빨갛게 물들듯이, 헛된 생각들의 쾌락이 단테의 마음을 흐리게 하지 않았다면.

그런 특이한 상황만 보고도[19] 그대는
나무를 금지시키신 하느님의 정의에서
도덕적인 뜻을 알 수 있을 것이오.   72

하지만 그대의 지성은 단단하게
돌이 되고 흐릿하게 물들어 있어서
내 말의 빛에 눈부셔 하는 것으로 보아,   75

다시 한번 바라니, 글로 쓰지 못하겠으면,
지팡이에 종려 잎을 감아 가져가듯이[20]
최소한 그림이라도 간직해 가져가오.」[21]   78

그래서 나는 말했다. 「봉인하는 밀랍이 찍힌
모양을 바꾸지 않는 것처럼 이제
내 뇌리에 당신 모습이 새겨졌습니다.   81

그런데 내가 열망하던 그대의 말은
왜 이렇게 내 지성의 눈 위로 날아가
이해하려 할수록 더 놓치는 것일까요?」   84

그녀가 말했다. 「그대가 지금까지 추종한
학파를 알고, 그 이론이 얼마나 나의 말을
따를 수 있는가 보도록 하기 위함이며,[22]   87

---

19 나무가 아주 높고 위로 올라갈수록 가지가 넓게 퍼진 특이한 모양만 보고도.
20 순례자들이 기념으로 지팡이에 종려나무 잎사귀를 감아서 돌아가는 것처럼.
21 글로 표현하지 못하더라도 최소한 그 이미지들만이라도 잘 간직하라는 뜻이다.
22 단테가 지금까지 추구했던 지상의 학문이나 이론이 얼마나 미흡한지 단테가 직접 깨닫도록
하기 위해서라는 뜻이다.

또한 땅에서 가장 높이 도는 하늘까지만큼
그대들의 길은 성스러운 길에서 멀리
떨어져 있다는 것을 보도록 하기 위함이오.」   90

그래서 나는 대답했다.「내가 혹시라도
그대에게서 멀어진 적이 있는지, 양심의
가책을 느꼈는지 기억나지 않습니다.」   93

그녀는 미소를 지으며 말했다.「만약 그대가
기억할 수 없다면, 그대가 오늘 레테의
강물을 마셨다는 것을 생각해 보시오.   96

또한 연기를 보고 불이 있음을 알듯이
그런 망각은 그대의 마음이 다른 곳에
몰두했었다는 잘못을 명백히 증명합니다.   99

진정으로 이제부터는 나의 말이
벌거벗은 것처럼 투명하여, 그대의
무딘 눈도 분명히 이해할 것이오.」   102

더욱 눈부신 태양은 더욱 느린 걸음으로,
보는 관점에 따라 이쪽저쪽 움직이는
자오선23의 둘레를 달리고 있었다.   105

그때 마치 앞장서서 사람들을 안내하는

---

23 자오선은 보는 지점, 즉 경도에 따라 그 위치가 달라진다.

사람이 길에서 새로운 것을 발견하면
걸음을 멈추는 것처럼, 일곱 여인이   108

희미한 그늘의 끝부분에 멈추었는데,
높은 산의 초록 잎들과 짙은 가지들이
차가운 개울 위에 드리운 것 같았다.   111

그녀들 앞에는 하나의 샘물에서 나온
유프라테스강과 티그리스강24이
헤어지기 싫어하는 친구처럼 보였다.   114

「오, 빛이여, 인류의 영광이여, 여기
하나의 원천에서 시작하여 서로
떨어져 흘러가는 이 물은 무엇입니까?」   117

그런 내 부탁에 그녀는 말했다. 「마텔다25에게
말해 달라고 부탁해요.」 그러자 아름다운
여인은 마치 잘못에서 벗어나는 사람처럼   120

대답하였다. 「이것과 다른 것들에 대해
내가 이미 말해 주었지요. 레테의 강물이
분명 그걸 잊게 하지는 않았을 겁니다.」   123

---

24   「창세기」 2장 14절에 의하면 에덴동산에 흐르는 네 강들 중 두 개다. 하지만 여기에서는 레테강과 에우노에강을 그렇게 비유하고 있다.
25   〈아름다운 여인〉(「연옥」 28곡 43행)의 이름은 이곳에서 유일하게 언급된다. 그녀가 누구를 가리키는지 분명하게 알려진 바 없다.

베아트리체가 말했다. 「지나친 관심이
때로는 기억을 빼앗기도 하는데, 그래서
마음의 눈이 흐려진 모양입니다.   126

어쨌든 저기 흐르는 에우노에를 보아요.
그대가 늘 하는 대로 저곳으로 데려가
그의 희미해진 능력²⁶을 되살려 주시오.」   129

훌륭한 영혼은 핑계를 대지 않고,
다른 사람의 의지가 어떤 표시로
드러나면 곧바로 자신의 의지로 삼듯이,   132

아름다운 여인은 곧바로 움직여 나를
붙잡았고, 스타티우스에게 우아하게
말했다. 「이 사람과 함께 오세요.」   135

독자여, 더 길게 쓸 공간이 있다면,
아무리 마셔도 배부르지 않을 달콤한 물을
조금이라도 내가 노래할 수 있을 텐데.   138

하지만 이 둘째 노래편²⁷에 정해진
모든 종이가 이미 가득 찼기에 예술의
고삐²⁸는 더 가게 허용하지 않는구려.   141

26 선에 대한 희미한 기억이다.
27 「연옥」을 가리킨다.
28 예술 작품의 규모나 한계를 가리킨다.

33: 136~138
독자여, 더 길게 쓸 공간이 있다면, 아무리 마셔도 배부르지 않을 달콤한 물을 조금이라도 내가 노래할 수 있을 텐데.

나는 그 성스러운 물결에서 돌아왔고,
마치 새로운 잎사귀로 새롭게 태어난
나무처럼 순수하게 다시 태어났으니,   144

별들에게로 오를 준비가 되어 있었다.

천국

PARADISO

제1곡

단테는 천국에 대한 노래를 시작하기 전에 먼저 아폴로에게 이 마지막 위대한 작업에 월계관을 씌워 달라고 기원한다. 눈부신 빛과 아름다운 노래 속에 베아트리체는 하늘들을 응시하고, 단테는 베아트리체를 응시한 채 하늘로 날아오른다. 단테의 질문에 베아트리체는 하늘나라에서는 인간의 이성으로 이해할 수 없는 일들이 가능하다고 대답한다.

모든 것을 움직이시는 분의 영광은
온 우주에 침투하지만 어떤 곳에는
많이, 또 다른 곳에는 적게 비춘다.   3

나는 그 빛을 가장 많이 받는 하늘에
있었고, 그 위에서 내려오는 사람이라도
말로 표현할 수 없는 것들을 보았다.   6

우리의 지성은 원하는 것에 가까이
다가갈수록 너무 깊이 빠져, 기억이
그 뒤를 쫓아가지 못하기 때문이다.   9

하지만 내가 그 성스러운 왕국에서
마음속 보물로 만들 수 있었던 것이
이제 내 노래의 소재가 될 것이다.   12

오, 훌륭한 아폴로여, 이 마지막 작업[1]에서

---

1 「천국」의 집필을 가리킨다.

그대가 사랑하는 월계관2에 합당하도록
나를 그대 역량의 그릇으로 만들어 주오.   15

여기까지는 파르나소스의 한 봉우리로
충분했으나 이제는 두 봉우리와 함께3
나머지 싸움터에 들어가야 합니다.   18

내 가슴속에 들어와, 마르시아스4를
사지의 덮개에서 벗겨 냈을 때처럼
그대의 영감을 불어넣어 주소서.   21

오, 성스러운 힘이여, 그대가 나를
도와 내 머릿속에 찍혀 있는 복된
왕국의 그림자를 표현할 수 있다면,   24

내가 그대의 사랑하는 나무5 밑으로 가서
그 잎사귀 관을 쓰는 것을 볼 것이니,6
소재와 그대가 나를 합당하게 해줄 것이오.   27

---

2 아폴로는 님페 다프네를 사랑하였는데, 그녀는 아폴로가 쫓아오자 도망치다가 잡히려는 순간 강의 신인 아버지에게 애원하여 월계수로 변하였다. 그리하여 월계수는 아폴로의 나무가 되었고, 월계관은 승리를 상징한다.

3 파르나소스에는 두 개의 봉우리가 솟아 있는데, 키라(36행 참조)는 아폴로의 봉우리이고 니사는 무사 여신들의 봉우리이다. 지옥과 연옥의 노래에는 무사 여신들의 도움만으로 충분했으나, 천국의 노래를 위해서는 아폴로의 도움도 필요하다는 뜻이다.

4 반은 사람이고 반은 염소인 사티로스들 중 하나로, 아폴로와 누가 더 아름다운 음악을 연주하는지 겨루다가 패배하였고 산 채로 가죽이 벗겨지는 벌을 받았다.

5 월계수.

6 천국의 소재에 알맞은 시로 월계관을 쓰고 싶다는 것이다.

오, 아버지여, 인간 의지의 부끄러움과
잘못 때문에 황제나 시인의 승리를
축하하려고 가지를 꺾는 일은 드무니,   30

페네이오스[7]의 잎은 누군가 자신에게
목말라 할 때, 즐거운 델포이의 신[8]에게
분명히 즐거움을 낳아 줄 것입니다.   33

작은 불티 뒤에 커다란 불꽃이 따르니,
아마 내 뒤에서 더 나은 목소리들이
키라[9]가 대답하도록 기도할 것입니다.   36

세상의 등불[10]은 여러 지점을 통하여
사람들에게 솟아오르지만, 네 개의 원을
세 개의 십자가로 연결하는 지점에서   39

가장 좋은 별과 함께 가장 좋은 길로
솟아올라, 자기 나름대로 세상의
밀랍을 주무르고 흔적을 남긴다.[11]   42

그리하여 저쪽은 아침, 이쪽은 저녁이

7 강의 신으로 다프네의 아버지이다. 여기서는 다프네가 변신한 월계수를 가리킨다.
8 아폴로. 델포이에 아폴로에게 바쳐진 유명한 신전이 있었다.
9 아폴로의 봉우리이다.
10 태양.
11 계절에 따라 태양은 지평선의 서로 다른 지점에서 떠오르는데, 현재는 춘분 무렵이다. 따라서 지평선과 황도(黃道), 적도, 주야 평분선(平分線) 등 네 개의 원이 교차하여 세 개의 십자가 모양을 이루는 지점에서 떠오르고 있다. 그리고 태양은 〈가장 좋은 별〉인 양자리에 있으며, 또한 천지창조와 예수 그리스도의 수태도 춘분 무렵에 있었으므로 〈가장 좋은 길〉을 가고 있다는 것이다.

되었으니,¹² 저쪽 반구는 온통 하얗고
다른 쪽은 완전히 어둡게 되었을 때,   45

베아트리체는 왼쪽 편으로 몸을 돌려,¹³
독수리도 그렇게 응시하지 못할 정도로
뚫어지게 태양을 바라보고 있었다.¹⁴   48

최초의 빛살에서 나오는 두 번째
빛¹⁵이 위로 올라가려는 것처럼, 또한
집으로 돌아가고 싶어 하는 순례자처럼   51

그녀의 몸짓은 내 눈을 거쳐 상상력을
자극하여 똑같이 만들었으니, 나는
우리의 능력을 넘어 태양을 응시하였다.   54

인간이 살아가도록 만들어진 장소인
이곳에서는 우리 능력에 허용되지 않는
많은 것들이 그곳에서는 허용되었다.¹⁶   57

나는 오래 견디지 못했으나 짧지도 않았으니,
용광로에서 나온 쇳덩이처럼 끓어오르며

---

12 연옥의 산이 솟아 있는 곳은 아침이 되고, 예루살렘은 저녁이 되었다.
13 지상 천국에서 베아트리체는 동쪽을 바라보고 있었으니, 지금은 북쪽으로 몸을 돌려 태양을 바라본다.
14 독수리는 태양을 직접 응시할 수 있다고 믿었다.
15 반사된 빛을 가리킨다.
16 천국에서는 맨눈으로 태양을 직접 바라보는 것처럼 인간의 능력을 초월하는 것이 가능하다는 뜻이다.

주위로 불꽃들이 튀는 것을 보았다. 60

곧바로 마치 전능하신 분이 하늘을
또 다른 태양으로 치장하는 것처럼
낮에 다른 낮이 겹친 것처럼 보였다. 63

베아트리체는 영원한 바퀴들[17]에다
눈을 응시하고 있었고, 나는 태양에서
거둬들인 눈빛을 그녀에게 고정하였다. 66

그녀를 바라보면서 나는 내면적으로
마치 글라우코스[18]가 해초를 맛보고
다른 바다 신들과 동료가 된 것 같았다. 69

인간의 능력을 초월한다는 것은 말로
표현할 수 없겠지만, 은총이 그런 경험을
허용해 주는 자에게는 이 예로 충분하리라. 72

하늘을 다스리는 사랑이여, 당신의 빛으로
나를 들어 올리셨으니, 내가 단지 영혼[19]
속에만 들어 있었는지 당신이 아십니다. 75

17 지구를 중심으로 회전하는 하늘들이다.
18 그리스 신화에 나오는 보이오티아의 어부로 우연히 불사의 효능이 있는 해초를 먹고 바다
의 신이 되었다고 한다.
19 원문에는 〈당신이 마지막에 창조하신 것〉으로 되어 있는데, 이미 만들어진 육체 안에 하느
님이 나중에 영혼을 불어넣는다는 관념을 반영한다. 단테는 지금 단지 자기 영혼만 올라가고 있는
지, 아니면 영혼과 육체가 함께 올라가고 있는지 의아해한다. 〈나로서는 몸째 그리되었는지 몸을 떠
나 그리되었는지 알 길이 없지만, 하느님께서는 아십니다.〉(「코린토 신자들에게 보내는 둘째 서간」
12장 3절)

당신께서 열망으로 영원히 돌리시는
바퀴가, 당신께서 조절하고 맞추시는
화음과 함께 나의 관심을 끌었을 때,   78

하늘은 온통 태양의 불꽃으로 불타는
것처럼 보였으니, 어떤 비나 강물도
그토록 넓은 호수를 이루지 못했으리라.   81

그 신비로운 소리와 거대한 불꽃은 나에게
그 이유를 알고 싶은 욕망을 불붙였으니,
그토록 예리한 욕망은 느낀 적이 없었다.   84

그러자 그런 나를 꿰뚫어 본 그녀[20]는
감동한 내 영혼을 달래 주기 위하여
내가 질문하기도 전에 입을 열어   87

말을 꺼냈다. 「그대는 그릇된 상상으로
스스로 어리석어지니, 그것을 떨쳐 버리면
볼 수 있을 것을 보지 못하고 있어요.   90

그대는 지금 그대가 믿듯이 땅에 있지
않고, 제자리를 떠난 번개보다 빠르게
그대의 자리[21]로 돌아가고 있는 중이오.」   93

미소를 짓는 그녀의 간략한 말에

20 베아트리체.
21 영혼의 진정한 고향인 하늘을 가리킨다.

나는 처음의 의혹에서 벗어났지만,
안으로는 새로운 의혹에 휩싸여   96

말했다. 「그대는 내 커다란 놀라움[22]을
만족시켜 주었지만, 이제 어떻게 내가
이 가벼운 물체들을 통과하는지 놀랍군요.」   99

그러자 그녀는 자애롭게 한숨짓더니,
헛소리하는[23] 아이를 바라보는 어머니
같은 모습으로 나에게 눈길을 돌리고   102

말하기 시작했다. 「모든 만물 사이에는
서로의 질서가 있으니, 그것은 우주가
하느님을 닮게 만드는 원리이지요.   105

여기에서 높은 창조물들[24]은 영원한
가치,[25] 그러한 질서가 만들어진
목적이 되는 가치의 흔적을 봅니다.   108

내가 말하는 질서 속에서 모든 자연은
서로 다른 조건으로 그 원리에
더 가깝거나 멀게 기울어지게 되고,   111

22 경이로운 화음과 눈부신 빛에 대한 놀라움과 의혹이다.
23 병에 걸려 헛소리를 하는.
24 천사들, 또는 철학자나 신학자들을 가리키는 것으로 해석된다.
25 창조주.

그래서 존재의 넓은 바다에서
서로 다른 항구로 움직이며 각자
자신에게 주어진 본능을 간직하지요.   114

그것[26]은 달을 향하는 불에도 있고,
그것은 동물들의 마음[27]을 움직이고,
그것은 땅을 뭉쳐 하나로 만들지요.[28]   117

단지 지성을 갖지 않은 창조물들만
그 활[29]을 쏘는 것이 아니라, 지성과
사랑을 지닌 창조물들도 쏜답니다.   120

그렇게 모든 것을 배려하시는 섭리는
가장 빨리 도는 하늘을 감싸는 하늘[30]을
당신의 빛으로 언제나 평온하게 만들지요.   123

기쁨의 표적을 향하여 곧바로 화살을
날리는 활시위의 힘이 바로 그곳, 정해진
자리로 지금 우리를 데려가고 있답니다.   126

26 본능을 가리킨다.
27 원문에는 *cor mortali*, 즉 〈죽을 운명의 심장들〉로 되어 있는데, 이성이 없는 존재들을 가리
킨다.
28 중력의 법칙을 의미한다.
29 본능.
30 최고의 하늘 엠피레오(「지옥」 2곡 20행 참조)를 가리킨다. 프톨레마이오스의 이론을 토대
로 한 가톨릭의 우주관에 의하면, 지구를 중심으로 아홉 개의 하늘이 서로 다른 속도로 돌고 있으며,
그 너머에 엠피레오가 있다. 따라서 엠피레오는 아홉째 하늘인 〈최초 움직임의 하늘〉(라틴어로는
Primum mobile)을 둘러싸고 있는데, 〈최초 움직임의 하늘〉은 지구에서 가장 멀리 떨어져 있고 가
장 빠르게 회전하면서, 그 안에 포함된 나머지 여덟 개의 하늘을 회전하게 만든다. 단테와 베아트리
체는 엠피레오를 향해 그 하늘들을 하나씩 거쳐 올라간다.

소재가 제대로 상응하지 못하기 때문에
형식이 예술의 의도와 어울리지 않는
경우가 실제로 자주 나타나는 것처럼,   129

그렇게 창조물은 좋은 방향에서 다른
방향으로 돌아설 힘[31]이 있기 때문에
때로는 그 길에서 멀어지기도 하고,   132

마치 구름에서 번개가 떨어지는 것을
볼 수 있듯이, 거짓 즐거움으로 인해
최초 충동[32]이 땅으로 가기도 하지요.   135

내 판단이 옳다면, 그대가 올라가는 것은
마치 강물이 높은 산에서 낮은 곳으로
흘러가는 것과 같으니 놀라지 마오.   138

아무 방해도 없는데[33] 그대가 아래에
앉아 있다면, 생생한 불꽃이 땅에서
잠잠한 것처럼 놀라운 일일 것이오.」   141

그리고 하늘을 향해 얼굴을 돌렸다.

---

31 자유 의지를 가리킨다.
32 선을 지향하고 하늘로 오르고자 하는 원초적 본능이다.
33 아무런 죄의 흔적도 없는데.

제2곡

단테는 철학이나 신학의 교양이 부족한 독자에게는 「천국」이 어렵게 보일 수도 있다고 미리 말해 준다. 잘못하면 길을 잃고 헤맬 수도 있으므로 미리 돌아가라고 권한다. 단테와 베아트리체는 빠른 속도로 첫째 하늘인 달의 하늘에 도착한다. 단테는 달의 얼룩처럼 보이는 것이 무엇 때문인지 질문하고, 베아트리체는 신학과 철학, 물리학의 원리들을 들어 설명한다.

오, 귀담아듣고 싶은 욕망에 작은
쪽배에 앉아, 노래하며 나아가는 나의
배를 뒤따라오고 있는 그대들[1]이여,   3

넓은 바다로 들어서지 말고 그대들의
해변으로 돌아가기 바라오, 혹시라도
나를 잃고 헤맬 수도 있을 테니까.   6

내가 가는 바다는 아무도 가본 적 없고,
미네르바가 바람을 불고 아폴로가 이끌며
아홉 무사 여신이 큰곰자리를 보여 준다오.[2]   9

이곳[3]에서 맛볼 수는 있지만 충분히
배부르지 않은 천사의 빵을 향해 일찍부터

---

1   혹시라도 철학이나 신학의 교양이 부족한 독자들을 가리킨다. 그런 독자에게 「천국」의 노래들은 이해하기 어렵다는 것을 미리 알려 준다.
2   지혜의 여신 미네르바가 바람을 일으켜 돛을 부풀리고, 아폴로가 키를 잡고, 무사 여신들이 방향을 가르쳐 준다는 뜻이다.
3   지상 세계.

목을 내밀고 있는 그대들 몇 사람⁴이여,　　　　　　　　　12

바닷물이 다시 잔잔해지기 전에
나의 흔적을 따라 넓은 바다를 향해
그대들의 배를 띄울 수 있을 것이오.　　　　　　　15

콜키스로 건너간 영광스러운 자들⁵이
밭을 가는 이아손을 보았을 때에도
그대들처럼 놀라지는 않았을 것이오.　　　　　　18

거룩한 왕국⁶에 대한 영원하고 타고난
열망은 그대들이 보는 하늘처럼
아주 빠르게 우리를 데리고 갔다오.　　　　　　21

베아트리체는 위를 응시하고 나는 그녀를
응시하였는데, 아마 화살이 발사되어
날아가 표적에 맞는 시간보다 빠르게　　　　　　24

나는 놀라운 물체가 나의 시선을
끌어당기는 곳에 이르렀다. 그러자
내 마음을 감출 수 없는 그녀는　　　　　　27

4　젊은 시절부터 영원한 진리(《천사의 빵》)를 맛보려고 노력하는 소수의 사람들이다.(『향연』
1권 1장 7절 참조)
5　이아손과 함께 황금 양털을 찾으러 떠난 영웅들, 즉 아르고나우타이를 가리킨다.(「지옥」
18곡 87행 역주 참조) 목적지 콜키스에서 이아손이 코로 불을 뿜는 황소 두 마리에 굴레를 씌워 밭
을 갈고 용의 이빨들을 뿌리자 거기에서 병사들이 솟아나 서로 싸웠다.
6　원문에는 *deiforme regno*, 즉 〈하느님 형상의 왕국〉으로 되어 있고, 최고의 하늘 엠피레오를
가리킨다.

아름다운 만큼 기쁜 표정으로 나에게
말했다. 「우리를 첫째 별7로 인도하신
하느님께 감사하는 마음을 올리세요.」   30

마치 햇살이 부딪치는 다이아몬드처럼
눈부시고, 견고하고, 치밀하고, 깨끗한
구름이 우리를 감싸는 것 같았으며,   33

그 영원한 진주8는 우리를 받아들였는데,
마치 물이 빛살을 받아들이면서도
그대로 남아 있는 것과 같았다.   36

만약 내가 물체라면, 물체가 다른 물체로
들어갈 때 어떻게 한 차원이 다른 차원을
포함하는지 지상에서는 이해하지 못하지만,   39

우리 인간의 본질과 하느님이 어떻게
하나로 연결되었는지 본질9을 알고 싶은
열망은 분명히 더욱 불타오를 것이다.   42

그곳에서는 인간이 믿는 최초 진리10처럼
증명되지 않았지만 그 자체로 자명한 것,
우리가 믿음으로 믿는 것이 눈에 보인다.   45

---

7 지구에 가장 가까이 있는 달을 가리킨다.
8 달.
9 하느님이 사람이 된 육화*incarnatio*를 가리킨다.
10 하느님에 대한 관념, 또는 모든 진리의 원리로 해석된다.

나는 말했다. 「여인이여, 나를 인간의
세계에서 벗어나게 해주신 분께 나는
더할 나위 없이 경건하게 감사 드립니다.   48

하지만 말해 주오. 저 아래 지상에서
사람들이 카인의 이야기를 지어내는
이 물체의 검은 흔적들[11]은 무엇입니까?」   51

그녀는 약간 미소를 짓더니 말하였다.
「감각의 열쇠가 열어 주지 않는 곳에서[12]
인간들의 견해가 잘못 방황한다 하더라도   54

이제 그대는 놀라움의 화살에 찔리지
않아야 할 것이니,[13] 보다시피 감각의
뒤에서는 이성의 날개가 짧기 때문이오.[14]   57

그런데 그대는 어떻게 생각하는지 말해 보오.」
나는 말했다. 「여기서 다르게 보이는 것은 물체들이
희박하거나 빽빽하기 때문이라 생각합니다.」   60

그녀가 말했다. 「내가 반박하는 논의를 잘
들어 보면, 그대가 믿는 것이 완전히
오류에 빠져 있음을 분명히 알 것이오.   63

11 달의 거무스레한 반점들을 가리킨다. 중세 사람들은 아벨을 죽인 카인이 가시 다발을 짊어
지고 가는 모습이라고 생각하였다.(「지옥」 20곡 124행 참조)
12 정확하고 참다운 인식은 감각만으로 해결되지 않는다는 뜻이다.
13 이제는 더 이상 놀라지 않아야 한다.
14 감각만 뒤따르다 보면 이성이 멀리 나아갈 수 없다.

여덟째 천구[15]는 많은 별빛을 보여 주는데,
그것들은 질과 양에서 서로 다른
모습이라는 것을 관찰할 수 있지요.   66

만약 희박하고 빽빽한 것만으로 그렇다면,
단 하나의 힘이 모든 별에서 똑같거나
더 많거나 적게 분배되었을 것입니다.   69

서로 다른 힘은 형상 원리들[16]의 결과로
나타나야 하는데, 그대의 주장을 따른다면,
하나[17] 이외에 모든 원리가 무너질 것이오.   72

그리고 그대가 질문하는 얼룩의 원인이
만약 희박함 때문이라면, 이 행성은
장소에 따라 질료가 부족하거나, 아니면   75

마치 한 권의 책에 서로 다른 종이들이
겹쳐 있듯이, 한 물체에 두꺼운 곳과
얇은 곳이 함께 겹쳐 있을 것이오.   78

만약 첫 번째 경우라면,[18] 일식 때
햇살이 다른 희박한 것을 통과하듯이
그곳을 관통하여 비칠 것입니다.   81

15 여덟째 하늘은 붙박이별들의 하늘이다.
16 스콜라 철학에서는 물체에서 질료 원리와 형상 원리를 구별한다.
17 단테가 말하는 희박하거나 빽빽한 농도의 원리.
18 그러니까 만약 달의 일부에서는 질료가 희박하고, 일부에서는 빽빽하다면.

그런데 그렇지 않으니 다른 것[19]을
보아야 하는데, 만약 그것을 논파한다면
그대의 견해는 그릇된 것이 되리라.   84

만약 햇살이 희박한 곳을 통과하지
못한다면, 그와 반대로 **빽빽**한 곳을
통과하지 못하는 한계가 있어야 하고,   87

바로 거기에서 마치 뒷면에다 납을
감추고 있는 유리[20]에서 빛살들이
되돌아오듯이 햇살은 반사될 것이오.   90

이제 그대는 말하겠지요, 빛살이
다른 곳보다 더 뒤에서 반사되는
곳에서 더 어둡게 보인다고 말이오.   93

만약 그대가 시도해 본다면, 그대들
학술 흐름의 원천이 되는 실험을 통해
그런 반박에서 벗어날 수 있습니다.   96

거울 세 개를 준비해 두 개는 그대에게서
똑같은 거리에 두고, 나머지 하나는
둘 사이에 좀 더 멀리 두어 보십시오.   99

거울들을 바라보고 그대의 등 뒤에다

---

19 두 번째 가설로, 밀도가 **빽빽**한 층들과 희박한 층들이 서로 겹쳐져 있다고 한다면.
20 거울.

등불 하나를 놓아 세 거울이 모두 비쳐
그대에게 빛을 반사하게 하십시오.   102

더 멀리에 있는 모습은 비록 똑같은
양으로 반사되지 않을지라도, 그대는
동일하게 반사된다는 것을 볼 것입니다.   105

그렇다면 마치 따뜻한 햇살이 비칠 때
눈[雪]의 재료[21]가 이전의 차가움과
빛깔[22]에서 벗어나 남아 있게 되듯이,   108

그렇게 남아 있는 그대의 지성 안에다,
그런 모습으로 그대에게 빛나게 될
생생한 빛을 불어넣어 주고 싶군요.   111

성스러운 평화의 하늘[23] 안에서
돌고 있는 천체[24]의 권능 안에는
모든 사물의 존재가 담겨 있습니다.   114

수많은 별들이 있는 그다음 하늘[25]은
자신과 구별되면서 자신 안에 포함된
여러 별들에게 그 본질을 나눠 주지요.   117

---

21 물.
22 눈의 차가움과 하얀 색깔.
23 엠피레오.
24 아홉째 하늘인 최초 움직임의 하늘이다.
25 여덟째 하늘인 붙박이별들의 하늘이다.

다른 하늘들[26]은 서로 다른 방식으로
자체 안에 갖고 있는 서로 구별된 힘들을
고유 목적에 맞게 배치하고 확산시키지요.   120

우주의 이런 기관들은 그대가 보다시피
그렇게 단계별로 배치되어 있으니,
위에서 힘을 받아 아래로 작용합니다.   123

그대가 열망하는 진리를 향해 내가
이곳을 어떻게 지나가는지 잘 보아 두오,
나중에 그대 혼자 강을 건널 수 있도록.   126

거룩한 하늘들의 힘과 움직임은, 마치
대장장이에게서 망치의 기술이 나오듯이
축복받은 천사들에게서 발산되고,   129

수많은 별이 아름답게 꾸미는 하늘은
그것을 돌리는 심오한 정신의
모습을 취하고 그 봉인(封印)을 남기지요.   132

마치 먼지 같은 그대들 속에서 영혼이
서로 다른 기관들에 퍼져 적절하게
서로 다른 기능들을 수행하는 것처럼,   135

지성[27]은 자신의 선(善)을 많이 늘려

---

26 붙박이별들의 하늘 안에서 돌고 있는 다른 일곱 개의 하늘들을 가리킨다.

별들 사이에 퍼지게 하면서도, 자신은
자신의 통일성 위에서 돌고 있답니다.   138

그것이 생명을 부여하는 귀중한 몸체와
다양한 힘이 다양한 방식으로 연결되는데,
그대들 몸에 생명이 연결되는 것과 같지요.   141

거기에서 나오는 즐거운 본성으로 인해
눈동자에 즐거움이 생생하게 빛나듯이
그 뒤섞인 힘은 몸체에서 빛납니다.   144

거기에서 빛과 빛이 서로 다르게 보이는
것이지, 빽빽하고 희박함 때문이 아니오.
그것이 바로 자신의 선함에 알맞게   147

밝음과 흐림을 창출하는 형성 원리입니다.」

27 천사들의 지성을 가리킨다.

제3곡

달의 하늘에서 단테는 도나티 가문의 피카르다를 만난다. 달의 하늘에는 순결의 서원
(誓願)을 하였지만 타인의 폭력으로 인해 서원을 완전히 채우지 못한 영혼들이 달의
하늘에 있다. 피카르다는 단테의 여러 질문에 대답한 다음 곁에 있는 영혼을 소개하
는데, 황제 페데리코 2세의 어머니 코스탄차이다.

사랑으로 내 가슴을 불태웠던 태양[1]은
아름다운 진리의 감미로운 모습을
증명하고 검증하며 설명해 주었으니,   3

나는 나 자신을 수정하고 확신했음을
고백하기 위하여, 알맞은 만큼[2]
고개를 똑바로 들고 말하려 하였다.   6

그런데 한 영혼이 나타나 무척이나
내 관심을 끌었기에, 그를 바라보느라
나의 고백은 이루어지지 않았다.   9

마치 투명하고 깨끗한 유리를 통해서나,
또는 바닥이 보이지 않을 정도로
깊지 않으며 맑고 잔잔한 물을 통해   12

우리 얼굴의 윤곽이 희미하게 반사되면,

---

1 베아트리체를 가리킨다.
2 베아트리체에 대한 경의에서 벗어나지 않도록.

새하얀 이마 위의 진주[3]는 우리의 눈에
뚜렷하게 보이지 않는 것처럼, 그렇게   15

여러 얼굴들이 말하고 싶어 하는 것을
보고, 나는 사람과 샘물 사이에 사랑을
불붙였던 것과 정반대의 착각에 빠졌다.[4]   18

나는 그들에 대해 알아차리고 곧바로
그들이 반사된 모습[5]이라 생각하여
누구의 모습인지 보려고 눈을 돌렸으나,   21

아무것도 보지 못하고 다시 눈을 돌려
미소 짓는 감미로운 안내자[6]의 거룩한
눈에서 타오르는 빛을 똑바로 바라보았다.   24

그녀는 말했다. 「그대의 어린애 같은 생각에
내가 미소를 짓는다고 놀라지 마오.
그대는 아직 진리에 발을 딛지 못하고,   27

으레 그렇듯 헛된 생각을 하고 있소.
그대가 보는 것은 진짜 실체들인데
서원을 어겼기에 이곳에 배치되었지요.   30

---

3 당시의 여자들은 가운데에 진주가 박혀 있고, 금이나 은으로 된 관(冠)을 머리에 쓰고 다니
는 것이 유행이었다.
4 그리스 신화에서 나르키소스가 샘물에 비친 자신의 그림자를 실물로 착각하여 사랑에 빠졌
던 것과는 정반대로, 단테는 실제의 얼굴들을 반사된 그림자로 착각하였다는 뜻이다.
5 거울이나 물에 반사되어 비치는 모습을 가리킨다.
6 베아트리체.

3: 23~24

미소 짓는 감미로운 안내자의 거룩한 눈에서 타오르는 빛을 똑바로 바라보았다.

그러니 그들과 이야기하고 듣고 믿어요.
그들을 기쁘게 해주는 진리의 빛은
발길을 돌리도록 놔두지 않는답니다.」   33

그래서 나는 가장 말하고 싶은 것 같은
그림자[7]에게 몸을 돌려, 너무 많은 욕망에
어찌할 바 모르는 사람처럼 말을 꺼냈다.   36

「오, 참되게 창조된 영혼이여, 영원한 삶의
빛살 속에서, 맛보지 않으면 절대로
알 수 없는 달콤함을 느끼는 영혼이여,   39

그대의 이름과 그대의 운명을 내게
알려 주면 정말로 기쁘겠습니다.」
그녀는 곧바로 미소 짓는 눈빛으로   42

「우리의 자비는 올바른 욕망 앞에서
문을 닫지 않으니 당신의 모든 궁전[8]이
당신을 닮기 원하는 자비[9]와 같지요.   45

나는 저 세상에서 동정 수녀였습니다.
그대의 기억이 자세히 살펴본다면 내가

---

7 단테의 아내 젬마와 사촌인 피카르다(「연옥」 24곡 10행 참조)의 영혼이다. 클라라 수녀회의
수도자였던 그녀는 오빠 코르소(「연옥」 24곡 82행 참조)에 의해 강제로 환속하여 정략결혼을 하
였다.
8 천사들과 축복받은 영혼들을 가리킨다.
9 하느님의 사랑이다.

더 아름다워졌어도[10] 몰라보지 않으리니,   48

내가 피카르다라는 것을 알아볼 것이오.
여기에서 나는 다른 복된 자들과 함께
가장 느린 이 천구[11]에 행복하게 있지요.   51

오로지 성령의 즐거움 안에서만
불타는 우리 애정은 그분의 질서에
어울리게 형성된 것을 기뻐한답니다.   54

이렇게 낮아 보이는 운명이 우리에게
주어진 것은, 우리의 서원에 소홀하여
일부를 채우지 못하였기 때문이지요.」   57

나는 말했다. 「그대들의 놀라운 얼굴 속에는
그대들의 옛날 모습을 바꿔 주는[12]
어떤 거룩한 것이 빛나고 있어   60

내가 곧바로 기억해 내지 못했군요.
하지만 그대의 말이 도와주니
내가 기억해 내기 한결 쉽군요.   63

그런데 말해 주오, 여기에서 행복한
그대들은 더 많이 보고 더 가까이 있기

---

10 천국에 올라왔기 때문에 더욱 아름다워졌다는 뜻이다.
11 달의 하늘은 지구에서 가장 가까이 있으면서 가장 느리게 회전한다.
12 지상에 살았을 때의 모습을 알아볼 수 없도록 아름답게 만들어 준다.

위해[13] 더 높은 장소를 열망하는지요?」   66

다른 영혼들과 함께 약간 미소를 짓더니
그녀는 최초 불꽃의 사랑으로 불타듯이
무척이나 기쁜 표정으로 대답하였다.   69

「형제여, 사랑의 힘은 우리의 의지를
평온하게 하니, 단지 우리가 가진 것만
원하고 다른 것에 목말라 하지 않는다오.   72

만약 우리가 더 높이 있기 원한다면,
우리 욕망은 우리를 이곳에 배치하신
그분의 뜻에 어긋날 것입니다.   75

그런 일은 하늘에서 일어나지 않고,
그대가 사랑의 본성을 잘 살펴본다면
여기서는 필히 사랑 안에 있어야 합니다.   78

또한 성스러운 의지는 우리들의 의지와
하나를 이루고 있으니, 그 안에 있는 것이
이러한 축복받음에는 본질적이지요.   81

그러니 이 왕국에서 우리가 서로 다른 곳에
있는 것은, 우리의 의지를 당신의 의지로
만드시는 하느님과 온 왕국이 좋아합니다.   84

13 하느님 곁에 더욱 가까이 있기 위해.

그분의 의지 속에 우리의 평화가 있으니,
그분의 의지가 창조하고 자연이 만드는
모든 것이 흘러 들어가는 바다와 같지요.」   87

그리하여 나는, 비록 최고 선의 은총이
똑같이 내리지 않을지라도 하늘에서는
모든 곳이 천국임을 분명히 깨달았다.   90

하지만 한 가지 음식에 배부른 사람이
또 다른 음식도 먹고 싶어 이것에
감사하면서도 저것을 찾는 것처럼   93

나는 말과 행동으로 그렇게 했으니,
그녀가 끝까지 짜지 못하였던 천이
무엇이었는지 그녀에게 알고 싶었다.[14]   96

그녀가 말했다. 「완벽한 삶과 높은 업적으로
높은 하늘에 계시는 여인[15]의 규율대로
그대들 세상에서 옷과 베일을 입는 것은,   99

사랑이 원하는 뜻에 합당한 모든 서원을
받아들이시는 신랑[16]과 죽을 때까지
밤낮으로 함께 있기 위해서입니다.   102

14 단테는 어떻게 피카르다가 서원을 끝까지 지키지 못했는지 알고 싶어 한다.
15 아시시의 성녀 클라라(이탈리아어 이름은 키아라Chiara, 1194~1253)를 가리킨다. 부유한
집안 출신이었으나 성 프란치스코의 감화를 받아 청빈한 수도 생활을 시작했고, 클라라 수녀회의
창설자가 되었다.
16 예수 그리스도.

그녀를 따르기 위해 아직 젊었을 때 나는
세상을 피하여 그녀의 옷 속에 숨었고,
수녀회의 길을 따르기로 약속하였지요.   105

그런데 선보다는 악에 익숙한 남자들[17]이
달콤한 수녀원 밖으로 나를 끌어냈으니,
이후 내 삶이 어땠는지 하느님이 아십니다.   108

우리 천구의 모든 빛으로 불타오르며
나의 오른쪽에서 그대에게 모습을
드러내고 있는 이 다른 영광[18]은   111

나에 대한 내 말을 스스로 이해하시니,[19]
이분도 수녀였으나 나와 마찬가지로
머리에서 거룩한 베일을 빼앗겼지요.   114

그러나 자신의 의지나 훌륭한 관습에
거슬러 비록 세상으로 돌아갔지만
마음의 베일은 절대 벗지 않았으니,   117

이분이 바로 위대한 코스탄차[20]의

---

17 자기 집안의 남자 형제들을 가리킨다.
18 뒤에 이름이 나오는 황후 코스탄차의 영혼이다.
19 그녀 역시 피카르다처럼 타의에 의해 서원을 채우지 못했기 때문이다.
20 Costanza. 시칠리아 알타빌라Altavilla(프랑스어로는 오트빌Hauteville) 왕가의 마지막 후
계자로, 호엔슈타우펜 왕가의 황제 〈빨간 수염〉 프리드리히 1세(「연옥」 18곡 119행 참조)의 아들
하인리히 6세(1165~1197)와 결혼하여 페데리코 2세(「지옥」 10곡 119행 참조)를 낳았다. 전설적인
이야기에 의하면 그녀는 원래 수도자였는데, 억지로 결혼하여 황후가 되었다고 한다.

빛으로, 슈바벤의 둘째 바람[21]에게서
셋째 바람이자 마지막 권력을 낳았지요.」   120

그렇게 말하더니 「아베 마리아」를 노래하기
시작했고, 노래하면서 마치 무거운 물건이
깊은 물속으로 사라지듯이 사라졌다.   123

가능한 곳까지 그녀를 뒤쫓던 나의
눈은 그녀가 완전히 사라진 다음
더욱 큰 열망의 대상으로 향했으니,   126

완전히 베아트리체에게 집중되었다.
하지만 그녀는 너무 눈부시게 빛났기에
처음에는 내 눈이 견디지 못하였고,   129

그래서 내 질문을 나중으로 미루었다.

---

21 여기에서 바람은 격렬하지만 덧없는 황제의 권력을 상징한다. 첫째 바람은 프리드리히 1세,
둘째 바람은 하인리히 6세, 셋째 바람은 호엔슈타우펜 왕가의 마지막 황제 페데리코 2세를 가리킨
다. 페데리코 2세의 아들 코라도 4세는 황제의 자리에 오르지 못하였다. 슈바벤Schwaben은 독일
바이에른에 있는 지방의 이름으로 이곳이 호엔슈타우펜 왕가의 근거지였다.

제4곡

단테는 마음속에 두 가지 의문을 품고 있으나 차마 물어보지 못한다. 서원을 지키지 못한 영혼들이 왜 천국에서 복을 덜 받고 있는지, 그리고 왜 영혼들이 플라톤의 이론을 따르는 것처럼 보이는지에 대한 것이다. 베아트리체는 그의 마음을 읽고 의문들에 대해 답해 준다. 그런데 단테에게는 또 다른 의문이 생긴다.

똑같은 거리에서 똑같이 입맛을 돋우는
두 음식[1] 사이에서 자유로운 사람[2]은
하나를 입에 대기도 전에 굶어 죽을 것이니,　　　　　　　3

사납고 탐욕스런 두 마리 늑대 사이에서
똑같이 두려워하는 어린양이나, 또는
두 마리 사슴 사이의 사냥개도 그러리라.　　　　　　　6

그러니 똑같은 두 가지 의심에 떠밀려
나는 침묵했지만 그럴 필요가 있었으니,
나를 비난하거나 칭찬할 수도 없다.　　　　　　　9

나는 비록 침묵하였지만 나의 욕망은
얼굴에 그려졌고, 얼굴로 질문하는 것은
분명한 말로 하는 것보다 더 뜨거웠다.　　　　　　　12

부당하게 네부카드네자르를 사납게 만든

1　단테의 마음속에 생기는 두 가지 의문이다.
2　자유 의지를 가진 사람을 가리킨다.

분노를 다니엘이 없애 주었듯이,[3]
베아트리체가 그렇게 해주었다.   15

그녀는 말했다. 「두 가지 욕망이 그대를 이끄니,
그대의 열망이 스스로 묶여서 밖으로
드러나지 못하는 것을 잘 압니다.   18

그대는 생각하는군요. 〈만약 좋은 의지가
지속된다면, 어떠한 이유로 타인의
폭력이 내 공덕의 크기를 줄이는가?〉   21

그대에게 또 다른 의혹의 원인은,
플라톤이 말했듯 영혼들이 별들로
되돌아가는 것처럼 보이는 것이지요.[4]   24

그런 질문들이 똑같이 그대의 의지를
짓누르고 있군요. 그러니 나는 먼저
더 해로운 것부터 다루도록 하지요.   27

하느님께 가장 가까이 있는 세라핌[5] 천사,
모세, 사무엘, 또 그대가 누구를 선택하든

3 바빌로니아의 왕 네부카드네자르는 자신이 꾼 꿈을 잊어버렸는데 해몽가들과 점성술사들이
말해 주지 못하자 분노하여 모든 현인들을 죽이라고 명령하였다. 그런데 다니엘이 하느님의 계시
덕택에 그 꿈을 알아맞히고 해몽해 주어 분노를 거두게 하였다.(「다니엘서」2장 1절 이하)
4 플라톤의 『티마이오스』41절 이하에 의하면, 영혼은 인간의 육체가 만들어지기 전에 이미 별
들 안에 있다가 육체 안으로 들어가고, 육체가 죽은 다음에는 다시 별들로 돌아간다고 한다.
5 seraphim. 천사들의 아홉 품계(「천국」28곡 참조) 중 지위가 가장 높은 천사로 〈치품(熾品)
천사〉로 번역되기도 하며, 한국 천주교 주교회의의 『성경』에서는 〈사랍〉으로 옮겼다.(「이사야서」
6장 1절 참조)

요한,[6] 그리고 성모 마리아까지 모두들   30

방금 그대 앞에 나타난 영혼들과
다른 하늘에 자리하고 있지 않으며,
그곳에 있는 세월이 길거나 짧지도 않고,[7]   33

모두가 첫째 둘레[8]를 아름답게 만들지요.
다만 서로 다른 달콤한 생활로 영원한
숨결을 더 느끼거나 덜 느낄 뿐이라오.   36

그들이 여기 나타난 것은 이 천구[9]가
그들에게 할당되었기 때문이 아니라
천상의 낮은 상태를 보여 주기 위해서요.   39

이런 설명이 그대들의 지성에 어울리니,
나중에 지성의 대상이 되는 것도 그대들은
단지 감각으로만 이해하기 때문이지요.   42

그렇기 때문에 『성경』도 그대들의 능력에
맞춰 하느님께 손과 발을 부여하지만,
사실은 전혀 다른 것을 의도합니다.   45

또한 성스러운 교회나 가브리엘, 미카엘,

6 세례자 요한과 복음서 작가 요한 둘 중에서 누구를 선택하든 마찬가지라는 뜻이다.
7 축복받은 영혼들은 모두 최고의 하늘 엠피레오에서 하느님 곁에 있으며, 그곳에 있는 기간도
똑같다는 뜻이다.
8 최고의 하늘 엠피레오.
9 달의 하늘.

그리고 토비야를 다시 건강하게 해주었던
다른 천사[10]도 인간의 모습으로 표현되지요.   48

티마이오스[11]가 영혼에 대해 논한 것은,
자신이 말하는 그대로 믿기 때문에,[12]
여기에서 보이는 것과 똑같지 않습니다.   51

그는 영혼이 별로 돌아간다고 말하는데,
자연이 형상에게 영혼을 부여할 때
영혼이 별에서 나온다고 믿기 때문이오.   54

혹시 그의 생각은 목소리로 말하는 것과
다를지도 모르고, 따라서 의도에 있어서는
비웃음받을 만한 것이 아닐 수도 있어요.   57

만약 그가 영향[13]의 좋고 나쁨을 이
하늘들에게 돌리려고 한다면, 그의 활은
혹시 어떤 진실을 맞힐지도 모릅니다.   60

그런 원리가 잘못 이해되어 예전에 이미
거의 온 세상을 잘못 인도했으니, 유피테르와
메르쿠리우스, 마르스를 부르며 방황하였지요.   63

10   라파엘 천사를 가리킨다. 그는 토빗의 아들 토비야를 여러 어려움에서 구해 주었는데, 특히
눈먼 토빗이 다시 볼 수 있게 해주었다.(「토빗기」, 11장 8절 참조)
11   기원전 5세기경 그리스 철학자로 플라톤의 『티마이오스』에서 소크라테스의 주요 대화 상
대자이다.
12   『성경』처럼 비유적으로 말하는 것이 아니라, 문자 그대로의 의미로 말하기 때문에.
13   하늘들에 있는 별들이 영혼에게 끼치는 영향이다.

그대를 혼란케 하는 또 다른 의심은
덜 해로운 것이니, 그런 오류는 그대를
나에게서 다른 곳으로 이끌지 않기 때문이오.   66

사람들의 눈에 우리의 정의가 부당해
보이는 것은, 이단적인 죄악의 문제가
아니라 바로 신앙의 문제입니다.   69

하지만 그대의 지성은 이런 진리를
정확히 꿰뚫어 볼 수 있기 때문에
그대가 원하는 대로 설명해 주지요.   72

폭력을 당하는 자가 가하는 자에게 전혀
동조하지 않아야 폭력이 된다고 해도,
그래도 이 영혼들은 용서되지 않으니,   75

의지란 원하지 않는다면 꺼지지 않고
비록 폭력이 수천 번 비틀더라도
불의 본성처럼 작용하기 때문이지요.   78

그러므로 많든 적든 의지가 굽으면
폭력을 따르게 되니, 이 영혼들은 성스러운
장소[14]로 다시 달아남으로써 그렇게 했지요.   81

라우렌티우스[15]를 철판 위에 올려놓았듯이,

14 수도원.
15 Laurentius. 로마 교회의 부제(副祭)로 발레리우스 황제의 박해로 258년에 순교하였는데,

무키우스[16]가 자기 손에게 엄격하였듯이,
만약에 그들의 의지가 온전하였다면,   84

그들은 풀려나자마자 자신이 벗어났던
길로 곧장 되돌아갔어야 하는데,
그렇게 확고한 의지는 아주 드물지요.   87

그러니 이런 말을 그대가 당연히 잘
받아들인다면, 그대를 자주 괴롭혔던
생각은 완전히 무너질 것입니다.   90

하지만 지금 그대 눈앞에 또 다른 난관이
가로놓여 있는데, 그대 혼자 힘으로는
빠져나가지 못하고 먼저 지칠 것이오.   93

나는 분명 그대의 마음에 심어 주었소,
축복받은 영혼은 언제나 최초의 진리에
가까이 있으므로 거짓말할 수 없다는 것을.   96

코스탄차는 베일의 애정[17]을 간직했다고
그대는 피카르다에게서 들었는데, 바로
그 점에서 나와 모순되는 것처럼 보이지요.   99

달구어진 석쇠 위에 올려지자 〈자, 다 익었으니, 뒤집어서 먹으시오〉 하고 황제에게 외쳤다고 한다.

16 무키우스 스카이볼라Mucius Scaevola는 기원전 6세기 로마의 영웅으로 로마를 공격한 에
트루리아의 왕 포르센나를 죽이려다 실패하였다. 그러자 왕의 면전에서 실패의 원인은 자신의 오른
손이라 말하면서 불에 집어넣어 태웠다고 한다.

17 수도자가 되려는 의지를 가리킨다.

형제여, 위험을 피하기 위해 사람들은
하지 않아야 하는 것을 마지못해
하는 경우들이 예전에 많이 있었지요.   102

가령 알크마이온[18]은 아버지의 부탁에
따라 자기 어머니를 죽였는데, 연민을
잃지 않으려고 무자비해졌습니다.   105

이 점에 대하여 생각해 보기 바라오,
폭력이 의지와 뒤섞여서 잘못에 대해
변명할 수 없도록 만든다는 것을.   108

절대적 의지는 잘못을 허용하지 않으나,
저항할 경우 더 큰 곤경에 떨어질까
두려워하는 만큼은 허용한답니다.[19]   111

그러므로 피카르다가 말하는 것은
절대적 의지를 뜻하고 나는 다른 것[20]을
뜻하니, 우리 둘 다 진리를 말합니다.」   114

모든 진리가 솟아나는 샘물로부터
그렇게 거룩한 강이 물결치며 흘렀으니,
나의 두 가지 욕망은 평온해졌다.   117

18 예언자 암피아라오스(「지옥」 20곡 31~36행 참조)의 아들로 아버지를 죽게 한 어머니를 살
해하여 아버지의 원수를 갚았다.(「연옥」 12곡 49~51행 참조)
19 절대적 관점에서 의지는 나쁜 일을 허용하지 않으나, 상대적 관점에서는 더 나쁜 악을 피하
기 위한 경우 그만큼의 잘못을 허용한다는 뜻이다.
20 상대적 의지.

나는 말했다. 「오, 최초 연인[21]의 사랑을 받는 그대,
성스러운 여인이여, 그대 말은 나에게 흘러
따뜻하니 나를 더욱 생생하게 만듭니다.   120

나의 애정은 그대의 은총에 은총으로
보답할 만큼 그렇게 깊지 않으나,
전지전능한 분[22]이 거기에 보답하리다.   123

진리[23]가 비춰 주지 않으면 우리의 지성은
절대 충족되지 않으니, 거기에서 벗어나면
어떤 진리도 있을 수 없음을 잘 알겠습니다.   126

거기에 도달하는 순간 마치 자기 굴 안의
짐승처럼 그 안에 자리 잡으니, 거기에
이르지 못하면 모든 욕망이 헛될 것입니다.   129

그렇기 때문에 진리의 발치에서 마치
새순처럼 의혹이 나오니, 진리에서 진리로
본능이 우리를 맨 꼭대기로 올라가게 하지요.   132

여인이여, 그것이 나를 이끌고 용기를 주며
나에게는 불분명한 또 다른 진리를
그대에게 정중히 묻도록 만듭니다.   135

21 하느님.
22 본문에는 〈(모든 것을) 보고 할 수 있는 자〉로 되어 있으며, 하느님을 가리킨다.
23 하느님의 진리이다.

사람들이 깨진 서원을 다른 선으로
채움으로써, 그대들의 저울에 부족하지
않도록 할 수 있는지 알고 싶습니다.」 138

베아트리체는 사랑의 불꽃들로 가득한
너무나 거룩한 눈으로 나를 바라보았고,
내 시력은 압도당해 달아났으니, 나는 141

눈을 내리깔았고 정신을 잃을 지경이었다.

제5곡

베아트리체는 서원의 본질과 가치에 대하여 설명하고 그리스도인들에게 충고한다. 그런 다음 단테와 베아트리체는 둘째 하늘인 수성의 하늘로 들어간다. 그곳에서 많은 영혼을 만나는데, 이 세상에서 큰 뜻을 품고 일했던 영혼들이다. 그중에서 단테는 유스티니아누스 황제와 이야기를 나눈다.

「지상에서는 볼 수 없는 방식으로 내가
그대에게 사랑의 열기로 눈부시게
빛나 그대 눈의 시력을 압도한다고   3

놀라지 마오. 그것은 이해하는 만큼
그 이해한 선에게로 발걸음을 옮기는
완벽한 직관에서 나오는 것이기 때문이오.   6

그대의 지성 안에서 이미 영원한 빛이
빛나고 있음을 잘 알고 있으니, 그 빛은
보기만 해도 언제나 사랑을 불붙이지요.   9

다른 것¹이 그대들의 사랑을 유혹한다면,
잘못 인식될 경우라도 거기에서 빛나는
영원한 빛의 흔적이 없지 않기 때문이오.   12

못 채운 서원에 대하여 다른 봉사를

---

1   지상의 선을 가리킨다.

함으로써, 영혼이 논쟁²으로부터
안심할 수 있는가 그대는 알고 싶지요.」   15

그렇게 베아트리체는 이 노래³를 시작했고
마치 자기 말을 멈추지 못하는 사람처럼
이렇게 성스러운 논의를 계속하였다.   18

「하느님께서 창조할 때 너그럽게 주신
선물, 당신의 선에 가장 잘 어울리고
또한 가장 높이 평가하시는 선물은   21

바로 의지의 자유였으니, 지성이 있는
모든 창조물⁴에게, 오직 그들에게만
부여되었고 지금도 부여되고 있지요.   24

이런 전제에서 논의한다면, 그대가
동의할 때 하느님께서 동의하여 이뤄진
서원의 높은 가치는 명백해질 것이오.   27

하느님과 인간 사이에 계약을 하면
내가 말하는 그 보물⁵은 희생되고
또한 자유로운 행위로 그렇게 되지요.   30

2 성스러운 정의와의 온갖 논쟁을 뜻한다.
3 「천국」5곡 자체를 가리킨다.
4 인간들과 천사들을 가리킨다.
5 인간의 자유 의지.

그러면 보상으로 무엇을 제공할 수 있을까요?
이미 바친 것6을 잘 쓰려고 한다면, 잘못
얻은 것7으로 좋은 일을 하려는 것과 같지요.　　　　　33

이제 그대는 중요한 점을 분명히 알지만,
거룩한 교회가 그에 대한 보상을 허용하니,
내가 설명한 진리와 어긋나 보이겠지요.　　　　　36

그대는 좀 더 식탁8에 앉아 있어야 하니,
그대가 먹은 단단한 음식이 소화되려면
아직도 도움이 필요하기 때문이라오.　　　　　39

내가 설명하는 것에 그대의 마음을 열고
그 안에 집중하시오, 간직하지 못하고
이해한 것은 지식이 되지 않으니까요.　　　　　42

희생의 본질에는 두 가지가 필요하니,
하나는 희생이 되는 대상9이요,
다른 하나는 바로 계약입니다.　　　　　45

이 계약은 지키는 것 이외에는 절대로
취소될 수 없는 것이니, 그것에 대해
위에서 그렇게 분명하게 말했지요.　　　　　48

6　하느님께 바친 자유 의지.
7　부당하게 얻은 이익.
8　지혜의 자양분을 얻는 식탁을 뜻한다. 『향연』 1권 1장 7절에도 〈천사의 빵을 먹는 식탁〉이라
는 표현이 나온다.
9　희생되어 하느님에게 바쳐지는 물질적 대상을 가리킨다.

그러므로 그대가 알아야 하듯이
유대인들에게는 비록 일부 제물이
바뀌더라도 필히 바쳐야 했지요.[10]   51

그대가 물질로 이해하는 다른 것[11]은
혹시 다른 물질로 바꾸더라도
잘못된 것이 아닐 수 있습니다.   54

하지만 하얗고 노란 열쇠가 돌려지지
않은 채,[12] 자의적인 판단으로 자기
어깨 위의 짐을 바꿀 수는 없답니다.   57

그리고 만약 남겨 두는 물건이 교환에서
여섯 안의 넷처럼 거두어들이지 않으면,[13]
모든 교환을 어리석은 것으로 생각하시오.   60

그러므로 그 가치에서 모든 저울이
기울어질 정도로 무거운 물건은
다른 어떤 값으로도 채워질 수 없지요.   63

사람들이여, 가볍게 서원하지 마시오.

---

10 제물을 다른 것으로 바꾸거나 값으로 매기는 것에 대해서는 「레위기」 27장 1~33절 참조.

11 44행에서 말하듯이 서원으로 하느님께 바치는 것을 가리킨다.

12 성직의 권위에 의해 허락을 받지 않은 경우를 뜻한다. 베드로에게 맡긴 금열쇠와 은열쇠에 대해서는 「연옥」 9곡 117~129행, 「지옥」 27곡 103~105행 참조.

13 서원으로 바쳐야 할 대상을 바꿀 경우, 남겨 둘 대상에 비해 새로 대체할 대상의 값어치가 4 대 6, 즉 처음 것의 1.5배가 되어야 한다는 뜻이다.

입타[14]가 자신의 첫째 제물에 그랬듯이
어리석게 서원하지 말고 충실하시오.   66

그는 서원을 지키려고 더 나쁜 일을 하기보다
〈잘못했습니다〉 말했어야 하니, 그대 알듯이
그리스인들의 대장[15]도 그렇게 어리석었지요.   69

그래서 이피게네이아는 아름다운 제 얼굴을
슬퍼하였고, 그런 경배[16] 이야기를 들은
모든 현자나 바보들을 울게 만들었지요.   72

그리스도인들이여, 신중하게 행동하시오.
모든 바람 앞의 깃털처럼 되지 말고,
모든 물이 그대들을 씻는다고 믿지 마오.   75

그대들에게는 신약과 구약이 있고,
그대들을 인도하는 교회의 목자가 있소.
그대들의 구원에는 그것으로 충분하오.   78

다른 사악한 탐욕이 그대들에게 외치더라도,

14 길앗의 장수로, 암몬족과의 전쟁에서 승리하게 해준다면 돌아올 때 자기 집 문에서 처음 맞
이하는 사람을 주님에게 번제물로 바치겠다고 서원을 하였다. 그런데 자신의 외동딸이 맨 처음 나
오자 결국 딸을 죽이게 되었다.(「판관기」 12장 30~39절)
15 트로이아 전쟁 때 그리스군의 총대장 아가멤논을 가리킨다. 그리스 군대가 아울리스 항구
에 모였으나 바람이 불지 않아 출항하지 못하자, 그는 자기 딸 이피게네이아를 디아나 여신에게 제
물로 바쳤다. 디아나가 바람을 보내지 않은 이유에 대해서는 여러 가지 이야기가 있으나, 아가멤논
이 이피게네이아가 태어난 해의 수확물 중 가장 아름다운 것을 바치기로 맹세하고는 딸을 바치지
않았기 때문이라고 한다.
16 신들에 대한 경배이다.

유대인이 그대들을 비웃지 못하도록
정신없는 양 떼가 아니라 사람이 되시오.   81

마치 어린양이 제 어미의 젖을 버리고
어리석고도 변덕스럽게 자기 자신과
제멋대로 싸우는 것처럼 하지 마시오.」   84

지금 내가 적듯이 베아트리체는 말했고
세상이 가장 생생한 곳17을 향하여
열망에 가득한 표정으로 몸을 돌렸다.   87

그녀의 그런 침묵과 표정의 변화에
벌써 새로운 질문들을 앞에 가진
내 욕심 많은 마음은 입을 다물었다.   90

그리고 활시위가 잠잠해지기도 전에
과녁을 뒤흔드는 화살처럼 빠르게
우리는 둘째 왕국18으로 날아갔다.   93

그곳 하늘의 빛 속으로 들어가자
나의 여인은 무척이나 기뻐하였으니,
그 행성도 더욱 빛나는 것이 보였다.   96

그리고 별이 변하고 웃어 보였다면,19

---

17 구체적으로 어디인지 학자들에 따라 해석이 서로 다르다. 태양이 떠오르는 동쪽, 또는 엠피레오, 수성, 주야 평분선 등으로 해석되지만, 최고의 하늘 엠피레오로 보는 것이 일반적인 견해이다.
18 둘째 하늘인 수성의 하늘이다.

나의 본성에 따라 온갖 모습으로
바뀔 수 있는 나는 어떻게 되었겠는가!   99

마치 맑고 잔잔한 양어장 안에 밖에서
무엇인가 떨어지면 물고기들이 먹이로
생각하여 그곳으로 몰려드는 것처럼,   102

많은 빛들이 우리를 향해 오는 것이
보였고 모두에게서 이런 소리가 들렸다.
「보아라, 우리의 사랑을 증가시킬 자를.」   105

그리고 모든 빛이 우리에게 왔을 때
그 빛에서 나오는 밝은 광채 안에서
기쁨으로 가득 찬 영혼들이 보였다.   108

독자여, 생각해 보시라. 여기서 내가 시작하여
앞으로 나아가지 않는다면,[20] 부족한 것을
알고 싶어 그대는 얼마나 괴로워하겠는가.   111

그러니 그들이 내 눈앞에 나타났을 때
그들의 상황에 대해 내가 그들에게서
듣고 싶은 욕망을 그대는 알 것이오.   114

「오, 지상의 삶을 버리기도 전에

19 수성이 더욱 눈부시게 빛나는 것을 웃음에 비유하고 있다.
20 여기에서 이야기를 시작하고 더 이상 거기에 대해 말하지 않는다면.

5: 107~108
그 빛에서 나오는 밝은 광채 안에서 기쁨으로 가득 찬 영혼들이 보였다.

은총으로 영원한 승리의 옥좌들[21]을
볼 수 있는 행복을 타고난 자[22]여,   117

우리는 온 하늘에 퍼지는 불빛으로
빛나고 있으니, 만약 우리에 대해
알고 싶다면 마음껏 물어보시오.」   120

그 경건한 영혼들 중 하나[23]가 그렇게
말했고, 베아트리체가 말했다. 「안심하고 말해요.
그리고 그들을 신처럼[24] 믿으세요.」   123

「그대는 그대 빛 속에 자리 잡고 있으며,
그대가 웃을 때 눈에서 반짝이는 빛이
발산되는 것을 나는 잘 보고 있지만,   126

고귀한 영혼이여, 나는 그대가 누구인지,
그리고 왜 다른 빛 때문에 사람들에게
보이지 않는 천구[25]에 있는지 모릅니다.」   129

앞서 나에게 말했던 빛을 향하여
나는 그렇게 말했고, 그러자 그는
전보다 훨씬 더 눈부시게 빛났다.   132

21 최고의 하늘에 있는 축복받은 영혼들의 자리를 가리킨다.
22 단테를 가리킨다.
23 다음 6곡에서 이름이 나오는 유스티니아누스 황제이다.
24 하느님의 지혜와 덕성에 동참하고 있는 존재들이기 때문이다.
25 수성의 하늘. 수성은 태양에서 가장 가까운 궤도를 돌기 때문에 햇빛(〈다른 빛〉)에 의해 사
람들의 눈에는 잘 보이지 않는다.

마치 따뜻한 햇살이 가로막고 있던
빽빽한 수증기를 흩어 버리면, 태양이
너무 강한 빛으로 보이지 않게 되듯이,   135

더 많은 기쁨으로 그 성스러운 형상은
자신의 빛살 속으로 숨어 버렸고,
그렇게 빛살에 갇힌 채 다음 노래[26]가   138

노래하는 것처럼 나에게 대답하였다.

26 뒤이어 나오는 6곡을 가리킨다. 이 곡은 전체가 유스티니아누스의 이야기로 구성되어 있다.

제6곡

유스티니아누스 황제는 자신을 소개하고, 자신은 로마 법전의 위대한 편찬 사업에 온 힘을 기울였다고 이야기한다. 그리고 로마의 역사를 개괄적으로 더듬어 보면서 위대한 업적을 남긴 여러 인물들에 대하여 이야기한다. 마지막으로 이탈리아의 정쟁과 싸움에 대해 한탄하고, 로메의 업적을 칭찬한다.

「라비니아를 빼앗았던 옛날 사람[1]을
뒤따라왔던 독수리를 콘스탄티누스가
하늘의 흐름에 거슬러 돌려놓은 이후,[2]   3

백 년 또 백 년 이상[3] 하느님의 새[4]는
맨 처음 나왔던 산들[5]에 가까이 있는
유럽의 끄트머리에 머물러 있었으며,   6

---

1 로마 건국의 시조 아이네아스를 가리킨다. 그는 라티누스 왕의 딸 라비니아(「지옥」 4곡 125행 참조)와 결혼하였는데, 그녀는 원래 투르누스(「지옥」 2곡 106행 참조)와 결혼하기로 되어 있었다.

2 독수리는 로마 제국의 권위를 상징한다. 콘스탄티누스 황제가 독수리를 하늘의 흐름과 반대 방향으로 돌려놓았다는 것은 로마의 수도를 서쪽에서 동쪽으로, 즉 비잔티움으로 옮기고 자신의 이름을 따서 콘스탄티노폴리스로 부른 것을 의미한다. 원래 아이네아스는 트로이아에서 이탈리아로, 즉 동쪽에서 서쪽으로 왔는데, 콘스탄티누스가 다시 동쪽으로 수도를 옮긴 것에 대해 단테는 자연의 질서를 거스른 것으로 생각하였다. 그런 관념은 「콘스탄티누스의 증여」에 대한 단테의 부정적인 견해와 연결되어 있다.(「지옥」 19곡 115~117행 참조)

3 콘스탄티누스가 수도를 옮긴 것은 330년이고, 유스티니아누스가 황제에 오른 것은 527년이므로 실제로는 채 2백 년이 되지 않는다. 단테가 당시의 부정확한 역사적 자료를 근거로 하였기 때문에 잘못 계산한 것으로 보인다. 다른 한편으로 유스티니아누스가 로마 영토에 침입한 게르만족을 몰아내고 로마의 권위를 회복한 536년을 기준으로 하면 2백 년이 넘는다.

4 독수리를 가리킨다. 독수리로 상징되는 로마의 건국은 하느님의 뜻에 의한 것으로 보기 때문이다.

5 아이네아스가 출발하였던 트로이아를 가리킨다.

그곳에서 성스러운 날개의 그늘 아래
손에 손을 거쳐 세상을 다스렸고,
그렇게 바뀌며 내 손에 이르렀지요.　　　　　　　　　9

나는 황제였으니 바로 유스티니아누스6요.
내가 지금 느끼는 최초 사랑의 뜻대로
법률에서 지나치고 쓸모없는 것을 없앴지요.　　　　　12

그리고 나는 그 작업에 몰두하기 전에,7
그리스도 안에는 단 하나의 성격만 있다고
믿었고, 그런 믿음에 만족하였답니다.8　　　　　　　15

하지만 최고의 목자였던 그 축복받은
아가페투스9가 자신의 말로 나를
진실한 믿음으로 향하게 만들었지요.　　　　　　　18

나는 믿었고, 그의 믿음 속에 있던 것을
지금 분명하게 보고 있으니, 그대가
옳고 그른 모든 모순을 보는 것과 같소.　　　　　　21

6　527년부터 565년까지 비잔티움 제국의 황제였던 유스티니아누스Justinianus 1세. 그는 이
탈리아반도에 쳐들어온 동고트족을 비롯한 게르만족들을 몰아냈으며, 로마의 법전을 재정비하고
집대성한『로마법 대전Corpus Iuris Civilis』을 편찬하였다.
7　이 부분도 역사적 사실에 어긋난다. 유스티니아누스는 게르만족을 몰아내기 전에 이미 법률
의 정비를 완성하였다.
8　그리스 신학자 에우티케스(378?~454?)의 주장으로 그리스도에게는 신성(神性)만 있고 인
성(人性)은 거기 흡수되어 사라지고 없다는 것인데, 그런 단성론(單性論)은 나중에 이단으로 배척되
었다. 그러나 유스티니아누스는 단성론자가 아니었고 황후 테오도라만 열렬한 신봉자였다고 한다.
9　교황 아가페투스Agapetus 1세(재위 535~536)이다.

내가 교회와 함께 발걸음을 옮기자마자

하느님께서는 은총으로 나에게 높은 일[10]을

고쳐하셨으니 나는 거기에 완전히 몰입했고,   24

또한 벨리사리우스[11]에게 무기를 맡겼는데,

거기에 하늘의 오른손[12]이 덧붙여졌으니,

그것은 내가 쉬어야 한다는 징표였지요.   27

이제 여기에서 첫째 질문[13]에 대한

내 대답은 끝나지만, 대답의 성격상

이어서 몇 마디 덧붙여야 하리다.[14]   30

사람들이 그 성스러운 깃발[15]에 거슬러

얼마나 부당하게[16] 하는지, 누가 제 것으로

삼고 누가 반대하는지[17] 알도록 말이오.   33

얼마나 많은 힘[18]이 그것을 존경할 만하게

10 법률의 재정비 작업을 가리킨다.
11 Belisarius(505~565). 유스티니아누스의 탁월한 장군으로 이탈리아반도에 침입한 동고트
족을 몰아내고, 반달족과 페르시아의 침입을 물리치기도 했다. 그러나 나중에 그는 유스티니아누스
에 의해 투옥되고 비참한 최후를 맞이하였는데, 단테는 아마 그런 사실을 몰랐던 것 같다.
12 하늘의 혜택과 도움이다.
13 그가 누구인지 알고 싶다는 단테의 질문.(「천국」 5곡 127행 참조)
14 뒤이어 유스티니아누스는 독수리의 깃발 아래 이름을 날렸던 영웅들을 중심으로(각 문장
의 실질적인 주어는 독수리이다) 로마의 역사를 개관한다.
15 로마의 상징 독수리의 깃발을 가리킨다.
16 원문에는 *con quanta ragione*(〈얼마나 올바르게〉)로 되어 있는데 냉소적이고 반어적인 표
현이다.
17 기벨리니파는 정치적 이익을 위해 황제를 편들며 독수리 깃발을 자기 것으로 만들고, 궬피
파는 거기에 반대하지만, 결국 둘 다 그 진정한 뜻에 거슬러 행동한다는 뜻이다.(101행 이하 참조)
18 뒤에서 열거하듯이 수많은 로마 영웅들의 힘이다.

만들었는지 보시오. 팔라스[19]가 그에게

왕국을 주려고 죽었을 때부터 시작되었지요.　　　　　　　　　　36

그대가 알듯이 독수리는 3백 년 이상

알바[20]에 거주했으니, 세 명과 세 명이[21]

그[22]를 잡으려고 싸우던 날까지였지요.　　　　　　　　　　39

또 사비니[23] 여인들의 불행에서 루크레티아[24]의

고통 때까지 일곱 왕[25] 동안 이웃 부족들에

승리하면서 그[26]가 무엇을 했는지 그대는 알리다.　　　　　　　　42

브렌누스[27]에 대항하고, 피로스[28]에 대항하고,

19　Pallas. 아이네아스가 이탈리아반도에 이르렀을 무렵 로마 지방을 다스리던 에우안드루스 왕의 아들로 아이네아스를 도와 투르누스와 싸우다 죽었다. 나중에 아이네아스는 투르누스를 죽임으로써 그의 복수를 해주었다.

20　로마 근처의 옛 지명으로 보통 알바론가Albalonga로 일컬어지며 로마의 전신으로 간주된다. 처음에는 아이네아스의 아들 아스카니우스가 통치하였으며, 이후 로마가 건국되기 이전까지 3백 년이 넘게 그의 후손들이 다스렸다.

21　알바론가와 새로이 탄생한 로마 사이의 전쟁을 끝내기 위해 두 도시의 대표자들 사이에 결투를 하기로 결정하였다. 그리하여 로마의 호라티우스 가문 세쌍둥이 형제가 알바론가의 쿠리아티우스 가문 세쌍둥이 형제와 싸워 이겼고, 로마가 패권을 장악하게 되었다.

22　독수리.

23　로마 근처에 거주하던 부족이다. 로물루스가 처음 로마를 건국할 당시 여자들이 부족하였기 때문에 이웃 사비니 사람들을 잔치에 초대하였다가 무력으로 여자들을 빼앗았다.

24　루크레티아(「지옥」 4곡 127행)는 로마의 마지막 〈오만한 왕〉 타르퀴니우스의 아들 섹스투스에게 겁탈당하자 자결하였는데, 그 사건을 계기로 기원전 509년 타르퀴니우스가 쫓겨나고 공화정이 들어서게 되었다.

25　고대 로마는 공화정이 시작되기 전까지 왕정이었으며, 로물루스를 비롯한 전설상의 왕들을 포함하여 모두 일곱 명의 왕이 다스렸다.

26　독수리. 이후 여러 곳에서 독수리는 〈그〉로 지칭된다.

27　Brennus. 갈리아족(그리스어로는 켈트족)의 우두머리로 기원전 390년 로마 시내까지 쳐들어와 도시를 파괴하고 약탈하였으며 무거운 조공을 강요하기도 하였다.

28　기원전 3세기 전반에 로마를 공격하였던 그리스 북부 에페이로스의 왕이다.(「지옥」 12곡 135행 참조)

다른 군주와 나라들에 대항하여 로마 영웅들을

통하여 무엇을 했는지 그대는 알 것이니,   45

토르콰투스,[29] 손질 않은 곱슬머리로 불린

퀸크티우스,[30] 데키우스들과 파비우스들[31]이

내가 기꺼이 칭송하는 명성을 얻었지요.   48

그는 한니발을 따라, 포강이여, 네가

흘러내리는 알프스의 바위 길을 지나간

아랍인들[32]의 오만함을 무너뜨렸지요.   51

그 아래에서 스키피오[33]와 폼페이우스[34]가

젊은 나이에 승리하였고, 그대가 태어난

언덕[35]에서 잔인함을 보여 주었지요.   54

---

29 Titus Manlius Torquatus. 기원전 4세기 로마의 장군으로 용기와 엄격함으로 모범으로 꼽힌다. 갈리아족들을 로마 밖으로 격퇴시켰으며, 명령을 어기고 군대의 사기를 떨어뜨린 자기 아들을 처형시켰다고 한다.

30 Lucius Quinctius. 기원전 5세기 로마의 정치가로 곱슬머리를 손질하지 않고 내버려 두었기 때문에 〈킨킨나투스Cincinnatus〉라는 별명이 붙었다.

31 로마를 빛낸 데키우스Decius 가문과 파비우스Fabius 가문 출신의 여러 영웅들을 가리킨다.

32 여기서는 북아프리카 사람들, 즉 카르타고인들을 가리킨다. 카르타고의 명장 한니발(B.C 247~B.C 183)은 군대를 이끌고 이베리아반도를 거쳐 알프스산맥을 넘어 로마 본토로 쳐들어왔고 10여 년 이상 머물렀으나, 본국의 지원이 끊기는 바람에 결국 카르타고로 돌아갔고 자마 전투에서 스키피오에게 패배하였다.

33 자마 전투에서 한니발을 물리친 로마의 스키피오 아프리카누스.(「연옥」 29곡 115행 참조)

34 Gnaeus Pompeius Magnus(B.C. 106~B.C. 48). 로마의 정치가이자 장군으로 나중에 카이사르와의 권력 다툼으로 벌어진 파르살리아 전투에서 패배하여 이집트로 피하였으나 거기에서 살해되었다.

35 단테의 고향 피렌체 근처의 피에솔레 언덕을 가리킨다. 단테 시대에는 피에솔레가 로마의 침입으로 파괴되었다고 생각하였다.

그 후 온 하늘이 세상을 나름대로
평온하게 만들고자 했을 무렵 로마의
뜻대로 카이사르가 그를 장악하였지요.   57

바르[36]에서 라인강까지 그가 한 일[37]은
이세르[38]와 에라,[39] 센강이 보았고,
론[40]강이 채우는 모든 계곡이 보았지요.   60

그가 라벤나에서 나와 루비콘강을
건넌 후 했던 일[41]은 너무나 신속하여
혀나 펜이 따를 수 없을 정도랍니다.   63

그는 스페인을 향해 군대를 돌린 다음
두러스[42]로 향해 파르살리아를 뒤흔들었고
뜨거운 나일강에서 고통[43]을 느끼게 했지요.   66

그는 처음 나왔던 안탄드로스와 시모이스,[44]
헥토르가 누워 있는 곳을 다시 본 후

---

36 Var. 프랑스 남동부의 강이다.
37 카이사르가 갈리아 지방을 정복할 때 벌였던 전투의 승리들을 가리키는 것으로 짐작된다.
38 Isère. 프랑스 남동부의 강이다.
39 Era. 구체적으로 어느 강인지 분명하지 않으나, 프랑스의 루아르강, 또는 손강을 가리키는
것으로 짐작된다.
40 Rhone. 프랑스 남동부 지방의 강이다.
41 카이사르가 루비콘Rubicon강을 건너 로마로 진군한 것을 가리킨다.
42 Durrës(이탈리아어로는 두라초Durazzo). 현재는 알바니아의 해안 도시로 카이사르의 군
대가 상륙했던 곳이다.
43 이집트에서 죽음을 당한 폼페이우스의 고통이다.
44 안탄드로스Antandros는 프리기아 지방의 항구이고, 시모이스Simois는 트로이아 근처에
흐르는 작은 강이다.

불행한 프톨레마이오스⁴⁵에게 날아갔지요.   69

거기에서 번개처럼 유바⁴⁶에게 내려갔고,
거기에서 그대들의 서쪽,⁴⁷ 폼페이우스의
나팔 소리가 들렸던 곳으로 방향을 돌렸지요.   72

뒤이은 통치자⁴⁸와 함께 그가 했던 일 때문에
브루투스와 카시우스⁴⁹는 지옥에서 울부짖고,
모데나와 페루자⁵⁰가 고통을 받았답니다.   75

그래서 슬픈 클레오파트라가 울고 있으니,
그녀는 그 앞에서 달아나 독사에 의해
참혹하고 순간적인 죽음을 맞이하였지요.   78

그⁵¹와 함께 독수리는 홍해까지 달려갔고,
그와 함께 세상을 아주 평화롭게 했으니,
야누스⁵²의 신전을 잠그게 하였지요.   81

45   누이 클레오파트라와 함께 이집트의 왕위에 오른 프톨레마이오스 13세. 카이사르는 그의 왕위를 박탈하였고, 클레오파트라가 홀로 통치하게 하였다.

46   아프리카 북부 누미디아의 왕으로 폼페이우스를 편들었으나, 기원전 46년 탑수스 전투에서 카이사르에게 패하여 왕위를 빼앗기고 죽임을 당하였다.

47   이탈리아의 서쪽에 있는 스페인을 가리킨다. 폼페이우스의 나머지 추종 세력은 스페인으로 달아나 저항하였으나 결국 카이사르에게 패배하였다.

48   카이사르에 이어 독수리의 권위를 장악하고 로마 최초의 황제가 된 옥타비아누스, 즉 아우구스투스를 가리킨다.

49   카이사르의 암살에 가담했던 이 두 사람에 대해서는 「지옥」 34곡 64~67행 참조.

50   모데나Modena와 페루자Perugia는 모두 이탈리아의 도시로 안토니우스와 옥타비아누스의 싸움 과정에서 옥타비아누스의 군대에 의해 파괴되고 약탈당하였다.

51   아우구스투스를 가리킨다. 이집트를 정복한 그의 군대는 홍해까지 이르렀다.

52   야누스Janus는 로마 신화에서 가장 오래된 신들 중의 하나로 두 개의 얼굴을 갖고 있다. 로마에 그의 신전이 있었는데, 전쟁이 벌어지면 로마인들을 구하기 위해 열어 두고 평화 시에는 닫았

하지만 내가 말하도록 만드는 깃발[53]이
그 이전이나 이후에 했던 일은 그에게
속한 인간의 왕국에 할 일이었으며,   84

만약 셋째 황제[54]의 손에서 한 일을
맑은 눈과 순수한 마음으로 살펴본다면,
분명히 보잘것없고 어두워 보이니,   87

나에게 영감을 주는 생생한 정의[55]가,
내가 말하는 자[56]의 손을 통해, 분노에
복수하는 영광을 부여했기 때문이지요.[57]   90

여기에서 내가 덧붙이는 말에 그대는
놀랄 것이니, 그[58]는 티투스와 함께
옛날의 죄에 대해 복수하러 달려갔지요.   93

또 롬바르드[59]의 이빨이 거룩한 교회를

다고 한다. 공화정 시대에 닫힌 것은 단지 두 번이었는데, 아우구스투스 시대에 세 번이나 닫았으며, 그중 한 번은 그리스도가 탄생했을 무렵이었다고 한다.

53 독수리의 깃발이다.
54 아우구스투스의 뒤를 이은 티베리우스Tiberius 황제(재위 14~37). 그의 치하에서 그리스도가 수난과 죽음을 당하였다.
55 하느님.
56 티베리우스 황제를 가리킨다.
57 뒤에서 말하듯이 그리스도가 수난과 죽음을 당하게 만든 도시 예루살렘을 티투스가 70년에 약탈하고 파괴한 것(「연옥」 21곡 82~84행 참조)을 하느님의 분노에 의한 복수로 간주하고 있다.
58 독수리.
59 Lombard(이탈리아어로는 론고바르디longobardi). 스칸디나비아에서 유래한 게르만족의 일파로 6세기 중엽 북부 이탈리아(현재의 롬바르디아 지방)에 침입하여 왕국을 이루었고, 774년 프랑크족의 왕 카롤루스 마그누스(「지옥」 31곡 16행)에 의해 정복당하였다.

물었을 때, 카롤루스 마그누스가 그의
날개 아래 승리하여 교회를 구원하였지요.   96

이제 그대는 위에서 비난한 자들[60]과
그대들의 모든 불행의 근원이 되었던
그들의 잘못에 대해 판단할 수 있으리.   99

한쪽[61]은 공공의 깃발에 거슬러 노란 백합을
내세우고, 다른 한쪽[62]은 제 것으로 삼으니,
누가 더 잘못인지 알아보기 어렵지요.   102

기벨리니파가 다른 깃발 아래 자기 술책을
부리게 내버려 두오. 정의에서 벗어나는 자는
언제나 그 깃발을 잘못 따르기 때문이오.   105

새로운 카를로[63]는 자기 피 당원들과 함께
그 깃발을 떨어뜨리지 말지니, 더 힘센 사자[64]의
가죽도 벗겼던 그의 발톱을 두려워해야 하리.   108

아버지의 잘못 때문에 자식들이 울었던
경우가 많으니, 백합 때문에 하느님께서

---

60 31~33행 참조.
61 궬피파를 가리킨다. 궬피파는 제국의 보편적 상징에 반대하여 프랑스 왕가를 지지하였다.
노란 백합은 프랑스 왕가의 문장이며, 이탈리아에서는 나폴리를 점령한 단조d'Angiò 가문이 궬피
파의 우두머리 역할을 하였다.
62 황제의 상징 독수리 깃발을 당파의 이익에 활용한 기벨리니파를 가리킨다.
63 당시 나폴리의 왕이었던 카를로 단조 2세를 가리킨다.
64 더 힘 있고 강한 통치자를 뜻한다.

그 깃발을 바꿀 것이라 믿지 말아야 하리라!   111

이 조그마한 별[65]은 명예와 명성이
뒤따르도록 열심히 활동하였던
착한 영혼들로 장식되어 있답니다.   114

그리고 욕망이 길을 벗어나 거기에
기울 때,[66] 참다운 사랑의 빛살이
저 위에서 덜 생생한 것은 당연하지요.   117

하지만 우리의 공덕으로 보상받는 것이
우리 기쁨의 일부가 되니, 그 보상이
더 크거나 작다고 생각하지 않기 때문이오.   120

그렇게 살아 있는 정의는 우리 안의
애정을 달콤하게 해주니, 절대로 어떤
사악한 것으로 벗어날 수 없답니다.   123

다양한 목소리들이 달콤한 노래를 만들듯,
우리의 삶에서도 서로 다른 자리들이
이 바퀴들 사이에 달콤한 조화를 이룹니다.   126

그리고 이 진주[67] 안에는 로메[68]의

---

65 수성을 가리킨다. 수성은 당시까지 알려진 행성 중에서 가장 작았다. 여기부터 유스티니아
누스는 단테의 두 번째 질문(5곡 128~129행 참조)에 대한 대답으로, 수성의 하늘에 있는 영혼들에
대하여 설명한다.
66 하느님의 올바른 길을 벗어나 덧없는 지상의 가치인 명예와 명성만 뒤쫓는 것을 가리킨다.

빛이 빛나고 있는데, 그의 업적은
크고 아름다웠지만, 환대받지 못했지요.   129

그에게 반대했던 프로방스 사람들도
웃지 못하였으니, 타인의 선행을 자신의
손해로 생각하는 사람은 잘못이기 때문이오.   132

레몽 베랑제의 딸은 넷이었고 모두
왕비가 되었는데, 비천하고 이방인인
로메가 그렇게 만들어 주었답니다.   135

그런데 나중에 모함하는 말들에 그는
자신에게 열을 다섯과 일곱으로 만들어 준[69]
그 올바른 사람에게 해명을 요구하였지요.   138

그리고 그는 늙고 가난하게 떠났으니,
빵 한 조각을 빌어먹으며 살아갔던
그의 마음이 어땠는지 세상이 안다면,   141

그를 무척 칭찬하고 또 칭찬할 것이오.」

67   수성을 가리킨다.
68   Romée(1170?~1250). 프로방스 백작 레몽 베랑제Raymond Bérenger 4세(1198~1245)의
집사였으며, 백작이 사망한 후 후계자인 딸 베아트리스(「연옥」 7곡 128행 참조)의 후원자로 카를로
단조 1세와 결혼시켰다. 하지만 단테는 당시의 전설적 이야기를 따르고 있다. 전설에 의하면 로메
는 초라한 행색으로 프로방스에 나타나 백작의 총애를 받았고 네 딸을 모두 왕비가 되도록 하였는
데, 다른 사람들의 모함으로 백작의 의심을 받게 되자 해명한 후, 백작이 붙잡는데도 처음 올 때처
럼 빈손으로 궁정을 떠나 구걸을 하면서 삶을 마감하였다고 한다.
69   다섯과 일곱을 합하면 열둘이 된다. 열을 열둘로 만들어 주었으니, 백작의 재산을 잘 관리
하였다는 뜻이다.

제7곡

유스티니아누스와 함께 있던 영혼들이 떠나고 단테의 마음속에는 인간의 죄에 대한 의문이 떠오른다. 단테의 마음을 알아차린 베아트리체는 그리스도의 강생과 수난에 대하여 설명한다. 그리고 지상의 모든 창조물과 원소들이 썩어 사라지는 이유와 육신의 부활에 대하여 이야기한다.

「호산나, 군대들의 거룩하신 하느님,
당신은 위에서 당신의 밝은 빛으로
이 왕국의 행복한 불꽃들을 비추십니다.」[1]   3

나는 보았다, 두 겹 빛[2]이 한데 겹친
그 실체[3]가 그렇게 노래하였으며,
자신의 노래에 몸을 돌리는 것을.   6

그리고 그와 다른 영혼들이 그 춤[4]에
맞추어, 마치 아주 재빠른 불티들처럼
순식간에 나에게서 멀어져 자취를 감추었다.   9

나는 망설였고, 〈말해라, 말해라〉 말했으니,
달콤한 물방울로 내 갈증을 풀어 주는

---

1 원문은 라틴어와 히브리어가 뒤섞인 문장으로 되어 있다. *Osanna, sanctus Deus sabaòth, / superillustrans claritate tua / felices ignes horum malacòth!*
2 정확하게 어떤 두 빛을 가리키는지 분명하지 않다. 하느님의 빛과 〈행복한 불꽃〉, 즉 천사나 축복받은 영혼의 빛으로 보기도 한다.
3 유스티니아누스 황제의 영혼이다.
4 유스티니아누스 혼자의 춤인지, 영혼들 모두의 춤인지 분명하지 않다.

내 여인에게 〈말하라〉라고 속으로 말했다.   12

하지만 〈베〉와 〈리체〉 소리만으로도
나를 온통 사로잡는 존경심은 마치
잠드는 사람처럼 고개를 숙이게 했다.   15

베아트리체는 그런 나를 잠시 내버려 두더니
불 속에서도 사람을 행복하게 해줄 만한
웃음으로 나를 비추면서 말하기 시작했다.   18

「틀림없는 내 견해에 의하면, 어떻게
올바른 복수가 올바르게 이루어졌는지
그대를 생각에 잠기게 만들었군요.   21

내가 곧 그대의 마음을 풀어 주겠으니
잘 들으세요. 나의 말은 그대에게
위대한 진리를 밝혀 줄 테니까요.   24

태어나지 않은 그 사람[5]은 자신을 위해
억제하려는 뜻[6]을 견디지 못하였기에
자신이 벌받고 모든 후손이 벌받게 했지요.   27

그리하여 인류는 저 아래에서 오랫동안

5 아담을 가리킨다. 그는 부모에 의해 태어난 것이 아니라 하느님에 의해 창조되었기 때문
이다.
6 인간의 자유 의지에 한계를 두려는 하느님의 뜻이다. 이를 어김으로써 아담은 원죄를 짓게
되었다.

커다란 오류 속에 병들어 누워 있었고,
마침내 하느님의 말씀이 내려오셨으니,   30

창조주에게서 멀어졌던 인간의 본성은
오직 그 영원한 사랑의 순수한 행위와
사람의 몸으로 결합되게 되었습니다.[7]   33

이제 내가 말하는 것을 똑바로 들으세요.
자신의 창조주와 연결된 그 본성은
처음 창조되었을 때는 순수하고 착했지만,   36

자기 잘못으로 낙원에서 쫓겨났으니,
진리의 길과 그 생명[8]으로부터
옆으로 벗어났기 때문이지요.   39

그러므로 십자가가 부여한 형벌은
그렇게 부여된 본성으로 평가한다면
절대로 부당한 것이 아니랍니다.[9]   42

마찬가지로 그러한 본성에 묶여 있던,
수난을 당하신 인격(人格)을 고려해 본다면
절대 그렇게 부당하지 않습니다.   45

---

7 그리스도의 강생으로 〈영원한 사랑〉과 인간의 결합이 이루어졌다.
8 〈나는 길이요 진리요 생명이다.〉(「요한 복음서」 14장 6절)
9 아담에서 비롯된 인간의 원죄를 고려해 보면 그리스도가 인류를 위해 십자가에서 받은 형벌이 정당하다는 것이다.

따라서 한 행위에서 여러 가지가 나왔으니,
하나의 죽음을 하느님과 유대인들이 좋아했고,[10]
그 때문에 땅이 떨리고 하늘이 열렸지요.　　　　　　　48

그 이후 사람들이 정의로운 법정에 의해
정의로운 복수가 이루어졌다고 말하더라도,
이제 그대가 이해하기 어렵지 않을 것이오.　　　　　51

그런데 내가 보니, 지금 그대의 마음은
안으로 이런저런 생각에 얽매여 있고,
그 매듭을 풀고 싶은 욕망이 크군요.　　　　　　　54

그대는 말하는군요. ⟨내가 듣는 것을 잘
알겠지만, 왜 하느님께서는 우리의 구원을
위하여 그런 방법을 원하셨는지 모르겠어.⟩　　　　57

형제여, 사랑의 불꽃으로 성숙되지 않아
이해하지 못하는 모든 사람의 눈에는
하느님의 그런 결정이 파묻혀 보이지요.　　　　　60

사실 그런 표적을 많이 겨냥하면서도,
별로 이해하지 못하니,[11] 무엇 때문에
그 방법이 가장 적합했는지 말해 주리다.　　　　　63

10　그리스도의 죽음을 통해 성스러운 정의가 이루어졌기 때문에 하느님이 좋아했고, 유대인들
은 예수를 증오했기 때문에 좋아했다는 것이다.
11　많은 사람들이 그 신비에 대해 다루지만 제대로 이해하지 못한다는 뜻이다.

모든 증오를 멀리하시는 하느님의 선은
안으로 불타면서 불꽃들[12]을 튀기시니,
그리하여 영원한 아름다움을 펼치십니다.   66

그리고 거기에서 직접 창조되는 것은
끝이 없으니, 그 선이 봉인(封印)하는
흔적은 사라지지 않기 때문입니다.   69

거기에서 직접 쏟아져 내리는 것은
완전히 자유로우니, 창조된 것들의
영향에 예속되지 않기 때문입니다.   72

거기에 부합할수록 그분은 좋아하시니,
모든 것을 비추는 성스러운 불꽃은 가장
닮은 것에서 가장 생생하기 때문이지요.   75

인간은 그 모든 은혜들을 누리는데,
만약 그중에서 하나라도 부족하면
인간의 존엄성은 떨어지게 됩니다.   78

오로지 죄악만이 인간의 자유를 빼앗고
최고의 선을 닮지 않도록 만드니,
그로 인해 그 빛이 약간 흐려지게 되고,   81

만약 죄로 비워진 곳을, 사악한 쾌락에 대한

12 사랑과 자비의 불꽃들이다.

올바른 보속(補贖)으로 채우지 않는다면,
인간의 존엄성은 절대 되찾을 수 없지요.   84

그대들의 본성은 그 씨앗 안에서
죄를 지었을 때, 천국에서 멀어지듯
그 존엄성에서 멀리 떨어졌으니,   87

만약 그대가 자세히 살펴본다면, 이런
통로들 중 하나를 통과하지 않고는
어떤 길로도 회복할 수 없습니다.   90

그러니까 오직 하느님만이 당신의 자비로
용서해 주시든지, 아니면 인간이 자기
힘으로 어리석음을 치유해야 하지요.   93

이제 영원한 섭리의 심연 속을
응시하고, 그대가 할 수 있는 한
내 말을 단단하게 응시해 보세요.   96

인간은 자기 테두리 안에서는 절대 충분히
채울 수 없으니, 아무리 겸손하게 복종해도
위로 오르려고 복종하지 않았던 만큼   99

아래로 몸을 낮출 수 없기 때문입니다.
그것이 바로 인간이 자신의 힘만으로
채울 수 없게 가로막혔던 이유입니다.   102

그러므로 하느님께서는 당신의 길들[13]로,
즉 한 가지 또는 두 가지 모두의 길로
인간에게 완전한 삶을 돌려주셔야 했지요.   105

하지만 일이란 그것이 나온 마음의 선함을
더 많이 보여 줄수록, 일하는 사람이
그 일을 더욱더 사랑하기 때문에,   108

온 세상에 흔적을 남기는 하느님의 선은
그대들을 위로 올리고자 당신의 길[14]을
모두 사용하는 것을 좋아하셨답니다.   111

첫날과 마지막 밤 사이에[15] 이 길이든
저 길이든, 그렇게 위대하고 그렇게
높은 일은 없었고 앞으로도 없으리니,   114

인간을 충분히 위로 들어 올리시려고,
하느님께서는 단순히 용서하시는 것보다
너그러이 당신 자신을 주셨기 때문이지요.   117

만약 하느님의 아드님께서 몸을 낮추어
사람의 모습을 갖추시지 않았다면,
다른 모든 방법이 정의에 부족했을 것이오.   120

---

13 자비와 정의를 가리킨다.
14 위에서 말한 자비와 정의의 길이다.
15 천지 창조의 첫날과, 최후의 심판이 있을 마지막 날 밤 사이를 가리킨다.

이제 그대의 모든 욕망을 채워 주기 위해
한군데로 되돌아가 좀 더 설명하겠으니,
내가 보듯이 그대도 보도록 하세요.   123

그대는 말하는군요. 〈나는 물을 보고,
불, 공기, 흙, 그 모든 혼합물을 보는데,
그것들은 결국 썩고 오래 지속되지 못한다.   126

그런데 그것들도 창조물이다. 따라서
만약 방금 말한 것이 사실이라면,
그것들도 썩지 않아야 할 것이다.〉   129

형제여, 그대가 지금 있는 이 순수한
왕국과 천사들은 지금 보이듯이 완전한
존재로 창조되었다고 말할 수 있습니다.   132

하지만 그대가 가리키는 원소들과,
그것들로 만들어진 모든 사물들은
창조된 힘으로부터 형상을 받지요.[16]   135

그것들이 가진 질료는 창조된 것이고,
형상을 주는 힘도 이 주위를 도는
별들 안에서 창조된 것입니다.   138

성스러운 빛의 움직임과 빛살은

16 네 가지 원소인 〈질료〉는 하느님이 창조한 것이지만, 그것들이 혼합된 사물의 〈형상〉은 창조된 힘, 말하자면 이차적 원인에 의해 부여되는 것이다.

온갖 짐승들과 초목들의 영혼을
복합적인 능력에서 이끌어 냅니다.   141

하지만 그대들의 생명은 최고의 자비가
직접 불어넣어 주고, 따라서 그 자비를
사랑하여 이후에 영원히 그리워하지요.   144

그러니 그대는 그대들의 부활에 대해
좀 더 논할 수 있소. 최초의 부모[17]가
함께 만들어졌을 때, 인간의 육체가   147

어떻게 만들어졌는지 생각해 보면 말이오.」

17 아담과 하와.

제8곡

셋째 하늘인 금성의 하늘로 올라간 단테는 사랑에 사로잡혔던 영혼들을 만난다. 그들 중에서 카를로 마르텔로가 자신을 소개하고, 동생인 나폴리의 왕 로베르토의 타락을 비난한다. 그리고 인간의 다양한 기질에 대해 이야기하고, 어떻게 훌륭한 아버지에게서 어리석은 아들이 태어날 수 있는가 설명한다.

위험한 시대에[1] 세상은 아름다운
키프로스 여인[2]이 셋째 주전원[3]을
돌면서 무모한 사랑을 비춘다고 믿었다.   3

그랬기 때문에 옛날 사람들은 오래된
오류 속에서 그녀에게 제물을 바치고
맹세하는 기도를 바쳤을 뿐만 아니라,   6

디오네[4]를 그녀의 어머니라 섬기고
쿠피도[5]를 그녀의 아들이라 섬겼으며,
쿠피도가 디도에게 안겨 있었다고[6] 말했다.   9

1 그릇된 우상 숭배에 빠져 위험하게 여러 신들을 믿었던 시대를 가리킨다.
2 베누스를 가리킨다. 베누스가 키프로스 근처의 바다에서 태어났다는 전설에 따라 그렇게 부르기도 한다.
3 주전원(周轉圓)이란 그 중심이 다른 큰 원의 둘레 위를 회전하는 작은 원을 의미하는데, 고전 천문학자들의 견해에 의한 것이다. 즉 태양을 제외한 행성들은 하늘을 돌면서, 중심이 다른 작은 원을 이루는 다른 운동을 하면서 돈다고 생각하였다. 여기에서는 그냥 금성의 궤도로 보아도 무방할 것이다.
4 우라노스와 가이아의 딸로 유피테르와의 사이에서 베누스를 낳았다는 이야기도 있다.
5 Cupido. 로마 신화에서 사랑의 신으로 아모르Amor로 불리기도 하며, 대개 베누스의 아들로 간주된다. 그리스 신화의 에로스에 해당한다.
6 카르타고의 여왕 디도(「지옥」 5곡 61행 참조)는 표류해 온 아이네아스를 사랑하게 되었는데,

내가 이 노래의 첫머리로 삼는 그녀로부터,
사람들은 때로는 뒤에서 때로는 앞에서
태양을 흠모하는 별[7]의 이름을 따왔다.   12

나는 그곳으로 올라감을 깨닫지 못했지만,
내 여인이 더욱 아름다워지는 것을 보고
그 안에 들어갔음을 분명히 확신하였다.   15

마치 불꽃 속에서 불티가 보이듯,
한 목소리가 멈추고 다른 목소리가 오갈 때
목소리 속에서 목소리가 구별되듯,[8]   18

나는 그 빛 속에서 다른 불빛들이
돌면서 움직이는 것을 보았는데, 짐작컨대
그 내적 직관에 따라 더 빠르거나 느렸다.   21

그 성스러운 빛들이, 높은 세라핌 천사들이
있는 곳[9]에서 처음 시작한 춤을 떠나
우리를 향해 오는 것을 본 사람에게는,   24

차가운 구름에서 내려오는 바람들이,[10]

그것은 아이네아스의 어머니 베누스의 계략 때문이었다. 베누스의 부탁에 쿠피도는 아이네아스의
어린 아들 아스카니우스로 변장하여 디도의 무릎에 앉았고, 그녀에게 사랑의 마음이 불타게 하였
다. (『아이네이스』 1권 657~660행 참조)
    7 금성. 금성은 태양을 뒤따르거나 앞서면서 떠오른다. 저녁에는 태양이 진 직후 서쪽 하늘에
서 빛나고, 새벽에는 태양이 뜨기 직전 동쪽 하늘에서 빛나기 때문이다.
    8 두 목소리가 화음을 이루어 합창하다가, 한 목소리는 한 음계에 고정되어 있고, 다른 목소리
는 다른 음계들을 오고 갈 때, 서로 구별되는 것처럼.
    9 최고의 하늘 엠피레오를 가리킨다.

눈에 보이든 보이지 않든, 아무리 빨라도
머뭇거리고 느린 것처럼 보였으리라.   27

그리고 먼저 나타난 빛들 속에서
〈호산나〉가 울려 나왔는데, 나중에도
꼭 다시 들어 보고 싶은 소리였다.   30

거기에서 빛 하나[11]가 우리에게 오더니
말했다.「그대가 우리의 기쁨을 누리도록,
우리는 그대가 원하는 대로 할 것이오.   33

우리는 천상의 군주들[12]과 함께 똑같은 원을
똑같은 갈망[13]으로 똑같이 돌고 있답니다.
그대는 이미 세상에서 그들에게 말했지요,   36

〈지성으로 셋째 하늘을 움직이는 그대들이여.〉[14]
우리는 사랑으로 넘치니, 그대가 기뻐하도록
잠시 조용히 있는 것도 역시 즐겁답니다.」   39

10   아리스토텔레스에 의하면 따뜻하고 마른 증기들이 대기권의 끝에 이르면 차가운 구름과 부
딪치고, 거기에서 바람이 일게 된다고 한다. 눈에 보이는 바람이란, 바람이 흙먼지를 일으키거나 구
름이 흘러가게 함으로써 시각적으로 감지할 수 있는 것을 가리킨다.
11   나폴리의 왕 카를로 단조 2세(「연옥」 20곡 79~81행 참조)의 아들 카를로 마르텔로Carlo
Martello(1271~1295)의 영혼이다. 그는 1292년 헝가리의 왕으로 선출되었으나 젊은 나이에 사망
하였다.
12   금성의 하늘을 관장하는 프린키파투스 천사들을 가리킨다. 일반적으로 천사들 모두를 가리
키는 것으로 해석되기도 한다.
13   자신들을 움직이는 하느님에 대한 사랑이다.
14   *Voi che 'ntendendo il terzo ciel movete.*『향연』 2권의 첫머리에 나오는 단테의 시 첫 행
이다.

내 눈은 존경심과 함께 나의 여인을
향해 돌아갔으며, 그녀에 의하여
저절로 기쁨과 확신을 얻은 다음   42

그렇게 많이 약속한 빛을 향하였고,
〈그대는 누구십니까?〉 하고 묻는
내 목소리는 커다란 애정에 젖었다.   45

내가 말하였을 때, 그의 즐거움에
더욱 커진 새로운 즐거움이 얼마나
또 어떻게 더해지는 것이 보였던지!   48

그리고 그는 말했다. 「나는 아래 세상에서
잠시만 머물렀으니, 만약 오래 머물렀다면
다가올 나쁜 일이 많이 없어질 것이오.   51

나의 기쁨은 내 주위에 빛나면서
마치 누에가 비단 고치에 싸이듯이
내 모습을 그대에게 감춘답니다.   54

그대는 나를 무척 사랑했고,[15] 충분한
이유가 있었으니, 내가 저 아래 있었다면
잎보다 사랑[16]을 그대에게 주었을 텐데.   57

---

15 카를로 마르텔로는 1294년 프랑스에서 돌아오는 부모를 만나러 피렌체에 간 적이 있는데,
그때 아마 단테를 만났을 것으로 짐작된다.
16 구체적인 결실로 나타나는 사랑을 가리킨다.

8: 52~54
나의 기쁨은 내 주위에 빛나면서 마치 누에가 비단 고치에 싸이듯이 내 모습을 그대에게 감춘답니다.

소르그강과 합류한 다음 론[17]강이
적시는 그 왼쪽 기슭은, 때가 되면[18]
나를 자기 주인으로 기다리고 있었지요.   60

트론토와 베르데[19]강이 바다로 들어가는
곳부터 바리, 가에타, 카토나[20]가 도시를
이루는 아우소니아[21]의 뿔[22]도 그랬지요.   63

도나우강이 독일의 기슭들을
떠난 다음 적시는 땅[23]의 왕관이
이미 내 이마에서 빛나고 있었답니다.   66

그리고 파키노와 펠로로[24] 사이에서
남동풍[25]에 가장 많이 씻기는 만(灣) 위로

17 소르그Sorgue와 론강은 프랑스 남부 지방을 흐르는 강이다. 론강 왼쪽에서 알프스 사이의 지역은 나폴리 왕에게 속해 있었다.

18 카를로 마르텔로는 장자였기 때문에 카를로 2세가 사망한 다음에는(그는 1309년에 사망하였다) 나폴리 왕위에 오를 예정이었다.

19 트론토Tronto는 이탈리아 중동부 마르케 지방에서 동쪽 아드리아해로 흘러드는 강이고, 베르데(「연옥」 3곡 130행 참조)는 로마와 나폴리 사이에서 서쪽의 티레니아해로 흘러드는 강이다. 두 강은 대략 나폴리 왕국의 북부 경계선을 이룬다.

20 바리Bari는 이탈리아 남동부 끝의 항구이고, 가에타Gaeta는 나폴리 위쪽의 항구이며, 카토나Catona는 남서부 칼라브리아 지방의 맨 끝에 있는 마을 이름이다.

21 Ausonia. 이탈리아의 옛 이름으로 고대 그리스 작가들이 즐겨 사용하였다.

22 나폴리 왕국에 속하는 영토를 가리킨다. 트론토강과 베르데강의 두 어귀와 칼라브리아 지방의 끝을 연결하면 뿔 모양의 기다란 삼각형 형태가 된다.

23 헝가리를 가리킨다.

24 파키노Pachino는 시칠리아 남동부 끝의 지명으로 파세로곶을 가리키고, 펠로로Peloro는 북동부 끝의 파로곶을 가리킨다.

25 원문에는 에우로Euro로 되어 있는데, 원래 시칠리아의 남동쪽에 위치한 아프리카에서 불어오는 뜨거운 바람을 가리킨다.

티폰[26] 때문이 아니라 솟아나는 유황 때문에   69

연기에 뒤덮이는 아름다운 트리나크리아[27]는
나를 통해 태어난 카를로와 루돌프[28]의
후손들을 왕으로 기다렸을 것입니다.   72

만약 휘하의 백성들을 언제나 괴롭히는
나쁜 통치 때문에 팔레르모가 봉기하여
〈죽여라, 죽여라!〉 외치지 않았다면 말이오.[29]   75

만약 나의 동생[30]이 그것을 미리 본다면,
자신에게 해가 되지 않도록 카탈루냐의
탐욕스러운 가난[31]을 피할 텐데.   78

자신을 위해서나 남을 위해, 이미 무거운

26 티폰(「지옥」 31곡 124행 참조)은 올림포스 신들에게 대항하였다가 유피테르의 번개에 맞
아 시칠리아의 에트나 화산에 묻혔고, 그의 숨결이 연기로 뿜어져 나온다고 생각하였다.

27 Trinacria. 시칠리아의 옛 이름으로 원래 〈세 개의 끝〉을 의미하는데, 시칠리아섬이 삼각형
모양을 이루기 때문에 그런 이름이 붙여졌다.

28 마르텔로의 할아버지 카를로 단조 1세(「지옥」 19곡 98행)와, 마르텔로의 아내 클레멘차의
아버지인 합스부르크 가문의 루돌프(1218~1291) 황제(「연옥」 7곡 94행 참조)를 가리킨다.

29 소위 〈시칠리아의 만종〉으로 일컬어지는 사건을 가리킨다. 앙주 가문의 폭정에 1280년 3월
30일 시칠리아의 수도 팔레르모에서 만종 소리를 신호로 〈프랑스 놈들을 죽여라〉 외치면서 봉기가
일어났다. 그 결과 앙주 가문이 쫓겨나고 1282년 스페인 아라곤 왕가의 페드로 3세(「연옥」 7곡
113행 참조)가 시칠리아 왕이 되었다.

30 1309년 나폴리 왕국의 왕위를 계승한 로베르토(1278~1343)를 가리킨다. 단테는 당시의
연대기들을 토대로 그의 탐욕과 폭정을 비난한다.

31 카를로 단조 2세는 1284년 아라곤 왕가와의 해전(海戰)에서 포로가 되었고 1288년까지 시
칠리아에 붙잡혀 있었다.(「연옥」 20곡 79행 참조) 그가 풀려날 때 마르텔로의 두 동생 로베르토와
로도비코가 볼모로 스페인의 카탈루냐에 끌려가 1288~1295년까지 머물렀다. 그동안 로베르토는
카탈루냐 사람들과 사귀었고 1309년 왕위에 오르면서 그들을 관리로 임명하였는데, 탐욕으로 폭정
을 일삼았다고 한다.

자기 배에 더 많은 짐을 싣지 않도록
정말로 미리 대비해야 하기 때문이오.   81

너그러운 핏줄[32]에서 탐욕스럽게 태어난
그의 본성은, 궤짝 안에 챙기는 데
신경 쓰지 않는 신하들이 필요할 것이오.」   84

「나의 주인이시여, 그대의 말이
나에게 심어 주는 고귀한 기쁨은,
모든 선이 시작되고 끝나는 곳[33]에서   87

그대가 보듯 나 역시 보고 느끼니,
나에게 더 기쁘고, 또한 그대가 하느님을
보면서 그것을 이해하니 더더욱 기쁩니다.   90

나를 기쁘게 해주셨듯이 설명해 주십시오.
그대 말은 어떻게 달콤한 씨앗에서 쓴 열매가
나올 수 있는지 나에게 의혹을 심어 주었지요.」   93

내가 이렇게 말하자 그는 말했다. 「내가 그대에게
진실을 보여 준다면, 그대가 등지고 있으면서
질문하는 것을 눈앞에서 보게 될 것이오.[34]   96

그대가 지금 오르는 모든 왕국을 돌리고

---

32 아버지 카를로 단조 2세를 가리킨다.
33 하느님이 있는 곳이다.
34 등 뒤에 있어서 잘 볼 수 없었던 것이 눈앞에 있듯이 분명히 이해할 것이라는 뜻이다.

기쁘게 해주시는 선[35]은 당신의 섭리를
이 거대한 실체들에서 힘[36]으로 만들지요.   99

그리고 그 자체로 완벽하신 정신은
섭리로 자연들을 마련하실 뿐 아니라
그것들의 건강함도 함께 주신답니다.   102

때문에 그 활이 쏘는 것은 무엇이든
마치 자신의 표적을 향하는 물건처럼
미리 마련된 목표에 떨어지게 되지요.   105

그렇지 않다면 그대가 지금 걸어가는
하늘이 만들어 낼 자신의 결과들은
기술이 아니라 폐허들이 될 것인데,   108

그렇게 될 수 없으니, 이 별들을 움직이는
지성들이 불완전하지 않고, 그것들을 만든
최고의 지성이 불완전하지 않기 때문이오.   111

이 진리가 그대에게 더 밝혀지길 원하나요?」
나는 말했다. 「아닙니다. 필연적인 것들에서 자연이
결여될 수 없다는 것을 알기 때문입니다.」   114

이에 그는 다시 말했다. 「말해 보오. 지상의 인간이

35 하느님.
36 하느님의 섭리는 각각의 하늘들에 고유의 힘을 부여하고, 그 힘은 다시 아래 세상에 영향을
미친다.

시민이 아니라면,[37] 더 불행한 일일까요?」
나는 대답했다. 「네, 이유는 묻지 않겠습니다.」 117

「그렇다면 저 아래에서 서로 다른 임무로
서로 다르게 살지 않고도 그럴 수 있을까요?
아니오, 그대들의 스승[38]이 잘 썼듯이 말이오.」 120

그렇게 추론하면서 여기까지 이르렀고
그는 결론을 내렸다. 「그러니까 그대들
결과들의 뿌리[39]도 서로 달라야 합니다. 123

그래서 누구는 솔론[40]으로, 크세르크세스[41]로,
누구는 멜키체덱[42]으로, 누구는 하늘을 날다
자기 아들을 잃은 자[43]로 태어난답니다. 126

이렇게 순환하는 본성은 인간의 밀랍에
봉인되는데, 자기 재능을 잘 수행하지만
이 집 저 집 구별하지 않는다오.[44] 129

37 인간이 사회를 이루어 살아가지 않는다면.
38 아리스토텔레스를 가리킨다.
39 사람들이 각자 다른 임무를 수행하도록 이끄는 각자의 성향이다.
40 Solon. 기원전 7세기 아테나이의 정치가이며 입법자로, 국가를 조직하고 이끄는 성향을 상징한다.
41 Xerxes. 페르시아의 왕(「연옥」 28곡 71행 참조)으로, 군대를 이끌고 전쟁을 수행하는 데 적합한 성향을 가리킨다.
42 Melchizedek. 살렘의 왕으로 하느님을 정성껏 섬기는 사제였다.(「창세기」 14장 18~20행 참조)
43 그리스의 명장 다이달로스를 가리킨다.(「지옥」 17곡 108~110행 참조)
44 하늘은 가문들을 구별하지 않고 본성에 영향을 주기 때문에 같은 핏줄에서도 서로의 성향이 다를 수 있다.

따라서 같은 씨지만 에사우와 야곱[45]이 서로
다르고, 퀴리누스[46]는 천한 아버지에게서
태어났기에 마르스의 아들이라 하였지요.   132

하느님의 섭리가 억제하지 않는다면,
태어난 본성은 언제나 낳아 주는 자들과
비슷한 길을 가게 될 것입니다.   135

이제 그대 뒤에 있던 것이 앞에 있지요.
하지만 그대에 대한 내 기쁨을 알도록,
한 가지 덧붙이니 옷처럼 입기 바라오.   138

본성이 자신과 맞지 않는 운명과 마주치면,
자기 고장에서 벗어난 다른 모든 씨앗처럼
언제나 나쁜 시련을 겪게 되는 법입니다.   141

그러니 만약 저 아래 세상이 본성을 뒤좇아,
본성이 부여하는 토대에 관심을 기울인다면
좋은 사람들을 얻게 될 것이오.   144

하지만 그대들은 칼을 허리에 두르도록
태어난 자를 종교로 돌리고,[47] 설교에

---

45 이사악과 레베카 사이에 태어난 쌍둥이 형제로, 그들은 태어나기 전에 배 속에서부터 싸웠
고, 또한 모습이나 성향이 완전히 달랐다.(「창세기」 25장 22~34절 참조)
46 Quirinus. 로마를 건국한 로물루스의 다른 이름이다. 전설에 의하면 그는 알바론가 왕의 딸
레아 실비아와 전쟁의 신 마르스 사이에서 태어났다. 그런데 그것은 그가 너무 천한 신분으로 태어
났기 때문에 생긴 전설이라는 주장이다.
47 아마 동생 로도비코를 가리키는 것으로 짐작된다. 그는 프란치스코 수도회에 들어갔고, 보

적합한 자를 왕으로 삼고 있으니,⁴⁸

그대들의 발자국은 길을 벗어나 있어요.」

니파키우스 8세에 의해 1296년 툴루즈의 주교로 임명되었다.
  48 다른 동생 로베르토를 가리키는 듯하다. 그는 왕위에 올랐으면서도 수백 편의 설교를 남겼다.

제9곡

카를로 마르텔로가 떠난 다음 쿠니차의 영혼이 이탈리아 북부 지방 사람들의 부패와
타락에 대해 한탄한다. 그리고 그들의 미래에 대해 예언한다. 이어 마르세유 사람 폴
코가 자신에 대해 이야기하고, 창녀 라합의 예를 들면서 탐욕스럽고 부패한 성직자
들에 대한 비난을 퍼붓는다.

아름다운 클레멘차[1]여, 그대의 카를로는
설명한 다음, 자신의 씨앗[2]이 받게 될
속임수들에 대해 이야기하였지만, 나에게   3

말했다오. 「말없이 세월이 흐르게 놔두시오.」
그러니 그대들의 불행 뒤에 정의로운 통곡[3]이
오리라는 것 이외에는 말할 수 없소이다.   6

벌써 그 거룩한 빛의 생명[4]은 모든 것을
충분하게 채워 주는 선처럼 자신을
충만하게 해주는 태양을 향하고 있었다.   9

아, 현혹된 영혼들이여, 불경한 인간들이여,
너희들은 그러한 선으로부터 마음을 돌려

---

1 마르텔로의 딸로 1315년 프랑스 왕 루이 10세와 결혼하였다. 마르텔로의 아내 이름도 클레
멘차였으나 그녀는 1295년에 이미 사망하였다.
2 자식들을 가리킨다. 특히 그의 아들 카를로 로베르토는 시칠리아와 나폴리의 왕이 되어야 하
는데, 작은아버지 로베르토에게 왕위를 빼앗겼다.
3 정의로운 복수를 뜻한다.
4 카를로 마르텔로의 영혼이다.

헛된 것들에 눈길을 향하고 있구나!   12

그런데 그 광채들 중 하나가 나를 향해
다가왔는데, 나를 기쁘게 해주려는
그의 뜻이 외부의 밝기로 표현되었다.   15

전처럼 나를 향하여 고정되어 있던
베아트리체의 눈은 나의 욕망[5]에
사랑스러운 동의를 분명히 보여 주었기에   18

나는 말했다. 「오, 복된 영혼이여, 어서 빨리
나의 바람을 채워 주고, 내가 생각하는 것이
그대 안에 반사된다는 증거[6]를 보여 주소서.」   21

그러자 내가 아직까지 모르는 그 빛은
처음 노래하던 자기 내부에서 기꺼이
선을 행하는 사람처럼 말을 꺼냈다.   24

「브렌타강과 피아베[7]강의 원천과
리알토[8] 사이에 자리 잡고 있는
이탈리아의 그 부패한 지역의 땅[9]에   27

5 새로운 영혼과 이야기하고 싶은 욕망이다.
6 내가 말하지 않더라도 나의 생각을 그대가 알 수 있다는 증거이다.
7 브렌타(「지옥」 15곡 7행 참조)는 파도바 근처의 강이고 피아베Piave는 베네치아 북쪽으로
흐르는 강으로, 그 원천은 모두 북쪽의 오스트리아와 접경하는 알프스산맥에 있다.
8 Rialto. 베네치아를 가리킨다. 원래 베네치아가 세워진 섬들 중 가장 큰 섬의 이름이 리알토
였다.
9 이탈리아 북동부 지역으로 현재의 베네토 지방을 가리킨다.

그리 높지 않은 언덕10이 솟아 있는데,
거기에서 예전에 횃불 하나11가 내려와
인근 지역에 커다란 공격을 가했지요.   30

나는 그와 함께 한 뿌리에서 태어났고
쿠니차12라 불렸는데, 여기서 빛나는 것은
이 별의 빛이 나를 사로잡았기 때문입니다.   33

하지만 나는 내 운명의 원인을 너그러이
나 자신에게 용서하고 괴롭지 않으니,
보통 사람에게 그건 힘들어 보이겠지요.   36

내 곁에 가까이 있는 우리 하늘의 이
눈부시고 귀중한 보석13은 커다란
명성을 남겼고, 그 명성이 사라지려면,   39

백 년에 다섯 곱을 더해야 할 것이오.14
첫째 삶이 또 다른 삶을 뒤에 남기려면15
사람은 뛰어나야 한다는 것을 보십시오.   42

10 뒤이어 말하는 에첼리노의 성이 있던 로마노Romano 언덕이다.
11 에첼리노 다 로마노 3세(「지옥」 12곡 110행 참조)를 가리킨다. 폭군으로 유명한 그는 페데
리코 2세의 열렬한 지지자였으며, 그의 지원으로 인근의 여러 도시까지 세력을 확장하였다.
12 Cunizza(1198?~1279). 에첼리노의 누이로 네 번이나 결혼하고 많은 염문을 뿌렸던 여인
이다. 따라서 단테가 그녀를 천국에 배치한 이유에 대해 여러 가지 해석이 분분하다.
13 뒤에 나오는 마르세유의 폴코Folco를 가리킨다. 12세기 중엽 제노바 출신 가문에서 태어
난 그는 프로방스어로 작품을 쓴 탁월한 시인이었다. 특히 어느 마르세유 귀족의 아내에 대한 열렬
한 사랑을 노래하였는데, 그 사랑하는 여인이 사망한 후 시토회 수도자가 되었고 1205년 툴루즈의
주교로 임명되었다.
14 그의 명성은 앞으로도 5백 년 이상 지속될 것이라는 뜻이다.
15 첫째 삶은 육체의 삶이고, 또 다른 삶은 그 뒤에도 살아남는 명성의 삶이다.

지금 탈리아멘토와 아디제[16]강 사이에
사는 사람들은 그것을 생각하지 않으니
두들겨 맞고도 아직 후회하지 않습니다.[17]   45

하지만 사람들이 의무를 게을리 하니,
머지않아서 비첸차를 적시는 늪의
물 색깔을 파도바가 바꿀 것이오.[18]   48

또한 실레와 카냐노가 만나는 곳[19]에서
누군가[20]가 다스리며 머리를 쳐들고 있지만
벌써 그를 잡을 그물이 만들어지고 있소.   51

그리고 펠트레는 불경스러운 목자[21]의
배신으로 슬퍼할 것이니, 너무나 비열하여
그런 사람은 말타[22]에도 들어가지 못하리.   54

16 탈리아멘토Tagliamento는 피아베강 북쪽의 다른 강이고, 아디제는 서쪽의 베로나 근처를
흐르는 강이다.

17 폭정에 시달리면서도 거기에 항거할 생각을 하지 않는다는 뜻이다.

18 비첸차 근처에 바킬리오네강이 흐르면서 그 주위에 늪을 이룬다. 물 색깔을 바꾼다는 것은
핏빛으로 물들인다는 것을 뜻하는데, 아마 1314년 비첸차를 점령하고 있던 파도바의 궬피파가 패
배한 것을 암시하는 듯하다.

19 실레Sile와 카냐노Cagnano는 베네치아 북쪽의 도시 트레비소 주위로 흐르는 작은 강들이
다. 그러므로 트레비소를 가리킨다.

20 〈착한 게라르도〉(「연옥」 16곡 124행)의 아들 리차르도 다 카미노Rizzardo da Camino를
가리킨다. 그는 1306년 아버지의 뒤를 이어 트레비소의 영주가 되었으나, 오만하고 전제적이었으
며 결국 다른 귀족들의 음모로 1312년 살해되었다.

21 1298~1320년에 펠트레의 주교였던 알레산드로 노벨로Alessandro Novello를 가리킨다.
그는 1314년 페라라에서 피신해온 기벨리니파 사람들을 넘겨주어 모두 처형당하게 만들었다.

22 말타malta는 대개 지하에 있는 어둡고 불결한 감옥을 가리킨다. 일부에서는 이탈리아 중
부 볼세나 호수 근처에 있던 감옥으로 해석하기도 한다.

페라라 사람들의 피를 받을 양동이는
너무 넓어서 그 무게를 하나하나
저울질할 사람이 피곤해질 텐데,   57

친절한 신부는 같은 당파임을 증명하려고
그것을 선물할 것이니, 그런 선물은
그 고장의 생활 방식에나 어울릴 것이오.   60

저 위에는 트로누스[23]라는 거울들이 있어
심판하시는 하느님을 우리에게 비추니,
거기에서는 이런 말이 좋게 들릴 것이오.」   63

여기서 그녀는 침묵했고, 마치 다른 것에
몰두한 것처럼 보이더니, 조금 전에
떠나왔던 원무(圓舞) 속으로 되돌아갔다.   66

귀중한 보석으로 나에게 이미 알려진
또 다른 기쁨[24]이 나의 눈앞에서 마치
햇살이 비치는 섬세한 루비처럼 빛났다.   69

저 위에서는 기쁨이 마치 이곳의 웃음처럼
빛남으로 나타나지만, 저 아래[25]에서는
슬픈 마음이 외부의 그림자로 어두워진다.   72

---

23 *thronus*. 세라핌 천사와 케루빔 천사 다음 서열의 상급 천사로 좌품(座品) 천사로 번역되기
도 한다.(「천국」 28곡 참조)
24 앞서 38행에서 말했던 폴코의 영혼이다.
25 지옥을 가리킨다.

나는 말했다. 「복된 영혼이여, 하느님께서 모든
것을 보시고, 그대의 눈은 그분 안에 있으니,
그대에게 어떤 욕망도 감출 수 없습니다.   75

그러므로 여섯 날개로 수도복을 삼는
경건한 불꽃들[26]의 노래와 함께 언제나
하늘을 즐겁게 해주는 그대의 목소리가   78

어찌 내 욕망[27]을 채워 주지 않겠습니까?
내가 그대 안에 있고 그대가 내 안에 있다면,
나는 그대의 질문을 기다리지 않겠습니다.」   81

그러자 그는 자기 말을 시작하였다.
「땅을 둘러싸고 있는 바다[28]의 물이
안으로 흘러드는 가장 커다란 계곡[29]은   84

마주 보는 해안들[30] 사이에서 태양을
거슬러[31] 나아가고, 처음에는 수평선으로
보였던 곳이 자오선(子午線)이 되지요.[32]   87

26   세라핌 천사들로 그들은 날개가 여섯 개 달린 모습으로 묘사된다.(「이사야」 6장 2~3절
참조)
27   그대가 누구인지 알고 싶은 욕망이다.
28   대서양을 가리킨다.
29   지중해를 가리킨다.
30   지중해를 둘러싸고 있는 유럽과 아프리카의 해안들이다.
31   즉 지중해의 서쪽 끝에서 동쪽을 향해.
32   단테가 생각했던 지구의 형상에 의하면(「지옥」 20곡 125행, 「연옥」 2곡 3행의 역주 참조),
스페인의 서쪽 끝과 예루살렘, 즉 지중해의 동쪽 끝까지의 거리는 경도 90도에 걸쳐 있다(지중해의
실제 길이는 42도에 불과하다). 따라서 지중해의 서쪽 끝에서 보면 동쪽 끝은 수평선으로 보이지만,
그 수평선은 동쪽 끝에서 보면 자오선을 이룬다. 다른 한편으로 어디서든지 수평선으로 보이는 선

짧은 구간에서 제노바 사람과 토스카나

사람을 나누는 마그라와 에브로[33] 사이,

바로 그 계곡에서 나는 해안 사람이었지요.   90

거의 같은 시간에 해가 뜨고 지는 곳에

부지[34]와 내가 태어난 땅, 예전에 자기 피로

항구를 뜨겁게 했던 곳이 자리 잡고 있어요.[35]   93

내 이름을 알고 있던 사람들은 나를

폴코라 불렀고, 이 별은 내가 그 영향을

받았듯이 내 흔적을 간직하고 있지요.   96

시카이오스와 크레우사를 괴롭게 했던

벨로스의 딸[36]도 아직 젊었을 때의

나보다 더 불타오르지 않았을 것이오.   99

데모폰에게 실망했던 로도페 여인[37]도,

이올레를 가슴속에 담아 두었을 때의

은 바로 그 지점에서 볼 때 자오선이 된다.

33   마그라(「지옥」 24곡 146행 참조)는 이탈리아의 토스카나 지방과 리구리아 지방 사이에 흐
르는 강이고, 에브로(「연옥」 27곡 3행 참조)는 스페인의 강이다.

34   Bougie. 알제리의 해안 도시로 마르세유와 거의 같은 경도에 위치하고 있다.

35   기원전 49년 카이사르의 군대가 마르세유를 함락시키고 많은 사람들을 학살했던 사건을
암시한다.

36   아이네아스를 사랑한 디도를 가리킨다.(「지옥」 5곡 85행 참조) 따라서 그녀는 아이네아스
의 죽은 아내 크레우사와, 자신의 죽은 남편 시카이오스 모두에게 괴로움을 주었다.

37   로도페산 근처에 거주하던 트라키아 왕 필레우스의 딸 필리스를 가리킨다. 그녀는 테세우
스의 아들 데모폰을 사랑하였고 결혼하기로 약속하였다. 그런데 데모폰이 고향 아테나이로 돌아갔
다가 약속한 날짜에 돌아오지 않자 절망한 필리스는 목을 매어 죽었다. 그녀는 죽어 아몬드나무가
되었다고 한다.

알키데스[38]도 그렇지는 않았을 것이오.   102

하지만 여기서 후회하지 않고 미소 지으니,
마음속에 돌아오지 않는 죄 때문이 아니라
모든 것을 배치하고 마련한 가치 때문이오.   105

여기서는 그런 질서를 장식하는 기술을
관조하고, 그러므로 이 위의 세상이
저 아래로 돌아가게 하는 선을 깨닫지요.   108

하지만 이 하늘에서 생긴 그대의 모든
욕망을 충족시켜 가져갈 수 있도록
나는 조금 더 이야기해야 할 것이오.   111

여기 내 곁에서 마치 투명한 물속의
햇살처럼 이렇게 빛나고 있는 빛 속에
누가 있는지 그대는 알고 싶어 하지요.   114

이 안에는 라합[39]이 평온하게 있는데,
우리의 대열에 합류해 가장 높은 등급의
빛으로 봉인되어 있음을 알기 바라오.   117

그대들 세상이 만드는 그림자의 끝이 닿는

38 헤라클레스의 어렸을 때 이름이다. 헤라클레스가 테살리아 왕 에우리토스의 딸 이올레를
사랑하자, 그의 아내 데이아네이라는 네소스가 죽으면서 건네주었던 옷을 헤라클레스에게 입혀 죽
게 만들었다.(「지옥」 12곡 67~69행 참조)
39 예리코의 창녀 라합은 여호수아가 보낸 정탐원을 숨겨 주어 이스라엘의 승리를 도왔던 여
인이다.(「여호수아기」 2장 1절 이하)

이 하늘[40]에, 그녀는 그리스도의 승리로
다른 영혼들보다 먼저 올라왔답니다.[41]   120

이쪽 손바닥과 저쪽 손바닥으로 얻은[42]
높으신 승리의 증거로 그녀가 어느
하늘에라도 오르는 것은 당연했지요.   123

교황[43]의 기억에는 거의 스치지도 않는
거룩한 땅에서 그녀는 여호수아의
첫 번째 영광을 도와주었기 때문입니다.   126

자기 창조주에게 맨 처음 등을 돌렸던
자[44]에 의해 세워지고, 또 그의 질투에
수많은 눈물을 흘렸던 그대의 도시는   129

저주받을 꽃[45]을 만들어 퍼뜨리고 있으니,
그것은 목자를 늑대로 만들어 양과
어린양들을 방황하게 만들었지요.   132

그로 인해 복음서와 위대한 박사들[46]은

---

40 금성은 지구에서 가까운 세 행성 중 가장 끝에 있다는 뜻이다.
41 그리스도가 사망한 직후 림보의 일부 영혼들을 천국으로 올려 보냈을 때이다.
42 그리스도가 십자가 위에서 양 손바닥과 발에 못이 박힌 것을 가리킨다.
43 당시의 교황 보니파키우스 8세를 가리키는 것으로 짐작된다.
44 루키페르를 가리킨다. 피렌체가 루키페르에 의해 세워졌다는 것은 모든 부패와 타락의 본
거지라는 뜻이다.
45 백합꽃이 새겨진 피렌체의 금화 피오리노를 가리킨다.
46 교부들의 저술을 가리킨다.

버림을 받았고, 다 해진 가장자리들[47]이
보여 주듯이 오직 법령들[48]만 연구하지요.   135

교황과 추기경들은 거기에만 신경을 쓰니,
그들의 생각은 가브리엘이 날개를
펼쳤던 나자렛[49]으로 가지 못합니다.   138

그러나 베드로를 뒤따랐던 무리[50]의
묘지가 되었던 바티칸과 로마의
다른 선택받은 구역들은 머지않아   141

그런 간통에서 자유롭게 될 것이오.」[51]

---

47 법령집의 책 가장자리가 주석들로 지저분하거나 해져서 너덜거리는 것을 가리킨다.
48 교회의 법령들이다.
49 가브리엘 천사가 성모 마리아에게 예수의 잉태를 알려 주었던 곳이다. 날개를 펼쳤다는 것
은 즐거움과 존경의 표시로 해석된다.
50 성 베드로의 모범을 따랐던 성인들과 순교자들을 가리킨다.
51 구체적으로 무엇을 예언하는지 알 수 없으나, 아마 1303년 보니파키우스 8세의 죽음을 암
시하는 듯하다. 그리고 간통은 성직자들의 재물에 대한 욕심을 가리킨다.

제10곡

단테는 넷째 하늘인 태양의 하늘로 올라간다. 그곳에는 철학과 신학 분야에서 이름을 떨쳤던 영혼들이 있는데, 그들은 왕관처럼 둥글게 모여 노래하면서 빙글빙글 돈다. 그중에서 토마스 아퀴나스가 참다운 사랑에 대해 이야기하고 곁에 있는 열두 명의 영혼들을 소개한다. 이야기가 끝나자 영혼들의 왕관이 움직이면서 감미로운 소리가 들려온다.

처음이자 말로 표현할 수 없는 힘[1]은
당신 아들을 바라보시면서, 한 분과
다른 분이 영원히 불어넣는 사랑[2]으로   3

마음과 공간 속에 존재하는 모든 것[3]을
질서 있게 만드셨으니, 그것을 보는 자는
그분을 조금이라도 맛보지 않을 수 없으리.   6

그러니 독자여, 나와 함께 높은 하늘들로
눈을 들어, 하나의 운행과 다른 운행이
서로 부딪치는[4] 쪽을 똑바로 바라보시오.   9

그리고 당신 안에서 너무나 사랑하여
거기에서 절대로 눈을 떼시지 않는
창조주[5]의 기술을 관조하기 시작하시오.   12

1 하느님.
2 성령을 가리킨다. 가톨릭교회의 교리에 의하면 성령은 성부나 성자 모두에게서 나온다.
3 〈마음과 공간 속에서 회전하는 모든 것〉으로 해석되기도 한다.
4 춘분 때에는 하늘의 적도, 즉 주야 평분선과 황도가 서로 만난다.
5 원문에는 *maestro*, 즉 〈장인〉으로 되어 있다.

거기에서 행성들을 운반하는 비스듬한 원[6]이

그들을 부르는 세상을 충족시키기 위해[7]

어떻게 가지쳐 나가는지 바라보시오.[8]   15

만약 그들의 길이 빗나가지 않는다면

하늘의 많은 힘은 헛된 것이 되고,

이 아래의 거의 모든 능력이 죽을 것이며,   18

또한 만약 곧은 길[9]에서 나뉘는 것이

더 멀거나 가깝다면, 세상의 질서는

위에서나 아래에서 불완전할 것이오.   21

이제 독자여, 피곤하기 전에 충분히

즐기고 싶다면, 맛본 것을 되짚어

생각하며 그대 걸상에 남아 있으시오.   24

나는 그대 앞에 내놓았으니 그대 혼자

먹기 바라오. 내가 쓰고 있는 소재가

나의 모든 관심을 사로잡기 때문이오.   27

온 세상에다 하늘의 가치를 새기고

자신의 빛으로 시간을 측정하는

가장 위대한 자연의 관리자[10]는   30

---

6 황도를 가리킨다.
7 지구와 지구 위에 살고 있는 창조물들에게 필요한 것을 제공하기 위해.
8 황도와 하늘의 적도는 대략 23도의 각도로 만나고 또한 서로 벌어진다. 그렇게 서로 벌어지는 모습을 나뭇가지에 비유하고 있다.
9 하늘의 적도를 가리킨다.

위에서 말한 바로 그 지점[11]과 결합하여
매일매일 조금씩 더 빨리 떠오르는
나선형[12]을 따라 돌아가고 있었다.   33

나는 그와 함께 있었지만 오르는 것을
깨닫지 못했으니, 미처 생각하기도 전에
와 있는 것을 깨닫는 사람 같았다.   36

그렇게 베아트리체는 더 좋은 곳으로
너무 순식간에 안내하니, 그녀의 행동은
시간 속에서 전개되지 않는 것 같았다.   39

내가 들어간 태양 안에 있는 것[13]은
색깔이 아니라 빛으로 보였으니
얼마나 스스로 눈부시게 빛났던지!   42

내가 어떤 재능이나 예술, 역량을 동원하여
말하더라도 절대로 상상할 수 없지만,
믿을 수는 있으니 보려고 노력하기 바란다.   45

우리의 상상력이 그렇게 높은 것에는
부족하다고 해도 놀랄 일이 아니니,
태양 너머를 본 적이 없기 때문이다.   48

10 태양을 가리킨다.
11 주야 평분선과 황도가 만나는 지점이다.
12 지구에서 바라보았을 때 태양의 길인 황도는 일종의 나선형을 이룬다. 춘분과 하지 사이에
태양은 북회귀선을 향해 움직이며 날마다 조금씩 일찍 떠오른다.
13 태양의 하늘에 있는 영혼들을 가리킨다.

높은 아버지의 그곳 넷째 가족이 그랬으니,
그분은 어떻게 불어넣고 낳으시는지[14]
보여 주시며 언제나 그들을 채워 주신다.   51

베아트리체가 말했다.「감사를 드리세요,
당신의 은총으로 그대에게 이곳을
보여 주는 천사들의 태양께 감사하세요.」   54

사람의 마음이 온 정성을 다하여
하느님께 헌신하고 자신을 바치기로
아무리 재빨리 준비되어 있다 할지라도   57

그 말에 내가 했던 것처럼 빠르지 않았으니,
나의 모든 사랑은 그분 안으로 들어가
베아트리체마저 망각 속에 사라질 정도였다.   60

그녀도 싫지 않은 듯 미소를 지었으니,
미소 짓는 그 눈의 광채는 집중되었던
내 마음을 여러 갈래로 흩어 버렸다.   63

나는 보았다, 생생하게 압도하는 광채들이
눈부신 빛보다는 감미로운 목소리로
우리 주위에 왕관 모양을 이루는 것을.   66

대기가 충만할 때면 레토의 딸[15]이

14 어떻게 성령을 불어넣고 성자를 낳는지.
15 레토와 유피테르 사이의 딸 디아나, 즉 달을 가리킨다.

빛살들을 붙잡아 허리띠로 삼는 것[16]을
우리가 이따금 보는 것과 같았다.   69

내가 다녀온 하늘의 궁전에는
그 왕국에서 갖고 나올 수 없는
아름답고 값진 보석들이 많이 있는데,   72

그 빛들의 노래도 그런 것이었으니
저 위로 날아갈 날개가 없는 사람은
벙어리에게서 소식을 기다려야 하리라.   75

그렇게 노래 부르면서 불타는 태양들은
고정된 극[17]에 가까운 별들처럼
우리의 주위를 세 번 돌고 나더니   78

마치 여인들이 춤에서 벗어나지 않은 채
말없이 멈추어 서서 새로운 음악이
들릴 때까지 귀를 기울이는 것 같았고,   81

그중 하나[18]가 말하는 것을 들었다.
「진정한 사랑을 불붙이고, 그런 다음
사랑하면서 더욱 커지는 은총의 빛이   84

그대 안에서 늘어나 더욱더 빛나고,

16 대기가 수증기로 충만할 때 달 주위에 달무리가 만들어지는 것을 가리킨다.
17 북극이나 남극을 가리킨다.
18 뒤에서 밝혀지듯이 토마스 아퀴나스의 영혼이다.

누구든 내려오면 다시 올라가는[19]
그 계단 위로 그대를 인도할 때,   87

자기 병의 포도주로 그대의 갈증을
풀어 주지 않는 사람은, 마치 바다로
흐르지 않는 물처럼 자유롭지 못하리.   90

그대를 하늘로 올려 주는 아름다운
여인[20]을 둘러싸고 관조하는 이 화환이
어떤 나무에서 꽃피는지 그대는 알고 싶지요.   93

나는 도미니쿠스[21]가 인도하는 성스러운
무리의 어린양들 중 하나였으니, 그곳은
길을 잃지 않으면 좋게 살찌는 곳이라오.   96

나의 오른쪽에 가까이 있는 이분은
나의 형제이자 스승이었으니, 쾰른의
알베르투스,[22] 나는 토마스 아퀴나스[23]라오.   99

다른 사람들을 모두 분명히 알고 싶다면
나의 말을 뒤쫓아 이 축복받은

19 원문에는 〈다시 올라감 없이 아무도 내려오지 않는〉으로 되어 있다.
20 베아트리체.
21 Dominicus(1170~1221). 스페인 태생으로 나중에 툴루즈에 정착하여 도미니쿠스 수도회를 세웠다.
22 대(大) 알베르투스로 번역되기도 하는 알베르투스 마그누스Albertus Magnus(1193~1280)는 중세 스콜라철학의 대표적 인물 중 하나로 쾰른 대학에서 철학을 가르칠 때 토마스 아퀴나스가 그의 제자였다.
23 토마스 아퀴나스(「연옥」 20곡 69행 역주 참조)는 도미니쿠스회 수도자였다.

화환으로 얼굴을 돌려 보기 바라오.   102

저 다른 불꽃은 그라치아노[24]의 미소에서
나오는데, 그는 이쪽과 저쪽의 법정을
잘 도왔기에 천국에서 기뻐한답니다.   105

곁에서 우리 합창대를 장식하는 다른 불꽃,
저 피에트로[25]는 가난한 과부[26]처럼
자기 보물을 성스러운 교회에 바쳤지요.   108

우리들 중 가장 아름다운 다섯째 빛[27]은
저 아래의 온 세상이 그 소식을
알고 싶어 하는 사랑을 불어넣고 있는데,   111

그 안에는 아주 깊은 지혜가 담긴 높은
마음이 있어, 진리[28]가 사실이라면,
그처럼 넓게 보는 사람은 이후에 없었소.   114

그 곁에 있는 저 촛불의 빛[29]을 보시오.

24   Francesco Graziano. 이탈리아 키우시 태생의 12세기 법학자로 교회법과 세속법의 조화에
기여했다.
25   노바라 출신의 피에트로 롬바르도Pietro Lombardo는 12세기의 뛰어난 성서학자였다.
26   「루카 복음서」 21장 1~4절에 나오는 〈가난한 과부〉는 적지만 자신의 모든 것을 교회에 바
쳤다.
27   다윗의 아들이자 이스라엘의 왕이었던 솔로몬이다.
28   『성경』의 진리를 뜻한다.
29   〈아레오파고스 사람〉이라 일컬어지는 위(僞) 디오니시우스Pseudo-Dyonisius. 그는 「사도
행전」 17장 34절에서 언급되는데, 사도 바울로에 의해 그리스도교로 개종했다고 한다. 천사들의 품
계와 임무(「천국」 28곡 참조)에 대한 『천상의 위계에 대하여De Coelesti Hierarchia』를 비롯하여
오랫동안 그가 쓴 것으로 간주되던 저술들은 5세기 무렵 그리스 출신 저술가가 쓴 것으로 밝혀졌다.

그는 저 아래의 육신 속에서 천사의

본성과 임무를 가장 깊게 보았답니다. 117

다른 조그마한 빛 속에서 미소 짓는 분은

그리스도교 시대의 변호인[30]으로 그의

논의는 아우구스티누스[31]에게 유용했지요. 120

이제 그대 마음의 눈이 내 말을 따라

이 빛에서 저 빛으로 옮긴다면,

벌써 여덟째 빛에 목말라하게 되리니, 123

그 안의 성스러운 영혼[32]은 모든 선을

보았기에, 그의 말을 잘 듣는 사람에게

거짓된 세상을 분명히 보여 준답니다. 126

그의 영혼이 쫓겨난 육신은 저 아래

치엘다우로 안에 누워 있는데, 그는

순교와 귀양에서 이 평화로 왔지요. 129

그 너머 이시도루스[33]와 베다,[34] 그리고

30 구체적으로 누구를 가리키는지 알 수 없다. 5세기의 역사가 오로시우스Paulus Orosius, 또는 4세기의 학자 빅토리누스Marius Victorinus로 보기도 한다.

31 Aurelius Augustinus(354~430). 아프리카 출신의 대표적인 교부이다. 그리스 철학의 틀 속에 그리스도교 사상을 정리함으로써 헬레니즘과 헤브라이즘을 종합한 위대한 인물이다.

32 철학자이며 정치가였던 보에티우스Anicius Manlius Severinus Boëthius(470?~525)를 가리킨다. 그는 동고트족의 왕 테오도리쿠스의 치하에서 집정관을 역임했지만, 반역죄 혐의로 처형되었는데, 감옥에서 유명한 『철학의 위안De consolatione philosophiae』을 남겼다. 그의 시신은 파비아의 치엘다우로Cieldauro(〈황금 하늘〉이라는 뜻) 성당에 묻혀 있다.

사색에 있어서는 인간 이상이었던
리샤르[35]의 뜨겁게 불타는 숨결을 보오.   132

또 그대 시선을 내 쪽으로 돌리게 하는
이분은 심각한 생각에 죽음이 더디게
오는 것처럼 보였던 영혼의 빛이니,   135

그는 바로 시제르[36]의 영원한 빛으로,
짚더미 거리[37]에서 강의하면서
질투심 나는 진리를 논증하였답니다.」   138

그러고는 마치 하느님의 신부[38]가 일어나
자기 신랑[39]에게 사랑받고자 아침 기도를
노래하는 시간에 우리를 부르는 시계가,   141

한 부분이 다른 부분을 밀고 당기면,[40]
너무나도 감미로운 소리로 땡땡 울려

33   Isidorus(560?~636). 세비야의 주교를 역임했으며, 백과사전적 저술 『어원론 *Etymologia*』
(또는 『기원 *Origenes*』)으로 유명하다.
34   일명 〈존자〉 베다Beda Venerabilis(674~735). 브리타니아 출신 성직자로 평생을 기도와
학문에 바쳤다.
35   생빅토르의 리샤르Richard(?~1173). 영국 또는 스코틀랜드 출신으로 1162년부터 파리 생
빅토르 수도원의 수도원장이었다.
36   브라방의 시제르Siger(?~1283). 파리 대학의 철학 교수로 아베로에스주의를 옹호하여 아
퀴나스의 반박을 받았으며, 그로 인해 두 번이나 이단으로 몰렸다. 나중에는 로마 교황청에서 엄격
한 감시를 받으며 말년을 보냈다.
37   파리 대학이 있던 뤼 뒤 푸아르Rue du Fouarre(지금은 〈단테 거리Rue Dante〉로 이름이 바
뀌었다).
38   교회를 가리킨다.
39   예수 그리스도를 가리킨다.
40   서로 맞물려 돌아가는 시계의 각 부품들이 서로 밀고 당기는 것을 뜻한다.

잘 준비된 영혼이 사랑으로 부풀듯이,   144

그 영광스러운 바퀴⁴¹가 움직이면서
목소리에 목소리를 내는 것을 보았는데,
기쁨이 영원히 지속되는 그곳이 아니면   147

들을 수 없는 조화롭고 감미로운 소리였다.

41 열두 영혼들이 둥글게 모여 있는 고리를 가리킨다.

제11곡

단테는 새삼스럽게 인간의 어리석음을 깨닫는다. 토마스 아퀴나스는 단테의 마음속에 의혹이 생긴 것을 알아차리고 거기에 대해 설명해 준다. 그리고 도미니쿠스회 수도자였던 그는 오히려 성 프란치스코의 위대한 업적과 그의 제자들을 찬양한다. 그러면서 도미니쿠스회 수도자들의 타락한 생활을 비판한다.

오, 인간들의 무분별한 관심사여,
너희들이 낮게 날도록 만드는[1]
삼단 논법들은 얼마나 결함이 많은가!   3

누구는 법률을 뒤쫓고, 누구는 격언을
따르고, 또 누구는 성직을 뒤따르고,
누구는 힘이나 궤변으로 통치하고,   6

누구는 훔치고, 누구는 일에 매달리고,
누구는 육체의 쾌락에 몸이 망가지고,
또 누구는 게으름에 빠져 있구나.   9

그동안 나는 그 모든 것에서 벗어나
베아트리체와 함께 하늘에 있으면서
그토록 영광스러운 환대를 받았다.   12

각자 처음에 있었던 원의 지점으로

---

1 헛되고 덧없는 지상의 재화와 즐거움에만 관심을 기울이게 만드는.

다시 돌아간 다음, 마치 촛대 위의
초처럼 꼼짝하지 않고 있었다.   15

그리고 아까 나에게 말했던 빛 속에서
더욱 밝게 빛나고 미소를 지으면서
이렇게 말하는 소리를 나는 들었다.   18

「마치 내가 영원한 빛을 바라보면서
그 빛으로 반사되어 빛나듯이, 나는
그대 생각들이 어디서 나오는지 알지요.   21

그대는 의아해하고, 내 말을 그대가
이해하기 편하도록 평이하고 쉬운
말로 다시 설명해 주길 바라고 있군요.   24

앞에서 내가 〈좋게 살찌는 곳〉이라 말하고
〈사람은 이후에 없었다〉고 말한 곳인데,[2]
여기서 분명하게 구별해야겠지요.   27

깊이 들어가기도 전에 모든 창조물의
시야가 꺾여 버리는[3] 지혜와 함께
온 세상을 다스리고 있는 섭리는,   30

큰 소리[4]와 함께 축복받은 피로써

---

2 각각 앞의 10곡 96행과 114행에서 했던 말이다.
3 눈이 부셔서 사람들이 바라볼 수 없다는 뜻이다.
4 예수가 숨을 거두기 직전에 크게 외친 소리이다.(「마태오 복음서」 27장 50절, 「마르코 복음

결혼하신 분의 신부[5]가 자신의
사랑하는 연인에게로 가고, 또한   33

스스로 확신하고 그분을 더욱 신뢰하도록,
그녀를 위하여 두 왕자[6]를 보내시어
이쪽저쪽에서 안내자가 되게 하셨지요.   36

한 분은 열정에서 완전히 세라핌이었고,
다른 분은 지혜에 있어 지상에서
바로 케루빔[7] 빛의 광채였습니다.   39

그들은 같은 목적으로 일하였기에,
누구를 택하든 한 분을 칭찬하면, 둘 다
칭찬하게 되니 한 분에 대해서만 말하지요.   42

복받은 우발도[8]가 선택한 언덕에서
내려오는 물과 투피노[9] 사이에 높은
산[10]의 비옥한 사면이 펼쳐져 있으니,   45

그로 인해 페루자[11]는 포르타 솔레부터

서」15장 37절, 「루카 복음서」13장 46절 참조)
    5   교회를 가리킨다.
    6   프란치스코 성인과 도미니쿠스 성인을 가리킨다.
    7   세라핌과 케루빔은 최상급 천사로 천사들의 품계에 대해서는 「천국」28곡 98행 역주 참조.
    8   Ubaldo Baldassini(1084~1160). 아시시 위쪽 구비오의 은수 수도자였다가 나중에 그곳의
주교가 되었다. 구비오 언덕에서 흘러내는 키아쉬오강은 아시시 서쪽으로 흐른다.
    9   Tupino. 아시시 동쪽으로 흐르는 작은 강으로 키아쉬오강과 합류하여 테베레강으로 흘러
든다.
    10   아시시 동쪽의 수바시오Subasio산이다.

더위와 추위를 느끼고, 그 뒤에는 노체라가
괄도와 함께 무거운 멍에로 울고 있지요.[12]   48

그 경사면의 가파름이 한풀 꺾이는 곳에서
태양[13] 하나가 때로는 갠지스에서
떠오르는 것처럼[14] 세상에 태어났지요.   51

그러므로 그 장소에 대해 말하는 사람은
부족하게 부르는 아쉐시 대신에, 정확히
말하려면 오리엔테라 불러야 하리라.[15]   54

태어난 후 그리 오래되지 않았을 때,[16]
그는 세상이 자신의 위대한 덕성에서
위안을 느끼도록 만들기 시작하였지요.   57

젊은 그는 마치 죽음처럼 누구도
기꺼이 문을 열어 주지 않는 그 여인[17]에
대한 사랑으로 아버지와 충돌하였으니,   60

11 아시시 서쪽의 도시로 동쪽에 포르타 솔레Porta Sole(〈태양의 문〉이라는 뜻)가 있는데, 계
절에 따라 동쪽에서 다가오는 추위와 더위가 심했다고 한다.
12 수바시오산의 동북쪽 사면에 소읍 노체라Nocera와 괄도 타디노Gualdo Tadino가 있는데,
기후 조건이 아시시에 비해 좋지 않다.
13 프란치스코 성인(「지옥」 27곡 112행 참조)을 가리킨다.
14 인도의 갠지스강은 춘분 때 예루살렘에서 정확히 동쪽 끝에 위치한다고 믿었다.
15 아쉐시Ascesi(〈내가 올라갔다〉는 뜻)는 아시시의 옛 이름인데, 성 프란치스코를 태양에 비
유하고 있기 때문에 오리엔테Oriente, 즉 〈동녘〉이라 불려야 한다는 주장이다.
16 스물네 살이 되던 1206년을 가리킨다. 그때까지 포목상을 하던 아버지를 도와 상업에 종사
하였으나, 페루자 사람들과의 싸움에서 포로가 되었다가 풀려난 후 새로운 삶을 시작하였다.
17 가난 또는 청빈(淸貧)을 의인화하여 그렇게 부른다.

교회의 법정 앞에서, 그리고 자신의
아버지 앞에서 그녀와 결혼하였고[18]
그 뒤 나날이 그녀를 더욱 사랑했지요.   63

첫 남편을 여읜 그녀는 천백 년 이상[19]
그가 올 때까지 초대받지도 못하고
아주 쓸쓸하고 무시당한 채 있었으니,   66

온 세상에 두려움을 주었던 자[20]의
목소리를 듣고도 그녀는 아미클라스[21]와
태연하게 있었다는 이야기도 소용없었고,   69

마리아께서 아래에 남아 있을 때 그녀는
변함없고 굳세게 그리스도와 함께 십자가
위에서 울었다는 것도 소용없었지요.[22]   72

하지만 너무 모호하게 계속하지 않도록
이제 나의 긴 설명에서 그 연인들이란
프란치스코와 가난이라는 것을 알아 두오.   75

18 1207년 프란치스코는 포목과 말[馬]을 판 돈을 몽땅 성 다미아노(「천국」21곡 61행 이하 참
조) 성당의 개축에 기부하였고, 격분한 아버지는 그를 아시시의 주교 앞으로 끌고 갔다. 프란치스코
는 사람들이 보는 가운데 주교(〈교회의 법정〉)와 아버지 앞에서 입고 있던 옷을 벗어 아버지에게 돌
려주면서 이렇게 외쳤다고 한다. 〈지금까지 당신을 세상의 아버지라 불렀으나, 이제부터는 하늘에
계신 우리 아버지라고 분명하게 부를 수 있습니다.〉
19 그리스도의 사망 이후 가난이 성 프란치스코와 결혼한 1207년까지이다.
20 카이사르를 가리킨다.
21 로마 시대 아드리아해 동쪽 해안의 가난한 어부로 폼페이우스와 카이사르의 군대가 지나갈
때에도 자기 움막에서 잠을 자고 있었고, 카이사르가 갑자기 그에게 왔을 때에도 태연했다고 한다.
22 그리스도는 벌거벗은 채 사망하였기 때문에 가난은 그와 함께 십자가 위에 있었다.

그들의 화합과 그들의 즐거운 모습,
사랑과 경이로움, 달콤한 시선은
거룩한 생각들의 원인이 되었으니,[23]   78

존경받을 베르나르도[24]가 먼저 맨발로
그 커다란 평화를 뒤쫓아 달렸고,
달리면서도 늦은 것처럼 보였지요.   81

오, 잊힌 재화여, 풍요로운 선이여,
에지디오와 실베스트로가 신발을 벗고
신랑을 뒤쫓았으니 신부는 기뻐했지요.   84

그 후 그 아버지이자 스승님은 당신의
여인과 함께, 또 벌써 소박한 끈으로
묶은 가족[25]과 함께 길을 떠났답니다.[26]   87

피에트로 베르나르도네[27]의 아들이라고,
놀라울 정도로 초라해 보인다고 해서,
마음이 비굴해져 눈을 내리깔지도 않았고,   90

23 독특한 구문으로 다양한 해석을 불러일으키는 구절이다. 예를 들어 〈그들의 화합과 그들의 즐거운 모습은 / 사랑과 경이로움, 달콤한 시선을 / 거룩한 생각들의 원인으로 만들었다〉고 해석할 수도 있다.

24 Bernardo. 아시시의 부유한 집 아들로 프란치스코의 첫 제자가 되었다. 뒤이어 나오는 에지디오Egidio와 실베스트로Silvestro도 그의 제자였다.

25 열한 명의 제자들을 가리킨다. 〈소박한 끈〉이란 프란치스코회 수도자들이 겸손의 상징으로 허리에 묶는 끈이다.

26 프란치스코는 교황 인노켄티우스 3세(재위 1198~1216)에게 수도회 인준을 받기 위해 로마로 떠났고, 인준은 1209년에 이루어졌다.

27 Pietro Bernardone. 프란치스코의 아버지이다.

오히려 의연하게 인노켄티우스에게

당신의 단호한 의지를 열어 보였고,

그에게서 수도회의 첫 인가를 받았지요.   93

그 후 그분을 뒤따라 가난한 사람들이

늘어났으니, 그분의 놀라운 삶은 천국의

영광 속에서 더 잘 노래될 것이기에,   96

영원한 성령은 호노리우스[28]를 통해

그 최고 목자의 성스러운 의지를

두 번째 왕관으로 장식해 주었답니다.   99

그런 다음에는 순교의 갈증으로

오만한 술탄[29] 앞에서 그리스도와

그분을 따른 사도들에 대해 설교했지만,   102

사람들이 개종하기에는 너무 설익은 것을

발견하고는, 쓸모없이 머물지 않으려고

이탈리아 초목의 열매로 되돌아왔고,   105

테베레와 아르노 사이의 거친 바위[30]에서

그리스도에 의해 마지막 인준을 받았고,

---

28 교황 호노리우스 3세(재위 1216~1227)는 인노켄티우스 3세가 구두로 인가했던 프란치스코 수도회를 1223년 공식 서면으로 인준해 주었다.

29 프란치스코는 제자 몇 명과 함께 십자군을 따라가 술탄에게 복음을 전했다고 한다.

30 아시시 북쪽 아르노강 상류와 테베레강 상류 사이의 비비에나 근처에 있는 베르나산을 가리킨다.

그의 육신은 그것을 2년 동안 간직했지요.[31]   108

그렇게 커다란 선으로 그를 뽑으신 분[32]께서
그가 스스로 낮춤으로써 얻은 업적으로
그를 위로 끌어올리고자 하셨을 때,   111

그분은 자기 형제들에게 정당한 유산으로
자신의 가장 사랑하는 여인을 부탁했고,
그녀를 충실히 사랑하라고 명령했지요.   114

또한 그 눈부신 영혼이 자신의 왕국으로
돌아가려고 그녀의 품 안을 떠나려 했을 때
자기 육신에 어떤 관(棺)도 원치 않았어요.[33]   117

이제 넓은 바다에서 베드로의 배를
똑바른 목적지를 향하도록 하는 데
훌륭한 동료[34]가 누구였는가 생각해 보오.   120

그분은 바로 우리 가장(家長)이었으니,
그분이 명령하는 대로 따르는 자는
좋은 짐을 싣고 있다는 걸 알 수 있으리.   123

그러나[35] 그분의 양 떼는 색다른 먹이에

---

31 죽기 2년 전인 1224년 그리스도가 세라핌 천사의 모습으로 프란치스코 앞에 나타났고, 두 손과 두 발, 가슴에 그리스도의 다섯 상처[五傷]가 나타나 죽을 때까지 간직하였다고 한다.
32 하느님.
33 그는 맨땅 위에서 벌거벗은 몸으로 죽음을 맞이하였다고 한다.
34 성 프란치스코와 함께 교회를 올바른 길로 인도한 도미니쿠스 성인을 가리킨다.

탐욕스러워져 황량한 여러 목초지에
흩어지지 않을 수 없게 되었으니,   126

그분의 양들은 그분에게서 더욱
멀리 떨어지고 방황하게 될수록,
젖36이 텅 빈 채 우리로 돌아오지요.   129

위험한 것을 두려워해 목자 옆에 있는
양들이 있지만 아주 적어, 작은 천으로
모두의 수도복을 만들 정도랍니다.   132

이제 내 말이 모호하지 않다면,
그대가 주의 깊게 잘 들었다면,
내가 말한 것을 마음속에 되살린다면   135

그대의 욕망은 일부 채워질 것이니,
그대는 어디에서 나무가 부서지는지,
〈길을 잃지 않으면 좋게 살찌는 곳〉이라   138

말한 부분이 무엇을 뜻하는지 알 것이오.」

35 이어 세속적인 명예와 재물에만 탐닉하는 도미니쿠스회 수도자들을 비판한다.
36 다른 사람들에게 베풀 정신적 양식이다.

제12곡

토마스 아퀴나스의 말이 끝나자 다른 한 무리의 영혼들이 또 다른 고리를 이루어 처음 고리를 둘러싸고 돌아간다. 그리고 보나벤투라가 성 도미니쿠스의 공덕을 찬양하고, 프란치스코 수도회의 부패를 개탄한다. 프란치스코 수도자였던 그는 토마스 아퀴나스가 프란치스코 수도회를 찬양한 것에 보답하려는 것이다. 그리고 자신과 함께 있는 영혼들을 소개한다.

축복받은 불꽃이 마지막 말을
마치려고 하는 순간 곧바로
성스러운 바퀴가 돌기 시작했고,   3

한 바퀴를 완전히 돌기도 전에
또 다른 원 하나가 주위를 에워싸고
동작에 동작을, 노래에 노래를 덧붙였으니,   6

노래는 그 감미로운 나팔 소리에,
원래의 빛이 반사된 빛보다 더 강하듯이,
우리의 무사 여신들나 세이렌들을 압도했다.   9

유노가 자기 시녀[1]에게 명령을 내릴 때
얇은 구름 사이로 색깔이 똑같은
두 개의 무지개[2]가 나란히 걸리면,   12

햇살에 수증기가 스러지듯이, 사랑 때문에

---

1 무지개의 여신 이리스는 유노의 시녀이자 신들의 전령이다.
2 원문에는 〈활〉로 되어 있는데, 쌍무지개가 뜨는 모습을 묘사하고 있다.

소진하여 방황하는 여인3의 목소리처럼
안의 것에서 밖의 것이 생겨나면서,   15

하느님께서 노아와 맺은 언약으로 이제
세상에 더 이상 홍수가 없으리라고
이곳 사람들이 예감하게 만들듯이,   18

그렇게 그 영원한 장미들의 화환
두 개는 우리의 주위를 돌면서
밖의 것이 안의 것에 화답하였다.   21

우아하고도 즐거운 빛과 빛의
눈부신 반짝임과 노래가 어우러진
또 다른 성대한 잔치와 춤이,   24

마치 기쁨에 겨워 움직이는 눈들이
동시에 감았다가 다시 뜨는 것처럼,
한꺼번에 잠잠해지려고 할 때,   27

새로운 빛들의 한가운데에서 목소리4가
흘러나왔으니, 바늘이 극성(極星)을 향하듯5
내가 그곳으로 몸을 돌리게 만들었고,   30

3   미소년 나르키소스를 사랑한 에코를 가리킨다. 사랑에 소진된 그녀는 뼈와 목소리만 남았고,
뼈는 돌멩이가 되고 목소리는 메아리가 되어 떠돌고 있다고 한다.
4   뒤에 127행에서 자기 이름을 소개하는 보나벤투라Bonaventura(1221~1274) 성인이다. 이
탈리아 바뇨레조(현대 이름은 바뇨레아) 출신으로 1257년 프란치스코 수도회 총장이 되었고,
1273년 알바노의 대주교 추기경이 되었다.
5   나침반의 바늘이 북극성을 가리키듯이.

12: 19~21
그렇게 그 영원한 장미들의 화환 두 개는 우리의 주위를 돌면서 밖의 것이 안의 것에 화답하였다.

이렇게 말했다. 「나를 아름답게 하는 사랑은
다른 지도자[6]에 대해 이야기하게 이끄니,
내 지도자에 대해 좋게 말하기 때문이오.   33

한 분이 있는 곳에 다른 분이 소개되어야
마땅하니, 그들은 한 목적으로 싸웠듯이
그들의 영광이 함께 빛나고 있습니다.   36

그리스도의 군대[7]는 다시 무장하려고
그토록 비싼 대가[8]를 치렀는데, 뒤늦게
그 깃발을 의심하며 소수만 뒤따랐을 때,   39

언제나 다스리는 황제께서는 위험에
처한 군대를 돌봐 주셨는데, 값어치가
있어서가 아니라 단지 은총으로 그랬지요.   42

앞에서 말했듯이, 두 명의 전사를 통해
당신의 신부를 도우셨으니 그들의 행동과
말에 방황하던 사람들이 회개하였답니다.   45

싱싱한 잎사귀들을 틔워 유럽이
새 옷을 갈아입게 만드는 달콤한
제피로스[9]가 발생하는 바로 그곳,   48

6 도미니쿠스 성인을 가리킨다.
7 그리스도의 가르침을 따르는 사람들의 무리를 군대에 비유하고 있다.
8 그리스도가 흘린 피의 대가를 뜻한다.
9 고전 신화에 나오는 바람의 신들 중 하나로 봄에 서쪽에서 불어오는 따뜻한 바람이다.

태양이 이따금 오랜 노정 끝에
사람들에게서 몸을 숨기는,[10] 파도가
부서지는 곳에서 멀지 않은 곳에,   51

사자가 위에도 있고 밑에도 있는
커다란 방패[11]의 보호를 받으면서
행복한 칼레루에가[12]가 앉아 있지요.   54

그 안에서 그리스도교 신앙의 애정 깊은
연인이며, 자기편에게 너그럽고 적에게는
무서운 성스러운 투사가 태어났습니다.   57

창조되자마자 그의 마음은 너무나도
생생한 힘으로 가득하여, 어머니의
배 속에서 그녀를 예언자로 만들었지요.[13]   60

거룩한 샘물[14]에서 그와 신앙 사이에
완전한 혼인이 이루어졌을 때
그들은 서로의 구원을 약속하였고,[15]   63

그를 대신하여 동의해 준 여인[16]은

10   태양이 하지 때 오래 하늘에 머물다가 지는 곳을 가리킨다.
11   카스티야 왕가의 문장에는 두 마리의 사자와 두 개의 탑이 그려져 있는데, 사자 한 마리는
위쪽에 있고 다른 한 마리는 아래쪽에 있다.
12   Caleruega. 옛 카스티야의 도시로 대서양 연안에서 멀지 않은 곳에 있다.
13   전설에 의하면 도미니쿠스의 어머니는 그를 임신했을 때, 횃불을 입에 물고 있는 하얗고 까
만색의 개를 낳는 태몽을 꾸었다고 한다.
14   세례의 물이다.
15   원문에는 〈상호 구원의 지참금을 가지고 갔다〉로 되어 있다.

꿈에 그와 그의 후계자에게서

나오게 될 놀라운 열매를 보았지요. 66

또한 이름에 그의 실제 모습이 드러나도록

여기에서 성령이 움직여 바로 모든 것이신

분의 소유격[17]으로 그의 이름을 지었으니 69

도미니쿠스라 불렸고, 나는 그에 대해

그리스도께서 당신의 밭을 도와주도록

선택하신 농부인 것처럼 이야기하리다. 72

분명 그는 그리스도의 가족이며 사자(使者)로

보였으니, 그에게 나타난 최초 사랑은

그리스도께서 하신 최초의 충고[18]였지요. 75

마치 〈나는 그 일을 하려고 왔다〉[19]고

말하듯이, 그는 땅 위에서 말없이

깨어 있는 것을 유모가 자주 보았답니다. 78

오, 그의 아버지는 진정 펠릭스[20]이고,

오, 그의 어머니는 진정 후아나[21]이니,

16 그의 어머니로 꿈에 아들의 이마 한가운데에 별이 있는 것을 보았다고 한다.
17 그의 이름 Dominicus는 주님을 의미하는 *Dominus*의 형용사형 소유격이다.
18 가난에의 권유를 가리킨다. 〈예수님께서 그에게 이르셨다. 《네가 완전한 사람이 되려거든, 가서 너의 재산을 팔아 가난한 이들에게 주어라. 그러면 네가 하늘에서 보물을 차지하게 될 것이다. 그리고 와서 나를 따라라.》(「마태오 복음서」 19장 21절)
19 「마르코 복음서」 1장 38절에 나오는 구절이다.
20 Félix. 도미니쿠스의 아버지 이름으로 〈행복하다〉는 뜻이다.
21 Juana de Aza(1135~1205). 그의 어머니 이름인데 히브리어 어원은 〈하느님의 은총〉을 뜻

어원대로 해석하면 바로 그런 뜻이리다!   81

지금처럼 숨 가쁘게 오스티아 사람[22]과
타데오[23]를 뒤쫓는 세상[24]을 위해서가
아니라 참다운 만나[25]를 위하여   84

그는 짧은 시간에 위대한 스승이 되었고,
농부가 게을리 하면 곧바로 시드는
포도밭[26]을 돌아다니기 시작하였지요.   87

그리고 전에는 가난한 의인들에게 더
너그러웠던 의자,[27] 자리 자체보다 거기
앉아 있는 자 때문에 타락한 의자를 향해,   90

여섯에 대한 둘이나 셋의 감면이나
처음에 비어 있는 자리에 대한 수입,
하느님의 가난한 자들을 위한 십일조를   93

요구하지 않고,[28] 방황하는 세상에 맞서,[29]

한다고 믿었다.
   22 1261년 오스티아의 주교를 역임한 엔리코 디 수사. 탁월한 교회법 학자였으며 볼로냐와 파리 대학의 교수였다.
   23 Taddeo. 피렌체 출신의 탁월한 의사였던 타데오 달데로토, 또는 볼로냐 출신의 시인이자 교회법 학자였던 타데오 페폴리를 가리키는 것으로 해석된다.
   24 세속적인 명예나 재화를 가리킨다.
   25 영원한 마음의 양식을 가리킨다.
   26 교회.
   27 교황의 자리. 도미니쿠스는 자기 수도회의 인가를 받기 위해 1205년 로마로 갔다.
   28 성무(聖務)에 제공된 돈의 일부만 쓰거나, 부임하기 전에 비어 있던 자리에 대한 급료 또는 십일조를 요구하는 등 성직에서 부당한 이익을 얻으려고 하지 않았다는 뜻이다.

지금 그대를 둘러싸고 있는 스물네 식물[30]의
씨앗을 위하여 싸울 허락을 요구하였지요.   96

그런 다음 그는 사도의 임무와 함께
교리와 의지를 갖고, 높은 물줄기가
밀어내는 급류처럼 활동하였으며,   99

그의 충동적 힘은 이단의 곁가지들을
뒤흔들었으니, 저항이 더욱 강했던
곳에서[31] 더욱더 생생하였답니다.   102

나중에 그에게서 여러 지류들이 생겼고,
그렇게 가톨릭의 밭은 물을 흠뻑 머금어
그 숲들이 한결 싱싱해지게 되었지요.   105

성스러운 교회가 스스로를 지키고
싸움터에서 그 내란을 이겨 내게 한
마차의 한쪽 바퀴가 그러하였다면,   108

내가 오기 전에 토마스가 친절하게
칭찬했던 다른 바퀴[32]의 탁월함은
분명히 그대에게 명백해질 것이오.   111

29 도미니쿠스는 1205년부터 1214년까지 알비파를 비롯한 이단들에 맞서 가톨릭의 정통 교
리를 지키려고 노력하였다.
30 단테의 주위를 둘러싸고 있는 스물네 명의 영혼들이다.
31 프로방스 지방, 특히 툴루즈는 알비파의 이단 활동이 활발한 곳이었다.
32 토마스 아퀴나스가 칭찬했던 성 프란치스코를 가리킨다.

그 바퀴의 가장 꼭대기 부분이
만들었던 자국은 버림을 받았으니,[33]
버캐[34]가 있던 곳에 곰팡이가 피었지요.   114

그의 자취를 따라 똑바로 발을 옮겼던
그의 가족은 이제 완전히 뒤집혀
앞의 것을 뒤쪽으로 던지고 있소.[35]   117

머지않아 가라지[36]가 곳간에서
쫓겨났다고 한탄할 때, 망친 농사의
수확이 어떤 것인지 보게 될 것이오.[37]   120

분명히 말하건대, 우리의 회칙을
하나하나 살펴보는 사람은 〈나는 언제나
그대로이다〉 쓰인 곳을 발견하리라.   123

하지만 회칙에 충실한 자는 카살레나
아콰스파르타[38]에서 나오지 않으니,
하나는 달아나고 다른 하나는 고수하지요.   126

33 이어서 보나벤투라는 자신이 속한 프란치스코회의 타락에 대해 한탄한다.
34 좋은 포도주가 담긴 술통에 생기는 단단한 찌꺼기이다.
35 여러 가지 해석이 가능한 구절로 〈뒷걸음질하다〉 또는 〈정반대 방향으로 나아간다〉라는 뜻
이다.
36 「마태오 복음서」 13장 24~30절에 나오는 가라지의 비유이다.
37 성 프란치스코가 죽은 후 수도회는 두 파로 나뉘어 대립하였다. 소위 〈영성파spirituali〉는
회칙을 너무 엄격하게 해석하고 실천하려고 하였으며, 결국 본회에서 분리되고 로마 교회에서 쫓겨
나기도 했다. 반면 〈수도파conventuali〉는 회칙의 지나친 엄격함과 금욕을 완화하려고 시도하였다.
38 이탈리아 북부의 도시 카살레Casale는 영성파의 지도자 우베르티노의 고향이고, 아콰스파
르타Acquasparta는 수도파의 대표 마테오 벤티벤가의 고향이다.

나는 바뇨레조 사람 보나벤투라의
영혼으로 커다란 직책들에서 언제나
왼쪽의 배려[39]를 연기하였답니다.   129

일루미나토와 아우구스틴[40]이 여기에
있으니 그들은 최초의 가난한 자들로서
허리띠[41]로 하느님의 친구가 되었지요.   132

여기 이들과 함께 생빅토르의 위고[42]와
페트루스 만두카토르,[43] 열두 권의 책으로
아래를 비추는 스페인의 페드로[44]가 있지요.   135

예언자 나단,[45] 총대주교 크리소스토무스,[46]
안셀무스,[47] 그리고 첫째 학문[48]을

39 세속적인 일들에 대한 배려를 가리키는데, 오른쪽에 비해 왼쪽을 부정적인 것으로 간주하
는 당시의 통념을 반영한다.
40 리에티 출신의 일루미나토Illuminato(?~1280)와 아시시 출신의 아우구스틴Augustin
(?~1226)은 앞의 11곡 79~81행에서 언급된 베르나르도, 에지디오, 실베스트로와 함께 프란치스
코의 초기 제자들이었다.
41 프란치스코회 수도자들이 허리에 묶는 매듭이 진 띠를 가리킨다.
42 Hugo de Saint Victor(1096?~1141). 플랑드르 출신 신학자로 파리의 생빅토르 수도원에
들어가 거기에서 가장 영향력 있는 스승이 되었다.
43 Petrus Manducator(?~1179). 프랑스의 신학자로 〈만두카토르〉라는 별명은 원래 대식가를
의미하는데, 아마 탐욕스럽게 책을 읽은 데에서 나온 것으로 짐작된다.
44 Pedro(1226?~1277). 리스본 출신의 성직자로 1276년 요한 21세로 교황에 선출되었으며,
논리학에 관한 열두 권의 저술을 남겼다.
45 그는 다윗 왕의 잘못을 질책하였다.(「열왕기 상권」 1장 22~27절 참조)
46 Ioannes Chrysostomus(347~407). 크리소스토무스라는 명예로운 별명은 〈황금의 입〉이라
는 뜻으로 그의 유창한 웅변 때문에 붙여진 것이다. 콘스탄티노폴리스의 총대주교를 역임하였고,
부패한 황실에 맞서다가 유배당하여 가던 중에 사망하였다. 동방의 4대 교부 가운데 한 명이다.
47 Anselmus(1033~1109). 캔터베리의 대주교로 나중에 성인으로 시성되었다.
48 중세의 일곱 학문 중 첫째인 라틴어를 가리킨다.

훌륭하게 손질하였던 도나투스,[49]   138

라바누스[50]가 여기 있고, 예언 능력을
부여받았던 칼라브리아의 수도원장
조아키노[51]가 내 곁에서 빛나고 있소.   141

토마스 형제의 뜨거운 친절함과
그의 훌륭한 말솜씨가 나를 움직여
그런 용사[52]를 칭찬하게 만들었고,   144

또한 나와 함께 이 무리를 움직였지요.」

---

49 Donatus. 4세기의 뛰어난 문법학자로 대중판 성경 『불가타』를 번역한 성 히에로니무스를
가르치기도 하였다.
50 Rabanus Maurus(776~856). 마인츠의 대주교였으며 여러 신학적 저술과 시들을 남겼다.
51 Gioacchino(1130~1202). 칼라브리아 출신으로 시토회 수도원장을 역임하였고, 묵시록에
관한 주석을 남겼다.
52 도미니쿠스 성인을 가리킨다.

제13곡

단테는 두 개의 왕관을 이루고 있는 스물네 영혼들의 움직임을 별들에 비유한다. 토마스 아퀴나스는 계속해서 단테의 두 번째 의문에 대해 설명한다. 그는 아담과 예수가 부여받은 인간의 본성과 솔로몬의 현명함에 대하여 이야기한다. 그리고 신중하지 못하고 경솔하며 그릇된 인간의 판단을 경계해야 한다고 말한다.

내가 지금 본 것을 잘 이해하고 싶은
사람은 상상해 보고, 내가 말하는 동안
그 상상을 확고한 바위처럼 간직하시오.¹   3

서로 다른 구역에서 하늘을 아주
밝게 비추어 대기의 모든 빽빽함을
꿰뚫는 열다섯 개의 별들을 상상하고,   6

밤이나 낮이나 우리 하늘의 품 안을
가득 채우고, 또한 키를 돌리면서도
스러지지 않는 수레²를 상상하고,   9

최초의 회전이 그 주위를 도는
축³의 끄트머리에서 시작되는

---

1   단테는 주위를 돌고 있는 스물네 명의 영혼을 하늘의 별들에 비유하는데, 가장 밝게 빛나는 별 열다섯 개와 북두칠성의 별 일곱 개, 작은곰자리의 가장 밝은 별 두 개를 상상해 보라고 권유한다.
2   지지 않는 별자리인 큰곰자리의 수레, 즉 북두칠성을 가리킨다.
3   〈최초 움직임의 하늘〉이 그 주위를 회전하는 북극성을 가리킨다.

뿔의 입구 부분[4]을 상상한 다음,   12

미노스의 딸[5]이 죽음의 차가움을
느꼈을 때 했던 것처럼, 그 별들이
하늘에서 두 개의 별자리를 이루어   15

하나의 빛살이 다른 것 안에 모이고,[6]
하나는 앞으로 다른 하나는 뒤로 가도록
두 개 모두 회전하는 것을 상상해 보면,   18

내가 있던 지점의 주위를 돌던
두 겹의 춤과 그 진실한 별자리의
그림자 같은 것이라도 볼 것이오.   21

그곳은 우리의 경험을 초월하였으니,
가장 빨리 도는 하늘[7]이 키아나[8]의
느린 움직임을 능가하는 것과 같다.   24

그곳에서는 바쿠스나 페아나[9]가 아니라,
거룩한 본성 속의 세 가지 위격(位格)과

---

4 작은곰자리의 꼬리 부분은 구부정한 〈뿔〉 모양인데, 그 끝의 〈입구 부분〉에 해당하는 북극성을 포함한 두 개의 별을 가리킨다.

5 아리아드네를 가리킨다. 테세우스에게 버림받은 그녀는 나중에 죽어서 별자리가 되었다고 한다.

6 두 개의 별자리가 동심원을 이루도록 모이고.

7 아홉째 하늘인 〈최초 움직임의 하늘〉은 다른 하늘들보다 가장 멀리 있으면서 가장 빨리 회전한다.

8 Chiana. 토스카나 지방의 작은 강으로 그 흐름이 아주 느렸다고 한다.

9 아폴로의 다른 이름이다.

한 위격 속의 신성과 인성을 노래하였다.　　　　　　　　27

노래와 원무가 동시에 끝나더니,
그 성스러운 빛들은 이런저런 배려[10]에
기뻐하면서 우리에게 관심을 집중하였다.　　　　　　30

그리고 하느님의 가난한 자[11]의 놀라운
삶에 대하여 나에게 말했던 빛[12]이 그
일치된 신들[13] 속에서 침묵을 깨뜨리고　　　　　　33

말했다. 「볏짚 하나를 타작하여 곡식을
거둬들이고 나니, 감미로운 사랑이
다른 볏짚을 타작하라고 이끄는군요.[14]　　　　　　36

그대는 믿지요, 그녀의 입맛 때문에
온 세상이 괴로운, 아름다운 뺨[15]을
만들려고 갈빗대를 뽑아낸 가슴[16]이나,　　　　　　39

창에 뚫리고, 그 이전이나 이후에도
완전히 이루어 내어 모든 죄악의
저울을 이겨 내시는 그 가슴[17]속에,　　　　　　42

10　춤과 노래를 가리킨다.
11　성 프란치스코이다.
12　토마스 아퀴나스.
13　축복받은 영혼들을 신으로 표현하고 있다.(「천국」5곡 123행 참조)
14　앞서 11곡 22행 이하에서 말했던 단테의 첫째 의혹에 이어 둘째 의문도 설명해 주겠다는 뜻
이다.
15　하와를 가리킨다. 그녀가 금단의 열매를 맛본 이후 인류는 죄의 그늘 속에 있다.
16　아담.

인간의 본성이 갖기에 합당한 빛이
얼마이든, 그 둘을 만드신 힘에 의해
모두 완전하게 부여되었다는 것을.   45

따라서 그대는 내가 다섯째 빛[18] 속에 있는
선을 가진 사람은 이후에 없었다고
말한 것에 대해 이상하게 생각하지요.   48

이제 내가 대답하는 것에 눈을 뜨면,
그대의 믿음과 나의 말은 원의 중심처럼
똑같이 진리라는 것을 알 것이오.   51

죽지 않는 것이나 죽을 수 있는 것[19]은
모두 우리 주님께서 사랑으로 낳으시는
이데아[20]의 반사된 빛이 아닐 수 없으니,   54

비추시는 분에게서 나오는 생생한
빛은 그분이나, 그 두 분[21]과 함께
셋을 이루는 사랑[22]과도 분리되지 않고,   57

당신의 선으로 아홉 실체[23]들에게

---

17 그리스도는 수난과 죽음으로써 하느님의 뜻을 이루어 냈다.
18 솔로몬을 가리킨다. (「천국」 10곡 109~114행 참조)
19 천사나 영혼, 질료처럼 소멸하지 않는 것과 생물처럼 소멸하는 것을 가리킨다.
20 여기에서 이데아 또는 말씀은 삼위일체의 둘째 위격인 성자에 해당하는 것으로 해석된다.
21 하느님과 이데아 또는 말씀을 가리킨다.
22 삼위일체의 셋째 위격인 성령에 해당한다.
23 아홉 하늘을 관장하는 아홉 품계의 천사들로 그들은 하느님의 빛을 받아 다시 아래 세상으로 내려보낸다.

마치 거울처럼 그 빛을 비추면서도
당신은 영원히 하나로 남아 계십니다.   60

거기에서 하늘과 하늘을 거쳐 빛은
마지막 가능성에까지 내려와 단지
덧없는 우연물들만 만들게 되는데,   63

그 우연물들이란 하늘이 움직이면서
씨와 함께 또는 씨 없이 생산하여
만들어진 것들[24]이라는 뜻이지요.   66

그것들의 밀랍[25]과 밀랍을 형성하는
자[26]는 언제나 똑같지 않기에 이데아의
표지 아래 더 반사되거나 덜 반사되고,   69

따라서 똑같은 종류의 나무에서 좋은
열매와 나쁜 열매가 맺히며, 그대들은
서로 다른 재능을 갖고 태어납니다.   72

만약에 밀랍이 완벽하게 배치되고
하늘이 그 힘의 최고 위치에 있다면,
각인의 빛은 완벽하게 나타나겠지만,   75

자연은 언제나 불완전하게 빛을 주니,

24 생물은 씨와 함께 생성되고, 반면 광물이나 무기물은 씨 없이 생성된다.
25 기본적 질료를 가리킨다.
26 여러 하늘들의 영향력을 가리킨다.

마치 예술의 재능은 있으나 손이
떨리는 예술가와 비슷하게 일하지요.   78

그러나 따뜻한 사랑이 최초 힘의
밝은 빛을 배치하고 각인하시면,
거기서는 완전한 완벽함을 얻지요.   81

그렇게 옛날에 진흙이 합당하게
가장 완벽한 인간[27]을 만들었고,
그렇게 동정녀는 잉태하게 되었으니,   84

그 두 사람처럼 인간의 본성이 완벽한
적이 없었고 앞으로도 없으리라는
그대의 견해에 나는 동의합니다.   87

그런데 내가 더 이상 말하지 않는다면,
그대는 〈그렇다면, 어떻게 그[28]는
견줄 사람이 없었는가〉 말하겠지요.   90

하지만 불분명한 것이 잘 보이도록,
그가 누구였고, 〈요구하라〉는 말에[29]
그가 요구하게 된 이유를 생각해 보오.   93

27 아담.
28 솔로몬을 가리킨다.
29 하느님이 솔로몬에게 무엇을 해주면 좋겠는지 물었을 때이다.(「열왕기 상권」 3장 3~14절
참조)

나는 그대가 이해하지 못하도록

말하지 않았으니, 그는 왕이었고

왕에게 필요한 지혜를 요구했을 뿐,[30]   96

이 위의 움직이는 자들[31]의 숫자를

알려고 하거나, 또는 혹시 필연이

우연과 함께 필연을 이루지 않는가,[32]   99

혹시 최초 움직임[33]을 인정해야 하는지,

또는 반원에서 직각이 없는 삼각형을

만들 수 있는지[34] 알려고 하지 않았지요.   102

그러니 내가 말한 것과 설명을 이해하면,

내 의도의 화살이 맞히는, 견줄 사람 없는

지혜란 왕의 신중함이라는 것을 알 것이오.   105

또한 〈일어났다〉[35]에 맑은 눈을 겨냥하면,

숫자는 많지만 훌륭한 사람이 적은

왕들을 가리키는 표현임을 알 것이오.   108

30   뒤이어 솔로몬이 요구하지 않은 것들을 열거하는데, 신학과 논리학, 물리학, 기하학 등의
지식을 예시적으로 표현한다.
31   세상을 움직이는 하늘과 그곳에 배치된 천사들을 가리킨다.
32   아리스토텔레스의 논리학에 의하면 그것은 불합리한 것이다.
33   어떤 다른 움직임의 결과로 움직이는 것이 아니라, 그 자체로서 다른 것을 움직이는 최초
원동력을 가리킨다.
34   반원(半圓)에서 그 지름을 밑변으로 하고 꼭짓점이 원주에 있는 모든 삼각형에서 그 꼭짓점
의 내각은 직각이 된다.
35   원문은 surse로 10곡 114행의 표현이다. 원문에는 *non surse il secondo*로 되어 있는데, 직
역하면 〈둘째 사람은 일어나지 않았다〉는 뜻이지만, 편의상 〈사람은 이후에 없었다〉로 옮겼다.

이런 구별과 함께 내 말을 이해한다면,

최초의 아버지와 우리의 연인[36]에 대해

그대가 믿는 것과 일치할 수 있지요.   111

이것은 언제나 그대 발에 납덩이가 되어,

그대가 모르는 것을 긍정하거나 부정할 때

지친 사람처럼 느리게 움직여야 할 것이오.[37]   114

이런 경우에나 저런 경우에 있어

구별 없이 긍정하고 부정하는 자는

멍청이들 중에 가장 밑에 있으니,   117

종종 성급한 판단이 그릇된 쪽으로

기울어, 결국에는 이성이 감성에

얽매이는 경우들이 있기 때문이라오.   120

진리를 낚으려 하지만 기술이 없는 자는

자기가 떠난 곳으로 돌아가지 못하므로

헛되이 해변을 떠나는 것보다 더 나쁘지요.   123

세상에는 그런 명백한 증거들이 있으니

파르메니데스, 멜리소스,[38] 브리손[39]과

---

36 그리스도를 가리킨다.

37 모든 판단에서 서두르지 말고 신중하게 처신하라는 충고이다.

38 파르메니데스는 기원전 6세기의 그리스 철학자이고 멜리소스는 그의 제자였는데, 둘 다 질료와 형상을 둘러싼 삼단논법에 오류가 있다고 아리스토텔레스의 비판을 받았다.(『제정론』3권 4절 4장 참조)

39 기원전 5세기의 그리스 수학자이며 철학자로 원의 사각형에 대한 그의 이론도 아리스토텔

많은 사람이 가면서 어디로 가는지 몰랐고,   126

사벨리우스와 아리우스,⁴⁰ 그리고
『성경』의 똑바른 모습을 왜곡시킨
칼들과 같았던 멍청이들이 그랬지요.   129

사람들이여, 밭에 곡식이 익기도
전에 미리 헤아리는 사람들처럼
너무 성급하게 판단하지 마시오.   132

겨울 동안 내내 메마르고 거칠던
가시덤불이 나중에 꼭대기에 장미를
피우는 것을 나는 예전에 보았으며,   135

또한 바다에서는 줄곧 똑바르고
쏜살같이 달리던 배가 결국 항구에
들어가다 가라앉는 것도 보았지요.   138

베르타 여인이나 마르티노 어른이⁴¹
누가 훔치고 누가 기부하는 걸 보았다고
거기서 거룩한 섭리를 본다고 믿지 마오.   141

그는 일어나거나 쓰러질 수 있기 때문이오.」

레스의 비판을 받았다.
   40 둘 다 이단의 대표적인 사람들로 사벨리우스는 삼위일체의 교리를 거부하였고, 아리우스는
성자의 신성과 성자는 성부와 본질이 같다는 사실을 부정하였다.
   41 베르타와 마르티노는 평범한 이름으로 그냥 보통 사람들을 가리킨다.

제14곡

베아트리체는 영혼들에게 그들의 육체가 부활한 뒤에 어떤 상태가 될 것인지 설명해
주라고 부탁한다. 이에 대해 솔로몬이 부활 후에는 하느님의 축복이 더욱 커지고 완
벽해질 것이라고 대답한다. 단테와 베아트리체는 다섯째 하늘인 화성의 하늘로 올라
간다. 화성의 하늘에서는 믿음을 위해 싸웠던 영혼들이 십자가 형태를 이루면서 눈부
시게 빛난다.

둥근 그릇의 물은 안이나 밖에서
휘젓는 데 따라, 중심에서 가장자리로
또는 가장자리에서 중심으로 움직이는데,   3

내가 말하는 이 영상이 내 머릿속에
곧바로 떠오른 것은, 영광스러운
토마스의 영혼이 침묵했을 때였으니,   6

그의 말과 베아트리체의 말에는
비슷함이 있었기 때문이었으며,
뒤이어 그녀는 이렇게 말하였다.   9

「이 사람」은 아직 생각이나 목소리로
그대들에게 말하지는 않지만, 다른
진리를 뿌리까지 찾아보고 싶어 합니다.   12

그에게 말해 주오, 그대들의 실질이

1 단테.

꽃피고 있는 이 빛은 지금 이처럼
영원히 그대들과 함께 있을 것인지,   15

그리고 만약 함께 있다면, 그대들이
다시 눈에 보이게 될 때,[2] 어떻게
그대들 시력을 해치지 않는가 말해 주오.」   18

마치 원무를 추는 사람들이 때로는
더 큰 기쁨에 이끌리고 밀치면서
목소리를 높이고 즐거운 몸짓을 하듯이,   21

그녀의 즉각적이고 경건한 말에
성스러운 원들은 놀라운 가락과 함께
둥글게 돌며 새로운 기쁨을 보여 주었다.   24

저 위에서 살기 위해 여기에서 죽는 것을
슬퍼하는 사람은 그곳에서 영원한 비[3]의
즐거움을 보지 못하였기 때문이오.   27

제한되지 않으면서 모든 것을 제한하고,
셋과 둘과 하나 속에 영원히 다스리며
영원히 사는 그 하나와 둘과 셋[4]을   30

그 영혼들은 각자 모두 세 번씩

2 최후의 심판 때에는 모든 영혼이 자신의 육신을 되찾아 눈에 보이게 된다.
3 은총의 비를 뜻한다.
4 순서대로 성부, 성부와 성자, 성부와 성자와 성령을 가리킨다.

노래하였으니, 모든 공적에 대하여
합당한 보상이 될 만한 가락이었다.   33

그리고 나는 더 작은 원의 가장 눈부신
빛 속에서 마리아께 말한 천사[5]처럼
소박한 목소리[6]가 대답하는 것을   36

들었다. 「천국의 축제가 길면 길수록
우리의 사랑은 마치 옷처럼 더욱더
우리의 주위에서 빛날 것입니다.   39

그 밝기는 사랑의 열정에 따르고,
열정은 직관[7]에 따르며, 그 직관은
자신의 가치에 대한 은총만큼 크지요.   42

영광스럽고 성스러운 우리의 육신을
다시 입을 때, 우리의 모습은 가장
완벽하여 가장 환영받을 것이오.   45

최고의 선이 무상으로 제공하여
주시는 빛, 우리가 당신을 뵙는 데
조건이 되는 빛은 더욱 커질 것이니,   48

따라서 직관도 더욱 커질 것이요,

5 마리아에게 예수의 잉태를 알려 준 천사 가브리엘을 가리킨다.
6 솔로몬의 목소리이다.
7 천국에서 바라보는 하느님에 대한 직관 또는 인식을 가리킨다.

직관으로 불붙는 열정도 커질 것이요,
거기서 나오는 빛살도 더 커질 것이오.   51

하지만 마치 불꽃을 내는 숯이 생생한
열기로 불꽃을 불태우면서도 자기
모습을 그대로 간직하는 것처럼,   54

벌써부터 우리를 감싸고 있는
이 광채는 여태까지 흙으로 뒤덮인
육신에 의해 더욱 빛날 것이며,   57

우리를 피곤하게 할 만한 빛도 아니니,
육체의 기관들이 우리를 즐겁게 해줄
모든 것에 강해질 것이기 때문이오.」   60

두 개의 합창대는 〈아멘!〉 하고 나에게
신속하고도 신중하게 말했으니, 죽은
육체에 대한 열망을 드러내는 듯했다.   63

아마 자신을 위해서가 아니라, 영원한
불꽃이 되기 전에 사랑했던 어머니,
아버지, 다른 사람을 위해서였으리.   66

그런데 보라, 먼저 있던 빛 위로
똑같이 밝은 다른 빛이 나타났으니
마치 밝아 오는 지평선처럼 보였다.   69

그리고 초저녁이 시작되면서 하늘에
새로운 것들이 나타나면 마치 진짜
같기도 하고 아닌 것 같기도 하듯이,   72

거기에서 새로운 실체들이 나에게
보이기 시작했고, 다른 두 원 밖에서
또 다른 원을 이루는 것처럼 보였다.   75

오, 성령의 진정한 반짝임이여,
얼마나 갑자기 눈부시게 되었는지
압도당한 내 눈은 견디지 못하였다.   78

그런데 베아트리체는 너무 아름답고
미소 짓는 모습이었기에, 내가 본 것 중에
기억이 못 미치는 것으로 남겨 두고 싶다.   81

그런 다음 나의 눈은 바라볼 힘을
다시 얻었고, 나는 나의 여인과 함께
보다 높은 하늘[8]로 옮겨졌음을 보았다.   84

내가 위로 올라갔음을 깨달은 것은,
평소보다 나에게 더욱 붉게 보였던
그 행성의 불붙은 웃음 때문이었다.[9]   87

8 화성의 하늘이다.
9 화성은 붉은색으로 빛난다.

14: 76~78
오, 성령의 진정한 반짝임이여, 얼마나 갑자기 눈부시게 되었는지 압도당한 내 눈은 견디지 못하였다.

나는 모든 사람에게 공통적인 말[10]로
온 마음을 다하여 새로운 은총에
어울리는 봉헌을 하느님께 바쳤다.   90

그리고 내 가슴에서 봉헌의 열기가
미처 스러지기도 전에 나의 봉헌이
기분 좋게 받아들여졌음을 깨달았으니,   93

두 빛줄기 안에서 너무나도 눈부시고
붉은 광채가 앞에 나타났고 나는 외쳤다.
「오, 그렇게 치장하는 엘리오스[11]여!」   96

크고 작은 빛들로 장식된 은하수가
우주의 양극 사이에서 하얗게 빛나며
현자들도 의아해하게 만드는 것처럼,   99

그 빛들은 화성 안에서 별자리처럼
모여, 네 사분원의 맞닿는 부분들이
형성하는 경건한 표식을 만들었다.[12]   102

여기서는 내 기억이 재능을 앞서니,[13]

10 모든 사람이 공통으로 가진 영혼의 내면적인 말이다.
11 원문에 *Eliòs*로 되어 있는데, 태양을 뜻하는 그리스어 *helios*의 이탈리아어식 표현이다. 여기에서 태양은 하느님을 의미한다. 당시의 일부 자의적인 어원학자들에 의하면, 그 용어는 하느님을 뜻하는 히브리어 〈엘리〉에서 유래했다고 한다.
12 원에서 수직으로 만나는 두 개의 지름, 그러니까 네 개의 사분원(四分圓)이 서로 〈맞닿는 부분들〉이 십자가 모양을 이룬다. 따라서 네 축(또는 〈팔〉)의 길이가 똑같은 소위 〈그리스 십자가〉 형태가 된다.
13 분명히 기억하지만 정확하게 묘사할 방도가 없다는 뜻이다.

그 십자가 안에 그리스도께서 빛났는데
거기에 합당한 예를 찾을 수 없구나.   105

하지만 자기 십자가를 지고 그리스도를
따르는 자는 그 여명에 그리스도의 빛남을
보고도 내가 적지 못함을 용서해 주리라.   108

축의 끝에서 끝으로, 위에서 아래로
빛들이 움직였으며, 서로 만나고
스쳐 지나가면서 강하게 빛났는데,   111

마치 사람들이 햇빛을 막으려고
재능이나 기술로 만들어 놓은 그늘에
때로는 한 줄기 빛이 늘어서고,   114

거기에 미세한 입자들이 모습을 바꾸며
곧거나 굽게, 빠르거나 느리게,
길거나 짧게 움직이는 것처럼 보였다.14   117

그리고 많은 현(絃)들을 조화롭게
맞춘 악기들이 그 가락을 모르는
사람에게도 감미로운 소리를 내듯이,   120

거기서 나에게 나타난 빛들로부터
십자가 위로 선율이 퍼져 나왔는데,

14 한낮에 어두운 방 안으로 한 줄기 햇살이 비치면 미세한 먼지들이 떠다니는 것이 보이는 모습에 비유하고 있다.

14: 104~105

그 십자가 안에 그리스도께서 빛났는데 거기에 합당한 예를 찾을 수 없구나.

노랫말도 모르지만 나를 사로잡았다.   123

듣고도 이해하지 못하는 사람처럼,
〈일어나소서〉, 〈승리하소서〉가 들렸기에
나는 그것이 높은 찬가임을 깨달았다.   126

나는 여기에 너무나도 매료되었는데
그곳까지 그토록 달콤한 사슬로 나를
묶었던 것은 아무것도 없었기 때문이다.   129

혹시 내 말이 너무 대담하여, 바라볼
때마다 내 욕망을 잠재우는 아름다운
눈[15]의 기쁨을 제쳐 두는 듯하지만,   132

모든 아름다움의 생생한 봉인들[16]은
위로 오를수록 빛나고, 나는 그것들을
아직 바라보지 않았음을 아는 사람은   135

나를 변명하려고 스스로 나무라는 것을
용서하고, 내 말이 사실임을 알 것이니
여기서는 성스러운 기쁨이 사라지지 않고   138

오를수록 더욱 순수해지기 때문이다.

---

15 베아트리체의 눈이다.
16 베아트리체의 눈으로 해석하는 사람도 있고, 하늘들로 해석하는 사람도 있다.

제15곡

십자가 모양을 이루고 있던 영혼들 중 하나가 앞으로 나오더니 단테를 반갑게 맞이한다. 단테의 고조부 카차귀다의 영혼이다. 그는 자기가 살던 시대 피렌체의 검소한 생활에 대해 이야기하고, 또한 자신이 십자군 원정에 참가하였다가 순교하여 곧바로 천국으로 올라오게 되었다고 이야기한다.

탐욕이 사악함 속에 녹아 있듯이,
올바르게 발산되는 사랑이 언제나
스며들어 있는 너그러운 의지는   3

그 감미로운 악기를 침묵시켰고,
하늘의 오른손이 당기고 늦추는
성스러운 현들을 잠잠하게 하였다.   6

내가 부탁하려는 의지를 표현하도록
한마음으로 침묵한 그 실체들이
어찌 정당한 기도를 듣지 않겠는가?[1]   9

덧없는 것에 대한 사랑 때문에
그 사랑에서 영원히 벗어나는 자는
끝없이 괴로워해야 마땅하리라.   12

마치 청명하고 고요한 밤하늘에

---

1 우리 인간의 모든 정당한 기도를 들어준다는 뜻이다.

때때로 갑자기 불꽃이 휙 지나가며
꼼짝 않던 눈들을 움직이게 하고,   15

별이 자리를 옮기는 것처럼 보이는데
그것이 불붙었던 쪽에서는 사라진
것도 없고, 또한 잠시만 지속되듯이,[2]   18

거기에서 빛나던 별자리의 별 하나[3]가
오른쪽으로 펼쳐진 축[4]의 끝에서
십자가의 발치 쪽으로 달려 나왔는데,   21

그 보석은 자신의 끈[5]에서 벗어나지
않으면서 빛들 사이를 가로질렀으니,
마치 설화석고[6] 뒤의 불처럼 보였다.   24

우리의 최고 시인[7]이 믿을 만하다면
안키세스의 그림자가 엘리시움[8]에서
자기 아들을 보고 그렇게 맞이했으리.   27

---

2 별똥별이 순식간에 나타났다 사라지는 모습을 묘사하고 있다.
3 단테의 고조부 카차귀다Cacciaguida의 영혼으로 그 이름은 135행에서 언급된다.
4 십자가의 가로축이다.
5 십자가 모양으로 늘어선 영혼들의 빛들을 끈으로 연결된 보석에 비유하는데, 십자가에서 벗어
나지 않고 영혼들 사이를 지나 발치 쪽으로 왔다는 뜻이다.
6 설화석고(雪花石膏)는 대개 하얀색에 무르고 반투명한 돌로 얇은 판을 통해 뒤쪽의 불빛이
희미하게 비친다.
7 원문에는 〈무사 여신〉으로 되어 있는데 베르길리우스를 가리킨다. 『아이네이스』 6권 684행
이하에서 저승에 간 아이네아스를 아버지 안키세스의 영혼이 반갑게 맞이하는 장면이 나온다.
8 Elysium. 그리스 신화에서 〈엘리시온 평원Elysion pedion〉으로 일컬어지는 저승의 구역으
로 축복받은 착한 사람들의 영혼이 거주하는 이상향으로 간주되었다.

「오, 나의 피여, 오, 넘치는 하느님의
은총이여, 너에게처럼 하늘의 문이
누구에게 두 번 열린 적이 있던가?」9   30

그 빛의 말에 나는 그를 보았다가
나의 여인에게로 시선을 돌렸는데
이쪽이나 저쪽에서 놀랄 뿐이었다.   33

내 눈이 나의 모든 은총과 천국의
끝까지 닿았는가 생각할 정도로
그녀 눈에 미소가 불탔기 때문이다.   36

또 듣고 보기에 즐겁도록 그 영혼은
처음의 말에 덧붙였는데, 내가
이해하지 못하는 심오한 말이었다.   39

일부러 말을 감춘 것이 아니라, 그의
생각이 인간들의 기호를 초월했기
때문에 필연에 의해 그런 것이었다.   42

불타는 애정의 활이 스러지고
그의 말이 우리 지성의 기호를
향하여 내려오게 되었을 때,   45

9 원문에는 라틴어로 되어 있다. 〈*O sanguis meus, o superinfusa / gratia Dei, sicut tibi cui /
his unquam celi ianua reclusa?*〉 여기에서 단테의 선조가 굳이 라틴어로 말한 뚜렷한 이유는 찾기
힘들다.

내가 이해한 첫 번째 말은 이랬다.
「나의 씨앗에게 그토록 너그러우신
셋이자 하나시여, 축복받으소서.」   48

그리고 계속했다. 「흰색이나 검은색이
절대 변하지 않는 위대한 책[10]을 읽고
내가 얻은 즐겁고도 오랜 욕망을,   51

아들아, 너에게 말하는 이 빛 속에서
네가 풀어 주었으니, 높이 날도록
네게 날개를 입혀 준 그녀 덕택이구나.   54

마치 하나를 알면 다섯과 여섯이
나오는 것처럼, 최초이신 분에 의해
네 생각이 나에게 전해진다고 믿기에,   57

너는 묻지 않는구나, 내가 누구인지,
또한 무엇 때문에 내가 이 무리에서
누구보다 기뻐하고 즐겁게 보이는지를.   60

네가 믿는 것은 사실이다, 이곳의 크고
작은 영혼들은 생각하기도 전에 그
생각이 드러나는 거울을 보고 있으니까.   63

하지만 내가 영원한 눈으로 지켜보고

---

10 하느님의 뜻을 가리킨다. 카차귀다는 천국에 올라온 뒤 단테가 올 것을 알고 기다렸다는 뜻
이다.

또 달콤한 욕망으로 나를 목타게 하는
성스러운 사랑이 더욱 잘 충족되도록,   66

확고하고 대담하고 즐거운 네 목소리는
의지를 표현하고, 욕망을 표현하여라.
나의 대답은 이미 준비되어 있으니까!」   69

나는 베아트리체를 바라보았는데, 그녀는
내가 말하기도 전에 듣고, 미소로
신호하여 내 욕망의 날개를 키워 주었다.   72

그래서 나는 말했다. 「최초의 평등함[11]이
그대들에게 나타났을 때, 감성과 지성은
그대들 각자에게 똑같은 무게가 되었으니,   75

빛과 열기로 그대들을 비추고
또한 불태우는 태양은 그 무엇과도
비교될 수 없게 평등하기 때문이지요.   78

하지만 인간들의 욕망과 이성은
그대들에게 잘 알려진 이유 때문에
그 날개의 깃털들이 서로 다르지요.   81

그러므로 인간인 나는 그러한
불평등을 느끼니, 아버지 같은 환대에

11 하느님을 가리킨다.

단지 마음으로 감사를 드립니다.   84

이 귀중한 보석으로 빛나는 생생한
황옥(黃玉)이여, 그대에게 부탁하오니
그대의 이름을 나에게 알려 주십시오.」   87

「오, 기다리면서도 즐거웠던 나의
잎사귀여, 나는 너의 뿌리였단다.」
그는 그런 대답으로 말을 꺼내더니   90

이어서 말하였다. 「네 가문의 이름이
유래하였고, 백 년도 넘게 산의
첫째 둘레를 돌고 있는 사람[12]이   93

내 아들이자 너의 증조부였으니,
너의 기도로 그의 오랜 노고를
줄여 주는 것이 좋을 것이다.   96

지금도 셋째와 아홉째 시간을 알리는[13]
소리가 들리는 옛날 성벽 안의 피렌체는
평화 속에 검소하고 정숙하였단다.   99

---

12 단테의 증조부 알리기에로Alighiero 또는 알라기에로Allaghiero로 단테의 성 알리기에리
는 그에게서 유래하였다고 한다. 그가 백 년도 넘게 연옥 산의 첫째 둘레를 돌고 있다는 것인데, 실
제로 1201년에도 아직 살아 있었다는 기록이 있다.

13 피렌체의 옛 성벽 근처에 바디아 교회가 있었는데, 종소리로 시간을 알려 주었다고 한다.
중세의 성무일도에 따른 시간 구분에서 셋째 시간과 아홉째 시간은 각각 오전 9시와 오후 3시에 해
당하는데, 그 종소리에 일하는 사람들이 일터에 나가거나 돌아왔다고 한다.

사람을 자신보다 더 돋보이게 만드는
팔찌도 없었고, 머리 관[14]도 없었으며,
장식 달린 치마나 허리띠도 없었다.   102

아직은 딸이 태어나도 아버지에게
걱정되지 않았으니, 나이에서나
지참금에서 정도를 넘지 않았다.[15]   105

가족들이 비어 있는 집[16]들도 없었고,
방 안에다 무엇을 할 수 있는지 보여 주려는
사르다나팔루스[17]도 아직 나타나지 않았다.   108

너희들의 우첼라토이오가 몬테 마리오를
아직 능가하지 않았으니,[18] 위로 오르는 데
능가하였듯이 무너지는 데도 능가하리라.   111

나는 보았단다, 벨린초네 베르티[19]가
뼈와 가죽의 띠[20]를 둘렀고, 그의 아내가
화장 않은 얼굴로 거울 곁을 떠나는 것을.   114

---

14 당시 여자들 사이에 유행하던 장신구였다.(「천국」 3곡 14행 역주 참조)
15 단테 시대에 아이가 아직 요람에 있을 때 혼처를 결정하던 것과는 달리 적당한 나이가 되었
을 때 결혼을 결정하였고, 지참금도 적절하였다는 뜻이다.
16 가족의 숫자에 비해 너무 넓어서 비어 있는 방들이 많은 저택을 가리킨다.
17 아시리아의 마지막 왕으로 고대부터 사치와 호사스러움으로 유명하였다.
18 우첼라토이오Uccellatoio는 피렌체 근처의 산이고, 몬테 마리오Monte Mario는 로마 근교
의 언덕으로 두 도시를 가리킨다. 단테 시대에 피렌체는 건물들의 화려함에서 로마를 능가하였다고
한다.
19 Bellincione Berti. 12세기 후반 피렌체의 지체 높은 귀족이었다.
20 뼈로 된 걸쇠가 달린 소박한 가죽 허리띠이다.

또한 네를리와 베키오[21] 집안 사람들은
맨살에 만족하고, 그 여자들은 실꾸리와
물렛가락에 만족하는 것을 보았단다.   117

오, 행복했던 여인들이여, 모두 자신의
무덤을 확신했고, 아직 프랑스 때문에
아무도 잠자리에서 버림받지 않았다.[22]   120

어느 여인은 요람을 돌보고 지켜보며
어머니 아버지들이 맨 처음 아기를
어르는 말을 사용하며 아기를 달랬고,   123

다른 여인은 실꾸리에서 실을 뽑으며
자기 식구와 함께 트로이아 사람들과
피에솔레, 로마에 대해 이야기하였지.   126

요즈음 킨킨나투스나 코르넬리아[23]가
그렇듯이, 당시에는 라포 살테렐로나
찬겔라[24]가 놀라운 이야기가 되었으리.   129

그렇게 평온하고, 그렇게 아름다운

21   네를리Nerli와 베키오Vecchio도 피렌체의 귀족 가문으로 검소한 생활로 유명하였다.
22   단테 시대에는 정치적 이유로 많은 가족이 망명하거나 추방되어 어디에서 죽을지 알 수 없었고, 또한 많은 남자들이 사업이나 거래 때문에 자주 프랑스에 갔었다.
23   둘 다 로마 시대의 인물로 킨킨나투스는 정치가 퀸크티우스(「천국」 6곡 47행)의 별명이고, 코르넬리아(「지옥」 4곡 128행)는 스키피오의 딸이자 그라쿠스 형제의 어머니였다.
24   찬겔라Cianghella는 단테 시대의 피렌체 사람으로 사치와 염문으로 유명했던 여인이고, 라포 살테렐로Lapo Salterello는 궬피 백당으로 단테와 함께 망명했던 타락한 법률가였다.

시민들의 생활, 그렇게 믿음직한
시민 의식, 그렇게 감미로운 집에다   132

큰 외침[25]의 호소에 마리아께서 나를
보내셨으니, 오래된 너희 세례당[26]에서
그리스도인이자 카차귀다가 되었지.   135

모론토와 엘리세오[27]가 내 형제였고,
내 아내는 파도[28] 계곡에서 왔으니
거기에서 너의 성(姓)이 나왔단다.   138

후에 나는 콘라트 황제[29]를 뒤따랐는데,
훌륭한 업적으로 그의 인정을 받아
그는 나를 자기 군대의 기사로 삼았지.   141

나는 그를 따라 목자들의 잘못으로
그 백성이 너희들의 정의를 약탈하는
사악한 율법[30]과 싸우려고 갔단다.   144

25 어머니가 해산 때 외치는 비명이다.
26 피렌체의 중앙 성당 앞에 있는 산조반니 세례당이다.(「지옥」19곡 16행 참조)
27 카차귀다의 형제 모론토Moronto와 엘리세오Eliseo에 대해서는 알려진 바 없다.
28 Pado. 구체적으로 어디인지 분명하지 않으나 대개 로마냐 지방의 페라라, 또는 파르마를
가리키는 것으로 해석된다. 두 곳 모두에 알리기에리와 유사한 성(姓)이 있었고 한다.
29 호엔슈타우펜 왕가의 콘라트 3세(재위 1138~1152)로 프랑스의 루이 7세와 함께 제2차 십
자군 원정을 이끌었지만 이탈리아에 내려온 적이 없다. 반면 콘라트 2세(1024~1039)는 피렌체에
자주 왔고, 아마 단테는 그와 혼동한 것으로 짐작된다.
30 이슬람교의 율법을 가리킨다. 교황들(〈목자들〉)의 잘못으로 이슬람 사람들에게 성지를 빼
앗겼다는 비난이다.

거기에서 그 더러운 사람들에 의해
나는, 많은 영혼들을 타락시키는
거짓된 세상으로부터 풀려 나왔고   147

순교[31]에서 이 평화 속으로 왔단다.」

---

31 순교자는 연옥을 거치지 않고 곧바로 천국으로 올라갈 수 있다는 것이다.

제16곡

단테는 카차귀다에게 그의 조상들이 누구인지, 그 당시 피렌체의 훌륭한 인물들은 누구였는지 질문한다. 카차귀다는 자신과 조상에 대해 간단히 말한 다음, 12세기 피렌체의 유명한 가문들과 뛰어난 인물들에 대해 이야기한다. 그리고 당시의 유명한 가문들이 쇠퇴하고 몰락한 이유에 대하여 설명한다.

오, 초라한 우리 핏줄의 고귀함이여,
우리의 애정이 스러지는 이 아래에서
사람들이 너를 영광으로 삼더라도   3

나는 전혀 놀라지 않았을 것이니,
욕망이 비틀리지 않는 곳 천국에서
나는 너를 영광으로 삼았기 때문이다.   6

분명히 너는 곧바로 줄어드는 겉옷,
매일 덧대어 깁지 않으면, 세월이
가위를 들고 네 주위를 맴도는구나.[1]   9

로마에서 처음으로 사용되었으나
그 후손들이 잘 간직하지 않았던
voi[2]로 나는 다시 말하기 시작했다.   12

---

1 가문의 명성은 지상에서 오래 지속되지 않음을 암시한다.
2 이탈리아어의 복수 2인칭 주격 인칭대명사인데 존칭으로 사용된다. 일반적으로는 단수 2인칭으로 *tu*를 사용한다. 앞에서 단테는 일부 등장인물에게만 존칭을 사용하였다. 중세에 널리 퍼진 잘못된 견해에 의하면, 그런 존칭은 카이사르가 개선하였을 때 처음 사용되었다고 믿었다.

그러자 약간 떨어져 있던 베아트리체가
미소를 지었는데, 기네비어 이야기의
첫 실수에 기침을 했던 여인[3] 같았다.   15

나는 말했다. 「당신은 나의 아버지,[4]
내가 자신 있게 말하게 해주시고,
나를 나 자신보다 높게 올려 주십니다.   18

나의 마음은 수많은 흐름들을 통해
기쁨으로 가득하여, 터지지 않도록
스스로 즐거워하고 있습니다.   21

그러니 사랑하는 나의 조상이여,
당신의 선조는 누구였으며, 당신의
어린 시절은 어땠는지 말해 주소서.   24

그 당시에 성 요한의 양 우리[5]는
얼마나 컸으며, 거기에서 높은 자리에
합당한 사람들은 누구였는지 말해 주소서.」   27

마치 바람이 불면 불붙은 숯이 더욱
생생하게 타오르듯 나의 애정 어린
말에 그 빛은 환하게 빛났으며,   30

3 원탁의 기사 랜슬럿과 기네비어 왕비 사이의 사랑 이야기(「지옥」 5곡 127~128행 참조)에
나오는 맬러홋Malehaut 부인이다. 그녀는 기네비어가 랜슬럿에게 처음으로 사랑의 말을 건넸을
때 기침을 하여 자기가 곁에 있다는 사실을 랜슬럿에게 알려 주려고 하였다.
4 친근한 표현으로 아버지라 부른다.
5 세례자 요한을 수호성인으로 여기는 피렌체를 가리킨다.

또한 나의 눈에 더욱 아름다워지듯

목소리도 더욱 부드럽고 달콤했지만,

요즈음의 말이 아닌 말[6]로 말했다.   33

「〈아베〉 하고 처음 말했던 날[7]부터

지금은 축복받은 내 어머니가 나를

낳으시고 몸이 가벼워지신 날까지   36

이 불타는 행성은 550 하고

서른 번이나 사자자리로 돌아와

그 발아래에서 불타올랐단다.[8]   39

해마다 너희들의 경주에서 달리는

사람이 도착하는 마지막 구역[9]에서

나의 옛 조상들과 나는 태어났단다.   42

내 조상에 대해서는 이것으로 충분하고

그들이 누구였고 어디서 이곳으로 왔는지

솔직한 이야기보다는 침묵이 나으리라.   45

그 당시 마르스와 세례자 사이[10]에서

6 처음에 말했던 것처럼(「천국」 15곡 28~30행) 라틴어로 말했다고 해석하는 사람도 있으나, 옛날 피렌체의 사투리로 말했다고 보는 것이 타당할 것이다.

7 가브리엘 천사가 성모 마리아에게 예수 그리스도의 잉태를 알려 준 사건을 기념하는 주님 탄생 예고 대축일은 3월 25일이다.(「연옥」 10곡 40행 역주 참조)

8 사자자리와 조응하는 화성의 공전 주기를 687일로 보면 580번 회전하였을 경우 카차귀다가 태어난 해는 1091년이 된다. 일부에서는 다른 방식으로 계산하기도 한다.

9 피렌체의 동쪽 산피에로 문이 있는 구역이다. 단테 시대에 매년 말[馬] 경주가 열렸는데 서쪽 끝의 구역에서 출발하여 그곳이 도착 지점이었다.

무기를 갖고 다닐 수 있는 자들은 모두
지금 살고 있는 사람들의 5분의 1이었지만,   48

지금은 캄피, 체르탈도, 필리네¹¹에서
온 사람들이 뒤섞인 시민들은 그 당시
가장 낮은 일꾼까지 순수하였노라.   51

내가 말하는 그 사람들과 이웃하고
갈루초와 트레스피아노¹²를 경계선으로
삼는 것이, 그들을 안으로 받아들여   54

아굴리오네¹³의 악당이나, 부정한 거래에
눈을 번득이고 있는 시냐¹⁴의 역겨움을
참고 견디는 것보다 얼마나 나을 것인가!   57

세상에서 가장 사악한 사람들¹⁵이
황제¹⁶에게 계모가 아니라, 자식에게
너그러운 어머니처럼 되었더라면,   60

피렌체 사람이 되어 거래하고 장사하는

10 부서진 마르스의 동상이 있었던 베키오 다리(「지옥」13곡 146~147행 참조)와 산조반니 세
례당은 옛 피렌체의 북쪽과 남쪽 경계선이었다.
11 Campi, Certaldo, Figline. 모두 피렌체 근처의 지명들이다.
12 갈루초Galluzzo와 트레스피아노Trespiano도 피렌체 근처의 지명이다.
13 Aguglione. 피렌체 근처의 지명인데 그곳 출신 발도Baldo를 암시한다. 그는 법률가이며
정치가로 부패와 타락을 일삼았다.
14 Signa. 역시 피렌체 근처의 지명으로, 매관매직을 일삼던 파치오Fazio를 암시한다.
15 성직자들을 가리킨다.
16 신성 로마 제국의 황제로, 궬페파와 기벨리니파 사이의 갈등과 싸움을 암시한다.

사람은 자기 할아버지가 구걸하던
세미폰테[17]로 돌아갔을 것이다. 63

몬테무를로는 지금도 백작들의 것으로,
체르키는 아코네 교구에, 부온델몬티는
발디그레베에 지금도 있을 것이다.[18] 66

사람들이 뒤섞이는 것은 언제나
그 도시에 불행의 출발이 되었으니,
너희들 몸에 음식이 넘치는 것과 같다. 69

눈먼 황소는 눈먼 양보다 더 빨리
쓰러지고, 종종 한 자루의 칼이
다섯 자루보다 더 잘 베는 법이다. 72

루니와 우르비살리아[19]가 어떻게
몰락했고, 키우시와 세니갈리아[20]가
어떻게 그 뒤를 따르는지 본다면, 75

도시들마저 종말을 맞이하는 마당에
어떻게 가문들이 몰락하는가 듣는다고

17 Semifonte. 피렌체 근처의 작은 마을인데, 구체적으로 누구를 가리키는지 분명하지 않다.
18 귀디Guidi 백작 가문은 몬테무를로Montemurlo 출신이고, 체르키(「지옥」 6곡 65행 참조)
는 아코네Acone 교구, 부온델몬티Buondelmonti는 발디그레베Valdigreve 출신 가문이다.
19 루니는 토스카나 북부의 도시였고(「지옥」 20곡 47행), 우르비살리아Urbisaglia는 마르케
지방의 도시였는데, 단테 시대에 이미 폐허가 되어 버렸다.
20 키우시Chiusi는 토스카나 남부의 도시였고, 세니갈리아Senigallia는 마르케 지방 동부 해
안의 도시였는데 단테 시대에 몰락의 길을 걷고 있었다.

이상하거나 새삼스러운 일이 아니리라.   78

너희들 자신처럼 너희들의 모든 것에는
죽음이 있지만, 일부 오래 지속되는 것
일부에는 감추어져 있고, 인생은 짧다.   81

또 달의 하늘이 운행하면서 쉴 새 없이
해변이 뒤덮였다가 드러나는 것처럼[21]
운명이 피렌체에 그렇게 하고 있구나.   84

그러므로 그 명성이 세월 속에 사라진
위대한 피렌체 사람들에 대해 말하는 것이
놀라운 일로 보이지는 않을 것이다.   87

나는 우기를 보았고, 카텔리니, 필리피,
그레치, 오르만니, 알베리키,[22] 이미
몰락한 탁월한 시민들을 보았단다.   90

그리고 오래된 만큼 위대하였던
산넬라, 아르카 사람들과 솔다니에리,
아르딘기, 보스티키[23]를 보았단다.   93

지금은 금방이라도 배를 침몰시킬

---

21 달의 영향으로 밀물과 썰물의 조수 현상이 발생하는 것을 가리킨다.
22 Ughi, Catellini, Filippi, Greci, Ormanni, Alberichi. 모두 단테 시대에 이미 몰락한 가문들이다.
23 Sannella, Arca, Soldanieri, Ardinghi, Bostichi. 역시 몰락한 가문들이다.

정도로 무거운 새로운 악당들이

가득 모여 있는 문24 주위에는   96

라비냐니25 사람들이 살았는데, 거기서

귀도 백작과, 나중에 벨린초네의

높은 이름을 딴 사람들이 나왔단다.   99

프레사 사람은 통치하는 방법을 이미

알고 있었고, 갈리가이오26는 집에

도금된 칼자루와 손잡이를 갖고 있었지.27   102

모피 줄무늬28와 사케티, 주오키,

피판티, 바루치, 갈리,29 됫박 때문에

얼굴을 붉히는 사람들30은 이미 위대했지.   105

칼푸치가 태어났던 밑둥치31는 이미

위대했고, 시치이와 아리구치32는

이미 높은 공직에 올랐었단다.   108

24   앞의 41행에서 말한 산피에로 문이다.
25   Ravignani. 이 가문의 수장은 벨린초네 베르티(「천국」 15곡 112행)였으며, 그의 딸 괄드라
다는 귀도 궤라 백작(「지옥」 16곡 37~39행)과 결혼하였다. 다른 두 딸은 벨린초네를 성으로 삼았
고, 거기에서 아디마리Adimari와 도나티 가문이 나왔다.
26   프레사Pressa와 갈리가이오Galigaio는 모두 기벨리니 계열 가문이었다.
27   기사 작위를 받은 사람만이 칼자루가 도금된 칼을 가질 수 있었다.
28   빨간 바탕에 모피 줄무늬를 세로로 장식한 문장을 가졌던 필리Pigli 가문이다.
29   Sacchetti, Giuochi, Fifanti, Barucci, Galli. 몰락한 다른 가문들이다.
30   소금 됫박을 바꿔치기하여 부당한 이득을 취했던 키아라몬테시 가문을 가리킨다.(「연옥」
12곡 104행 참조)
31   도나티 가문을 중심으로 하는 파벌로 칼푸치Calfucci 가문은 그 일원이었다.
32   시치이Sizii와 아리구치Arrigucci 가문은 궬피 계열 가문이었다.

아, 오만함 때문에 몰락한 사람들을
얼마나 보았던가! 황금 구슬들33은
피렌체의 모든 커다란 일에서 꽃피웠지.   111

너희들의 교회가 공석일 때마다
추기경 회의에 머무르며 살이 찌는
사람들34의 조상들도 마찬가지였다.   114

달아나는 자에게는 용처럼 뒤쫓고,
이빨이나 돈주머니를 보여 주는 자에게는
양처럼 온순해지는 그 거만한 무리35는   117

이미 상승하였지만, 너무나 미천하여
우베르티노 도나티는 장인36이 그들과
인척 맺는 것을 좋아하지 않았다.   120

카폰사키37는 피에솔레에서 내려와
이미 시장에 자리 잡았고, 인판가티와
주디38는 이미 훌륭한 시민이었다.   123

---

33 푸른 바탕에 황금 구슬들이 그려진 람베르티 가문의 문장이다.
34 피렌체 교구를 관리하며 축재하였던 비스도미니Visdomini 가문과 토신기Tosinghi 가문을
가리킨다.
35 약한 자에게 잔인하고 강한 자에게는 아부하였던 아디마리 가문의 사람들이다.
36 벨린초네 베르티의 딸 하나는 우베르티노 도나티와 결혼하였고, 다른 딸 하나는 아디마리
가문의 남자와 결혼하였다.
37 Caponsacchi는 원래 피에솔레 출신인데 피렌체로 내려왔고, 옛날 시장 자리에 저택이 있
었다.
38 인판가티Infangati와 주디Giudi는 기벨리니 계열의 가문이었다.

믿을 수 없겠지만 사실을 말하겠는데,
페라³⁹ 사람들에게서 이름을 따온
문을 통해 옛날 성벽 안으로 들어갔단다.   126

토마스의 축일에 그 이름과 명성을
다시 기리는 위대한 귀족⁴⁰의
멋진 휘장을 지니고 있는 각 가문은   129

그에게서 기사 작위와 특전을 얻었는데,
그 휘장을 띠로 장식한 자⁴¹는
지금 민중들과 함께 어울리고 있구나.   132

괄테로티와 임포르투니⁴²도 이미 있었는데,
만약 새 이웃⁴³을 받아들이지 않았다면
보르고는 지금도 더욱 평안할 텐데.   135

너희들의 통곡을 탄생시킨 가문⁴⁴은
너희를 죽이고 너희의 행복한 삶을
끝나게 만들었던 정당한 분노 때문에   138

---

39 델라 페라Della Pera 가문으로 그 이름을 딴 페루차Peruzza 성문이 있었다.

40 토스카나의 후작 우고Ugo는 1001년 12월 21일 성 토마스의 축일에 사망하였고 해마다 그를 추모하는 엄숙한 행사가 열렸다. 우고 후작의 문장을 다양하게 장식하여 문장으로 삼은 가문들이 여럿 있었다.

41 델라 벨라Della Bella 가문의 자노Giano이다. 그는 귀족 출신이지만 피렌체의 민중 운동을 지지하였고 그로 인해 1295년 추방되었다.

42 괄테로티Gualterotti와 임포르투니Importuni 가문은 보르고Borgo 구역에 살고 있었다.

43 피렌체의 내부 싸움과 갈등의 원인이 되었던 부온델몬티 가문을 가리킨다. 부온델몬테의 살해 사건에 대해서는 「지옥」 28곡 106행의 역주 참조.

44 부온델몬테를 살해함으로써 피렌체를 싸움의 도가니에 몰아넣은 아미데이 가문을 가리킨다.

자신과 자기 인척에게는 명예가 되었지만,
오, 부온델몬테여, 다른 사람의 충고에
결혼을 피한 것은 얼마나 큰 잘못이었는가!   141

네가 맨 처음 도시에 올 때 하느님께서
차라리 너를 에마[45]에게 내주셨다면,
슬퍼하는 많은 사람들이 행복할 텐데.   144

하지만 피렌체는 마지막 평화 시에
다리를 바라보는 그 부서진 돌[46]에
희생물을 바칠 필요가 있었지.   147

그 사람들과 또 다른 사람들과 함께
나는 그렇게 평온한 피렌체를 보았으니,
눈물을 흘릴 어떤 이유도 없었단다.   150

그 사람들과 함께 나는 명예롭고
올바른 백성을 보았으니, 백합꽃[47]은
뒤집힌 깃대에 끌려 다닌 적도 없었고   153

분열 때문에 붉게 물들지도 않았단다.」

45 Ema. 부온델몬테의 고향인 몬테부오니와 피렌체 사이에 있는 강으로, 피렌체에 오기 전에
차라리 그 강에 빠져 죽었다면 더 좋았으리라는 말이다.
46 부온델몬테는 바로 부서진 마르스의 동상 아래에서 살해되었다.
47 피렌체의 깃발에는 붉은 바탕에 흰 백합꽃이 그려져 있었다. 깃대에 깃발을 거꾸로 매달아
끌고 다니는 것은 패배의 상징이었다.

16: 149~150
나는 그렇게 평온한 피렌체를 보았으니, 눈물을 흘릴 어떤 이유도 없었단다.

제17곡

단테는 카차귀다에게 자신의 미래 운명에 대해 알려 달라고 부탁한다. 카차귀다는 단테가 힘겨운 망명 생활을 하게 될 것이며, 베로나의 칸그란데 델라 스칼라의 도움을 받을 것이라고 예언한다. 그리고 단테에게 저승 세계를 두루 둘러본 다음 두려워 말고 모든 것을 그대로 시로 적어 사람들에게 도움을 주라고 권한다.

지금도 아버지들이 자식에게 신중하도록,
자신에 거스르는 말을 듣고 확인하려고
클리메네[1]에게 달려갔던 그 사람처럼   3

나도 바로 그랬으니, 나 때문에 앞에서
자리를 바꾸었던 성스러운 등불[2]과
베아트리체의 눈에도 그렇게 보였다.   6

그래서 나의 여인은 나에게 말하였다.
「그대 욕망의 불꽃을 밖으로 내보내
내부의 각인이 잘 보이도록 하세요.   9

그대의 말로 우리 지식을 늘리기 위해서가
아니라, 그대가 갈증을 표현하여 마실 것을
얻는 법을 배우도록 하기 위해서요.」   12

1 오케아노스와 테티스의 딸로 태양신 헬리오스와의 사이에서 파에톤을 낳았다. 파에톤은 자신이 태양신의 아들이 아니라는 말을 듣고 어머니에게 확인을 요구하였고, 또 태양신의 아들임을 증명하기 위해 태양 마차를 몰다가 길을 벗어났고 유피테르의 번개에 맞아 죽었다.(「지옥」 17곡 106~107행 참조) 그 후로 부모들은 자식의 요구를 들어주는 데 신중해졌다고 한다.
2 단테를 만나려고 십자가 형상의 자기 자리에서 벗어났던 카차귀다의 영혼을 가리킨다.

「오, 사랑하는 나의 뿌리여, 세상 사람들이
삼각형에 두 개의 둔각(鈍角)이 없음을
잘 알듯이, 당신은 높이 오르시어   15

모든 시간들이 공존하는 지점³을
바라보시니, 우연적인 일들이 아직
완전히 나타나기도 전에 미리 아십니다.   18

제가 베르길리우스와 함께 동행하여
영혼들을 치유하는 산을 오르고
죽은 세계 속으로 내려가는 동안⁴   21

저의 미래 삶에 대해 불길한 말들을
들었지만, 그래도 저는 운명의
타격들 앞에 확고함⁵을 느낍니다.   24

그래서 제 바람은 어떤 운명이 제게
다가올지 알고 싶습니다. 미리 본
화살은 천천히 오기 때문입니다.」   27

나에게 먼저 말했던 그 빛에게
그렇게 말했으니, 베아트리체가
원한 대로 내 바람을 고백하였다.   30

3 하느님.
4 지옥과 연옥을 여행하는 동안.
5 원문에는 *tetragono*, 즉 〈사각형〉으로 되어 있는데, 사각형처럼 단호하게 역경에 대처할 준
비가 되어 있다는 것을 의미한다.

죄를 없애 주신 하느님의 어린양6이
죽음을 당하시기 전에 어리석은 사람들이
빠져 있던 모호한 말7이 아니라,   33

분명하고도 아주 정확한 말로,
빛 속에서 웃음으로 빛나는
그 아버지다운 사랑이 말하셨다.   36

「너희들 물질의 공책 밖으로
벗어나지 못하는 우연 같은 일들은
모두 영원한 시야8 속에 그려져 있다.   39

하지만 그렇다고 필연이 되는 것은 아니니,
흐름을 따라 내려가는 배는 그것을 보는
눈에 의해 움직이지 않는 것과 같단다.9   42

그러므로 오르간에서 달콤한 가락이
귀에 들리듯, 너를 위해 준비된
세월이 나의 눈에 비치는구나.   45

히폴리토스10가 냉정하고도 사악한

---

6 예수 그리스도.
7 그리스도 이전에 여러 신들을 섬기던 시절에 널리 퍼졌던 신탁(神託)의 수수께끼 같고 모호
한 말을 가리킨다.
8 하느님의 생각이다.
9 배의 움직임을 바라볼 뿐 그 움직임을 바꾸지 않는다는 뜻이다.
10 테세우스의 아들 히폴리토스는 계모 파이드라의 유혹을 거부했는데 계모가 자신을 겁탈하
려 했다고 모함하는 바람에 아테나이에서 쫓겨났다.

계모 때문에 아테나이를 떠났듯이,
너도 피렌체를 떠나야 할 것이다.   48

그렇게 원하고 이미 그렇게 정해졌으니,
그리스도가 매일 거래되는 곳[11]에서
그것을 계획하는 자가 곧 그렇게 하리라.   51

으레 그렇듯 패배한 편에 소리 높은
비난이 따르겠지만, 진실이 요구하는
복수가 그 진실을 증언할 것이다.   54

너는 마음 깊이 사랑하는 모든 것을
떠나야 할 것이니, 망명의 활이
가장 먼저 쏘는 화살이 그것이다.   57

너는 다른 사람의 빵이 얼마나 짠지,
또 남의 집 계단을 오르내리는 것이
얼마나 힘든 일인지 체험하게 될 것이다.   60

그리고 네 어깨를 더욱 짓누를 것은
너와 함께 그 구덩이에 떨어질
사악하고 어리석은 무리일 것이다.[12]   63

완전히 배은망덕하고 미치광이에다

---

11 로마 교황청을 일컫는다.
12 단테는 궬피 백당의 다른 사람들과 함께 망명의 길을 떠났으나, 나중에는 그들과도 결별하였다.

불경스런 그들은 너에게 반대하겠지만,
네가 아니라 그들이 얼굴을 붉힐 것이다.   66

그들의 행동은 야수 같은 성격을
증명할 것이니, 너 자신을 위한
당파를 만드는 것이 좋을 것이다.   69

너의 첫 번째 피난처와 첫 번째 숙소는
계단 위에 거룩한 새를 갖고 있는 위대한
롬바르디아 사람[13]의 호의일 것이다.   72

그는 너에게 너무나도 너그러워서
여느 사람들과 달리 너희 둘 사이에는
요구하기 전에 먼저 호의를 베풀 것이다.   75

그에게서 너는 날 때부터 이 힘센
별[14]의 영향을 받아 두드러진 업적을
남길 사람[15]을 보게 될 것이다.   78

그의 주위로 이 바퀴들은 단지 아홉

---

13   계단 위의 독수리(〈신성한 새〉)를 문장으로 하는 베로나의 영주 델라 스칼라della Scala(또는 스칼리제리Scaligeri) 가문의 바르톨로메오를 암시하는 것으로 짐작된다. 단테는 1304년 초에 몇 달 동안 그에게 의탁하였다. 또는 그의 뒤를 이어 1304년부터 1311년까지 베로나의 영주였던 알보이노를 가리키는 것으로 해석되기도 하지만, 단테는 『향연』 4권 16장 6절에서 그에 대해 부정적으로 평가한다.
14   힘의 상징인 화성을 가리킨다.
15   바르톨로메오 델라 스칼라의 동생 칸그란데Cangrande. 1300년 당시 아홉 살이었던 그는 1312년부터 1329년까지 베로나의 영주였다. 그의 환대를 받았던 단테는 「천국」을 바로 그에게 헌정하였다.

해만 돌았으니, 어린 나이 때문에
사람들은 아직 그걸 모르고 있노라.   81

하지만 가스코뉴 사람이 높은 하인리히를
속이기 전에,[16] 그의 덕성은 돈과 노고를
가볍게 여기는 데에서 눈부시게 빛날 것이다.   84

그의 관대함은 더욱 널리 알려지고
그리하여 그의 적들도 거기에 대해
입을 다물지 못하게 될 것이다.   87

너는 바로 그의 은덕을 기대하여라.
그의 덕택에 많은 사람들이 부자와
가난뱅이로 신분이 바뀔 것이다.[17]   90

그에 대한 이런 것을 마음속에 간직하고,
말하지 마라.」 그리고 눈앞의 사람들도[18]
믿지 못할 것들에 대하여 말한 다음   93

덧붙이셨다. 「아들아, 이것이 너에 대해
말한 것들[19]에 대한 설명이니, 몇 바퀴
뒤에 숨어 있는[20] 함정을 보아라.   96

16   프랑스 가스코뉴 출신의 교황 클레멘스 5세가 신성 로마 제국 황제 하인리히 7세를 회유하
여 이탈리아반도로 내려오게 한 다음 나중에 그와 대립하기 이전, 즉 1312년 이전을 가리킨다. 칸그
란데는 바로 1312년부터 베로나의 영주가 되었다.
17   가난한 자는 부자가 되고, 부자는 가난뱅이가 될 것이다.
18   직접 그것을 두 눈으로 보게 될 사람들도.
19   단테가 지옥과 연옥을 거쳐 오면서 들었던 자신에 대한 여러 예언을 가리킨다.

하지만 네 이웃을 질투하지 말기 바란다.
네 삶은 그들의 사악함이 벌받을 때보다
더 오래 지속될 것이기 때문이다.」   99

그리고 성스러운 영혼은 말없이
내가 날실을 짜 넣는 천에다 씨실을
넣으실 준비가 되어 있었으니,21   102

나는 마치 의혹에 빠져, 올바른 것을
보고 원하며, 사랑하는 다른 사람에게
충고를 갈망하는 사람처럼 말했다.   105

「나의 아버지시여, 준비 없는 자에게
더 심각한 타격을 나에게 주려고 세월이
나를 향해 달려오는 것을 잘 압니다.   108

그러니 선견으로 미리 대비하여
사랑하는 내 고향을 빼앗기더라도
다른 것은 내 시를 통해 잃지 않겠습니다.   111

내가 끝없이 쓰라린 세상22으로 내려가고,
내 여인의 눈이 나를 끌어올렸던
아름다운 꼭대기의 산23을 오르고,   114

20 태양이 몇 바퀴 돌기 전, 즉 몇 년이 지나기 전에 나타날 것이라는 뜻이다.
21 내가 궁금한 것을 질문하면 거기에 대해 대답하고 충고할 준비가 되어 있었다는 뜻이다.
22 지옥.
23 꼭대기에 지상 천국이 있는 연옥의 산이다.

그런 다음 빛에서 빛으로 하늘들을
거쳐 오면서 깨달은 것을 다시 말한다면,
많은 사람에게 아주 쓴 맛을 줄 것입니다.   117

만약 내가 진실에게 겁 많은 친구가 된다면,
지금 이 시간을 옛날이라고 말할 사람들
사이에서 생명을 잃을까 두렵습니다.」   120

내가 그곳에서 발견한 내 보물[24]이
웃으시는 빛은 마치 햇살이 비치는
황금 거울처럼 눈부시게 빛나더니   123

대답하셨다. 「자신의 부끄러움이나
타인의 부끄러움으로 흐려진 양심은
분명히 네 말을 거칠게 느낄 것이다.   126

그러나 모든 거짓을 떨쳐 버리고
네가 본 것을 모두 명백히 보여서
옴 있는 자는 긁도록 만들어라.   129

너의 목소리는 처음 맛보기에는
거슬리겠지만, 나중에 소화될 때는
생명의 자양분이 될 테니까.   132

그런 너의 외침은 높은 꼭대기들[25]을

24 카차귀다.
25 지상에서 권력을 가진 자들을 가리킨다.

뒤흔드는 바람과 같을 것이니,
그것은 적잖은 명예의 증거가 된다.   135

이곳의 바퀴들과 산에서, 그리고
고통의 계곡에서[26] 너에게 단지
명성이 높은 영혼들만 나타난 것은,   138

듣는 사람의 마음이란, 잘 모르거나
모호한 뿌리에서 나온 예들이나,
명백해 보이지 않는 논증에 대해서는   141

확고하게 신뢰하지 않기 때문이다.」

---

26 천국의 하늘들, 연옥의 산, 지옥의 계곡에서.

제18곡

카차귀다의 말을 듣고 단테가 당황해하자 베아트리체가 위안한다. 카차귀다는 믿음을 위해 싸웠던 위대한 자들의 영혼을 부르면서 소개해 준다. 카차귀다가 돌아가고 단테는 여섯째 하늘인 목성의 하늘로 올라간다. 그곳에서는 정의로운 영혼들이 날아다니며 처음에는 글자 모양을 이루었다가, 다음에는 독수리의 형상으로 모인다.

그 축복받은 영혼은 벌써 혼자 생각에
빠졌고, 나는 달콤한 말로 쓴 말[1]을
위로하면서 내 생각에 빠져 있었는데,   3

나를 하느님께 인도하던 여인이 말했다.
「생각을 바꿔요. 모든 잘못을 없애 주시는
분[2] 곁에 내가 있다는 것을 생각해요.」   6

나는 내 위안의 사랑스러운 소리에 몸을
돌렸는데, 그 성스러운 눈에서 내가 어떤
사랑을 보았는지 여기서 말하지 않겠다.   9

내 말을 믿을 수 없을 뿐만 아니라,[3]
다른 분[4]이 인도하지 않으면 내 기억을
충분히 되살릴 수 없기 때문이다.   12

---

1 단테의 미래에 대한 카차귀다의 예언 중에서, 쓴 말은 망명의 고통에 관한 것이고, 달콤한 말은 나중에 그에 대한 보상을 받고 적들에게 복수가 있을 것이라는 위로의 말이다.
2 하느님.
3 내 말이 그것을 충분하게 표현하지 못할 것이라는 뜻이다.
4 하느님.

그 순간에 대해 말할 수 있는 것은,
그녀를 바라보면서 내 마음이 다른
모든 욕망으로부터 자유로웠으며,   15

베아트리체에게 직접 비추고 있던
영원한 즐거움[5]이 아름다운 얼굴에
반사된 모습으로 나를 기쁘게 했다.   18

그녀는 미소의 빛으로 나를 압도하며
말했다. 「몸을 돌려 들어 봐요. 천국은
내 눈 속에만 있는 것이 아니니까요.」   21

이곳 지상에서도 애정이 강렬하여
영혼이 온통 거기에 사로잡히게 되면
때로는 얼굴에 드러나는 것처럼,   24

내가 바라보았던 성스러운 광채의
눈부심 속에서 아직도 나에게 무언가
말하고 싶어 하는 욕망을 알아보았다.   27

그분은 말했다. 「꼭대기에 의해 살아가고,
언제나 열매를 맺고 잎이 떨어지지 않는
나무[6]의 이 다섯 번째 단계[7] 안에는,   30

---

5 하느님의 빛이다.
6 천국을 나무에 비유하고 있다. 지상의 나무는 뿌리에서 자양분을 얻고, 언제나 열매를 맺지
않고, 겨울이 되면 잎이 떨어지는 것과 다르다.
7 다섯째 하늘인 화성의 하늘이다.

천국에 오기 전 저 아래에서 모든
무사 여신들⁸을 살찌울 정도로 명성이
높았던 축복받은 영혼들이 있단다.   33

그러니 십자가의 팔들⁹을 보아라.
내가 지명하는 영혼은 거기에서 구름
속의 재빠른 불¹⁰처럼 보일 것이다.」   36

그분이 여호수아¹¹라고 이름을 부르자마자
십자가에서 빛 하나가 움직임을 보았는데,
말이 움직임보다 빨랐는지 알 수 없었다.¹²   39

그리고 위대한 마카베오¹³의 이름에
다른 빛이 빙빙 돌며 움직임을 보았는데,
기쁨이 팽이를 돌리는 채찍인 듯하였다.   42

그렇게 카롤루스 마그누스와 롤랑¹⁴의 이름에
나의 주의 깊은 시선은 두 빛을 쫓았으니,
날아가는 매를 눈이 뒤쫓는 것 같았다.   45

그런 다음 기욤¹⁵과 르누아르,¹⁶

---

8 무사 여신들을 섬기는 시인들을 가리킨다.
9 수평의 양쪽 축을 가리킨다.
10 번개.
11 모세의 뒤를 이어 이스라엘 민족을 이끈 지도자였다.
12 이름 부르는 것과 움직이는 것이 거의 동시에 일어났다는 뜻이다.
13 이스라엘 민족의 위대한 장군이었다.(「마카베오기 상권」 3장 이하 참조)
14 카롤루스 마그누스와 롤랑에 대해서는 「지옥」 31곡 16~18행 참조.

고드프루아[17]와 로베르토 귀스카르도[18]가
그 십자가에서 나의 시선을 끌었다. 48

그리고 나에게 말하신 영혼은 다른
빛들과 뒤섞여 움직이며, 하늘의 찬양자들[19]
사이에서 어떤 예술가인지를 보여 주셨다.[20] 51

나는 베아트리체에게서 말이나 몸짓으로
내가 해야 할 일을 알기 위하여
나의 오른쪽으로 몸을 돌렸다. 54

그리고 너무나도 맑고 너무나도 즐거운
눈빛을 보았는데, 그녀의 모습은
지금까지의 어떤 모습보다 눈부셨다. 57

마치 사람이 선을 행함으로써
더 많은 기쁨을 느끼면 나날이
자신의 덕행이 나아감을 깨닫듯이, 60

15 Guillaume. 오랑주의 공작으로 812년 수도자로 사망하였는데, 일련의 중세 무훈시에서 중
요한 인물로 등장한다.

16 Renouart. 중세의 무훈시에 나오는 전설적인 무사로 원래 이교도였는데, 기욤에 의해 그리
스도교로 개종하였다.

17 Godefroy. 로렌의 공작으로 1096년 제1차 십자군 원정에서 총사령관이 되었고, 예루살렘
을 정복한 후 성립된 예루살렘 왕국의 초대 왕이 되었다.

18 11세기 중엽 이탈리아 남부 지방을 침략한 노르만족의 우두머리이다.(「지옥」 28곡 13행
참조)

19 원문에는 cantori, 즉 〈노래하는 사람들〉로 되어 있다.

20 훌륭한 노래 솜씨를 보여 주었다는 뜻이다.

나는 그 기적이 더욱 아름다워지는 것을
보면서, 하늘과 함께 돌아가는 내 회전이
더욱더 넓게 확장되었음을 깨달았다.   63

또한 마치 여인이 얼굴에서 부끄러움의
짐을 벗어 버릴 때, 아주 짧은 순간에
새하얀 모습으로 바뀌는 것처럼,[21]   66

내가 몸을 돌렸을 때 내 눈에도 그랬으니,
나를 자기 안에 받아들인 온화한
여섯째 별의 하얀빛 때문이었다.   69

나는 그 목성의 횃불 속에 있던
사랑의 불꽃들이 내 눈앞에서
우리의 문자를 쓰는 것을 보았다.   72

마치 물가에서 솟아오른 새들이
자신들의 먹이에 즐거워하며, 때로는
둥글게 때로는 다른 모양을 이루듯이,   75

거룩한 영혼들은 빛 속에서
날아다니며 노래를 불렀고,
D나 I, 또는 L 자 모양을 이루었다.   78

처음에는 노래의 가락에 움직였는데,

21 여자의 얼굴이 부끄러움에 빨갛게 물들었다가 부끄러움이 사라지면 다시 하얀빛으로 바뀌는 것처럼.

18: 76~77
거룩한 영혼들은 빛 속에서 날아다니며 노래를 불렀고

나중에는 그 글자들 중 하나가 되더니
잠시 동안 멈추었고 침묵을 지켰다.   81

오, 신성한 페가소스[22]여, 그대는
천재들에게 영광과 영생을 주고, 그들은
그대와 함께 도시와 왕국을 영원하게 만드니,   84

나에게 그대의 빛을 비추어, 내가 보았던
그 형상들을 표현하여 이 짧은 시구에
그대의 능력이 나타나게 해주소서!   87

그러니까 그들은 다섯에 일곱을 곱한
자음과 모음으로 보였으니,[23] 나는
나에게 표현된 그 글자들을 보았다.   90

씌어진 전체의 앞부분은 동사와 명사로
DILIGITE JUSTITIAM이었고, 뒷부분은
QUI JUDICATIS TERRAM이었다.[24]   93

그런 다음 그들은 다섯째 낱말의 M 자 안에
질서 있게 모여들었고, 그리하여 목성은
황금으로 장식된 은처럼 보였다.   96

22   그리스 신화에 나오는 날개 달린 말로, 헬리콘산을 발굽으로 차서 무사 여신들에게 바쳐진 샘물 히포크레네(〈말[馬]의 샘〉)가 솟아오르게 했다. 여기서는 무사 여신들을 가리킨다.
23   뒤이어 말하듯이 영혼들은 35개의 자음과 모음으로 이루어진 문구를 이루고 있다.
24   DILIGITE JUSTITIAM은 〈정의를 사랑하라〉는 뜻이고, QUI JUDICATIS TERRAM은 〈땅을 심판하는 자들이여〉라는 뜻의 라틴어 문구이다.

그리고 M 자의 꼭대기에 있던 빛들이
내려오더니,[25] 그들을 움직이는 선[26]을
노래하면서 그곳에 머무는 것을 보았다.   99

또한 마치 불타는 통나무를 두드리면
무수한 불꽃들이 솟아오르고, 거기에서
멍청이들은 자기 운명을 점쳐 보는 것처럼,   102

무수하게 많은 빛들이 일어나더니
태양이 정해 준 대로 불타오르면서
더러는 많이 더러는 약간 솟아올랐다.   105

그리고 각자 자기 자리에서 잠잠해졌고,
나는 그 아로새겨진 불에서 독수리의
머리와 목이 그려지는 것을 보았다.   108

그 그림을 그리는 분은 안내자도 없이
스스로 안내하시고, 바로 그분에게서
보금자리를 만들어 주는 힘이 나온다.   111

처음에는 M 자 위에서 백합꽃이 된 것에
만족해 보이던 축복받은 영혼들이
약간 움직여 그런 형상을 완성시켰다.   114

25 M 자의 위쪽 양끝에 있던 영혼들이 약간 아래로 내려오고, 따라서 뾰족한 부분이 완만하게
굽이진 모습으로 바뀐다. 뒤이어 이 글자는 양 날개를 약간 펼쳐 아래로 드리우고 있는 독수리의 형
상을 이룬다.
26 하느님.

오, 아름다운 별이여, 우리의 정의는
그대가 장식하는 하늘의 결과임을
얼마나 많은 보석들이 보여 주었는가!								117

그러므로 나는 그대의 움직임과 덕성이
시작되는 정신[27]께 기도하니, 그대의 빛을
흐리는 연기가 나오는 곳[28]을 보시고,						120

기적들과 순교들로 둘러싸인
성전[29] 안에서 사고파는 것에 대해
이제 다시 한번 분노해 주시기를.							123

오, 내가 관조하는 하늘의 군대[30]여,
지상에서 사악한 예[31]를 따라 길 잃은
모든 사람들을 위하여 기도해 주소서!						126

예전에는 칼로 싸움을 하였으나, 지금은
경건한 아버지께서 누구에게도 거부하지
않는 빵을 여기저기서 빼앗는구나.[32]						129

27 하느님.
28 로마 교황청을 가리킨다.
29 교회를 가리킨다. 예수가 예루살렘의 성전에서 장사하던 사람들에게 분노한 일화에 대해서
는 「마태오 복음서」 21장 12절 이하, 「요한 복음서」 2장 14절 이하 참조.
30 목성의 하늘에 있는 성스러운 영혼들을 가리킨다.
31 교회의 목자들을 가리킨다.
32 교황이 파문과 성무금지(聖務禁止)를 무기로 하느님의 영혼의 빵을 주지 않는 것을 비난한
다. 일부에서는 당시의 교황 요하네스 22세(재위 1316~1334)가 1317년 칸그란데 델라 스칼라에
게 파문을 내린 것을 암시하는 것으로 보기도 한다.

18: 124~126

오, 내가 관조하는 하늘의 군대여, 지상에서 사악한 예를 따라 길 잃은 모든 사람들을 위하여 기도해 주소서!

하지만 썼다가 바로 지우는 너³³는 네가
망치는 포도밭³⁴을 위해 죽은 베드로와
바울로가 아직 살아 있음을 생각하라.   132

너는 분명히 말하겠지. 「혼자 살기를
원하였고, 또한 춤 때문에 순교로 끌려간
사람³⁵에 대한 나의 열망은 확고하니,   135

나는 고기잡이³⁶나 바울로를 모르노라.」

---

33 프랑스 카오르 출신의 교황 요하네스 22세를 가리킨다. 그는 손쉽게 파문장을 썼다가 돈을
받고 취소하였다고 알려졌으나 사실과 다르다.

34 교회를 가리킨다.(「천국」 12곡 87행 참조)

35 세례자 요한이다. 그는 광야에서 홀로 살았고, 나중에 헤로데 왕에게 붙잡혀 살로메의 춤에
대한 대가로 순교하였다. 하지만 여기에서는 세례자 요한의 모습이 새겨진 피렌체의 금화 피오리노
(「지옥」 30곡 73~74행 참조)를 가리킨다.

36 어부 출신 베드로.

제19곡

거대한 독수리 형상으로 모인 영혼들은 마치 하나의 존재처럼 한목소리로 말한다. 단테는 그리스도를 믿지 않았으나 훌륭한 덕성을 가졌던 사람들도 구원을 받을 수 있는지 질문한다. 독수리는 인간의 지성으로는 하느님의 정의를 헤아릴 수 없다고 대답한다. 그런 다음 여러 나라 군주의 부패와 타락을 일일이 열거하며 비난한다.

함께 어우러진 영혼들이 감미로운
희열 속에서 만드는 아름다운 모습[1]이
날개를 펼친 채 내 앞에 나타났다.   3

각각의 영혼은 안에서 햇살이 아주
눈부시게 불타올라 나의 눈 속에서
다시 반사되는 작은 루비 같았다.   6

지금 내가 이야기하려는 것은 목소리로
말한 적도 없고 잉크로 쓴 적도 없으며,
어떤 상상력도 이해할 수 없는 것이었다.   9

나는 부리[2]가 말하는 것을 듣고 보았는데,
그 목소리는 〈우리〉와 〈우리 것〉 대신
〈나〉와 〈나의 것〉이라고 말하는 것이었다.[3]   12

---

1 독수리의 모습이다.
2 독수리의 부리이다.
3 독수리는 영혼들이 모여 있기 때문에 1인칭 복수로 말해야 할 텐데, 마치 하나의 단일한 존재인 것처럼 1인칭 단수로 말하고 있다.

19: 1~3
함께 어우러진 영혼들이 감미로운 희열 속에서 만드는 아름다운 모습이 날개를 펼친 채 내 앞에 나타났다.

그는 말했다. 「정의롭고 자비로웠기 때문에
나는 어떤 욕망도 바랄 수 없을
영광으로 이곳에서 찬양되고 있노라.   15

그리고 나의 기억을 지상에 남겼는데,
사악한 사람들이 그런 예를 칭찬하면서도
실제로는 전혀 따르지 않고 있구나.」   18

타오르는 숯이 많아도 단 하나의 열기만
느껴지듯, 많은 사랑들이 모인 모습에서
그런 단 하나의 목소리가 흘러나왔다.   21

그래서 곧바로 나는 말했다. 「오, 영원한 희열의
무궁한 꽃들이여, 그대들의 향기는
모두 나에게 단 하나처럼 보이시니,   24

지상에서 어떤 음식도 찾지 못하여
오랫동안 나를 배고프게 했던 커다란
굶주림4을 영감으로 풀어 주십시오.   27

성스러운 정의가 하늘에서 다른 왕국을
거울로 비추시면, 그대들은 베일 없이
그것을 깨닫는 것으로 알고 있습니다.   30

그대들은 내가 얼마나 주의 깊게 듣고자

---

4 커다란 의혹을 가리킨다.

하는지 알고 있으며, 내가 그토록 오래
굶주렸던 의혹이 무엇인지 아십니다.」   33

마치 매가 머리 덮개[5]에서 벗어나
머리를 움직이고 날개를 펼치면서
의지를 드러내고 멋지게 보이듯이,   36

저 위에 있는 자만 부르는 노래와 함께
성스러운 은총의 찬양으로 이루어진
그 표상[6]도 그렇게 하는 것을 보았다.   39

그리고 말했다.「세상의 끝에 컴퍼스를
돌리시고,[7] 그 안에다 보이거나
감추어진 만물을 배치하신 분[8]은   42

우주 전체에 당신의 가치를
새길 수 없으셨으니, 당신의 말씀이
무한하게 넘치지는 않는다.[9]   45

그것은 모든 창조물 중 최고였던 최초의
오만한 자[10]가 빛을 기다리지 않고

5 매사냥을 할 때 매의 머리에 덮개를 씌워 잠자코 있게 하다가 사냥터에서 덮개를 벗겨 날아
오르게 하였다.
6 독수리 형상이다.
7 온 세상, 즉 우주의 경계를 한정했다는 뜻이다.
8 세상을 창조한 하느님이다.
9 모든 창조물 안에 하느님의 말씀이 완벽하게 구현되어 있는 것은 아니라는 뜻이다.
10 원래 천사로 창조되었으나 하느님에게 반역한 지옥의 마왕 루키페르.

설익은 채 떨어진 것에서도 분명하고,   48

그러므로 그보다 못한 모든 자연은
스스로 판단하고 끝이 없는 선을
담기에는 작은 그릇임이 분명하다.   51

그러니까 온갖 사물들을 가득 채우는
거룩한 정신의 빛들 중에서 일부가
되어야 하는 너희들의 시야는,   54

겉으로 보이는 것을 넘어서서
그분의 원리를 분별해 낼 정도로
자신의 본성으로 유능할 수 없다.   57

따라서 너희들의 세상이 받는 시야는
영원한 정의 속을 바라보지만,
눈으로 바다를 바라보는 것과 같으니,   60

물가에서 아무리 바닥을 들여다보아도
깊은 곳을 보지 못하니, 바닥은 있지만
깊음이 그것을 감추기 때문이노라.   63

전혀 동요 없는 잔잔함에서 나오지
않는 것은 빛이 아니라, 어둠이거나
육신의 그림자, 또는 독약이니라.   66

살아 있는 정의가 너에게 감추었던

구석이 이제 활짝 열려 있는데도,
너는 거기에 대해 자주 질문하였다.   69

너는 말했지. 〈그리스도에 대하여 논하는
사람도 없고, 읽거나 쓰는 사람도 없는
인도의 강변에서 한 사람이 태어나는데,   72

그의 모든 의지와 훌륭한 행동은
인간의 이성으로 판단해 볼 때
삶이나 설교에서 아무 죄가 없습니다.   75

그는 세례도 받지 않고 믿음도 없이
죽습니다. 어떤 정의가 그를 처벌합니까?
믿지 않는다고 그의 죄가 어디 있습니까?〉   78

그런데 너는 누구이기에 설교대에 앉아
한 뼘도 안 되는 짧은 시야로 천 리나
멀리 떨어진 곳을 감히 판단하려 하느냐?   81

만약 『성경』이 너희들 위에 있지 않다면,
나와 함께 자세히 따지는 자에게는
놀랍게도 의심할 만한 것이 있으리라.   84

오, 지상의 동물들이여, 조잡한 정신들이여!
스스로 선하신 최초의 의지는 최고의
선인 당신에게서 떠난 적이 없노라.   87

그 의지에 화합하는 것은 정의로우니,
창조된 어떤 선도 그것을 이끌지 못하고,
그 의지가 비추어 선을 낳는 것이다.」   90

마치 황새가 새끼들에게 먹이를
준 다음에 보금자리 위를 맴돌면
받아먹은 새끼는 어미를 바라보듯이   93

나는 똑같이 내 눈썹을 치켜떴고,
그 축복받은 형상은 수많은
의지들[11]에 이끌려 날개를 움직였다.   96

독수리는 맴돌면서 노래하고 말했다.
「나의 노래를 네가 이해하지 못하듯이
너희 인간은 영원한 심판을 깨닫지 못한다.」   99

성령의 그 눈부시게 빛나는 불꽃들은
로마인들이 세상에서 존경받게 만든
형상 속에서 잠시 동안 침묵한 다음   102

다시 말했다.「그리스도께서 십자가에
못 박히시기 이전이나 이후에, 그분을
믿지 않은 자는 이 왕국에 오르지 못했다.   105

하지만 보아라.〈그리스도여, 그리스도여!〉외치는

11 독수리 형상을 이루고 있는 축복받은 영혼들의 의지이다.

많은 사람이 심판 때는 그리스도를 몰랐던
사람보다 그분에게서 더 멀리 있게 될 것이다.   108

그런 그리스도인들을 에티오피아 사람[12]이
처벌할 것이니, 그때는 두 친구가 하나는
영원한 부자로, 하나는 가난뱅이로 나뉘리라.   111

페르시아 사람들[13]이 너희 왕들[14]에게,
그들의 모든 잘못이 적혀 있는 책[15]이
펼쳐진 것을 볼 때 뭐라고 말하겠는가?   114

거기에는 알베르트[16]의 행동들 중에서,
곧이어 펜이 기록하겠지만, 프라하의
왕국을 폐허로 만들 행동이 보일 것이다.   117

거기에는 멧돼지의 타격에 죽을 자[17]가
화폐를 위조함으로써 센강 위에
초래하게 될 고통이 보일 것이다.   120

12   그리스도를 믿지 않는 사람을 일반적으로 가리킨다.
13   에티오피아 사람처럼 그리스도를 믿지 않는 사람들을 가리킨다.
14   그리스도교 나라의 통치자들이다.
15   모든 인간의 잘잘못이 기록되는 책으로, 최후의 심판 때 펼쳐진다고 한다.
16   합스부르크 왕가의 알베르트 1세 황제이다.(「연옥」 6곡 97행 참조) 그는 1304년 보헤미아
왕국을 침략하여 파괴하였다.
17   프랑스의 〈미남왕〉 필리프 4세.(「연옥」 7곡 109행 참조) 그는 1297~1304년에 있었던 플랑
드르와의 전쟁에서 비용을 마련하기 위해 함량 미달의 화폐를 주조하여 화폐 가치를 떨어뜨렸다.
1314년 사냥 중에 타고 있던 말을 멧돼지가 들이받아 말에서 떨어졌고, 그 후 얼마 지나지 않아서
사망하였다.

거기에는 스코틀랜드와 잉글랜드 사람들을
미치게 하여 자기 영토에서만 살 수 없게
만드는 목마른 오만함[18]이 보일 것이다.   123

용기를 몰랐고 또 원하지도 않았던
보헤미아 왕[19]과 스페인 왕[20]의
나약한 생활과 호사스러움이 보이리라.   126

예루살렘의 절름발이[21]에 대해 그의
선행은 I로 기록되는 반면, 그 반대는
M으로 기록된 것이 보이리라.[22]   129

안키세스[23]가 오랜 삶을 마감하였던
불의 섬[24]을 통치하고 있는 자[25]의
탐욕스러움과 비열함이 보일 것인데,   132

그가 얼마나 하찮은지 알리기 위해,
그의 기록은 생략된 글자들로 되어

18 잉글랜드와 스코틀랜드 사이의 전쟁, 말하자면 영토의 야욕에 목마른 것을 의미한다.
19 1278~1305년 보헤미아의 왕이었던 벤체슬라우스 4세를 가리킨다.(「연옥」 7곡 102행
참조)
20 아홉 살의 나이에 카스티야 왕이 된 페르디난도Ferdinando 4세(1285~1312)를 가리킨다.
21 카를로 단조 2세이다.(「천국」 6곡 106행 참조) 일명 〈절름발이〉로 일컬어진 그는 예루살렘
왕의 칭호까지 물려받았다.
22 로마 숫자 표기에서 I는 1에, M은 1000에 해당한다. 따라서 그의 선행은 하나인 반면, 그와
반대되는 악행은 천 가지라는 뜻이다.
23 아이네아스의 아버지이다.(「지옥」 1곡 74행 참조) 아들과 함께 이탈리아반도를 향해 가던
중 시칠리아에서 사망하였다.
24 시칠리아를 뜻하는데, 에트나 화산 때문에 그렇게 부른다.
25 아라곤 왕가의 페데리코 2세이다.(「연옥」 7곡 119행 참조)

좁은 공간에 많이 쓰게 될 것이다.   135

또 아주 고귀한 혈통26과 두 개의 왕관을
부끄럽게 만든 그의 숙부27와 형28의
더러운 행동들이 모두에게 밝혀질 것이다.   138

포르투갈의 왕과 노르웨이의 왕,29
불행하게도 베네치아의 화폐를 보았던
라슈카30의 왕도 거기에서 알려질 것이다.   141

오, 더 이상 악정에 시달리지 않는다면,
행복한 헝가리31여! 오, 둘러싸고 있는
산으로 무장한다면, 행복한 나바라32여!   144

그에 대한 보장으로, 벌써 니코시아와
파마구스타33가 자신들의 짐승 때문에

26 아라곤 왕조를 가리킨다.
27 아라곤의 왕 페드로 3세의 동생이자 페데리코 2세의 숙부로, 1262년 마요르카 왕국의 왕위
를 이어받은 하이메 2세(1248~1312)이다. 뒤이어 말하듯 아라곤의 왕위를 물려받은 하이메 2세와
는 다르다.
28 아라곤의 왕 하이메 2세이다.(「연옥」 7곡 119행 참조) 그는 페드로 3세의 둘째 아들로 시칠
리아의 왕이었다가 1291년 형이 죽은 후 아라곤의 왕이 되었다.
29 1279~1325년 포르투갈의 왕이었던 디니즈Diniz와 1299~1319년 노르웨이의 왕이었던
하콘Haakon 5세를 가리키는데, 단테는 그들에 대해 자세하게는 몰랐던 것 같다.
30 Raška(세르비아어로는 Рашка). 세르비아 왕국의 중심 지역으로 1282~1321년 왕이었던
우로슈Uroš 2세는 베네치아의 순은 화폐를 위조하였다.
31 1301년 헝가리는 프랑스 왕가의 계열인 카를로 마르텔로(「천국」 8곡 31행 참조)의 아들 카
를로 로베르토의 지배하에 들어가게 된다.
32 나바라 왕국(「지옥」 22곡 48행 참조)은 피레네산맥에 둘러싸여 있었는데, 1304년 프랑스
왕국의 일부가 되었다.
33 니코시아Nicosia와 파마구스타Famagusta는 키프로스의 두 도시로, 그 당시 프랑스 계열

고통받고 슬퍼하는데, 그는 다른 짐승들 곁을   147

떠나지 않는다는 것을 모두 알아야 한다.」

의 왕 앙리 2세(〈자신들의 짐승〉)의 폭정에 시달리고 있었다.

제20곡

독수리는 자신의 형상을 이루고 있는 영혼들 중 일부를 가리키며 소개한다. 다윗은 눈동자를 이루고 있으며, 그 주위에는 트라야누스, 히즈키야, 콘스탄티누스, 굴리엘모 2세, 리페우스 등이 자리 잡고 있다. 그리고 독수리는 트라야누스와 리페우스가 어떻게 해서 천국으로 올라오게 되었는지 설명해 준다.

온 세상을 비추는 자[1]가 우리의
반구에서 아래로 내려가고, 또
온 사방의 낮이 스러지게 될 때   3

이전에는 그 혼자만으로 타오르던
하늘이 곧바로 하나의 빛을 반사하는
수많은 빛들로 다시 보이게 되는데,[2]   6

세상과 지도자들의 표시가 축복받은
부리[3] 안에서 침묵하자 하늘의
그런 형상이 내 머릿속에 떠올라,   9

그 모든 살아 있는 빛들[4]이 더욱더
빛나면서, 지금은 내 기억에서 빠져나간
노래들을 부르기 시작하였기 때문이다.   12

1 태양.
2 당시의 관념에서 해가 지면 나타나는 달과 별들은 모두 태양의 빛을 반사하는 것으로 간주되었다.
3 독수리의 부리이다.
4 목성의 영혼들을 가리킨다.

20: 10~12
그 모든 살아 있는 빛들이 더욱더 빛나면서, 지금은 내 기억에서 빠져나간 노래들을 부르기 시작하였기 때문이다.

오, 웃음의 옷을 입은 달콤한 사랑이여,
오로지 성스러운 생각들만 불어넣는
그 피리들 속에서 얼마나 불타올랐던가!   15

내가 본 대로 여섯째 빛[5]을 장식하는
고귀하고 빛나는 보석들이 자신들의
천사 같은 노래를 끝마친 다음에는,   18

산꼭대기 원천의 풍부함을 보여 주며
바위들 사이로 맑게 흘러내리는
시냇물의 속삭임이 들려오는 듯했다.   21

비파의 소리는 목[6] 근처에서 자기
모습을 띠고, 피리 소리는 구멍을
통과하는 바람에서 나오는 것처럼,   24

독수리의 속삭임은 조금도
머뭇거리지 않고 마치 텅 빈 듯한
목구멍을 타고 위로 올라왔다.   27

그리고 그곳에서 소리가 되었으며
부리를 통하여 말이 되어 나왔으니,
기다리던 내 마음이 그것을 기록하였다.   30

그가 말하였다. 「세상의 독수리들이

5 목성.
6 연주자가 손가락으로 현(弦)들을 눌러 음을 조절하는 부분이다.

태양을 바라보고 견뎌 내는 부분7을
이제 나에게서 자세히 보아야 한다.   33

나의 모습을 이루는 불꽃들 중에서
머리 위에 눈이 되어 빛나는 자들은
모든 등급에서 최고이기 때문이다.   36

한가운데에서 눈동자로 빛나는 자는
성령을 노래하였으며, 이 고장에서
저 고장으로 궤를 옮겼던 사람이다.8   39

이제 그는 자기 노래의 업적을 아는데,
그것이 얼마나 자기 재능의 결과인지
거기에 상응하는 보상을 통해 안다.   42

둥글게 눈썹을 이루는 다섯 중에서
나의 부리에 가장 가까이 있는 자는
자식 잃은 과부를 위로했던 자9인데,   45

이제 이 아름다운 삶과 그 반대의 삶10을
체험하였기에 그리스도를 따르지 않음이
얼마나 비싼 대가를 치르는지 알고 있다.   48

7 눈을 가리킨다. 독수리는 태양을 직접 바라볼 수 있다고 믿었다.
8 다윗을 말한다. 그는 성령의 영감을 받아 「시편」을 썼고, 〈약속의 궤〉를 여러 고장을 거쳐 예루살렘까지 옮겼다.
9 로마의 트라야누스 황제다. 자식을 잃은 과부에 대한 그의 겸손한 일화와 교황 그레고리우스 1세가 그를 구원해 준 일화에 대해서는 「연옥」 10곡 73행 이하 참조.
10 천국의 삶과 지옥의 삶을 가리킨다.

내가 지금 말하는 둥근 부분11에서
가장 위쪽에 뒤따라 나오는 자12는
진정한 참회로 죽음을 늦추었는데,   51

지금은 합당한 기도가 지상에서는
오늘의 것을 내일의 것으로 만들지라도
영원한 심판은 변치 않는다는 것을 안다.   54

곁에 있는 자13는, 나쁜 결과를 낳았지만
좋은 의도로, 목자에게 양보하기 위해
나와 법률을 갖고 그리스인이 되었는데,   57

이제 자신의 선행에서 유래한 악이
비록 세상을 황폐하게 만들었지만
자신에게 해롭지 않다는 것을 안다.   60

눈썹의 기울어진 곳에 보이는 자는
굴리엘모14였으니, 살아 있는 카를로와
페데리코15를 원망하는 땅이 애석해한다.   63

---

11 눈썹 부분이다.
12 유대의 왕 히즈키야로, 그는 기도를 통해 자신의 삶을 15년 연장하였다.(「열왕기 하권」
20장 1~6행 참조)
13 로마의 콘스탄티누스 황제다. 그는 로마를 교황에게 양보하기 위해 수도를 그리스의 비잔
티온으로 옮겼으며, 「콘스탄티누스의 증여」(「지옥」 19곡 115~117행 참조)는 좋은 의도에 의한 것
이지만 결과적으로는 교회의 부패로 이어졌다.
14 1166~1189년 시칠리아의 왕이었던 굴리엘모Guglielmo 2세로 그는 정의로운 군주로 백
성들의 사랑을 받았다.
15 당시 나폴리와 시칠리아를 통치하던 〈절름발이〉 카를로 2세와 아라곤의 페데리코 2세.(「천
국」 19곡 127~135행 참조)

이제 그는 하늘이 정의로운 왕을
얼마나 사랑하는지 아는데, 눈부신
자기 모습으로 그것을 보여 주노라.   66

트로이아 사람 리페우스[16]가 이 눈썹의
거룩한 빛들 중에서 다섯째라는 것을
저 아래 오류의 세상에서 누가 믿겠는가?   69

이제 그는 비록 자기 눈으로 바닥을
볼 수 없지만,[17] 세상이 보지 못하는
하느님의 은총을 충분히 알고 있노라.」   72

공중에 솟아오른 종달새가 처음에는
노래하다가, 충만한 마지막 감미로운
가락에 만족하여 침묵하는 것처럼,   75

당신이 원하시는 대로 모든 사물이
이루어지게 하시는 영원한 기쁨이
각인된 형상도 나에게 그렇게 보였다.   78

그런데 마치 유리가 색깔로 물들듯
나는 나의 의혹을 비추고 있었지만,[18]
침묵하며 시간을 기다리지 못하고   81

16 트로이아의 영웅으로 도시가 함락될 때 영웅적으로 싸우다가 죽었다. 베르길리우스는 『아
이네이스』 2권 426~428행에서 그를 칭찬하였다.
17 천사들이나 천국의 영혼들도 하느님의 깊은 뜻을 모두 알지 못한다는 뜻이다.
18 유리가 사물의 색깔을 그대로 비추듯이, 마음속의 의혹이 얼굴에 그대로 드러나 보였다는
뜻이다.

그 무게의 힘에 떠밀린 나의 입이
〈이들은 어찌 된 일입니까?〉 하고 말했고,
그러자 빛들의 커다란 잔치가 보였다.[19]   84

그리고 곧이어 축복받은 표상은
내가 놀란 상태에 있지 않도록
더욱 불타는 눈으로 나에게 대답하였다.   87

「보아하니 내가 말하기 때문에 너는
그것을 믿지만, 어떻게 그런지 모르니까[20]
비록 믿더라도 그것은 감추어져 있구나.   90

너는 마치 사물을 이름으로는 잘 알지만,
만약 다른 사람이 설명해 주지 않으면
그 본질을 보지 못하는 사람과 같다.   93

하늘의 왕국은 뜨거운 사랑과 생생한
희망에 의하여 폭행을 당하는데,[21]
그것들은 하느님의 의지를 이긴다.   96

하지만 사람이 사람을 이기는 것과 달리,
하느님의 의지는 지기를 원하고, 지면서

---

19 단테의 궁금증을 풀어 줄 수 있다는 기쁨에 영혼들이 더욱 눈부시게 빛났다는 뜻이다.
20 트라야누스 황제와 리페우스의 구원이 어떻게 이루어졌는지 모른다는 뜻이다.
21 인간의 뜨거운 사랑과 희망이 천국을 감화시킨다는 것을 역설적으로 표현하고 있다. 〈세례
자 요한 때부터 지금까지 하늘 나라는 폭행을 당하고 있다. 폭력을 쓰는 자들이 하늘 나라를 빼앗으
려고 한다.〉(「마태오 복음서」11장 12절)

자비로 이기기 때문에 이기는 것이다.22   99

천사들이 장식하고 있는 곳23에
눈썹의 첫째와 다섯째 영혼24이
있는 것을 보고 너는 놀라는구나.   102

그들은 네가 믿듯이 이교도가 아니라
그리스도인으로 죽었으니, 수난당하실 발과
수난당하신 발25을 확고하게 믿었단다.   105

하나26는 절대 좋은 의지로 돌아가지
못하는 지옥에서 다시 살아났으니,27
그것은 생생한 희망의 보상이었다.   108

그 생생한 희망을 그를 부활시키도록
하느님께 했던 기도에 힘을 불어넣었기에
그분의 의지가 움직일 수 있었노라.   111

내가 말하는 영혼은 잠시 육신으로
되돌아와서 그 안에 머물렀는데
자신을 도와줄 수 있는 분을 믿었고,   114

22 하느님의 절대적 의지와는 달리(「천국」 4곡 109~111행 참조) 상대적 의지는 인간의 열렬
한 사랑과 희망을 자비로 받아들인다는 뜻이다.
23 천국을 가리킨다.
24 앞에서 말한 트라야누스 황제와 리페우스의 영혼이다.
25 십자가에 못 박힌 발로 여기서는 그리스도를 가리키는데, 리페우스는 앞으로 수난당할 그
리스도를 믿었고, 트라야누스 황제는 이미 수난당한 그리스도를 믿었다는 뜻이다.
26 트라야누스 황제.
27 원문에는 〈뼈로 돌아갔으니〉로 되어 있다.

믿으면서 진정한 사랑의 불로
불타올랐으니, 두 번째 죽음은
이 행복으로 올라올 가치가 있었다.   117

다른 영혼[28]은 창조물들이 절대로
그 최초의 물결을 볼 수 없을 정도로
심오한 샘에서 솟아나는 은총으로,   120

지상에서 자신의 모든 사랑을 정의에
바쳤기에, 또 다른 은총으로 하느님께서
미래의 구원으로 그의 눈을 열어 주셨지.   123

그리하여 그는 구원을 믿었으며
더 이상 이교의 악취를 참지 못하고,
오류에 빠진 사람들을 꾸짖었단다.   126

네가 오른쪽 바퀴에서 보았던
세 여인[29]이 세례가 있기 천 년 전에
그에서 세례의 역할을 하였노라.   129

오, 예정(豫定)이여, 그대의 뿌리는
최초 원인을 보지 못하는 눈들에서
얼마나 멀리 떨어져 있는가!   132

28 리페우스
29 지상 천국의 신비로운 행렬에서(「연옥」 29곡 121~129행) 수레의 오른쪽 바퀴 곁에 있던
세 여인으로, 향주삼덕인 믿음, 희망, 사랑을 상징한다.

그리고 너희 인간들이여, 판단하는 데
신중해라. 하느님을 뵙고 있는 우리도
선택받은 자들을 모두 알지 못하노라.   135

그런 한계는 우리에게 감미로우니
우리의 행복은 그 선 안에서 완성되어
하느님께서 원하시는 것을 우리도 원한다.」   138

그렇게 그 거룩한 형상으로부터
나의 짧은 시야를 밝혀 주기 위해
달콤한 약이 나에게 주어졌다.   141

훌륭한 소리꾼에게 훌륭한 연주자가
현들의 떨림을 뒤따르게 하여
노래가 한결 듣기 좋게 되듯이,   144

나의 기억으로는, 독수리가 그렇게
말하는 동안, 축복받은 그 두 빛은
마치 눈을 깜박이듯 독수리의 말에   147

화합하여 불꽃들을 반짝거렸다.

제21곡

단테와 베아트리체는 일곱째 하늘인 토성의 하늘로 올라간다. 그곳에서 최고의 하늘까지 이어진 끝없이 높은 계단 위로 관조의 삶을 살았던 영혼들이 오르내리고 있다. 그중에서 성 다미아니의 영혼이 하느님의 심오한 뜻에 대해 이야기한 다음, 성직자들의 타락에 대해 한탄한다. 그의 말이 끝나자 커다란 함성이 들려온다.

나의 눈은 이미 내 여인의 얼굴에
고정되어 있었고, 눈과 함께 내 마음도
다른 모든 것에서 벗어나 있었다.   3

하지만 그녀는 웃지 않고 말을 꺼냈다.
「만약 내가 웃는다면, 그대는 재가
된 세멜레[1]처럼 되어 버릴 것이오.   6

그대가 보았듯이, 나의 아름다움은
영원한 궁전의 계단들[2]을 거쳐
위로 올라갈수록 더욱더 불타오르고   9

눈부시게 되어, 만약 절제되지 않으면,
그 찬란함에 그대 인간의 능력은
번개에 부서지는 나뭇가지처럼 되리다.   12

---

1 고전 신화에 나오는 세멜레는 유노의 꼬임에 빠져 유피테르의 원래 모습을 보는 순간 너무 강렬한 빛에 타서 죽어 버렸다.(「지옥」30곡 1행 참조)
2 천국의 하늘들이다.

21: 1~3

나의 눈은 이미 내 여인의 얼굴에 고정되어 있었고, 눈과 함께 내 마음도 다른 모든 것에서 벗어나 있었다.

우리는 지금 일곱째 광휘[3]에 올라왔으니,
그 빛은 불타는 사자[4]의 가슴 밑에서
지금 저 아래 세계를 비추고 있지요.   15

온 마음을 그대의 눈 속에 고정하여,
이 거울[5]에서 그대에게 보이는 모습이
그대 눈[6] 속에 그대로 비추게 하시오.」   18

내가 다른 것으로 주의를 돌렸을 때
축복받은 그녀의 모습에서 내 얼굴이
얼마나 흡족함을 얻었는지 아는 사람은,   21

그 천상의 안내자에게 복종하는 것이
나에게 얼마나 기쁜 일이었는지
그 두 가지[7]를 비교해 보면 알리다.   24

그의 지배하에 온갖 사악함이 죽었던
사랑받는 지도자의 이름을 간직하고
세상 주위를 도는 수정(水晶)[8] 속에서,   27

나는 눈부시게 빛나는 황금 빛깔의

---

3 일곱째 하늘인 토성의 하늘이다.
4 지금 토성은 사자자리에 있다.
5 토성.
6 원문에는 〈거울들〉로 되어 있다.
7 베아트리체의 얼굴을 관조하는 기쁨과 그녀의 말에 순종하는 기쁨이다.
8 토성을 가리킨다. 토성의 이름이 된 사투르누스는 전설적인 황금시대에 크레테섬을 통치하
였다.(「지옥」 14곡 96행 참조)

층계9가 위로 솟아 있는 것을 보았는데,
나의 눈이 끝까지 닿지 않을 정도였다.   30

또한 계단들을 따라 수많은 광채들이
내려오는 것을 보았는데, 하늘에 보이는
모든 빛이 거기에 모여 있는 것 같았다.   33

마치 날이 샐 무렵 갈까마귀들이
한데 모여서 자연스러운 습관으로
차가운 깃털들을 녹이려고 움직이다가,   36

어떤 놈은 날아가 돌아오지 않고
어떤 놈은 떠났던 자리로 되돌아오고
다른 놈은 허공을 맴돌며 남아 있듯이,   39

한꺼번에 내려왔던 그 불꽃들도
어느 계단에 이르러 서로 부딪치자
그와 똑같이 움직이는 것처럼 보였다.   42

그리고 우리에게 가장 가까이 멈춘
빛10이 밝아졌기에 나는 속으로 말했다.
⟨그대가 나에게 알리는 사랑을 알겠습니다.⟩   45

9   야곱이 꿈에 보니 ⟨땅에 층계가 세워져 있고 그 꼭대기는 하늘에 닿아 있는데, 하느님의 천사
들이 그 층계를 오르내리고 있었다⟩.(『창세기』 28장 12절)
10   121행에서 이름이 나오는 피에트로 다미아니Pietro Damiani(1007~1072). 라벤나 출신
성직자로 카트리아산 중턱의 베네딕투스 수도원에서 수도 생활을 시작하여 수도원장이 되었고
1057년 추기경이 되었다.

21 : 31 ~ 33
계단들을 따라 수많은 광채들이 내려오는 것을 보았는데, 하늘에 보이는 모든 빛이 거기에 모여 있는 것 같았다.

그런데 내가 말하고 침묵할 때와 방법을
기대하는 여인[11]이 가만있기에 욕망과
달리 묻지 않는 것이 좋다고 생각했다.   48

그러자 모든 것을 보시는 분[12]을
봄으로써 나의 침묵을 본 그녀가
말했다. 「그대의 뜨거운 욕망을 풀어요.」   51

그래서 나는 말했다. 「나의 공덕은
그대의 대답을 들을 만하지 않지만,
나의 질문을 허용하는 여인을 보아,   54

그대의 기쁨 안에 감추어져 있는
축복받은 영혼이여, 이토록 나에게
가까이 있는 이유를 말해 주십시오.   57

또 저 아래 다른 하늘들에서 경건하게
울리던 천국의 감미로운 교향곡이 왜
이 하늘에서는 침묵하는지 말해 주오.」   60

그는 대답했다. 「그대는 인간의 시각과
청각을 갖고 있기 때문에, 베아트리체가
웃지 않듯이 여기서는 노래하지 않지요.[13]   63

11   베아트리체. 단테는 그녀가 원하는 대로 말을 하거나 침묵한다.
12   하느님.
13   베아트리체가 단테의 눈이 멀지 않도록 웃지 않은 것처럼, 귀가 먹지 않도록 일부러 노래하
지 않는다는 뜻이다.

나는 내가 입고 있는 빛과 말로
단지 그대를 환대하기 위하여
이 성스러운 계단들을 내려왔을 뿐   66

더 큰 사랑에 더 서두른 것은 아니니,
불꽃이 그대에게 보여 주듯이, 저 위에는
훨씬 크고 강한 사랑이 불타고 있다오.   69

하지만 세상을 다스리는 지혜에 우리가
봉사하게 만드시는 높은 자비는 그대가
보다시피 우리를 여기 배치하시지요.」   72

나는 말했다. 「성스러운 등불이여, 이 궁전에서는
자유로운 사랑만으로 영원한 섭리를
따르기에 충분하다는 것을 잘 압니다.   75

하지만 내가 이해하기 어려운 것은
무엇 때문에 그대의 동료들 중에서
그대만 이 임무에 예정되었습니까?」   78

내가 마지막 말을 끝마치기도 전에
그 빛은 자신의 한가운데를 중심으로
재빠른 맷돌처럼 스스로 회전하였고,   81

그 안에 있던 사랑이 대답하였다.
「하느님의 빛은 내 위에 비추시어
내가 들어 있는 이 빛을 꿰뚫으시고,   84

그 힘은 나의 시야[14]와 합쳐
나를 위로 들어 올리시니, 그 빛이
유래한 최고의 본질을 나는 봅니다.   87

나는 거기에서 나오는 기쁨으로
빛나게 되니, 내 시야[15]가 밝은 만큼
내 불꽃의 밝기가 비례하기 때문이오.   90

그러나 하늘에서 가장 빛나는 영혼도,
하느님을 직접 응시하는 세라핌 천사도
그대의 질문에는 대답하지 못합니다.   93

그대가 묻는 것은 영원한 율법의
심연 속으로 너무 깊이 들어가서 모든
창조물의 시야를 벗어나기 때문이오.   96

그러니 그대가 인간 세계로 돌아가면
그것을 알려 주어, 감히 그런 목표에
발을 들여놓지 못하도록 하시오.   99

여기에서 빛나는 마음도 땅에서는 연기를
내니,[16] 하늘에서도 못 하는 것을 어떻게
저 아래에서 할 수 있을지 보시오.」   102

14 자연적인 지성적 능력이다.
15 하느님을 직관할 수 있는 능력이다.
16 인간의 지성은 하늘에서는 은총으로 빛나지만, 지상에서는 오류로 흐려진다.

그렇게 그의 말이 제한하였기에
나는 의문을 포기하였고, 겸손하게
물러나 그가 누구인지 질문하였다.   105

「그대 고향에서 멀지 않은 이탈리아의
두 해안[17] 사이에 천둥소리가 아래에서
들릴 정도로 높은 바위들이 솟아   108

카트리아[18]라 부르는 산을 이루는데,
그 아래에 오직 예배만을 위해 마련된
수도원이 하나 축성되어 있답니다.」   111

그렇게 그는 세 번째 말을 시작하였고
계속해서 말했다. 「그곳에서 나는
하느님 섬기는 일에 확고하였으니,   114

올리브기름만으로 양념된 음식으로도
추위와 더위를 가볍게 견디어 냈고,
명상적인 생각들에 만족하였지요.   117

그 수도원은 이 하늘들을 풍요롭게
해주곤 하였는데,[19] 이제는 황량하니
곧이어 분명히 드러나야 할 것이오.[20]   120

17 동쪽의 아드리아 해안과 서쪽의 티레니아 해안을 가리킨다.
18 Catria. 구비오 북동쪽 아펜니노산맥에 있는 해발 1701미터의 높은 산으로 피렌체에서 직
선거리로 약 120킬로미터 떨어져 있다.
19 그곳에서 수도한 많은 사람이 천국에 올라갔다는 뜻이다.
20 이 구절이 구체적으로 무엇을 암시하는지 분명하지 않다.

그곳에서 나는 피에트로 다미아니였고,
아드리아 해변에 있는 성모 마리아의
집에서는 죄인 피에트로였답니다.21   123

인간으로서의 삶이 얼마 남지 않았을 때
나에게 요구하여 지금 갈수록 나쁜 것으로
바뀌고 있는 그 모자22를 쓰게 되었지요.   126

케파23도, 성령의 커다란 그릇24도
어느 집25에서나 주는 음식을 먹으며
야윈 모습에 맨발로 왔었습니다.   129

그런데 요즈음의 목자들은 너무나도
무거워, 이쪽저쪽에서 떠받쳐 주고
앞에서 끌고 뒤에서 들어 주기 원하지요.   132

그들의 외투 자락은 타는 말도 뒤덮어

21 논란이 많은 구절이다. 단테 시대에 널리 퍼진 오류에 의하면 성 다미아니는, 〈죄인 피에트
로〉라는 뜻의 라틴어 이름 Petrus Peccator로 알려진 피에트로 델리 오네스티Pietro degli Onesti
(1040~1119)와 동일시되었는데, 그는 성 다미아니가 죽은 뒤인 1096년에 아드리아해 바닷가에 성
모 마리아(원문에는 〈우리의 여인Donna Nostra〉으로 되어 있다) 수도원을 세웠다. 일부에서는 단
테가 그런 오류를 그대로 반복하는 것으로 해석하고, 반면 일부에서는 오류는 바로잡는 것으로 해
석한다.
22 추기경의 모자를 가리킨다. 다미아니는 마지못해 추기경 직책을 수락하였다. 그런데 추기
경의 상징인 모자는 다미아니의 시대에 없었으며, 1254년 교황 인노켄티우스 4세에 의해 제도화되
었다.
23 〈바위〉라는 뜻의 아람어로 베드로를 가리키는데, 예수가 그렇게 불렀다고 한다.(「요한 복음
서」 1장 42절 참조)
24 〈선택받은 그릇〉 바오로.(「지옥」 2곡 28행 참조)
25 원문에는 ostello, 즉 〈여관〉, 〈주막〉으로 되어 있다.(「루카 복음서」 10장 5~8절, 「코린토 신
자들에게 보내는 첫째 서간」 10장 27절 참조)

하나의 거죽 아래 두 마리 짐승이 가니,
오, 그토록 참아야 하는 인내시여!」26   135

그 목소리에 수많은 불꽃들이 계단을
내려와 맴도는 것을 보았는데,
돌 때마다 더욱 아름다워졌다.   138

불꽃들은 그 빛 주위로 와서 머물며
여기에서는27 비슷하게 낼 수도 없는
아주 커다란 함성 소리를 냈는데, 내가   141

이해할 수 없게 천둥처럼 나를 압도하였다.

26   하느님의 인내를 뜻한다.
27   지상 세계에서.

제22곡

베아트리체가 함성의 원인에 대해 설명해 준다. 성 베네딕투스의 영혼이 다가와 관조의 영혼들을 소개한다. 그리고 처음에는 훌륭한 뜻으로 시작되었던 수도원의 타락에 대하여 한탄한다. 단테와 베아트리체는 여덟째 하늘인 붙박이별들의 하늘로 올라가고, 발아래에 일곱 행성과 함께 있는 조그맣고 보잘것없는 지구를 내려다본다.

나는 놀라움에 압도되어 내 길잡이에게
몸을 돌렸는데, 마치 어린아이가 가장
믿을 만한 곳으로[1] 달려가는 것 같았다.   3

그러자 그녀는 창백하게 헐떡이는
자식에게 곧바로 달려가 부드러운
목소리로 달래 주는 것처럼 나에게   6

말했다. 「그대는 천국에 있음을 모르나요?
천국은 아주 성스럽고 모든 것이 훌륭한
열망에서 나온다는 것을 모르나요?   9

그대가 함성 소리에 그렇게 놀랐으니,
노래와 나의 웃음이 그대를 어떻게
만들지 이제 생각해 볼 수 있으리오.   12

함성 속의 기도를 이해하였다면,

---

1 어머니에게.

그대가 죽기 전에 보게 될 복수를
이제 그대는 분명히 잘 알 것이오.   15

이 위의 칼은 성급하거나 더디게 자르지
않는데, 다만 원하거나 두려워하며
기다리는 자에게는 그렇게 보이지요.   18

그러니 이제 다른 것으로 눈을 돌려요.
내 말대로 그대의 시선을 돌리면
아주 탁월한 영혼들을 보게 되리다.」   21

그녀가 바라는 대로 눈을 돌려
나는 백여 개의 둥근 빛들을 보았는데,
모두 서로의 빛살로 더욱 아름다워졌다.   24

나는 욕망2의 끄트머리를 속으로
억누르면서, 혹시 지나치지 않을까
질문하기 망설이는 사람처럼 서 있었다.   27

그런데 그 진주들 중에서 가장 크고
빛나는 진주3가 나의 욕망을
채워 주기 위하여 앞으로 나섰다.   30

---

2 질문하고 싶은 욕망.
3 성 베네딕투스Benedictus(480~547)를 가리킨다. 그는 움브리아 지방의 노르치아 출신으로 14살에 은수 수도자가 되었다. 그의 명성을 듣고 찾아온 수도자들을 중심으로 수도원을 세웠으나, 시기와 질투 때문에 그를 살해하려는 시도와 모함도 있었다. 523년 이탈리아 남부의 몬테 카시노Monte Cassino, 즉 카시노산에서 이교도 신전을 무너뜨린 곳에 수도원을 세우고 복음을 전파하였다.

그리고 그 안에서 들려왔다. 「나처럼
우리 사이에서 불타는 자비를 보았다면,
그대의 생각들은 표현되었을 것이오.   33

하지만 그대가 기다리느라 높은 목표에
늦게 도달하지 않도록, 그대가 너무
망설이는 생각에 내가 대답해 주리다.   36

기슭에 카시노4가 있는 그 산의
꼭대기는 예전에 사악한 성향에다
현혹된 사람들5이 찾는 곳이었는데,   39

우리를 이처럼 숭고하게 만드는 진리를
땅에 가져오신 그분의 이름을 그곳에
맨 처음 모신 사람이 바로 나랍니다.   42

커다란 은총이 내 위에 비쳤기에 나는
세상을 유혹했던 불경한 경배에서
주변에 있는 도시들을 구해 냈답니다.   45

여기 다른 모든 관조의 빛들은
거룩한 꽃과 열매를 낳는 뜨거운
열정에 불붙었던 사람들이었지요.   48

여기 마카리우스,6 여기 로무알두스7가

4 Cassino. 로마 동남쪽으로 100여 킬로미터 떨어진 도시이다.
5 올바른 믿음을 갖지 못하고 오류에 빠진 이교도들을 가리킨다.

있고, 수도원 안에 확고하게 발을 딛고
굳은 마음을 지킨 내 형제들이 있지요.」   51

나는 말했다. 「그대가 나와 말하면서
보여 주는 애정과, 내가 그대의 모든
열정 속에서 주목하는 훌륭한 모습은   54

나의 신뢰감을 활짝 열어 주었으니,
마치 태양 덕택에 장미꽃이 필 때
그 모든 역량을 드러내는 것 같습니다.   57

그래서 부탁하오니, 아버지 같은 그대는
내가 그대의 드러난 모습[8]을 볼 만한
은총을 얻을 수 있는지 알려 주십시오.」   60

그러자 그는 말했다. 「형제여, 그대의 높은 소원은
나와 다른 모든 사람의 소원이 이루어지는
저 위의 마지막 하늘[9]에서 채워질 것이오.   63

그곳에서는 모든 소원이 완벽하고
성숙하고 온전하니, 오로지 그곳에서만
모든 부분이 언제나 있던 곳에 있습니다.   66

6 Macarius. 동방에서 수도 생활 운동을 확산시킨 알렉산드리아 출신의 마카리우스(?~404),
또는 리비아 사막에서 은수 생활을 했던 다른 마카리우스(?~391)로 보기도 한다.
7 Romualdus(?~1027). 라벤나 출신으로 카말돌리Camaldoli 수도원의 창설자이다.
8 빛 속에 감추어지지 않은 인간의 모습을 가리킨다.
9 최고의 하늘 엠피레오를 가리킨다.

그곳은 공간 속에 있지 않고 축도 없으며,[10]
또한 우리의 층계는 그곳까지 닿기 때문에
그곳은 그대의 시야에서 사라지는 것이오.   69

층계의 가장 꼭대기가 그곳까지
닿는 것을 족장 야곱이 보았을 때
천사들이 가득한 모습으로 보였지요.   72

하지만 지금은 그 층계를 오르려고
누구도 땅에서 발을 떼지 않으니, 나의
규칙[11]은 종이 쓰레기로 남아 있지요.   75

수도원을 둘러싸고 있던 벽들은
악의 소굴이 되었고, 수도자들의 옷은
썩은 밀가루로 가득한 자루가 되었소.   78

하지만 무거운 고리 돈놀이[12]도
수도자들의 마음을 미치게 만드는
열매만큼 하느님의 뜻을 거역하지 않으니,[13]   81

교회가 소유하는 것은 무엇이든 모두
하느님의 이름으로 구하는 사람들의 것이지,

10 엠피레오는 온 세상이 담겨 있는 곳이기 때문에 공간의 장소가 아니며, 따라서 다른 하늘처럼 하나의 축을 중심으로 회전하지도 않는다.
11 베네딕투스회 수도 규칙을 가리킨다.
12 고리 돈놀이는 하느님의 뜻을 거역하는 것으로서 큰 죄로 간주되었다.(「지옥」11곡 95~96행 참조)
13 성직자들의 탐욕이 무거운 이자를 받는 돈놀이보다 더 나쁘다는 뜻이다.

친척이나 나쁜 사람의 것이 아니기 때문이오.   84

인간의 육신은 너무나 약한 것이기에
지상에서는 시작이 좋아도 참나무가 싹터서
도토리를 맺을 때까지 지속되지 못하지요.[14]   87

베드로는 황금도 은도 없이 시작했고,
나는 기도하고 금식하면서 시작했으며,
프란치스코는 겸손으로 수도원을 시작했지요.   90

만약 각자의 시작을 살펴본 다음
그것이 흘러간 곳을 잘 살펴본다면,
그대는 흰색이 검어진 것을 볼 것이오.   93

하느님께서 원하셨을 때, 요르단강이
거꾸로 흐르고 홍해가 갈라진 것은,
여기서 도움을 보는 것보다 놀라웠지요.」[15]   96

그렇게 말한 다음 그는 자기 동료들과
합류하였는데, 그들은 모두 모여들더니
회오리바람처럼 돌면서 위로 올라갔다.   99

감미로운 여인은 나에게 눈짓 하나로

14 인간의 연약한 본성으로 인해, 지상에서는 아무리 좋은 제도라도 오래 지속되지 못하고 결국 타락하게 된다는 뜻이다.
15 요르단강의 기적(「여호수아기」 3장 14~47행)이나 홍해의 기적(「탈출기」 14장 21~29행)보다 성직자들의 타락을 뿌리 뽑기 더 어렵다는 뜻이다.

그들을 뒤따라 층계로 오르게 했으며,
그녀의 힘은 내 능력을 넘어서게 했으니,   102

자연의 법칙대로 올라가고 내려가는
이곳 지상에는 나의 날개[16]와 비교할
정도로 빠른 움직임은 전혀 없었다.   105

오, 독자여, 내가 그곳에 가기 위해
자주 죄를 뉘우치고 가슴을 치는
그 경건한 승리[17]로 돌아갈 수 있다면…….   108

불 속에 손가락을 넣었다 꺼내는 것보다
빨리, 나는 황소자리 뒤의 별자리[18]를
보는 순간 이미 그 안에 들어가 있었다.   111

오, 영광스러운 별들이여, 위대한 힘으로
충만한 빛이여, 나의 재능은 무엇이든
모두 그대들에게서 나온 것이니,   114

내가 처음 토스카나의 공기를 느꼈을 때,[19]
죽어 갈 모든 생명의 아버지인 태양이
그대들과 함께 떠오르고 또 기울었으며,   117

16 단테가 위로 날아오르는 속도를 가리킨다.
17 천국.
18 쌍둥이자리로 단테가 태어났을 때의 별자리이다.
19 토스카나의 피렌체에서 태어났을 때.

그대들을 움직이는 높은 하늘[20]에
들어갈 은총이 나에게 베풀어졌을 때
그대들의 구역이 나에게 할당되었소.   120

지금 나의 영혼은 그대들에게 경건하게
기원하니, 내 영혼을 끌어당기는 험한
길을 넘어설 힘을 얻기 위해서입니다.   123

베아트리체가 말을 꺼냈다. 「그대는
마지막 구원[21]에 가까이 있으니,
맑고 날카로운 눈을 가져야 합니다.   126

그러므로 그 안에 들어가기 전에
저 아래를 바라보고, 이제 그대의
발아래 어떤 세상이 있는지 보세요.   129

그리하여 이 둥근 창공[22]을 거쳐 기쁜
마음으로 오는 승리의 무리[23]에게 그대
마음이 최대한 즐겁게 보이도록 해요.」   132

나는 일곱 개의 천구를 모두 눈으로
돌아보았고, 이 지구를 보았는데 그
초라한 모습에 웃음이 나올 정도였다.   135

20 붙박이별들의 하늘을 가리킨다.
21 하느님.
22 원문에는 *etere*, 즉 〈에테르〉로 되어 있는데, 엄밀하게 말하면 지구의 대기권 너머 우주 공
간에 있는 아주 순수한 물질을 가리킨다.
23 뒤이어 제23곡에 나오듯이, 그리스도와 사도들이다.

그래서 나는 지구를 하찮게 생각하는
견해에 최대한 찬성하는데, 다른 것을
생각하는 자는 정말 훌륭하다고 할 수 있다.   138

나는 레토의 딸²⁴을 보았는데, 전에는
희박하고 빽빽하기 때문이라고 믿었던
그런 그림자²⁵가 없이 빛나고 있었다.   141

히페리온이여, 그대 아들²⁶의 모습을
거기서 보았고, 마이아와 디오네²⁷가
그 가까이 돌고 있는 것을 보았다.   144

또한 유피테르²⁸가 자기 아버지와 아들
사이에서 조절하는 것을 보았고, 그렇게
나는 행성들의 움직임을 분명히 보았다.   147

그리고 일곱 개 모두 얼마나 큰지,
얼마나 빠른지, 또 얼마나 멀리
떨어져 있는지 분명하게 드러났다.   150

영원한 쌍둥이자리와 함께 회전하는 나에게,

24 디아나, 즉 달을 가리킨다.
25 달의 반점으로 단테는 달의 물질이 희박하거나 빽빽하기 때문에 얼룩져 보인다고 생각하였
다.(「천국」2곡 59~60행 참조)
26 태양을 가리킨다. 태양신 헬리오스는 티탄 히페리온의 아들이다.
27 금성과 수성. 마이아는 베누스의 어머니이고, 디오네는 메르쿠리우스의 어머니.
28 목성을 가리킨다. 유피테르의 아버지는 사투르누스, 즉 토성이고, 아들은 마르스, 즉 화성이
다. 단테는 목성이 토성의 차가움과 화성의 뜨거움 사이에서 온도를 조절하는 것으로 보았다.(「향
연」2권 13장 25절 참조)

우리를 무척 난폭하게 만드는 꽃밭[29]은
언덕에서 강어귀까지 샅샅이 드러나 보였다.   153

그리고 나는 아름다운 눈[30]을 바라보았다.

29   지구를 가리킨다.
30   베아트리체의 눈이다.

제23곡

붙박이별들의 하늘에서 단테는 그리스도가 내려오는 것을 본다. 뒤이어 아름다운 장미 같은 성모 마리아와, 백합꽃 같은 그리스도의 사도들이 나타난다. 하지만 단테는 눈부시게 찬란한 그리스도의 빛을 직접 바라볼 수가 없다. 그리스도는 위로 올라가고, 가브리엘 천사가 성모 마리아 주위를 돌며 노래한다. 그리고 모두들 아름다운 목소리로 「하늘의 여왕」을 합창한다.

모든 사물을 숨겨 버리는 밤이 되면,
사랑하는 나뭇가지들 사이에서 귀여운
자기 새끼들의 보금자리에 앉았던 새는   3

사랑하는 새끼들을 보기 위해, 또
그들에게 먹일 먹이를 찾기 위해
힘겨운 노동마저 자신에게 달가워   6

때 이르게[1] 탁 트인 가지 위에서
열렬한 애정으로 태양을 기다리며
새벽이 밝아 오기를 뚫어지게 바라보듯이,   9

나의 여인도 똑바로 서서 태양이 가장
덜 서두르는 것처럼 보이는 쪽[2]을 향해
주의 깊게 바라보고 있었으니,   12

열망하고 몰입해 있는 그녀를 바라보며

---

1   아직 해가 떠오르지 않은 이른 새벽에.
2   남쪽. 정오 무렵 태양이 자오선 근처를 지날 때에는 느리게 움직이는 것처럼 보인다.

나는 무엇인가를 원하면서 갈망하고, 또
바라면서 만족해하는 사람처럼 되었다.   15

그러나 내가 기다린 순간과, 하늘이
더욱더 빛나는 것을 본 순간 사이에는
아주 짧은 시간이 흘렀을 뿐인데,   18

베아트리체가 말했다. 「저기, 개선하는
그리스도의 무리와, 이 천구들의 회전에서
거두어들인 온갖 결실³을 보아요!」   21

그녀의 얼굴은 온통 불타올랐고, 그녀의
눈은 기쁨으로 충만해 보였으니, 말로
설명하지 않고 넘어가는 것이 좋으리.   24

청명한 보름달 밤에 구석구석
하늘을 물들이는 영원한 님페들⁴
사이에서 트리비아⁵가 환하게 웃듯이,   27

나는 무수한 등불들 위로, 우리의
태양이 하늘의 눈들⁶을 불붙이듯이,

---

3 천구들의 회전이 지상의 생명체들에게 주는 영향들의 결과를 가리킨다. 단테는 그리스도와
사도들이 내려오는 것을 로마 시대의 개선 행렬에 비유하고 있는데, 개선 행렬에서는 적에게서 노
획한 전리품들을 실은 수레가 맨 앞에 섰다.
4 별들을 가리킨다.
5 달의 여신 디아나의 다른 이름이다.
6 별들을 가리킨다. 즉 지구에서 볼 때 태양이 별들을 빛나게 하듯이.

모든 것을 불붙이는 태양[7]을 보았다.   30

그런데 빛나는 실체가 너무나도 밝게
생생한 빛을 나의 얼굴에 비추었고
나는 그 빛을 감당할 수 없었다.   33

오, 베아트리체, 부드럽고 사랑스러운 안내자!
그녀가 말했다. 「그대를 압도하는 것은
그 어떤 것도 막을 수 없는 힘이라오.   36

너무나도 오랫동안 열망했던 대로
하늘과 땅 사이에 길을 열어 주신
지혜와 능력이 바로 저기 계신다오.」   39

마치 번갯불[8]이 구름 속에 담겨 있지
못할 정도로 팽창하여 밖으로 터져서
자기 본성대로 땅에 떨어지는 것처럼,   42

나의 정신은 그 잔치 음식 사이에서[9]
더욱더 커져 자기 밖으로 나갔으니,
어떻게 되었는지 기억하지 못한다.[10]   45

「눈을 뜨고 내가 어떤 모습인지 보아요.

7 그리스도.
8 중세의 관념에서는 구름 속의 뜨겁고 건조한 증기가 팽창하여 더 이상 구름 안에 머물지 못
하고 지상으로 떨어지는 것이 번개라고 믿었다.
9 풍요로운 정신적 음식들의 향연에 비유하고 있다.
10 황홀경에 정신을 잃어 기억하지 못한다는 뜻이다.

그대는 본 것들[11] 덕택에 내 미소를
견뎌 낼 수 있을 정도로 강해졌습니다.」   48

나는 마치 잊어버린 환상에서 제정신으로
돌아와, 그 환상을 다시 기억하려고
헛되이 애쓰는 사람과 똑같았는데,   51

그때 그러한 충고를 들었으니,
지난 일을 기록하는 책에서 절대
지워지지 않도록 감사할 만하였다.   54

폴리힘니아[12]가 자매들과 함께
자신들의 달콤한 젖으로 살찌웠던
모든 혀[13]들이 지금 나를 돕기 위해   57

소리를 내고 그녀의 성스러운 미소와
성스러운 모습에 빛나는 것을 노래해도
진실의 천 분의 일에도 미치지 못하리라.   60

그러므로 이 거룩한 시[14]는 천국을
묘사하면서, 마치 끊어진 길과 마주친
사람처럼 건너뛰어야 할 것이다.   63

11 특히 그리스도의 〈빛나는 실체〉를 보았다는 지적이다.
12 아홉 무사 여신들 중 하나로 찬가와 춤을 관장한다.
13 시인들의 혀.
14 단테는 자신의 이 작품을 가리켜 〈희극comedia〉이라 불렀는데(「지옥」 16곡 128행, 21곡
2행) 여기에서는 〈거룩한 시〉라고 부른다. 이 표현은 「천국」 25곡 3행에서도 반복된다.

그러나 무거운 주제와 그것을 짊어지는
인간의 어깨를 생각하는 사람이라면
그 아래에서 떤다고 비난하지 않으리니,   66

대담한 뱃머리가 가르면서 가는 물길은
조그마한 배의 길도 아니고, 자기
힘을 아끼는 사공의 길도 아니다.   69

「무엇 때문에 그대는 내 얼굴에
이끌려, 그리스도의 빛 아래 꽃 피는
아름다운 정원을 바라보지 않는가요?   72

하느님의 말씀이 그 안에서 육화(肉化)된
장미꽃15이 여기 있고, 그 향기에 착한
길을 선택한 백합꽃들16이 여기 있어요.」   75

베아트리체가 그렇게 말하였기에
언제나 그녀의 충고에 따르는 나는
약한 눈썹의 싸움으로 다시 돌아갔다.   78

예전에 구름의 틈 사이를 통과한
햇살이 맑게 비치는 꽃 핀 들판을
그늘 속의 내 눈이 보았던 것처럼,17   81

---

15 성모 마리아를 가리킨다.
16 그리스도를 뒤따른 사도들을 가리킨다.
17 구름이 해를 가리고 있는 그늘에서 구름 사이를 통과한 햇살이 비치는 풀밭을 바라보았던
것처럼.

광채의 원천을 보지는 못했지만,
위에서 내려오는 눈부신 빛살에
불타오르는 빛들의 무리를 보았다.   84

오, 그들을 그렇게 각인하시는 너그러운
힘이시여, 당신을 바라볼 수 없던 나의
눈에 여유를 주고자 위로 올라가셨군요.   87

내가 아침저녁으로 언제나 부르는
아름다운 꽃[18]의 이름은 내 영혼을
사로잡아 그 최고의 빛을 보게 했다.   90

지상에서 승리하였듯이 저 위에서
승리하는 생생한 별의 크기와
밝기가 나의 두 눈을 물들였을 때   93

하늘 한가운데서 눈부신 횃불[19]이
내려와 왕관 모양의 원을 이루어
그녀를 둘러싸고 주위를 맴돌았다.   96

지상의 선율이 제아무리 감미롭게
울리고 자신에게 영혼을 이끈다 해도,
하늘을 보석처럼 빛나게 만드는   99

그 아름다운 사파이어를 둘러싼

18 장미꽃으로 상징되는 성모 마리아.
19 천사 가브리엘이다.

리라[20]의 소리와 비교해 본다면
구름을 찢는 천둥소리와 같을 것이다.   102

「나는 사랑의 천사, 우리 소원의
숙소가 되었던 배 속에서 솟아나는
커다란 기쁨 주위를 맴돌고 있으니,   105

하늘의 여인이시여, 당신이 아드님을
따라 최고의 하늘에 들어가 더욱
빛내시는 동안 나는 줄곧 돌 것입니다.」   108

그렇게 주위에 맴돌던 선율이
마무리되자, 다른 모든 빛들이
마리아의 이름을 울려 퍼지게 했다.   111

하느님의 입김과 작용 안에서
가장 생생해지고 가장 불타며, 세상의
모든 천구를 감싸는 장엄한 외투[21]는   114

안쪽 경계선[22]을 우리 위에 드리우고
있었는데, 내가 있던 곳에서는 너무
멀어 그 모습이 아직 보이지 않았다.   117

그러므로 나의 눈은 당신의

---

20   고대부터 널리 사용되던 현악기이다.
21   아홉째 하늘인 최초 움직임의 하늘이다.
22   여덟째 하늘의 바깥쪽과 경계를 이루는 아홉째 하늘의 안쪽 가장자리이다.

아드님을 뒤따라 위로 올라간,
왕관을 쓴 불꽃을 따를 수 없었다.   120

마치 어린아이가 젖을 먹은 다음
불꽃처럼 밖으로 타오르는 마음에
엄마를 향해 팔을 벌리는 것처럼,   123

그 눈부신 빛들은 각자의 불꽃을
위로 뻗쳤고, 그렇게 마리아를 향한
드높은 애정을 나에게 명백히 보여 주었다.   126

그리고 내 앞에 머물며 「레기나 코엘리」²³를
노래하였는데, 너무나도 감미로워서
그 기쁨은 나를 떠난 적이 한 번도 없었다.   129

오, 이곳 지상에서 좋은 씨를 뿌리는
일꾼²⁴들이었던 저 풍성한 곳간²⁵에
얼마나 큰 풍요로움이 쌓여 있는가!   132

바빌론의 귀양살이²⁶에서 황금을
버리고, 울면서 얻었던 보물을

---

23 Regina Coeli. 라틴어로 〈하늘의 여왕〉을 뜻하며 오래된 성모 찬가 중 하나로 오늘날까지
부활 삼종기도로 사용된다.

24 원문에는 bobolce로 되어 있고, 일부에서는 〈씨 뿌리기에 좋은 땅〉으로 해석하기도 한다.

25 사도들의 영혼으로 좋은 씨앗을 뿌려 거둬들인 풍부한 곡식을 보관하는 창고에 비유하고
있다.

26 이승에서의 삶을 소위 〈바빌론 유배〉에 비유한다. 역사적으로는 고대 유대인들이 바빌로니
아 왕국에 의해 멸망하여 집단으로 강제 이주된 사건을 가리킨다.

그들은 여기에서 누리며 살고 있구나.   135

여기 하느님과 마리아의 높으신 아드님
아래, 그런 영광의 열쇠를 가진 분[27]이
오래되고 새로운 무리[28]와 함께   138

그분의 승리를 축하하고 있구나.

27 성 베드로.
28 구약과 신약에 나오는 축복받은 자들이다.

제24곡

베아트리체의 부탁으로 축복받은 영혼들의 무리가 단테를 반갑게 맞이한다. 베아트리체는 성 베드로에게 단테를 시험해 보라고 부탁한다. 베드로는 믿음에 대하여 질문하고, 단테는 삼위일체의 교리에 맞게 대답한다. 만족스러운 대답에 베드로는 단테를 축복해 준다.

「오, 복되신 어린양[1]의 큰 잔치에
선택된 무리여, 그분이 그대들을 먹이셔
그대들의 소원은 언제나 충족되니,   3

이 사람[2]이 하느님의 은총으로
죽음의 시간이 되기도 전에 그대들의
식탁에서 떨어지는 것을 맛보게 되었다면,   6

그 큰 애정[3]에 마음을 열어 이슬을
좀 주세요. 그대들은 언제나 그분의
생각이 흐르는 샘물에서 마십니다.」   9

베아트리체가 그렇게 말하자, 그 행복한
영혼들은 고정된 축 위로 원을 이루어
혜성처럼 돌면서 세찬 불꽃을 내뿜었다.   12

---

1 예수 그리스도를 가리킨다. 〈이튿날 요한은 예수님께서 자기 쪽으로 오시는 것을 보고 말하였다. 《보라, 세상의 죄를 없애시는 하느님의 어린양이시다.》〉(「요한 복음서」 1장 29절)
2 단테.
3 그대들이 먹는 지혜를 얻고 싶은 단테의 욕망이다.

시계 장치 원판들이 돌아가는데, 그것을
바라보는 사람에게, 첫째는 움직이지 않고
마지막 원판은 날아가듯 보이는 것처럼,[4]   15

그 고리들도 빠르거나 느리게
서로 다른 속도로 춤을 추면서,
각자의 풍부함을 느끼게 해주었다.   18

나에게 가장 아름답게 보였던 고리에서
불꽃 하나[5]가 나오는 것을 보았는데,
그보다 밝은 것이 없게 행복해 보였다.   21

그는 베아트리체 주위를 세 번
돌면서 성스러운 노래를 불렀는데,
내 상상력이 다시 말할 수 없으니,   24

나의 펜은 건너뛰고 적지 않으련다.
우리의 상상력은 말과 마찬가지로 그런
주름에 너무 생생한 색깔이기 때문이다.[6]   27

「오, 성스러운 나의 누이여, 그토록
경건하게 청하니 그대의 뜨거운 애정에
나는 저 아름다운 고리에서 벗어났다오.」   30

4 지름이 큰 원판은 움직이지 않는 것처럼 보이고, 작은 원판은 아주 빨리 도는 것처럼 보이
듯이.
5 성 베드로의 영혼이다.
6 그림을 그릴 때 옷의 주름을 묘사하려면 옷보다 덜 생생한 색깔을 사용하는 것이 음영을 표
현하는 데 더 적합하기 때문에, 너무 생생한 색깔로는 표현하기 어렵다는 뜻이다.

그 축복받은 불꽃은 멈추어 서서
나의 여인을 향하여 말을 꺼냈고,
위에서 내가 말했던 대로 말하였다.   33

그녀는 말했다. 「오, 위대한 사람의 영원한 빛이여,
우리 주님께서 이 놀라운 환희에서
지상으로 가져온 열쇠를 맡기신 이여,   36

그대가 바다 위로 걸어가게 하였던[7]
믿음과 관련하여 가볍고 무거운 점에 대해
그대 원하는 대로 이 사람을 시험해 보소서.   39

그가 옳게 사랑하고 옳게 희망하고 믿는지
그대에게 감출 수 없으니, 그대의 눈은
모든 것이 비치는 곳[8]을 보기 때문이오.   42

하지만 이 왕국은 진정한 믿음으로
시민들을 뽑았으니,[9] 그 영광을 위해
그가 믿음에 대해 말하는 게 좋을 것이오.」   45

스승이 문제를 종결하기 위해서가 아니라
증명하기 위해[10] 질문을 제기할 때까지

7   예수가 갈릴리 호수의 물 위로 걸어오는 것을 보고 제자들이 놀라자, 예수는 베드로에게 물 위로 걸어오라 하였고, 베드로는 배에서 내려 물 위로 걸어갔다.(『마태오 복음서』14장 22~33절 참조)
8   하느님.
9   진정한 믿음을 가진 자들만 천국의 시민이 될 수 있다.
10   어떤 문제에 대해 결론을 내리거나 정의하기 위해서가 아니라, 학생의 능력을 증명하기 위해.

학생¹¹은 준비하고 말을 하지 않듯이,   48

그녀가 말하는 동안, 나는 온갖 논리로
준비하였으니, 그러한 질문자와
그런 문제에 바로 대답하기 위해서였다.   51

「착한 그리스도인이여, 믿음이 무엇인지
밝혀 보아라.」 그 말이 흘러나오는
빛을 향하여 나는 고개를 들었다.   54

그리고 베아트리체를 바라보았는데,
그녀는 재빠른 눈짓으로, 내가 내면의
샘 밖으로 물을 흘려 내보내게 하였다.   57

나는 말을 꺼냈다. 「높으신 총대장¹²에게
내가 고백하게 하시는 은총이시여,
내 생각을 잘 표현하게 해주소서.」   60

그리고 이어서 말했다. 「아버지, 당신과
함께 로마를 좋은 길로 이끄신 당신의
사랑하는 형제¹³의 진실한 펜이 썼듯이,   63

11   원문에는 *baccelliere*로 되어 있는데, 중세의 학교에서 일정한 과정을 마치고 학위를 받기
위해 구술시험을 받는 학생을 가리킨다.
12   원문에는 *primopilo*로 되어 있는데, 로마의 군대에서 수석 백인대장(百人隊長)을 의미한다.
여기에서는 사도들의 으뜸인 성 베드로를 가리킨다.
13   성 바오로. 베드로와 바오로가 로마를 좋은 길로 이끌었다는 것은, 예수의 삶과 가르침을
증언하다가 로마에서 순교하였다는 뜻이다.

믿음이란 희망하는 것들의 실체이며,
눈에 보이지 않는 것들의 확증이니,[14]
그것이 믿음의 본질이라 생각합니다.」   66

그러자 나는 들었다. 「왜 그는 믿음을
실체에 두고, 이어서 확증에 두었는지
잘 이해한다면 올바로 깨달은 것이다.」   69

곧이어 나는 말했다. 「여기에서 자신의 모습을
나에게 보여 주는 심오한 것들이 저
아래의 눈들[15]에는 감추어져 있어서,   72

그것들의 존재는 오직 믿음 안에만
있고, 그 위에 높은 소원이 세워지며
따라서 실체로 이해되는 것입니다.   75

그리고 다른 것을 보지 않고 바로
그 믿음으로부터 추론해야 하고,
따라서 확증으로 이해되는 것입니다.」   78

그러자 나는 들었다. 「그 모든 것을
지상에서 교리로 그렇게 이해한다면,
궤변가의 재간은 설 자리가 없으리라.」   81

14 〈믿음은 우리가 바라는 것들의 보증이며 보이지 않는 실체들의 확증입니다.〉(「히브리인들
에게 보낸 서간」 11장 1절)
15 지상에 사는 사람들의 눈이다.

불타는 사랑에서 그런 말이 들려왔고
이어서 덧붙여 말했다. 「이 동전의
무게와 순도[16]를 잘 이해했구나. 하지만   84

그것을 네 지갑 안에 갖고 있는지 말해라.」
이에 나는 말했다. 「네, 그 주조(鑄造)에 아무런
의심 없이 온전히 간직하고 있습니다.」   87

곧이어 거기서 빛나던 심오한 빛에서
들려왔다. 「모든 덕성이 토대로 삼는
그 귀중한 보석[17]은 어디에서 그대에게   90

왔는가?」 이에 나는 말했다. 「옛날 양피지와
새로운 양피지[18] 위에 널따랗게
퍼져 나간 성령의 풍족한 비가,   93

나에게 그토록 날카롭게 결론짓게 한
논법이며, 그것과 반대되는 모든
증명은 나에게 빈약해 보입니다.」   96

그러자 나는 들었다. 「그렇게 결론짓게
만든 옛날 명제와 새로운 명제[19]를
그대는 왜 하느님의 말씀으로 여기는가?」   99

16 믿음을 귀중한 돈에 비유하고 있다. 무게와 순도, 즉 금이나 은의 혼합 비율은 믿음의 중요
성과 내용을 의미한다.
17 믿음.
18 구약과 신약을 가리킨다.
19 구약과 신약을 가리킨다.

나는 말했다. 「나에게 진리를 열어 주는 증거는
뒤따른 기적들인데, 그 앞에서 자연은
쇠를 달구거나 모루를 치지 못합니다.」20   102

그가 말하였다. 「그 기적들이 있었다고
누가 그대에게 장담하는가? 다름 아니라,
증명해야 할 진리가 그렇게 말할 뿐이다.」   105

나는 말했다. 「만약에 기적들이 없는데도 세상이
그리스도교를 향했다면, 그것이 기적이니
다른 것은 백 분의 일도 되지 않습니다.   108

그래서 당신은 가난하고 배고픈 채, 지금은
가시나무가 되었지만 전에는 포도나무였던
좋은 나무21를 심으려고 밭에 들어갔지요.」   111

그 말이 끝나자 고리를 이루고 있던 높고
거룩한 무리가 저 위의 노랫가락으로
〈하느님 찬미합니다〉22 노래하였다.   114

그리고 이 가지에서 저 가지로
검사하면서,23 나를 이끌어 마지막

---

20 기적은 자연의 질료와 도구들을 초월하는 초자연적인 현상이라는 뜻이다.

21 초기 그리스도교 신앙은 포도나무처럼 훌륭했는데, 지금은 타락하여 가시나무로 전락하였
다는 뜻이다.

22 원문에는 이탈리아어 *Dio laudamo*로 되어 있는데, 라틴어 *Te Deum laudamus*(〈하느님
당신을 찬미합니다〉)로 널리 알려진 성가이다.

23 믿음에 대한 세부적인 것들을 샅샅이 캐물으면서.

잎사귀까지 도달하게 한 귀한 분[24]은   117

다시 말을 시작하였다. 「그대의 마음과
사랑을 속삭이는 은총은 지금까지 당연히
필요한 만큼 그대 입을 열어 주셨으니,   120

나는 그대가 밖으로 표현한 것을
인정하지만, 이제 그대의 믿음이 어디서
왔는지, 그대가 믿는 것을 밝혀 보아라.」   123

나는 말했다. 「오, 거룩한 아버지, 더 젊은
발보다 먼저 무덤에 들어갈 정도로[25]
당신이 믿었던 것을 보는 영혼이시여,   126

당신은 망설임 없는 내 믿음의 본질을
내가 명백히 밝히길 원하시고, 또한
그런 믿음의 원인에 대해 물으셨지요.   129

대답하겠습니다. 나는 사랑과 뜻으로
움직임 없이 온 하늘을 움직이시는,[26]
유일하고 영원하신 하느님을 믿습니다.   132

나는 그런 믿음에 대한 물리적이고

---

24 원문에는 *barone*, 즉 〈남작(男爵)〉으로 되어 있는데, 베드로를 가리킨다.
25 예수의 무덤이 비었다는 말을 듣고 베드로와 요한이 달려갔다. 요한(〈더 젊은 발〉)은 먼저
도착했지만 무덤 안으로 들어가지 않았고, 늦게 도착한 베드로가 먼저 무덤 안으로 들어갔다.(「요
한 복음서」20장 3~9절 참조)
26 자신은 전혀 움직이지 않으면서 모든 하늘을 움직이게 만든다는 뜻이다.

형이상학적인 증거들은 없지만,

모세와 예언자들, 시편들[27]을 통해,   135

복음서들과, 성령이 그대들을 밝혀 주신

뒤에 그대들이 썼던 것들[28]을 통해

하늘에서 내려온 진리가 나에게 전해 줍니다.   138

그리고 영원한 세 위격(位格)을 믿으며,

*sono*와 *este*[29]를 모두 허용하도록

하나이며 셋이신 그 본질을 믿습니다.   141

복음서의 교리는 여러 번 반복하여

지금 내가 말하는 심오하고도 거룩하신

상태[30]로 저의 마음에 봉인해 줍니다.   144

이것이 시작이요, 이것이 불티이니,

거기서 나중에 생생한 불꽃으로 확장되고

하늘의 별처럼 내 안에서 빛납니다.」   147

마치 마음에 드는 말을 들은 주인이

하인의 말이 끝나자마자 그 말을

칭찬하며 바로 하인을 껴안아 주듯이,   150

27 구약을 총체적으로 가리킨다.

28 신약에서 네 복음서를 제외한 「사도행전」과 여러 서간들, 「요한 묵시록」을 가리킨다.

29 *sono*는 동사 *essere*(〈있다〉, 〈~이다〉)의 3인칭 복수형이고, *este*(현대 이탈리아어로는 *è*)
는 3인칭 단수이다. 삼위일체는 셋이라는 복수이면서, 동시에 하나이기 때문에, 두 가지 동사 변화
를 모두 허용한다는 뜻이다.

30 삼위일체의 신비.

나에게 말하도록 명령한 사도의
불빛은 내가 말을 마치자 노래하면서
나를 세 바퀴 돌고 축복해 주었으니,　　　　　　　　　　153

내 말이 그토록 마음에 들었던 것이다!

제25곡

단테는 고향 피렌체로 돌아가 시인으로서 월계관을 쓰고 싶은 희망을 표현한다. 베아트리체는 성 야고보를 소개한다. 야고보는 단테에게 희망의 덕성에 대해 질문하고, 단테의 만족스러운 대답에 영혼들이 노래한다. 이어서 복음서의 작가 성 요한이 나타나는데, 너무나도 찬란한 빛에 단테는 베아트리체의 모습을 볼 수도 없다.

하늘과 땅이 도움을 주었으며
여러 해 동안 나를 야위게 했던
이 거룩한 시¹가 혹시라도,   3

싸움을 거는 늑대들의 적으로서
어린양처럼 잠들어 있던 나를 우리²
밖으로 몰아냈던 잔인함을 이긴다면,   6

이제 나는 다른 목소리, 다른 모습³의
시인으로 돌아가, 내가 세례받았던
샘물⁴에서 월계관을 받을 것이다.   9

거기에서 나는 영혼들을 하느님께
인도하는 믿음 속에 들어갔고, 그 덕택에
나중에 베드로는 내 주위를 돌았으니까.   12

---

1 단테가 지금 쓰고 있는 『신곡』을 가리킨다. (「천국」 23곡 61행 참조)
2 고향 피렌체.
3 원문에는 vello, 즉 〈머리카락〉으로 되어 있다.
4 단테가 세례를 받았던 산조반니 세례당, 즉 피렌체를 가리킨다.

그리스도의 대리인들 중 첫째[5]가
나왔던 그 둥근 고리에서 바로 그때
빛 하나[6]가 우리를 향하여 나왔고,   15

내 여인은 기쁨에 넘쳐 나에게 말했다.
「보세요, 귀한 분[7]을. 그를 위해 저
아래에서는 갈리시아[8]를 순례하지요.   18

마치 비둘기가 자기 짝 가까이 날아갈 때,
서로 주위를 맴돌고 속삭이며 서로가
서로에게 애정을 표현하는 것처럼,   21

위대하고 영광스러운 군주[9]가 다른
군주[10]를 맞이하며 하늘에서 맛보는
음식[11]을 찬양하는 것을 나는 보았다.   24

서로의 인사가 끝난 다음 각자
내 앞에 말없이 멈추었는데, 얼굴을
들지 못할 정도로 눈부시게 타올랐다.   27

그러자 베아트리체가 웃으며 말했다.

5 성 베드로.
6 성 야고보.
7 여기에서도 원문에는 〈남작〉으로 되어 있다. (「천국」 24곡 117행 참조)
8 Galicia. 스페인 북서부 대서양에 가까운 갈리시아 지방의 산티아고 데 콤포스텔라에 성 야
고보의 유해가 있기 때문에 순례자들이 많이 찾고 있다.
9 성 베드로.
10 성 야고보.
11 하느님의 은총을 가리킨다.

「우리 성전의 너그러움을 글로
기록하신12 영광스러운 영혼이여,　　　　　　　　30

이 높은 곳에 희망13이 울리게 하소서.
예수께서 세 명14을 더 사랑하신 만큼
그대는 희망을 상징하기 때문이오.」　　　　　33

「고개를 들고 용기를 갖도록 하라.
인간 세상에서 이 위로 오르는 자는
우리의 빛살로 성숙해져야 하느니라.」　　　　36

둘째 불꽃에서 이렇게 위안하는 말이
들려왔기에, 나는 너무 무거워 숙이고
있던 눈을 산들에게15 들어 올렸다.　　　　　39

「우리의 황제께서는 은총으로 그대가
죽기 전에 가장 비밀스러운 꽃밭에서
당신의 귀족들16을 만나 보기 원하시니,　　　42

이 궁전의 참모습을 보고 나서,
지상에서 선을 사랑하게 만드는 희망을
그대와 다른 사람들에게 심어 주도록,　　　　45

---

12 「야고보 서간」을 가리킨다.
13 향주삼덕 중에서 두 번째로 희망에 대하여 단테에게 질문하라고 유도한다.
14 사도들 중에서 베드로, 야고보, 요한은 각각 믿음, 희망, 사랑을 상징하는 것으로 해석된다.
15 베드로와 야고보를 향해.
16 원문에는 〈백작들〉로 되어 있는데, 천국에 있는 축복받은 영혼들을 가리킨다.

희망이 무엇인지, 그대 마음에서 어떻게
꽃피웠으며, 어디에서 왔는지 말해 봐라.」
그렇게 둘째 불꽃은 이어서 말하였다.   48

그러자 내 날개의 깃털을 그토록
높이 날도록 인도했던 경건한 여인이
나를 앞질러 이렇게 대답하였다.   51

「우리 모두를 비추시는 태양 속에 쓰여
있듯이, 전투하는 교회[17]에 이 사람보다
더 큰 희망을 가진 아들은 없습니다.   54

그래서 그의 싸움이 끝나기도 전에[18]
이집트에서 나와 예루살렘으로 와서[19]
직접 볼 수 있도록 허용되었습니다.   57

알기 위해서가 아니라, 그대가 얼마나
그 덕성을 기쁘게 여기는지 말하도록
질문하신 다른 두 가지 점[20]에 대해서는   60

그에게 맡깁니다. 그것들은 어렵거나
자랑거리도 아니니, 그가 대답하리다.
하느님의 은총이 그를 도와주시기를.」   63

17 지상의 삶에서 육체나 악마, 악의 세력과 싸우는 신자들의 공동체를 가리킨다.
18 죽기 전에.
19 이스라엘 백성이 이집트에서 벗어나 약속의 땅으로 들어갔듯이, 단테가 지상 세계에서 천
국으로 올라간 것을 가리킨다.
20 희망이 무엇인지, 어떻게 해서 단테의 마음속에 자리 잡게 되었는지에 대한 질문이다.

제자가 스승에게 자기가 잘 아는 것에
대해서는 자신의 능력을 보여 주기 위해
즐거운 마음으로 이내 대답하는 것처럼   66

나는 말했다. 「희망이란 미래의 영광을
확실히 기다리는 것이며, 하느님의
은총과 이전의 공덕이 희망을 낳습니다.   69

그 빛은 많은 별들로부터 나에게 왔지만,
최고의 지도자를 최고로 노래했던 분[21]이
가장 먼저 내 마음속에 심어 주었습니다.   72

그는 테오디아[22]에서 〈당신 이름을 아는
이들은 당신을 신뢰합니다〉[23] 말했는데,
나처럼 믿음이 있다면 누가 모르겠습니까?   75

그분 이외에 그대는 나중에 편지[24]에서
나에게 그것을 심어 주셨으니, 나는 가득 차서
다른 사람에게 그대의 빗물을 부어 줍니다.」   78

내가 그렇게 말하는 동안, 그 생생한
불꽃 가운데에서 마치 번개처럼

21 「시편」을 통해 하느님을 찬양한 다윗.
22 Teodia. 신을 의미하는 그리스어 테오스theós에서 만들어 낸 용어로, 하느님을 찬양하는
노래인 「시편」을 가리킨다.
23 〈당신 이름을 아는 이들이 당신을 신뢰하니 / 주님, 당신을 찾는 이들을 아니 버리시기 때문
입니다.〉(「시편」 9편 11절)
24 「야고보 서간」을 가리킨다.

섬광이 순간적으로 번득이곤 하였다.   81

그리고 말했다. 「싸움터를 떠날 때까지,25
또한 종려나무26까지 나를 뒤따른 덕성을
향하여 아직도 나를 불태우는 사랑은,   84

그대가 즐겁게 여기는 희망에 대해
말하기를 원하니, 희망이 그대에게
약속한 것을 말한다면 나는 기쁘겠노라.」   87

나는 말했다. 「구약과 신약 성경은 하느님께서
선택하시는 영혼들에게 징표를 보여 주고,
그 징표가 나에게 그 뜻을 가르쳐 줍니다.   90

그들은 모두 자기 땅에서 두 겹 옷27을
입을 것이라고 이사야는 말하는데,28
그 땅은 바로 이곳의 달콤한 삶입니다.   93

그리고 그대의 형제29는 흰 겉옷에
대한 부분30에서 훨씬 더 분명하게
그러한 계시를 우리에게 보여 줍니다.」   96

25 죽을 때까지. 앞의 54~55행에 나오듯이 지상에서의 삶을 전투에 비유한다.
26 순교를 상징한다.
27 부활 때 다시 입을 영혼과 육신의 옷이다.
28 이스라엘은 〈수치를 갑절로 받았고 치욕과 수모가 그들의 몫이었기에 자기네 땅에서 재산
을 갑절로 차지하고 영원한 기쁨이 그들의 것이 되리라〉.(「이사야」 61장 7절)
29 성 요한을 가리킨다.
30 〈모든 민족과 종족과 백성과 언어권에서 나온 그들은, 희고 긴 겉옷을 입고 손에는 야자나
무 가지를 들고서 어좌 앞에 또 어린양 앞에 서 있었습니다〉.(「요한 묵시록」 7장 9절)

이런 말을 마치자, 먼저 우리 위에서
⟨당신을 신뢰합니다⟩[31] 노래가 들려왔고,
거기에 모든 고리[32]가 합창으로 화답했다.   99

그런 다음, 그중에서 빛 하나[33]가 더욱
빛났는데, 게자리에 그런 수정이 있다면,
겨울의 한 달은 낮만 계속될 것이다.[34]   102

그리고 허영 때문이 아니라, 오로지
신부를 위하여 처녀가 즐거운 마음으로
일어나 춤추는 무리 안으로 들어가듯이,   105

그 빛나는 빛은, 자신들의 불타는 사랑에
어울리는 가락에 맞추어 춤추고 있던
두 빛[35]에게로 가는 것을 나는 보았다.   108

그리고 노래와 원무 속으로 들어갔으며,
나의 여인은 신부처럼 움직이지 않고
말없이 그들을 바라보고 있었다.   111

「이분은 우리 펠리컨[36]의 가슴에

31 73~74행에서 인용한 「시편」의 구절이다.
32 원을 이루어 돌고 있는 축복받은 영혼들이다.
33 성 요한이다.
34 12월 말부터 1월 말까지 태양은 게자리와 정반대의 전갈자리에 있기 때문에, 태양이 뜰 때
게자리는 지고, 태양이 질 때 떠오른다. 따라서 만약 게자리에 태양처럼 빛나는 별이 있다면, 그 한
달 동안은 마치 태양이 지지 않는 것처럼 낮만 계속될 것이다.
35 베드로와 야고보.
36 펠리컨은 자기 가슴을 부리로 쪼아 나온 피로 새끼들을 먹여 살린다고 믿었다. 따라서 그리

남아 있던 분이며,³⁷ 또한 십자가로부터

위대한 임무에 선택되었던 분이라오.」³⁸   114

내 여인이 그렇게 말했는데, 말하기

전부터 그들을 주의 깊게 바라보던

시선을 조금도 움직이지 않았다.   117

태양의 부분 일식을 보기 위해

눈을 응시하며 애쓰는 사람이 결국

보려다가 보지 못하게 되는 것처럼,³⁹   120

내가 그 불꽃에게 그렇게 하였는데,

이런 말이 들려왔다. 「무엇 때문에 그대는

여기 없는 것⁴⁰을 보려고 눈이 부시는가?   123

나의 육신은 땅에서 흙이 되어 있고,

영원한 계획과 우리 숫자가 맞을 때까지⁴¹

다른 육신들과 함께 있을 것이다.   126

스도를 상징하는 새로 간주되었다.

37   요한은 예수의 사랑을 받았던 제자이다.(「요한 복음서」13장 23절, 21장 20절 참조)

38   요한은 예수(〈십자가〉)로부터 성모 마리아를 돌보라는 부탁을 받았다.(「요한 복음서」19장
26~27절 참조)

39   태양을 직접 바라보았다가 눈이 부셔 결국 아무것도 보지 못하게 되는 것처럼.

40   육신을 가리킨다. 예수가 요한에게 〈너는 나를 따르라〉고 말한 데에서 요한은 죽지 않는다
는 소문이 퍼졌고(「요한 복음서」21장 22~23절 참조), 따라서 요한은 육신을 가진 채 천국에 올라
갔다고 믿는 사람들이 있었는데, 단테는 그런 믿음을 반박하고 있다.

41   하느님이 예정한 대로 축복받은 영혼들의 숫자가 될 때까지, 말하자면 최후의 심판 때까지.

축복받은 수도원[42]에 옷을 두 벌
입고 올라온 빛은 단지 둘뿐이니,[43]
그런 사실을 그대들의 세상에 전하라.」   129

이 소리에 불타는 회전이 잠잠해졌고,
그와 동시에 세 명의 목소리가 함께
어우러진 달콤한 합창도 멈추었는데,   132

마치 피곤함이나 위험을 피하려고
물속을 헤치던 노들이 모두
휘파람 소리에 멈추는 것과 같았다.   135

베아트리체를 보려고 몸을 돌렸을 때,
행복한 세상에서 그녀 곁에 있으면서도,
혹시라도 그녀를 볼 수 없지 않을까[44]   138

아, 나는 얼마나 가슴을 졸였던가!

42   천국.
43   육신을 그대로 간직한 채 천국에 오른 사람은 예수 그리스도와 성모 마리아 둘뿐이라는 뜻
이다.
44   혹시 눈이 완전히 멀어 앞으로는 베아트리체를 보지 못하는 것이 아닐까 염려한다.

제26곡

성 요한은 단테에게 사랑의 덕성에 대해 질문한다. 단테는 사랑의 대상이 무엇인지, 사랑은 어디에서 시작되고, 어떻게 완성되는지 대답한다. 단테의 대답에 축복받은 영혼들이 노래로 화답한다. 다시 시력을 회복한 단테는 아담의 영혼이 오는 것을 본다. 단테는 아담에게 궁금한 것을 질문하고 그 대답을 듣는다.

꺼져 버린 시력 때문에 걱정하는 동안
내 눈을 꺼뜨렸던 눈부신 불꽃에서
목소리가 들려와 내 관심을 끌며   3

말했다. 「나로 인해 소진된 시력이
다시 회복될 때까지 이야기를
하며 보상하는 것이 좋을 것이다.   6

그럼 그대의 영혼은 어디를 겨냥하는지
말하라. 또 그대 시력은 잠시 꺼졌을 뿐
완전히 죽지 않았음을 명심하여라.   9

이 하느님 나라로 그대를 안내하는
여인은 하나니아스[1]의 손이 가졌던
힘을 눈 속에 갖고 있기 때문이다.」   12

나는 말했다. 「내 눈은 언제나 나를 불태우는 불과

---

1 다마스쿠스 사람 하나니아스는 하느님의 명령으로 시력을 잃은 사울, 즉 바오로의 눈을 뜨게 해주었다. (「사도행전」 9장 10절 이하 참조)

26: 7~8
그럼 그대의 영혼은 어디를 겨냥하는지 말하라.

함께 그녀가 들어왔던 문이니, 빠르든
늦든 그녀가 원하는 대로 치유되겠지요.   15

이 궁전을 기쁘게 해주시는 선²은
나에게 크든 작든 사랑을 가르치는
모든 『성경』의 알파와 오메가³입니다.」   18

순간적인 눈부심의 두려움에서 나를
벗어나게 해준 바로 그 목소리는
내가 좀 더 이야기하도록 배려하여   21

말했다. 「그대는 분명 좀 더 가는 체로
밝혀야 하니,⁴ 그대 활이 그런 표적을
겨냥하도록 누가 인도했는지 말해 보라.」   24

나는 말했다. 「철학적 논증들과, 여기에서
내려가는 권위⁵를 통하여 그런
사랑이 내 안에 봉인되어야 합니다.   27

선은 선으로서 이해되는 만큼
사랑을 불붙이며, 더 많은 선을
자체 안에 포함할수록 더 커집니다.   30

---

2 하느님.
3 그리스어 알파벳의 첫 글자와 마지막 글자로, 처음과 마지막, 시작과 끝을 의미한다. 이 표현은 「요한 묵시록」 1장 8절, 21장 6절, 22장 13절 등 세 곳에 나온다.
4 눈이 가는 체로 거르듯이 자세하게 설명하라는 뜻이다.
5 하느님이 천국에서 내려 보내는 영감을 받아 쓴 『성경』의 권위와 교회의 가르침이다.

그러므로 사랑 바깥에 있는 모든 선은
그 빛살의 빛[6]에 불과할 정도로
가장 탁월한 최고의 본질[7]을 향하여,　　　　　　　　33

그런 증거가 자리 잡고 있는 진리를
분별하는 자의 마음은 다른 무엇보다
그것을 사랑하며 움직여야 합니다.　　　　　　　　36

모든 영원한 실체들의 최초 사랑을
나에게 증명해 주는 분[8]이 그런
진리를 나의 지성에 밝혀 줍니다.　　　　　　　　39

모세에게 당신 자신에 대해 〈나는
너에게 모든 선을 보여 주겠다〉[9] 말하신
진정한 저자[10]의 목소리가 밝혀 주시며,　　　　　　　　42

또한 다른 모든 포고문들 이상으로
이곳의 신비를 지상에 외쳐 주는 고귀한
포고문[11]을 시작하며 그대가 밝혀 줍니다.」　　　　　　　　45

그리고 나는 들었다. 「인간의 지성과

6　최고의 선이 아닌 반영된 선을 뜻한다.
7　하느님.
8　아리스토텔레스를 가리킨다.
9　원문에는 *Io ti farò vedere ogne valore*라고 되어 있는데, 대중판 성경 『불가타』의 「탈출기」 33장 19절의 라틴어 구절 *Ego ostendam omne bonum tibi*를 옮긴 것이다. 한국 천주교 주교회의의 『성경』에는 〈나는 나의 모든 선을 네 앞으로 지나가게 하고〉라고 되어 있다.
10　『성경』의 진정한 저자는 하느님이다.
11　「요한 묵시록」을 가리킨다.

또한 거기에 일치하는 권위를 통하여
그대 사랑의 최고는 하느님을 향한다.   48

하지만 그분을 향하게 만드는 다른
줄들[12]을 느끼는지 말하여, 그 사랑이
몇 개의 이빨로 그대를 깨무는지 밝혀라.」   51

그리스도의 독수리[13]의 성스러운 의도는
감추어져 있지 않았고, 오히려 나는
내 고백을 어디로 인도하려는지 깨달았다.   54

그래서 말하기 시작했다. 「하느님께로
나의 마음을 돌릴 수 있는 모든
깨닮이 나의 사랑에 기여하였으니,   57

세상의 존재와 나의 존재, 그리고
내가 살도록 그분[14]이 감내하신 죽음,
모든 신자들이 나처럼 희망하는 것이,   60

앞에서 말한 생생한 인식과 함께
나를 그릇된 사랑의 바다에서 구하여
올바른 해변으로 인도했기 때문입니다.   63

12 다른 동기들을 가리킨다.
13 성 요한을 가리킨다. 「요한 묵시록」 4장 7절에 나오는 독수리를 중세 교부들은 성 요한의
상징으로 보았다.
14 예수 그리스도.

영원한 꽃밭지기[15]의 모든 꽃밭을
무성하게 만드는 잎사귀들에 그분의
선이 전해진 만큼 그것들을 사랑합니다.」   66

내가 말을 마치자 감미로운 노래가 하늘에서
울렸고, 다른 자들과 내 여인이 말했다.
「거룩하시도다, 거룩하시도다, 거룩하시도다!」   69

마치 날카로운 빛이 비치면 막(膜)에서
막을 거쳐 눈부신 빛으로 향하는
시력[16] 때문에 잠에서 깨어나는데,   72

깨어난 사람은 갑작스런 깨어남에
판단 능력이 되살아날 때까지
보는 것을 피하고 무감각한 것처럼,   75

베아트리체는 수천 리까지 비추는
눈부신 자기 눈의 빛살로 내 눈에서
온갖 티끌들을 모두 거두어 주었으니,   78

나의 눈은 전보다 더 잘 보였고,
나는 깜짝 놀라 우리와 함께 있는
넷째 빛[17]에 대하여 질문하였다.   81

15   하느님을 가리킨다. 하느님은 농부에 비유되기도 한다.(「요한 복음서」 15장 1절 참조)
16   센 빛이 비치면 시신경은 두뇌에서 동공으로 향한다.
17   뒤에서 밝혀지듯이 아담의 영혼이다.

그러자 나의 여인이 말했다. 「저 빛 안에는
최초 힘이 창조하신 최초 영혼[18]이
자신의 창조주를 관조하고 있지요.」   84

마치 스치는 바람결에 나뭇가지의
끄트머리가 구부러졌다가, 고유의
세우는 힘으로 다시 일어나는 것처럼,   87

내가 그랬으니, 그녀가 말하는 동안
어리둥절해 있다가, 말하고 싶은
욕망에 불타올라 자신감을 되찾았다.   90

그리고 나는 말했다. 「오, 유일하게
익은 채 창조된 열매여, 모든 신부가
딸이자 며느리가 되는 오래된 아버지여,   93

온 정성을 다하여 간절히 부탁하니
말해 주오. 당신은 내 욕망을 아시니,
나는 말하지 않고 곧바로 듣겠습니다.」   96

때로는 무언가를 뒤집어쓴 동물이
발버둥치면, 씌워진 덮개가 뒤따라
움직여 그 느낌이 밖으로 드러나듯,   99

그와 비슷하게 그 최초의 영혼은

18 하느님이 창조한 최초의 인간인 아담.

나를 기쁘게 해주려고 얼마나 즐겁게
왔는지 덮개19를 통해 드러내 보였다.   102

그리고 말했다. 「그대가 나에게 말하지
않아도, 나는 그대의 욕망을 그대가
분명하게 아는 것보다 잘 아니,   105

모든 것을 똑같이 비춰 주면서도
정작 자신은 전혀 비추지 않는
진실한 거울을 통해 보기 때문이다.   108

그녀가 기나긴 계단을 통해 그대를
안내한 높은 정원20에 하느님께서
나를 두신 지 얼마나 되었는지, 그곳이   111

나의 눈에는 얼마 동안 즐거웠는지,21
또 엄청난 분노의 원인과, 내가 만들어
사용한 언어에 대해 그대는 듣고 싶구나.   114

내 아들아, 나무 열매를 맛본 것
자체가 이 귀양살이의 원인이 아니라,
다만 표시를 넘어선 것이 원인이었다.   117

그대 여인이 베르길리우스를 이끌어 낸

19 아담을 둘러싸고 있는 빛을 가리킨다.
20 연옥의 꼭대기에 있는 지상 천국이다.
21 내가 지상 천국에 얼마 동안 있었는지.

그곳²²에서 나는 태양이 4302번
도는 동안 이 모임을 열망하였고,   120

또한 내가 지상에 있는 동안에
태양이 930번 자기 길의 모든
별들에게 돌아오는 것을 보았지.²³   123

내가 말하던 언어는 니므롯²⁴의
백성이 해낼 수 없는 일에 몰두하기
전에 이미 완전히 사라져 버렸다.   126

하늘의 흐름에 따라 바뀌는 인간의
성향 때문에 영원히 지속되는
이성적인 일은 전혀 없기 때문이다.   129

인간이 말하는 것은 자연스러운
일이지만, 자연은 이렇든 저렇든
너희들이 원하는 대로 내버려 둔단다.   132

내가 지옥의 고통으로 내려가기 전에는
지금 나를 감싸고 있는 기쁨의 원천인
최고의 선을 지상에서 I로 불렀는데,   135

---

22 지옥의 림보.

23 아담은 930세에 죽었고(「창세기」5장 5절), 1266년 전 그리스도가 십자가에 못 박힐 때까
지(「지옥」21곡 112~114행) 림보에서 4302년 기다렸다는 뜻이다. 이런 계산에 의하면 1300년을
기준으로 할 때 아담의 창조 이후 인류의 역사는 6498년이 흐른 셈이다.

24 그는 바벨탑 건축의 책임자로 간주되었는데, 바벨탑이 붕괴되면서 아담의 태초 언어는 사
라지고 인류의 언어가 혼동되게 되었다.(「지옥」31곡 77~78행 참조)

나중에 El로 불렀고 그래야 마땅하다.[25]
인간들의 관례는 나뭇가지의 잎새같이
지고 나면 새잎이 나오기 때문이다.   138

물결 위로 가장 높이 솟은 산[26]에서,
첫째 시간부터 태양이 4분의 1을
바꾸는 여섯째 시간이 될 때까지[27]   141

나는 순수했다가 죄지은 삶을 살았노라.」

25   하느님을 처음에는 I로 불렀다가 나중에 El로 불렀다는 주장인데, 그 정확한 의미나 근거는
분명하게 밝혀지지 않았다. I는 하느님을 뜻하는 히브리어 〈야훼*Iahweh*〉의 첫 문자(히브리어로는
요드*Yod*)이고, El은 〈엘로힘*Elohim*〉의 첫 두 문자를 가리키는 것으로 해석되기도 한다. 일부에서
는 로마 숫자에서 I가 〈하나〉, 즉 1을 의미하고, 또한 발음이나 표기가 가장 쉽고 간단하기 때문이라
고 해석하기도 한다. 라틴어로 쓴 저술 『속어론*De vulgari eloquentia*』에서 단테는 아담이 말한 최
초의 언어가 히브리어였다고 주장하였고(1권 6장 5절), 하느님의 최초 이름이 El이었다고 주장하
였다(1권 4장 4절).
26   대양 한가운데에 있는 연옥의 산꼭대기에 있는 지상 천국을 가리킨다.
27   성무일도에 따른 시간 계산법(「지옥」 34곡 96행 역주 참조)에 의하면, 대략 오전 6시(〈첫째
시간〉)부터 태양이 4분의 1, 즉 90도 회전한 후인 정오 무렵(〈여섯째 시간〉)까지이다. 그러니까 아
담은 에덴동산에서 처음 약 여섯 시간 동안에는 순수하였지만 선악과를 따먹은 후에는 죄지은 삶을
살았다는 것이다.

제27곡

영광의 노래가 울려 퍼지더니 성 베드로의 영혼이 흰빛에서 붉은빛으로 바뀌며 교회와 성직자들의 부패를 꾸짖는다. 이어 사도들의 영혼은 위로 올라가고, 단테는 다시한번 지구를 바라본다. 단테와 베아트리체는 아홉째 하늘인 최초 움직임의 하늘로 올라간다. 그리고 베아트리체는 탐욕으로 인한 인간의 타락을 탄식한다.

「성부와 성자와 성령께 영광을!」
온 천국이 노래하기 시작했으니,
나는 감미로운 노래에 취하였다.   3

내가 본 것은 마치 우주의 미소처럼
보였는데, 나의 취함이 듣는 것과
보는 것 속으로 들어갔기 때문이다.   6

오, 행복함이여! 오, 형언할 수 없는
즐거움! 오, 사랑과 평화의 온전한 삶!
오, 바랄 것 없이 안전한 풍부함이여!   9

나의 눈앞에는 네 개의 횃불이
불타고 있었는데, 맨 처음에 왔던
불꽃[1]이 더욱 생생해지기 시작했고,   12

그의 모습은, 만약 목성과 화성이

---

1 베드로의 영혼이다.

27: 1~3

「성부와 성자와 성령께 영광을!」 온 천국이 노래하기 시작했으니, 나는 감미로운 노래에 취하였다.

새처럼 서로 깃털을 바꾼다면,
목성이 바뀔 것처럼 변하였다.2   15

그 위에서 각자에게 순서와 임무를
분배하는 섭리에 의하여 축복받은
합창대의 모든 부분이 침묵했을 때,   18

나는 들었다. 「내 빛깔이 바뀐다고
놀라지 마라, 내가 말하는 동안
이들 모두 색깔이 바뀜을 볼 테니까.   21

하느님의 아드님이 보시기에는
비어 있는 내 자리,3 내 자리,
내 자리를 지상에서 더럽히는 자4는   24

내 무덤5을 피와 악취의 시궁창으로
만들었으니, 여기에서 떨어진 사악한
놈6이 저 아래에서 좋아하고 있구나.」   27

그러자 아침과 저녁이면 태양과
마주 보는 구름이 띠는 색깔7로 온통

---

2 목성은 흰색이고 화성은 붉은색인데, 마치 목성이 화성의 색깔로 변하듯이, 베드로의 영혼이
붉은빛으로 바뀌었다는 뜻이다. 여기에서 붉은빛은 분노를 상징한다.
3 교황의 자리를 가리키는데, 연이어 세 번이나 부름으로써 타락한 성직자에 대한 분노의 강도
를 표현한다.
4 당시의 교황 보니파키우스 8세를 가리키는 것으로 짐작된다.
5 베드로의 무덤이 있는 산피에트로 성당, 즉 교황청을 가리킨다.
6 루키페르.
7 붉은 노을 빛깔이다.

하늘이 몰드는 것을 나는 보았다.   30

그리고 자신에 대해 확신하고 있는
정숙한 여인이 남들의 잘못에 대해
듣기만 해도 당황하는 것처럼,   33

베아트리체도 얼굴빛을 바꾸었으니,
최고의 권능이 수난당하셨을 때
하늘에 그런 일식8이 있었으리라.   36

그런 다음 얼굴빛이 바뀐 것에
못지않게 많이 변한 목소리로
그의 말이 계속해서 말하였다.   39

「나의 피와 리누스, 클레투스9의 피로
그리스도의 신부10가 양육된 것은
황금을 얻기 위해서가 아니라, 이   42

행복한 삶을 얻기 위해서였고, 식스투스,
피우스, 칼릭스투스, 우르바누스11는
수많은 통곡 끝에 피를 뿌렸노라.   45

8 예수 그리스도(〈최고의 권능〉)가 십자가에서 숨을 거둘 무렵이다. 〈낮 열두 시부터 어둠이
온 땅에 덮여 오후 세 시까지 계속되었다.〉(「마태오 복음서」27장 45절)

9 리누스Linus(재위 67?~79?)와 클레투스Cletus(재위 79?~88)는 베드로의 뒤를 이은 교황
으로 둘 다 순교하였다.

10 교회.

11 식스투스Sixtus 1세(재위 116?~125?), 피우스Pius 1세(재위 142?~155?), 칼릭스투스
Calixtus 1세(217~223?), 우르바누스Urbanus 1세(223?~230)도 순교한 교황들이었다.

우리의 의도는 그리스도교 백성의

일부가 우리 후계자들의 오른쪽에,

또 일부는 왼쪽에 앉는 것이 아니었고,[12]   48

또한 나에게 맡겨진 열쇠들이

세례받은 자들에 대항하여 싸우는

깃발의 문장이 되는 것도 아니었으며,   51

내가 거짓되고 거래되는 특권들에 봉인의

그림[13]이 되는 것도 아니었으니, 나는

그 때문에 종종 붉어지고 불꽃이 튀노라.   54

사나운 늑대들이 목자의 옷을 입고

모든 목장에 있는 것이 여기서 보이니,

오, 하느님의 보호여, 왜 누워만 있습니까?   57

카오르와 가스코뉴 사람들[14]이 우리 피를

마시려 하니, 오, 훌륭했던 출발이여,

얼마나 사악한 종말로 떨어져야 하는가!   60

하지만 내 생각으로는, 스키피오[15]를 통해

로마에게 세계의 영광을 지켜 주셨던

12   교황의 오른쪽에 앉아 지지하는 세력은 궬피파이고, 왼쪽에 앉아 반대하는 세력은 기벨리니파이다.

13   교황의 봉인 도장에는 성 베드로의 모습이 새겨져 있었다.

14   프랑스 카오르 출신의 교황 요하네스 22세와, 가스코뉴 출신의 교황 클레멘스 5세를 암시한다.

15   카르타고의 한니발을 무찔렀던 스키피오 아프리카누스.(「지옥」 31곡 115~117행 참조)

높으신 섭리가 곧 도와주실 것이다.   63

그러니, 아들아, 인간의 몸으로 다시
저 아래로 내려갈 너는 입을 열어
내가 말한 것을 숨기지 말고 말하라.」   66

마치 하늘에서 염소의 뿔이 태양과
닿을 무렵에[16] 얼어붙은 수증기[17]가
송이송이 지상의 대기에 떨어지듯이,   69

그곳에서 우리와 함께 머무르던 승리의
수증기들[18]이 창공을 장식하면서
위로 송이송이 올라가는 것을 보았다.   72

나의 눈은 그 모습들을 뒤쫓았는데,
사이의 공간이 너무 넓어 더 이상
쫓아갈 수 없을 때까지 뒤쫓았다.   75

그리고 내가 위를 응시하다 멈추자
베아트리체가 말했다.「이제 아래를
보고, 그대가 얼마나 회전했는지 봐요.」   78

전에 내려다보았던 시간[19]부터, 나는

16 태양이 염소자리에 들어갈 때, 즉 12월 하순부터 1월 하순까지의 겨울이다.
17 대기 중의 수증기가 얼어붙은 눈을 가리킨다.
18 축복받은 영혼들.
19 단테가 붙박이별들의 하늘에 올라가며 처음으로 지구를 바라보았을 때이다.(「천국」 22곡 127행 이하 참조)

첫째 기후대의 중앙에서 끝까지의

활꼴 전체를 거쳐 왔음을 깨달았다.[20]   81

나는 카디스[21] 너머 울릭세스의 미친

항로[22]를 보았고, 이쪽으로 에우로파[23]가

달콤한 짐이 되었던 해안 근처를 보았다.   84

이 꽃밭[24]의 더 많은 장소들이 나에게

보였을 테지만, 태양은 내 발밑에서

별자리[25] 하나 이상 더 나아가 있었다.   87

언제나 내 여인을 향하여 사랑에 빠진

내 마음은 그녀에게 눈길을 돌리고자

그 어느 때보다 더욱 불타올랐는데,   90

---

20   옛날 지리학에서는 사람들이 사는 북반구를 적도와 평행이 되도록 일곱 〈클리마*clima*〉, 말
하자면 기후대로 나누었다. 그중 첫째 기후대는 적도에 가장 가까우며, 그 동쪽 끝은 인도의 갠지스
강이고, 한가운데는 예루살렘, 서쪽 끝은 스페인 서쪽이었다. 그리고 그 지역들은 경도 180도에 걸
쳐 있는 것으로 간주하였기 때문에(「지옥」 20곡 125행 역주 참조), 중앙의 예루살렘과 스페인 서쪽
은 90도, 그러니까 대략 여섯 시간의 거리에 있다.
21   Cadiz. 스페인 남서쪽 지브롤터 해협 근처의 도시이다.
22   지브롤터 해협 너머의 대서양을 가리킨다. 울릭세스의 항해에 대해서는 「지옥」 26곡 106행
이하 참조.
23   포이니키아의 왕 아게노르의 딸로 유피테르의 사랑을 받았다. 유피테르는 황소로 변해 그
녀의 마음을 사로잡았고, 그녀를 등에 태워 납치하였다. 그녀에게서 유럽이라는 이름이 유래하
였다.
24   지구를 가리킨다.(「천국」 22곡 152행 참조)
25   황도 12궁의 별자리. 지금 단테는 붙박이별들의 하늘에서 자신의 별자리인 쌍둥이자리에
있고(「천국」 22곡 151행) 태양은 양자리에 있다(「지옥」 1곡 40행). 그 사이에는 황소자리가 있기
때문에, 태양은 단테보다 서쪽으로 30도 이상 앞서 나가 있다. 따라서 예루살렘과 거의 같은 자오선
상에 있는 포이니키아 해변은 이미 어둠 속에 있어서 단테의 눈에는 보이지 않아야 한다. 하지만
84행에서 단테는 그 해변 〈근처〉를 보았다고 말했기 때문에, 전적으로 오류라고 말하기는 어렵다.

만약 자연이나 예술이 마음을 빼앗기
위하여, 인간의 육체나 그림 안에
눈을 사로잡는 미끼를 만들었다면,   93

그 모든 것을 합해도, 그녀의 미소 짓는
얼굴을 보았을 때, 나에게 빛나던 성스러운
즐거움에 비하면 아무것도 아니리라.   96

그리고 그 시선이 나에게 준 힘은 레다의
멋진 보금자리²⁶에서 나를 끌어내
가장 빠른 하늘²⁷로 밀어 올렸다.   99

높고도 생생한²⁸ 그곳의 부분들은
모두 똑같았으니, 베아트리체가 나에게
어느 장소를 선택했는지 말할 수 없다.   102

하지만 내 욕망을 아는 그녀는
마치 그녀 얼굴 속에서 하느님이
기뻐하시듯 행복하게 웃으며 말했다.   105

「중심을 고정하고 다른 모든 것을
돌게 하는 우주²⁹의 본성은 바로
이곳을 그 출발점으로 시작하지요.   108

26 쌍둥이자리를 가리킨다. 별자리가 된 쌍둥이 카스토르와 폴리데우케스(「연옥」4곡 61행 참
조)는 레다가 백조로 변신한 유피테르와 정을 통해 낳은 알에서 태어났다.
27 최초 움직임의 하늘은 지구에서 가장 멀리 떨어져 있으며 가장 빠르게 회전한다.
28 일부 판본에는 *vicissime*로 되어 있어 〈가장 가까운〉으로 해석되기도 한다.
29 고정되어 있는 지구를 중심으로 모든 우주가 회전한다는 관념이다.

그리고 이 하늘은 하느님의 마음 이외에,
우주를 돌리는 사랑과 거기에서 내리는
힘이 불타는 다른 장소를 갖지 않아요.   111

이 하늘이 다른 하늘들을 감싸듯
빛과 사랑이 이곳을 한 원으로 감싸는데,
그 경계는 둘러싸는 분만이 아십니다.   114

그 운동은 다른 운동으로 결정되지 않고,
마치 열이 둘과 다섯으로 나뉘듯
다른 하늘들이 그 움직임에 의존하지요.   117

그러니 어떻게 시간이 이 화분 안에서
뿌리를 내리고 다른 하늘들에서 잎을
피우는지[30] 이제 그대는 잘 알겠지요.   120

오, 탐욕이여, 너는 인간들을 네 밑에
잠기게 하여, 누구도 네 물결 밖으로
눈을 돌릴 수 없도록 만드는구나!   123

의지는 사람들 안에서 잘 꽃피우지만,
끊임없는 비가 튼튼한 자두나무들을
썩은 쭉정이 나무들로 만드는구나.[31]   126

---

30 시간은 운동에서 비롯되기 때문에, 최초 움직임의 하늘에서 시작되어 다른 하늘들에서 나타난다.
31 좋은 나무라도 꽃이 필 무렵 계속되는 비에는 좋은 열매를 맺지 못한다.

믿음과 순수함은 오직 어린아이들에게서
발견되지만, 뺨에 수염이 나기도 전에
그것도 모두 사라져 버리는구나.   129

아직 말을 더듬을 때는 금식하던 사람도
나중에는 무절제한 혓바닥으로 어떤
달이든32 온갖 음식을 먹어 치우고,   132

말을 더듬을 때는 자기 어머니를
사랑하고 따르던 사람도 온전하게
말할 때면 어머니가 묻히기 바라는구나.   135

아침을 가져오고 저녁을 남기는 자33의
첫 눈길에 그의 아름다운 딸34의 하얀
피부도 그와 마찬가지로 검게 변하는구나.   138

그렇지만 그대는 놀라지 않도록,
지상에는 다스리는 자가 없기 때문에35
인류가 길을 벗어난다고 생각하세요.   141

그러나 지상에서 무시되는 백 분의 일 때문에
1월이 완전히 겨울에서 벗어나기 전에,36

---

32 금식을 하는 사순절도 가리지 않는다는 뜻이다.
33 태양을 가리킨다.
34 이 태양의 딸이 구체적으로 누구를 가리키는지, 무엇을 상징하는지 알 수 없다. 자연이나
인류, 또는 교회로 보는 학자도 있고, 헬리오스의 딸 키르케로 해석하는 학자도 있다. 그리고 이 3행
연구 전체가 문법적으로나 논리적으로 여러 가지 논란의 대상이다.
35 훌륭한 교황이나 황제가 없기 때문에.

이 높은 하늘들이 빛을 비출 것이니,[37]   144

마침내 오랫동안 기다리던 운명[38]이
이물을 고물이 있는 쪽으로 돌려
배가 똑바로 달리게 할 것이며,   147

꽃이 핀 뒤에 좋은 열매가 맺으리다.」

---

36 수천 년, 즉 오랜 세월이 흐르기 전이라는 뜻이다. 기원전 46년 율리우스 카이사르가 개정한 달력(소위 율리우스력(曆))은 1년을 365일 여섯 시간으로 계산하였는데, 그것은 실제보다 약 12분(대략 하루의 100분의 1)을 초과하는 것이었다. 따라서 백 년이면 하루의 오차가 발생하고, 결국 수천 년 후에는 1월에 벌써 봄이 될 것이다. 이런 오차는 1582년 교황 그레고리우스 13세의 개정(그레고리우스력)으로 수정되었다.
37 지상 세계에 영향력을 행사할 것이라는 뜻이다.
38 폭풍우로 해석되기도 한다.

제28곡

최초 움직임의 하늘에서 단테는 처음으로 하느님이 있는 곳을 바라보는데, 너무나도 강렬한 빛에 눈을 감을 수밖에 없다. 베아트리체는 하느님을 중심으로 둘러싸고 있는 아홉 하늘들의 움직임과 상호 관계들에 대하여 설명한다. 그리고 아홉 하늘에 배치된 아홉 품계의 천사들에 대해 설명한다.

내 마음을 천국으로 만드는 그녀가
초라한 인간들의 현재 삶을 꾸짖으며
그 진실을 활짝 열어 보여 준 다음,   3

직접 보거나 미처 생각하기도 전에
자기 등 뒤에서 비추는 횃불의 반사된
불꽃을 거울 속에서 발견한 사람이,   6

그 거울이 진실을 말하는가 보려고 몸을
돌려, 마치 노래와 박자가 일치하듯
거울과 진실이 일치함을 보는 것처럼,   9

사랑이 밧줄로 나를 사로잡았던
아름다운 눈을 바라보면서 나도
그랬던 것으로 내 기억은 기억한다.[1]   12

그렇게 나는 돌아섰고, 주의 깊게

---

1   마치 등 뒤의 횃불이 거울에 반사된 것을 보고 몸을 돌려 확인하듯, 단테는 베아트리체의 눈 안에서 무언가 빛나는 것을 발견하고, 그것을 확인하기 위해 몸을 돌려 바라본다.

그 회전을 응시하면 그 하늘에서
나타나는 것과 내 눈이 부딪쳤을 때   15

빛을 발하는 점 하나를 보았는데,
너무나 강렬해서 그 강한 예리함에
불붙어 타는 눈을 감아야만 했다.   18

지상에서는 작아 보이는 별이라도,
별과 별을 나란히 배치하듯이
그 곁에 놓으면 달처럼 보일 것이다.   21

아마 수증기가 더욱 **빽빽**해질 때
빛²이 그려 주는 후광이 그것을
가까이 둘러싸고 있는 만큼,   24

그 점 주위를 불타는 테두리³가
돌고 있었는데, 세상 주위를 가장
빨리 도는 움직임⁴보다 더 빨랐다.   27

또 그 원은 다른 원에, 그것은 셋째 원에,
셋째는 넷째 원에, 넷째는 다섯째 원에,
다섯째는 여섯째 원에 둘러싸여 있었다.   30

2 해나 달의 빛이다.
3 하느님이 자리하고 있는 지점을 중심으로 아홉 품계의 천사들이 아홉 겹의 동심원을 이루어
돌고 있다.
4 최초 움직임의 하늘의 운행이다.

그다음에 일곱째 원이 뒤따랐는데
유노의 심부름꾼[5] 전체도 그것을
담기에는 비좁을 정도로 넓었다.   33

여덟째와 아홉째 원도 그런 식이었고,
각각의 원은 중심에서 멀리 떨어진
숫자에 따라 더 느리게 움직였으며,   36

순수한 불꽃[6]에 가장 가까이 있는
원이 가장 순수한 빛으로 빛났는데,
진리에 더 가깝기 때문이라고 믿는다.   39

내가 강렬한 궁금증에 사로잡힌 것을
본 나의 여인은 말했다. 「저 지점에
하늘과 모든 자연이 의존하고 있지요.   42

거기에 가장 가까이 있는 원을 보세요.
그 움직임은 불타는 사랑에 자극되어
그렇게 **빠르다**는 것을 알아야 해요.」   45

나는 말했다. 「내가 저 원들에서 보는
질서대로 세상이 배치되어 있다면,
나에게 보이는 것만으로 배부를 것이오.[7]   48

---

5 이리스, 즉 무지개를 가리킨다.
6 하느님.
7 충분히 이해할 것이라는 뜻이다.

하지만 우리 감각의 세상에서는
중심에서 멀리 떨어진 회전[8]일수록
더욱 거룩한 것으로 볼 수 있지요.[9]   51

그러므로 빛과 사랑만으로 경계를
이루는 이 천사들의 놀라운 성전에서
나의 열망이 충족되어야 한다면,   54

원본과 사본[10]이 왜 일치하지 않는지
좀 더 설명을 들어야 하겠으니, 내가
그것을 관조해도 헛일이기 때문이오.」   57

「그런 매듭에는 그대의 손가락들이
충분하지 않더라도 놀라지 마오.
시험하기 위해 어려운 것은 아니니까.」   60

내 여인은 그런 다음 이어서 말했다.
「충분히 배부르려면 내 말을 잘 듣고
거기에 날카롭게 관심을 집중하세요.   63

물리적인 원들이 넓거나 좁은 것은
그 부분들 전체에 퍼지는 힘이
크고 작음에 따라 그런 것입니다.   66

8 하늘.
9 인간의 감각으로 보면 지구에서 멀리 떨어진 하늘일수록 하느님에게 가까이 있는 것으로 지
각된다는 뜻이다.
10 원래의 것과 그것을 본뜬 것을 가리킨다. 천사들과 그들이 관장하는 하늘들, 천상과 지상,
지성의 세계와 감각의 세계 등을 암시하는 것으로 해석된다.

최대의 선은 최대의 행복을 이루고,
최대의 물체는 그 부분들이 골고루
채워지는 만큼 최대의 행복을 담지요.   69

그러므로 다른 모든 우주를 이끄는
이 하늘[11]은 가장 많이 사랑하고
가장 많이 아는 원에 해당합니다.   72

그렇기 때문에 그대에게 둥글게
보이는 실체들의 겉모습이 아니라
힘에다 그대의 척도를 대본다면,   75

각 하늘에서 큰 것에는 많이,
작은 것에는 조금 그 지성에
상응하는 놀라운 비례를 볼 것이오.」   78

보레아스[12]가 바람을 불 때 가장
부드러운 뺨 쪽으로 불면[13] 대기의
반구는 눈부시고 맑게 개어 있고,   81

이전에 흐리게 하던 안개를
깨끗이 흩어 버리면, 하늘이
온 사방에서 아름답게 웃듯이,   84

---

11 최초 움직임의 하늘.
12 북풍의 신이다.
13 보레아스는 뺨의 가운데, 왼쪽, 오른쪽으로 서로 다른 바람을 분다고 믿었는데, 〈가장 부드러운〉 오른쪽 뺨으로 불 때 북서풍이 불고 가장 덜 매서운 바람이라고 한다.

나의 여인이 명백한 대답을
해주었을 때 나도 그러하였으니,
하늘의 별처럼 진리가 보였다.   87

그리고 그녀의 말이 끝나자
끓어오르는 쇳물이 불꽃들을 튀기듯
그 원들도 눈부신 불꽃들을 날렸다.   90

각 불꽃에는 둥근 화염이 뒤따랐는데,
불꽃들의 숫자는 체스의 갑절[14]이
무수히 늘어나는 것보다 더 많았다.   93

나는 합창대들의 호산나를 들었는데,[15]
그들을 있는 자리에 두고, 또 있던 자리에
언제나 있게 할 고정점을 향한 노래였다.   96

그러자 내 마음속의 의혹들을 아는
여인이 말했다.[16] 「처음의 원 두 개는

---

14 전설에 의하면 체스의 발명자는 페르시아 왕에게 보상을 요구했는데, 총 64칸으로 이루어
진 체스판의 첫 칸에는 곡식 한 알, 둘째 칸에는 네 알, 셋째 칸에는 여덟 알 하는 식으로 각 칸마다
두 배씩 달라고 했다. 대수롭지 않다고 생각한 왕은 수락하였으나, 64번째 칸까지 그 숫자는 기하급
수적으로 늘어났고, 결국 자기 왕국의 모든 곡식으로도 지불할 수 없다는 것을 깨달았다고 한다.
15 원문에는 〈합창대에서 합창대로 호산나를 노래하는 소리를 들었다〉로 되어 있는데, 여기에
서 합창대는 천사들의 원을 가리킨다.
16 이어서 베아트리체는 천사들의 품계에 대해 설명하는데, 그 품계에 대한 신학자들과 교부
들의 견해는 일치하지 않는다. 여기에서 단테는 위(僞) 디오니시우스(「천국」 10곡 115~117행)의
견해를 따르고 있는데, 『천상의 위계에 대하여』에서 설명하는 천사들의 품계와 라틴어 이름, 그들
이 관장하는 하늘은 다음과 같다.
상급 3품(三品)
1. 세라핌 *seraphim*, 치품(熾品) 천사: 최초 움직임의 하늘.

28: 89~90
끓어오르는 쇳물이 불꽃들을 튀기듯 그 원들도 눈부신 불꽃들을 날렸다.

세라핌들과 케루빔들을 보여 주었어요.   99

각자의 궤도[17]를 저렇게 빨리 도는 것은
최대한 그 점[18]과 닮기 위해서이며,
닮을수록 그들의 직관은 높아집니다.   102

그 주위를 도는 다른 사랑들은
거룩한 모습의 트로누스라 불리는데,
그렇게 해서 첫째 3품이 끝납니다.   105

모든 지성이 그 안에 담겨 있는
진리를 깊이 바라보는 만큼, 모두들
기쁨을 얻는다는 것을 알아야 해요.   108

여기에서 알 수 있듯이, 축복받음은

2. 케루빔cherubim, 지품(智品) 천사: 붙박이별들의 하늘.
3. 트로누스thronus, 좌품(座品) 천사: 토성의 하늘.
중급3품
4. 도미나티오dominatio, 주품(主品) 천사: 목성의 하늘.
5. 비르투테스virtutes, 역품(力品) 천사: 화성의 하늘.
6. 포테스타테스potestates, 능품(能品) 천사: 태양의 하늘.
하급3품
7. 프린키파투스principatus, 권품(權品) 천사: 금성의 하늘.
8. 아르칸겔루스archangelus, 대(大)천사: 수성의 하늘.
9. 안겔루스angelus, 천사: 달의 하늘.
세라핌과 케루빔은 구약 여러 곳에서 언급되는데, 한국 천주교 주교회의의 새 번역 『성경』에서 각각 〈사랍〉과 〈커룹〉으로 옮기고 있다. 반면 「에페소 신자들에게 보낸 서간」 1장 21절, 「콜로새 신자들에게 보낸 서간」 1장 16절에서 언급되는 트로누스, 도미나티오, 비르투테스, 포테스타테스, 프린키파투스에 대해서는 그냥 보통명사로 간주하여 각각 〈왕권〉, 〈주권〉, 〈권능〉, 〈권세〉, 〈권력〉 등으로 옮기고 있다.
17 본문에는 vimi로 되어 있는데, 끈, 즉 하느님과 연결시켜 주는 사랑의 연결선을 의미한다.
18 고정된 점처럼 움직이지 않는 하느님이다.

보는 행위에서 나오는 것이지, 나중에
뒤따르는 사랑에 토대를 두지 않으며,[19]   111

또한 보는 것은 은총과 훌륭한
의지가 낳는 공덕으로 측정되니,
그렇게 단계에서 단계로 나아가지요.[20]   114

밤의 양자리가 절대 빼앗지 못하는
이 영원한 봄[21]에 그런 식으로
새싹을 틔우는 또 다른 3품이   117

세 겹 기쁨을 드러내는 세 품계에서
울려 나오는 세 가지 선율과 함께
영원히 호산나를 노래합니다.   120

이 등급 안에는 다른 천사들이 있으니,
첫째는 도미나티오, 둘째는 비르투테스,
셋째 품계는 포테스타테스이지요.   123

그리고 끝에서 셋째와 둘째 원[22]에는

19 축복의 첫째 조건은 보는 것, 즉 하느님을 관조하는 것이며, 하느님에 대한 사랑은 그 뒤에
나타난다는 것이다.

20 천국에서 축복받는 것은 은총에서 공덕, 직관, 사랑, 축복으로 이어지는 단계들을 거친다는
뜻이다. 즉 하느님이 원하는 대로 나눠주는 은총에 의해 창조물들의 공덕이 이루어지고, 그 공덕에
따라 하느님을 직관할 수 있으며, 그 직관에 뒤이어 하느님을 사랑하게 되고, 그것이 바로 천국의
행복이라는 것이다.

21 양자리는 봄에 태양과 함께 떠오르고 지며, 가을에는 밤에 보인다. 그러니까 가을이 넘보지
못하는 봄을 가리킨다.

22 그러니까 하느님, 즉 고정점에서 보면 일곱째 원과 여덟째 원이다.

프린키파투스와 아르칸겔루스들이 돌고,
마지막은 즐거운 안겔루스들의 차지입니다. 126

이 품계들은 모두 위를 우러러보고
아래에 영향을 주어, 하느님을 향해
모두가 이끌고 또한 이끌리게 되지요. 129

디오니시우스는 커다란 열망으로
이 등급들을 관조하는 데 몰입하였고,
나와 똑같이 분류하고 이름을 붙였지요. 132

하지만 나중에 그레고리우스[23]는
그와 달리하였고, 따라서 이 하늘에서
눈을 뜨자마자 자기 자신을 비웃었지요. 135

그렇게 비밀스러운 진리를 인간이
지상에서 밝혔다고 그대는 놀라지 마오.
이 위에서 그것을 본 자[24]가 하늘들의 138

다른 진리와 함께 그에게 알려 주었으니까요.」

---

23 교황 그레고리우스 1세는 자기 저술에서 위 디오니시우스와는 약간 다르게 천사들을 배치
하였다.
24 성 바오로. 『천상의 위계에 대하여』의 저자 위(僞) 디오니시우스는, 살아 있는 몸으로 천국
을 방문한 성 바오로(「지옥」 2곡 28~30행 참조)가 천사들에 대해 직접 말해 주었다고 주장한다.

제29곡

베아트리체가 천사들과 여러 하늘들이 어떻게 창조되었는지 설명한다. 그리고 무엇 때문에 일부 천사가 반역하였는지, 천사들의 본질적인 성격은 무엇인지 이야기한다. 그리고 천사에 대하여 그릇된 관념을 퍼뜨리는 학자와 설교자 들을 비판한다.

레토의 두 자식[1]이 제각기
양자리와 저울자리에 있으면서
동시에 지평선을 허리띠로 삼을 때,   3

천정(天頂)이 그들을 균형 잡는
순간부터 각자가 반구를 바꾸며
그 허리띠에서 벗어나는 순간까지,[2]   6

바로 그 시간만큼 베아트리체는
나를 압도한 점[3]을 응시하며
얼굴에 미소와 함께 침묵하였다.   9

그리고 말했다. 「그대가 듣고 싶은 것[4]을

---

1 아폴로와 디아나, 즉 해와 달을 가리킨다.
2 양자리와 저울자리는 정반대 위치에 있으므로, 각자 동시에 지평선 상에 있을 때는 천정, 즉 하늘의 꼭대기를 중심으로 완전히 대칭의 위치에서 균형을 이룬다. 바로 그 순간부터 하나는 떠오르고, 다른 하나는 지면서(〈반구를 바꾸며〉) 그 균형을 깨뜨리는 순간까지이므로 아주 짧은 시간이다.
3 너무 눈부셔서 바라볼 수 없었던 하느님.
4 천사들에 대한 단테의 의문. 즉 언제, 어디서, 어떻게 창조되었는지 알고 싶어 한다.

묻지 않고 말하지요, 나는 모든 시간과
장소가 모이는 곳을 보았으니까요.   12

있을 수 없지만 당신의 선을 늘리기
위해서가 아니라, 당신의 반사된 빛이
〈나는 존재한다〉 말할 수 있도록,⁵   15

시간을 초월하고 다른 모든 제한⁶을
초월하는 영원함 속에서 영원한 사랑은
원하는 대로 새로운 사랑들⁷로 열렸지요.   18

그렇다고 전에는 가만히 계시지 않았으니,
하느님께서 이 물 위로 지나가기 전에는⁸
이전도 이후도 없었기 때문이라오.   21

형식과 질료가 결합되고 분리된 채,⁹
세 줄 활에서 화살 세 개가 나오듯,
오류 없는 존재로 나오게 되었지요.   24

그리고 마치 유리나 호박, 수정에
빛을 비추면, 빛이 와서 그 안에서

---

5 하느님의 빛이 반사된 것이 바로 창조물이며, 그 반사된 빛에 의해 창조물은 비로소 존재하게 된다.
6 공간.
7 창조물들.
8 하느님의 창조 행위에 대한 비유이다. 〈어둠이 심연을 덮고 하느님의 영이 그 물 위를 감돌고 있었다.〉(「창세기」 1장 2절)
9 창조는 순수한 형식, 순수한 질료, 형식과 질료가 결합된 것 등 세 가지 형태로 이루어졌다.

반사될 때까지 전혀 시차가 없듯이.[10]　　　　　　　　　　27

마찬가지로 주님의 세 가지 결과는
처음 시작에 어떠한 구별도 없이
완전히 동시에 자기 존재로 빛났지요.　　　　　　　　　30

실체들[11]의 구성과 질서도 함께
창조되었고, 그것들은 순수한 행위[12]로
만들어진 세상의 꼭대기[13]에 있었으며,　　　　　　　　33

순수한 가능성[14]은 낮은 곳[15]에 있었고,
그 사이[16]에서는 가능성이 행위와 함께
절대 끊기지 않는 매듭을 지었지요.[17]　　　　　　　　36

히에로니무스[18]가 쓴 바에 의하면,
천사들은 다른 세상이 만들어지기 전,
아주 오래전에 창조되었답니다.[19]　　　　　　　　39

10 빛이 투명한 물체 안에서 순식간에 반사되듯이 창조는 순간적으로 이루어졌다는 뜻이다.
11 지성적 실체인 천사들을 가리킨다.
12 토마스 아퀴나스에 의하면 형식(22행 참조)은 곧 행위를 가리킨다. 천사들은 형식, 즉 순수한 행위에 의해 창조되었다.
13 최고의 하늘 엠피레오로 천사들은 그곳에서 창조되었다.
14 가능성은 바로 질료를 가리킨다. 무형의 일차적 질료는 순수한 가능성에 지나지 않는다.
15 여러 가지 질료들로 구성된 지상 세계.
16 지상 세계와 엠피레오 사이의 여러 하늘들.
17 엠피레오 아래의 하늘들은 형식과 질료, 즉 행위와 가능성이 결합되어 창조되었다.
18 Eusebius Hieronymus(347?~420). 달마치아 지방에서 태어난 교부로 동방을 여행하면서 히브리어와 그리스어를 공부하였고, 로마로 돌아와 교황 다마수스 1세(재위 366~383)의 요청으로 성경을 라틴어로 번역하였다. 그의 라틴어 번역본을 가리켜 일반적으로 『불가타』 성경이라고 부른다.
19 천사들은 감각의 세계가 창조되기 오래전에 창조되었다는 주장인데, 이에 대한 다른 견해

하지만 그 진리는 성령의 기록자들20이

여러 곳에서 썼으니, 그대가 잘

살펴본다면 알 수 있을 것이오.   42

또 이성도 그것을 약간 알고 있으니,21

그 원동력들22이 그렇게 오랫동안

불완전했다고 인정하지 않으려 하지요.23   45

그대는 그 사랑들24이 언제, 어디서,

어떻게 창조되었는지 이제 알았으니,

그대의 열망에서 세 불꽃은 꺼졌군요.25   48

그런데 숫자를 헤아려 채 스물까지

이르기도 전에 금세 천사들의 일부가

그대들 원소의 주체를 뒤흔들었지요.26   51

다른 일부는 남아서 그대가 보는

이 예술27을 즐겁게 시작했으니,

들이 뒤이어 언급된다.

20 『성경』을 기록한 사람들.

21 인간의 이성은 그런 초월적인 것들에 대해 단지 부분적으로만 알 수 있다.

22 천사들. 그들은 바로 하늘들을 움직이는 원동력이다.

23 천사의 임무는 하늘들을 움직이는 것인데, 만약 움직일 하늘들이 아직 없는 상태라면 불완전하다고 말할 수 있기 때문이다.

24 천사들.

25 세 가지 궁금증은 해결되었다는 뜻이다.

26 천사들이 창조된 순간부터 그들 일부가 반역할 때까지 아주 짧은 시간이 흘렀다는 뜻이다. 또한 지상의 4대 원소(흙, 물, 불, 바람) 중에서 흙이 가장 중요한 역할을 하는데, 반역한 천사들은 바로 땅으로 떨어졌다.

27 하늘들을 움직이는 놀라운 임무이다.

그 회전을 절대 멈추지 않습니다.   54

추락의 원인은, 그대가 보았듯이
온 세상의 무게에 짓눌려 있는
그자[28]의 저주받은 오만함이었지요.   57

여기에서 그대가 보는 천사들은
자신에게 그런 인식[29]을 마련해 주신
선에 의해 존재함을 겸손하게 인정했지요.   60

따라서 빛나는 은총과 그들의 공덕으로
그들의 시야는 높이 고양되었기에,
확고하고 충만한 의지를 갖고 있어요.   63

은총을 받는다는 것은 애정이
자신에게 열리는 데 따른 공덕임을
그대는 의심하지 말고 확신하기 바라오.   66

내 말을 잘 알아들었다면, 그대는
이제 다른 도움 없이도 이 모임[30]에
대하여 잘 관찰할 수 있을 것이오.   69

그러나 그대들 지상의 학교에서는
천사의 본성이 인식하고 기억하며

---

28 지구의 중심에 처박혀 있는 루키페르.
29 하느님의 신비를 바라보고 관조할 수 있는 능력이다.
30 천사들의 모임.

원하는 것이라고 가르치기 때문에,　　　　　　　72

지상에서 그러한 강의로 모호하게
만들어 혼동되는 진리를 그대가
분명히 볼 수 있도록 좀 더 말하리다.　　　75

이 실체들은 하느님의 얼굴을 보고
행복해진 다음, 아무것도 감출 수 없는
그 얼굴에서 눈을 돌리지 않았으니,　　　78

따라서 새로운 대상 때문에 보는 것이
가로막히지도 않고, 따라서 구분된
개념 때문에 기억할 필요도 없지요.[31]　　　81

지상에서는 뜬눈으로 꿈을 꾸고
믿거나 믿지 않으면서 진리를 말하는데,
여기에 가장 큰 죄와 치욕이 있습니다.　　　84

지상에서 그대들은 철학을 하면서
하나의 길로 가지 않으니, 겉모습에
대한 애착과 생각이 그렇게 이끌지요.　　　87

하지만 『성경』을 왜곡하거나 또는
한쪽에 제쳐 둘 때보다, 이 위에서는
그런 것에 대해 보다 덜 분노합니다.　　　90

31　하느님 안에서 모든 것을 보는데 그 안에 과거나 미래도 있기 때문에 기억할 필요도 없으며,
인간의 지성처럼 추론하기 위해 개념을 구분할 필요도 없다.

그것32을 세상에 씨 뿌리려고 얼마나
피를 흘렸는지, 겸손히 거기에 접근하는
사람이 얼마나 즐거운지 생각하지 않아요.   93

각자 돋보이려 애쓰고 새로운 것을
고안하며 설교자들도 그렇게 하는데,
복음서에 대해서는 침묵하고 있어요.   96

누구는 그리스도의 수난 때 달이
뒷걸음쳐서 사이에 끼어들었기에
햇빛이 지상에 닿지 않았다고 말하고,   99

또 누구는 햇빛이 스스로 숨었기에
유대인들과 마찬가지로 스페인과 인도
사람들에게도 일식이 있었다고 말하지요.   102

피렌체에 라포와 빈도33가 많다지만,
해마다 여기저기 강단에서 외치는 그런
꾸며 낸 이야기만큼 많지는 않으리다.   105

그리하여 아무것도 모르는 양 떼는
바람만 먹고 목장에서 돌아오는데,
그 폐해를 몰랐다고 용서되지 않아요.34   108

32 『성경』을 가리킨다.
33 라포Lapo와 빈도Bindo는 당시 피렌체에서 아주 흔한 이름이었다.
34 무지가 죄에 대한 변명이 될 수 없다는 뜻이다.

그리스도께서는 당신의 첫 집단[35]에
〈너희는 가서 세상에 헛소리를 전해라〉
말하지 않고 진리의 토대를 주셨으며,[36]   111

그것만이 그들의 뺨에서 울려 나왔으니,
믿음을 불태우기 위한 싸움에서
그들은 복음을 창과 방패로 삼았는데,   114

지금은 익살과 말장난으로 설교하러
다니고, 더 잘 웃기기 위해 고깔[37]을
부풀리니, 더 이상 바랄 게 없지요.   117

하지만 고깔 끝에 새[38]가 깃들이니,
대중들이 그것을 본다면, 믿었던
사면이 어떤 것인지 알게 되리다.   120

그 때문에 많은 어리석음이 지상에
늘어났고, 어떤 근거의 증명도 없는
온갖 약속에 사람들이 몰려들었지요.   123

성 안토니오[39] 돼지는 그것으로 살찌고,

35 사도들의 집단을 가리킨다.
36 예수는 제자들에게 말했다. 〈너희는 온 세상에 가서 모든 피조물에게 복음을 선포하여라.〉
「마르코 복음서」 16장 15절)
37 수도자들이 머리에 쓰는 두건 또는 고깔모자로 수도복에 붙어 있다.
38 악마를 상징한다. (「지옥」 22곡 96행, 34곡 46행 참조)
39 성 안토니우스(251?~356)는 이집트의 은수 수도자로 수도 생활의 창시자이다. 하지만 후
대에 그의 이름을 팔아 타락한 수도자들로 인하여 돼지와 관련된 여러 전설이 생겼고, 그가 세운 수
도원의 수도자들은 중세에 게걸스러운 수도자들로 알려져 있었다.

더욱 심한 다른 돼지들도 가짜로
찍어 낸 동전40을 지불하며 살찌지요.   126

그런데 우리는 길을 많이 벗어났으므로
이제 그대는 똑바른 길로 눈을 돌려
시간과 길을 단축하도록 하세요.   129

이 자연41은 단계들마다 숫자가
많아서, 인간의 언어나 개념이
거기에 미칠 수 없을 정도이며,   132

다니엘을 통하여 드러나는 것을
살펴본다면, 그가 말한 숫자에는
확정된 숫자가 없음을 알 것이오.42   135

그 모두를 비추시는 최초의 빛은
당신과 합치는 광채들의 숫자만큼
많은 방법으로 그들 안에 수용되지요.   138

또한 애정은 지각하는 행위에 뒤따르기
때문에43 사랑의 달콤함도 그들에게
서로 다르게 끓어오르거나 미지근하지요.   141

40 아무런 가치도 없는 거짓 사면을 뜻한다.
41 천사들.
42 「다니엘서」 7장 10절에서 〈그분을 시중드는 이가 백만이요 그분을 모시고 선 이가 억만이
었다〉고 했는데, 어떤 확정된 숫자를 가리키는 것이 아니라는 뜻이다.
43   하느님에 대한 사랑은 하느님을 바라보고 직관하는 행위에 뒤이어서 나타난다.(「천국」
28곡 109~114행 참조)

그대 이제 영원하신 힘의 탁월함과
너그러움을 보세요, 수많은 거울들을
만드시어 그 안에 부서진 다음에도   144

전과 다름없이 스스로 하나이니까요.」

제30곡

최초 움직임의 하늘에서 천사들의 빛이 서서히 사라지고 베아트리체는 더욱 아름다운 모습으로 빛난다. 단테와 베아트리체는 최고의 하늘 엠피레오로 올라간다. 그곳은 눈부시게 빛나는 빛의 강물 같고, 거기에서 생생한 불꽃들이 튀어나온다. 한가운데의 빛을 중심으로 천사들과 축복받은 영혼들이 장미꽃 같은 형상으로 둘러싸고 있다. 베아트리체는 단테를 그 안으로 데려간다.

약 6천 마일 떨어진 곳에서 여섯째
시간이 불타고, 이곳 세상은 거의
평평한 침상에 그림자를 드리울 때,[1]   3

우리의 머리 위로 높다란 하늘의
한가운데에서 일부 별들은 빛을 잃어
이곳 지상까지 닿지 않기 시작하고,   6

태양의 가장 밝은 시녀[2]가 더욱
다가옴에 따라, 하늘은 가장 아름다운
별까지 별들을 하나하나 꺼뜨린다.   9

그와 다름없이 승리의 잔치 무리[3]는
나를 압도했던 점을 맴돌면서 자신들이

---

1 단테는 엠피레오로 올라가는 것을 지상 세계의 새벽에 비유하고 있는데, 해 뜨기 약 한 시간 전을 가리킨다. 중세 아랍의 천문학자 알프라가누스는 지구의 둘레를 약 2만 4백 마일로 계산하였다. 따라서 동쪽으로 약 6천 마일 떨어진 곳이 정오(〈여섯째 시간〉)라면, 이곳의 지평선(〈평평한 침상〉)은 아직 어둠에 잠겨 있으면서 새벽을 기다리고 있다.
2 새벽 여명.
3 하느님을 둘러싸고 있는 천사들.

감싸는 것에 의해 에워싸이는 듯하였고,⁴   12

조금씩 나의 시야에서 사라졌기에,
나는 아무것도 볼 수 없는 데다가
사랑에 이끌려 베아트리체를 바라보았다.   15

지금까지 그녀에 대하여 말한 것이
모두 한 편의 찬가로 엮어지더라도
이번 임무에는 별로 어울리지 않으리.⁵   18

내가 본 아름다움은 우리의 능력을
벗어날 뿐 아니라, 그 창조주만이
온전히 향유하실 것이라고 믿는다.   21

희극이나 비극 작가가 자기 주제의
한 지점에서 압도당한 것 이상으로
나는 이 고비에서 졌음을 인정하니,   24

아주 약한 눈에 태양이 비추듯,
그 달콤한 웃음에 대한 회상은
나 자신의 마음을 빼앗기 때문이다.⁶   27

내가 이승의 삶에서 그녀의 눈을

---

4 천사들이 하느님을 둘러싸고 있는데, 오히려 하느님에 의해 둘러싸이는 것처럼 보인다.
5 지금 내 눈앞에 나타나는 그녀의 아름다움을 충분히 묘사하는 데에는 부족할 것이라는 뜻
이다.
6 내 마음의 다른 모든 능력을 빼앗기 때문에 말로 표현할 수 없다는 것이다.

처음 본 날부터 지금 보는 때까지
내 노래의 이어짐은 멈추지 않았는데,   30

하지만 막바지에 이른 예술가처럼,
이제는 시로써 그녀의 아름다움을
뒤쫓는 것을 중단해야 하리라.   33

이제 자신의 힘든 소재를 끝마치는
나의 나팔보다 훨씬 더 커다란
악대에게 맡겨야 할7 그 여인은   36

유능한 안내자의 몸짓과 목소리로
다시 말했다.「가장 커다란 물체8에서
우리는 순수한 빛의 하늘로 나왔으니,   39

사랑으로 가득한 지성의 빛이요,
기쁨으로 가득한 진짜 선의 사랑이며,
온갖 달콤함을 능가하는 기쁨이지요.   42

여기에서 그대는 천국의 양쪽 무리9를
볼 것인데, 하나는 최후의 심판 때
보게 될 모습들로 되어 있답니다.」10   45

---

7 나보다 훨씬 더 유능한 시인이 노래해야 할.
8 모든 하늘들을 감싸고 있기 때문에 가장 큰 하늘인 최초 움직임의 하늘이다.
9 천사들의 무리와 축복받은 영혼들의 무리이다.
10 축복받은 영혼들의 무리는 최후의 심판 때 다시 입게 될 육신을 갖춘 모습으로 보일 것이라
는 뜻이다.

마치 갑작스러운 번개가 시력을
흩어 버려, 가장 강렬한 대상을
눈으로 볼 수 없도록 만들듯이   48

눈부신 빛이 내 주위에 빛났고,
나는 그 광채의 베일에 휩싸여
아무것도 눈에 보이지 않았다.   51

「이 하늘을 평온하게 만드는 사랑은
당신의 불꽃에 초[11]를 준비시키려고
저런 인사로 당신 안에 맞이하십니다.」   54

이렇게 간략한 말이 내 안으로
들어오자마자 나는 금세 내 능력보다
훨씬 위로 상승하는 것을 깨달았고,   57

새롭게 되찾은 시력으로 불탔으니,
제아무리 눈부신 불꽃이라 해도
내 눈이 견디지 못할 것은 없었다.   60

나는 아름다운 봄꽃들로 채색된
두 기슭 사이로 눈부시게 흐르는
강물과 같은 형상의 빛을 보았다.   63

강물에서는 생생한 불꽃들[12]이 튀어나와

11   하느님의 빛으로 빛날 영혼을 가리킨다.
12   천사들.

온 사방의 꽃들13 사이로 떨어졌는데,
마치 황금으로 둘러싸인 루비 같았다.   66

그리고 향기에 취한 듯 눈부신 빛의
소용돌이로 되돌아가, 어떤 불꽃은
들어가고 어떤 불꽃은 다시 나왔다.   69

「그대가 보는 것을 이해하도록 그대를
애태우고 충동질하는 큰 욕망이
강렬할수록 내 마음은 기쁩니다.   72

하지만 큰 갈증이 충족되기 전에
그대는 이 물을 마셔야 해요.」14
내 눈의 태양15이 그렇게 말했다.   75

그리고 덧붙였다. 「강물과, 들어가고
나오는 보석들,16 풀들의 웃음17은
그들 참모습의 희미한 첫머리입니다.   78

그들이 불완전하기 때문이 아니라,
아직 그토록 높은 눈을 갖지 못한
바로 그대의 결함 때문이랍니다.」   81

13 축복받은 영혼들.
14 그들의 진정한 모습을 볼 수 있으려면, 먼저 빛의 강물을 눈으로 마시고 시력을 더욱 강화
해야 한다는 뜻이다.
15 베아트리체를 가리킨다.
16 원문에는 〈토파즈들〉로 되어 있는데, 천사들을 가리킨다.
17 〈풀들의 웃음〉은 바로 꽃들인데, 축복받은 영혼들을 가리킨다.

평소보다 아주 늦게 잠에서 깬
아기가 젖을 향해 황급히 얼굴을
돌리는 것이 아무리 재빠르다 해도,   84

내가 나의 눈을 더 좋은 거울로
만들기 위해, 좋아지도록 흐르는
물결로 몸을 숙인 것보다 못하리라.   87

그렇게 내 눈[18]이 그 빛의 물결을
마시자마자 처음에는 기다랗게
보이던 물결이 둥글게 보였다.   90

또한 가면을 쓰고 있던 사람들이
자기 것이 아닌 모습을 벗으면
이전과는 전혀 다르게 보이듯이,   93

그렇게 꽃들과 불꽃들이 나에게는
커다란 축제로 바뀌었으며, 나는
하늘의 두 궁전[19]을 분명히 보았다.   96

오, 진정한 왕국의 높은 승리를
나에게 보여 주신 하느님의 빛이여,
내가 본 대로 말할 힘을 주소서!   99

저 위에서 빛은, 오직 창조주를

18 원문에는 〈내 눈꺼풀의 처마〉로 되어 있다.
19 천사들과 축복받은 영혼들의 두 무리를 가리킨다.

보는 데서만 자신의 평화를 얻는
창조물들[20]에게 창조주를 보이게 한다.   102

그 빛은 둥근 형상으로 퍼져 나가
그것의 둘레는 태양에게 너무나도
널따란 허리띠가 될 정도이다.   105

그것은 최초 움직임의 하늘 꼭대기에서
반사된 빛으로 되었고, 최초 움직임의
하늘은 거기에서 생명과 힘을 받는다.   108

그리고 녹음과 꽃들이 만발할 때
언덕이 발치에 있는 물에 비치어
치장된 제 모습을 보는 것처럼,   111

사람들 중에서 위로 돌아간 자들[21]이
모두 그 빛 위쪽을 둘러싼 수천의
계단들에서 제 모습을 비춰 보고 있었다.   114

맨 아래 계단이 그토록 커다란 빛을
둘러싸고 있다면, 가장 끄트머리의
꽃잎에서 이 장미[22]는 얼마나 넓겠는가!   117

20 이성을 갖춘 천사들과 인간들.
21 지상에서의 삶을 마치고 천국으로 돌아간 영혼들을 가리킨다.
22 하느님의 빛 주위를 에워싸고 있는 천사들과 축복받은 영혼들의 모습을 거대한 장미꽃에
비유하고 있다.

나의 눈은 그 넓이와 높이 안에서
흐려지지 않았고, 오히려 그 즐거움의
질과 양을 한꺼번에 포착하였다.   120

그곳에서는 멀고 가까움이 똑같았으니,[23]
하느님께서 직접 다스리는 곳에서는
자연의 법칙이 필요 없기 때문이다.   123

언제나 봄인 태양께 찬미의 향기를
발산하며 계단을 이루어 널리 퍼지는
그 영원한 장미의 한가운데[24]에서   126

나는 말하고 싶지만 침묵하는 사람처럼
있었는데, 베아트리체가 이끌며 말했다.
「봐요, 흰옷들[25]의 무리가 얼마나 많은지!   129

우리 도시[26]가 얼마나 넓은지 보아요.
우리의 자리들이 가득 찬 것을 보아요.
이제 소수의 사람들만 더 기다리지요.[27]   132

23 원문에는 〈가깝고 멂이 더하지도 않고 덜하지도 않았다〉로 되어 있다. 천국에서는 공간의
개념이 없기 때문에, 가깝다고 잘 보이고 멀다고 잘 안 보이는 것이 아니다.
24 원문에는 〈노란색〉으로 되어 있는데, 꽃의 중심부를 가리킨다.
25 축복받은 영혼들.(「천국」 25곡 94~96행 참조)
26 천국을 도시에 비유한다. 〈하늘로부터 하느님에게서 내려오는 거룩한 도성 예루살렘〉.(「요
한 묵시록」 21장 10절)
27 미리 예정된 선택받은 자들의 자리가 거의 다 찼다는 뜻이다. 일부에서는 세상의 보편적 타
락으로 천국에 들어갈 사람이 거의 없다는 뜻으로 해석하기도 하고, 이제 세상이 막바지 단계에 들
어선 것으로 해석하기도 한다.

벌써 위에 놓여 있는 왕관 때문에

그대가 주목하는 저 커다란 자리에는

그대가 이 잔치에서 식사하기 전에,[28]   135

지상에서 황제가 될 위대한 하인리히[29]의

영혼이 앉을 것이니, 그는 이탈리아가

준비되기 전에[30] 바로잡으러 올 것이오.   138

그대들을 현혹하는 눈먼 탐욕은,

그대들을 마치 굶어 죽으면서 유모를

내쫓는 어린아이처럼 만들었지요.   141

또한 그때는 공개적으로나 비밀리에

그와 함께 길을 가지 않는 자[31]가

거룩한 광장의 책임자[32]일 것이오.   144

하지만 하느님께서 거룩한 임무에 오래

두시지 않으리니, 그는 마술사 시몬이

자기 죄 때문에 있는 곳[33]에 떨어지고,   147

알라냐 사람[34]을 더 아래로 떨어뜨릴 것이오.」

28 그대가 죽어 천국에 올라오기 전에.
29 신성 로마 제국 황제 하인리히 7세를 가리킨다. 단테는 그가 타락한 이탈리아를 바로잡으면 고향 피렌체로 돌아갈 수 있을 거라 기대했지만 그는 이탈리아 원정 중 1313년 갑자기 사망했다.
30 때 이르게.
31 당시의 교황 클레멘스 5세로 그는 모든 일에서 하인리히 7세와 대립하였다.
32 교회(〈거룩한 광장〉)의 책임자인 교황.
33 성직을 거래인 죄인들이 벌받는 지옥 여덟째 원의 셋째 구렁이다. (「지옥」 19곡 참조)
34 알라냐 출신의 교황 보니파키우스 8세. (「지옥」 19곡 76~78행 참조)

제31곡

축복받은 영혼들은 새하얀 장미 모양으로 하느님을 에워싸고 있으며, 그 사이로 천사들이 날아다니고 있다. 단테가 넋을 잃고 바라보는 동안 베아트리체는 자기 자리로 올라가고, 성 베르나르두스가 나타난다. 단테는 베아트리체에게 감사의 말을 올린 다음, 성 베르나르두스의 권유에 따라 장미 사이에서 성모 마리아를 본다.

피로써 그리스도께서 신부로 삼으신
성스러운 무리[1]가 내 앞에 보였으니
마치 새하얀 장미의 모양이었다.   3

또 다른 무리[2]가 자신들이 사랑하는 분의
영광과 자신들을 그토록 아름답게 만든
선을 노래하고 관조하면서 날아다녔는데,   6

그 모양은 마치 벌 떼가 꽃으로
날아갔다가 꿀을 만드는 곳으로
다시 돌아오는 것과 같았으니,   9

수많은 꽃잎들로 장식된 그 커다란
꽃 속으로 내려갔다가, 사랑이 언제나
머무는 곳으로 다시 올라가곤 하였다.   12

그들의 얼굴은 모두 생생한 불꽃이었고

1 축복받은 영혼들.
2 천사들.

31 : 1~3

피로써 그리스도께서 신부로 삼으신 성스러운 무리가 내 앞에 보였으니 마치 새하얀 장미의 모양이었다.

날개는 황금빛, 옷은 아주 하얀색인데
어떤 눈[雪]도 거기에 미치지 못하였다.   15

그들이 꽃 속으로 내려앉을 때는
날갯짓을 하면서 얻은 평화와 영광을
이 자리 저 자리에 전해 주었다.   18

하지만 날아다니는 그 많은 무리가
위쪽[3]과 꽃 사이에 끼어들어도
찬란한 빛과 시야를 가로막지 않았으니,   21

하느님의 빛은 그 가치에 따라
온 우주에 침투하여 아무것도
그것을 막을 수 없기 때문이다.   24

옛사람과 새사람 들[4]로 가득한
그 확고하고 즐거운 왕국은 사랑과
눈을 온통 한 표적[5]에 향하고 있었다.   27

오, 세 겹의 빛이시여, 하나의 별로
빛나며 그들의 눈을 채워 주시니,
이곳 우리의 폭풍우를 굽어보소서!   30

헬리케[6]가 자기 아들과 함께

3 하느님이 있는 지점이다.
4 구약과 신약에 나오는 사람들을 가리킨다.
5 하느님.

회전하면서 매일같이 뒤덮고 있는
지방[7]에서 내려오는 야만인들이,   33

라테라노[8]가 인간의 작품들을
능가할 때의 로마와 또한 로마의
장엄한 건물들을 보고 놀랐다면,   36

나는 인간 세상에서 하느님 세상으로,
시간에서 영원으로, 또한 피렌체에서
정의롭고 완전한 사람들에게 왔으니,   39

어떤 놀라움으로 가득 찼겠는가!
나는 분명 놀라움과 기쁨 사이에서
듣고 싶지도 않았고 말없이 있었다.   42

그리고 마치 순례자가 자기 서원의
성전[9]을 둘러보며, 벌써 그것이
어떤 모습인지 말해 주고 싶어 하듯이,[10]   45

나는 생생한 빛 사이를 거닐면서
계단들을 향하여 눈을 돌렸으며,

6 헬리케(또는 칼리스토)와 그녀의 아들이 큰곰자리와 작은곰자리가 된 이야기에 대해서는
「연옥」 25곡 132행 역주 참조.
7 북극에 가까운 지방이다.
8 로마의 주교좌성당이자 교황의 거처였는데(「지옥」 27곡 86행 참조), 여기서는 로마가 세상
에서 군림하였을 때를 암시한다.
9 자신이 순례하여 방문하겠다고 맹세한 성전이다.
10 나중에 고향에 돌아와 다른 사람들에게 성전에 대해 이야기하고 싶어 하듯이.

위로, 아래로, 사방을 둘러보았다.   48

다른 분[11]의 빛과 웃음으로 장식되어
사랑을 불어넣는 얼굴들과, 완전히
위엄을 갖춘 몸짓들을 나는 보았다.   51

나의 시선은 어느 한군데에
고정되어 멈추지 않고, 천국의
전체 모습을 이미 파악하였으니,   54

내 마음을 사로잡은 것들에 대해
내 여인에게 질문하기 위해, 나는
다시 불붙은 의욕으로 몸을 돌렸다.   57

그런데 내가 찾는 것과는 달랐으니,[12]
베아트리체를 보리라 믿었는데, 영광의
사람들처럼 옷을 입은 노인[13]을 보았다.   60

그의 눈과 뺨에는 너그러운 기쁨이
넘쳐흘렀고, 자애로운 아버지에게
어울리는 경건한 몸가짐이었다.   63

「그녀는 어디 있습니까?」 나는 곧바로

---

11   하느님.
12   원문에는 〈나는 이것을 의도하였는데, 다른 것이 나에게 대답하였다〉로 되어 있다.
13   102행에서 이름이 밝혀지는 프랑스 출신의 성 베르나르두스Bernardus(프랑스어 이름은
베르나르. 1091~1153). 시토회 수도자로 1113년 유명한 클레르보 수도원을 세웠으며, 12세기의
가장 탁월한 성직자 중 하나로 꼽힌다.

말했고, 그는 말했다. 「그대의 바람을 채워 주려고
베아트리체는 나를 내 자리에서 불렀으니,   66

최고 높은 계단으로부터 셋째 둘레를
바라본다면, 그녀의 공덕으로 정해진
옥좌에 앉아 있는 그녀를 다시 보리라.」   69

나는 대답도 없이 눈을 들어 올렸고,
자신에게서 영원한 빛을 반사하며
후광을 만들고 있는 그녀를 보았다.   72

천둥 치는 가장 높은 구역에서
바닷속 가장 낮은 곳까지, 인간의
눈이 아무리 멀리 떨어져 있어도,   75

베아트리체와 내 눈 사이만큼 멀지는
않았지만 아무렇지도 않았으니, 그녀의
모습은 흐려짐 없이 나에게 내려왔다.   78

「오, 내 희망에 활력을 부여하고,
나의 구원을 위해 지옥에 발자취를
남기는 것을 감내했던[14] 여인이여,   81

지금까지 내가 본 모든 것은 바로
그대의 능력과 너그러움에 의한

14   베르길리우스에게 〈어두운 숲〉에서 길을 잃은 단테의 인도를 부탁하기 위해 지옥의 림보에
내려갔던 것을 가리킨다.(「지옥」 2곡 52행 이하 참조)

31: 70~72

나는 대답도 없이 눈을 들어 올렸고, 자신에게서 영원한 빛을 반사하며 후광을 만들고 있는 그녀를 보았다.

은총이자 힘이라 생각합니다.   84

그대는 그대가 할 수 있었던
그 모든 길, 모든 방법을 통하여
나를 하인에서 자유로 이끌었습니다.   87

그대의 너그러움을 나에게 간직하여
그대가 건강하고 좋게 만들어 준
내 영혼이 육신에서 풀려나게 해주오.」15   90

그렇게 기도하자, 그토록 멀어 보이던
그녀는 미소 짓고 나를 바라보더니 다시
영원한 샘물16 쪽으로 몸을 돌렸다.   93

그러자 성스러운 노인이 말했다.
「기도와 성스러운 사랑이 나를 보낸
그대의 여행을 완벽하게 마치도록,   96

이 정원을 그대의 눈으로 날아 보아라.
이것을 보면 그대 눈이 하느님의 빛으로
높이 오르는 데 적합하게 될 것이다.17   99

내가 온통 사랑으로 불타는 하늘의

---

15 깨끗하게 구원받은 영혼으로 죽음을 맞이하게 해달라는 뜻이다.
16 하느님.
17 하느님의 빛을 반사하는 축복받은 영혼들을 바라봄으로써 시력이 더욱 강화되어야 하느님
을 직접 바라볼 수 있게 된다.

여왕[18]께서 모든 은총을 베푸시리니,
나는 충실한 베르나르두스이기 때문이다.」   102

가령 크로아티아[19]에서 우리의
베로니카[20]를 보려고 오는 사람이
오랜 열망으로 보는 것에 만족하지 않고,   105

그것이 공개되는 동안 마음속으로
〈나의 주 예수 그리스도, 진정한 주님,
당신의 모습이 이랬습니까?〉 말하듯이,   108

이 세상에서 명상하며 그런 평화를
맛보았던 그분의 생생한 사랑을
바라보면서 나 역시 그러하였다.   111

그분이 말했다. 「은총의 아들이여,
이 아래 바닥만 본다면, 그대는
이런 행복함을 알 수 없을 것이니,   114

가장 먼 곳의 둘레들까지 바라보아,
이 왕국이 경건히 떠받들고 있는
여왕께서 앉아 계시는 것을 보아라.」   117

18 성모 마리아. 성 베르나르두스는 특히 성모 마리아 신심을 널리 확산시켰다.
19 발칸반도 서쪽 아드리아해에 면한 국가로, 여기에서는 멀고 이국적인 지방을 가리킨다.
20 *Veronica*는 〈진짜 모습〉이라는 뜻으로, 그리스도가 십자가를 지고 갈보리 언덕을 오를 때
어느 여인이 천으로 얼굴의 땀을 닦자 그리스도의 얼굴 모습이 그대로 찍혔다고 한다. 그 거룩한 천
은 산피에트로 성당에 보존되어 있다.

나는 눈을 들었고, 마치 아침이면
지평선의 동쪽이 태양이 기우는
저쪽보다 빛나는 것과 마찬가지로,   120

내 눈이 계곡에서 산으로 올라가자,
맨 끝의 부분이 다른 모든 쪽을
빛으로 완전히 압도하는 것을 보았다.   123

그리고 파에톤이 잘못 이끌었던 마차[21]를
기다리는 곳은 더욱 눈부시게 빛나고,
이쪽과 저쪽에서는 빛이 희미해지듯,   126

그 평화로운 황금 불꽃은 한가운데서
가장 생생히 불탔고, 온 사방에서는
모두 똑같이 불꽃이 희미해졌다.   129

또한 그 한가운데에 수천의 즐거운
천사들이 날개를 펼치고 있었는데,
제각기 눈부심과 모습이 구별되었다.   132

나는 그들의 놀이와 노래에 미소 짓는
아름다움[22]을 보았는데, 그것은
다른 모든 성인의 눈에는 기쁨이었다.   135

비록 내가 상상력만큼 풍부한 말을

21   태양.(「지옥」 17곡 106~107행 참조)
22   성모 마리아.

갖고 있다 할지라도, 그 즐거움의
최소한이라도 감히 시도하지 않으리.   138

베르나르두스는 내 눈이 그 뜨거운
열기에 온통 집중되어 있음을 보고,
따뜻한 애정의 눈길을 그녀에게 돌렸고,   141

바라보는 내 눈을 더욱 불타게 했다.

제32곡

성 베르나르두스는 단테에게 새하얀 장미 속에 있는 축복받은 영혼들을 소개해 준다. 하와와 베아트리체를 비롯하여 구약과 신약에 나오는 위대한 인물들과 성인들이다. 또한 죄 없이 죽어 구원받은 어린아이의 영혼들도 있다. 마지막으로, 베르나르두스는 단테에게 성모 마리아의 은총을 기도하라고 권유한다.

자기 기쁨의 원천에 몰입해 있던
그 명상가¹는 스승의 임무를 맡아,
이렇게 거룩한 말을 시작하였다.   3

「마리아께서 봉합하고 치유하신 상처²는
그녀의 발아래에 아름답게 앉아 있는
저 여인³에 의해 열리고 덧났었지.   6

셋째 자리들을 이루는 단계에는
그대가 보다시피, 베아트리체와 함께
라헬⁴이 그녀 아래에 앉아 있단다.   9

사라,⁵ 레베카,⁶ 유딧,⁷ 그리고 잘못을

---

1 모든 마음을 성모 마리아(〈자기 기쁨의 원천〉)에게 기울이고 있는 성 베르나르두스.
2 인류의 원죄를 가리킨다.
3 하와.
4 야곱의 아내.(「지옥」 2곡 101행 참조)
5 아브라함의 아내.
6 이사악의 아내.
7 홀로페르네스를 죽여 이스라엘 백성을 구한 여인이다.(「연옥」 12곡 58행 참조)

뉘우치며 〈나를 불쌍히 여기소서〉[8]
노래했던 자의 고조모였던 여인[9]을   12

그대는 볼 수 있으니, 내가 장미의
꽃잎에서 꽃잎으로 각자 이름을 대며
내려가는 순서대로 계단들에 앉아 있다.   15

그리고 일곱째 계단에서 아래로
마지막 계단까지 히브리 여인들이
모든 꽃잎들을 나누면서 이어지니,   18

그리스도에 대한 믿음이 지향했던
시선에 따라,[10] 이 여인들은 거룩한
계단들을 나누는 벽이 되기 때문이다.   21

꽃이 모든 꽃잎들로 장식되어 있는[11]
이쪽[12] 편에는, 앞으로 도래하실
그리스도를 믿었던 자들이 앉아 있고,   24

자리들이 중간중간 비어 있는 맞은편
반원에는 이미 도래하신 그리스도를

8 *Miserere mei.*「시편」50편의 첫머리에 나오는 표현인데, 이 노래에서 다윗은 밧세바와 간통하고 그녀의 남편 우리야를 죽인 것을 참회하고 있다.
9 다윗의 고조모이자 보아즈의 아내였던 룻.
10 구약의 시대에 장차 도래할 그리스도를 믿었던 영혼들과, 신약의 시대에 이미 도래한 그리스도를 믿었던 영혼들이 서로 구별되어 앉아 있다.
11 모든 꽃잎, 즉 모든 자리가 이미 가득 차 있는.
12 성모 마리아가 보았을 때 경계선(〈나누는 벽〉)의 왼쪽, 그러니까 단테가 보았을 때 오른쪽이다.(121행 참조)

믿었던 사람들이 앉아 있노라.   27

그리고 이쪽에서 하늘의 여인의
영광스러운 자리와 그 아래 다른
자리들이 경계선을 이루는 것처럼,   30

맞은편에는 언제나 거룩하게 광야와
순교, 그리고 두 해 동안 지옥을
겪으신 위대한 요한[13]의 자리가 있고,   33

그 아래에 경계선을 이루는 프란치스코,
베네딕투스, 아우구스티누스, 그리고
다른 자들이 아래까지 둘러앉아 있다.   36

이제 하느님의 높으신 섭리를 보라.
믿음의 서로 다른 두 모습[14]이
똑같이 이 정원을 채울 것이다.   39

또한 두 구역을 한가운데로 나누는
줄의 아래쪽에는, 특정한 조건에서
자기 공덕은 없이 남[15]의 공덕으로   42

앉아 있는 자들이 있음을 알아야 한다.

13   세례자 요한. 그는 광야에서 거친 음식으로 살았고, 헤로데에 의해 순교당했으며, 그리스도
가 내려올 때까지 약 2년 동안 지옥의 림보에 있었다.
14   위에서 말했듯이 그리스도를 믿는 두 가지 방식.
15   그리스도.

그들은 모두 진정한 선택을 하기 전에
육신에서 벗어난 영혼들이기 때문이다.[16]   45

그대가 자세히 바라보고 잘 들어 본다면,
어린아이의 목소리와 얼굴 모습으로
그런 사실을 알 수 있을 것이다.   48

그대는 의아한 생각[17]에 말이 없구나.
하지만 그대를 사로잡고 있는 미묘한
생각의 단단한 매듭을 내가 풀어 주겠다.   51

이 광활한 왕국 안에서는 슬픔이나
목마름이나 배고픔이 없는 것처럼
우연한 것은 하나도 없느니라.   54

그대가 보는 모든 것은 영원한 법칙으로
정해져 있기 때문에, 반지가 손가락에
정확하게 들어맞는 것처럼 되어 있다.   57

진정한 삶을 향해 서둘러 달려온
이 무리[18]가 아무 이유도 없이
여기에서 높거나 낮은 것이 아니다.   60

16 세례를 받기 전, 즉 현명한 이성으로 선과 악을 선택할 수 있는 능력을 갖추기 전에 죽은 순진한 어린아이들의 영혼이다.
17 세례를 받기 전에 죽은 아이들의 영혼이 서로 다른 곳에 배치되어 있는 것에 대해 궁금해한다.
18 일찍 죽음을 맞이한 어린아이들.

더 이상 바랄 것이 전혀 없도록
수많은 사랑과 수많은 즐거움으로
이 왕국을 평온케 하는 왕께서는   63

모든 영혼들을 즐겁게 창조하시면서
원하시는 대로 각자에게 다른 은총을
주셨으니, 여기서는 그것으로 충분하다.   66

그것은 어머니의 배 속에서 다투었던
그 쌍둥이[19]를 통해 『성경』이 너희에게
명백하고 분명하게 알려 주었던 것이다.   69

따라서 머리카락의 색깔에 따라 그런
은총 중에서 가장 높은 빛은 당연히
그들의 머리에 씌워지는 것이다.[20]   72

그러므로 행동의 어떤 공덕도 없이
그들이 서로 다른 자리에 앉은 것은
단지 최초 직관력[21]의 차이 때문이다.   75

초기 시대[22]에는 순진함과 함께,
단지 부모들의 믿음만으로도

---

19 에사우와 야곱. 그들은 어머니의 배 속에 있을 때부터 서로 다투었다고 한다.(「창세기」25장 22절 이하 참조)

20 하느님께서 사람들 각자에게 내주는 은총은 머리카락의 색깔처럼 서로 다르다는 뜻이다.

21 은총으로 태어날 때부터 하느님을 볼 수 있는 예지적 능력이다.

22 아담에서 아브라함의 시대까지. 당시에는 부모들이 장차 올 그리스도를 믿는 것만으로도 어린아이들이 구원을 받았다는 것이다.

구원을 얻기에 충분하였단다.   78

그 초기의 시대가 끝난 다음에는
남자 아이들의 순진한 날개가 힘을
얻기 위해서는 할례를 해야 했노라.23   81

하지만 은총의 시대가 온 다음에는24
그리스도의 완전한 세례가 없는 순진한
아이들은 저 아래25에 있어야 한다.   84

이제 그리스도와 가장 많이 닮은
얼굴26을 보아라. 그분의 빛만이
그리스도를 뵙게 해줄 수 있으니까.」   87

그토록 높은 곳을 날도록 창조된
거룩한 지성들27이 운반하는 커다란
기쁨이 그녀 위로 내리는 것을 보았는데,   90

내가 이전에 보았던 그 어떠한 것도
나에게 그런 경이로움을 주지 못했고,
그렇게 하느님의 모습을 보여 주지 못했다.   93

---

23   하느님이 아브라함과 계약을 맺은 다음에는 남자아이들이 할례를 받아야 구원을 받을 수
있었다.
24   예수의 강생 다음에는.
25   림보.
26   성모 마리아.
27   천사들.

그리고 그녀에게 처음 내려왔던 사랑[28]이
〈은총이 가득하신 마리아님, 기뻐하소서〉[29]
노래하며 그녀 앞에서 날개를 펼쳤다.   96

그러자 축복받은 궁전의 온 사방이
그 성스러운 노래에 화답하였으니,
모든 얼굴이 더욱더 밝게 빛났다.   99

「오, 거룩한 아버지, 영원한 예정으로
앉아 계시는 행복한 자리를 떠나
나를 위해 이 아래에 오신 분이시여,   102

마치 불에 타오르는 듯한 사랑으로
너무나도 즐겁게 우리 여왕의 눈을
바라보는 저 천사는 누구입니까?」   105

마치 샛별이 태양으로 치장하듯
마리아의 아름다움으로 장식된 분의
가르침에 나는 또다시 부탁하였다.   108

그러자 그분은 말하셨다. 「천사와 영혼들에게
있을 수 있는 모든 용기와 상냥함이
그에게 있고, 우리도 그러길 바라는데,   111

---

28 천사 가브리엘을 가리킨다.
29 원문에는 라틴어 *Ave Maria, gratia plena*로 되어 있는데, 성모송의 첫 구절이다. 가브리
엘 천사가 성모 마리아에게 예수 잉태를 알리면서 했던 말에서 유래한다. 〈은총이 가득한 이여, 기
뻐하여라. 주님께서 너와 함께 계시다.〉(「루카 복음서」 1장 28절)

그는 하느님의 아들이 우리의 짐을
지려고 하셨을 때, 마리아께 내려가
종려나무[30]를 갖다 드린 분이기 때문이다.   114

하지만 이제는 내가 말하는 대로
그대의 눈을 옮겨, 이 가장 정의롭고
경건한 제국의 위대한 원로들을 보아라.   117

여왕께 가장 가까이 앉아 있기 때문에
저 위에서 가장 행복한 두 사람은
이 장미꽃의 두 개 뿌리와 같으니,   120

그녀의 왼쪽에서 가까이 있는 분은
자신의 경솔한 입맛으로 인류가
이렇듯 쓴맛을 보게 한 아버지[31]이고,   123

오른쪽에는 거룩한 교회의 나이 든
아버지[32]가 있으니, 그리스도께서 그에게
아름다운 그 꽃[33]의 열쇠를 맡기셨지.   126

그리고 그 곁에는 창과 못으로 얻은[34]
아름다운 신부의 모든 험난한 시절을

---

30 승리의 상징이다.
31 아담.
32 성 베드로.
33 교회를 가리킨다.
34 예수 그리스도가 십자가에서 손과 발에 못이 박히고, 창에 찔린 가슴에서 피를 흘린 것을
가리킨다.

죽기 전에 보았던 자[35]가 앉아 있고,   129

또 다른 분[36] 곁에는 변덕스러우며
은혜를 모르고 완고한 백성이 만나를
먹도록 해준 지도자[37]가 앉아 있다.   132

베드로 맞은편에 앉은 안나[38]를 보아라.
자기 딸을 바라보는 데 만족하여
눈도 안 돌리고 호산나를 노래한다.   135

또 인류의 최고 아버지 맞은편에는
그대가 눈을 숙이고 곤두박질할 때
그대의 여인을 움직였던 루치아가 있다.[39]   138

하지만 그대를 졸리게 하는 시간[40]이
달아나니, 재봉사가 천에 맞추어
치마를 만들듯이 여기에서 마치고,[41]   141

최초의 사랑으로 눈길을 돌려 보자.

---

35 복음 작가 요한으로 「요한 묵시록」은 그가 교회의 운명과 관련하여 환상을 통해 본 것을 기록하고 있다.

36 아담.

37 모세가 불경스러운 이스라엘 백성을 이끌고 이집트에서 나올 때, 광야에서 먹을 것이 떨어지자 주님은 만나를 내려 주었다.(「탈출기」16장 13~35절 참조)

38 성모 마리아의 어머니 성 안나.

39 단테가 세 마리 짐승에 가로막혀 어두운 숲으로 밀려날 때, 성녀 루치아가 베아트리체에게 도와주라고 말했다.(「지옥」2곡 100~108행 참조)

40 단테는 천국에 있지만 살아 있는 몸이기 때문에 시간의 여러 제약을 받는다.

41 축복받은 영혼들을 일일이 열거하며 설명하는 것을 이제 그만두겠다는 뜻이다.

그분을 향해 바라보며 그 광채를
최대한 꿰뚫어 보도록 하여라.   144

하지만 혹시 그대의 날개만 움직인다면[42]
나아간다고 믿으면서 물러날지도 모르니,
기도하여 은총을 얻어야 하는데, 바로   147

그대를 도울 수 있는 여인[43]의 은총이다.
그러니 그대는 정성껏 내 말을 따르고
마음이 내 말에서 떠나지 않도록 하라.」   150

그리고 이렇게 거룩한 기도를 시작했다.

42 단테 혼자의 능력만으로는.
43 성모 마리아.

제33곡

성 베르나르두스는 성모 마리아에게 기도하여, 은총을 바라는 단테가 하느님을 직접 볼 수 있게 해달라고 부탁한다. 눈이 더욱 맑아진 단테는 드디어 하느님의 빛을 직접 바라볼 수 있게 된다. 그리고 그 안에서 삼위일체의 신비를 관조하고, 태양과 모든 별을 움직이는 하느님의 사랑을 본다.

「동정녀 어머니여, 당신 아들의 따님이여,
창조물 중 가장 겸손하고 높으신 분이여,
영원하신 뜻에 의해 확정된 끝이시여,[1]   3

당신은 인간의 본성을 높이셨으니,
그로써 창조주께서는 스스로 창조물이
되시기를 꺼려 하지 않으셨습니다.   6

당신의 배 안에서 사랑이 불타올랐으니
그 따뜻함으로 영원한 평화 속에서
이렇게 이 꽃[2]이 싹트게 되었습니다.   9

여기 우리에게 당신은 눈부신 자비의
횃불이 되시고, 저 아래 인간들에게는
살아 있는 희망의 샘물이 되십니다.   12

여인이여, 당신은 위대하고 유능하시니,

---

1 하느님의 뜻에 따라 예수 그리스도의 어머니가 될 것이라고 결정된 것을 가리킨다.
2 축복받은 영혼들의 장미꽃.

은총을 바라면서 당신께 가지 않는 자는
날개 없이 날고 싶어 하는 것과 같습니다.   15

당신의 관대함은 원하는 자를
도와주실 뿐 아니라, 많은 경우
원하기에 앞서 오시기도 합니다.   18

당신 안에 자비가, 당신 안에 연민이,
당신 안에 관대함이 있으니, 당신 안에
창조물들의 모든 장점이 모여 있습니다.   21

지금 우주의 가장 낮은 늪³에서
이곳까지 오면서 수많은 영혼들의
삶을 하나하나 살펴본 이 사람⁴이   24

당신께 은총에 의한 힘을 기원하오니,
마지막 구원⁵을 향하여 더욱 높이
눈을 들어 올릴 수 있는 능력을 주십시오.   27

저도 뵙기를 원하면서 이 사람처럼
열렬히 불탄 적이 없었기에, 제 모든 기도를
당신께 드리오니 부족하지 않게 해주십시오.   30

당신은 당신의 기도를 통하여 인간의

3 지옥.
4 단테.
5 하느님.

모든 구름⁶을 걷어 내시니, 그에게
최고의 기쁨이 펼쳐지도록 해주십시오.　　　　　　　　33

여왕이시여, 원하시는 대로 할 수 있는
당신께 다시 한번 기원하오니, 보고 나서
그 애정을 고스란히 간직하게 해주십시오.　　　　36

당신의 보호는 인간의 충동을 이기시니,
베아트리체와 수많은 축복받은 자들이
저의 기도를 위해 손을 모으고 있습니다.」　　　　39

하느님께서 사랑하고 존중하시는 눈⁷은
기도자를 응시하였으며, 그 간절한
기도를 얼마나 기뻐하는지 보여 주었다.　　　　　42

그리고 영원한 빛을 향해 눈을 돌렸는데,
창조물에게는 믿을 수 없을 정도로
너무나도 투명하고 맑은 눈길이었다.　　　　　　45

나는 마땅히 그렇게 해야만 했듯이
열망의 막바지를 향해 다가가고 있었으니
안으로 소망의 열기를 더 강렬히 불태웠다.　　　　48

베르나르두스가 위를 보라고 눈짓하며
나에게 미소를 지었으나, 나는 벌써부터

6　지상에 있는 인간의 모든 장애물을 가리킨다.
7　성모 마리아의 눈.

그분이 원하는 대로 하고 있었으니,   51

나의 눈은 점차 맑아지면서
그 자체로서 진리이신 고귀한 빛의
빛살 안으로 조금씩 조금씩 들어갔다.   54

이때부터 내가 보았던 것은 언어를
초월했으니, 그 광경에는 언어도 굴복하고,
그 엄청남에는 기억도 굴복해야 하리라.   57

마치 꿈꾸면서 무엇인가 보는 사람이
꿈을 깨고 나면, 각인된 인상만 남고
나머지는 전혀 기억나지 않는 것처럼,   60

내가 바로 그러하였으니, 나의 환상은
완전히 끝났으나 거기서 나온 달콤함은
지금도 내 가슴속에 흐르고 있는데,   63

마치 햇살에 눈이 녹는 듯하고
바람결에 가벼운 나뭇잎들에 적힌
시빌라[8]의 응답이 흩어지는 듯하였다.   66

오, 인간의 개념들을 그토록 초월하시는
최고의 빛이시여, 당신이 보여 주신 것을
조금이라도 기억에 되살아나게 해주시고,   69

---

8 Sibylla. 고대의 예언녀 또는 여사제로, 특히 쿠마이의 시빌라는 수수께끼 같은 신탁을 나뭇
잎에 적어서 바람에 흩날렸다고 한다.

저의 혀⁹에 충분한 힘을 주시어
당신의 영광의 불티 하나만이라도
미래의 사람들에게 남기도록 해주소서.   72

조금이라도 저의 기억으로 되돌아가고
조금이라도 이 시구들에서 울려 나와
당신의 승리를 더 잘 깨닫게 해주소서.   75

그 생생한 빛살에서 겪은 날카로움 때문에,
만약 내 눈을 그분에게서 돌렸더라면
나는 분명 눈이 멀어 버렸을 것이다.   78

그래서, 지금 기억하건대, 좀 더 대담하게
나는 내 눈길을 유지하였고, 그리하여
마침내 무한한 가치에 이르게 하였다.   81

오, 넘치는 은총이여, 그 덕택에 나는
영원한 빛에게 시선을 고정하였으니,
내 모든 시력은 거기에 소진되었노라!   84

그 심오함 속에서 나는 보았노라,
우주에 흩어져 있는 모든 것들이
사랑에 의해 하나로 묶여 있는 것을.   87

실질들과 우연들, 그리고 그 속성들이

---

9 이탈리아어 *lingua*는 〈혀〉를 의미하면서 동시에 혀를 이용하는 〈언어〉를 뜻하기도 한다.

모두 융합되어 있었으니, 지금 말하는 것은
단지 한 줄기 초라한 빛에 지나지 않는다.   90

나는 그 결합[10]의 우주적 형상을 보았다고
믿는데, 지금 이런 말을 하는 동안에도
더욱더 커다란 기쁨을 느끼기 때문이다.   93

그 순간이 나에게는, 아르고[11]의 그림자를
포세이돈이 깜짝 놀라 바라본 위업 이후
25세기[12]가 흐른 것보다 깊은 잠이었다.   96

그렇게 나의 마음은 완전히 정지된 채
꼼짝 않고 주의 깊게 응시하였는데,
응시할수록 더욱더 불타올랐다.   99

그러한 빛 앞에서는 거기에서 눈을
돌려 다른 것을 바라본다는 것이
허용되지 않는 불가능한 일이었으니,   102

의지의 대상이 되는 선이 모두 그 안에
모여 있어, 거기에서 완전한 것도
그곳을 벗어나면 불완전한 것이 된다.   105

10 실질들과 우연들의 융합을 가리킨다.
11 황금 양털 가죽을 찾아 원정을 떠난 영웅들이 탄 배의 이름이다.(「지옥」18곡 87행 역주 참
조) 엄청난 배의 위용에 그림자를 본 바다의 신 포세이돈이 깜짝 놀랐다고 한다.
12 아르고호 원정은 기원전 1223년에 있었다고 믿었는데, 단테의 저승 여행이 1300년에 이루
어지고 있으니 2천5백 년의 세월이 흐른 셈이다.

그러니 지금 내 기억에 비교해 보면
내 이야기는 겨우 젖가슴에 혀를 적시는
어린아이에게도 미치지 못하는구나.   108

내가 관조하던 생생한 빛은 예전에
그랬듯이 언제나 그러한데, 그 안에
여러 모습이 있었기 때문이 아니라,   111

바라볼수록 내 안에서 더욱 강해지는
시력 때문에, 그 단 하나의 모습이
나에게는 여러 개로 변하는 것처럼 보였다.   114

고귀한 빛의 깊고도 맑은 실체 속에서
완전히 동일한 세 가지 빛깔의
세 개의 원이 나타나는 듯했으니,[13]   117

무지개에서 무지개가 비치듯, 하나가
다른 것을 반사하는 듯하였고, 셋째는
그 둘에서 똑같이 발산되는 불 같았다.   120

오, 말이란 얼마나 짧고 내 생각에 비해
얼마나 빈약한지! 내가 본 것을 〈조금〉
말한다는 것에도 미치지 못하는구나.   123

오, 영원한 빛이여, 홀로 당신 안에 있고,

13 삼위일체의 신비를 가리킨다.

홀로 깨달으며, 스스로 이해되고 또한
이해하면서 사랑하고 미소하십니다.   126

잠시 동안 두루 돌아본 나의 눈에
그렇게 이해되는 그 원[14]은 마치
당신 안에서 반사된 빛처럼 보였으니,   129

동일한 색깔의 그 자체 안에 우리의
모습이 그려져 있는 것 같았기에[15]
내 시선은 온통 거기에 집중되어 있었다.   132

마치 기하학자가 원을 측정하기 위해
온통 집중해도 자신이 원하는 원리를
발견하지 못하고 아쉬워하는 것처럼,   135

그 새로운 광경 앞에서 내가 그랬으니,
나는 그 모습[16]이 원과 어떻게 합치되고
어떻게 그 안에 들어 있는지 보고 싶었지만,   138

내 날개[17]는 거기에 적합하지 않았다.
다만 내 정신이 섬광[18]에 맞은 듯했고,
그 덕택에 내 소망은 마침내 이루어졌다.   141

14 두 번째 원으로 성자를 가리킨다.
15 예수가 바로 인간으로 태어난 것을 암시한다.
16 인간의 형상과 모습.
17 지성의 날개이다.
18 은총의 계시를 가리킨다.

여기 고귀한 환상에 내 힘은 소진했지만,
한결같이 돌아가는 바퀴처럼 나의
열망과 의욕은 다시 돌고 있었으니,   144

태양과 별들을 움직이는 사랑 덕택이었다.

역자 해설
단테와 『신곡』에 대하여

1 『신곡』을 읽기 전에

『신곡(神曲, *La divina commedia*)』은 고전들 중의 고전이라고 할 수 있다. 중세 유럽의 사상과 관념, 의식 세계를 총체적으로 집약하는 풍부한 내용과 상상력을 통해 다른 여러 고전 작품들의 원천이 되었기 때문이다. 고전으로서 『신곡』은 구체적인 한 시대의 산물이지만, 다른 한편으로 시대를 뛰어넘는 작품이다. 그것은 중세를 마무리 짓는 르네상스와 함께 근대의 도래를 예고하는 작품이면서, 동시에 모든 인간의 생생한 현실과 보편적인 삶의 모습을 비춰 주는 거울이 된다. 거기에서는 시간과 공간을 뛰어넘어 바로 우리 자신의 모습까지 찾아볼 수 있다.

『신곡』의 내용을 한마디로 요약하자면 저승 여행 이야기이다. 작가이자 주인공인 단테가 살아 있는 몸으로 일주일 동안 저승의 세 구역, 즉 지옥과 연옥, 천국을 여행하면서 보고 들은 것을 이야기하는 형식으로 되어 있다. 전체적인 줄거리는 간단하지만 『신곡』을 읽기는 쉽지 않다. 너무 많은 것을 이야기할 뿐만 아니라 다양한 여러 주제가 한꺼번에 어우러져 있고, 함축적이며 상징적인 의미들이 넘치기 때문이다. 작품 속에 인용되는 등장인물만 해도 수백 명이 넘는다. 그리스 로마의 고전 신화에 나오는 인물이나 괴물을 비롯하여 역사상 실존했거나 전설적인 인물들이 각자 고유한 삶의 사연들과 함께 장엄한 서사시의 모자이크 조각들을 형성한다. 게다가 중세 유럽과 이탈리아 여러 도시의 복잡한 정치 싸움과 대립들, 교황과 황제 사이의 갈등, 스콜라 철학과 신학의 논쟁들, 그리고 단테 자신과 관련된 사건들이 다채로운 씨실과 날실을 형성하고 있다.

따라서 그 모든 것에 대한 세부적인 내용들, 시대적 상황과 배경, 그 당시 사용되던 언어의 의미와 관례들, 등장인물들의 사상이나 믿음, 중세의 지리와 천문학의 체계, 일반 민중 사이에 널리 퍼져 있던 전설 등에 대한 지식과 정보를 갖추어야 단테의 이야기를 제대로 따라갈 수 있다. 더구나 우리의 관점에서 볼 때 그것은 시간적으로나 공간적으로 동떨어진 세계의 이야기처럼 보인다. 그런 이유로 대부분의 『신곡』 판본에는 수많은 해설과 설명이 붙어 있다. 때로는 단테의 원문보다 해설이 더 많은 분량을 차지하기도 한다. 『신곡』을 충분히 이해하기 위해서는 전용 백과사전이 필요할 정도이며, 실제로 그런 사전들도 나와 있다. 물론 그 모든 것을 파악하고 이해하면서 읽기는 어렵다. 현학적이고 전문적인 연구에나 필요한 자료들도 많기 때문이다. 하지만 단테의 생애를 비롯하여 몇 가지 중요한 사실에 대해서는 미리 알아 두는 것이 바람직하다.

무엇보다 『신곡』은 작가 단테의 개인적이고 자서전적인 이야기이므로 그의 삶과 사상 세계를 더듬어 볼 필요가 있다. 아울러 그를 둘러싼 당시의 시대적 상황에 대해서도 어느 정도 이해하는 것이 좋다. 그리고 작품의 형식과 구조, 구성 방식 등 예술적 특성들과 함께 이야기의 기본 골격을 파악해야 한다. 특히 단테가 묘사하는 저승 세계의 방대하고 체계적이며 치밀한 구조를 머릿속에 상상할 수 있어야 할 것이다. 모든 고전 작품들이 그렇듯 『신곡』도 관련 정보와 자료들을 많이 알수록 고유의 깊은 맛을 느낄 수 있고, 아는 만큼 즐길 수 있다.

여기에서는 『신곡』의 맛을 음미하는 데 필요한 기본 정보들에 대해 간략하게 살펴보고자 한다.(보다 자세한 내용에 대해서는 졸저, 『신곡 읽기의 즐거움-저승에서 이승을 바라보다』, 살림, 2005를 참조하기 바란다.)

2 단테의 생애

단테 알리기에리Dante Alighieri(1265~1321)의 생애와 관련하여 확실한 자료들은 많지 않다. 단테 자신의 글들과 다른 간접 자료를 토대로 개략적인 생애를 재구성해 볼 수밖에 없다. 단테는 1265년 5월 말에서 6월 중순 사이에 이탈리아 중북부의 도시 피렌체에서 태어났다. 세례받을 때의 이름은 두란테Durante였으나 줄여서 단테로 불렀다. 『신곡』에서 단테의 가문에 대한 언급이 나오는데, 「천국」 15~17곡에서 단테의 고조부 카차귀다가 알리기에리라는 성(姓)의 유래와 조상에 대한 이야기를 들려준다.

어린 시절과 성장기의 교육에 대해서는 자세히 알려지지 않았으나, 전통에 따라 중세의 교양 학문인 〈아르테스 리베랄레스artes liberales〉, 즉 3학trivium(라틴어, 논리학, 수사학)과 4학quadrivium(산술, 기하학, 천문학, 음악)을 공부한 것으로 보인다. 또한 프란치스코회 수도원과 도미니쿠스회 수도원에 출입하면서 철학과 신학을 공부하였고, 당시 피렌체의 뛰어난 철학자이며 정치가였던 브루네토 라티니Brunetto Latini(1220?~1294)에게서 가르침을 받기도 하였다. 1286~1287년에는 세계 최초의 대학이 설립된 도시 볼로냐에 체류하면서 여러 문인과 교류하고 새로운 사상과 지식을 접한 것으로 추정된다.

단테의 삶과 문학을 결정짓는 사건은 두 가지로 집약된다. 하나는 베아트리체Beatrice와의 만남이고, 다른 하나는 정치 활동에 따른 망명 생활이다. 두 가지 모두 『신곡』의 탄생에 결정적인 요인이 되었고, 따라서 작품의 이해에 중요한 열쇠를 제공한다.

3 단테와 베아트리체

단테는 1292~1293년에 집필한 『새로운 삶Vita nuova』에서 베아트리체와의 운명적인 만남과 사랑에 대해 이야기한다. 그녀는 부유한 포르티나리 가문 출신의 비체Bice였을 것으로 추정된다.『새로운 삶』에 의하면 단테는 아홉 살 때 베아트리체를 알게 되었는데, 처음 보는 순간 온몸의 혈관이 떨리고 영혼이 전율하는 것을 느꼈다고 고백한다. 그녀에 대한 사랑의 포로가 된 것이다. 그리고 다시 9년 뒤 열여덟 살이 되던 해에, 길거리에서 다른 두 여인과 함께 가던 베아트리체와 마주쳤고, 그녀는 단테에게 상냥한 인사를 건넸다고 한다. 하지만 단테는 그녀에 대한 사랑을 감추려고 노력했으며, 일부러 다른 여자에게 관심을 기울이기도 했다고 이야기한다.

당시의 풍습에 따라 단테는 어렸을 때 이미 도나티 가문의 젬마와 결혼이 약속되어 있었고, 1285년 결혼하여 둘 사이에 서너 명의 자녀를 두었다. 한편 베아트리체는 1287년 은행가 출신 바르디 가문의 시모네와 결혼했으나 1290년 스물네 살의 젊은 나이에 삶을 마감하였다. 그런데 그녀가 세상을 떠난 뒤에도 단테의 사랑은 식지 않았다. 더 이상 베아트리체를 만날 수 없다는 괴로움 속에서도 사랑은 더욱 강렬해지고 이상적으로 고양되었다. 그녀의 죽음 이후에 쓴『새로운 삶』은 그런 사랑의 노정을 표현하는데, 거기에서 베아트리체는 문학적 상상력을 통해 완벽하고 이상적인 여인의 이미지로 승화되었다. 중세 유럽의 시인들 사이에서 유행하던 소위 〈궁정식 사랑 *courtly love*〉의 전형적인 모델처럼 보인다. 그러니까 그녀는 현실적인 사랑보다 일종의 문학적 장치로 볼 수도 있다. 어쨌든 베아트리체는 뼈와 살을 갖춘 지상 세계의 여인에서 천상의 여인으로 다시 태어났고, 단테의 문학에 생명력을 불어넣는 원동력이 되었다.

『신곡』의 저승 여행도 실제로는 베아트리체를 만나러 가는 여정이라고 할 수 있다. 단테는 연옥의 산꼭대기에 펼쳐진 지상 천국에서 마침내 베아트리체를 만나는데, 그녀는 천사들이 꽃을 뿌리는 가운데 눈부시게 아름다운 모습으로 하늘에서 내려온다. 그리고 단테를 천국으로 안내한다. 그렇게 『신곡』에서 묘사되는 베아트리체는 하느님의 은총과 구원을 상징한다.

4 정치 활동과 망명

단테의 고향 피렌체는 12세기부터 〈코무네Comune〉, 즉 시민들이 대표를 선출하여 통치하는 자치 도시로 발전하였다. 하지만 이탈리아의 다른 도시들처럼 13세기 초부터 〈궬피Guelfi〉와 〈기벨리니Ghibellini〉 두 당파로 나뉜 정치 싸움에 시달리고 있었다. 그것은 로마 가톨릭교회의 교황과 신성로마 제국 황제 사이의 오랜 갈등에서 비롯된 싸움이었다. 일반적으로 궬피는 〈교황파〉, 기벨리니는 〈황제파〉로 알려져 있으나 도식적으로 나눌 수 없고, 각 도시의 상황에 따라 교황이나 황제에 대한 지지와 입장이 바뀌는 경우가 많았다.

단테가 언제부터 정치에 관심을 갖게 되었는지 분명하지 않으나, 1289년 이웃 도시 아레초의 기벨리니 당파와 벌인 전투에 참가하였고, 1295년에는 〈의약 조합〉에 가입하면서 본격적인 정치 활동에 뛰어든 것으로 보인다. 당시 피렌체에는 대략 21개의 크고 작은 조합이 있었는데, 공직에 진출하려면 필히 조합에 가입해야 했다. 의약 조합에는 의사와 약재 판매상뿐만 아니라, 시인, 보석 세공인, 화가, 서적 판매상도 가입할 수 있었다.

정치 활동은 비교적 성공적이었다. 1300년에는 여섯 명으로 구성되는 〈최고 행정 위원priore〉의 자리에 오르기도 하였다. 임기는 고작 2개월이었지만 정부의 가장 높은 직위였다. 하지만 당파 싸움의 와중에서 성공은 오래가지 못했다. 단테는 아버지 때부터 궬피파에 속했다. 피렌체에서는 두 당파가 번갈아 권력을 장악하다가 1266년 이후 궬피파가 정권을 잡았다. 그런데 13세기 말에 궬피는 다시 〈백당(白黨, Bianchi)〉과 〈흑당(黑黨, Neri)〉으로 나뉘어 대립하였다. 단테는 백당에 속했다. 백당은 피렌체의 자치와 자율성을 주장하였고, 흑당은 교황 보니파키우스 8세(재위 1294~1303)의 정책에 우호적이었다. 보니파키우스 8세는 피렌체에 대한 영향력을 강화하기 위해 프랑스 왕 필리프 4세와 손을 잡았다. 그리하여 필리프 4세의 동생인 발루아의 백작 샤를은 1301년 10월 군대를 이끌고 피렌체로 향하였는데, 명목상으로는 평화를 중재하기 위한 것이라고 주장하였지만 실제로는 흑당을 지원하기 위해서였다.

당시 〈100인 평의회〉에 속해 있던 단테는 위급한 상황을 해결하기 위해 다른 두 동료와 함께 로마에 특사로 파견되었다. 교황 보니파키우스 8세를 직접 만나 설득하고 사태를 원만하게 해결하기 위해서였다. 하지만 1301년 11월 흑당은 샤를의 도움으로 정권을 장악하였고, 백당에 대한 보복이 시작되었다. 단테는 공금 횡령과 부정부패 혐의로 기소되었고 법정에 출두하라는 명령을 받았다. 로마에서 돌아오는 길에 단테는 그 소식을 들었고 피렌체로 돌아가지 않았다. 그러자 피렌체 법정은 1302년 1월 궐석 재판에서 단테에게 벌금형과 함께 공직을 금지시킨다는 판결을 내렸다. 이어서 3월에는 단테의 재산을 몰수하고 만약 체포될 경우 화형에 처한다고 선고하였다. 그리하여 단테의 망명 생활이 시작되었고, 이탈리아의 여러 도시를 전전하는 신세가 되었다.

단테는 고향 피렌체로 돌아가기 위해 다방면으로 노력하였다. 망명 초기에는 기벨리니 당원들까지 동조 세력으로 규합하여 무력으로 정권을 탈환하려고 시도했으나 실패하였다. 1310년 신성 로마 제국의 황제 하인리히 7세가 군대를 이끌고 이탈리아반도로 내려왔을 때에도 단테는 흑당을 몰아낼 절호의 기회로 생각하였다. 그러나 1313년 피렌체로 향하던 황제의 갑작스러운 죽음과 함께 또다시 희망은 물거품이 되었다. 1315년 피렌체 당국은 정치적 망명자와 추방된 사람들에게 사면을 베풀었다. 그러나 굴욕적인 조건을 요구하였고, 단테는 이를 거부함으로써 고향으로 돌아갈 기회는 완전히 사라졌다.

1312년에서 1318년까지 상당히 오랫동안 단테는 베로나의 영주 칸그란데 델라 스칼라의 궁정에 머물렀다. 1318년부터는 이탈리아 동부의 해안 도시 라벤나의 영주 귀도 노벨로 다 폴렌타에게 의탁하였다. 1321년 8월 단테는 영주의 부탁으로 베네치아에 사절로 파견되었는데, 돌아오는 길에 말라리아로 추정되는 열병에 걸렸다. 병에서 회복되지 못한 단테는 9월 13일과

14일 사이에 죽었고, 그의 유해는 지금도 라벤나에 잠들어 있다.

5 『신곡』 해설

집필 시기와 제목, 형식

『신곡』은 망명 생활 중에 탄생하였다. 고향을 잃은 방랑의 고통과 괴로움이 위대한 걸작을 탄생시키는 계기가 되었던 것이다. 정확한 집필 시기는 알 수 없으나 대략 1307년경에 쓰기 시작하여 죽기 직전에 완성된 것으로 추정된다. 고향 피렌체로 돌아갈 희망을 버리지 않았던 단테에게 『신곡』의 집필은 하나의 위안이 되었을 것이다. 베아트리체에 대한 사랑이 고통을 통해 이상적으로 승화되었듯이, 삶의 고난 속에서 탄생한 『신곡』은 영원한 진리와 정의를 추구하는 시인의 열정을 완벽하게 구현하고 있다. 또한 그런 만큼 단테의 개인적인 삶과 고뇌, 희망과 좌절이 고스란히 드러난다.

단테는 자기 작품을 〈코메디아 *comedia*〉(현대 이탈리아어로는 *commedia*)라고 불렀다.(「지옥」 16곡 128행, 21곡 2행) 코메디아는 〈희극〉을 의미하는데 아리스토텔레스가 『시학』에서 분석하는 〈비극〉과 대비된다. 단테는 비극이란 〈고귀한 주제〉를 〈고상한 문체〉로 다루는 최고의 문학 장르라고 생각하였다. 중세 유럽의 문인들은 대부분 라틴어를 보편적 언어로 사용했는데, 단테는 피렌체 민중의 언어인 〈속어(俗語, *volgare*)〉로 작품을 썼다. 말하자면 라틴어의 고상한 문체가 아니라 속어의 저속한 문체로 썼으며, 또한 저승 여행이라는 세속적인 주제를 다루고, 행복한 결말로 끝나기 때문에 그렇게 불렀던 것이다.

그러나 단순히 희극이라 부르기에는 너무나도 고귀하고 장엄한 서사시로 승화되었고, 그런 이유로 나중에 보카치오는 〈거룩하다〉는 의미의 형용사 *divina*를 앞에 붙였다. 최초의 단테 학자로 꼽히는 보카치오는 단테가 죽은 지 반세기가 지난 1373년 피렌체 당국의 허락을 받아 단테와 『신곡』에 대하여 강연하기도 하였다. 보카치오의 지적에 따라 1555년 베네치아에서 인쇄된 판본에서 *La divina commedia*라는 제목이 처음으로 사용된 이후 일반적으로 그렇게 부른다. 따라서 우리말로 그대로 옮기면 〈거룩한 희극〉 정도가 되겠지만, 여기에서는 오랜 관용에 따라 〈신곡〉으로 옮겼다.

『신곡』의 예술적 구성 형식은 기하학적인 치밀함을 특징으로 한다. 고전 서사시의 전통에 따라 운문으로 되어 있는데, 각 시행(詩行)은 11음절로 이루어져 있고, 3개 행이 한 단락을 이루는 〈3행 연구(聯句)〉로 구성되었다. 또한 음악성과 리듬을 유지하도록 각운(脚韻)을 맞추고 있는데, 단테가 고안해낸 〈사슬 운(韻)〉은 사슬의 고리처럼 각운이 한 행 건너 반복되도록 되어 있다. 도식적으로 보면 aba bcb cdc ded… xyx yzy z 하는 식으로 맞추어져 있다.

단테는 유난히 3이라는 숫자를 사랑하였고, 특히 베아트리체에 대한 거의 모든 것을 3과 연결시켰다. 『새로운 삶』에서 3의 3배수인 아홉 살에 베아트리체를 처음 만났고, 다시 9년이 지난 열여덟 살에 길거리에서 마주쳤다고 이야기하는 것부터 그렇다. 그것은 가톨릭의 핵심 교리인 삼위일체의 신비와 관련된 거룩한 숫자 때문이라고 한다. 『신곡』에서도 3의 유희가 펼쳐진다. 『신곡』은 세 개의 〈노래편*cantica*〉, 말하자면 「지옥」, 「연옥」, 「천국」으로 구분된다. 또한 각 노래편은 모두 33편의 〈노래*canto*〉(편의상 〈곡[曲]〉으로 번역하였다)로 되어 있는데, 맨 앞에다 서곡, 즉 「지옥」 1곡을 덧붙여 모두 100곡이 된다. 100이라는 숫자는 3의 33배수가 되는 99에다 1을 덧붙인 숫자로 완성을 상징한다. 각 노래는 115행에서 160행 사이로 그 길이가 일정하지 않으며, 전체적으로 총 1만 4,233행에 달하는 방대한 분량으로 되어 있다.

여행의 시기와 기간, 안내자

『신곡』에서 이야기하는 저승 여행이 언제, 어떻게 이루어졌는지 살펴보는 것도 읽기의 즐거움을 더해 줄 것이다. 여행 날짜와 시간에 대한 실마리들은 작품 속에서 찾아볼 수 있다. 단테의 여행은 1300년 부활절을 전후하여 일주일 동안 이루어진다.

1300년은 여러 가지 면에서 의미 있는 해였다. 우선 단테는 인생을 70세로 보았는데, 1300년은 바로 삶의 한중간인 35세가 되는 해였다. 또 새로운 세기가 시작되는 해였으며, 그것을 기념하기 위해 교황 보니파키우스 8세는 최초의 〈희년(禧年, *Jubilaeum*)〉으로 제정하였다. 하느님의 사랑과 은총을 기리고 인류를 구원하기 위해 대사면(大赦免)을 내리는 〈거룩한 해〉로 정한 것이다. 희년에 교황청이 있는 로마를 순례하고 죄를 참회하면 사면을 받는다는 것이었다. 최초의 희년으로 선포된 1300년에는 전 유럽과 심지어 아시아에서도 수많은 사람이 은총을 받기 위해 로마까지 순례하였다고 한다. 「지옥」 18곡에서는 당시 로마에 모여든 많은 군중의 행렬에 대해 묘사한다. 희년의 전통은 지금까지 이어지고 있다.

구체적인 여행 날짜는 『신곡』에서 다양한 방식으로 제공되는 정보를 통해 알 수 있다. 예를 들어 「지옥」 21곡에 나오는 악마의 말은 가장 분명한 증거가 된다. 여러 정보를 종합해 볼 때 「지옥」 1곡에서 말하는 〈어두운 숲속〉에서 단테가 길을 잃었던 것은 부활절 직전의 성목요일, 달력으로 환산하면 4월 7일 밤이다. 그리고 이튿날 성금요일에 베르길리우스를 만나 본격적으로 지옥 여행을 시작하는 것은 해가 저무는 저녁 6시 무렵이다. 단테는 만 하루, 그러니까 24시간 동안에 지옥을 둘러보고 다음 날 성토요일 저녁에 지구의 중심에 도착한다. 그리고 지하 동굴을 기어올라 부활절인 일요일 새벽에 연옥의 해변에 도달한다. 연옥의 순례는 부활절 일요일부터 만 사흘 낮과 밤에 걸쳐 이루어진다. 그런 다음 4월 13일 수요일 아침 단테는 연옥의 산꼭대기에 있는 지상 천국으로 올라가고, 거기에서 꿈에 그리던 베아트리체를 만난다. 그리고 그녀와 함께 만 하루 동안에 걸쳐 아홉 개의 하늘로 날아오르고, 마침내 하느님이 있는 최고의 하늘 〈엠피레오Empireo〉에 도착하고 거기에서 여행은 끝난다.

단테의 저승 여행은 두 명의 안내자가 인도한다. 지옥과 연옥은 고대 로마의 위대한 시인 베르길리우스Publius Vergilius Maro(B.C. 70~B.C. 19)가 안내하고, 천국은 베아트리체가 안내한다. 베르길리우스는 인간의 지성을 상징하고, 베아트리체는 하느님의 은총을 상징한다. 베르길리우스는 로마의 건국 신화를 노래한 서사시 『아이네이스Aeneis』를 남겼는데, 단테는 그를 문학과 삶의 정신적 스승으로 섬겼다. 하지만 그는 그리스도를 몰랐고 세례를 받지 않았기 때문에 천국에 올라갈 수 없다. 인간 지성의 한계 때문이다. 아무리 뛰어난 지성을 가진 사람도 하느님의 은총 없이 혼자 힘으로는 구원을 받을 수 없다. 따라서 천국 여행은 베아트리체의 안내로 이루어진다.

저승 세계의 구조

『신곡』에서 묘사되는 저승 세계는 놀라울 정도로 체계적이고 기하학적이며 건축학적인 구조를 자랑한다. 지옥과 연옥, 천국의 구체적인 위치와 규모, 형상은 단테의 풍부한 상상력을 단적으로 보여 준다. 그것은 중세의 천문학과 지리적 지식과 믿음을 토대로 한다. 특히 지구의 형상과 천체의 구조에 대한 당시의 지배적인 관념을 유효적절하게 활용하고 있다. 지옥과 연옥은 주로 단테가 상상해 낸 것이지만, 천국의 구조는 기원후 2세기경 알렉산드리아 출신의 천문학자 프톨레마이오스의 견해를 따르고 있다. 그것은 물론 가톨릭의 공식적인 입장과 일치하는 것이었다.

지구가 공처럼 둥글다는 사실은 고대부터 이미 알려져 있었다. 다만 구체적인 규모와 형상에 대한 관념은 제한적이었다. 『신곡』에서 묘사하는 바에 의하면, 지구의 북반구에만 육지가 있어 사람들이 거주할 수 있고, 남반구는 완전히 물로 잠긴 대양이라고 생각하였다. 또한 인간이 사는 북반구의 중심은 성지 예루살렘이고, 동쪽 끝은 인도, 서쪽 끝은 스페인이며, 인도와 스페인은 바로 지구를 두 개의 반구로 나누는 경계선에 위치한다고 믿었다. 그렇다면 예루살렘을 중심으로 인도와 스페인은 각각 경도(經度) 90도의 거리, 말하자면 시간상으로 여섯 시간의 차이가 나는 거리에 있다.

그리고 지구는 바로 우주의 중심이었다. 고정된 지구를 중심으로 겹겹이 둘러싼 아홉 개의 하늘이 고유의 행성이나 별들과 함께 서로 다른 속도로 회전하고 있는 것으로 보았다. 천동설의 우주관은 하느님의 천지 창조 이야기와 어울리는 것이었다. 지구가 태양의 둘레를 돈다는 지동설이 등장하려면 코페르니쿠스와 갈릴레이가 태어날 때까지 몇 세기를 기다려야 했다.

그런 관념을 토대로 단테는 『신곡』에서 나름대로 저승 세계의 위치와 형상, 구체적인 지형과 지리를 상상해 냈다. 지옥은 지하에 있고, 연옥은 남반구 대양의 한가운데에 높이 솟아 있으며, 천국은 하늘에 있다. 그리고 각 구역은 정교한 세부 구조를 자랑한다. 저승 세계의 주민은 당연히 영혼들인데, 그들은 각자 지상에서 어떤 삶을 살았느냐에 따라 배치되는 곳이 다르다. 단테는 죄의 유형들을 놀라울 정도로 체계적이고 자세하게 분류하고 있다.

지옥의 입구는 예루살렘 아래에 있다. 지옥은 예루살렘과 지구의 중심을 연결하는 직선을 축으로 하여 깔때기 모양으로 펼쳐진 형상이다. 말하자면 반경이 서로 다른 여러 개의 〈원(圓)〉들로 구분되는데, 아래로 내려갈수록 좁아진다. 그 원들은 죄의 유형에 따라 크게 보아 아홉 개로 나뉘고, 일부는 다시 여러 구역으로 구별된다. 예를 들어 일곱째 원은 3개 구역, 여덟째 원은 10개 구역, 아홉째 원은 4개 구역으로 세분된다. 아래로 내려갈수록 무거운 죄를 지은 영혼들이 있기 때문에 형벌과 고통은 더 심해진다. 단테와 베르길리우스는 고통스럽게 형벌을 받고 있는 영혼들 사이로 내려가면서 일부 영혼과 대화를 나누기도 한다. 때로는 각 영혼의 일화가 독립적인 이야기를 이루어 극적인 드라마처럼 다가오기도 한다. 24시간의 여행 끝에 두 시인은 지옥의 마왕 루키페르Lucifer가 있는 지구의 중심에 도착한다. 그리고 지구의 중심에서 남반구 쪽으로 뚫린 좁은 동굴을 기어올라 연옥의 해변에 도착한다.

연옥은 남반구의 대양 한가운데에 높다랗게 솟아 있는 산이며, 바로 예루살렘의 정반대쪽 대척(對蹠) 지점에 있다. 연옥 산의 구조는 크기가 서로 다른 일곱 개의 원반 또는 원기둥들이 포개져 위로 올라갈수록 좁아지는 모습으로 되어 있다. 영혼들은 가파른 산허리 위에 일종의 선반처럼 평평하게 펼쳐진 곳에서 죄를 씻는다. 일곱 구역은 가톨릭의 일곱 가지 〈대죄(大罪)〉인 교만, 질투, 분노, 나태, 인색, 탐식, 음욕의 죄에 대한 형벌을 받는 곳이다. 그리고 산꼭대기에는 태초의 에덴동산 같은 지상 천국이 펼쳐져 있다.

천국은 프톨레마이오스의 견해에 따른 아홉 개의 하늘과 그 너머에 있는 엠피레오로 이루어진다. 지구를 중심으로 투명한 아홉 개의 천구(天球)가 겹겹이 둘러싸고 서로 다른 속도로 회전하고 있다고 믿었던 것이다. 지구에서 가장 가까운 달의 하늘을 비롯하여 수성, 금성, 태양, 화성, 목성, 토성, 붙박이별들의 하늘, 그리고 그 모든 하늘들을 회전시키는 〈최초 움직임*primum mobile*〉의 하늘이 있으며, 아홉 품계로 구별되는 천사들이 고유의 정해진 하늘을 관장한다. 마지막으로 그 너머에 하느님이 자리하고 있는 최고 빛의 하늘 엠피레오가 온 우주를 움직이며 생명을 부여하고 있다.

그렇게 치밀하게 구상된 저승 세계를 순례하면서 단테는 수많은 영혼을 만나고 이야기를 나누기도 한다. 단테의 펜은 생생하고 실감 나는 삶의 현장으로 독자를 안내한다. 방문하는 장소에 대한 생생한 묘사는 그곳에 있는 영혼들의 고유한 삶과 연결되어 현실감 넘치는 파노라마를 펼친다. 그러면서 각 일화는 마치 초현대식 멀티미디어 작품처럼 또렷하고 선명한 이미지들을 남긴다. 『신곡』을 읽는 동안 우리의 머릿속에서 펼쳐지는 강렬한 이미지들은 종종 책을 덮은 뒤에도 오랫동안 여운을 남긴다. 그리고 그것들은 우리 자신의 삶과 연결되고 우리의 삶을 되돌아보게 만든다. 단테의 저승 이야기는 바로 이승에서 살아가는 우리 자신에 대한 이야기이기 때문이다.

6 번역의 저본(底本)에 대해

이 책이 나오고 얼마 지나지 않아 일부 예리한 독자들이 번역의 저본에 대한 언급이 없다고 지적해 주었다. 사실 무엇을 출발 텍스트로 삼아 번역하였는지 밝히지 않았기 때문에, 혹시 영어나 다른 외국어로 번역된 텍스트에서 중역(重譯)된 것이 아닌가 하는 의심을 받아도 할 말이 없게 되었다. 개인적으로 처음에 의도한 것은, 『신곡』에 대한 간략한 〈해설〉 이외에 〈역자 후기〉를 덧붙이고, 거기에다 번역과 관련된 이야기를 하려고 하였다. 하지만 여러 이유로 〈역자 후기〉를 붙이지 못했고, 결과적으로 궁금증과 오해의 여지를 남기게 되었다. 그런 불찰에 대해 독자 여러분께 사과의 말씀을 드리면서 늦게나마 번역의 저본과 관련된 사항을 밝히고자 한다.

결론부터 말하면 이 책은 나탈리노 사페뇨Natalino Sapegno(1901~1990) 교수가 해설한 판본(Firenze, La Nuova Italia, 1991)을 출발 텍스트로 삼아 번역한 것이다. 물론 궁극적인 의도는 단테가 쓴 텍스트를 원본으로 삼아 번역하려는 것이었다. 하지만 단테가 직접 쓴 『신곡』의 원고는 전해지지 않을 뿐만 아니라, 단테의 어떤 자필 기록도 남아 있지 않다. 『신곡』은 16세기 중반 인쇄된 판본으로 나오기 전까지 14세기와 15세기에 걸쳐 수많은 필사본 형태로 전 유럽에 확산되었다. 〈이탈리아 단테 학회Società Dantesca Italiana〉의 목록에 의하면 지금까지 발견된 필사본들만 해도 8백 종이 넘는데, 그것은 『성경』 다음으로 많은 숫자라고 한다. 거기에는 가장 오래된 1330년대의 필사본을 비롯하여 1360년대 보카치오가 자필로 옮겨 적은 귀중한 필사본도 포함되어 있다. 그런데 필사본들 사이에는 불가피하게 여러 가지 차이들이 나타날 수밖에 없었다.

1888년 창립된 〈이탈리아 단테 학회〉의 계획들 중 하나는 단테의 모든 저술에 대하여 일종의 표준 판본을 제공하는 것이었다. 『신곡』에 대한 작업은 주세페 반델리Giuseppe Vandelli(1865~1937)에 의해 이루어졌고, 1902년부터 잠정적인 판본들이 나오기 시작하였다. 하지만 결정적 판본은 20세기 후반에 들어와 조르조 페트로키Giorgio Petrocchi(1921~1989)에 의해 완성되었고, 1966~1967년 총 4권으로 된 『옛 보급판에 따른 신곡La Commedia secondo l'antica vulgata』(Milano, Mondadori)으로 출판되었다(개정판은 1995년에 나왔다). 이것이 일종의 표준 판본으로 간주될 수 있다.

사페뇨 역시 이것을 기준으로 하였다. 사페뇨의 해설판은 1955~1957년 초판이 간행된 후 1968년과 1985년에 개정판이 나왔고 수십 차례에 걸쳐 거듭 인쇄될 정도로 널리 보급되었다. 사페뇨에 의하면, 초판과 1968년의 개정판은 반델리와 여러 학자의 판본을 토대로 하였고 1985년의 세 번째 개정판은 페트로키의 판본을 토대로 하였다. 현재 시중에 나와 있는 『신곡』의 해설판들도 거의 모두 마찬가지일 것이다. 다만 학자에 따라 해설의 방식이나 분량, 수준 등에서 차이가 있을 뿐이다. 따라서 『신곡』의 번역에서는 누구의 해설판을 기준으로 했느냐가 별로 중요하지 않을 수도 있다. 해설은 그야말로 단테의 텍스트를 이해하거나 분석하는 데 도움이 될 뿐이다.

따라서 사페뇨의 해설판을 출발 텍스트로 삼았지만 번역 과정에서 다른 해설판이나 번역본 들도 참조하였다. 이탈리아어 해설로는 앞에서 말한 반델리의 1928년 판본(Milano, Hoepli, 1979)과 카를로 드라고네Carlo Dragone의 해설과 풀어쓰기(Milano, Edizioni Paoline, 1985)도 참조하였다.

영어 번역본으로는 도러시 세이어스Dorothy Leigh Sayers(1893~1957)의 번역(Penguin Classics, 1949~1962)과, 인터넷에 공개되어 있는 제임스 핀 코터James Finn Cotter의 비교적 최근 번역(www.italianstudies.org/comedy/index.htm)을 많이 참조하였다. 일부 구절에 대해서는 롱펠로 Henry Wadsworth Longfellow(1807~1882)와 맨덜봄Allen Mandelbaum (1926~2011)의 번역도 참고하였는데, 이 두 번역본은 인터넷상에 나란히 실려 있다(http://dante.ilt.columbia.edu/new/comedy/index.html).

기존에 이루어진 한국어 번역본들도 참조하였다. 지금까지 20종이 넘는 한국어 번역본들이 출판되어 있으나 정체불명의 번역이나 번안도 많기 때문에 참조할 만한 것은 별로 없고, 다만 우리나라 최초의 『신곡』 완역본으로 간주되는 최민순 신부(1912~1975)의 번역(경향잡지사, 1957~1959)과 한형곤 교수의 번역(삼성출판사, 1978)을 참조하였다. 이 모든 해설판과 기존의 번역들은 단테의 텍스트를 이해하고 간단한 역주를 붙이는 데 커다란 도움을 주었다.

위대한 고전 작품들에 공통적인 현상이겠지만, 『신곡』의 번역은 언제나 미완성이 될 수밖에 없을 것이다. 아무리 훌륭한 번역도 단테의 텍스트가 갖고 있는 고유의 아름다움과 맛까지 전달하기는 어려울 것이기 때문이다. 기회가 닿는 대로 부족한 점들을 보완할 계획이다.

김운찬

단테 알리기에리 연보

1265년 출생 5월 중순에서 6월 중순 사이에 피렌체에서 태어남. 아버지는 궬피파에 속하는 알리기에로 디 벨린초네Alighiero di Bellincione였고, 어머니는 아바티 가문의 돈나 벨라Donna Bella degli Abati로 알려져 있음.

1266년 1세 산조반니 세례당에서 두란테Durante라는 이름으로 세례를 받음. 이를 줄여서 단테로 부름.

1274년 9세 포르티나리Portinari 가문의 딸 비체Bice, 즉 베아트리체를 처음으로 만나 사랑에 빠짐.

1283년 18세 길에서 우연히 베아트리체와 마주침. 귀도 카발칸티Guido Cavalcanti, 귀토네 다레초Guittone d'Arezzo 등의 시인들과 교류하면서 〈달콤한 새로운 문체 *dolce stil novo*〉의 주요 시인으로 활동함. 또한 인문학자 브루네토 라티니Brunetto Latini에게서 많은 것을 배움.

1285년 20세 어렸을 때 이미 결혼이 약속되어 있던 젬마 도나티Gemma Donati와 결혼. 둘 사이에 세 명 또는 네 명의 자녀가 태어남.

1289년 24세 캄팔디노Campaldino 전투에 기병으로 참가. 이 전투에서 피렌체와 루카의 궬피파가 아레초의 기벨리니파를 격파함.

1290년 25세 베아트리체 사망. 이후 베아트리체는 단테의 문학적 상상력을 통해 작품 속에서 이상적인 여인의 이미지로 승화됨.

1292년 27세 『새로운 삶*La vita nuova*』을 집필하기 시작한 것으로 추정됨.

1295년 30세 〈의약 조합〉에 가입하면서 정치 활동을 시작한 것으로 추정됨.

1300년 [35세]   6월 여섯 명으로 구성되는 임기 2개월의 〈최고 행정 위원*priore*〉으로 선출됨.

1301년 [36세]   〈100인 평의회〉의 위원으로 여러 가지 활동을 함. 10월, 교황 보니파키우스 8세의 비호하에 프랑스 발루아의 백작 샤를이 군대를 이끌고 피렌체로 내려왔고, 사태를 수습하기 위해 단테는 로마 교황청에 사절로 파견되었는데, 그동안 궬피 흑당이 권력을 잡고 정적들을 쫓아내기 시작함. 로마에서 돌아오던 단테는 공금 횡령과 부정부패 혐의로 기소되어 법정으로 출두하라는 명령을 받았으나 출두를 거부함.

1302년 [37세]   3월, 피렌체 법정은 궐석 재판에서 단테에게 영구 추방령과 함께 만약 체포될 경우 화형에 처한다고 선고하였고, 이때부터 망명 생활이 시작됨.

1304년경 [39세]   『향연(饗宴)*Convivio*』, 『속어론(俗語論)*De vulgari eloquentia*』을 집필한 것으로 추정됨.

1306년 [41세]   8월, 말라스피나Malaspina의 손님으로 루니자나Lunigiana에 머무름.

1307년경 [42세]   『신곡』을 집필하기 시작한 것으로 추정됨.

1310년경 [45세]   『제정론(帝政論)*Da monarchia*』을 집필한 것으로 추정됨.

1312~1318년 [47~53세]   칸그란데 델라 스칼라Cangrande della Scala의 손님으로 베로나Verona에 머무름.

1315년 [50세]   피렌체 정부는 정치적 이유로 추방된 자들과 망명자들에 대한 사면을 제의하였으나, 단테는 굴욕적인 조건을 받아들일 수 없다고 거부함.

1318년~1321년 [53~56세]   귀도 노벨로 다 폴렌타Guido Novello da Polenta의 손님으로 라벤나Ravenna에 머무름.

1321년 [56세]   귀도 노벨로의 사절로 베네치아에 파견되었다가 돌아오던 중 말라리아로 추정되는 열병에 걸렸고, 9월 13일과 14일 사이의 밤에 사망함.

신곡 지옥·연옥·천국

김운찬 한국외국어대학교 이탈리아어과와 동 대학원을 졸업하였고, 이탈리아 볼로냐 대학교에서 움베르토 에코의 지도하에 화두(話頭)에 대한 기호학적 분석으로 박사 학위를 취득하였다. 현재 대구가톨릭대학교 프란치스코칼리지 교수로 재직 중이다. 저서로『현대 기호학과 문화 분석』,『신곡 ― 저승에서 이승을 바라보다』,『움베르토 에코』가 있으며, 옮긴 책으로 단테의『향연』, 아리오스토의『광란의 오를란도』, 타소의『해방된 예루살렘』, 에코의『논문 잘 쓰는 방법』,『이야기 속의 독자』,『일반 기호학 이론』,『문학 강의』, 칼비노의『우주 만화』,『팔로마르』,『교차된 운명의 성』, 파베세의『달과 불』,『레우코와의 대화』,『피곤한 노동』, 비토리니의『시칠리아에서의 대화』, 마그리스의『작은 우주들』등이 있다.

지은이 단테 알리기에리 **옮긴이** 김운찬 **발행인** 홍예빈 · 홍유진
발행처 주식회사 열린책들 **주소** 경기도 파주시 문발로 253 파주출판도시
전화 031-955-4000 **팩스** 031-955-4004 **홈페이지** www.openbooks.co.kr
Copyright (C) 주식회사 열린책들, 2007, 2022, *Printed in Korea.*
ISBN 978-89-329-2139-6 03880
발행일 2007년 7월 31일 초판 1쇄 2009년 8월 30일 초판 7쇄 2009년 12월 20일 세계문학판 1쇄 2022년 1월 25일 세계문학판 26쇄 2021년 3월 30일 특별판 1쇄 2021년 4월 30일 특별판 2쇄 2022년 3월 30일 개정판 1쇄 2024년 6월 15일 개정판 8쇄